LE BERCEAU DU MONDE

DU MÊME AUTEUR

La Dame au sari bleu, 2005 ; Pocket, 2007
La Femme du marin, Belfond, 2007 ; Pocket, 2008
Les Amants de la terre sauvage, Belfond, 2010 ; Pocket, 2011
La Lionne, Belfond, 2013 ; Pocket, 2015
Les Fleurs sauvages des bougainvilliers, Belfond, 2015 ; Pocket, 2017
Leopard Hall, Belfond, 2017 ; Pocket, 2018
La Reine des pluies, Belfond, 2003 ; Pocket, 2004 ; rééd. Belfond, 2019

Vous pouvez consulter le site de l'auteure à l'adresse suivante :
katherinescholes.com

KATHERINE SCHOLES

LE BERCEAU DU MONDE

Traduit de l'anglais (Australie)
par Chloé Royer

belfond

Titre original :
THE BEAUTIFUL MOTHER
publié par Viking, une marque de Penguin Books Australia

Ce livre est une œuvre de fiction. Les allusions à des personnes réelles, des événements, des établissements, des organisations ou des lieux ont seulement pour but de donner à cette fiction un caractère réel et authentique. Les autres noms, personnages, lieux et événements dépeints ici sont le fruit de l'imagination de l'auteure ou utilisés fictivement.

Retrouvez-nous sur www.belfond.fr
ou www.facebook.com/belfond

Éditions Belfond,
92, avenue de France, 75013 Paris.
Pour le Canada,
Interforum Canada, Inc.,
1055, bd René-Lévesque-Est,
Bureau 1100,
Montréal, Québec, H2L 4S5.

ISBN : 978-2-7144-9455-9
Dépôt légal : mai 2021

Belfond | un département **place des éditeurs**

place
des
éditeurs

À Freya

Les événements de ce récit se déroulent en 1970 et reflètent donc les connaissances archéologiques et scientifiques telles qu'elles étaient comprises à l'époque.

« Vos enfants ne sont pas vos enfants.
Ils sont les fils et les filles de l'appel de la Vie à elle-même.
Ils viennent à travers vous mais non de vous.
Et bien qu'ils soient avec vous, ils ne vous appartiennent pas. »

Khalil GIBRAN

1

1970

Tanzanie, Afrique de l'Est

Essie se cala confortablement dans son siège, une tasse de thé noir sur le genou. À l'extérieur de la tente, la lumière du petit matin teintait la plaine rocheuse d'un camaïeu de bruns et de gris. Le scintillement argenté du lac était visible dans le lointain. Derrière lui s'élevait Ol Doinyo Lengai, dont une couronne de nuages dissimulait l'étrange cime de lave blanche, semblable à de la neige.

Au-dessus du campement, le chant des tisserins résonnait d'acacia en acacia. L'air était frais et calme. Essie aurait voulu s'en imprégner afin d'en profiter plus tard, quand le soleil trônerait au zénith d'un ciel sans nuages et qu'un vent brûlant soufflerait du nord-est.

« On a fini la marmelade. »

De l'autre côté de la table, sa belle-mère raclait le fond du pot avec une cuillère. Ses gestes étaient lents et précis, comme lorsqu'elle époussetait un fragment d'os fossilisé.

« C'était le dernier pot, tu sais », ajouta-t-elle, les sourcils légèrement froncés.

Julia parlait toujours d'un ton neutre, mais Essie savait que la marmelade était l'un des rares luxes auxquels elle tenait, avec le whisky écossais et les cigarettes.

Essie fit glisser vers elle une coupelle en verre remplie d'un miel local à la riche couleur brun clair, mais Julia secoua la tête, préférant étaler sur son pain sa maigre récolte de marmelade. Tout en mordant dans sa tartine, elle tendit le bras vers un amas de pierres empilées sur un plateau à l'autre bout de la table et s'empara d'un gros galet gris, poli par l'eau, avec une extrémité brisée. Elle caressa pensivement le bord de la cassure. De toute évidence, elle avait un commentaire à faire, mais elle attendait le retour de son fils.

Ian se trouvait dans la hutte administrative, où était installée la radio. Il était censé parler au garde forestier en chef de Serengeti : l'appel avait été planifié la veille au soir, mais personne au campement n'en connaissait la raison. Ces jours-ci, il était plutôt rare que des gens cherchent à entrer en contact avec les Lawrence. Puisque le bureau des gardes forestiers servait parfois de point de contact pour d'autres organismes, comme le département des Antiquités, cette annonce les avait tous mis un peu mal à l'aise.

Quelque chose toucha le coude d'Essie sans prévenir et elle renversa son thé, poussant un petit cri lorsque l'eau chaude imbiba son short. D'une main, elle repoussa le museau de la jeune gazelle debout derrière elle.

« Tommy, non ! »

L'animal recula de deux pas puis s'immobilisa, tête baissée, le regard chargé de reproches. Avec ses yeux noirs et brillants, il semblait perpétuellement au bord des larmes. Prise de remords, Essie le rappela et le gratta derrière l'oreille, au-dessus du collier bleu dont la boucle d'argent étincelait au soleil.

« Ses cornes poussent, fit remarquer Julia. Il va devenir ingérable. »

Essie ne répondit pas. Julia était simplement nerveuse à cause de l'appel radio ; sans compter qu'elle n'avait jamais approuvé la présence de Tommy au campement. C'était un ouvrier qui l'avait trouvé, six mois plus tôt, abandonné par sa mère quelques semaines à peine après sa naissance. Lorsque l'homme l'avait amené dans la hutte de travail, Julia lui avait ordonné de mettre fin aux souffrances du pauvre animal affamé.

« Non, attendez », était intervenue Essie.

Le faon semblait terrifié, et ses cris étaient presque inaudibles, comme s'il s'était usé la voix.

« On n'a qu'à le garder. Je m'en occuperai.

— Mauvaise idée, avait répliqué Julia d'une voix ferme. Tu crois peut-être lui rendre service, mais tu as tort. C'est extrêmement difficile de réhabiliter un animal sauvage qui a été apprivoisé. Il n'aura jamais sa place nulle part. »

Elle avait évoqué le prix du lait en poudre, ainsi que divers problèmes pratiques, avant d'exprimer sa principale objection. En adoptant cet animal, Essie interférerait dans un processus crucial : la sélection naturelle.

Puis elle avait cherché à obtenir l'appui de son fils. À la surprise générale, Ian avait pris le parti d'Essie.

« Je ne vois pas quel mal ça peut faire. Juste une petite gazelle. »

Essie était tombée amoureuse de Tommy. Elle enfouissait souvent son visage dans sa fourrure pour respirer son odeur. Une bouffée d'affection la submergeait chaque fois qu'elle l'apercevait assis à l'ombre, les pattes soigneusement pliées, et la vision de sa petite queue toujours en mouvement la faisait sourire. Tommy avait grandi à présent et pouvait paître par lui-même, mais il ne montrait aucune envie de retourner dans la nature. Au contraire, il passait le plus de temps possible auprès d'Essie, se faufilant dans les tentes afin de se tenir à ses côtés, comme à présent.

Tout en évitant le regard de Julia, Essie arracha un morceau de pain et le donna à manger à l'animal, fascinée par l'étrange mouvement horizontal de ses mâchoires tandis qu'il mastiquait.

« Tu devras bien le laisser s'en aller, le moment venu », dit Julia.

Essie inspira profondément.

« Je sais. »

Il y eut un court silence. Essie remarqua une petite tache de marmelade sur le menton de Julia et se surprit à frotter son propre menton comme pour l'essuyer.

Un bruit de pas leur parvint, le craquement de brindilles et de feuilles sèches. Essie leva les yeux et aperçut Ian en pleine réflexion, l'air très concentré.

« Bonne ou mauvaise nouvelle ? » ne put-elle s'empêcher de demander.

En face d'elle, Julia attendait le rapport de Ian sans broncher. Essie percevait comme un reproche dans son silence – un rappel qu'elle n'avait pas encore passé suffisamment de temps dans la vallée pour savoir laisser venir les jours, les mois, les années.

Ian laissa la tension se prolonger quelques instants, puis afficha un sourire radieux.

« Devinez à qui je viens de parler. »

Julia le dévisagea sans un mot.

« Frank Marlow », annonça-t-il.

Julia écarquilla les yeux.

« Tu veux dire, Frank Marlow en personne ?

— Oui. Je n'arrivais pas à y croire. »

Essie, qui avait déjà entendu ce nom quelque part mais ne parvenait pas à le resituer, se contenta de hausser les sourcils d'un air impressionné.

« Il est au Lodge en ce moment, poursuivit Ian. Hier, il a pris son avion jusqu'à Olduvai pour voir leur musée. Leakey lui a fait visiter tous leurs sites et lui a montré sur quoi ils travaillaient. »

Une ombre de désarroi passa sur son visage. Les Leakey étaient une autre famille d'archéologues établis dans une vallée distante d'une demi-journée de route environ. Un an plus tôt, ils avaient obtenu une subvention afin de bâtir un musée sur place : c'était une belle victoire, et il était difficile de ne pas les envier. Mais le sourire de Ian refit son apparition.

« Maintenant, il vient à Magadi.

— Il veut voir nos travaux ! s'exclama Julia, qui joignit les mains en une prière de gratitude.

— Pas tout à fait. Il veut emmener sa femme ici. C'est une surprise. Pour leur anniversaire de mariage. »

Julia répéta silencieusement ces derniers mots comme s'ils n'avaient aucun sens. Au camp de Magadi, on fêtait Noël, et parfois les anniversaires s'il y avait assez d'ingrédients pour faire un gâteau ; mais les anniversaires de mariage n'avaient que peu d'importance. Celui de Ian et Essie était déjà passé quatre fois. Ils s'étaient mariés moins d'un an après l'arrivée d'Essie sur le site, et elle avait toujours souhaité partir quelques jours en amoureux pour marquer le coup – à Serengeti, par exemple. Mais en janvier, en plein milieu de la brève saison sèche, chaque journée de fouilles comptait.

Ian s'éclaircit la gorge.

« Il veut prendre l'apéritif aux Traces. »

Julia ouvrit la bouche, mais aucun son n'en sortit. Essie comprit sans mal sa consternation à l'idée que le célèbre site archéologique soit utilisé comme une simple toile de fond : Julia était déjà agacée par tous les avions de tourisme qui survolaient la vallée, sur le chemin du volcan, assez bas pour permettre aux passagers d'apercevoir les Traces.

« Il m'a demandé ça comme une faveur », acheva Ian.

À ces mots, Julia prit une profonde inspiration, comme pour rassembler son courage.

« Dans ce cas, on est obligés d'accepter.

— Qui est-ce, au juste ? » demanda timidement Essie.

Plus elle attendrait pour poser la question, plus il serait gênant d'admettre son ignorance.

« Un millionnaire canadien. Il a fait fortune dans l'industrie minière. Le Marlow Trust subventionne des recherches archéologiques dans le monde entier. »

Tout en parlant, Ian se tourna vers la plaine où se trouvait le site des Traces, caché derrière un affleurement rocheux.

« Frank apportera tout ce qu'il faut depuis le Lodge. Les verres, la table, les chaises pliantes, et même la nourriture. Des plateaux de petits fours. On n'aura pas besoin de fournir quoi que ce soit.

— Encore heureux », dit sèchement Julia.

Essie imagina les Marlow aux Traces, en train de siroter du champagne et de grignoter des toasts au caviar face aux empreintes de pas figées dans la pierre près de quatre millions d'années auparavant. Préservées sous de multiples couches de cendres et de lave, ces traces avaient été laissées sur une plaine boueuse par les premiers de nos ancêtres à marcher sur deux jambes – des australopithèques, à mi-chemin entre le primate et l'être humain. Menant vers le volcan, c'étaient celles d'un homme suivi d'une femme et d'un enfant côte à côte, séparés par une distance aussi régulière que s'ils se tenaient par la main. Le poids de l'Histoire, de ces êtres depuis longtemps disparus, semblait presque tangible. Les visiteurs avaient bien choisi leur moment : les flamants roses venaient tout juste d'arriver à Magadi pour la saison de reproduction. Essie s'était levée plus tôt que d'habitude pour observer leur vol au-dessus de la vallée, vers le lac salé où ils avaient vu le jour. Les flamants roses, le ciel rose, le lac rose, et même quelques roses du désert qui poussaient non loin… Le spectacle serait inoubliable.

« Quand est-ce qu'ils arrivent ? demanda Julia.

— Après-demain.

— Où va-t-on les loger ? »

Elle regarda sa propre tente, puis celle qu'Essie partageait avec Ian.

« La vôtre est plus grande.

— Frank a un avion privé. Son projet était de venir juste pour la soirée et de rentrer dormir à Serengeti.

— Mais on n'aura pas le temps de tout lui faire visiter », protesta Julia.

Ian leva le menton.

« Je l'ai convaincu d'arriver plus tôt. Je lui ai promis une démonstration de taille de silex. »

Il adressa un sourire à Essie.

« Bien sûr, avoir la fille d'Arthur Holland sur place est un bon argument.

— Il connaît papa ? » demanda Essie, surprise.

Le professeur Holland était réputé dans le monde académique, avec sa collection unique d'outils en pierre, mais il n'avait pas la renommée de la famille Lawrence. Ian hocha la tête.

« Il a même mentionné les silex tasmaniens. Marlow n'est pas qu'un simple mécène. Il est archéologue amateur. Il s'y connaît. »

Essie brûlait de se rendre utile, mais que ferait-elle si ses talents de tailleuse de silex ne suffisaient pas à impressionner cet homme ? Le silex pouvait se casser de façon imprévisible, et un seul coup porté de travers suffisait alors à détruire un outil quasiment achevé. Si sa démonstration échouait, elle faillirait non seulement aux Lawrence, mais aussi à la réputation de son père.

« Après ça, on pourra lui faire visiter le chantier, poursuivit Ian. Mais il faudra faire attention. Visiblement, il n'aime pas qu'on lui demande de l'argent directement.

— Ce n'est pas comme si on allait mendier », rétorqua Julia.

Mais sa voix manquait de conviction. Jusque-là, les coûteuses excavations financées par le succès des Traces n'avaient pas fourni la moindre trouvaille d'importance. L'un des sites abritait plusieurs sols d'habitation prometteurs – des surfaces enfouies présentant des preuves d'occupation – mais, à l'exception d'une dent d'hominidé découverte au début des fouilles, il n'avait rien donné de concret. Les subventions étaient presque toutes épuisées et les finances du campement avaient atteint un seuil alarmant.

Le regard d'Essie s'attarda sur le pot de marmelade vide. Tomber à court de ce genre de produit luxueux, même source d'un certain réconfort, n'était pas bien grave ; mais les contenants vides se multipliaient à Magadi. Barils d'essence, bidons de kérosène, étagères du garde-manger… Même l'encre de Chine dont ils se servaient pour numéroter les spécimens était quasiment épuisée. Si rien ne changeait, ils se verraient bientôt contraints de réduire les effectifs d'ouvriers. Alors les chantiers de fouilles et le campement se retrouveraient presque déserts.

« Il n'y a qu'un seul souci, ajouta Ian avec un regard inquiet en direction de sa mère. Marlow veut créer une atmosphère de fête pour l'occasion. Il voudrait une espèce de code vestimentaire.

— Comment ça ? demanda Julia d'une voix atone.

— Qu'on se mette en tenue de soirée.

— Il plaisante, j'espère. C'est un campement de travail, pas une foire !

— J'ai dit oui, avoua Ian.

— Bon, je suppose qu'on peut porter nos vêtements de ville.

— Ce n'est pas ce qu'il a demandé. »

Essie ne jugea pas prudent de participer à ce débat entre mère et fils. En attendant qu'une décision soit prise, elle s'intéressa aux trois chiens venus s'allonger sous la table. Leurs corps entrelacés formaient un patchwork entre la robe blanche tachetée de noir des deux dalmatiens, Rudie et Meg, et la fourrure dorée du chien de chasse appartenant à l'un des employés du campement.

« De toute façon, je n'ai rien de ce genre à me mettre, affirma Julia.

— Il y a la robe que tu avais à Londres. »

Ian désigna une photographie en noir et blanc dans un cadre, posée au sommet d'une bibliothèque au fond de la tente. Elle datait d'une réception royale organisée à l'occasion de la découverte des Traces et montrait une Julia beaucoup plus jeune en train de serrer la main de la reine d'Angleterre, récemment couronnée. Les deux femmes portaient des gants d'opéra blancs. La robe de soirée de Julia était de couleur claire et ornée de dentelle noire. La première fois qu'Essie avait vu cette image, elle n'avait pas reconnu sa belle-mère austère et pragmatique : la jeune femme de la photo semblait élégante et fragile, presque vulnérable. Julia n'aurait pas aimé l'entendre, mais elle lui faisait penser à une gazelle.

Ian se tourna vers Essie.

« Et pour toi, comment va-t-on faire ? »

Elle ne répondit pas immédiatement. En effet, elle avait une robe longue en soie qui serait parfaite pour l'occasion, cachée dans sa valise en compagnie des vêtements d'hiver qu'elle portait lorsqu'elle avait quitté l'Angleterre. Son père lui avait conseillé d'emporter une tenue de gala pour aller travailler en Tanzanie.

« Là-bas, les Blancs adorent se mettre sur leur trente-et-un », lui avait-il confié.

Ayant participé à deux expéditions sur place, il savait à quoi elle devait s'attendre. Pourtant, depuis cinq ans qu'elle vivait dans la vallée de Magadi, elle n'avait que rarement eu l'occasion de quitter le campement – et encore moins pour se rendre à des dîners de gala ou de fastueux bals à Arusha. Elle n'avait donc jamais montré cette robe à son mari. À présent, tandis que Ian et Julia la dévisageaient, elle chercha un moyen de répondre sans trahir le fait qu'elle avait imaginé une autre vie à Magadi. Ils la croiraient sans doute plus frivole qu'elle ne l'était en réalité ; d'un autre côté, elle ne voulait pas leur causer de soucis.

« J'ai une robe quelque part, dit-elle d'un ton vague.

— Parfait. »

Elle s'était attendue à davantage de questions, mais Ian était déjà plongé dans le carnet de travail qu'il venait de tirer de sa poche.

« Il va falloir arrêter les fouilles et s'occuper de tout préparer. »

Julia haussa les sourcils. La vie sur le site suivait un planning serré. Les ouvriers, à l'image des Lawrence, travaillaient tous les jours sauf le dimanche, et les équipes ne se ménageaient pas, même pendant la saison des pluies.

« Il y a beaucoup à faire », avança Ian en englobant d'un geste le mobilier de la tente, puis l'extérieur et le reste du campement.

Essie balaya la pièce du regard : le gramophone posé sur un buffet, les piles bien nettes de livres aux couvertures affadies par le soleil, le tapis persan usé mais propre. Kefa se donnait beaucoup de mal pour faire le ménage. Les efforts qu'il déployait à lustrer l'argenterie, cirer les meubles et laver les nappes lui semblaient parfois contenir un reproche muet envers les Lawrence et leurs ressources de plus en plus limitées. Le titre officiel de Kefa était « garçon de maison », mais il avait la soixantaine bien avancée et travaillait pour la famille presque en continu depuis que Julia et son mari, William, s'étaient installés dans la vallée près de quarante ans plus tôt. Au sommet de la pile de revues, il aimait placer un vieux *National Geographic* de 1956 dont la couverture montrait une photo de William posant fièrement devant les Traces. Celui-ci était mort à peine quatre ans plus tard, et ce magazine symbolisait à présent tout ce qu'il avait accompli. Épousseté chaque jour, le papier glacé conservait son brillant.

« C'est assez présentable, hasarda Essie.

— Il faut que ça ait l'air plus animé, expliqua Ian. On va devoir sortir des choses de la réserve : les œufs fossilisés, le crâne de girafe, les peaux de serpent… Tout ce qu'on a d'intéressant. Et je veux aussi qu'on érige plusieurs tentes d'invités, avec les lits faits et les moustiquaires déjà installées, au cas où. Il faut leur donner l'impression qu'ils arrivent pendant une période de creux, mais qu'on attend bientôt de la visite. »

Il s'était mis à arpenter la tente et faisait régulièrement de petits détours pour éviter Tommy, qui s'obstinait à lui barrer le chemin.

Essie se surprit à sourire. Elle n'avait pas vu son mari aussi vif et enthousiaste depuis des années. Puis elle ressentit un pincement d'anxiété : et s'il se réjouissait trop vite ? Et si Frank Marlow et sa femme venaient passer une soirée romantique comme prévu, avant de tout simplement repartir sans jamais donner de nouvelles ?

De l'autre côté de la table, Julia s'était retournée pour détailler du regard une carte de Magadi punaisée sur un panneau de liège. Une grille avait été tracée au stylo rouge afin de diviser en zones la vallée et les goulets plus petits – appelés *korongos* en swahili.

« On pourrait commencer un chantier dans une autre zone », dit-elle.

D'ordinaire si pragmatique, elle aussi semblait se laisser emporter par l'enthousiasme. Ian suivit son regard et opina.

« Un nouveau départ. »

Tommy sur ses talons, il revint vers la table et se plaça derrière Essie, posant les mains sur ses épaules. Le contact de son pouce contre la peau de sa nuque provoqua un frisson tiède le long de son dos, et elle s'adossa à lui, sentant la dureté de ses muscles à travers le tissu de sa chemise. Peut-être leur chance était-elle vraiment sur le point de tourner, annonciatrice de nombreux moments gais et insouciants comme celui-ci. Soudain, la tête osseuse de Tommy lui percuta les côtes et elle se redressa en le repoussant d'une main. Elle coula un regard en direction de Julia, s'attendant à une expression désapprobatrice.

Mais sa belle-mère avait les yeux ailleurs, vers le volcan. L'effervescence avait déserté son visage, mais son éternelle expression calme n'était pas revenue. À la place, son regard exprimait un profond manque, et les rides autour de sa bouche et sur son front étaient tendues comme sous l'effet de la douleur. Essie se sentit mal à l'aise. On aurait dit que le masque de Julia avait été arraché.

Ces émotions étaient trop violentes pour avoir un rapport avec la tâche que s'étaient fixée les Lawrence : élucider le mystère des origines de l'humanité. Non, Julia devait penser à quelque chose d'encore plus cher à son cœur – l'enfant qu'elle avait perdu.

Le petit frère de Ian, Robbie, avait disparu à seulement quatre ans. Julia faisait des fouilles au pied des contreforts de la montagne et les deux garçons, qui jouaient près d'elle, s'étaient peu à peu éloignés jusqu'à se perdre. Leur absence n'avait pas été remarquée immédiatement, tant Julia et son assistant étaient concentrés sur leur travail. On avait fini par découvrir Ian après plusieurs heures de recherches, mais son frère n'était pas avec lui. On n'avait jamais retrouvé la moindre trace de Robbie. Il avait fallu des mois à Ian pour en parler à Essie, alors même qu'ils étaient devenus très proches, et son récit avait été livré en petits fragments douloureux dont elle peinait parfois à comprendre le sens. Julia maintenait une totale omerta sur le sujet, comme si c'était pour elle un lieu secret où se réfugier. Quant aux Africains du campement, ils ne parlaient presque jamais de Robbie. S'ils le faisaient, ils ne l'appelaient pas par son nom, mais *mtoto wa siri* – l'enfant caché. Les visiteurs comprenaient que c'était un sujet à n'aborder sous aucun prétexte, même si l'affaire était de notoriété publique : les journaux de l'époque, en Tanzanie comme à l'étranger, avaient mentionné les recherches infructueuses. Plus de trente ans avaient passé depuis la disparition de Robbie, mais sa présence – son absence – hantait toujours la vallée de Magadi, tel l'écho d'un cri que personne n'avait pu entendre.

Essie comprenait que Julia pense à Robbie dans un tel moment. C'était peut-être aussi le cas de Ian. Une subvention du Marlow Trust leur permettrait de continuer à vivre et à travailler ici ; mais, si leur tentative échouait, ils se verraient sans doute obligés d'abandonner la vallée, la dernière chose qui les reliait à Robbie. Sans compter que cela marquerait la fin d'une époque extraordinaire. Les Lawrence menaient des recherches dans la vallée depuis les années 1930 – tout d'abord pendant la saison sèche uniquement, puis à plein temps. Après l'interruption de la Seconde Guerre mondiale, ils y étaient revenus. Autant dire que les enjeux de la visite des Marlow étaient considérables.

Julia, qui devait sentir qu'on l'observait, se retourna. Essie la vit se ressaisir. Trait par trait, comme une peintre corrigeant un tableau imparfait, elle se recomposa une expression paisible ; lorsqu'elle parla, sa voix était presque joyeuse.

« On s'y met, alors ? »

Ian alla s'asseoir près d'elle. Le visage froncé par la concentration, il se passa une main dans les cheveux, les ébouriffant en épis sombres. Puis il posa sur Essie ses yeux d'un bleu perçant où se reflétait la lumière montante du soleil.

« Je m'occupe de la piste d'atterrissage. Vous deux, mettez de l'ordre par ici. »

Sa mère le dévisageait avec attention. Enfin, elle sembla redevenir complètement elle-même. Tous deux échangèrent un regard exalté, et Essie supposa qu'ils devaient penser à l'âge d'or du camp de Magadi – quand William était encore en vie, avec Julia travaillant à ses côtés, et que Ian, fraîchement diplômé, commençait à se faire un nom dans le domaine de la paléontologie. À cette époque, Essie était encore à l'école et attendait avec impatience le moment d'entrer à l'université. À cette pensée, elle se sentit une fois de plus comme une nouvelle venue. C'était sans doute infantile, mais elle voulait se faire une place dans cette famille – comme Tommy, à coups de tête s'il le fallait. Elle regarda à nouveau les chiens allongés sous la table. Rudie s'était rapproché de sa chaise et sa poitrine tachetée se soulevait au rythme de sa respiration. Il haletait déjà, sa longue langue rose effleurant les fibres usées du tapis. La chaleur montait vite. Essie sentit une goutte de sueur glisser lentement le long de son dos.

Essie attacha soigneusement la moustiquaire et redressa les oreillers avant de lisser et de border les draps. Ian dormait mal et ne cessait de se retourner dans son sommeil, si bien que le lit était toujours en désordre au matin. Ensuite, elle ramassa des vêtements pour les mettre dans le panier à linge. Elle aurait pu laisser Kefa s'occuper de ranger la tente, mais elle y voyait encore une invasion de sa vie privée et de celle de Ian, quoi que puisse en penser Julia.

Elle avait déjà passé plusieurs heures de la matinée dans la hutte de travail pour aider sa belle-mère à déplacer les tables et à exposer des collections de spécimens, en prenant soin de ne pas séparer les objets qui allaient ensemble et de ne pas déranger les fragments que l'on n'avait pas fini de réagencer. Julia s'occupait à présent de préparer un plateau de « découvertes d'une journée type ». D'après elle, même si Frank Marlow s'y connaissait bien en archéologie, sa femme était peut-être complètement novice. Essie craignait qu'elle ne soit aussi complètement indifférente. Mais elle n'avait rien dit – il était sans doute impossible pour Julia d'imaginer qu'on ne soit pas fasciné par le sujet.

Ian était dans la plaine, en train de superviser l'arrachage des buissons qui avaient poussé sur la piste d'atterrissage, inutilisée depuis des années. Les Lawrence ne pouvaient plus se permettre de faire livrer leur approvisionnement directement à Magadi ; à la place, ils passaient leurs commandes par radio à Arusha et les provisions arrivaient au camp d'Olduvai dans les avions régulièrement affrétés par les Leakey. De là, elles étaient récupérées en Land Rover. Plus aucun Lawrence ne participait à ces expéditions. Leur amitié avec les Leakey – qui leur avaient fait cadeau des deux dalmatiens plusieurs années auparavant, alors qu'ils n'étaient encore que des chiots – n'était plus entretenue depuis longtemps. Ian affirmait qu'ils avaient trop de travail pour pouvoir effectuer le trajet jusqu'à Olduvai, mais Essie savait qu'en réalité il trouvait trop humiliant le contraste entre les deux campements.

Après avoir dissimulé une vieille paire de sandales sous le lit, elle alla ouvrir l'armoire et en sortit le costume de lin blanc cassé de Ian, ainsi que la chemise assortie. Comme le tissu sentait légèrement le renfermé, sans pour autant montrer la moindre tache de moisissure, Essie suspendit l'ensemble aux poteaux principaux de la tente afin de l'aérer. Puis elle saisit sa valise sur une étagère et la déposa sur le tapis de chanvre. Il lui fallut quelques instants pour décoincer les fermoirs rouillés. Lorsqu'elle souleva enfin le couvercle, une odeur de vieille laine et de lavande se dégagea. Du bout des doigts, elle caressa son pull gris orné d'une bande de motif Fair Isle coloré – un vêtement qui l'accompagnait partout depuis son adolescence, en particulier lorsqu'elle faisait des fouilles avec son père. Elle sentit le regret l'envahir.

Ils avaient passé tant de temps ensemble, surtout après leur déménagement depuis la Tasmanie jusqu'à l'Angleterre, quand Essie avait sept ans. Au début, Arthur s'était vu contraint de l'emmener quand sa mère se sentait mal, ou bien les jours où Essie n'avait pas envie de faire les magasins toute la journée. Il n'y avait personne d'autre pour s'occuper d'elle. Mais, très vite, ils étaient devenus inséparables, communiquant sans échanger un mot pour se prêter main-forte ou se passer les outils dont ils avaient besoin. Ils partageaient jusqu'à leur goût pour les sandwichs tomate-fromage lors de leurs pique-niques. Essie aurait tant voulu pouvoir rendre visite à son père, ou même lui parler au téléphone… Elle s'inquiétait pour sa santé et n'aimait pas le savoir seul à la maison, avec une femme de ménage à temps partiel pour toute compagnie. Bien sûr, il ne lui demanderait jamais de quitter Magadi pour venir le voir. Il était fier qu'elle ait épousé le fils des Lawrence et fait carrière en Tanzanie – mais elle savait à quel point il devait se sentir seul sans elle. Communiquer par courrier avait quelque chose d'extrêmement frustrant : le délai entre l'envoi et la réception des lettres était si long que leur contenu semblait toujours dépassé. Il en allait de même pour les informations mondiales, par ailleurs – quand Neil Armstrong avait marché sur la Lune, l'année précédente, les Lawrence avaient mis plusieurs mois à l'apprendre. Mais, même si le service postal avait été plus efficace, les lettres ne remplaceraient jamais la possibilité de voir son père en personne, de le serrer dans ses bras ou juste d'entendre sa voix.

Essie repéra le paquet de soie orange dans un coin de la valise ; mais elle s'arrêta juste avant de le toucher et ferma les yeux, cédant au chant de sirène de ses souvenirs. Elle était de retour chez eux, dans la cuisine, à lire à voix haute la liste des choses qu'elle devait emporter. Son père hochait la tête à chaque ligne, l'air surexcité, comme si c'était lui qui partait au bout du monde. Lorsqu'elle prononça les mots « robe de soirée », il prit la parole.

« Pas besoin d'en acheter une neuve. On en a largement assez, ici. »

Un sourire espiègle atténuait l'amertume de sa voix.

« Allez, viens », dit-il.

Essie le suivit dans la chambre d'amis, au fond du couloir. Elle évita de regarder le lit – trop lisse, avec son édredon de satin étendu directement sur le matelas nu – et fit mine de ne pas remarquer la coiffeuse vide, couverte de moutons de poussière.

D'un pas raide, Arthur traversa la chambre jusqu'à l'imposante armoire ancienne. Elle semblait tapie dans son coin, avec ses pieds courbés sculptés en pattes de lion. Les portes grincèrent lorsqu'il les ouvrit toutes grandes, libérant une odeur de vêtements neufs et de sacs cartonnés.

Essie balaya du regard la collection de robes. Cotons imprimés de couleur vive, chiffons pastel, satin bleu nuit, dentelle noire... L'ensemble ne permettait pas d'identifier les goûts de sa propriétaire, comme si la mère d'Essie avait tâtonné désespérément à la recherche de son propre style. La plupart des vêtements semblaient n'avoir jamais été portés et certains arboraient même encore leur étiquette. Elle parcourut rapidement les tenues rangées par longueurs et teintes. Enfin, son choix se porta sur la robe de soie orange.

« Celle-là, annonça-t-elle. Elle ne prendra pratiquement pas de place. »

C'était l'une des robes les plus neuves – jamais portée, sinon quelques secondes dans la cabine d'essayage de Harrods. Arthur regarda l'étiquette.

« Fabriqué en France. Cinquante-cinq livres. »

Il secoua la tête d'un air désolé.

« Je me rappelle le jour où ta mère l'a achetée. C'était pour un dîner de Noël entre collègues de l'université... Mais le moment venu, bien sûr, j'ai dû y aller seul.

— Au moins, elle servira à quelqu'un, maintenant », répondit Essie de son ton le plus enjoué.

Elle n'aurait jamais pensé, à ce moment-là, qu'il s'écoulerait plus de cinq ans avant qu'elle ait l'occasion de la porter pour la première fois. Par chance, elle n'avait pas changé de taille, seulement pris du muscle.

Elle s'empara du vêtement et le secoua pour le défroisser. Le tissu se gonfla en cascade de plissé orange. Ici, dans cette tente, loin de la chambre de Cambridge, la robe semblait enfin libre de devenir belle. Même la pénombre verdâtre de la tente ne parvenait pas à atténuer sa teinte brûlante. En l'accrochant à côté du costume de Ian, Essie imagina à quoi ils ressembleraient tous les deux, ainsi vêtus, debout devant les Traces, à bavarder et plaisanter avec leurs invités. Cette pensée la fit sourire. Puis elle se rappela les enjeux de la soirée du lendemain, la fortune des Marlow, et le mal qu'elle aurait à s'assurer de ne pas faire de remarque déplacée tout en participant suffisamment à la conversation pour ne pas passer pour une potiche.

Soudain, elle souhaita de tout cœur pouvoir laisser cette réception entre les mains de Julia et Ian. Peut-être qu'en trouvant une excuse, en feignant de se sentir mal... Après tout, elle savait faire : elle avait passé une longue partie de sa vie à assister à cette performance, encore et encore. Elle connaissait chaque détail par cœur. Les pas qui devenaient lents et lourds, la chaise qu'on raclait au lieu de la soulever, le craquement d'une plaquette d'aspirines, les profondes inspirations visiblement sans effet, pour s'éclipser, le moment venu, dans une chambre aux rideaux tirés, en proie à une migraine de plus en plus sévère...

Mais Essie n'était jamais malade, pas plus qu'elle ne se plaignait ni n'évitait les tâches pénibles. C'était pour cette raison que le travail de fouilles lui convenait si bien et qu'elle s'était aussi parfaitement intégrée dans l'existence des Lawrence ici, à Magadi. Elle releva la tête. Ce n'était pas le moment de flancher. Elle s'avança vers une commode et y prit un sac à main de soie noire dont elle tira un rouge à lèvres, du mascara, de l'ombre à paupières et un écrin doré terni contenant de la poudre compacte. Puis, debout face au miroir posé sur une vieille caisse de thé qui faisait office de coiffeuse, elle aligna soigneusement tous ces objets comme des instruments avant une opération chirurgicale. Le rouge à lèvres était cassé depuis longtemps, le bâton coincé dans le couvercle ; la poudre compacte s'effritait en minuscules fragments ; le mascara était à moitié sec. Une petite répétition ne ferait pas de mal.

Épongeant la sueur sur son visage, elle ramena ses cheveux en arrière. Puis elle frotta le bâton brisé du rouge à lèvres sur sa bouche, la teintant d'un vermillon profond. Elle prit le temps d'ôter quelques éclats séchés avant de colorer ses paupières, noircir ses cils et poudrer son nez et son front. Son œuvre achevée, elle dévisagea son reflet dans le miroir. À l'université, elle avait eu l'habitude de se maquiller pour les soirées étudiantes. C'était si lointain, à présent – comme des souvenirs d'un autre monde. Là où elle se tenait à présent, son visage était éclairé de biais, ce qui accentuait ses traits : les pommettes plus prononcées, les yeux enfoncés dans leurs orbites. Le soleil de Tanzanie avait pratiquement blanchi ses cheveux blonds. Avec le maquillage en plus, elle avait l'impression de regarder une inconnue. Ian et Julia auraient du mal à la reconnaître. Restait à savoir si c'était bon ou mauvais signe.

Essie ralentit, laissant Ian la rejoindre au bord de l'étang. Le soir approchait, mais la chaleur du soleil pesait toujours sur ses épaules ; sous ses pieds, la boue était tiède. Des roseaux lui chatouillaient les mollets et une mouche bourdonnait près de sa tête. Elle lorgna l'étang avec envie. À l'exception de son visage, lavé depuis peu – elle était retournée deux fois dans la tente pour s'assurer que toute trace de maquillage avait disparu –, son corps tout entier était poisseux de sueur.

L'étang faisait partie d'une chaîne de trous d'eau, alimentés par des sources, qui parsemaient la plaine au pied d'Ol Doinyo Lengai comme des versions miniatures de l'immense lac Magadi. Il y avait des sources chaudes, d'autres si saturées de sel qu'une simple éclaboussure suffisait à brûler la peau, d'autres encore tièdes et saumâtres. Quelques-unes étaient même fraîches, voire froides.

Les Lawrence surnommaient leur trou d'eau favori « le Bassin ». Large et profond, bordé de roseaux, il avait la température idéale et ne présentait pas la moindre trace de sel. C'était l'endroit rêvé pour faire quelques brasses – du moment qu'on savait vérifier l'absence de danger.

En effet, la proximité du volcan provoquait régulièrement des remontées de dioxyde de carbone dans les sources. Plus dense que l'air, ce gaz inodore et incolore stagne au-dessus de la surface de l'eau, juste à l'endroit où un nageur remonte prendre sa respiration : à force d'inhaler l'air sans oxygène, le malheureux s'étourdit rapidement et, au lieu de s'échapper, reste sur place jusqu'à mourir étouffé. Les abords des étangs sujets à ces éruptions de dioxyde de carbone étaient jonchés d'ossements d'animaux et les plantes alentour affichaient un jaune maladif, quand elles n'étaient pas simplement mortes. Les Africains appelaient ces trous d'eau *mahali pa hewa mbaya* – les lieux où l'air est mauvais.

Il était rare de détecter la présence du gaz au Bassin. Depuis son arrivée, cinq ans plus tôt, Essie n'en avait jamais été témoin. Mais l'une des tombes creusées à la lisière du campement – et marquée du nom de Badger, le chien préféré de William – prouvait que c'était possible. Badger avait décidé de faire une sieste non loin de l'endroit où se tenait Essie… et ne s'était jamais réveillé.

Ian ouvrit le couvercle d'un briquet argenté qui produisit une petite flamme bleu-jaune. Il se pencha et maintint le briquet juste au-dessus de la surface de l'eau. Essie l'observa en se demandant si, cette fois, la flamme allait s'étioler et s'éteindre. Mais, comme toujours, elle continua de briller.

Ian referma le briquet et le jeta derrière lui, sur sa serviette. Même ce simple mouvement semblait contenir plus d'énergie que d'habitude. Essie voyait bien qu'il était content des progrès de la journée. C'était même lui qui avait proposé qu'ils aillent nager tous les deux au lieu de simplement se laver au campement.

Ces visites au Bassin leur permettaient de passer un temps précieux ensemble. Julia préférait se rendre jusqu'à une petite source plus proche du campement quand elle avait envie de se baigner, sans qu'Essie sache si c'était afin de laisser un peu d'intimité à son fils et son épouse ou parce qu'elle se sentait mal à l'aise à les côtoyer en maillot de bain. Elle ne s'était pas montrée aussi pudique deux ans plus tôt, quand il y avait encore d'autres Européens à Magadi : elle se joignait alors volontiers aux groupes de visiteurs et de bénévoles en quête d'un peu de fraîcheur. Mais depuis qu'il ne restait plus que les Lawrence et les employés locaux, les interactions entre eux trois avaient perdu de leur légèreté.

Ian retira sa montre et la posa précautionneusement sur sa serviette. C'était une Rolex qui avait appartenu à son père – un cadeau du fabricant en reconnaissance des découvertes faites à Magadi. Le verre était fendu, l'heure presque illisible, mais cet objet demeurait le bien le plus précieux de Ian.

Après avoir ajusté son short de bain, celui-ci plongea dans l'étang, créant des remous qui firent onduler les roseaux de la berge. Puis il se laissa flotter sur le dos avec un soupir d'aise. Son corps était mi-blanc, mi-brun, avec des frontières nettes marquées par ses vêtements de travail : chemise à col ouvert, short et hautes chaussettes. Essie l'observa un moment avant d'entrer dans l'eau pour le rejoindre.

« Je me demande comment vont les Leakey », dit-il avec bonne humeur.

C'était une blague récurrente : les résidents du campement d'Olduvai n'avaient accès qu'à une unique source boueuse, qu'ils partageaient avec une colonie d'hippopotames, si bien que leur linge était taché de brun rougeâtre et qu'ils ne pouvaient se laver qu'à l'éponge. L'abondance d'eau fraîche était le seul luxe que les Leakey aient à envier aux Lawrence.

« Les pauvres, renchérit Essie, ça n'a pas dû être facile de se débarbouiller pour recevoir les Marlow. »

Tout en riant, elle se laissa glisser sous l'eau, ses cheveux flottant derrière elle. Elle refit surface près de Ian et s'essuya le visage.

L'eau bleu-vert leur arrivait aux épaules. Ian posa les mains sur les hanches d'Essie et les fit descendre le long de son maillot de bain. Il l'attira à lui, pressant sa poitrine contre son torse. Leurs jambes s'entrecroisèrent, peau contre peau, caressées par les mouvements de l'eau comme par de la soie. Essie se perdit dans les yeux de Ian tandis qu'il glissait une main entre ses cuisses. Le désir la parcourut comme une décharge électrique. Si seulement ils avaient pu rentrer directement au campement et disparaître dans leur tente sans qu'on leur pose la moindre question… À cette période de son cycle, elle ne risquait rien. Ils n'auraient pas besoin de se montrer trop prudents.

Ian l'embrassa doucement. Ses lèvres avaient encore un goût de sueur salée. Après quelques instants, il se détacha d'elle et balaya les environs du regard. Elle l'imita. Les seuls êtres vivants à proximité étaient des oiseaux errant parmi les roseaux, mais elle savait aussi bien que lui qu'un être humain pouvait apparaître sans prévenir à n'importe quel moment. Les Massaïs ne respectaient pas vraiment les limites de la réserve archéologique – il arrivait souvent que des gardiens de troupeaux pénètrent sans autorisation sur ce territoire. En tant que responsables de Magadi, les Lawrence avaient tout intérêt à préserver leur réputation ; or, dans la culture locale, les démonstrations publiques d'affection étaient inacceptables. Un simple baiser pouvait sembler très choquant aux yeux des Africains.

« Bon, on nage ? proposa Ian. Il faut qu'on rentre à temps pour le dîner. J'ai dit à Baraka qu'on avait une nouvelle à fêter, et il va finir les dernières réserves de Noël. »

Il arborait un large sourire. Essie le dévisagea, surprise. Ils gardaient toujours quelques conserves d'importation pour fêter la fin de la saison sèche – qui ne reviendrait pas avant plusieurs mois. Le cuisinier, au service des Lawrence depuis encore plus longtemps que Kefa, n'approuvait sûrement pas cette rupture avec la tradition. Essie l'imagina en train de prendre les boîtes de conserve exposées à la place d'honneur dans la tente de repas, au sommet de l'étagère. S'il les ouvrait vraiment toutes ce soir, ils mangeraient des filets de hareng fumé en entrée, suivis d'asperges et de jambon cuit en plat principal. Le dessert serait un plum-pudding arrosé de brandy et surmonté de cerises confites, à en croire l'étiquette. Et, si les femmes massaïs avaient apporté du lait et des œufs frais, il y aurait même de la crème anglaise. Un tel repas les changerait agréablement du riz et des haricots habituels. Mais, alors même que l'eau lui venait à la bouche, Essie eut un mauvais pressentiment. Un proverbe africain lui revint : « Ne fabrique pas l'écharpe de portage avant la naissance du bébé », soit l'équivalent local de « Il ne faut pas vendre la peau de l'ours avant de l'avoir tué ». Cela ne ressemblait pas à Ian de se montrer aussi désinvolte. Il était chercheur, après tout – formé à procéder étape par étape. Et il était si habitué aux déceptions, à présent, qu'il ne croyait plus rien avant d'en avoir la preuve irréfutable sous les yeux.

Voilà qui montrait bien, songea Essie en traversant l'étang à la brasse, qu'il suffisait de vouloir quelque chose assez fort pour oublier toute prudence.

2

Le vent brûlant soulevait la poussière du sol et faisait ployer l'herbe jaunie sur les bords du ravin. L'après-midi était bien avancé à présent et il faisait beaucoup trop chaud pour marcher dehors, sans parler de gravir une pente aussi raide. Une mèche de cheveux rebelle se colla sur le visage d'Essie. Elle l'écarta d'un geste, laissant une traînée sale sur sa joue en sueur.

Derrière elle, elle entendait le raclement des sabots de Tommy sur les gravillons. Elle avait pris l'habitude de l'emmener sur les chantiers de fouilles, et il était particulièrement crucial qu'il ne perturbe pas l'organisation du campement aujourd'hui. Quand elle regarda par-dessus son épaule pour surveiller sa progression, il poussa un cri plaintif, les yeux fixés sur elle comme s'il avait peur qu'elle ne disparaisse.

« Allez, l'encouragea-t-elle. Tu t'en sors comme un chef. »

Derrière lui apparut Simon, l'assistant africain d'Essie. Jumelles autour du cou, il grimpait avec une agilité déconcertante. Le carquois de flèches sur son dos contrastait étrangement avec sa chemise kaki. Il ne cessait de scruter le sommet des parois du ravin en quête de mouvement dans les fourrés. Rudie et Meg étaient également en chasse : Essie les avait vus s'éloigner, truffe au sol. Elle ne comprendrait jamais comment ils faisaient pour traquer leurs proies avec un pelage aussi voyant. Leurs membres fins et élancés les faisaient ressembler à une sous-espèce de guépard saugrenue ; au moins, ils étaient faciles à identifier et bien connus des chasseurs de la région, qui ne risquaient pas de les prendre pour cible.

Malheureusement, ni Simon ni les dalmatiens n'avaient de grandes chances d'attraper quelque chose. Ian serait déçu, lui qui espérait avoir du gibier sous la main afin de montrer aux visiteurs comment le tranchant d'un outil en pierre pouvait couper la chair et la peau là où les dents humaines n'étaient d'aucun secours. Mais, avec l'approche de la saison sèche, la plupart des troupeaux étaient remontés vers le nord, suivis par leurs prédateurs naturels. Les oiseaux aussi s'étaient faits rares. La région paraissait trop calme, presque abandonnée, et la chaleur vibrait de manière aveuglante dans le vide laissé par leur absence.

Parvenue au sommet de la pente, Essie se retrouva enfin en terrain plat et se redressa, une main en visière. L'endroit qu'ils avaient surnommé « la Fabrique de silex » était visible un peu plus loin : un amas de pierres plus sombre au pied de l'éperon rocheux dont elles étaient tirées. Essie attendit que Tommy la rattrape avant de se remettre en marche.

À chaque pas, elle inspectait le sol, son regard allant et venant régulièrement d'un côté à l'autre. Les Longues Pluies de la saison humide avaient pris fin quelques semaines plus tôt, ce qui signifiait que c'était la meilleure période de l'année pour une découverte imprévue. Il arrivait que les torrents d'eau de pluie coulant entre les flancs escarpés des *korongos* mettent au jour des fossiles très anciens. Même après toutes les excavations possibles et imaginables, même avec les ouvriers les plus qualifiés, le fait était que la plupart des découvertes les plus importantes de l'histoire étaient survenues par accident – une grande source de frustration pour les chercheurs, car il est impossible d'organiser des projets et de constituer des budgets simplement en fonction de la chance.

De temps en temps, Essie devait s'obliger à cligner des yeux afin de les reposer. Difficile de ne pas fixer le sol trop longtemps quand on savait qu'une seconde d'attention supplémentaire pouvait tout changer... Elle se voyait déjà trouver quelque chose d'important, là, tout de suite. Rien d'aussi improbable qu'un squelette complet, non – même les rêves nécessitaient un peu de réalisme. Après des millions d'années, ou même seulement des dizaines de milliers, les vestiges humains les plus susceptibles d'exister encore étaient ceux de la partie du corps la plus solide : le crâne. Essie s'imagina en train de ramasser un fragment de boîte crânienne, ou peut-être un morceau de cavité oculaire ou d'arcade sourcilière ; un objet représentant un indice concret sur la forme générale de la tête. Elle marquerait l'emplacement à l'aide d'un cairn, puis emmailloterait le trésor avant de le glisser dans sa poche. Le lendemain, en présence de Frank Marlow, elle aborderait nonchalamment le sujet... Sa rêverie se poursuivit. Le millionnaire serait si impressionné qu'il dégainerait sur-le-champ son carnet de chèques. Tout le monde saurait que c'était la trouvaille d'Essie qui avait permis de sauver Magadi. Le ravin où elle se trouvait serait baptisé en son honneur : *Korongo Essie Lawrence*. Ainsi, chaque résultat des fouilles qui s'ensuivraient à cet endroit – chaque fossile exhumé, chaque objet découvert – porterait ses initiales...

Essie redescendit sur terre face à l'amoncellement de silex et balaya du regard les fragments acérés et les outils de pierre gisant parmi les galets qui s'étaient détachés naturellement de la roche. Çà et là, des nodules intacts attirèrent son attention : ils seraient parfaits pour sa démonstration de taille. Mais elle les dépassa sans un regret pour se diriger vers l'affleurement rocheux, tirant de sa poche une petite pioche qu'elle soupesa. Elle préférait de loin exploiter ses propres pierres. Ramasser celles déjà éparpillées à la surface ne poserait pourtant aucun problème : la Fabrique de silex avait déjà été étudiée en long, en large et en travers. William lui avait consacré deux articles. Mais Essie n'aimait pas l'idée de se servir parmi ces nodules, arrachés aux sédiments voisins à l'aide d'outils en pierre plus d'un million et demi d'années auparavant. Elle n'arrivait pas à oublier que ce travail avait été accompli par des créatures presque identiques à elle. Leur image s'imposait à son esprit – leurs mains plus simiesques qu'humaines, leurs yeux plus humains que simiesques. Ramasser leurs silex lui aurait donné l'impression de commettre un larcin. Bien sûr, Ian aurait jugé ce genre de pensée ridicule. Essie se figurait aisément son sourire indulgent, qui la ferait se sentir beaucoup plus jeune que lui alors que seule une petite dizaine d'années les séparait. Quant à Julia, elle la regarderait sans doute d'un air interdit, comme si une telle idée était tout simplement incompréhensible.

Il ne lui fallut pas longtemps pour amasser une sélection suffisante de silex. Telles de lourdes pommes de terre poussiéreuses, les nodules ne trahissaient rien de la finesse du grain caché dans leurs entrailles grises. Tommy trottina autour d'elle tandis qu'elle rangeait son butin au fond de son sac. Maintenant qu'elle avait accompli sa mission, elle avait hâte de rentrer au campement. Avec un peu de chance, la frénésie serait en partie retombée – après tout, il restait la moitié de la journée du lendemain pour finaliser les préparatifs. Peut-être même que Ian et elle auraient le temps de retourner nager dans le Bassin. Un frisson de plaisir la parcourut lorsqu'elle imagina leurs deux corps immergés dans l'eau fraîche, hors de vue du reste du monde.

Alors qu'elle hissait son sac sur son épaule et se tournait pour partir, Tommy se figea brusquement. Au même instant, elle eut l'étrange certitude d'être observée.

Ses cheveux se hérissèrent sur sa nuque. Simon était hors de son champ de vision, probablement à la poursuite d'une proie. Les chiens étaient tout aussi invisibles. Elle sentit les battements de son cœur s'accélérer alors qu'une phrase de Simon lui revenait.

Le léopard qui tue est celui qu'on ne voit pas.

Agrippant le collier de Tommy, elle l'attira contre elle, et son autre main se referma sur le manche de sa pioche – une bien piètre arme pour se défendre.

Des gravillons et des mottes de terre dégringolèrent de la falaise face à elle.

Lentement, elle leva les yeux.

Ne jamais tourner le dos à un prédateur.

Des pieds nus et gris de poussière étaient posés au sommet. Un vieil homme mince la surplombait de toute sa hauteur, un arc long attaché dans le dos, courbé contre le ciel. Sa peau parcheminée était si sombre qu'elle semblait presque aussi noire que du charbon. Il était vêtu d'une peau de babouin taillée en gilet rudimentaire, queue et membres inclus. Un instant, Essie vit l'homme et la dépouille comme une seule entité : un humain doté d'une longue queue et d'une seconde paire de bras velus. Une gazelle morte était jetée en travers de ses épaules, les cornes en spirale pointées vers le bas, les yeux vitreux et bourdonnant de mouches.

Le regard de l'homme passa plusieurs fois de Tommy à Essie. Il plissa les yeux. Essie resserra sa prise sur le collier de la jeune gazelle.

« *Nyama huyu ni mali yangu* », déclara-t-elle d'une voix ferme. Cet animal est à moi.

L'attention du nouveau venu se porta de nouveau sur elle. Il avait les yeux légèrement voilés, ce qui n'enlevait rien à l'intensité de son regard. Il la dévisagea comme s'il n'avait jamais rien vu de tel dans toute sa vie.

Essie lui adressa un sourire nerveux, l'observant à son tour. De toute évidence, il ne s'agissait pas d'un villageois bantou solitaire, ni d'un gardien de troupeau massaï inexplicablement séparé de ses vaches. Il ne ressemblait à aucun des Africains qu'elle avait vus à Magadi. En plus de la peau de babouin, il portait un pagne de cuir ainsi que plusieurs colliers de graines séchées autour du cou. Rien ne semblait le relier au monde moderne. Essie prit note de son large nez et de ses hautes pommettes. Il n'était pas très grand, mais le haut de son corps était remarquablement développé. C'était comme s'il sortait tout droit d'un manuel d'anthropologie traitant de la dernière tribu de chasseurs-cueilleurs d'Afrique de l'Est : les Hadzas.

En cinq ans, Essie n'en avait jamais rencontré un seul, même si elle savait que plusieurs groupes se déplaçaient dans la région. Ils avaient la réputation de rester invisibles jusqu'à ce qu'ils décident d'être vus. Les chasseurs n'étaient généralement rien de plus que des ombres furtives dans le bush et il était très rare d'apercevoir les femmes et les enfants, dont le rôle était de ramasser des fruits et des graines. Les anthropologues souhaitaient ardemment établir un contact avec eux, mais les Hadzas ne se laissaient séduire par aucun cadeau. Les biens européens ne les intéressaient pas. Ils ne voulaient rien, sinon qu'on les laisse tranquilles, ce qui rendait l'intérêt de ce chasseur pour Essie aussi inhabituel que perturbant.

« *Hujambo kaka.* »

Bonjour, mon frère. Essie prononça ce salut tardif d'une voix qui se voulait décontractée. Les Hadzas parlaient une langue à part mais, avec un peu de chance, celui-ci comprendrait quelques rudiments de swahili.

Le chasseur ne répondit pas. Il observait de nouveau Tommy, comme s'il percevait la relation unissant Essie au faon – quoi qu'il discerne, il paraissait fasciné. Malgré son âge avancé, il semblait fort et en bonne santé. Essie regarda par-dessus son épaule, mal à l'aise, pour voir si Simon approchait. Elle n'avait pas envie de crier son nom. Si le vieil homme représentait le moindre danger pour elle, appeler à l'aide ne ferait qu'affaiblir sa position ; et sinon, elle passerait pour hystérique et impolie.

Rien ne bougeait dans le ravin en contrebas. Tommy se pressa contre elle, cherchant à s'abriter derrière ses jambes. Lorsqu'elle se retourna vers la falaise, Essie vit qu'un second chasseur était apparu, bondissant de rocher en rocher avec autant d'aisance que s'il courait à travers une plaine. D'une main, il tenait un grand lièvre par le cou. Les longues pattes de l'animal se balançaient au gré de ses mouvements.

Le nouveau venu se tint bientôt à côté du premier chasseur, lui aussi captivé par Essie. Il arborait des scarifications rituelles : une courte cicatrice sur chaque joue. Au lieu d'une peau de babouin, il portait une fourrure de serval à petites taches noires. Bien qu'il soit plus grand que son compagnon et manifestement beaucoup plus jeune, sa peau était du même noir profond.

Un long silence s'installa, seulement troublé par le crissement des grillons dans les fourrés. Puis les deux hommes se mirent à discuter à voix basse. Essie écouta les claquements de langue caractéristiques de la langue hadza, qu'elle avait vus mentionnés dans des livres. Ces sons curieux donnaient l'impression qu'ils parlaient en langage codé.

Le ton monta entre eux. Ils semblaient se disputer, et Essie était visiblement le sujet de leur désaccord. Ils ne la quittaient pas des yeux. Elle se sentait comme un animal pris dans le viseur d'un fusil de chasse.

Au bout d'un moment, les deux hommes parurent tomber d'accord. Le plus vieux fit signe à Essie, puis regarda au loin, derrière la Fabrique de silex. Il était évident qu'il lui demandait de le suivre.

Essie secoua résolument la tête, mais les deux hommes ne firent que répéter leur geste. En swahili, au cas où le second chasseur comprendrait mieux que le premier, elle expliqua qu'elle ne pouvait pas les accompagner. Elle devait rentrer chez elle. Elle avait beaucoup de travail et son mari l'attendait.

Le vieil homme s'adressa directement à elle. Elle n'avait pas besoin de comprendre ses paroles : le ton urgent de sa voix était on ne peut plus clair. Peut-être quelqu'un avait-il eu un accident. Mais, même dans ce cas, elle ne serait d'aucune aide : elle n'avait pas pris sa trousse de secours, pas même les pansements et le désinfectant qu'elle emportait généralement sur les sites de fouilles. Elle n'avait que son sac à dos, ses outils, un carnet et une bouteille d'eau.

« *Pole* », dit-elle. Je suis désolée.

Elle recula, tirant Tommy par son collier. Le chasseur au lièvre posa sa main libre sur le sol, manifestement prêt à sauter de la falaise pour la rattraper.

Essie se figea, incertaine. À cet instant, elle entendit le craquement de bottes sur la terre sèche du *korongo* en contrebas. Elle se retourna avec un soupir de soulagement. Simon approchait à grands pas, les dalmatiens sur ses talons. Même de loin, elle voyait la fourrure hérissée sur le dos de Rudie. Meg et lui avaient la truffe levée, humant l'air.

Les Hadzas parurent aussi heureux qu'elle de l'arrivée de Simon, observant son approche dans un silence étudié qui ne fit que souligner leur impatience. Lorsqu'il fut assez près, le vieux chasseur le héla en hadza. Simon l'ignora et s'adressa à Essie.

« Tout va bien ? Que se passe-t-il ? »

Il lui parlait toujours en anglais : ambitieux, il savait qu'une bonne maîtrise de la langue était cruciale pour grimper les échelons.

« Je ne sais pas. Ils veulent que je les suive. Ça a l'air urgent. »

Essie vérifia sa montre : c'était presque le milieu de l'après-midi.

« Je leur ai dit que je devais rentrer, mais ils ne comprennent pas le swahili. »

Simon hocha la tête sans une ombre de surprise.

« Ce sont des *Hadza pori* », expliqua-t-il. Des Hadzas sauvages.

Les chasseurs continuèrent à s'adresser à lui, tour à tour, et leur insistance fut peu à peu remplacée par ce qui ressemblait à de la détresse. Simon, les sourcils froncés, écoutait les deux hommes – et, manifestement, il les comprenait.

Simon croisa son regard et baissa la tête. Il sembla hésiter un instant. Puis il leur répondit dans la langue hadza, à voix basse, comme honteux de ses propres paroles. Les claquements de langue se joignaient naturellement aux voyelles étrangères. Essie l'écouta, stupéfaite. Un tel langage semblait impossible à apprendre aussi parfaitement, à moins d'avoir grandi avec.

Soudain, elle comprit pourquoi Simon lui avait toujours semblé solitaire, même parmi les autres employés du campement. Ce n'était pas parce qu'il passait son temps libre à lire des revues scientifiques au lieu de rejoindre les autres autour du feu, ni parce qu'il affichait ouvertement ses goûts vestimentaires en portant des chaussures pointues bleu vif achetées à Arusha plutôt que de marcher pieds nus après avoir ôté ses bottes de travail. Non, Simon était isolé parce qu'il était hadza. Les chasseurs-cueilleurs, malgré l'intérêt qu'ils éveillaient chez les chercheurs européens, passaient pour des primitifs aux yeux du reste de l'Afrique. Essie songea également que c'était sans doute à cause de ses origines tribales qu'il avait été choisi pour devenir son assistant. Son travail à elle était moins reconnu que celui accompli par Ian ou Julia. Simon et elle étaient bien assortis : une nouvelle venue et un paria, deux citoyens de seconde zone.

Simon se mit à argumenter avec les chasseurs d'un ton indigné. Il se tourna vers Essie.

« Ils refusent de me donner une raison. Mais ils insistent pour qu'on les suive.

— Dis-leur de rentrer avec nous. Ian pourra les aider.

— Non, c'est seulement vous qu'ils veulent », répondit-il en secouant la tête.

Il semblait aussi perplexe qu'elle.

« Où est-ce qu'ils veulent m'emmener ?

— *Pango ya picha*, dit-il.

— La Caverne aux peintures ? »

Pourquoi là-bas ? Essie connaissait bien l'endroit : c'était pour étudier cette grotte qu'elle était venue à Magadi, à l'origine. Elle y avait passé des semaines entières, à retracer les peintures rupestres au pastel sur du cellophane et à prendre des photos.

« Ils campent là-bas », expliqua Simon.

Essie et lui échangèrent un regard. Beaucoup de chercheurs considéraient les Hadzas comme les descendants directs du peuple qui avait créé ces dessins, il y avait des millénaires. Quelle pensée extraordinaire que celle de cette tribu, au XXe siècle, dans cette même caverne – et menant le même style de vie. En temps normal, Essie n'aurait pas hésité une seule seconde face à l'occasion d'assister à une telle scène. C'était le rêve de n'importe quel chercheur. Mais elle n'aimait pas qu'on lui fasse cette proposition, à elle en particulier, sans lui expliquer pourquoi.

Elle siffla. Julia avait bien dressé les chiens, qui se précipitèrent à ses côtés. Elle posa une main sur la tête de Rudie, qui sentit son angoisse et émit un grondement sourd. Les chasseurs portaient de longs couteaux à la ceinture et leurs carquois étaient pleins de flèches. Ces armes étaient intimidantes, mais Essie doutait qu'ils aillent jusqu'à s'en servir contre Simon et elle, ni même contre leurs animaux de compagnie. En Tanzanie, les Européens – comme on appelait tous les gens à peau blanche – étaient presque toujours traités avec respect. De plus, contrairement aux Barabaigs et à certains Massaïs, les Hadzas n'avaient pas la réputation d'être agressifs. Essie décida de leur répondre, poliment mais fermement, par l'intermédiaire de Simon, qu'elle rentrait au campement.

Comme s'il lisait dans ses pensées, le vieil homme s'agenouilla et approcha son visage. Elle distinguait maintenant le motif des fines rides sur sa peau et la cendre mêlée au gris de ses cheveux. Il prit la parole d'une voix très basse. Ses mots – incompréhensibles mais puissants – avaient un pouvoir d'envoûtement.

« Il vous demande de tout son cœur », traduisit Simon derrière elle.

Essie se laissa gagner par l'émotion du chasseur. Elle hocha lentement la tête, prit Tommy dans ses bras et le hissa vers le jeune Hadza, qui coinça le lièvre mort dans sa ceinture afin d'être libre de ses mouvements. Puis elle leva un bras en direction du vieil homme afin qu'il l'aide à grimper. Une paume rugueuse se referma sur sa main. Le chasseur la souleva avec aisance, à croire qu'elle ne pesait rien : ses membres n'étaient que muscles et os, avec un semblant de chair composée de nerfs et de veines. Quand elle se redressa à côté de lui, elle sentit son odeur de tabac et de feu de bois.

« Nandamara, déclara-t-il en pointant sa poitrine du doigt avant de désigner son compagnon. Dafi. »

Essie se présenta à son tour. Les deux hommes répétèrent son nom, étirant la première syllabe à la manière de tous les Africains.

Sans attendre que Simon les rejoigne, les chasseurs se mirent en marche vers la caverne. Essie les suivit du regard, nerveuse. Elle se rassura en se disant que Ian aurait pris la même décision. Quelle que soit la requête des Hadzas, il aurait fait de son mieux pour la satisfaire, tout en tirant profit de chaque seconde de cette rencontre. Il aurait rempli son carnet, posant des questions par l'intermédiaire de Simon afin d'en savoir un peu plus sur ce peuple unique dont on considérait qu'il faisait le lien entre le présent et la préhistoire – entre les vivants et les morts d'autrefois.

Le trajet jusqu'à la grotte fut facile. Le terrain était principalement plat, avec une piste laissée par le gibier allant boire dans les plaines. Nandamara marchait en tête, suivi par Simon, Essie, Tommy et les chiens. Dafi fermait la marche, sans doute pour s'assurer que personne ne décide de s'arrêter ou de changer de cap. Bientôt, un nouvel affleurement rocheux apparut au loin et Essie fut prise d'un sentiment familier : c'était là, au pied de la falaise, que se trouvait la caverne. Elle ne s'y était pas rendue depuis près d'un an, mais son emplacement était gravé dans sa mémoire, jusqu'au plus petit détail. Lorsqu'elle y travaillait, elle venait d'arriver à Magadi et voulait s'imprégner de la géographie autour du campement aussi rapidement que possible, même si elle ne surpasserait jamais l'expertise amassée par Julia et Ian après des décennies à vivre sur place. Au lieu de suivre Simon aveuglément, elle avait pris le temps, à intervalles réguliers, de se référer à la carte géologique afin de comparer le terrain au tracé.

À présent, elle se rappelait toutes les fois où elle avait accompli ce même trajet dans l'air frais du petit matin, impatiente de se mettre au travail. Elle pouvait presque sentir la cire du pastel entre ses doigts, les échelons de bois contre la plante de ses pieds, le parfum de la terre humide de rosée. Chacune des peintures lui était aussi familière que si elle les avait elle-même dessinées à l'aide d'un bout de bois mâché, après avoir réduit l'ocre et l'argile en poudre.

Elle aurait pu reproduire de mémoire le dessin central : un groupe de hautes silhouettes étranges qui dansaient avec de longs bâtons. Les têtes étaient faites de rayons, peut-être des chapeaux rituels ou des perruques, et un petit enfant se trouvait parmi les danseurs, l'air vulnérable au milieu des jambes et des bâtons démesurés. Essie avait dû tailler son pastel en pointe fine pour reproduire la petite silhouette.

Une pensée lui vint : peut-être lui avait-on demandé de revenir à la caverne à cause de son travail. Les chercheurs rencontraient souvent des problèmes avec les populations locales, même quand le lien entre les habitants et le site étudié était si ténu qu'il semblait dissous par les siècles. Si les Hadzas avaient une récrimination à faire, elle avait pris la bonne décision en acceptant de les suivre. C'était son projet, après tout ; sa responsabilité. Mais en repensant au visage du vieux chasseur, à l'expression dans ses yeux, elle était convaincue qu'il avait un motif personnel pour lui faire cette requête.

Alors qu'ils approchaient de l'affleurement, Dafi se mit à courir pour les devancer. Ils contournèrent un fourré et, par-dessus l'épaule de Nandamara, Essie aperçut la caverne. Certaines peintures étaient déjà visibles de là où elle se trouvait. Des volutes de fumée grises s'élevaient, épousant la courbure de la voûte. Devant l'entrée s'étalait une large dalle de roche, comme une scène de théâtre.

À première vue, les silhouettes humaines se fondaient dans les teintes brunes et ocre des parois. Mais, en s'approchant, Essie distingua peu à peu les détails de vêtements, de corps, d'arcs et de peaux de bête. Elle n'avait aucun mal à se figurer que ces Hadzas descendaient des artistes dont les œuvres, peintes dans des tons similaires, apparaissaient en toile de fond. C'était un groupe réduit, entre vingt et trente personnes. Quoi que leur ait annoncé Dafi, il avait capté leur attention. Tous les regards restaient braqués sur les arrivants. Essie avait presque l'impression, à les voir ainsi se figer au beau milieu de leurs activités, de contempler une frise : la main d'un chasseur, une plume entre les doigts, suspendue au-dessus d'une flèche à empenner ; un vieil homme fumant la pipe accroupi sur ses jambes maigres ; une femme à genoux près d'un mortier, sa poitrine nue ornée de nombreux colliers de perles jaunes et rouges ; des enfants vêtus seulement de pagnes en cuir, les yeux écarquillés. L'un d'eux, un garçon, était peinturé d'argile blanche et ses orbites noires formaient comme deux abîmes au milieu de son visage. Il tenait à la main un arc adapté à sa taille.

Essie salua l'assemblée d'un sourire. Le seul mouvement provoqué par son arrivée fut celui d'un vieux chien aux yeux jaunes, qui fit quelques pas dans sa direction, babines retroussées. Dafi émit un son de gorge et l'animal s'assit immédiatement. Essie s'assura de la présence de Rudie. Il se tenait juste derrière elle, sur le qui-vive, tandis que Meg rôdait autour de Tommy avec une attitude protectrice.

Tout en balayant le groupe du regard, Essie se demanda une fois de plus pourquoi on l'avait amenée ici. Une jeune femme allaitait son enfant dans un coin ; non loin d'elle, une autre faisait de même avec un nourrisson, dont les petits doigts potelés pressaient avidement son sein. Essie aperçut un adolescent à la main gravement brûlée : la peau s'était contractée en cicatrisant, si bien que ses doigts étaient incurvés comme des serres. À part lui, tout le monde semblait en bonne santé et bien nourri. Rien n'indiquait le moindre problème.

Essie se retourna vers l'homme qui l'avait priée de venir avec tant d'insistance. Nandamara fendait déjà le groupe en direction de la femme qui allaitait son bébé. Lorsqu'il se pencha, Essie crut un instant qu'il allait prendre l'enfant – mais il ramassa à la place une peau roulée en boule et frangée de fourrure grise. Une peau de babouin.

Alors qu'il l'apportait à Essie, elle vit une main minuscule s'en extirper, doigts tendus en une étoile brun sombre au-dessus d'un amas de cheveux crépus. La fourrure s'ouvrit davantage, dévoilant un bébé : une fille, aux membres fins et au ventre rond. Elle était nue à l'exception d'un collier de perles blanches. Sa peau noire, lisse et sans défaut, luisait d'huile, et de longs cils bordaient ses paupières closes.

Nandamara prit la parole en couvant la petite des yeux.

« Voici l'enfant de ma fille, traduisit Simon. Comme vous le voyez, elle est trop jeune pour porter un nom. »

Le vieil homme tendit l'enfant à Essie, qui secoua la tête avec un sourire poli, extrêmement surprise. Au fil des années passées à Magadi, elle avait rencontré un grand nombre de mères massaïs, mais celles-ci ne tendaient jamais leurs bébés aux Européens, conscientes sans doute qu'elles essuieraient un refus. À l'exception des médecins et des infirmières de la mission, les Européens craignaient de contaminer les bébés avec de la saleté ou des maladies. Essie partageait cette appréhension. Par ailleurs, même en Angleterre, elle avait toujours évité de prendre de jeunes enfants dans ses bras. Ils semblaient si fragiles qu'elle redoutait de les lâcher. Mais, voyant qu'elle gardait les bras le long du corps, Nandamara pressa le petit ballot contre sa poitrine. Instinctivement, elle leva les mains pour l'empêcher de tomber et le maintint à bout de bras avec raideur.

La fourrure avait glissé au cours du transfert, exposant le derrière de l'enfant. Essie la remit en place. Elle n'avait aucune envie de faire le trajet de retour trempée d'urine – ou pire. Julia serait la première à remarquer l'odeur. Elle dévisagea Nandamara en attendant qu'il lui dise enfin pourquoi il l'avait fait venir.

Le vieux chasseur parla de nouveau, sans la quitter des yeux. La voix de Simon faiblit tandis qu'il traduisait.

« Ma fille n'a pas survécu à la naissance de ce bébé. Son sang s'est échappé d'elle comme un torrent. En peu de temps, sa vie a pris fin. »

Nandamara se tut quelques secondes, une main pressée sur ses yeux. Essie se mordit la lèvre. Voir ce vieillard lutter contre les larmes lui fendait le cœur.

« Je suis vraiment désolée. »

Se reprenant, il désigna la femme qui allaitait.

« Giga l'a nourrie depuis ce jour. Deux lunes se sont écoulées. Mais maintenant, son enfant a un grand appétit. C'est pareil pour les autres mères. La saison sèche est arrivée, il n'y a presque plus de baies et tous les grands animaux s'en vont. Nous devons partir au nord. Marcher tous les jours. »

Il fit un geste en direction du bébé.

« Elle mourra sûrement.

— Comment ça ? demanda Essie, horrifiée.

— Les mères doivent faire passer leur propre enfant en premier. »

Essie se tourna vers Simon, frappée par cette sinistre logique. Son assistant acquiesça gravement.

« Si deux bébés sont mal nourris, alors ils sont tous les deux en danger. C'est une situation difficile pour des Hadzas sauvages. Cet homme aime profondément sa petite-fille, ajouta-t-il en regardant Nandamara. Ils ont fait de leur mieux. »

Essie baissa les yeux sur l'enfant niché contre sa poitrine. La petite tressaillit dans son sommeil. Des bulles de lait se formèrent au coin de ses lèvres tandis qu'elle tétait dans le vide.

Nandamara était à présent en pleine conversation avec Simon. Ils semblaient n'avoir aucun mal à communiquer. Essie se demanda s'ils s'étaient déjà rencontrés, et s'ils avaient un lien de parenté. Elle ne savait rien du fonctionnement des tribus hadzas, pas plus qu'elle ne connaissait les origines de Simon. Il n'évoquait jamais ce genre de sujet, préférant parler de ce qu'il espérait devenir au sein de la nouvelle République unie de Tanzanie. Au bout d'un moment, le vieil homme se tut et se tourna vers Essie. Elle saisit cette occasion pour lui tendre le bébé, mais il fit un pas en arrière.

Essie se sentit gagnée par la panique, comme si un piège insidieux se refermait sur elle.

« Tenez », insista-t-elle.

Simon s'éclaircit la gorge.

« Il veut que vous vous en occupiez. »

Elle ouvrit la bouche pour répondre, mais aucun son n'en sortit. C'était tout bonnement inconcevable.

« Ils savent que vous en êtes capable, poursuivit Simon en regardant Tommy, affairé à grignoter les feuilles d'un buisson aux abords de la grotte. Vous êtes la mère de cet animal. »

Essie suivit son regard sans mot dire. Lentement, la signification de ces mots pénétra en elle. Un membre du groupe avait dû la voir nourrir Tommy sur l'un des chantiers de fouilles. Dès le départ, elle avait insisté pour emmener le faon dans les *korongos* – d'abord pour prouver à Julia que sa présence ne l'empêcherait pas de travailler efficacement, puis parce qu'elle avait pris goût à sa présence. Le spectacle d'une gazelle nourrie au biberon avait éveillé un grand intérêt chez les Massaïs, qui s'attroupaient autour d'elle pour regarder l'animal tirer sur la tétine. La scène ne laissait pas de les amuser. Si un chasseur hadza y avait assisté par hasard, il avait sans doute fait au reste du groupe le récit de la folie des Européens ; et aujourd'hui, quand Nandamara avait rencontré Essie par hasard, il s'en était souvenu.

Tous les yeux étaient braqués sur elle. Même les enfants attendaient sa réaction, immobiles. Giga, la femme qui avait allaité les deux bébés, fit un geste du bras comme pour confirmer les dires de Simon : elle avait fait tout son possible. Elle n'avait plus rien à offrir à cet enfant. Essie comprenait à présent pourquoi Nandamara et Dafi avaient refusé de lui révéler le motif de leur requête. Ils savaient qu'une fois ici, avec ce bébé dans les bras, sous les yeux de sa jeune mère d'adoption, elle aurait du mal à refuser de les aider. Une pointe de colère l'envahit – envers Simon et envers elle-même. Comment avaient-ils pu se laisser entraîner si loin ?

« Écoutez, dit-elle, je voudrais bien vous aider, mais c'est d'un bébé qu'il s'agit. Vous ne pouvez pas simplement la donner à une inconnue.

— Ce n'est pas ce qui est prévu, expliqua Simon. Ces Hadzas reviendront avec les Courtes Pluies. Alors, vous leur rendrez le bébé. À ce moment-là, il y aura largement assez de nourriture pour tous, et Giga pourra s'en occuper à nouveau.

— Mais c'est... en octobre. Dans quatre mois ! »

Nandamara parlait toujours, à grand renfort de gestes. Essie ne voulait même pas savoir ce qu'il disait. Elle s'adressa à Simon.

« Fais-lui comprendre que c'est insensé. Ils ne me connaissent même pas.

— Ils veulent juste sauver cet enfant. »

Elle réfléchit à toute vitesse.

« Il y a sûrement un autre moyen... »

Elle regretta ces mots aussitôt qu'ils eurent quitté ses lèvres. Voilà qu'elle cherchait à résoudre le problème. Elle était impliquée à présent.

« Où est le père ? » demanda-t-elle, consciente qu'elle ne faisait que gagner du temps ; la présence d'un père ne changerait rien.

Nandamara haussa les épaules.

« Loin. »

Essie baissa les yeux. Un scarabée se frayait un chemin entre ses bottes, laissant derrière lui une traînée d'empreintes minuscules dans la terre meuble. Le bébé ne pouvait pas vivre au campement de Magadi, c'était évident.

« Il y a un endroit à Arusha qui prendrait soin d'elle. Un orphelinat. Ian a juste à contacter la mission. »

En prononçant le nom de son mari, elle ressentit un élan d'appréhension. Il aurait géré cette situation différemment, elle en était certaine.

Simon ne traduisit pas immédiatement. Il peinait visiblement à trouver les mots justes pour décrire un orphelinat. Une grande maison où des enfants de tribus différentes habitaient tous ensemble, confiés aux soins de femmes blanches, en attendant d'être envoyés chez des inconnus pour ne plus jamais revenir ?

Quoi qu'il ait choisi d'expliquer, cela provoqua une véritable commotion dans l'assemblée. Giga tendit le bras vers Nandamara, l'expression rongée par l'inquiétude. Quant au vieil homme, il se mit à crier quelque chose, de toute évidence outré.

La réponse traduite par Simon fut claire et ferme.

« L'enfant ne doit pas quitter la vallée, pas un seul instant. Vous devez vous en occuper au campement, comme vous l'avez fait avec ce bébé animal. Elle doit rester ici. »

Il pointa Ol Doinyo Lengai du doigt. Le volcan était connu chez les Massaïs sous le nom de Montagne de Dieu, le logis de Lengai. Il n'y avait pas de nuages ce jour-là et un filet de fumée noire s'élevait du sommet dans le ciel bleu, preuve que la montagne était vivante et veillait sur eux tous.

« Vous devez promettre de ne pas l'abandonner. »

Essie comprenait leurs craintes. Arusha était loin. Les Hadzas n'avaient probablement jamais vu de ville, mais ils avaient dû apercevoir des véhicules disparaissant à l'horizon ou des avions survolant la vallée. Il n'était pas étonnant que cette idée les effraie. Et, pour être honnête,

Essie avait ses propres doutes. Comment garantir que le bébé soit rendu aux Hadzas lorsqu'ils reviendraient ? Que rien n'irait de travers ? Leur inquiétude était on ne peut plus légitime.

Perdue dans ses réflexions, elle dut hocher la tête pour elle-même, sans être vraiment consciente de son geste. Alors, un sourire éclaira l'expression de Nandamara, un rayon de soleil qui ricocha de visage en visage à travers le groupe entier. Dafi, le jeune chasseur, se mit à chanter et à mouvoir son corps au rythme de sa voix. Les claquements de langue sonnaient comme des percussions pour accompagner sa danse.

Bientôt, tous les Hadzas s'étaient levés pour l'imiter. Seul le vieillard maigre resta à sa place, à fumer sa pipe en toussant. Le groupe entoura Essie et le bébé. Les hommes mesuraient à peine sa taille ; les femmes étaient encore plus petites. Au milieu d'eux, elle se sentit soudain bien plus grande qu'elle ne l'était réellement. Les silhouettes dansantes des peintures rupestres derrière eux semblaient faire écho à leur joie. Comme si passé et présent ne faisaient plus qu'un.

Le chant des Hadzas se lova autour d'Essie, l'entraînant dans leur univers. Le bébé, endormi contre elle, était à sa place entre ses bras. Elle respira son odeur de lait et fut prise d'une émotion étrange, comme si quelque chose d'enfoui dans sa mémoire venait de s'éveiller.

Penchant la tête, elle laissa le rythme du chant l'envahir. La terre, les arbres, les oiseaux – tout s'y fondait. Elle se faisait l'effet d'une nageuse à l'extrémité d'un plongeoir, parée à la chute.

Une mèche de cheveux échappée de sa queue-de-cheval glissa vers l'avant et tomba sur les boucles noires du bébé. Le contraste, aussi extrême qu'entre le jour et la nuit, ramena Essie à la réalité. Elle releva soudain les yeux, saisie de panique. Dans quoi était-elle en train de s'engager ? Il fallait mettre fin à cette folie au plus vite.

Mais c'était trop tard. Un accord avait été conclu. L'enfant était sous sa responsabilité, et peu importait qu'elle n'ait jamais eu l'intention d'accepter ce fardeau.

3

Essie attendit, immobile, tandis que Nandamara nouait un bandeau de cuir autour de ses épaules. Quand le hamac fut en place, il y plaça le bébé toujours enveloppé dans sa peau de babouin. La petite, posée contre la hanche d'Essie, ne se réveilla pas de son profond sommeil. Giga observait la scène. Dès que le vieil homme recula, elle se mit à parler à toute vitesse.

« Elle vient juste de la nourrir, traduisit Simon. La petite va dormir longtemps, maintenant. Il faut en profiter pour faire le trajet. »

Giga attendit qu'Essie hoche la tête avant de poursuivre, expliquant que, puisqu'elle avait dû s'occuper de deux nouveau-nés, la petite fille n'avait pas pris l'habitude d'être constamment au sein. Mais cela ne voulait pas dire qu'on pouvait la laisser seule. Entre les tétées, son grand-père la portait s'il était au camp ; sinon, elle était confiée à l'un des enfants les plus âgés. Parfois, on la posait à terre pour la laisser dormir si quelqu'un se trouvait juste à côté d'elle, mais il fallait alors la reprendre dès qu'elle se réveillait.

« Voilà ce que tu dois faire », décréta Giga.

Essie acquiesça de nouveau, incapable de se figurer comment un tel scénario pourrait fonctionner au campement. Avec le peu d'argent qu'ils avaient pour payer le salaire des ouvriers, il n'était pas question d'engager une nourrice pour porter le bébé à longueur de journée ; mais tout le monde serait trop occupé pour se soucier d'elle en permanence. L'enfant devrait prendre de nouvelles habitudes.

« Elle est toujours contente, ajouta Giga. Tout le monde l'aime. »

Face à son sourire encourageant, repris par tous les autres Hadzas, Essie eut un doute. Même s'ils lui avaient confié un bébé capricieux, il était peu probable qu'ils la mettent en garde. En Angleterre, elle avait entendu des femmes parler de toux, de coliques, de poussée des dents… Il y avait tant de choses qui pouvaient mal se passer. Et un bébé demandait énormément de travail. Sa propre mère avait toujours été claire à ce sujet, affirmant que c'était pour cette raison qu'elle n'avait pas eu d'autre enfant. Prise d'une nouvelle vague de panique, Essie se tourna vers Simon.

« Dis-leur que je ne sais pas comment m'occuper d'elle. Je n'ai jamais eu d'enfant. »

Lorsque Simon traduisit, il y eut des exclamations de surprise, rapidement suivies de regards apitoyés. Un homme dit quelque chose qui sembla faire l'unanimité.

« Qu'est-ce qu'il a dit ?

— Il vous conseille de trouver un autre mari, avoua Simon, gêné. C'est comme ça que ça marche, ici. Je vous l'ai dit, ce sont des Hadzas sauvages. »

Essie eut un petit rire choqué.

« Ils ne comprennent pas. C'est notre choix de ne pas fonder de famille.

— Je ne peux pas traduire ça. C'est trop compliqué. »

Elle soupira.

« Peu importe. Dis-leur juste… »

Elle s'adressa directement à Giga et Nandamara.

« Je ne sais pas m'occuper d'un bébé. »

Manifestement, Giga comprit le sens de sa déclaration sans l'aide de Simon. Elle désigna Tommy du doigt, comme si nourrir un animal orphelin était la même chose que prendre soin d'un être humain miniature. Essie se rappela alors les difficultés qu'elle avait eues, tout d'abord, pour le faire manger, suivies de la satisfaction de le voir grandir en bonne santé. Un instant, la confiance de Giga se communiqua à elle. Puis elle songea combien la situation de ce bébé était désespérée : les Hadzas s'adressaient à elle en dernier recours. Ils n'allaient pas faire les difficiles.

Alors qu'elle réfléchissait, paralysée par le choc et l'indécision, elle sentit la chaleur du petit corps blotti contre sa hanche. Baissant les yeux, elle vit une mouche se poser sur le cuir et s'avancer vers l'intérieur de la poche. Elle la chassa d'un geste, puis laissa sa main posée là, comme une protection.

Deux adolescentes s'étaient approchées timidement. Elles ne portaient qu'un bandeau de cuir noué bas sur les hanches et leurs poitrines naissantes étaient ornées de colliers de perles. Elles examinèrent Essie avec fascination, de ses cheveux blonds à ses bottes de travail. L'une d'elles se pencha pour toucher l'un de ses lacets tandis que l'autre observait sa montre de plus près. Un véritable abîme la séparait de ces jeunes Hadzas à presque tous les niveaux. Mais le fait que cet enfant – sans doute l'une de leurs parentes – lui ait été confié établissait un lien entre elles. Les frontières qui les auraient habituellement séparées n'existaient plus. La puissance de cet instant semblait présente dans tous les esprits. L'air lui-même était comme suspendu ; l'univers retenait son souffle pour prolonger cet interlude.

Giga brisa le silence.

« Vous devez partir pendant qu'elle dort », dit-elle avec insistance.

Elle se pencha sur l'enfant et émit un curieux roucoulement semblable à un chant d'oiseau. Lorsqu'elle recula, elle se mordit les lèvres. Elle nicha la tête de son bébé au creux de son cou comme pour y chercher du réconfort. Le visage de Nandamara, en revanche, resta impassible tandis qu'il posait un dernier regard sur sa petite-fille. Seuls ses yeux voilés brillaient très légèrement.

Essie fit ses adieux en swahili, afin de montrer qu'elle n'était pas totalement étrangère à ce pays, et Simon traduisit ses mots en un ensemble de voyelles gutturales et de claquements de langue.

« *Kwaheri. Tutaonana.* » Adieu. Nous nous reverrons.

Un murmure d'acquiescement s'éleva parmi les Hadzas. Sans réfléchir, Essie ajouta l'expression que la plupart des Africains utilisent pour prendre congé, qu'ils soient musulmans, chrétiens ou fidèles à un culte plus ancien.

« *Mungu akipenda.* » Si Dieu le veut.

Simon ne traduisit pas immédiatement. Il sembla chercher ses mots. Quand il prit enfin la parole, il était tourné vers la montagne. Il parla si longtemps qu'Essie se demanda ce qu'il pouvait bien dire. Elle regretta d'avoir parlé de Dieu. Son père, darwinien et évolutionniste, l'avait élevée dans une philosophie athée. Simon se donnait du mal pour faire comprendre une chose à laquelle elle ne croyait même pas.

À la fin de ce discours, Nandamara recula de quelques pas et garda les yeux fixés au sol. Simon ramassa le sac de silex. Les chiens, sentant le départ imminent, revinrent vers Essie. Ils reniflèrent le hamac avec méfiance. Essie leur adressa un regard d'avertissement, au cas où ils auraient pris le bébé pour une proie quelconque. Il devait y avoir eu une bagarre avec l'un des chiens hadzas : l'oreille gauche de Rudie était déchirée et du sang tachait son pelage blanc. Meg s'efforçait de lécher sa blessure, mais il ne cessait de bouger. Tommy sautilla dans leur direction, la bouche pleine de feuilles. Essie fit un signe de tête à Simon. Il était temps de partir.

En s'éloignant, elle se força à regarder droit devant elle. Elle sentait le regard des Hadzas dans son dos, comme un élastique en train de se tendre. Elle n'aurait su déterminer si cette distance grandissante était source de soulagement ou de crainte.

La majeure partie du chemin de retour était en pente descendante. Essie avançait avec précaution afin de ne pas déraper sur les galets. Nandamara avait soigneusement noué l'écharpe de cuir, mais elle ne s'y fiait pas et gardait une main sous le petit corps qui se balançait doucement contre elle.

Lorsqu'elle devait passer de pierre en pierre ou se pencher pour prendre appui sur sa main libre, elle faisait son possible pour éviter de réveiller l'enfant. Elle n'avait vraiment pas besoin que la petite sorte trop tôt de son sommeil et réclame à manger. Un Noël lui revint en mémoire : son père avait invité plusieurs collègues à dîner et, comme sa mère était malade, Essie avait reçu l'autorisation de se coucher plus tard afin de servir les petits fours à sa place. En entrant dans la cuisine, elle était tombée sur l'épouse d'un des professeurs en train d'apaiser d'une main un nouveau-né hurlant tout en s'efforçant de préparer son biberon de l'autre.

Essie s'était tout de suite inquiétée pour le bébé au visage cramoisi et aux lèvres tremblantes. Les hurlements étaient si constants qu'il prenait à peine le temps de respirer.

« Qu'est-ce qui ne va pas ?

— Rien. Il a faim, c'est tout », avait répondu la mère avec un sourire las.

Les cris avaient angoissé Essie, lui donnant envie de plaquer la main sur la petite bouche béante. Elle espérait seulement que sa mère n'entendrait pas ce vacarme depuis sa chambre. Le bébé avait hurlé sans discontinuer jusqu'à ce que le biberon soit enfin prêt et qu'il puisse se mettre à téter.

À présent, Essie se hâtait vers le campement avec l'impression d'avoir une bombe à retardement entre les mains. Sa crainte que l'enfant ne se réveille n'était pas son seul souci : elle redoutait déjà la confrontation avec son mari et sa belle-mère. Quoi qu'il arrive, elle allait devoir prétendre être à la hauteur de la tâche. Il y avait une règle d'or à Magadi : ne pas avoir les yeux plus gros que le ventre. Quand on entamait une excavation, il fallait être capable de tout documenter correctement, du début à la fin. En effet, une fois dérangé, un site n'offrait plus du tout les mêmes possibilités d'étude.

Tout en se frayant un chemin à travers un large éboulis, Essie énuméra mentalement toutes ses connaissances sur les bébés. Elles n'étaient pas nombreuses. Elle n'avait jamais participé ni même assisté aux soins apportés à des cousins plus jeunes : les Holland n'avaient aucune famille en Angleterre. En Tasmanie, où elle avait grandi, ils ne voyaient jamais les proches de son père qui vivaient sur le continent. Quant à sa mère, Lorna, elle venait d'un grand clan établi dans le nord-est de l'île, à près d'une journée de voyage de Hobart. Essie se rappelait les visites au cottage de sa grand-mère, près de l'océan. Certaines impressions étaient encore vives dans son esprit – s'endormir sur une couverture près d'un feu de camp, réconfortée par les bavardages et les rires des adultes dans le noir ; nager dans l'eau bleue et claire avec d'autres enfants dont elle connaissait à peine le nom. Mais ces souvenirs remontaient à loin, quand elle était elle-même trop petite pour s'intéresser aux plus jeunes qu'elle. Après le déménagement à Cambridge, elle s'était naturellement rapprochée d'enfants uniques, comme elle, qui comprenaient le monde d'adultes dans lequel elle vivait et étaient plus susceptibles de partager ses centres d'intérêt. À l'exception du dîner de Noël, ses contacts avec les bébés s'étaient limités à ce qu'elle en voyait au parc, au terrain de jeux ou à la télévision.

De mémoire, le sujet n'avait été abordé qu'une seule fois en sa présence ces dernières années. Une journaliste du *Guardian* était venue à Magadi pour un article sur les Traces, plus particulièrement sur une nouvelle empreinte découverte après les toutes premières. À l'origine, elle avait été envoyée en Tanzanie pour enquêter sur un fabricant de lait maternisé dont la campagne d'affichage publicitaire ciblait les mères africaines. Au cours d'une conversation après le dîner, elle avait expliqué à toute la tablée que de nombreux bébés mouraient de malnutrition ou d'infections de l'estomac parce que les populations vivant dans des huttes ne disposaient ni de l'équipement nécessaire pour stériliser les biberons, ni de l'argent pour acheter des quantités suffisantes de lait en poudre. Apparemment, le fabricant ne s'en souciait pas tant qu'il pouvait élargir sa part de marché. Tandis que la jeune journaliste parlait passionnément de son sujet, Essie avait observé les hommes autour de la table qui luttaient pour ne pas regarder sa poitrine, dévoilée par le décolleté plongeant de son chemisier ouvert. Quand un archéologue de Harvard avait brusquement détourné la conversation sur un article qu'il avait lu récemment, Julia s'était empressée de le suivre. Elle avait semblé aussi révulsée que les hommes. Essie avait du mal à l'imaginer s'occuper de jeunes enfants, et encore moins de bébés : sur ce point, elle lui rappelait assez sa propre mère. L'idée de devoir lui demander conseil était pour le moins intimidante.

Sans autre piste, Essie se surprit à se raccrocher à la certitude de Giga selon laquelle son expérience avec Tommy lui servirait de modèle. Elle se rappela l'étagère du haut dans la réserve, où elle avait remisé les biberons de l'animal quand il n'en avait plus eu besoin. Il y en avait deux, en verre, avec des tétines de caoutchouc marron. C'était le garde-chasse de Serengeti qui les lui avait envoyés quand elle l'avait contacté par radio pour lui demander conseil. Jusqu'à leur arrivée, elle avait dû allaiter la gazelle à l'aide d'une grosse pipette prise dans l'équipement de la hutte de travail : un processus aussi lent que laborieux. Elle espérait juste que les biberons étaient toujours à la même place.

Elle planifia soigneusement son arrivée au campement. Elle entrerait par la réserve et irait directement voir Baraka dans la cuisine pour lui expliquer comment faire bouillir les biberons – pendant trois minutes, comme pour tuer les bactéries présentes dans l'eau. Puis elle préparerait du lait maternisé, diluant une moitié de la dose habituelle, comme on lui avait recommandé de procéder pour Tommy au début. Il faudrait qu'elle contacte la mission Saint-Joseph à Arusha le soir même pour leur demander quoi faire. Peut-être serait-il plus sage d'utiliser du véritable lait apporté par les Massaïs, bouilli puis refroidi, voire coupé à l'eau. Les infirmières de l'orphelinat sauraient la renseigner.

Restait la question des couches. Essie avait toujours trouvé mystérieux le fait que les bébés massaïs soient complètement nus, sans pour autant que leurs mères sentent l'urine ou portent de vêtements tachés. Elle n'avait pas eu le temps d'aborder ce problème avec Giga. En attendant, faute de mieux, elle s'était assurée de disposer la peau de babouin entre le bébé et l'écharpe de cuir. Une fois au campement, il faudrait qu'elle trouve de vieilles serviettes ou de vieux draps à déchirer. Même cela ne serait pas facile : le linge manquait cruellement depuis un moment, sans compter que tous les lits disponibles avaient été faits pour impressionner les visiteurs du lendemain.

Essie ferma les yeux tandis que des mots traversaient son esprit comme une volée de flèches.

Frank Marlow.

Apéritif.

Financement.

Son cœur se mit à battre plus vite. Elle imagina la réaction de Ian et Julia lorsqu'elle reviendrait avec un bébé – comment la surprise initiale se muerait vite en incrédulité et en colère. Comment avait-elle pu faire une telle promesse, sachant quelles conséquences cela aurait pour les autres et pour elle-même ? Elle savait pourtant que les enfants n'étaient pas autorisés au campement. Les seuls qu'on y voyait parfois étaient déjà grands et ne faisaient que livrer le lait des Massaïs. Les ouvriers n'enfreignaient jamais cette règle en invitant leur famille. Ils comprenaient que le campement de recherches de Magadi n'était pas un terrain de jeux, mais un lieu de travail sérieux.

Si Essie était rentrée avec un bébé malade afin d'organiser son transport jusqu'à Arusha, alors ç'aurait été différent. Ce genre de sauvetage avait déjà eu lieu. S'occuper d'un enfant orphelin jusqu'à ce qu'il soit récupéré par la mission aurait également été acceptable. Mais la situation présente n'avait rien à voir, sans même parler du fait que ce n'était pas du tout le moment. Les Lawrence compatiraient sans doute avec le dilemme de la famille hadza, mais Essie était certaine que, à sa place, ils auraient imposé une autre solution – une solution qui n'incluait pas la présence durable d'un nouveau-né au campement.

Elle fit brusquement volte-face. Derrière elle, Simon s'immobilisa.

« Il faut qu'on y retourne, dit-elle. Je ne peux pas. »

Simon baissa les yeux sur la petite tête frisée visible au creux de l'écharpe. Il garda le silence. Essie sentit qu'il était pris entre deux feux : d'un côté, il comprenait pourquoi elle devait s'occuper de ce bébé. De l'autre, il savait pertinemment pourquoi elle ne le pouvait pas.

Dans le silence, un battement d'ailes régulier s'éleva soudain. Un marabout s'était mis à décrire des cercles au-dessus d'eux. Même en vol, l'énorme oiseau paraissait laid avec son dos voûté et son cou pendant – mais ce n'était rien comparé à son apparence de près. Les marabouts sont de véritables créatures de cauchemar à la peau recouverte de croûtes, aux plumes en bataille et aux grands becs pointus souvent tachés de sang séché. Ce sont les plus gros oiseaux terrestres de la planète, certains pouvant atteindre la taille d'un enfant. Charognards aussi bien que chasseurs, ils peuvent sans distinction trouver leur nourriture dans des décharges ou tuer des animaux plus petits.

Sans prévenir, le volatile plongea vers eux comme s'il avait détecté la présence d'une petite créature sans défense. Essie se pencha pour protéger le bébé. L'année précédente, elle avait assisté à l'attaque d'un de ces oiseaux sur un jeune flamant rose qui apprenait à se nourrir sur les rives du lac. Le marabout avait secoué le malheureux dans tous les sens comme une poupée de chiffon, lui brisant le cou avant de l'avaler en quelques bouchées. D'après Ian, ces prédateurs s'attaquaient aussi aux nids situés au centre du lac pour dévorer les poussins par dizaines.

Essie se redressa sans quitter des yeux l'échassier qui s'éloignait. En plus du dégoût habituel, elle sentit une rage brûlante l'envahir. Si elle avait eu les mains libres, elle aurait ramassé une pierre pour la lancer vers lui.

« S'il revient, abats-le », ordonna-t-elle à Simon avec un mouvement du menton vers son arc.

Son assistant sembla perplexe. Ces oiseaux ne représentaient aucun danger pour un adulte, même portant un bébé. Essie elle-même fut surprise de sa propre réaction. D'ordinaire, elle se targuait d'être méthodique, logique, et de faire preuve de sang-froid.

Alors que le marabout approchait de nouveau, porté par les courants aériens à la manière d'un planeur, Simon s'empara d'une flèche dans son carquois. D'un mouvement fluide, il plaça l'empennage contre la corde de l'arc et banda l'arme. L'échassier effectua un virage serré, comme s'il avait compris la menace, et passa son chemin.

La petite fille remua, sans doute affectée par la tension d'Essie. Celle-ci se figea, retenant son souffle, et pria de toutes ses forces pour qu'elle ne se réveille pas. Quand tout fut de nouveau calme, elle reprit le chemin du campement, une main protectrice flottant au-dessus de la tête du bébé. L'apparition du marabout prouvait qu'il existait de nombreux dangers. Elle scruta le sol à la recherche de serpents et guetta le bourdonnement d'insectes comme des guêpes ou des abeilles tueuses – même si ces dernières étaient rares en dehors des zones forestières. La présence de Simon derrière elle avait quelque chose de profondément rassurant.

Le campement approchait. Les plaines, constellées de cercles d'eau bleue, s'étalaient sous leurs yeux. Là-bas se trouvait la piste d'atterrissage fraîchement désherbée… Essie s'immobilisa en apercevant un reflet métallique. Un avion.

Simon s'arrêta à côté d'elle.

« J'ai entendu un moteur tout à l'heure, depuis la grotte. J'ai juste cru que quelqu'un survolait la montagne.

— Ça ne peut pas être les Marlow.

— Non, ils ne sont pas censés arriver aujourd'hui. »

Essie plissa les yeux pour mieux distinguer l'appareil. Ce n'était pas l'un des Dornier à rayures de zèbre appartenant au Lodge, ni le vieux Cessna utilisé pour les livraisons à Olduvai et piloté par un ancien mercenaire du Congo : le fuselage de l'avion d'Erik était piqueté d'impacts de balle et l'une des ailes était tordue. L'avion posé sur la piste semblait impeccable, d'une teinte rosée et au design moderne, avec un fuselage étrangement bas. Essie n'avait jamais rien vu de tel, et une certitude horrifiée la gagna tandis qu'elle portait une main à sa bouche.

« C'est forcément eux, dit-elle d'une voix presque inaudible. Qui d'autre ? »

La soie se colla à sa peau humide alors qu'elle enfilait sa robe à la va-vite. Une rapide toilette à l'éponge avait étalé la poussière au lieu de la nettoyer ; l'odeur puissante du cuir non tanné la suivait avec persistance. Essie se pencha vers le miroir pour appliquer son rouge à lèvres, les mains tremblantes. Dans sa précipitation, elle déborda et dut effacer la bavure. Des bribes de conversation lui parvenaient depuis la tente de repas. Une voix forte et grave, sans doute celle de Frank Marlow, dominait l'échange, mais elle percevait aussi les tons familiers de Ian et Julia. Mme Marlow ne disait rien. Essie n'aurait pas cru qu'une autre personne se trouvait dans la tente si elle n'avait entrevu les quatre silhouettes derrière la fenêtre à moustiquaire pendant qu'elle se hâtait vers la cuisine. Une femme d'aspect distingué se prélassait sur l'une des chaises, tête rejetée en arrière, cigarette aux lèvres. Le bas de sa robe, d'un turquoise éclatant, semblait fait d'une étoffe si fine qu'elle ondulait dans la brise légère. Essie avait tout juste pu apercevoir Ian dans son complet de lin, Julia dans sa robe de dentelle et un homme aux larges épaules vêtu d'une veste de costume blanche et d'un nœud papillon noir.

Essie tendit l'oreille vers la cuisine. C'était une structure solide, en bois, mais les parois étaient minces. Elle entendait Baraka s'affairer à l'intérieur, le vacarme habituel de casseroles et d'ustensiles plus étouffé que d'habitude ; il chantonnait à voix basse. Il n'avait pas bronché quand elle avait surgi sans prévenir, les mains pleines de biberons et de tétines, en déversant un torrent d'instructions. Il lui avait expliqué que le bwana avait reçu un appel radio quelques heures plus tôt : les visiteurs avaient décidé d'arriver avec un jour d'avance.

« Pourquoi ? »

Baraka avait haussé les épaules. Les Africains ne se souciaient pas autant que les Européens des entorses au programme. Ici, tout ce qu'on planifiait avait une dimension provisoire, ce qui forçait les gens à se montrer adaptables. Baraka avait aidé Essie à dénouer l'écharpe et souri en apercevant le bébé endormi, qu'il avait ensuite passé à Simon, assis sur une chaise dans un coin de la pièce. Ce dernier avait pris la précaution d'étaler un torchon sur ses genoux.

« Qu'est-ce qu'on fait si elle se réveille ? avait-il demandé.

— Donne-lui à manger, avait hésité Essie, les pensées en désordre. Non, viens me chercher. Je ne sais pas !

— Allez les rejoindre, avait dit Baraka. Ils sont allés au site de fouilles. Là, ils regardent les objets spéciaux. Vous êtes arrivée au bon moment : la démonstration est juste après. »

Simon avait tendu à Essie son sac de silex. À présent, elle appliquait à toute vitesse du mascara sur ses cils, devant les pierres disposées sur la coiffeuse de fortune. Restait à choisir lesquelles feraient les meilleures roches mères.

Essie recula d'un pas et ajusta sa robe de façon à ce que le décolleté en V ne soit pas trop plongeant. Peut-être était-ce à cause de cela que sa mère n'avait jamais porté cette robe après l'avoir achetée. Elle lissa ses cheveux, remarquant que la teinte dorée de sa peau faisait ressortir la soie orange. Ses yeux étaient grands et brillants. Elle n'avait pas mauvaise allure ; au fond d'elle, elle s'était attendue à ce que l'énormité de ce qu'elle venait de vivre soit visible sur son visage. Mais peut-être la situation était-elle si extrême qu'aucune expression ne pouvait la résumer.

Elle enfila ses escarpins et se précipita à l'extérieur. Les talons hauts s'enfonçaient dans la terre. Tout comme la robe, ils n'avaient pas été portés une seule fois depuis son arrivée, peu adaptés qu'ils étaient au terrain de Magadi ; cela dit, elle se voyait mal remettre ses bottes de travail pour accompagner sa tenue.

Elle dut se concentrer pour mettre un pied devant l'autre, certaine que si elle s'autorisait à s'arrêter, elle risquait de battre en retraite vers sa tente. Se comporter comme si de rien n'était lui semblait au-dessus de ses forces.

Tout près la tente de repas, elle fit une pause à un endroit d'où elle pouvait observer l'intérieur sans être vue. Ian, Julia et les deux visiteurs étaient assis autour de la table. Kefa se tenait non loin, une serviette blanche pliée nettement sur son avant-bras. Frank Marlow et sa femme tournaient le dos à Essie. Le plateau de « découvertes d'une journée type » se trouvait devant Ian, qui tenait un objet à la main. Essie n'avait pas besoin de l'entendre pour savoir ce qu'il disait.

On pourrait croire à un fragment d'os quelconque. Mais ce n'est pas le cas. Vous voyez cette rainure ? C'est la trace des dents d'un prédateur. Grâce à ce minuscule détail, on peut être sûrs que…

M. Marlow était penché en avant, fasciné. Il se tourna vers sa femme, radieux, et Essie vit dans l'espace entre leurs deux chaises qu'il lui prenait la main comme pour partager un moment d'excitation. Mais elle retira brusquement ses doigts. Quand il refit une tentative, elle écarta tout bonnement sa main d'une petite claque. Sans qu'Essie ait eu le temps de digérer sa surprise, Ian se leva et l'aperçut. Des émotions passèrent pêle-mêle sur son visage, puis il parvint à sourire.

« Essie ! Enfin. »

Son ton cordial trahissait une pointe de frustration.

« On se demandait où tu étais passée.

— Désolée. J'ai été retenue. C'est une longue histoire. »

Essie pénétra dans la tente, affichant son plus beau sourire.

« Bonsoir, tout le monde. »

Frank se leva tandis que Ian faisait les présentations. Malgré sa préoccupation, Essie ne put s'empêcher de remarquer à quel point son mari était élégant dans son costume.

« Frank, voici ma femme, Essie. Essie, Frank Marlow.

— Enchantée. »

Le visiteur était incontestablement riche. Cela se voyait non seulement à son costume bien taillé et à son nœud papillon, mais aussi à la coupe de ses cheveux blonds veinés de gris, à la blancheur exagérée de ses grandes dents carrées et à son bronzage uniforme – propre à ceux qui se prélassent au soleil plutôt que de trimer dessous à longueur de journée.

Frank s'approcha pour lui serrer la main avec chaleur. Son regard était franc et plein d'assurance.

« C'est un vrai plaisir de vous rencontrer, madame Lawrence.

— Je vous en prie, appelez-moi Essie. »

Ian se tourna vers Mme Marlow.

« Diana, je vous présente ma femme, Essie. Essie, Diana. »

Diana lui lança un regard impassible. Son beau visage aurait aussi bien pu appartenir à une sculpture. Essie fit un pas vers elle avant d'hésiter, gênée. Elle ne savait jamais comment saluer une autre femme. Pour les hommes, c'était facile : ils n'avaient qu'à se serrer la main. Les femmes, en revanche, se faisaient souvent face d'un air incertain jusqu'à ce que l'une d'elles prenne l'initiative de tendre la main ou, au contraire, garde les bras le long du corps.

Diana agita sa cigarette.

« Bonsoir. »

Elle détailla Essie du regard, s'attardant sur la robe orange. Essie se félicita qu'elle soit de bonne qualité, et d'une marque que même elle avait su reconnaître lorsqu'elle s'était donné la peine de vérifier l'étiquette. Elle profita de l'occasion pour observer Diana à son tour. D'après ce qu'avait dit Ian, elle devait avoir une quarantaine d'années, mais elle semblait beaucoup plus jeune. Elle avait la peau très blanche et sans défaut. Ses longs cheveux noirs étaient remontés en un chignon élaboré sur le sommet de son crâne, avec des pointes savamment bouclées et une mèche lisse en travers du front. Au-dessus de ses yeux sombres, ses sourcils fins rappelaient les ailes d'un minuscule oiseau noir. Le contraste entre sa pâleur et la noirceur de ses cheveux et de ses yeux était parfaitement mis en valeur par sa robe turquoise. Même pour Essie, qui n'avait pas mis les pieds dans un grand magasin depuis cinq ans, il ne faisait aucun doute que ce vêtement était à la pointe de la mode. Le corsage se resserrait en une bande de tissu qui entourait le cou de Diana comme un collier serré. Un peu comme celui de Tommy – à ceci près qu'il était incrusté de perles nacrées et brodé de soie. La coupe de la robe attirait l'attention sur les épaules nues de Diana. Inexplicablement, l'effet obtenu était plus suggestif que si elle avait eu la poitrine quasi découverte.

Diana tira sur sa cigarette tout en terminant sa propre évaluation. De toute évidence, elle faisait son possible pour ne pas pincer les lèvres. Elle baissa les yeux vers le sol, révélant ses paupières ombrées de turquoise.

Essie ne pensait pas avoir vu une femme aussi belle de toute sa vie. Elle dut se faire violence pour se détourner et saluer sa belle-mère, raide sur sa chaise. Julia avait devant elle la réplique en plâtre d'un crâne reconstitué à partir de fragments fossilisés trouvés par William et elle au cours de leurs premières années sur le site. Ce crâne représentait la plus importante découverte liée aux australopithèques de toute l'histoire. Ian avait sans doute expliqué aux invités qu'à ce jour, les seules traces de ces lointains ancêtres de l'humanité – qui avaient émergé des forêts lorsque des prairies avaient commencé à apparaître – se trouvaient en Afrique. Pour cette raison, les Lawrence, tout comme les Leakey, pensaient que ce continent était la terre d'origine de l'être humain ; une théorie allant à l'encontre de la croyance plus populaire selon laquelle l'Europe ou l'Asie, où avaient évolué les hommes de Neandertal et leur étonnante sophistication, auraient été notre lieu de naissance. Peut-être cette perspective avait-elle quelque chose de séduisant pour Marlow, songea Essie. Après tout, en tant que Canadien, il devait apprécier l'idée que l'humanité tout entière ait débuté dans une autre région que les berceaux de civilisation habituels.

La main calleuse de Julia reposait sur le crâne jauni, le bout des doigts sur la saillie des arcades sourcilières. Elle semblait étonnamment à l'aise dans sa robe de dentelle, pour quelqu'un qui n'avait rien porté d'autre qu'une tenue de travail depuis des décennies. La robe lui allait encore comme un gant. Elle avait attaché ses cheveux clairsemés, ce qui la rajeunissait. Vue de loin, elle aurait eu la même apparence que sur sa photo avec la reine ; mais la lumière crue qui entrait dans la tente révélait la peau flasque de ses bras et les rides sur son cou. Elle était probablement en train de taper du bout de sa chaussure contre le pied de la table, un signe d'impatience contenue qu'Essie lui connaissait bien. D'ordinaire, Ian trouvait ces tapotements intolérables, mais il était trop absorbé par son rôle d'hôte pour y prêter attention.

Essie voyait bien qu'il faisait son possible pour paraître à l'aise, malgré l'arrivée anticipée des Marlow et le fait qu'elle-même soit rentrée plus tard que prévu. Il avait horreur des surprises, quelles qu'elles soient. Elle se demanda quelle explication les Marlow avaient donnée pour ce changement de programme – si tant est qu'ils se soient justifiés. Peut-être se voyaient-ils forcés d'abréger leurs vacances. Un homme comme Frank Marlow devait régulièrement avoir des crises à gérer au sein de son empire.

Ian adressa un grand sourire à leurs invités.

« On va pouvoir passer à la démonstration, maintenant.

— Ah oui, la fille du professeur ! Vous savez que j'ai rencontré votre père ? lança Frank en se tournant vers Essie, avant de poursuivre sans même attendre sa réaction. J'ai fait le voyage depuis Toronto juste pour voir sa collection.

C'est incroyable de se promener comme ça en Tasmanie et de ramasser des outils en pierre par centaines… »

Il hocha la tête en direction des excavations.

« Pas comme ici. Toutes ces fouilles, lâcha-t-il avec un petit sifflement. J'ai déjà prévu un voyage en Tasmanie cet automne. Pour voir sur quoi je pourrais tomber. C'est une vraie tragédie, ce qui est arrivé à ce peuple. Une immense perte pour la recherche. »

Il se tourna vers sa femme.

« Les Anglais ont réussi à tous les exterminer. En moins de soixante-quinze ans. Il ne reste pas un seul pur aborigène tasmanien. »

Essie regarda subrepticement Kefa, toujours debout non loin. Pourvu qu'il ne soit pas en train de suivre la conversation. Le colonialisme était un sujet délicat en Afrique, continent exploité sans retenue par diverses puissances européennes. Les Anglais avaient traité les habitants du Tanganyika – désormais République unie de Tanzanie – de façon globalement correcte, mais le récit d'atrocités commises à l'autre bout du monde n'arrangerait certainement pas leur image. Essie échangea un regard avec Ian, incertaine de la direction que prenait la discussion.

« Et si on passait à la démonstration ? proposa celui-ci.

— Bonne idée », répondit-elle.

Indépendamment du besoin de changer de sujet, elle avait hâte de montrer aux Marlow comment tailler un silex : une fois sa tâche accomplie, elle pourrait éventuellement prétexter une migraine pour éviter d'accompagner tout le monde aux Traces. Avoir un peu de temps pour elle, seule au campement, serait idéal. Le calme de Baraka face à l'arrivée du bébé l'avait déjà relativement rassurée. À son âge, le cuisinier avait sûrement eu plusieurs enfants et appris quelques petites choses en observant sa femme. Avec un peu de chance, elle pourrait l'encourager à se charger du nourrisson.

Elle coula un regard en direction de Diana. Comment réagirait-elle si Essie s'absentait, surtout après être arrivée en retard ? Mme Marlow fixait son mari, qui se frottait les mains à l'idée de la démonstration. Essie fut surprise d'apercevoir un sourire attendri sur ses lèvres. Cela n'avait pas de sens, après l'échange silencieux dont elle avait été témoin. Diana était agacée, il n'y avait pas de doute. Ce sourire devait être feint. Qu'avait-il pu se passer entre eux ? Peut-être Diana en voulait-elle à Marlow d'avoir avancé la soirée, probablement à la mauvaise date. Mais Essie avait le sentiment que le problème était plus profond. Quoi qu'il en soit, il n'était pas indispensable qu'elle accompagne le reste du groupe aux Traces ; au contraire, à la place des Marlow, elle aurait préféré s'y rendre sans personne d'autre afin de célébrer cet anniversaire de mariage. Mais il n'était pas certain, malgré la splendeur du paysage, que l'événement s'avère aussi romantique que prévu.

Revêtant un tablier en cuir, elle précéda le petit groupe à l'extérieur. En face de la tente s'étendait un vaste espace entouré de buissons et de touffes de sisal, avec un cercle de pierres aménagé en son milieu pour allumer un feu de camp. On aurait dit une scène. Dans un concert de craquements de toile, les quatre autres prirent place sur des chaises de camping tandis qu'Essie recouvrait son espace de travail d'un sac de jute afin de récupérer les fragments de silex. Si des fouilles avaient lieu sur place à l'avenir, elle ne voulait pas que les restes de sa démonstration soient confondus avec de véritables outils anciens. Elle s'installa sur un tabouret solide, maintenant la roche mère posée sur son genou, la pierre ovoïde qui lui servirait de marteau dans l'autre main. La sensation du silex contre sa peau avait quelque chose de rassurant. Elle avait déjà fait cela des centaines de fois.

Elle croisa le regard de Ian, qui sourit d'un air encourageant. Il semblait beaucoup plus détendu à présent que tout se déroulait comme prévu. Essie le laissa se charger du commentaire pendant qu'elle se concentrait sur sa technique. Elle frappa légèrement la roche mère afin de vérifier sa position, puis abattit le marteau plus fort, en s'assurant de viser un emplacement au-delà de la pierre, et fut soulagée de voir un éclat parfait se détacher du cœur.

« Tout dépend de la ligne d'impact, expliqua Ian. Ce qu'on cherche à obtenir, ce sont des chocs obliques, mais sans à-coups. »

Essie s'attela aux frappes secondaires afin de former une arête. Elle avait décidé de fabriquer une hache acheuléenne, un outil sophistiqué associé à notre ancêtre le plus récent, *Homo erectus*. À la grande frustration des chercheurs, pas un seul de ces outils avancés n'avait été retrouvé en Afrique, alors que la Chine, l'Indonésie et divers sites européens en avaient fourni de nombreux spécimens. C'était comme une mauvaise farce de la part de la planète : alors que les seules traces d'australopithèques avaient été découvertes ici, en Afrique, il n'y avait qu'en Europe et en Asie que des fossiles d'*Homo erectus* avaient été mis au jour, ainsi que leurs outils acheuléens. Ces deux pièces du puzzle n'avaient jamais fait surface dans la même région – la preuve des débuts de l'humanité en tant que primates, suivis de la période *erectus*, qui précédait de peu l'homme moderne, *Homo sapiens*. Il aurait sans doute semblé plus logique de fabriquer un outil d'un genre que l'on trouvait localement, à Magadi – mais son objectif était d'inspirer à Frank Marlow l'idée de financer les fouilles qui permettraient de résoudre ce mystère persistant.

Alors que l'outil prenait peu à peu forme, Ian fournissait des bribes d'information utiles. Essie se surprit à apprécier cette excuse pour fabriquer un objet acheuléen, au-delà de l'objectif poursuivi. La hache pesait de manière satisfaisante au creux de sa paume. Elle serait taillée sur les deux faces et entièrement facettée, ce qui lui donnerait finalement l'aspect d'un énorme joyau.

Ian changea subtilement de ton en s'adressant à Diana, conscient qu'il serait judicieux de susciter également son intérêt.

« Il y a environ deux millions d'années, l'invention des outils en pierre est en passe de changer le monde. »

On aurait dit qu'il récitait le discours de quelqu'un d'autre. Essie, qui l'avait déjà entendu employer ainsi le présent pour parler du passé, se demanda fugacement si ces paroles et ce ton étaient ceux de William Lawrence, décédé cinq ans avant son arrivée à Magadi.

« Les hominidés peuvent mieux se défendre à présent, même si leurs dents défensives – les incisives – ont diminué de taille. Leurs outils leur permettent de trancher la peau de leurs proies afin d'atteindre la chair et de briser les os pour manger la moelle. »

Diana ne devait pas avoir l'air passionnée, car il recommença à s'adresser à Frank. Essie faisait à peine attention à ce qu'il disait, concentrée sur les esquilles de silex qu'elle détachait du cœur de la pierre à chaque coup et qui tombaient au sol tels des pétales de fleur.

Frank poussa un sifflement admiratif en la regardant travailler.

« C'est encore plus difficile qu'il n'y paraît, précisa Ian. Il faut des années d'entraînement et un instinct naturel. »

La fierté dans sa voix ne faisait aucun doute. Essie leva les yeux vers lui, souriante. Un instant, elle se sentit de retour en Angleterre, les pavés froids de la cour de l'université sous ses semelles. Elle mettait son talent à contribution lors d'une démonstration organisée par son père en l'honneur de la visite de Ian Lawrence. Certains de ses amis étudiants étaient présents, eux aussi, dans l'espoir de rencontrer le célèbre archéologue d'Afrique de l'Est.

Arthur et Ian se tenaient côte à côte et discutaient pendant qu'elle se concentrait sur sa tâche. Ils s'étaient immédiatement liés d'amitié, et elle en comprenait la raison : malgré leur renommée dans leurs domaines respectifs, ils demeuraient à l'écart des autres chercheurs. Arthur était australien et venait de l'obscure et minuscule université de Tasmanie ; Ian était né en Afrique, comme son père avant lui. Tous deux se distinguaient, de par leur éducation et leur expérience, de l'univers britannique huppé de Cambridge. Ils avaient même pu échanger des plaisanteries sur le fait que la Tasmanie et la Tanzanie étaient très souvent confondues par les gens.

Ian avait été vivement impressionné par les compétences d'Essie pendant sa démonstration.

« Je vais la ramener avec moi en Afrique », avait-il lancé à Arthur.

C'était un trait d'humour, bien sûr, mais Essie avait savouré ses paroles.

« Désolé, j'ai trop besoin d'elle ici », avait répliqué Arthur avec bonne humeur.

Difficile de dire à quel point il était sérieux mais, de toute évidence, la remarque l'avait flatté.

Essie s'était absorbée dans l'étude du quartz taillé posé sur ses genoux, rejouant dans son esprit l'instant où Ian Lawrence – un homme admiré de tous, même de son père – avait choisi de lui consacrer, à elle, toute son attention.

À présent, perchée sur son tabouret à l'extérieur de la tente, dans la vastitude désolée de Magadi, elle sentait la brise fraîche de la fin d'après-midi s'amenuiser. Le petit-déjeuner de ce matin-là, durant lequel elle avait soigneusement planifié ses activités jusqu'au moindre détail sans se douter un seul instant de ce qui allait se produire, lui semblait déjà remonter à une éternité.

Elle s'interrompit un instant pour jauger la réaction des Marlow à sa performance. Frank était penché en avant pour ne pas perdre une miette de ce qu'elle faisait, et Julia imitait sa posture comme si elle trouvait ce spectacle tout aussi nouveau et captivant. Mais Diana n'affichait pas le moindre intérêt pour la taille de silex. À la place, son regard se posait tour à tour sur Ian et sur Essie, comme pour examiner un produit qu'elle envisageait d'acheter… Non, cela n'avait pas de sens. Baissant les yeux, Essie resserra sa prise sur la roche mère et se prépara à frapper de nouveau.

Des éclats et des fragments plus petits pleuvaient sur son tablier de cuir pendant qu'elle travaillait. La soie orange paraissait encore plus éclatante par contraste avec le cuir terni et la toile de jute étendue au sol. Ses escarpins, fermement plantés au sol alors qu'elle prenait appui sur ses talons, étaient déjà couverts de poussière. Quand elle se relèverait, sa robe se plaquerait contre sa peau en sueur. Elle avait l'impression d'être composée de deux personnes différentes que rien ne reliait, mais tout aussi réelles l'une que l'autre.

Elle s'attaqua à la séquence de petits coups visant à raffermir le tranchant de la hache. C'était une étape cruciale : la moindre erreur risquait de réduire à néant tout ce qu'elle avait accompli jusque-là. Ian poursuivait son commentaire, lâchant çà et là des remarques tellement familières qu'elle aurait pu les réciter en même temps que lui. Puis, brusquement, il se tut.

Essie leva les yeux et vit Tommy s'approcher du groupe, ses petites cornes en avant. Il voulait de toute évidence s'entraîner à donner des coups de tête. Diana se tassa sur sa chaise comme s'il s'agissait d'un dangereux carnivore et non d'une jeune gazelle.

« Tout va bien, dit Essie en toute hâte. Il est dressé. »

Mais Diana ne sembla pas rassurée le moins du monde. Peut-être se faisait-elle du souci pour le tissu diaphane de sa robe. Frank, au contraire, tendit une main timide vers l'animal, peut-être pour montrer qu'il n'était pas aussi craintif que sa femme.

« Qu'est-ce que c'est ? Une espèce de biche ?

— Une gazelle de Thomson, répondit Ian. Un jeune mâle.

— Il s'appelle Tommy », ajouta Essie en tendant la main pour saisir son collier.

À cet instant, elle regretta de ne pas avoir fait preuve d'un peu plus d'imagination.

« Vous avez une sacrée ménagerie, ici, commenta Frank. Avec tous ces chiens... »

Essie se demanda s'il avait vu tous les animaux qui vivaient à Olduvai. Il y avait quatre ou cinq corniauds, en plus des dalmatiens de pure race dont descendaient Meg et Rudie, mais également un serval, un daman, une mangouste et même une corneille à laquelle il manquait une aile. Les Leakey avaient sans doute eu le bon sens de les parquer à l'écart pendant la visite du philanthrope.

« Ma femme est un vrai cœur d'artichaut, expliqua Ian avec un sourire indulgent qui ne trahissait rien de l'agacement qu'il ressentait. Elle a recueilli Tommy quand il était bébé. »

Il fit un geste en direction de l'arbre sous lequel dormaient les chiens.

« Ceux-là, en revanche, nous sont bien utiles. Il y a des léopards dans le coin, vous savez.

— Ici ? s'inquiéta Diana en regardant autour d'elle.

— Non, non. Je voulais dire dans les *korongos*. »

Essie se leva sans lâcher le collier de Tommy.

« Je suis désolée. Je vais le remettre dans son enclos. J'ai dû mal fermer la barrière.

— Je m'en occupe, proposa Julia.

— Non, non, je vais le faire. »

L'enclos de Tommy était trop proche de la cuisine – Julia aurait peut-être la mauvaise idée de passer voir Baraka sur le chemin du retour.

« J'ai fini, de toute façon », ajouta Essie.

Souriante, elle tendit la tête de hache à Frank, qui la retourna plusieurs fois et en testa le tranchant sur la chair de son pouce avant de hocher la tête.

« Magnifique. »

Essie se sentit rougir. À la manière dont il avait soutenu son regard en disant ce mot, elle n'était pas certaine que c'était de l'outil qu'il parlait.

« Gardez-le, proposa Ian. En souvenir de votre visite. »

Frank glissa l'objet dans la poche de sa veste et regarda à l'ouest, vers les plaines. Le soleil d'or jaune flottait dans un ciel vert amande un peu au-dessus de l'horizon.

Ian suivit son regard.

« Il va bientôt être l'heure de partir.

— Je vais demander à Daudi de préparer le Land Rover », assura Essie.

Elle commençait à s'éloigner, tirant Tommy derrière elle, quand Diana se leva.

« Vous pouvez me montrer les toilettes ? J'ai besoin de me repoudrer.

— Oh… bien sûr. Oui, suivez-moi. »

Julia et Essie avaient envisagé cette possibilité : la tente de *cho* avait été parfumée à l'encens et une couche de terre fraîche déposée dans la fosse d'aisances afin d'en dissimuler le contenu. Il n'y avait rien eu à faire, cependant, pour la mâchoire d'éléphant qui tenait lieu de siège. Il restait à espérer que les Marlow seraient intrigués plutôt qu'écœurés. Dans la tente de bains, juste à côté, une serviette presque neuve et deux carafes d'eau avaient été disposées près de la cuvette en émail.

Essie fit le tour de la tente, suivie par Diana.

« J'espère que vos chaussures ne seront pas abîmées », dit-elle.

Il s'agissait de sandales blanches en peau de serpent, aussi modernes que la robe turquoise, avec des talons épais. Elles étaient encore impeccables : si Diana les avait portées pendant la visite des sites de fouilles, alors elle n'avait pas dû quitter la voiture.

« Peu importe, répondit-elle avec un haussement d'épaules. C'est Frank qui me les a offertes. Il devrait savoir que je n'aime pas porter du serpent. »

Essie garda le silence face à cette remarque aussi déloyale que sans grâce. Les deux femmes continuèrent leur chemin sans échanger un mot. En passant, Tommy arracha quelques feuilles d'un buisson situé au bord du chemin.

« Frank m'a dit que vous travaillez ici avec votre mari depuis des années, reprit Diana.

— Oui, je suis arrivée en 1965.

— Et il n'y a que vous trois ? Vous ne devenez pas fous à force de passer tout votre temps ensemble ?

— Il y a aussi les ouvriers du coin, tempéra Essie. Mais c'est vrai qu'on passe beaucoup de temps ensemble, Ian et moi. Et Julia.

— Mon Dieu. Comment faites-vous pour habiter avec votre belle-mère ? »

Essie laissa échapper un petit rire coupable.

« Je sais. Il y a des moments… »

Diana rit à son tour, puis sembla de nouveau songeuse.

« Elle est connue, cela dit, n'est-ce pas ?

— William et elle ont découvert les Traces. Et ensuite, les fossiles d'australopithèque, comme le crâne que vous avez vu. Ils ont aussi trouvé un fragment de crâne d'*Homo habilis*, un australopithèque un peu plus évolué. Le premier à avoir fabriqué des outils. »

Essie eut un sourire d'excuse. Diana ne comprenait sans doute pas grand-chose à ce qu'elle racontait, ne serait-ce qu'à cause de tous ces termes latins difficiles à retenir. Lorsqu'elle-même avait appris le terme « australopithèque », elle avait longtemps dû lutter contre la tentation de l'associer à l'Australie.

« Alors, Ian et vous êtes la nouvelle génération de mari et femme chercheurs », commenta Diana.

Essie ressentit une pointe de plaisir, mais ne répondit rien. Heureusement, Diana ne semblait pas savoir que depuis son arrivée, cinq ans plus tôt, aucune découverte majeure n'avait été faite à Magadi.

« Et puis, il y a votre père, le professeur, continua Diana. Il est célèbre pour sa collection. Ne me dites pas que votre mère est connue aussi ?

— Non, elle… »

Elle n'était personne.

« Elle est morte.

— Je suis désolée. »

Diana n'avait pas fait l'effort d'accorder son ton à ses paroles compatissantes.

« Vous avez trouvé votre place ici, avec les Lawrence. Vous devez être heureuse. »

Dans le bref silence qui suivit, Essie tenta de se représenter sa vie. Une immense tapisserie pendue au mur : multicolore, complexe, achevée.

« Oui, je suis très heureuse. C'est ce dont j'ai toujours rêvé.

— Comment ça s'appelle, exactement, ce que vous faites ?

— De manière générale, on est archéologues. Mais on étudie le processus d'hominisation, l'évolution des primates jusqu'aux humains modernes. Donc, techniquement, nous sommes des paléoanthropologues. Paléontologues aussi, quand on travaille sur des fossiles. »

Elle eut un nouveau sourire.

« C'est compliqué. Les domaines d'expertise se recoupent.

— Je n'imagine même pas ce que ça doit faire d'être aussi... passionnée par son travail. On dirait que vous ne vous arrêtez jamais, dit Diana en fronçant le nez.

— On travaille dur, c'est vrai. Mais il y a tellement à faire. »

Diana pivota soudain.

« J'espère que vous êtes consciente de votre chance – d'avoir un mari avec qui vous partagez tout. Un homme que tout le monde respecte.

— J'ai énormément de chance », acquiesça Essie.

Malgré les difficultés de sa relation avec Julia, l'isolement du campement et la séparation d'avec tous ses proches restés en Angleterre, elle savait que son mariage avec Ian lui apportait quelque chose dont la plupart des gens ne pouvaient que rêver. Mais l'existence de Diana semblait enviable, elle aussi, à sa manière. Le regard d'Essie passa de sa coiffure élaborée à sa superbe robe.

« Vous aussi, dit-elle.

— Moi, de la chance ? »

Diana leva une main pour examiner ses ongles vernis de rouge.

« Frank est un homme bien, dit-elle lentement. Mais il ne s'en tient jamais à une seule femme. Il n'essaie même pas. »

Elle rendit son regard à Essie, sourcils arqués, comme si celle-ci lui avait posé une question. Essie ne sut pas quoi répondre. Elle était consciente que beaucoup de femmes avaient la faculté de tisser instantanément des liens intimes avec une inconnue, partageant leurs soucis les plus personnels, mais elle n'avait jamais été ainsi. Et, après cinq ans passés dans l'isolement social le plus complet, elle se sentait encore plus mal à l'aise.

« Je n'ai pas épousé Frank pour son argent, vous savez. J'ai ma propre fortune. Je suis une Sherman. Comme les hôtels Sherman, précisa Diana devant l'absence de réaction d'Essie. Il y en a dans toute l'Amérique. »

Essie n'avait jamais entendu parler de cette famille ni de son empire. Elle esquissa un sourire vague.

« Vous venez de quelle partie des États-Unis ? »

La question semblait un moyen idéal pour détourner la conversation des infidélités de M. Marlow.

« Je suis née et j'ai grandi dans le Massachusetts, répondit Diana. Mais je n'y ai pas mis les pieds depuis des années. Je suis plus ou moins canadienne, maintenant, depuis le temps que j'habite là-bas. Enfin bref, j'ai choisi Frank pour sa personnalité, pas pour sa fortune. Je suis tombée follement amoureuse de lui. Je ne pouvais pas deviner dans quoi je me lançais… »

Elle eut un rire amer.

« Vous savez pourquoi on a dû venir en avance ? Il y a un tournage au Lodge, et on nous a invités à y assister demain. Frank ne veut pas rater ça. Inutile de préciser que c'est l'actrice qui l'intéresse. »

Elles étaient parvenues aux petites tentes situées en bordure du campement.

« Ah, on y est, dit Essie d'un ton léger comme si Diana ne venait pas de lui révéler quelque chose d'extrêmement intime. Les toilettes sont à gauche. Pour se laver les mains, c'est à droite.

— Merci. »

Mais, au lieu de s'éloigner, Diana observa un instant les environs, immobile.

« J'aime bien cet endroit. Tout est si simple. Chaque chose à sa place, et rien en trop. »

Essie songea à toutes les choses qui n'étaient pas à leur place – parce que le campement en était à court. Elle savait ce que Julia attendait d'elle, dans ce moment d'intimité avec Diana Marlow. Les hommes riches se laissaient souvent influencer par leurs épouses ; elle aurait dû essayer d'aborder le sujet des subventions. Mais elle n'avait plus de temps à perdre si elle voulait passer à la cuisine avant de transmettre son message à Daudi. Elle pointa du doigt la direction d'où elles étaient venues.

« Vous n'aurez qu'à rejoindre les autres, ensuite. »

Elle partit en tirant Tommy derrière elle. Une fois à son enclos, elle le fit entrer et ferma la clôture, puis trouva quelques grosses pierres pour la bloquer. Ses escarpins l'empêchaient de les mettre en place à coups de pied, si bien qu'elle dut se baisser et laisser le bas de sa robe traîner dans la poussière. Alors qu'elle finissait sa tâche, un bruit lui parvint. Elle tourna la tête. Sans doute le chant d'un oiseau aquatique. Mais il retentit de nouveau, et son estomac se contracta. C'était trop proche, trop sonore. Alors qu'elle prenait la direction de la cuisine, les pleurs s'intensifièrent, gagnant en volume comme une sirène d'alarme. Essie abandonna ses escarpins et se mit à courir, comme si ce bruit était une présence physique qu'elle pouvait figer dans son élan.

4

Essie fit deux pas dans la cuisine avant de s'immobiliser. Le bébé se démenait entre les bras de Simon, la tête en arrière. De près, il paraissait incroyable que de si petits poumons puissent produire de tels hurlements. Baraka, un biberon à la main, l'agitait dans tous les sens pour suivre les mouvements de la bouche ; le visage et le cou de la petite étaient luisants de lait.

« Elle s'est réveillée très calme, expliqua Simon en haussant le ton pour couvrir le bruit. Mais quand on a voulu la nourrir, elle s'est énervée. »

Il tendit l'enfant à Essie, soulagé. Une serviette humide tomba au sol lors du transfert.

Essie serra le bébé nu contre elle, terrifiée à l'idée de lâcher prise. Il y avait de brefs silences entre deux séries de hurlements, tandis que l'enfant reprenait son souffle – puis les pleurs recommençaient de plus belle. Essie tenta de murmurer des mots rassurants, mais elle ne s'entendait pas elle-même, et sa panique grandissante ajoutait encore à la tension présente dans la pièce.

« Elle n'a rien bu du tout ? » demanda-t-elle à Baraka.

Le cuisinier secoua la tête.

Essie ferma les yeux quelques secondes le temps de recouvrer son sang-froid. Elle modifia la position du bébé afin de lui placer la tête contre sa poitrine, comme elle avait vu Giga le faire. Mais le petit corps se contorsionna pour s'écarter d'elle, pris dans un tourbillon de faim et de terreur face à tous ces inconnus. Elle ne téterait pas avant de s'être calmée. Essie se rappela vaguement le mal qu'elle avait eu à faire boire Tommy, dans les premiers temps. Elle avait dû se résoudre à l'emmailloter dans une grande serviette pour lui immobiliser les pattes et à lui tenir la tête pendant qu'elle laissait goutter du lait directement sur sa langue. Après en avoir avalé suffisamment, il avait enfin compris à quoi servait le biberon.

Une vieille *shuka* massaï pendait à un clou dans un coin de la pièce ; Baraka s'enveloppait dans cette couverture mince lorsque les soirées étaient fraîches autour du feu. Quand Essie lui fit signe d'étaler le tissu rouge et violet sur la table, il hésita. Ce serait un manquement aux règles d'hygiène établies par Julia, et elle le savait très bien. La table était destinée à la nourriture, rien d'autre. Même les aliments qui n'étaient pas directement prêts à être cuisinés – qu'ils soient couverts de peau, de plumes ou de terre – n'y étaient pas admis. Mais Baraka ne dit pas un mot lorsque Simon obéit à sa place, jetant la couverture sur les planches soigneusement récurées.

Les deux hommes reculèrent et observèrent Essie, comme si elle pouvait savoir quoi faire juste parce qu'elle était une femme – ou peut-être une Européenne, elle n'aurait su le dire. Dans tous les cas, cela lui redonna confiance. Elle emmaillota la petite en un rien de temps, procédant comme dans son enfance, avec ses poupées. À la fin, le bébé se tenait coi – de surprise, probablement. Essie profita du silence pour lui souffler des mots doux, serrant bien le petit ballot contre sa poitrine. La fierté l'envahit. Elle lança un regard de triomphe aux deux hommes. Puis le bébé releva la tête et se remit à pleurer.

Alors qu'elle desserrait légèrement la couverture, de peur de l'étouffer, un petit bras s'échappa et entreprit de lui frapper le visage. Dans ce mouvement, la petite effleura la peau de son sein, dévoilé par le décolleté plongeant de la robe orange ; elle sembla reconnaître la sensation et se tut de nouveau. Essie se pencha en avant afin d'exposer davantage sa poitrine, et la petite main s'y posa, étoile sombre sur cette peau laiteuse qui n'avait pratiquement jamais vu le soleil. L'enfant leva vers elle ses grands yeux brillants, où se répétait le même contraste entre les iris pratiquement noirs et le blanc tout autour. Essie lui sourit. Les larmes avaient laissé des traînées argentées qui disparaissaient dans la chevelure crépue.

Spontanément, Simon s'empara d'une chaise et la plaça derrière Essie, qui s'assit très lentement. Baraka lui tendit le biberon. Toujours penchée en avant pour ne pas déranger la main posée sur sa poitrine, elle pressa avec douceur la tétine contre les lèvres du bébé.

Elle se demanda subitement si Baraka avait bien stérilisé le récipient et réduit de moitié le dosage du lait en poudre. Avait-il suivi toutes ses instructions ? Le lait était-il assez tiède ? Elle ne voulait pas risquer de troubler cette paix durement acquise. Face à elle, Baraka fronçait les sourcils, visiblement inquiet que l'enfant refuse de se nourrir.

« Il faut qu'elle goûte le lait », dit-elle à voix basse.

Avec Tommy, elle avait été obligée de presser la tétine jusqu'à ce qu'il apprenne à le faire lui-même. Comme s'il lisait dans ses pensées, Baraka vint s'accroupir à côté d'elle. Elle ressentit une certaine gêne à le savoir si proche de sa poitrine ainsi dénudée. Mais les hommes massaïs ne considéraient pas les seins différemment du reste du corps : pour eux, ceux-ci servaient à nourrir les enfants et n'avaient pas besoin d'être cachés comme un honteux secret. Essie huma les senteurs de cuisine qui émanaient de Baraka : levure, farine de maïs, miel… L'homme pressa doucement la tétine et quelques gouttes de lait jaillirent, mais le bébé tourna la tête et les laissa couler sur sa joue. Essie lui caressa la main du bout des doigts.

« Allez, petite. Tu sais bien que tu as faim. »

Elle avait employé la même voix chantante qu'avec Tommy, celle qui lui était venue naturellement dès le début et qui irritait tant Julia et Ian. C'était un langage qui venait des tréfonds de son être.

Baraka persévéra. Le bébé sortit sa langue pour laper comme un chaton, puis ses lèvres se refermèrent sur la tétine. Essie retint son souffle. Mais, au bout de quelques secondes, l'enfant recracha l'objet et se remit à pleurer.

Accablée, Essie était à court d'idées.

Le cuisinier pressa encore une fois la tétine, laissant goutter le lait dans la petite bouche béante. Après quelques hoquets, l'enfant déglutit. Une expression de surprise se peignit sur son visage, et elle rouvrit la bouche pour boire encore.

« Contentons-nous de ça pour l'instant, dit Baraka. Elle ne peut pas tout apprendre d'un seul coup. »

La petite développa peu à peu son rythme, avalant le lait à mesure qu'il s'accumulait sur sa langue. Elle avait les yeux fermés, comme si cette tâche nécessitait toute sa concentration. Essie échangea un sourire avec les deux autres. C'était laborieux mais, au moins, elle buvait.

Un raclement de bois signala l'ouverture de la porte. Essie se figea en découvrant Julia sur le seuil. Sa longue robe la faisait paraître plus grande, presque royale. Elle avait les yeux écarquillés, et Essie tenta d'imaginer la scène de son point de vue : sa belle-fille nourrissant au biberon un bébé inconnu, sa robe défaite et tachée de lait, avec Baraka près d'elle et Simon à quelques pas de là.

Julia se tourna vers le cuisinier.

« Qui est-ce ? Où est la mère ? »

Elle avait parlé d'un ton calme, sans élever la voix – comme chaque fois qu'une émotion l'envahissait. L'effet était bien plus intimidant que si elle avait crié.

Baraka ne répondit pas, le regard baissé sur l'enfant.

« C'est moi qui l'ai amenée ici, avoua Essie. C'est une Hadza. Sa tribu me l'a demandé. »

À sa propre surprise, sa voix lui sembla beaucoup moins penaude qu'elle ne l'avait pensé.

« Une Hadza ? »

Julia s'approcha et détailla l'enfant du regard, évaluant la forme de son crâne et la saillie de sa mâchoire.

« Ça ne se voit pas vraiment, conclut-elle. Elle est peut-être trop jeune. Quel est le problème ? Qu'est-ce qu'elle fait ici ?

— Sa mère est morte. Il n'y a personne pour la nourrir. »

Essie décida de s'en tenir aux faits, purement et simplement. Elle garda les yeux fixés au sol pendant qu'elle parlait. Répéter la promesse qu'elle avait faite de prendre soin de l'enfant jusqu'à la saison des pluies, et de ne pas l'emmener ailleurs qu'à Magadi, lui coûta un gros effort. Enfin, elle se tut et attendit la réaction de Julia, sonnée. Le silence se prolongea. Elle releva la tête.

Diana se tenait dans l'encadrement de la porte. Elle observait tour à tour Essie et le bébé, une expression profondément intriguée sur le visage.

Les yeux de Julia brûlaient de questions, mais elle se contenta de dévisager Essie sans un mot. Diana la contourna pour s'approcher et se pencha en avant, aussi gracieuse et élégante qu'une ballerine, environnée d'un parfum entêtant. Elle avait dû en remettre dans la tente de bains, ainsi que du rouge à lèvres, remarqua Essie. Un souvenir lui revint, fugace : les flacons de parfum chez Harrods dont elle pulvérisait le contenu en longues lignes sur chacun de ses bras, attendant la fin d'une interminable journée à faire les magasins.

Diana émit un claquement de langue apitoyé.

« Pauvre petite. Qu'est-ce qui est arrivé à sa mère ?

— Elle est morte en couches.

— Mon Dieu, dit-elle en sifflant entre ses dents, je n'imagine même pas à quoi peut ressembler un accouchement ici, en pleine cambrousse. C'est déjà assez difficile dans un hôpital de première catégorie… »

Elle haussa très légèrement ses épaules nues.

« Enfin, pour ce que j'en sais. Elle s'appelle comment ? »

Essie la regarda, hésitante. Elle ne voulait pas que la discussion dérange le bébé ; mais, d'un autre côté, l'intérêt de la visiteuse était un bon signe. Peut-être la présence d'une enfant recueillie pourrait-elle se retourner à leur avantage. Elle venait d'une tribu rare, après tout. Frank aurait toutes les raisons d'être curieux. Un moyen simple de prolonger la conversation serait d'expliquer que le bébé n'avait pas encore de nom. En effet, selon la coutume locale, les parents trouvaient parfois plus sage d'attendre, pour nommer un enfant, que celui-ci atteigne un certain âge, lorsque ses chances de survie seraient plus élevées. Dans d'autres cas, la famille préférait patienter jusqu'à se faire une idée de la personnalité de l'enfant. Mais Essie n'eut pas le temps de prononcer le moindre mot : une brusque chaleur, accompagnée d'une sensation d'humidité, se propagea à l'intérieur de la *shuka*. Diana eut un mouvement de recul tandis que quelques gouttelettes d'urine éclaboussaient le bout de ses sandales.

Julia prit une profonde inspiration, gonflant sa poitrine. Puis elle s'approcha de Diana en souriant.

« Les autres nous attendent. Le soleil se couche vite ici, en Afrique. »

Puis elle chuchota pour Simon :

« Prends des serviettes dans les tentes d'invités. Il y a des épingles à nourrice dans la trousse de secours. Et n'oublie pas de faire bouillir l'eau », ajouta-t-elle à l'intention de Baraka.

Le cuisinier était déjà à genoux, en train de frotter le sol à l'aide d'un torchon grisâtre en lambeaux. Il garda la tête baissée.

Diana ne bougeait pas, apparemment réticente à l'idée de partir.

« J'entends le Land Rover, insista Julia d'un ton ferme. Allons-y. »

La cime immaculée du volcan se détachait contre le ciel clair, aussi nette et anguleuse qu'un iceberg. Le nuage de vapeur et de fumée qui l'avait dissimulée toute la journée avait disparu. Essie ne savait pas pourquoi. La vie du volcan prenait sa source dans les profondeurs de la terre et n'obéissait qu'à ses propres lois – une frustration sans fin pour les vulcanologues qui faisaient le voyage afin d'enregistrer son activité. Ils avaient beau la mesurer, la noter et la décrire, ils ne parvenaient jamais ni à la prévoir, ni à la contrôler de quelque manière que ce soit.

Essie marchait le long d'un étroit sentier qui s'éloignait du campement. Bordé de buissons de part et d'autre, il dégageait une aura de passage secret. L'écharpe de cuir maintenait le bébé endormi contre sa poitrine, mais elle l'avait enveloppé de ses bras comme précaution supplémentaire. Le petit corps se mouvait à chacun de ses pas, à croire qu'il faisait partie d'elle. Le balluchon était plus volumineux à présent, avec sa couche de fortune : pour la mettre en place, Essie avait dû plier la serviette au petit bonheur. La forme rectangulaire et non triangulaire du tissu ne lui avait pas facilité la tâche. Quant à Baraka et Simon, ils n'avaient manifestement jamais vu de couche de toute leur vie et n'avaient pas été en mesure de l'aider. Elle avait dû procéder en faisant son possible pour ne pas réveiller l'enfant qui, après une nouvelle crise de hurlements – visage déformé et petits poings crispés inclus –, avait enfin terminé un biberon entier et sombré dans un profond sommeil. Essie lissa la couche inégale à travers le cuir fin. Au moins, maintenue ainsi par l'écharpe, elle ne risquait pas de glisser.

L'ourlet de sa robe de soie lui caressait les chevilles tandis qu'elle marchait. Elle aurait préféré enfiler une tenue plus pratique, mais le bébé avait émis un petit cri de protestation quand elle avait voulu le passer à Baraka : elle avait donc choisi de partir sans se changer. Au moins, la longue jupe protégerait ses jambes des moustiques. Pour le haut du corps, elle avait drapé sur ses épaules et sur la tête de l'enfant un *kitenge* de coton multicolore, prêté par Simon. Là-bas, aux Traces, Daudi avait dû proposer aux invités le dernier flacon du répulsif à insectes que les Lawrence importaient.

Le sentier déboucha sur un paysage plus dégagé. En passant à côté d'un petit *korongo*, Essie jeta un œil sur les plaines en contrebas, visibles dans la longueur de la faille. L'appareil des Marlow détonnait contre la terre ocre de la piste d'atterrissage. À présent que la carlingue ne reflétait plus les rayons du soleil, sa couleur rouge rosée était plus facile à discerner – elle semblait avoir été choisie pour s'assortir aux teintes du crépuscule.

Essie reprit son chemin et décrivit un virage vers la droite. Au-devant se trouvait le point de repère que les Lawrence appelaient « la Tour », une éminence rocheuse qui s'était lentement érodée de toutes parts jusqu'à ce qu'il n'en reste qu'un pilier de forme vaguement carrée. Le terme scientifique désignant ce genre de formation, « éperon d'érosion », ne rendait pas justice à l'endroit. La Tour semblait tout droit sortie d'une légende. On pouvait sans peine imaginer une forteresse médiévale bâtie en son sommet, ou encore une prison, comme celle des montagnes d'Éthiopie dont Ian lui avait parlé. Accessible uniquement par des échelles de corde, celle-ci avait autrefois abrité trois cents princes, dont un seul sortait pour devenir le prochain roi.

Il y avait longtemps qu'Essie n'était pas venue aussi près de la Tour. Il n'y avait plus de raison, plus aucun chantier n'étant ouvert alentour. Même aujourd'hui, alors qu'elle marchait en direction du repère, elle ne lui accorda qu'un rapide coup d'œil, restant concentrée sur le sol. Le fait de porter un bébé changeait sa perception du sentier, qui devenait beaucoup plus traître et dangereux.

Bientôt, elle atteignit la base de la tour et s'arrêta quelques instants pour souffler, une main posée sur la roche. Elle portait une charge inhabituelle, placée sur son ventre et non sur son dos. Soulevant le *kitenge* adouci par l'usure, elle observa silencieusement l'enfant : celle-ci était recroquevillée, le visage hors de vue. Soudain prise de panique face à ce bébé trop immobile, elle plongea une main dans le repli de l'écharpe et soupira de soulagement lorsque la petite tressaillit.

Quelques dizaines de mètres plus loin à peine, les Traces apparurent enfin en contrebas. Elle vit d'abord le Land Rover garé à une courte distance du site. Daudi se tenait debout à côté du véhicule, raide comme un soldat au garde-à-vous. Ian et Julia avaient dû lui donner des instructions spécifiques – d'ordinaire, il patientait assis sur la roue de secours fixée au capot.

Non loin de là s'élevait un cairn rocheux surmonté d'une plaque de bronze en souvenir de William, point de départ de l'alignement de pierres qui délimitait l'excavation. Essie voyait une partie de la plaine de boue fossilisée mise au jour par les fouilles. La roche grise, débarrassée de toutes les couches de sédiments formées au fil des millénaires, ressortait au milieu des gravillons ocre, des herbes sèches et des buissons émaillant le paysage. Elle distinguait également certaines des empreintes laissées par trois paires de pieds – des grands, des moyens et des petits, comme dans un conte de fées. L'espace entre les traces était lisse, sans marques de phalanges, signe qu'elles avaient été laissées par des hominidés et non des primates. Les Traces paraissaient presque plus impressionnantes vues de loin. Même à présent, avec toutes les préoccupations qui lui encombraient l'esprit, Essie était frappée par leur majesté.

Elle dut s'avancer jusqu'au bord de la falaise pour apercevoir le reste du site. Prenant appui sur une main, elle s'accroupit en tenant le bébé de l'autre. Une fois installée, elle saisit ses jumelles. Une table avait été apportée et drapée d'une nappe blanche ; plusieurs plateaux de petits fours y étaient posés, près d'une bouteille reposant dans un seau à champagne en argent richement décoré. Un serveur du Lodge se tenait au bout de la table, aussi raide que Daudi, vêtu d'un long *kanzu* blanc et coiffé d'un fez rouge.

Et là, non loin, se trouvaient Ian, Julia et les Marlow, flûtes de champagne à la main. Ils avaient sans doute déjà trinqué et porté leurs toasts respectifs puisqu'ils étaient maintenant plongés dans la contemplation des empreintes. Dans cette attitude studieuse, avançant à petits pas et la tête baissée, ils avaient l'air d'une famille d'oiseaux en quête de nourriture. La robe turquoise de Diana tranchait de plus belle avec les tenues pâles des trois autres – Essie pensa immédiatement à un paon en compagnie de trois femelles au morne plumage. La métaphore ne fonctionnait pas vraiment, cela dit. Au royaume des oiseaux, c'était aux mâles de se faire beaux et de parader dans l'espoir d'attirer ou de conserver leur partenaire. Diana était le résultat de millénaires d'évolution dans la direction opposée.

Essie s'imagina parmi eux, ajoutant une deuxième touche de couleur vive grâce à sa robe. Elle imagina le picotement du champagne sur sa langue, l'acidité du jus de citron sur une tranche de saumon fumé, la sensation du caviar russe, noir et salé, sur ses lèvres. Mais elle n'était pas venue pour voir tout ce qu'elle manquait. Elle voulait savoir comment les choses se déroulaient. Restée au campement, elle avait fait les cent pas en se demandant anxieusement si Ian et

Julia réussiraient à faire oublier les perturbations survenues par sa faute. Elle avait fini par se mettre en chemin avec le bébé, prenant juste le temps de récupérer ses jumelles dans sa tente. À présent, penchée en avant, elle plissait les yeux en essayant de deviner à leurs expressions si Ian et Julia semblaient détendus. Et si les Marlow passaient un bon moment.

Elle vit Frank s'approcher de Diana, passer un bras autour de sa taille et se pencher vers elle. Celle-ci paraissait guindée, comme si elle n'avait aucune envie de se trouver là – mais peut-être Essie se laissait-elle influencer par ses confidences concernant les infidélités de son mari. Diana se déroba et partit rejoindre Ian. Elle agita une main en regardant autour d'elle, souriante, puis pencha la tête sur le côté, sans doute pour poser une question. Tous deux se mirent à rire. Diana, la tête en arrière afin d'exhiber son cou de cygne, dut manquer de perdre l'équilibre sur ses hauts talons : elle se rétablit en touchant très brièvement le bras de Ian.

Essie tourna ses jumelles en direction de Julia, qui guidait Frank vers la plaque de bronze. Eux aussi semblaient en pleine conversation. Il n'était pas exclu que Julia et Ian aient prévu assez tôt de se charger chacun de l'un des Marlow. Les choses avaient l'air de bien se passer.

Ian et Diana avaient atteint une extrémité du site, où se trouvaient les dernières traces. Accroupi, Ian avait placé l'une de ses mains dans une empreinte. Il la retira afin de laisser Diana faire de même. Il lui proposait ainsi d'établir un lien avec les lointains ancêtres ayant foulé autrefois ce sol, songea Essie. Ou alors, il lui expliquait que la station debout était l'un des traits caractéristiques des humains. Ce développement avait mené à de nombreux changements évolutifs : avoir les mains libres permettait aux australopithèques de porter de la nourriture, des armes ou des outils, ou encore de tenir la main d'un enfant.

Ian pouvait également être en train de raconter comment William avait fait venir un spécialiste des empreintes depuis les États-Unis pour attester sa découverte. Quoi qu'il en soit, Diana l'écoutait religieusement. Leurs deux têtes étaient proches l'une de l'autre. Alors que Ian et Essie s'opposaient, blonde contre brun, les deux chevelures penchées au-dessus de la trace étaient parfaitement assorties.

Essie revint sur ses pas en direction de la Tour. Elle se sentait soudain seule et abandonnée – même si son absence aux Traces était la conséquence de ses propres actions. Parvenue à l'ombre de l'éperon rocheux, elle s'assit en tailleur sur le sol, adossée à la pierre. Ce mouvement perturba le sommeil du bébé, qui s'agita dans son écharpe avec une petite plainte aiguë. Essie lui caressa doucement le dos à travers le cuir fin, se concentrant sur le mouvement de sa main en dépit des pensées et des émotions qui bouillonnaient en elle. L'enfant finit par se calmer mais Essie ne cessa pas son geste répétitif. Elle se réconfortait elle-même autant que le bébé.

Le coucher du soleil n'était plus très loin. De l'ouest, derrière la Tour, des rayons dorés rasaient la plaine jusqu'à baigner les pentes du volcan. Bientôt viendrait l'heure pour les Marlow de retourner à Serengeti et, pour tous les autres, de rentrer au campement. Essie resta immobile, savourant autant que possible le calme avant la tempête. Sous ses yeux, la lave du sommet du volcan se teinta de bleu. Le ciel était paré de rose et d'orange, et de fines traînées de nuages vert pastel flottaient comme des algues dans un océan paisible.

5

Le silence n'était brisé que par un tintement de couverts occasionnel tandis que Julia, Ian et Essie consommaient la nourriture laissée par les Marlow. Le champagne était éventé et les toasts s'étaient ramollis sous le caviar et le fromage frais, mais tous trois mangeaient sans broncher. Le choix ne manquait pas, entre les pruneaux enroulés dans du jambon, les friands à la saucisse, les tranches de terrine, les cubes de fromage piqués sur des cure-dents en compagnie de petits oignons baignés de colorant rouge ou vert… Comparé à cet étalage luxueux, le festin de conserves de Noël de la veille faisait pâle figure.

Des lanternes apportées par Kefa éclairaient la scène. La pièce maîtresse du buffet trônait au centre de la table : une reproduction comestible du site des Traces par le chef cuisinier du Lodge de Serengeti. Des demi-œufs durs aux jaunes décorés à la poche à douille délimitaient l'œuvre et la plaque dédiée à William était représentée par un imposant club-sandwich. Trois paires d'empreintes de pied avaient été découpées dans le pain de mie tenant lieu de sol. Des rondelles de cornichon, des olives et des morceaux d'ananas jonchaient le site miniature. Quelqu'un avait mangé l'un des œufs, créant une brèche dans la clôture, et le club-sandwich s'était mis à pencher pendant le transfert du plateau de porcelaine depuis le Lodge jusqu'à une planche en bois trouvée dans la cuisine ; mais, cela mis à part, l'effet demeurait impressionnant.

La conversation se limitait à des commentaires sur la nourriture ou le vin. L'un d'eux relevait parfois une saveur oubliée depuis longtemps ou une association d'ingrédients inattendue. Mais les mots sonnaient creux. Un nuage noir de déception semblait flotter dans la tente. Le rapport fait à Essie avait été bref : Frank Marlow n'avait pas fait la moindre proposition. Restait à découvrir s'il y avait encore un espoir pour que cela change.

La question du bébé hadza n'avait toujours pas été réglée, Julia ayant refusé catégoriquement d'aborder le sujet avant la fin du repas. Elle semblait vouloir exercer encore un semblant de contrôle sur cette journée où rien ne s'était déroulé comme prévu. Quand la discussion aurait lieu, Essie savait déjà que le ton en serait froid et mesuré. Elle aurait trouvé plus facile que chacun puisse exprimer sa rage et son indignation, mais ce n'était pas ainsi que procédaient les Lawrence. Parfois, elle avait l'impression que Julia et Ian rivalisaient en permanence pour voir lequel savait se montrer le plus calme et le plus civilisé. La tension qui pesait à présent autour de la table lui coupait l'appétit, mais elle se força à manger comme les autres.

De l'extérieur leur parvenaient des chants, des rires et le battement de tambours en provenance du campement des ouvriers. Frank Marlow s'était arrangé pour que le Lodge fasse apporter de la nourriture aux Africains, de sorte qu'eux aussi puissent prendre part aux réjouissances. La fête qui en avait résulté, songea Essie, éclipsait de très loin l'anniversaire de mariage des Marlow. Les gens étaient partis pour danser et se raconter des histoires pendant des heures. Ils semblaient posséder le don de profiter de la vie au moment présent, sans s'embarrasser de craintes liées à l'avenir.

Elle se demanda où se trouvait Baraka. Était-il resté dans la cuisine avec le bébé ou l'avait-il emmené autour du feu de camp ? Essie avait nourri la petite une nouvelle fois et changé sa couche dans la tente d'invités où était à présent installée sa réserve de serviettes et de torchons. Elle avait ensuite laissé l'enfant aux bons soins de Baraka. Puisqu'elle n'avait pas de nouvelles, tout devait bien se passer. Elle ignorait combien de temps un bébé de cet âge pouvait rester éveillé, et ce qu'il faisait alors. En tout cas, Baraka n'avait pas semblé le moins du monde soucieux tandis qu'il attachait l'écharpe en travers de son torse. En levant la tête, l'enfant calée contre sa hanche pouvait regarder à l'extérieur : elle avait solennellement observé les environs de ses grands yeux brillants. Si Baraka avait eu besoin de faire la cuisine, elle aurait gêné ses mouvements. Essie était parfaitement consciente que le bref répit accordé par les restes des Marlow ne durerait pas. Dès le lendemain, le cuisinier devrait à nouveau travailler dur de l'aube au soir.

Essie saisit son champagne. C'était un verre droit, sans ornement et au rebord ébréché – rien à voir avec les flûtes de cristal taillé qu'elle avait aperçues à la jumelle. Elle observa la lueur des lampes à travers le liquide doré. Quelques bulles se traînèrent paresseusement jusqu'à la surface, où flottait un moucheron. Elle le repêcha du bout du doigt et s'essuya sur sa robe, laissant une traînée noire parmi les éclaboussures de lait et les taches de terre ocre récoltées pendant sa randonnée jusqu'à la Tour. Après avoir pris une longue gorgée de vin tiède, elle reposa son verre et brisa le silence.

« Qu'a dit Frank Marlow, exactement ? »

Ian termina sa bouchée, déglutit et secoua la tête.

« Rien. »

Ce simple mot évoquait un abîme de désespoir. Julia transperça une olive à l'aide de sa fourchette.

« Il avait l'air impressionné par nos travaux. Mais nos projets pour l'avenir ne l'intéressent pas, visiblement. Je suis sûre qu'il savait ce qu'on attendait de lui. Il a complètement évité le sujet.

— Les flamants roses, ajouta amèrement Ian. Il n'arrêtait pas de parler des flamants roses. Il finance une étude sur eux… sur notre lac ! »

Essie baissa les yeux sur son assiette. Il n'y avait aucun moyen de savoir si sa présence aux Traces aurait fait une quelconque différence, mais elle se sentait tout de même coupable. Et elle n'avait pas besoin d'entendre que les problèmes financiers du campement ne feraient que s'aggraver avec la présence du bébé. Les précieuses réserves de lait en poudre seraient consommées ; il faudrait laver les couches, ce qui exigerait du savon et de la main-d'œuvre. Qui sait quelles autres dépenses seraient nécessaires ? Elle examina le peu qui restait dans les assiettes de Julia et Ian. Ils avaient certainement fini de manger, à présent. Elle tenta de trouver le meilleur moyen d'aborder le sujet du bébé.

« Qu'est-ce que vous auriez dit aux Hadzas ? finit-elle par demander. Si vous aviez été à ma place. »

Julia soupira, les lèvres pincées.

« Il y a toujours plein d'Africains avec des problèmes graves. On ne peut pas aider tout le monde. Même si on imaginait une seule seconde accueillir un bébé ici, où est-ce que ça s'arrêterait ? On croulerait sous les demandes. Tu le sais très bien. »

Essie baissa les yeux sur une tranche de saumon fumé dont les bords se racornissaient en séchant. Après qu'elle avait adopté Tommy, de plus en plus de gardiens de troupeaux massaïs avaient commencé à se présenter au campement dans l'espoir de lui vendre des bébés animaux qu'ils avaient capturés. Elle avait refusé catégoriquement dès le départ afin de les dissuader, mais cela avait pris du temps. Elle ne voulait pas penser au nombre de décès que l'adoption de Tommy avait indirectement provoqués. Les choses n'étaient jamais aussi simples qu'elles en avaient l'air.

« Tu aurais dû insister pour qu'ils viennent nous voir, ajouta Julia. Ils ont profité du fait que tu étais seule. »

Essie hocha la tête, regrettant de n'avoir pas pris cette décision. Ainsi, elle ne se serait pas sentie personnellement responsable de ce qu'il adviendrait. Heureusement, Julia et Ian ignoraient qu'elle n'avait même pas formulé son accord : elle avait simplement opiné au mauvais moment, avant de se laisser dépasser par les événements. À sa place, Julia aurait géré la situation d'une tout autre manière. Essie voyait bien à quel point elle se montrait stricte dans ses interactions avec les Massaïs. Une fois par semaine, elle tenait une espèce de cabinet médical pour eux, du fait d'un accord passé lors de la fondation de la réserve archéologique : les gardiens de troupeaux éviteraient les environs avec leur bétail pour ne pas endommager des sites potentiellement précieux et, en échange, Julia soignerait les habitants des villages alentour. Il suffisait qu'un seul berger enfreigne la règle pour qu'elle refuse d'ouvrir son armoire à pharmacie cette semaine-là. Même si les Lawrence faisaient leur possible pour aider en cas d'urgence, elle ne se sentait jamais coupable lorsqu'une personne ayant besoin d'être hospitalisée n'avait pas accès aux soins nécessaires.

Ian se pencha vers Essie et posa une main sur son bras.

« Personne ne t'en veut d'avoir eu pitié d'un bébé. Ça ne fait pas longtemps que tu es en Afrique. Mais on ne peut vraiment pas se permettre la moindre distraction. Notre seul espoir, à présent, c'est de faire une découverte suffisamment importante pour recevoir une aide gouvernementale. En attendant, il va falloir économiser jusqu'au moindre centime. »

Il se passa une main dans les cheveux, l'expression profondément inquiète.

« Si on n'y arrive pas, on sera obligés de partir pour de bon. »

Julia releva la tête. Ses yeux étaient des échardes de lumière froide.

Ian regarda autour de lui comme un animal traqué cherchant le moyen de s'enfuir. À le voir ainsi, lui d'habitude si confiant et inébranlable, Essie avait l'impression d'osciller au bord d'un précipice. Elle aurait voulu s'éloigner du vide, mais ne savait pas comment.

« Je ne peux pas juste la ramener.

— Même si tu essaies, il y a de fortes chances que tu ne les retrouves pas, fit remarquer Julia. Ils ont eu ce qu'ils voulaient, après tout. »

Essie serra les paupières. Elle se sentait épuisée, tout à coup. Le matin même, elle avait quitté le campement pour aller chercher des pierres à la Fabrique de silex ; tout ce qui s'était passé ensuite lui semblait flou. Mais une chose était certaine. Elle ne pouvait pas endosser la responsabilité d'un bébé pendant toute la saison sèche, si cruciale pour les fouilles. Au contraire, elle allait devoir travailler dur aux côtés de Julia et Ian pour tenter de sauver Magadi. Les paroles de Diana lui revinrent en mémoire : la visiteuse avait envié sa chance et l'existence qu'elle menait. Elle ne voulait pas risquer d'en perdre quoi que ce soit.

Si elle montrait à Ian à quel point elle avait besoin de son autorité, il prendrait sans doute la situation en main. C'était déjà arrivé plus d'une fois.

« Qu'est-ce qu'on peut faire ? »

Elle attendit de le voir pencher la tête et poser le menton sur sa main, signe d'une intense réflexion. Les ouvriers apprenaient très vite à ne pas l'interrompre lorsqu'il adoptait cette posture. Ils se contentaient d'attendre ses instructions, assis sur leurs talons à l'ombre des *korongos*.

Mais Ian se mit à jouer distraitement avec un oignon du bout de sa fourchette. Essie, désemparée, se tourna vers Julia alors que le silence s'éternisait. Elle aussi regardait Ian. Elle le laissait toujours prendre les décisions, comme elle l'avait sans doute fait avec William avant lui. D'après ce qu'en avait entendu Essie, le couple Lawrence avait été typique de son époque ; William avait encore gagné en autorité grâce à sa réussite professionnelle, sans parler de son charisme inné, qui avait marqué tant de gens. Les choses avaient beau avoir évolué – sinon ici, du moins en Angleterre –, Julia attendait de Ian qu'il prenne la relève de son père comme si, en mourant, ce dernier avait transmis son autorité à la génération suivante.

Ce fut Julia qui finit par prendre la parole d'un ton sec.

« Je sais ce que je ferais, moi. Je confierais l'enfant aux Massaïs. En payant l'une des femmes pour la nourrir. »

Ian et Essie se tournèrent vers elle. Leur attention sembla l'encourager à poursuivre.

« Elle serait mieux avec eux. Sa vie ressemblerait davantage à ce qu'elle retrouvera ensuite.

— C'est vrai, dit Ian en reposant sa fourchette. Ce serait beaucoup plus logique que de la garder ici. »

Il regarda Essie.

« Tu pourras aller la voir. Pour vérifier qu'elle va bien. Je ne pense pas que les Hadzas soient en droit d'attendre davantage. »

Essie rejoua dans sa mémoire la conversation tenue dans la Caverne aux peintures. Les Hadzas avaient craint que l'enfant ne quitte la région, mais le village massaï – le *manyatta* – était tout proche. Ces gardiens de troupeaux étaient habituellement semi-nomades, mais la tribu locale ne se déplaçait pas beaucoup. En l'occurrence, leurs huttes et leurs barricades d'épines n'avaient pas bougé depuis des années.

« Ça me semble une bonne solution, hasarda-t-elle.

— On demandera à Baraka de trouver quelqu'un », décréta Julia.

Essie eut un sourire soulagé. Ils pouvaient compter sur Baraka pour trouver une bonne nourrice : une femme attentionnée et douce qui porterait le bébé sur son dos toute la journée et dormirait avec lui la nuit.

« Je vais le chercher », ajouta Julia en s'emparant d'une des lanternes au kérosène pour éclairer son chemin.

Une fois seule avec Ian, Essie tendit le bras à travers la table pour lui effleurer la main.

« Je suis désolée. »

Elle ne savait pas au juste pour quoi elle s'excusait – le bébé, le silence si décevant de Frank Marlow, ou encore tous les autres revers subis par les Lawrence ces derniers temps. Peut-être tout à la fois.

Ian lui sourit tristement. Il semblait fatigué, lui aussi. Si seulement ils pouvaient aller s'enfermer dans leur chambre… Leur tente avait toujours été un refuge, non seulement au début, lorsque le campement débordait toujours de visiteurs, mais aussi récemment, avec la présence constante de Julia qui leur donnait presque l'impression de faire partie d'un ménage à trois. Les parois de toile formaient un véritable rempart contre le monde extérieur et la moustiquaire drapée autour du lit créait un sanctuaire qui n'appartenait qu'à eux.

Julia ne tarda pas à revenir. Baraka apparut près d'elle à l'entrée de la tente, éclairé par la même lanterne. Le regard d'Essie alla droit à l'écharpe de cuir bombée sur sa hanche, à cette enfant qui dormait innocemment pendant qu'on débattait de son avenir. Le sommet de sa tête était tout juste visible là où il émergeait de la peau de babouin.

Baraka examina rapidement la table.

« Vous voulez autre chose à manger ?

— On ne t'a pas appelé pour ça », répondit Julia.

Le cuisinier regarda autour de lui pour déterminer ce qui n'allait pas.

Ian se racla la gorge, puis se lança dans les détails du plan qui venait d'être mis au point concernant le bébé hadza. Il enchaînait les phrases sans ménager de pause pour la moindre remarque ou question. Il s'exprimait en swahili, mais Baraka semblait avoir du mal à suivre : un pli soucieux se creusait entre ses sourcils tandis qu'il lançait à Essie des coups d'œil répétés, quand bien même c'était Ian, pas elle, qui s'adressait à lui.

Quand Ian eut terminé son exposé, il se versa une rasade de champagne comme pour célébrer le fait d'avoir un problème de moins à régler.

« Vous voulez qu'une femme massaï devienne la mère de ce bébé hadza ? demanda Baraka.

— Il faudra la nourrir au sein, précisa Julia. Les biberons ne sont pas une option au *manyatta*. Il y a forcément une femme avec un enfant prêt à être sevré. On leur fournira de quoi se nourrir.

— Ce n'est que pour une courte période, ajouta Essie d'un ton ferme. À la saison des pluies, ils devront la rendre. »

Mais Baraka secoua la tête avant même la fin de sa phrase.

« Ils ne voudront pas.

— Pourquoi ? demanda Julia. On les paiera, bien sûr. En argent ou en bétail, comme ils préféreront. »

Ian acquiesça. Il devait se douter que le prix demandé par les Massaïs ne risquait pas d'être au-dessus de ses moyens.

« Ce n'est pas une question de paiement. »

Baraka choisit ses mots avec soin, comme s'il sélectionnait des fruits mûrs sur un étal de marché.

« C'est rare qu'une femme mette au sein un autre enfant que le sien. Elle le fera pour quelqu'un de sa tribu, bien sûr. Et ça peut arriver quand deux tribus en conflit veulent faire la paix. Une mère est choisie dans chaque camp. Elles échangent leurs bébés. L'amitié des tribus est consacrée par le lait de ces mères, qui élèvent chaque enfant comme si c'était le leur. »

Il plongea le regard dans le creux de l'écharpe.

« Ce bébé n'a rien à voir avec nous. Il n'est pas massaï. »

Il fallut quelques secondes aux Lawrence pour assimiler le sens de ses paroles.

« Tu peux au moins leur demander », plaida Julia.

Essie ne reconnut pas tout de suite l'émotion qui se peignit sur le visage du cuisinier. Ce n'était pas de la confusion, mais de l'embarras. Il baissa la tête.

« Ce serait une insulte. »

Ian jeta rageusement un noyau d'olive sur son assiette.

« Fichus Massaïs. Vous jugez les Hadzas inférieurs à vous, c'est ça ? Comme tous les peuples que vous rencontrez. »

Cette réaction prit Essie au dépourvu. Certes, les Massaïs étaient connus pour traiter les autres tribus avec dédain, mais cela ne ressemblait pas à Ian de parler aussi crûment. Il devait vraiment être à bout de patience.

« Les Hadzas ne sont pas comme les autres peuples », insista Baraka.

Lui aussi semblait avoir décidé de s'exprimer franchement. Son regard passa tour à tour sur Ian, Julia et Essie.

« Ils n'ont pas de bétail. Pas même de chèvres ou d'ânes. Ils n'ont pas de *manyattas*, ni de lances, ni de marmites. Ils ne sont rien. Ils ne croient même pas en Dieu. »

Baraka se dressait à présent de toute sa taille, torse bombé. Malgré ses cheveux gris, il était facile à cet instant de voir en lui un guerrier armé d'une lance, aux peintures de guerre ocre. Dans le bref silence qui suivit, Essie remarqua que les tambours du campement voisin avaient accéléré leur tempo.

« Peut-être quelqu'un du village, alors », persista Julia.

Le hameau se trouvait plus loin que le *manyatta*, mais la distance demeurait raisonnable.

« Les Warangis les méprisent, eux aussi, dit Baraka en secouant la tête. Comme tous les peuples fermiers : les Wagogos, les Wachagas... Et comment leur en vouloir ? Les Hadzas ne savent pas cultiver les plantes. Ils se nourrissent dans la nature comme des animaux. Tous ceux qui ont du bétail, les Sukumas et les Barabaigs, les regardent de haut, comme nous autres Massaïs. »

Il jeta un regard résolu à la petite fille.

« Personne ne voudra de cet enfant.

— Mais tu t'en occupes, toi, objecta Essie, indignée. Tu n'as rien contre elle ! »

Le cuisinier la dévisagea sans un mot. Il semblait chercher une explication pour lui-même autant que pour elle. Enfin, il écarta les mains.

« C'est un bébé. Il faut bien l'aider.

— Un bébé tanzanien, précisa Julia. C'est à un Tanzanien de s'en occuper. »

Baraka lui jeta un regard d'avertissement. Il ne se laisserait pas accabler d'une telle charge. Essie eut de la peine pour le vieux cuisinier, qui n'avait certainement pas l'habitude d'argumenter avec ces gens qu'il servait depuis des décennies. Il lui semblait que sa décision de suivre les chasseurs hadzas avait provoqué une avalanche de conséquences qui ne cessait de prendre de l'ampleur, emportant tout et tout le monde sur son passage.

Tirant l'écharpe de manière à placer le bébé devant lui, Baraka se courba en avant et souleva lentement l'enfant endormie. Ainsi tenue par les aisselles, sa tête reposant sur le bout des doigts de Baraka, elle ressemblait à une poupée de chiffon. Son torse paraissait s'étirer et devenir incroyablement mince ; la serviette épaisse qui lui tenait lieu de couche pendait périlleusement sur ses hanches étroites. Baraka la porta jusqu'à Essie, qui ne put refuser de la prendre. Au moment où il retirait ses mains, la petite ouvrit les yeux. Elle observa ce qui se trouvait autour d'elle avant de fixer son regard sur le cuisinier. Quand elle le vit reculer, sa petite bouche se mit à trembler. Elle gémit comme sous le coup de la douleur.

Essie tenta de la bercer, comme elle avait vu des femmes le faire avec leur bébé, et lança un regard suppliant à Baraka

– mais l'homme se contenta d'ôter l'écharpe pour la lui donner. Le gémissement se mua en pleurs. Essie contempla l'enfant, impuissante. Elle ne pouvait pas avoir de nouveau faim. La couche avait l'air sèche. Ce chagrin semblait causé uniquement par le départ de Baraka. Peut-être quelque chose dans son odeur ou dans ses gestes lui était-il familier. Il était père, après tout. Mais l'enfant avait paru satisfaite quand Essie s'en était occupée un peu plus tôt. Voilà pourquoi les bébés étaient si difficiles à gérer, comprit-elle. Ils ne répondaient à aucune logique.

Les cris se firent de plus en plus stridents et Ian se leva. Il se mit à faire les cent pas, visiblement incertain de la marche à suivre. Essie se tourna vers Julia. Elle avait eu des enfants, elle… Elle se roulait une cigarette. Sous ses doigts maladroits, le tabac tomba au sol.

Essie voulut serrer le bébé contre elle, mais la petite se débattit et hurla de plus belle, les joues ruisselantes de larmes. Elle se tourna de nouveau vers Ian, qui observait Julia avec une expression soucieuse : sa mère avait abandonné le papier à cigarette et agrippait le rebord de la table, les articulations blanchies.

Enfin, Essie croisa le regard de Baraka, qui hocha la tête de manière presque imperceptible en direction de l'extérieur. Repoussant sa chaise, elle se leva et sortit après un dernier regard à Ian et Julia.

Presque aussitôt qu'elles furent à l'air libre, l'enfant se calma, comme si la soudaine obscurité suffisait à la distraire. La brise nocturne jouant sur sa peau devait avoir quelque chose d'apaisant. Ses cris s'espacèrent peu à peu avant de cesser tout à fait, remplacés par de petits hoquets silencieux. Elle semblait à l'écoute – attendant de voir ce que ce changement d'atmosphère signifierait pour elle. Elle observa le ciel et Essie suivit son regard. Les dernières lueurs du couchant avaient disparu ; les étoiles brillaient comme autant de piqûres d'aiguille dans une étoffe de noirceur.

La lune était pleine, sa face bleutée seulement barrée d'une traînée nuageuse. Essie plaça l'enfant contre son épaule et celle-ci, nuque ployée, continua à contempler le firmament. Elle passa doucement la main dans son dos, sur les saillies de ses vertèbres et de ses omoplates. Progressivement, le petit corps se détendit. La tête tomba vers l'avant et une joue chaude et douce vint reposer sur son épaule, imprimant des larmes sur sa peau nue.

Essie traversa la tente sur la pointe des pieds. Le bébé dormait près du lit, dans un berceau de fortune presque dissimulé par la moustiquaire. Ian avait pris une caisse en bois dans la tente de travail et l'avait garnie de quelques coussins, avant de l'installer du côté où dormait Essie. L'enfant n'avait pas protesté quand celle-ci l'avait déposée à l'intérieur. Elle dormait profondément. Essie l'avait nourrie encore une fois dans le calme de la tente d'invités, alors que Julia et Ian se trouvaient toujours à table. Cette fois, elle avait tenté de glisser son doigt dans la bouche du bébé en même temps qu'elle y laissait goutter le lait. Quand elle s'était mise à téter, elle avait introduit la tétine à la place. Il avait fallu plusieurs tentatives pour qu'elle fasse le lien avec la sensation familière de l'allaitement ; ensuite, elle avait vidé le biberon entier en un rien de temps.

Rudie était étendu de tout son long à sa place, au pied du lit. Son pelage était presque monochrome dans le rayon de lune entrant par la fenêtre de gaze. À l'approche de sa maîtresse, il leva une oreille, mais garda les yeux fermés.

Ian ôta son costume, jetant la veste et le pantalon froissés sur une chaise. Après avoir retiré sa cravate et sa chemise, il s'étira la nuque pour détendre ses muscles comprimés par la raideur des vêtements, puis souleva la moustiquaire et s'assit sur le lit. Essie sentit son regard rivé sur elle pendant qu'elle enlevait ses chaussures. Elle tenta de déchiffrer son expression, les mains dans le dos afin de défaire la fermeture de sa robe.

« Non. Garde-la. »

Elle s'interrompit, surprise, puis fit quelques pas vers lui. Sans ses chaussures à talons, elle devait tenir le tissu pour ne pas trébucher sur la robe trop longue. Ian l'attira à lui, enfouissant le visage entre ses seins. Il fit glisser les bretelles sur ses épaules, défit la fermeture Éclair et baissa le corsage. Le soutien-gorge usé qu'elle portait semblait minable à côté de la soie orange. Essie le détacha et le laissa tomber au sol. La lanterne nimbait sa peau d'une teinte dorée.

« Tu es resplendissante. »

Elle sourit. Elle s'était demandé quelle serait l'attitude de son mari quand ils iraient dormir. Un silence froid et fâché, peut-être ; ou bien quelques mots épuisés avant de lui tourner le dos. Mais voilà qu'il la couchait près de lui sur le lit, caressant sensuellement ses hanches à travers la soie. Puis il remonta sa jupe et roula au-dessus d'elle. Leurs peaux moites de sueur se collèrent l'une à l'autre. Ian poussa un soupir d'extase. Quand elle inclina la tête en arrière, il lui dévora le cou de baisers. Elle ferma les yeux, attendant qu'un frisson brûlant gagne ses veines, s'empare de tous ses membres, la consume de désir. Mais rien ne se produisit. Elle se sentait détachée de son corps. La raison ne faisait aucun doute : c'était à cause du bébé endormi juste à côté d'elle. Elle ne pouvait s'empêcher de redouter qu'elle se réveille, et ce qu'il adviendrait alors.

« On ne craint rien ? » murmura Ian.

Essie secoua la tête. Il posait toujours la question, même s'il ne pouvait manquer de savoir, à intervalles réguliers, où elle en était de son cycle. Cela ne la dérangeait pas. L'idée qu'elle les protégeait tous deux de quelque chose d'indésirable lui conférait un sentiment de puissance.

Comme pour répondre à cette pensée, une petite plainte s'éleva du berceau. Elle retint son souffle, tendant l'oreille.

Au-dessus d'elle, le visage légèrement détourné, Ian la pénétra. Il entama des va-et-vient rapides, presque brusques – comme s'il essayait de chasser toutes les craintes et les soucis qui menaçaient leur existence. Sa respiration s'accéléra, puis il eut un soubresaut. Il se retira d'un coup, essoufflé.

« Désolé, marmonna-t-il.

— Pas grave. Je suis trop fatiguée, de toute façon. »

Il se laissa tomber sur elle, et elle sentit l'humidité sur son ventre. D'habitude, quand elle disait qu'il n'y avait pas de danger, Ian prenait le risque de rester en elle. Cela dit, elle n'eut aucun mal à comprendre ce qui l'avait poussé à se montrer si prudent.

Elle lui caressa les cheveux, pensive. Après quelques instants, il roula sur le côté et l'embrassa sur la joue.

« Tu crois qu'elle va se réveiller ?

— Je ne sais pas. »

Elle ne jugea pas utile de répéter ce que lui avaient dit les Hadzas. *C'est un bon bébé.* La phrase lui semblait ridicule à présent, simpliste et dénuée de sens.

Ian grommela quelques mots et se retourna. Il s'endormit en une poignée de secondes.

Mais Essie était parfaitement réveillée. Tirant le drap pour couvrir son corps, elle écouta les sons de la tente. Il y avait deux respirations : celle, légère et presque inaudible, du bébé, et le souffle lent et rauque de Ian. De temps à autre, Rudie remuait avant de changer de position avec un soupir. De l'extérieur lui parvenaient les bruits coutumiers de la nuit africaine : le geignement lointain d'une hyène, le bourdonnement et les crépitements incessants des insectes, les cris des hérons de nuit en train de s'éveiller. Des voix calmes retentissaient dans le campement des ouvriers, ainsi que des tintements de lanternes qu'on déplace. Les tambours s'étaient tus.

Tommy était toujours enfermé dans son enclos – elle n'avait pas voulu qu'il provoque un autre incident. Penaude, elle l'imagina en train de bouder dans son coin. Quand elle le laisserait sortir, le lendemain matin, il lui ferait la tête.

Le regard perdu dans l'obscurité, elle tenta de ne pas penser à tout ce qui s'était produit. Mais il n'était pas facile de faire taire sa mémoire. Bientôt, elle se surprit à revoir en pensée la caverne des Hadzas, les regards curieux des membres du groupe, leurs corps presque nus, minces et puissants. Le désespoir dans les yeux de Nandamara, le grand-père. Et l'expression mélancolique de Giga lorsqu'elles s'étaient dit au revoir…

Essie chassa brusquement ces souvenirs pour se concentrer plutôt sur le cadre de la rencontre : la Caverne aux peintures. Trait par trait, elle reconstitua les images dans son esprit. De nouveaux dessins étaient venus se superposer au fil des générations ; son travail de chercheuse avait consisté à isoler ces couches de pigments comme aucun appareil photo n'aurait pu le faire. Tout en traçant les formes – elle scotchait sa feuille à la roche et utilisait un pastel pour ne pas abîmer les œuvres inestimables –, elle avait ressenti une satisfaction qui dépassait de loin les objectifs académiques de Ian. Elle avait eu l'impression d'aider chaque personne et chaque bête représentée à redevenir elle-même. Unique, entière, libre.

Puis, elle se récita un par un les titres qu'elle avait donnés aux dessins, en partant du fond de la caverne.

Famille de danseurs avec bâtons.

Grande femme avec chapeau ou perruque.

Chasseur aux bracelets et au pénis.

Homme allongé avec objet lenticulaire – peut-être une crécelle.

Enfant avec phacochère.
Lignes entrecroisées. Ossements ?
Cercle de points.
Chien accroupi.
Oiseau à long cou. (Flamant rose.)
Volcan...

Alors qu'elle glissait dans le sommeil, l'image de la montagne lui resta en tête, flottant au-dessus d'elle comme l'appel d'un rêve.

6

Essie fut réveillée par le bourdonnement frénétique d'une mouche qui tentait de s'échapper par la fenêtre de gaze de la tente. Aussitôt qu'elle ouvrit les yeux, elle sut que quelque chose clochait. Les contours des meubles, qui auraient dû baigner dans la vague pâleur de l'aube, étaient clairement définis. Le rabat qui faisait office de porte, grand ouvert, laissait entrer les rayons du soleil.

Elle fronça les sourcils, déroutée. Ian la réveillait toujours. C'était un rituel quotidien. Il lui secouait doucement l'épaule avant de lui dire bonjour avec la solennité propre aux Lawrence ; puis, lorsqu'il se levait, Essie restait étendue un instant, à écouter les froissements des vêtements qu'il enfilait et les pas étouffés de ses pieds nus sur le plancher qui se muaient en bruits de bottes. Fut un temps, elle avait perçu en lui une énergie nouvelle chaque matin. Mais ce n'était plus le cas depuis au moins deux ans. Elle ne sentait plus que sa lassitude, comme si les épreuves de la journée à venir l'épuisaient par avance. Parfois, il exprimait également de l'impatience dans la manière dont il fourrait sa chemise dans son pantalon et fermait sa ceinture avec brusquerie, ou encore jurait entre ses dents quand ses lacets étaient emmêlés. Peut-être ses problèmes lui paraissaient-ils plus tangibles, empilés face à lui, lorsqu'il venait de se réveiller ;

ou peut-être était-ce parce que personne d'autre que sa femme ne pouvait le voir.

Dès lors qu'il se trouvait en compagnie d'autres personnes, son attitude se faisait méthodique, parfois presque enjouée. Mais Essie avait alors eu le temps de s'imprégner de son désespoir, oubliant toute la joie qu'avait pu lui inspirer le chant des oiseaux dans les arbres qui entouraient le campement. Même les couleurs de l'aurore, derrière la fenêtre, semblaient plus ternes. Elle devait se faire violence pour quitter le lit. Si elle tardait trop, Ian l'exhortait à se dépêcher avant de quitter la tente, lui rappelant souvent qu'elle devrait être lavée et habillée quand Kefa lui apporterait son *chai*.

Essie roula sur le flanc, vers l'oreiller à côté du sien – et l'empreinte laissée par la tête de son mari. Une angoisse sourde se nicha au creux de sa poitrine. Pourquoi ne l'avait-il pas réveillée ? Rudie avait disparu, lui aussi, laissant pour seule trace de sa présence quelques poils sur le tapis de chanvre.

D'un coup, elle se sentit parfaitement réveillée. Quand elle se retourna vers la caisse posée à côté du lit, la vision d'un bébé africain lui fit l'effet d'une décharge électrique. La petite dormait profondément. Elle avait repoussé la serviette qui lui servait de couverture et semblait si inerte qu'Essie dut fixer sa poitrine nue jusqu'à s'assurer qu'elle respirait bien régulièrement. Ses bras potelés étaient écartés, dévoilant ses paumes roses ourlées de doigts recourbés. La couche épaisse lui faisait plier les genoux à la manière d'un crabe. Avec d'infinies précautions, Essie toucha l'un de ses pieds. Les minuscules orteils, alignés comme des grains de maïs sur un épi, étaient tièdes. Elle avait l'habitude de dormir dehors, se rappela-t-elle. De plus, la saison sèche apportait des nuits plus chaudes, pas le contraire. Malgré cela, elle fut prise d'une forte envie de la couvrir. La petite avait l'air si vulnérable, étendue ainsi. Mais remonter la serviette sur elle risquait de la déranger. Elle aurait faim après une si longue nuit de sommeil ; mieux valait préparer une couche propre et un biberon avant de la réveiller. Essie observa son visage paisible, ses paupières fermées et ses lèvres charnues, légèrement entrouvertes. L'enfant avait eu besoin de beaucoup de repos.

La chambre était un vrai capharnaüm, avec le costume de lin et la chemise de Ian toujours sur la chaise où il les avait jetés. La robe orange, qu'elle avait remplacée par une chemise de nuit avant de s'endormir, était roulée en boule sur sa table de nuit. Quant à ses vêtements de travail, ils gisaient au sol là où elle les avait laissés tomber en se changeant à la va-vite pour rencontrer les Marlow. Elle aurait dû être debout, en train de remettre de l'ordre et de prendre soin d'elle et du bébé. Ian et Julia devaient déjà être au travail. Il fallait qu'elle les rejoigne au plus vite ; ainsi, ils verraient qu'elle ne faillissait pas à ses tâches. Et puis, ils avaient besoin de discuter pour savoir quoi faire de cet enfant.

Pourtant, elle resta allongée encore un moment, à contempler le spectacle du bébé endormi dans son berceau. Les coussins choisis par Ian avaient des housses de velours rouge. Malgré leurs coins élimés, ils étaient encore bien rembourrés. Essie ne pouvait s'empêcher de penser à une vitrine de musée en voyant cette enfant exposée telle une précieuse relique dans sa boîte tendue de velours.

La caisse en bois n'avait rien de raffiné, cela dit. À l'origine, elle contenait des bidons d'essence. Les Lawrence réutilisaient ce genre de réceptacles pour stocker leurs fossiles et leurs découvertes parce qu'ils étaient suffisamment solides pour être expédiés jusqu'à des endroits aussi lointains que le British Museum ou l'université d'Édimbourg. Un code composé de chiffres et de lettres était peint en noir sur un côté de la boîte, indiquant précisément où, quand et par qui le contenu avait été trouvé. Visiblement, cette caisse avait été expédiée quelque part, puis renvoyée. En dessous du code, l'inscription *Musée national, Dar es-Salaam* était barrée de rouge vif avec la mention *Retour à l'expéditeur.* De l'autre côté se trouvait sans doute une autre adresse : *Ian Lawrence, vallée de Magadi.*

Le regard d'Essie s'arrêta sur les mots peints en rouge. Ils semblaient lui envoyer un message – un message clair et concis. Simple.

Mais le contenu de cette boîte ne pouvait pas être réexpédié. Ce serait signer son arrêt de mort. Pour le meilleur et pour le pire, pendant les quatre mois à venir, ce bébé hadza allait devoir faire partie de son monde.

Comme en réaction à cette pensée, les paupières ourlées de cils noirs s'ouvrirent d'un coup. L'enfant regarda autour d'elle, avant de fixer ses grands yeux effrayés sur Essie. Ses lèvres se mirent à trembler, puis se tordirent.

« Pauvre petite. »

Que pouvait ressentir ce bébé en se réveillant dans un environnement aussi étranger à tout ce qu'il connaissait ? Sans même réfléchir, Essie la prit dans ses bras et la serra contre elle en murmurant. Une petite main agrippa une mèche de ses cheveux comme s'il s'agissait d'une ligne de sauvetage.

« Tout va bien. »

Elle lui tapota le dos. Les muscles se détendirent quelques secondes, puis se raidirent à nouveau, et elle sentit les poumons s'emplir d'air en préparation d'un premier cri. Elle bondit hors du lit et traversa la pièce. Repérant sa robe de chambre, elle parvint à fourrer son bras libre dans l'une des manches et passa l'autre manche par-dessus son épaule. Le vêtement avait été joli autrefois, neuf et fleuri – acheté par sa mère pour un voyage à l'étranger qui n'avait jamais eu lieu. Il semblait miteux, à présent. Tommy avait déchiré une manche avec ses cornes naissantes et le tissu s'était délavé au fil des lessives incessantes à l'époque où Essie avait dû se lever toutes les nuits pour nourrir la jeune gazelle. D'habitude, elle ne portait cette robe de chambre qu'à l'intérieur de sa tente. Elle aurait voulu se convaincre que c'était mieux que rien, mais elle n'en était pas certaine.

Sans même prendre le temps d'enfiler ses sandales, elle se précipita vers la cuisine, le bébé plaqué contre son épaule tandis qu'elle soutenait sa tête. Elle marcha sur une pierre pointue mais ne ralentit pas. Le campement semblait désert. La plupart des ouvriers avaient dû accompagner Julia et Ian sur le site de fouilles, ne laissant que les domestiques ; mais Essie compta au moins trois personnes qui la dévisageaient d'un air sidéré. Cela n'avait rien d'étonnant, vu son état : les cheveux lâchés et emmêlés, des coulures de mascara sous les yeux, sa robe de chambre en lambeaux à demi enfilée et une chemise de nuit qui ne lui arrivait qu'aux genoux. Elle n'avait pas le temps de s'en soucier. Tout ce qui importait, c'était de récupérer le biberon qui l'attendait dans le réfrigérateur, puis de gagner la tente d'invités où se trouvait sa réserve de serviettes et de torchons – ainsi que la peau de babouin, probablement rassurante par sa familiarité.

Baraka avait dû entendre l'enfant pleurer, à moins qu'il ne les ait vues arriver par une fente dans le mur en planches de sa cuisine. Il ouvrit la porte au moment où elle s'approchait et lui tendit le biberon. L'intérieur de la pièce sentait le porridge, le miel et le pain frais. Essie saisit la bouteille sans ralentir, comme un témoin dans une course de relais, consciente du regard de Baraka qui la suivait tandis qu'elle s'éloignait en boitillant. Il avait semblé mal à l'aise, aucun doute. Était-il décontenancé par son apparence ? Inquiet pour le bébé – même si ce n'était qu'une Hadza ? Ou bien la cause était-elle complètement différente ?

Dans la tente d'invités, Essie s'assit sur une chaise de camping, mais se rendit compte que le bébé ne tenait pas entre les accoudoirs en bois et opta plutôt pour le lit. La petite avait cessé de pleurer, comme si elle avait déjà compris que la proximité d'un biberon était synonyme de bonne nouvelle. En l'installant sur ses genoux, Essie découvrit que sa couche était détrempée. Elle ne se donna pas la peine de salir une serviette pour protéger sa robe de chambre : elle n'aurait qu'à l'ajouter à la pile grandissante de linge à nettoyer.

Alors qu'elle penchait le biberon vers la bouche de l'enfant, elle se rendit compte que le verre était glacé. Il aurait fallu le réchauffer, ou du moins l'amener à température ambiante. Mais cela ne sembla pas poser de problème. Presque aussitôt, le bébé se mit à téter voracement. Essie ressentit un pincement au cœur. Cette petite avait passé sa vie à partager la mère d'un autre bébé. Elle n'avait que deux mois, mais elle avait déjà appris à prendre ce qu'on lui donnait et à s'en contenter.

À mesure que la tétée se faisait plus régulière, Essie recouvra son calme. Puis elle remarqua que le petit poing était toujours serré autour de sa mèche de cheveux.

« *Hodi ?* »

Elle leva les yeux. Quelqu'un annonçait sa présence à l'extérieur : Simon, à en juger par la voix. À Magadi, tout le monde – y compris les Européens – respectait le protocole local lorsqu'il se présentait au logis de quelqu'un d'autre. On ne pouvait pas frapper à la porte d'une tente, après tout, pas plus qu'à l'entrée béante d'une hutte de torchis.

Essie se leva et alla s'asseoir sur la chaise, profitant de l'occasion pour secouer sa robe de chambre afin qu'elle ne remonte pas sur ses cuisses.

« *Karibu* », lança-t-elle.

Entre. Tu es le bienvenu.

Son assistant apparut dans l'entrée de la tente, impeccablement vêtu, comme toujours. Il garda poliment les yeux baissés jusqu'à ce qu'elle prenne la parole.

« Bonjour, Simon. Comment s'est passé ton réveil ? »

Elle avait beau parler en anglais, elle se surprenait souvent à utiliser les formules africaines traditionnelles.

« Je me suis réveillé en paix. Et vous ?

— En paix, aussi.

— Et le bébé ?

— Elle a très bien dormi. Elle était fatiguée, je crois. »

Tous deux observèrent l'enfant en silence. Elle avait une main sur le biberon comme pour le tenir en place.

« Elle apprend vraiment vite, fit remarquer Simon d'un air attendri, avant de se ressaisir. Le bwana Lawrence a laissé un mot. »

Simon tenait en effet à la main une feuille de papier jaune. Il n'était pas inhabituel pour son mari de lui laisser des instructions écrites ; cela faisait partie de son approche scientifique de l'existence. S'il devait déléguer quelque chose, il lui fallait s'assurer que la tâche serait correctement exécutée. Le savoir n'avait de valeur que s'il était fondé sur un procédé fiable. Ses instructions étaient toujours formelles, sans conclusion affectueuse ni mots doux. Dans ce genre de situation, Essie avait le statut de collègue et non d'épouse. Ian poussait le professionnalisme encore plus loin en ce qui concernait ses parents, les appelant systématiquement par leurs prénoms, comme s'ils étaient des collaborateurs avant d'être des membres de sa famille. À son arrivée à Magadi, Essie avait d'abord trouvé cela étrange, mais elle avait pris goût à l'atmosphère égalitaire instaurée par cette pratique.

« Montre », dit-elle.

Elle parvint à esquisser un sourire, pourtant inquiète à l'idée des instructions que Ian lui avait laissées. Ce n'était pas un jour ordinaire.

Simon déplia la feuille et la lui tendit en l'orientant de manière à ce qu'elle soit bien éclairée, et Essie lut le texte en diagonale.

Contact radio avec l'orphelinat Saint-Joseph… garantie absolue que le bébé restera entre leurs mains… après une nuit de sommeil, je suis certain que tu seras du même avis... c'est ce qu'il y a de mieux pour l'enfant...

Parvenue à la dernière ligne, elle écarquilla les yeux.

L'avion de la mission est affrété... arrivera en début d'après-midi... infirmière à bord...

Elle prit une seconde pour digérer la nouvelle avant de lever les yeux. L'expression de Simon lui apprit qu'il connaissait la teneur du message. Il s'éclaircit la gorge.

« Le bwana m'a dit de vous dire qu'ils seraient de retour pour déjeuner. »

Essie sentit sa mâchoire se crisper tandis qu'elle imaginait Julia et Ian discuter du sort du bébé à la table du petit-déjeuner, prendre une décision et agir en conséquence – le tout sans la consulter. Au déjeuner, ils feraient front commun, ce qui rendrait le moindre débat impossible. De toute façon, le temps qu'ils reviennent, le pilote serait déjà probablement à l'aéroport d'Arusha, prêt à décoller pour Magadi.

Tout en cherchant comment réagir, elle regarda autour d'elle. La tente d'invités était aussi chaotique que leur chambre. Même si ce bébé – arrivé depuis moins de vingt-quatre heures – ne possédait rien, sa présence semblait remplir l'espace. La peau de babouin, le *kitenge* multicolore et la vieille couverture massaï de Baraka étaient jetés pêle-mêle sur le lit double ; une cuvette en émail remplie d'eau était posée au sol à côté d'un linge humide ; sur une petite table se trouvait une boîte de lait en poudre qui attendait d'être emportée vers la cuisine. Essie ne put s'empêcher de remarquer la pile de plus en plus réduite de vieilles serviettes. Quand viendrait l'heure du déjeuner, elle serait presque à court de couches propres. L'infirmière de l'orphelinat en apporterait sans doute – de vraies couches carrées, pliées comme il fallait. Essie se représenta une femme en uniforme blanc, une montre épinglée sur la poitrine, le visage sévère. Enveloppée d'une légère odeur de désinfectant, peut-être. Les cheveux remontés en un chignon net, sans mèches folles auxquelles une petite main puisse se raccrocher. L'idée de confier le bébé à une telle femme la prit à la gorge.

« Je n'ai pas donné mon accord. »

La fermeté de sa voix la surprit elle-même. Simon la regarda, inquiet.

« Mais le bwana et Mme Lawrence ont pris leur décision. »

Essie regarda derrière lui, vers l'extérieur, où un vol d'oiseaux mouchetait de blanc le rectangle de ciel bleu. Simon venait d'exprimer avec une honnêteté choquante ce qu'il comprenait de son statut. C'était peut-être dû en partie à l'opinion qu'il avait pu adopter au fil des années sur la position des femmes, en particulier des femmes mariées et sans enfants. Même si les Hadzas étaient connus pour appliquer le principe d'égalité des sexes, ce n'était pas une idée courante parmi les Africains avec lesquels Simon passait maintenant le plus clair de son temps. D'un autre côté, il était tout aussi susceptible d'avoir tiré ses propres conclusions de son observation des Européens vivant à Magadi. Essie s'efforça de considérer la situation de son point de vue. De toute évidence, Ian et Julia étaient en position d'autorité grâce à leur réussite professionnelle. Après la mort de William, Ian avait repris le flambeau de la direction des recherches parce qu'il était un homme. Julia jouissait d'un statut privilégié parce qu'elle était sa mère, et aussi à cause de son âge. Ce qui laissait Essie en position subalterne. Pourquoi aurait-elle son mot à dire, à présent ? Il n'y avait aucune raison pour que le sort du bébé hadza soit négocié autrement que n'importe quelle décision concernant le campement.

Elle regarda Simon en face.

« J'ai promis de ne pas l'envoyer ailleurs.

— Je sais. Mais qu'est-ce que vous pouvez y faire ? » demanda-t-il avec un geste d'impuissance.

Pendant qu'elle cherchait désespérément quoi répondre, un gargouillis s'éleva du biberon : de l'air était en train de se mélanger au lait. Elle inclina davantage la bouteille, et la petite se remit à téter goulûment dès que la tétine se remplit à nouveau. On aurait cru qu'elle avait été nourrie ainsi tout au long de sa courte vie.

Dans le silence, le crissement d'un criquet retentit à l'extérieur. Essie captait une odeur âcre d'ammoniaque en provenance du vieux baril d'essence où elle jetait les couches sales. Il allait falloir les laver rapidement, et aucun membre du personnel n'accepterait de s'en charger. Les femmes massaïs ne seraient d'aucune aide non plus. Comment leur faire comprendre ce qu'était une couche sale lorsque leurs propres enfants se soulageaient à même la terre, où tout était absorbé en un rien de temps ? Essie se rappela la stupéfaction de certains Massaïs à la vue de Ian qui se mouchait puis rangeait son mouchoir en tissu dans sa poche, comme s'il voulait en conserver le contenu pour plus tard. À coup sûr, les femmes prêteraient aux couches un usage tout aussi inexplicable – et probablement superstitieux.

Essie devrait donc se charger elle-même de la lessive, puisqu'elle ne pouvait pas mélanger les couches sales au linge du campement. Il faudrait sans doute les faire bouillir au-dessus du feu, ou quelque chose de tout aussi dégoûtant. Quand trouverait-elle le temps pour une telle tâche sans pour autant diminuer ses heures de travail ? Le bébé se satisfaisait de peu, ainsi que l'avait promis Giga, mais cela ne voulait pas dire que s'en occuper ne serait pas extrêmement chronophage.

Elle prit une longue inspiration dans l'espoir de s'éclaircir les idées. Peut-être Ian et Julia avaient-ils pris la bonne décision. Julia savait ce qu'impliquait la présence d'un bébé au campement, après tout. Les enfants Lawrence avaient grandi là, avant les deux grands événements qui avaient bouleversé l'équilibre de Magadi : d'abord la perte tragique du petit frère de Ian, puis la guerre. Essie songea soudain que, si Ian ne lui avait pas demandé son avis, c'était sans doute parce qu'il pensait agir ainsi en bon mari, la protégeant de sa propre faiblesse.

La petite finit de boire et laissa retomber la main posée sur le biberon. Essie la regarda, mais juste un instant. Ses grands yeux emplis de confiance lui donnaient l'impression que, par son indécision, elle trahissait cette enfant. Elle se remémora les suppliques du grand-père, Nandamara. Elle revit la profonde affection mêlée à la peur dans ses yeux voilés, deux émotions contraires enchevêtrées tel un écheveau impossible d'ombre et de lumière qui jamais ne virait au gris. Comment pouvait-elle seulement envisager de manquer à sa promesse ? Puis une autre pensée lui vint, comme une révélation. Peut-être devait-elle protéger Nandamara de sa propre faiblesse, tout comme Ian le faisait pour elle. Si le vieux chasseur hadza comprenait réellement l'univers des Européens, il ne craindrait pas de laisser sa petite-fille partir pour Arusha. Au contraire, il reconnaîtrait que c'était une chance pour elle d'être placée entre les mains expertes de l'orphelinat Saint-Joseph.

Essie se tourna vers Simon.

« Dis à Kefa de m'apporter une bouilloire d'eau chaude et un baquet à lessive. Il va aussi me falloir du savon et une serviette propre, s'il arrive à en trouver une.

— Vous allez laver ce bébé. »

La phrase de Simon relevait tout autant de l'affirmation que de la question. Essie évita son regard.

« Il faut qu'elle fasse bonne impression. »

À genoux sur le tapis près du baquet, Essie testa la température de l'eau sur la peau sensible de son avant-bras.

« Ça me semble bien, annonça-t-elle à Simon, qui tenait la bouilloire fumante. Chaud, mais pas brûlant. »

Le bébé était allongé à côté d'elle et battait des jambes, manifestement ravi d'être libéré de sa couche. Ses mains bougeaient au même rythme que ses pieds, à croire qu'ils étaient liés par un fil invisible. Essie et Simon échangèrent un sourire. L'enfant ressemblait à un scarabée sur le dos. Elle ne portait que son collier de perles. Essie s'était refusée à le lui enlever ; peut-être était-ce la fille de Nandamara qui le lui avait noué autour du cou dans le bref intervalle de temps qu'elles avaient pu passer ensemble sur terre. De toute manière, les extrémités du cordon étaient attachées par des nœuds solides. Il était évident que personne n'était censé lui retirer ce collier tant qu'il ne serait pas devenu trop petit.

L'enfant dégageait une fraîche odeur d'urine, tout comme la serviette détrempée qu'Essie avait jetée avec les autres dans le baril. En dehors de cela, elle était plutôt propre puisque Essie avait pris le temps de lui essuyer le derrière avec un linge humide à chaque changement de couche. Mais, en y regardant de plus près, sa peau était légèrement poussiéreuse et il y avait quelques taches grasses sur l'une de ses jambes. Giga ne lui avait visiblement pas donné de bain depuis quelques jours, peut-être parce qu'il n'y avait pas de source près de la Caverne aux peintures. Il était également possible que les Hadzas ne soient pas obsédés par l'idée de se laver constamment.

Quoi qu'il en soit, Essie était déterminée à faire reluire ce bébé comme un sou neuf. Elle n'arrivait pas à oublier les propos de Baraka sur le mépris que les Hadzas inspiraient à tout le monde, et l'idée que le personnel africain de Saint-Joseph puisse traiter l'enfant avec dédain l'emplissait de colère. Et s'ils ne la prenaient pas dans leurs bras quand elle pleurait ? S'ils refusaient de la porter ? Les Européens, eux, ne la négligeraient pas, mais la considéreraient peut-être comme un objet de curiosité, un spécimen d'une espèce rare, comme un animal exotique qu'on exhibe dans une cage au zoo.

Cette possibilité mettait Essie encore plus mal à l'aise. Elle avait bien vu, au fil des années, l'intérêt que les anthropologues en visite à Magadi nourrissaient pour les Hadzas, considérés comme le peuple primitif le plus ancien à fonctionner encore selon un modèle de société traditionnelle intact. La seule autre peuplade comparable était les Khoisans d'Afrique du Sud, qui partageaient le même type de langage comprenant des claquements de langue pour consonnes. Cette fascination, Essie la ressentait elle aussi, tout comme Ian et Julia. Mais c'était un terrain glissant. Certains chercheurs, à force de considérer l'Afrique comme le berceau de l'humanité, en étaient venus à penser que les Noirs étaient restés primitifs, qu'ils avaient cessé de se développer tandis que d'autres peuples évoluaient en races supérieures. Sans surprise, ce genre de théorie – qui relevait de l'eugénisme – était tombé en défaveur après les horreurs du génocide des Juifs. Mais Essie était bien placée pour savoir que l'attention portée aux caractéristiques physiques de divers peuples demeurait prégnante en anthropologie. Dans les musées et les universités du monde entier, des étudiants se penchaient encore sur des crânes et autres ossements humains, la plupart du temps volés dans des tombes ou des chambres funéraires. Ces squelettes provenaient de lieux aussi lointains que la Namibie ou Java, sans parler, bien sûr, de la Tasmanie, dont on estimait qu'elle avait accueilli les humains les plus isolés de l'histoire. On remplissait leur cavité cérébrale de plombs de chasse, qu'on pesait ensuite afin de les comparer à d'autres échantillons. On mesurait les os, cherchant ce qui pouvait lier l'anatomie de ces peuples à leurs autres caractéristiques – leur technologie, leur culture, leurs croyances, leur art.

Ce n'était pas seulement une question scientifique. Certains chercheurs – ainsi que des voyageurs ordinaires – nourrissaient une révérence romanesque pour le « noble sauvage » : la conviction que quelque chose d'essentiel, désormais perdu par le monde moderne, existait encore au sein de peuples comme les Hadzas. Mais même cette approche comportait le risque de considérer des êtres humains comme des spécimens plutôt que comme de véritables individus.

Hantée par ces pensées, Essie commença à se demander s'il lui serait possible de dissimuler l'origine hadza de l'enfant. Pourquoi ne pas prétendre qu'il s'agissait juste d'un bébé ordinaire, de parents inconnus ? Elle pouvait lui donner un nom tribal afin de brouiller les pistes. Mais, même si les Lawrence acceptaient de mentir, ce plan avait peu de chances de fonctionner.

Saisissant la petite sous les bras, doigts tendus derrière sa nuque pour soutenir le poids de la tête, Essie la souleva et la déposa lentement dans l'eau. Au contact de la chaleur, l'enfant ouvrit de grands yeux surpris dont les iris sombres, cernés de blanc, ressortaient dans la douce lumière de la tente.

« Ça fait du bien, hein ? » souffla Essie d'un ton encourageant.

L'incertitude passa du regard aux lèvres de l'enfant, qui se mirent à trembler. Ses petites mains battirent l'air sous le coup de l'émotion. Essie regarda Simon, désemparée.

Il dit quelque chose en hadza, une succession de voyelles douces entrecoupées de clics. L'enfant se tourna vers lui et Essie sentit son petit corps se détendre dans l'eau, avant de se remettre à agiter les jambes comme lorsqu'elle était à terre. Elle parut stupéfaite quand des éclaboussures lui mouillèrent le visage. Puis elle sourit, sa petite langue rose pointant entre ses lèvres sombres. Elle donna un nouveau coup de pied et se figea, ébahie par les mouvements de l'eau. Un gloussement s'échappa de sa gorge. Le son avait semblé étrangement adulte, et étonnamment fort. Le cycle se poursuivit : coup de pied, éclaboussures, gloussement. Bientôt, Essie et Simon riaient en même temps que le bébé.

« Elle n'est pas un peu jeune pour frimer comme ça ? demanda Essie, les cheveux dégoulinants d'eau.

— Les enfants africains grandissent vite », déclara Simon.

Elle hocha la tête. Elle avait vu des bébés massaïs courir partout alors qu'ils semblaient tout juste assez âgés pour se tenir debout. De tout petits garçons menaient des chèvres tout seuls pendant des journées entières.

Au bout d'un moment, l'eau du bain commença à refroidir. Essie frictionna la peau du bébé avec du savon, effaçant toute trace de saleté. Le savon manqua lui échapper plusieurs fois : ce n'était plus qu'une rognure. Les Lawrence commandaient leur savon blanc marbré de bleu à une usine située sur le lac Tanganyika, qui le leur expédiait sous forme d'imposantes plaques qu'il fallait ensuite briser en morceaux plus petits. Mais il y avait longtemps qu'un bloc de savon neuf n'était pas arrivé à Magadi. Le fragment qu'Essie tenait à la main avait perdu son parfum, dégageant une odeur désagréable de soude. Au moins, cela indiquerait que le bébé était propre.

En dernier lieu, Essie submergea l'arrière de la tête de l'enfant et versa de l'eau sur ses cheveux avec sa main jusqu'à ce qu'ils soient complètement mouillés, avant de passer les doigts entre les frisottis pour laver le cuir chevelu. Elle sentait la forme du crâne sous ses doigts. La fontanelle postérieure était déjà presque entièrement refermée, mais la fontanelle antérieure, située près du front, était encore loin du but : elle ne se souderait pas avant que la petite atteigne environ deux ans. Le léger renfoncement, ajouté à la mollesse de la tête à cet emplacement, accentuait de manière effrayante la fragilité du bébé. Il n'y avait qu'une mince couche de cheveux, de peau et de chair pour protéger son cerveau.

Essie ne pouvait pas s'empêcher de visualiser le crâne, avec ses plaques délimitées par de minces fissures et des béances irrégulières là où elles ne s'étaient pas encore rejointes. La plupart des archéologues étudiaient l'anatomie, mais Essie s'y était particulièrement intéressée. À l'université, elle avait même suivi les cours des élèves de médecine. Pour effectuer des fouilles, les chercheurs avaient besoin d'une solide connaissance du corps humain – ainsi que des animaux, des oiseaux, des poissons, des insectes, et même des mollusques. Il fallait également s'y entendre en botanique. Autrement, comment identifier un fragment d'os fossilisé ou l'empreinte d'un lichen particulier sur la roche ? Il était courant de demander l'expertise de spécialistes et cela expliquait aussi pourquoi tant de fossiles étaient expédiés depuis Magadi, au-delà des nécessités de stockage, de préservation et d'exposition. Mais c'était au chercheur chargé des fouilles d'établir l'identification initiale de ce qu'il découvrait. Essie avait affûté ses connaissances au fil des années. Si elle avait un jour la chance de trouver un fossile déterminant pour sa carrière, elle voulait être capable de le reconnaître au premier coup d'œil.

Sortant l'enfant de son baquet, elle alla la déposer sur une serviette étalée sur le lit. Immobile, elle contempla les membres miniatures, le torse, la tête, les pieds et les mains. Le savoir pouvait être utilisé à mauvais escient, comme l'avaient prouvé les nazis ; mais cela ne voulait pas dire que l'étude de la physiologie hadza n'apporterait rien au domaine de la science. La recherche médicale, par exemple, bénéficierait grandement de ce genre d'informations. Essie brûlait de mesurer les os les plus importants, la circonférence crânienne, et de prendre des notes sur la présence ou non, à cet âge précoce, du front fuyant, de la mâchoire arrondie et d'autres caractéristiques propres à ce peuple unique.

Le destin lui avait offert une occasion rare d'examiner un bébé hadza. Peut-être même pourrait-elle rassembler suffisamment de données pour rédiger un bref article.

Sous son regard pensif, les petites jambes se remirent à remuer. Une expression décontenancée passa sur le visage de l'enfant.

« A plus d'eau, dit Essie en haussant les sourcils comme si elle non plus n'en croyait pas ses yeux. A plus. Fini. »

Elle jeta un regard en coin à Simon, espérant qu'il ne l'avait pas entendue babiller de la sorte. Mais il semblait occupé à refaire ses lacets.

Elle tamponna précautionneusement le bébé à l'aide de la serviette jusqu'à ce que chaque repli de peau soit parfaitement sec. La petite l'observait d'un air solennel. Son regard intense, entièrement concentré, captivait Essie avec la force d'un aimant. Elle ne se rappelait pas avoir jamais été à ce point subjuguée – à part peut-être quand elle était tombée amoureuse de Ian. Cette enfant était extrêmement jeune, mais c'était à croire qu'elle avait conscience de la précarité de sa situation – et qu'elle savait devoir se lier à quelqu'un de plus grand et de plus fort qu'elle afin d'assurer sa survie. Elle devait avoir ce sentiment depuis le début de sa vie, songea Essie. Giga avait fait de son mieux, mais sa priorité restait toujours son propre enfant. Quelque part au fond de sa conscience, cette petite fille comprenait que la personne censée être là pour elle, juste pour elle, manquait à l'appel.

Le cœur d'Essie se serra. Elle ne connaissait que trop bien ce sentiment de vulnérabilité face au monde. L'impression d'avoir la peau trop fine pour protéger ce qui se cachait dessous. L'envie de presser son dos contre le mur, assez fort pour annihiler tout espace derrière soi. Elle se rappela la manière dont elle s'enveloppait de ses bras maigres, petite, comme pour se constituer une armure. Le manque qu'elle ressentait en voyant d'autres mères embrasser leurs enfants au portail de l'école, alors que son père se contentait d'un signe de la main. Et les heures passées, à la maison, debout dans le couloir à regarder vers la chambre d'amis.

Elle s'y voyait encore. Elle attendait, toute seule, et passait le temps en observant le ballet des grains de poussière dans l'air. Les jacasseries de la radio lui parvenaient depuis la cuisine. Ses vêtements avaient l'odeur du dîner préparé par son père : œufs sur le plat et haricots à la tomate. Où qu'elle se tienne, où qu'elle regarde, toute son attention était rivée sur la chambre d'amis au bout du couloir, dans laquelle Lorna dormait. Chacun de ses nerfs était tendu dans cette direction comme une antenne. La chambre, tel un vortex, aspirait toute la chaleur et le réconfort de la maison pour l'enfermer derrière sa porte verrouillée à double tour.

Son père émergea de la cuisine, accompagné d'une lueur bleue fluorescente.

« Ne dérange pas ta mère. C'est difficile pour elle, aujourd'hui. »

Un éclat de ressentiment pointait sous sa lassitude. Essie frappa le lambris du talon éraflé de son soulier d'école.

« Je veux jouer avec elle. »

Jouer. C'était le seul mot qu'elle se sentait en mesure d'employer. Ce qu'elle voulait réellement, c'était se nicher au creux du lit avec sa mère et tirer le drap au-dessus de leurs têtes pour ne plus respirer que leurs corps et leurs haleines. Se pelotonner contre la peau de sa mère, et enfouir le visage dans sa chevelure emmêlée.

Son père soupira et posa lourdement une main sur son épaule frêle.

« Elle aussi, elle veut jouer avec toi. Ce ne sera pas toujours comme ça. »

Mais Essie entendit le désespoir dans sa voix.

Ce serait toujours comme ça…

Enveloppant le bébé dans sa serviette, elle le cala contre sa poitrine. L'éponge se lova autour des épaules étroites et de l'échine courbée. Essie posa la joue sur le crâne de l'enfant, peau contre peau. Quelque chose palpitait faiblement sous la fontanelle, et elle entrouvrit les lèvres avec émerveillement quand elle saisit de quoi il s'agissait – les battements réguliers du petit cœur.

Le vieux Land Rover cahotait à grand fracas sur le sol inégal. Il n'était pas utilisé très souvent, ces derniers temps. Essie avait eu du mal à le faire démarrer. Pourvu qu'il ne tombe pas en panne avant qu'elle soit hors de vue du campement.

Elle se pencha au-dessus du volant craquelé par le soleil, à la recherche du terrain le plus plat possible. Le bébé dormait dans sa caisse-berceau, posée sur le siège passager. De temps à autre, Essie devait saisir la boîte d'une main pour l'empêcher de glisser, mais les cahots du véhicule ne semblaient pas déranger l'enfant. Tommy était pelotonné au pied du siège, le museau plaqué contre la caisse. Il avait préféré se tasser là plutôt qu'être relégué à la banquette arrière.

Le campement rétrécissait dans son rétroviseur. Essie distinguait encore la silhouette de Simon, debout devant la tente de repas. Même d'aussi loin, la tension était visible dans sa posture. Lui aussi avait trouvé judicieux qu'elle s'absente pour le déjeuner. Il aurait sans doute préféré disparaître avec elle, s'il n'y avait eu la crainte que Ian le juge complice et décide de le renvoyer.

Parvenue à un bosquet, Essie décrivit un virage, gara le Land Rover à l'abri du feuillage et coupa le moteur. À pas de loup, elle sortit du véhicule et s'éloigna, laissant le bébé endormi en sécurité à l'intérieur, portière ouverte.

Tommy gambada autour de la carrière pour se dégourdir les pattes. Il avait cessé de bouder à cause de la veille au soir et n'avait plus qu'une envie : jouer. Baissant les cornes, il donna un coup de tête dans la cuisse d'Essie, qui le repoussa distraitement. Elle avait l'estomac noué, aussi bien par la faim que par le stress. Avant de partir, elle avait été si occupée par la préparation de deux biberons pour le bébé qu'elle en avait oublié de petit-déjeuner.

Elle s'assit sur une pierre, la tête entre les mains. En repensant à ce qu'elle venait de faire, elle avait l'impression de regarder un film d'horreur, quand elle était incapable de détourner les yeux de l'écran même si elle ne voulait pas savoir ce qui allait suivre.

Elle se revit dans la salle de radio, le micro devant la bouche, en train de passer son appel. Une employée de Saint-Joseph avait décroché. Elle parlait anglais avec un accent africain. À cause des grésillements qui brouillaient la transmission, Essie s'en était tenue au plus simple.

« Ici le campement de Magadi. Pas besoin que quelqu'un vienne aujourd'hui. Le bébé reste avec nous. Terminé. »

Son interlocutrice avait répété le message.

« Prévenez le pilote, s'il vous plaît, avait ajouté Essie. Annulez l'avion. Merci. »

Après que la femme avait de nouveau répété ses paroles, elle avait mis fin à l'appel. Elle se sentait coupable d'avoir parlé avec tant de tranquillité apparente, alors que les missionnaires de l'orphelinat seraient pour le moins interdits, voire agacés ou alarmés par ce brusque changement de programme.

Ensuite, elle s'était rendue dans la tente de repas et avait trouvé le bloc-notes utilisé par Ian. La première page portait encore l'empreinte de son message du matin. Elle était restée immobile un instant face à la feuille vierge, distraite par une tache de caviar noir bleuté que Kefa avait dû manquer en nettoyant la table. Puis elle s'était emparée d'un stylo, consciente du regard de Simon dans son dos. Elle avait limité son billet au strict minimum ; tracer chaque lettre lui coûtait déjà un effort immense.

J'ai annulé l'avion.
Le bébé reste ici.
Seulement jusqu'aux pluies.
Je ne peux pas manquer à ma promesse.
Désolée.

Elle avait placé la feuille contre la salière en tremblant. Même l'excuse finale ne suffisait pas à racheter le ton effronté, presque désobéissant, de sa missive. Mais il était trop tard pour revenir en arrière.

Elle s'était préparée à partir, rassemblant les dernières serviettes propres, l'écharpe de cuir et le *kitenge*. Quand elle se présenta à la cuisine, Baraka avait déjà préparé un biberon, probablement à la demande de Simon. Il secoua légèrement la tête en le lui donnant.

« *Ukicheka mkwe-mkwe, utapata uchafu katika jicho lako* », dit-il d'un ton d'avertissement. Si tu te moques de ta belle-mère, tu recevras de la poussière dans l'œil.

Ses paroles hantèrent Essie tandis qu'elle gagnait le parking, à l'arrière du campement, avec Simon qui portait le berceau de fortune. Baraka aimait employer des proverbes traditionnels. Avait-il choisi celui-ci parce qu'il jugeait que Julia serait encore plus furieuse que Ian ? Ou bien soulignait-il qu'Essie aurait plus de mal à se faire pardonner d'elle ? Ian était son mari, après tout. Il l'aimait. Sa relation avec sa belle-mère s'était toujours avérée beaucoup plus complexe à gérer.

Lorsque Ian et Essie avaient décidé de se marier, Julia semblait heureuse que son fils ait trouvé quelqu'un qui partage sa passion pour les recherches accomplies à Magadi. Essie avait déjà prouvé qu'elle savait travailler dur et vivre simplement. Julia, de toute évidence, avait été choisie par William en fonction de ces mêmes critères lorsqu'il avait quitté l'Afrique pour aller faire ses études en Angleterre. Elle avait pris le temps d'enseigner à Essie tout ce qu'elle devait savoir pour vivre et travailler dans une région aussi reculée. Mais, en dehors de cela, elle avait toujours paru relativement indifférente à sa belle-fille, ne témoignant presque aucune émotion – à l'exception des critiques sous-jacentes qu'elle formulait à demi-mot, presque en continu. Au début, Essie avait été blessée par cette attitude. Elle comprenait à présent que, tout simplement, Julia fonctionnait ainsi, intransigeante envers les autres autant qu'envers elle-même et rechignant à exprimer ce qu'elle ressentait. Même avec Ian, elle restait réservée. Essie ne parvenait pas à l'imaginer en train de les dorloter, lui et son frère, quand ils étaient enfants. À coup sûr, elle ne leur avait jamais parlé d'une voix attendrie, pas plus qu'elle n'avait léché son doigt pour essuyer un peu de nourriture restée sur leur visage, comme Essie avait vu d'autres mères le faire. Julia n'était pas le genre de personne à laisser courir distraitement ses mains dans la chevelure de ses garçons comme si leurs corps étaient le prolongement du sien.

Si elle avait un jour fait preuve de tendresse maternelle, cet aspect-là était profondément enfoui à présent. La veille au soir, après le dîner, elle n'avait pas même levé les yeux quand Essie était revenue dans la tente de repas avec le bébé endormi. Ian, au moins, lui avait adressé un sourire en croisant son regard par-dessus la petite tête posée contre son épaule. Puis il s'était activé silencieusement pour dénicher une caisse et des coussins qui puissent servir de matelas. Julia était restée assise tout du long, décrivant avec sa main des allers-retours réguliers entre ses lèvres et le cendrier, les yeux plissés derrière la fumée de cigarette.

Assise sous le couvert des arbres, Essie se massa le visage en s'attardant sur son front. Sa montre indiquait que l'heure du déjeuner approchait. Son message allait être lu d'abord par Ian, puis par Julia. Elle n'avait pas encore décidé combien de temps elle resterait absente ; une petite partie d'elle aurait voulu ne jamais retourner au campement, mais rester ici pour toujours, dans le bourdonnement des insectes et la chaleur de midi. Elle n'avait aucune envie d'affronter les questions que soulèverait sa décision. Elle ne disposait pas de réponses, elle n'avait pas de plan d'action…

Elle chercha des yeux Tommy, qui avait abandonné ses tentatives de jeu et s'était éloigné pour paître. Il se tenait de l'autre côté de la clairière, complètement immobile, le museau levé. Seule sa queue fouettait l'air, signe qu'il était soit fébrile, soit effrayé. Essie se redressa, instantanément en alerte, et vit ce qui ressemblait à un pan de végétation se détacher du sous-bois. Des fragments de pénombre se rejoignirent jusqu'à former une silhouette debout.

Essie se leva tandis que l'homme se dirigeait vers elle sans un bruit. Il semblait pratiquement identique aux chasseurs de la veille, à ceci près qu'il ne portait pas de peau de babouin, mais un pagne fait de petits pelages gris cousus ensemble. Il avait un corps d'athlète : sur ses fesses nues, le muscle grand fessier – celui qui avait évolué pour permettre aux humains de marcher debout – se découpait à chaque pas. Il portait sur l'épaule une patte de zèbre entière, dont les rayures noires et blanches bien nettes et la forme parfaite du sabot contrastaient durement avec le chaos ensanglanté de la jointure où le membre avait été tranché.

L'homme émit un flot de cliquetis hadzas, doux comme le murmure d'un ruisseau sur un lit de galets. Essie lui adressa un sourire prudent. Les yeux fixés sur l'écharpe qu'elle portait en travers du buste, il fronça les sourcils d'un air interrogateur. Manifestement, il était au courant pour le bébé. Essie désigna le Land Rover, où la caisse en bois était visible sur le siège passager.

Le chasseur posa son arc et ôta d'un mouvement souple son carquois de flèches, avant de déposer la patte de zèbre sur un buisson. Puis il s'approcha du véhicule. Essie se précipita à sa suite, craignant soudain que Nandamara n'ait changé d'avis à propos de leur arrangement. Avait-il envoyé ce chasseur reprendre sa petite-fille ? Mais cela n'avait pas de sens : Essie était la seule à pouvoir la nourrir. Et puis cette rencontre ne pouvait être que le fruit du hasard. Pourtant, l'apparition soudaine de cet homme semblait presque surnaturelle, comme si le lien entre les chasseurs-cueilleurs et leur environnement les avait rendus omnipotents dans cette région – capables de tout entendre et de tout voir.

Essie se raidit quand le Hadza plongea les mains dans le berceau. Incapable de déterminer si elle avait le droit d'intervenir, elle le laissa soulever l'enfant, qui frémit mais ne se réveilla pas. L'homme observa attentivement la couche qui pendait sur les hanches frêles, puis la retira délicatement comme si elle s'était retrouvée sur le bébé par accident. Il cala la petite au creux de son bras musculeux. Essie se détendit ; l'homme avait les gestes simples et assurés de quelqu'un qui sait exactement ce qu'il fait. Sa peau, couverte d'une mince couche de poussière, se distinguait ainsi de celle du bébé, fraîchement lavée et d'un noir profond. Essie espérait de tout cœur qu'il ne remarquerait pas l'odeur déplaisante de soude. Elle aurait honte qu'il fasse part de cette observation à Giga.

Le chasseur revint vers le rocher où s'était assise Essie et y prit place à son tour. Elle s'installa sur une autre pierre, plus petite, juste à côté de lui. Tommy resta près d'elle, fixant le nouveau venu d'un air méfiant. Elle posa une main rassurante sur son collier, puis la retira – l'homme croirait peut-être qu'elle voyait en lui une menace pour son animal. Il était difficile à cet instant précis de l'imaginer en train de tuer un être quelconque : le regard qu'il posait sur l'enfant débordait de tendresse.

Essie trouvait frustrant de ne pas avoir Simon à ses côtés pour servir de traducteur. Elle n'avait aucun moyen de demander si les Hadzas campaient toujours dans la caverne, ni quand ils comptaient partir. Elle n'avait d'autre choix que de garder le silence. Le chasseur, détendu, se mit à chantonner à voix basse. Il n'était clairement pas pressé de reprendre le cours de sa journée. Peut-être avait-il atteint son but à présent qu'il avait de la viande à rapporter au campement. Peu à peu, Essie se laissa gagner par son insouciance. Elle non plus n'avait rien à faire pour l'instant. Elle ne pouvait qu'attendre.

Observant la patte de zèbre, elle se demanda vaguement comment les Hadzas expliquaient la présence des rayures noires et blanches. Leur utilité ne semblait pas évidente pour des animaux vivant dans la savane, où ces marques reconnaissables les rendaient faciles à repérer pour un prédateur. La seule réponse satisfaisante qu'Essie ait entendue concernait les mouches tsé-tsé : ces insectes, dont la piqûre douloureuse était une plaie pour tous les mammifères du continent, rechignaient manifestement à se poser sur le pelage rayé. Vraisemblablement, les mouches tsé-tsé s'orientaient grâce aux ombres et aux lumières lorsqu'elles cherchaient leur nourriture, si bien que ce motif contrasté les désorientait. Mais le chasseur n'aurait sans doute que faire d'une telle information, même en admettant qu'Essie parvienne à la lui transmettre. Il ne faisait que rapporter le dîner à la maison.

Le chant d'oiseaux aquatiques leur parvenait au travers de la plaine. Essie regarda dans cette direction, puis leva les yeux pour observer le feuillage qui les surplombait. Des tisserins jaunes pépiaient en volant autour de leurs nids en forme de pendules. Le chasseur berçait toujours l'enfant au creux de son bras. Une longue cicatrice barrait son avant-bras. On aurait dit que la chair avait été déchirée par une énorme griffe. La blessure était ancienne et bien cicatrisée. Les pieds de l'homme n'avaient à l'évidence jamais vu de chaussures de toute leur vie, à en juger par l'épaisseur et la teinte grise de la peau.

Le bébé tressaillit à nouveau et ouvrit les yeux. Le chasseur prononça quelques mots à voix basse jusqu'à ce qu'elle soupire et se rendorme. Essie ressentit un pincement de jalousie. Tout chez cet homme, de son langage à son odeur en passant par ses manières, devait paraître extrêmement familier à la petite fille.

Tommy s'assit sur le sol, repliant ses jambes sous son corps, la tête posée sur le genou d'Essie. Un lézard traversa lentement la clairière, s'arrêtant seulement pour capturer un petit criquet du bout de sa longue langue violacée. L'enfant dormait profondément, un bras pendant sur l'avant-bras balafré du chasseur. Essie se pencha sur elle afin de chasser une mouche. Elle croisa le regard du Hadza et lui sourit.

Il la dévisagea pensivement, la tête inclinée sur le côté. Puis, de son bras libre, il désigna la direction de la Caverne aux peintures, mima l'action de dessiner, et pointa Essie du doigt.

Elle hocha la tête. C'était bien elle. Le Hadza avait dû la voir retracer les peintures rupestres, à moins qu'il n'en ait entendu parler. Elle se demanda fugacement ce qu'il pensait de cette activité, mais son visage ne trahissait nulle émotion. À la place, il esquissa un geste vers le lac lointain et les contreforts du volcan, avant de mimer une nouvelle fois quelqu'un en train de peindre.

Essie était perplexe. Il n'y avait aucune caverne par là-bas – encore moins de caverne contenant des peintures. La zone avait été soigneusement explorée. Un missionnaire allemand du nom de Wolfgang Stein avait longtemps habité près du lac. Il s'y était installé avant la Première Guerre mondiale et y était resté près de vingt ans, jusqu'à l'arrivée des Lawrence. Sa maison en pierre existait toujours. L'objectif initial de Stein avait sans doute été de convertir les populations locales au christianisme, mais c'était également un archéologue amateur – le genre de personne à détruire des éléments inestimables à cause de mauvaises méthodes tout en faisant quand même quelques découvertes importantes. Il était le premier à avoir signalé l'existence de la Caverne aux peintures, ainsi que de la Fabrique de silex ; et il avait cartographié les environs d'Ol Doinyo Lengai. Ses documents étaient conservés dans les archives d'une société missionnaire à Berlin, mais il en existait à Magadi des copies dont les Lawrence s'étaient servis lors de leur propre exploration de la région. Julia travaillait dans les environs du volcan lorsque le malheur avait frappé – avec la disparition du petit frère de Ian. Par conséquent, une grande partie des contreforts avait été quadrillés par la police et une équipe de volontaires. De ce qu'en savait Essie, personne n'avait parlé d'une caverne.

Elle haussa les sourcils en signe de curiosité. Le Hadza répéta son geste, mais cela n'avait toujours aucun sens. Elle avait dû tout simplement mal comprendre. Peut-être avait-il vu certains visiteurs de Magadi peindre ou dessiner le volcan. Étudiants et chercheurs comme journalistes semblaient toujours ressentir le besoin de représenter Ol Doinyo Lengai, comme si cet acte leur permettait de forger un lien personnel avec la montagne. Cela ne plaisait pas à Julia, qui jugeait qu'idéaliser ainsi un paysage nuisait au professionnalisme de la recherche. Mais, malgré sa désapprobation, c'était devenu une sorte de tradition au fil du temps.

Tout avait commencé avec une artiste qui avait séjourné chez les Lawrence très longtemps auparavant. Elle n'avait rien fait d'autre que peindre pendant son séjour, à en juger par ses productions : une liasse entière de ses toiles, rangée dans un classeur fermé par un ruban, prenait la poussière dans la réserve. Elle avait même laissé de la peinture et une palette, comme si elle avait l'intention de revenir un jour. Quelques-uns de ses tableaux étaient toujours exposés dans la tente de repas, simplement punaisés aux murs de toile, sans cadre. Ils portaient sa simple signature dans un coin : *Mirella 1955.* Avec le temps, ils avaient accumulé quelques taches, des chiures de mouche, et les rebords commençaient à s'effranger ; mais les images attiraient encore le regard grâce à leurs couleurs vives et à leurs lignes harmonieuses.

Le chasseur, qui avait passé sa vie dans cette région, pouvait très bien avoir vu Mirella au travail – ou encore un autre visiteur occupé à la même tâche. Peut-être spéculait-il sur la fonction de ces images, se demandant si elles avaient la même signification pour les Européens que les peintures rupestres pour les Hadzas.

Essie, impuissante, regretta plus que jamais de ne pas avoir pu convaincre Simon de l'accompagner. Qui sait quels précieux détails du mode de vie hadza ce chasseur aurait pu lui confier, à présent que le bébé avait tissé un lien entre eux ? Mais son assistant se trouvait probablement dans la tente de repas en ce moment même, soumis à l'interrogatoire de Ian et Julia.

Abandonnant le sujet des peintures, Essie et le Hadza restèrent silencieux un long moment. Puis il désigna son morceau de zèbre en levant les sourcils. Elle comprit qu'il proposait de lui offrir la viande, et sourit chaleureusement pour exprimer sa gratitude. C'était une proposition généreuse. Le simple fait de transporter cette énorme patte avait dû représenter beaucoup d'efforts, sans parler de ce qui avait précédé : la traque, le coup de grâce, le découpage… Elle secoua la tête poliment. Les Lawrence manquaient régulièrement de viande, mais pas au point de se résoudre à manger du zèbre, pas plus qu'ils n'auraient imaginé préparer de la viande de prédateur pour le dîner. Pour une raison inconnue, les zèbres étaient presque toujours infestés de parasites. De plus, aux yeux d'Essie, quelque chose dans leur robe aux splendides rayures – quelle que soit leur fonction – rendait dérangeante la simple idée de manger ces animaux. Elle avait le même sentiment envers les girafes. D'une certaine manière, c'était différent pour le simple pelage brun des autres herbivores – chèvres, biches, gnous –, qu'ils soient sauvages ou domestiqués. Cette distinction s'appliquait également aux oiseaux : elle trouvait plus facile de voir plumer un quelconque lagopède ou canard que de voir arracher le plumage noir et blanc d'une pintade. Et elle était bien consciente que ces a priori n'avaient aucun sens.

Le chasseur réitéra son offre. Lorsque Essie déclina une deuxième fois en secouant la tête, il sourit, dévoilant des dents saines et régulières mais tachées, probablement par le tabac. Puis il se mit à rire comme en réponse à une bonne blague. Il prononça quelques phrases et rit de nouveau aux éclats. Essie se contenta de sourire prudemment, soupçonnant qu'il se moquait gentiment d'elle.

Quand l'homme se tut, les bruits du bush envahirent une fois de plus l'atmosphère. Un corbeau passa au-dessus de leurs têtes en croassant. Un peu plus près, il y eut un mouvement dans un buisson et Tommy se fit nerveux. Le son était trop insignifiant pour inquiéter Essie, qui le caressa d'une main distraite. Son attention était ailleurs. Elle ne pouvait s'empêcher d'imaginer ce qui devait se passer au campement en ce moment même.

Ce fut le chasseur qui réagit le premier. Puis Essie tourna la tête elle aussi, lorsqu'elle perçut le ronronnement lointain. Le Hadza lui adressa un signe de tête complice avant de décrire de sa main libre un arc lent dans les airs.

Essie bondit sur ses pieds. Fouillant le ciel du regard, elle repéra la petite tache noire formée par un avion. Il approchait à toute vitesse. Ce pouvait très bien être un groupe de touristes, raisonna-t-elle ; mais il arrivait à l'heure qui avait été prévue pour récupérer le bébé. Essie observa silencieusement le chasseur, l'esprit encombré de questions. Son message n'avait-il pas été transmis ? Avait-il été ignoré, ou contremandé peut-être ? Mais comment ? Par qui ?

L'avion survola la clairière, jaune vif contre le bleu du ciel. Il ne semblait pas familier, mais Saint-Joseph pouvait très bien avoir affrété un appareil qu'elle n'avait encore jamais vu. Elle espérait simplement que le Land Rover, garé à l'ombre à cause du bébé, n'était pas visible depuis les airs. Avec ses vêtements kaki, elle n'attirerait pas l'attention. Quant au chasseur, avec ses fourrures grises, son carquois de cuir clair et sa peau d'ombre, il serait complètement invisible.

Elle attendit que l'avion oblique vers les pentes du volcan, mais il ne fit que perdre de l'altitude en direction de la piste d'atterrissage de Magadi. Essie se mit à faire les cent pas, angoissée, ignorant le regard inquisiteur du Hadza. Puis elle s'immobilisa et laissa échapper un soupir. Quoi qu'il soit en train de se produire, elle ne pouvait rien y faire.

De l'autre côté de la clairière, elle trouva une pierre qui ferait un meilleur siège : plus grosse, avec une surface plate sur le dessus. Après l'avoir fait rouler jusqu'au chasseur, elle s'installa pour patienter. Avec ou sans son nouveau compagnon, elle allait devoir rester là un bon moment – au moins jusqu'à ce que l'avion jaune ait repris son envol pour retourner là d'où il venait.

7

Essie fit de son mieux pour refermer la portière du Land Rover sans bruit, dans l'espoir de repousser autant que possible le moment où son retour au campement serait remarqué. L'enfant était blottie dans son écharpe, satisfaite du biberon entier qu'elle venait d'avaler. Elle ne se doutait pas une seule seconde, pensa sombrement Essie, de ce qu'elles étaient sur le point d'affronter.

Elle avança vers la tente de repas en traînant les pieds. Tommy, frustré par cette allure d'escargot, lui donnait de petits coups de tête dans les mollets. Essie tenta de se rappeler à quelle occasion elle avait vu les Lawrence au comble de la fureur. Ils dirigeaient un campement et cette tâche impliquait souvent une certaine inflexibilité à l'égard des employés, même s'ils s'efforçaient la plupart du temps de rester calmes et justes. Mais une confrontation en particulier avait marqué Essie : un jeune ouvrier massaï avait volé un fossile pour le vendre à un touriste de Serengeti. Ian et Julia avaient procédé en tandem, l'interrogeant tour à tour, et leur colère n'avait fait que croître à mesure qu'ils constataient l'absence de remords du coupable. Essie rejoua l'échange dans son esprit afin de se distraire de sa propre anxiété. Quoi qu'il arrive à présent, cela ne pourrait pas être pire que ce jour-là. Les répliques, en swahili, avaient fusé de part et d'autre avec une telle rapidité qu'elle avait eu du mal à suivre.

« Vous m'accusez de voler ! s'était exclamé le Massaï.

— Tu as été pris sur le fait, avait rétorqué Ian.

— Alors que c'est vous, les voleurs. »

Aussitôt, le jeune homme s'était mordu la lèvre, comme s'il regrettait ses paroles.

« Qu'est-ce que tu as dit ? » avait demandé Julia d'un ton glacial.

Elle était assise, tout comme Ian, et l'ouvrier les dominait de toute sa taille. Il portait une *shuka* rouge et violet par-dessus son pantalon de chantier. Les parties de son corps laissées à nu – les épaules, les bras et un côté du torse – auraient pu appartenir à une statue grecque : un exemple parfait de corps humain mâle. Pourtant, il avait évoqué à Essie un petit garçon face à son directeur d'école. Il lui avait fallu quelques secondes pour rassembler son courage mais, lorsqu'il avait repris la parole, ç'avait été sur un ton effronté.

« Les os que vous ramassez sont à nous. »

Un lourd silence s'était ensuivi. Essie avait entendu Baraka chasser Tommy de son chemin dans la cuisine.

Ian avait pris une profonde inspiration.

« Ils n'ont rien à voir avec vous ! Les Massaïs ont migré vers le sud depuis la vallée du Nil. Ça ne fait que quelques siècles que vous êtes ici. »

L'ouvrier s'était penché en avant.

« Et vous, ça fait combien de temps ? »

Julia et Ian avaient échangé un regard. Ce qui semblait à la famille Lawrence une très longue période – deux générations – faisait piètre figure dans cette conversation.

Le Massaï avait poursuivi, haussant la voix :

« Combien de caisses d'os avez-vous envoyées dans un autre pays pour les festins des Blancs riches ?

— Festins ? avait répété Ian, reformulant le swahili avec un froncement de sourcils. Grands repas avec des invités ? »

Le jeune homme avait acquiescé.

« Personne ne mange les os, avait déclaré Ian avec agacement. Ils les étudient.

— Ce qui compte, c'est qu'ils vous paient très cher », avait répliqué le Massaï en haussant les épaules.

Julia avait émis un rire si rauque qu'on aurait cru une quinte de toux.

« C'est vrai. Quand vous trouvez des os précieux, vous êtes riches. Maintenant, vous n'en trouvez plus et vous êtes pauvres. Vous mangez comme les paysans, avait-il dit en écartant les mains. Plus personne ne vient vous témoigner son respect. Tous vos objets spéciaux sont cassés. C'est l'heure pour vous de partir. »

Julia en était restée bouche bée. Ian avait regardé autour de lui comme pour chercher du soutien, et son regard s'était posé sur la couverture du *National Geographic* – sur le visage de son père. Il s'était levé et avait défié le Massaï du regard.

« Ça suffit ! Tu ne travailleras plus ici. Tu dois quitter le campement. Immédiatement. »

Les yeux étincelants, l'ouvrier avait posé une main sur le manche de son couteau de chasse.

« C'est à vous de partir. Cette terre appartient à Lengai, pas à vous. On ne veut pas de vous ici. »

Essie avait alors remarqué la cicatrice rituelle sur sa jambe, prouvant qu'il avait tué un lion durant son initiation de guerrier. Subitement, la vallée de Magadi lui avait semblé extrêmement isolée et dangereuse. Ils étaient trois Blancs, seuls au milieu de dizaines d'Africains.

Lentement, calmement, Ian s'était rassis. Un peu plus tôt, le fait d'être installés sur des chaises avait semblé procurer un avantage aux Européens ; la situation s'était retournée. Essie ignorait ce qui avait poussé Ian à agir ainsi, mais cela avait laissé au Massaï la possibilité de se retirer avec dignité. L'homme avait fait un pas en arrière, son regard passant froidement de Ian à Julia. Pour la première fois, Essie s'était estimée heureuse de ne pas être considérée comme une véritable Lawrence – elle n'était que spectatrice dans cette confrontation, pas actrice.

L'ouvrier avait quitté la tente en se drapant furieusement dans sa *shuka*.

« Tu as plutôt bien géré la situation », avait dit Julia à son fils.

Et Ian s'était rengorgé.

À présent, en contournant la tente, elle se demandait si elle ferait bien d'adopter la même attitude que le Massaï, en feignant la bravoure et l'absence totale de doute quant à la décision qu'elle avait prise. Mais elle s'en sentait tout bonnement incapable. Laisser un message désobéissant était une chose ; face à Ian et Julia, le courage lui manquerait à coup sûr.

Elle s'arrêta brusquement. Un éclat de rire venait de retentir à l'intérieur de la tente. On aurait dit la voix de Julia, sauf que ce rire-là était plus sonore, et bien plus long que d'habitude. Mais qui cela pouvait-il être d'autre ? Peut-être l'avion jaune avait-il déposé un visiteur. Essie sentit naître un faible espoir en elle. La présence d'un étranger faciliterait peut-être sa confrontation avec les autres. Au moins, tout le monde ferait l'effort de rester poli.

Soudain plus légère, elle franchit le coin de la tente et cligna des yeux, surprise. La scène lui apparut par fragments. Des roues blanches aux rayons étincelants. Les lignes fuselées d'un superbe landau blanc à capote noire. Un auvent bordé d'une frange – blanc, à motif de boutons de rose. Un ruban rose attaché à une poignée argentée miroitant au soleil.

Elle fit un pas de plus et aperçut une commode blanche décorée de petits nœuds roses, sur laquelle se trouvait un panier d'osier garni de dentelle. Trois caisses de thé étaient posées au sol à côté du meuble, portant la mention : *Highgrown Kenya Tea*. Ouvertes, elles révélaient leur contenu composé d'élégants sacs de courses dont dépassaient des bribes de tissu rose et blanc, ainsi que plusieurs gros paquets enveloppés dans du papier. Dans l'une d'elles se trouvait un ours en peluche couleur miel foncé avec un nœud de satin rose autour du cou.

Essie contempla sans mot dire cette abondance de matériel pour bébé. Elle avait beau ne rien connaître à ce genre de choses, tout cela devait avoir coûté une fortune. Avec les *korongos* déserts de Magadi en toile de fond, la scène semblait sortie tout droit d'un rêve délicieusement absurde.

Le rire de Ian retentit à son tour. Essie contourna la commode et vit enfin l'intérieur de la tente. Ian était debout, en train de verser du champagne dans un verre en cristal taillé. À voir la manière dont il inclinait la bouteille, celle-ci devait être presque vide. Une deuxième était posée sur la table, intacte, près d'un verre identique. Le message d'Essie avait été repoussé à l'autre bout de la table, comme oublié. Face à Ian, Julia affichait un sourire radieux. Il n'y avait personne d'autre.

Ian repéra Essie et sourit joyeusement, levant la bouteille.

« Te revoilà ! »

Elle le dévisagea, muette.

« On a une subvention, Essie. Une énorme subvention ! »

Ce fut tout juste s'il ne la rejoignit pas en sautillant. Son haleine sentait le champagne. Il s'approcha pour la prendre dans ses bras, puis vit le bébé et eut un mouvement de recul.

« Tu ne vas pas en croire tes yeux », dit-il.

Ses yeux ne se posaient nulle part, comme s'il était trop exalté pour se concentrer sur quoi que ce soit.

« Le Marlow Trust ? demanda Essie, impressionnée.

— Pas exactement. »

Il tira un papier de sa poche de chemise et le lui montra. C'était un chèque au nom de Ian Lawrence. Essie vit une grande quantité de zéros et tenta de déchiffrer la signature, mais ce n'était qu'un gribouillis.

« Une subvention personnelle de la part de Mme Marlow. Diana. Sans contrainte. On est libres d'en faire ce qu'on veut. »

Ian siffla entre ses dents.

« Ça dépasse nos rêves les plus fous.

— C'est elle qui a envoyé tout ça ? demanda Essie en désignant l'attirail de meubles, d'équipement et de caisses.

— Ridicule, n'est-ce pas ? commenta Ian en retournant prendre son verre sur la table. D'après ce que m'a dit le pilote, Mme Marlow a contacté le Club de Nairobi par radio depuis Serengeti et demandé au manager d'envoyer sa femme faire des achats. Apparemment, il y a un magasin en ville appelé Babyland. La femme avait pour instruction d'acheter tout ce dont un bébé a besoin. Tout ce qu'elle savait, c'est que c'était une fille, et qu'elle avait droit à la crème de la crème. »

Il désigna le luxueux landau, qui n'aurait pas déparé dans une rue commerçante de Londres.

« Inutile de dire qu'elle ignorait tout de la situation. »

Essie se figura un vendeur empressé à sortir ses plus beaux produits. Il devait s'imaginer une jeune mère, épouse d'un grand producteur de café ou d'un riche missionnaire, ou encore la famille d'un membre du gouvernement resté cramponné à son poste en Tanzanie indépendante.

« Le pilote non plus n'avait aucune idée de ce qui se passe. Il m'a félicité, ajouta Ian, cette fois avec une pointe de colère. C'était très gênant.

— Je suis vraiment désolée. »

Essie savait que Ian ne supportait pas d'être mis dans l'embarras. Elle détourna son regard pour l'attacher au bébé, qui observait calmement toute cette agitation. Des badauds s'étaient rassemblés à l'extérieur de la tente : employés du campement, ouvriers, et même un jeune gardien de chèvres massaï. Ils se tenaient à une distance respectable et chuchotaient entre eux, doigts pointés – sans doute effarés que cet étalage de richesses soit destiné à un simple bébé hadza.

Julia renifla.

« Espérons qu'il y ait quelque chose de vraiment utile dans tout ce fatras. Des couches ou des culottes en plastique, par exemple.

— J'imagine que oui, si elle a tout acheté, répondit Ian.

— Il va falloir beaucoup de lait en poudre pour quatre mois, tu sais, poursuivit-elle. Au moins une boîte toutes les deux semaines. »

La gorge d'Essie se noua tandis que la signification de ces paroles lui apparaissait. En dépit de son ton aigre, Julia avait manifestement accepté le fait que le bébé resterait à Magadi jusqu'à la saison des pluies. Elle lui faisait même part d'un peu de son expérience. La tension qui habitait Essie depuis son départ commença enfin à se dissiper.

« Qu'est-ce qui a poussé Diana à faire tout ça ? demanda-t-elle, englobant d'un geste les cadeaux pour le bébé, les bouteilles de champagne, les verres ouvragés et le chèque posé sur la table.

— Il y avait une lettre, répondit Ian. Le pilote est passé par le Lodge pour que Diana la lui donne. Le champagne vient de là-bas aussi : il était bien frais. »

Il remplit un troisième verre et le tendit à Essie.

« Elle dit juste que la visite l'a impressionnée et qu'elle veut soutenir notre travail. Elle doit avoir de l'argent à elle, parce que Frank n'est pas mentionné une seule fois, fit-il remarquer d'un air pensif. C'est vrai qu'elle avait l'air très intéressée, aux Traces. Et puis, qui sait, peut-être qu'elle a été touchée par ta promesse de sauver un bébé hadza. Les philanthropes peuvent être assez irrationnels, parfois. »

Il haussa les épaules, puis sourit en regardant au loin, vers l'extérieur.

« On a la subvention, en tout cas. C'est tout ce qui compte. Je vais partir pour Arusha dès que possible : j'ai hâte de voir la tête du directeur de la banque quand je lui montrerai ce chèque ! »

Julia regardait dans la direction opposée, vers la vallée, comme si elle pouvait voir à travers la paroi de la tente.

« On va pouvoir commencer les recherches dans le *korongo* où a été trouvé le *Sivatherium.* »

Essie hocha la tête, même si personne ne faisait attention à elle. Son projet en cours portait sur le squelette fossilisé d'un lointain ancêtre de la girafe. Elle nettoyait et assemblait de petits fragments de crâne retrouvés près de trois os de patte, d'une dent et d'une demi-vertèbre. Ensemble, ces fossiles suffisaient à identifier l'animal avec certitude. La découverte d'un giraffidé à Magadi n'avait en soi rien d'extraordinaire ; ce qui la rendait spéciale, c'était la mise au jour d'un outil en pierre, tout près, dans la même strate. Quelqu'un s'en était servi pour découper l'animal, comme en témoignaient de petites entailles sur les os dont la forme correspondait au tranchant du couteau rudimentaire. Ces trois éléments combinés – les ossements, l'outil et la matrice dont ils avaient été exhumés – rendaient la trouvaille particulièrement intéressante. Tout le monde à Magadi s'en était réjoui.

En effet, l'outil était similaire à ceux utilisé par *Homo habilis*, l'hominidé dont un fossile avait été retrouvé dix ans plus tôt à Olduvai, faisant la renommée des Leakey. *Habilis* était plus avancé que les australopithèques mais son cerveau était encore deux fois plus petit que celui des humains actuels. Il possédait de longs bras et des jambes courtaudes, et devait son surnom de « Handyman » au fait d'avoir été le premier hominidé capable de créer des outils en pierre au lieu de simplement se servir de galets ramassés au sol. L'objet qui attendait sur le plateau d'Essie dans la hutte de travail était toutefois légèrement plus sophistiqué que ce qu'on attendait d'un *Homo habilis*. Cela laissait entrevoir la possibilité fascinante de découvrir, sur ce même site, les ossements d'un hominidé encore plus évolué – encore plus proche de nous. C'était justement à cause de ce potentiel que les fouilles n'avaient pas encore été entamées. Les Lawrence ne disposaient pas des ressources nécessaires pour faire les choses dans les règles.

Jusqu'à présent.

Julia se tourna vers Ian.

« On devrait trouver un nom pour le site. »

Il y eut un bref silence tandis que tous trois échangeaient des regards. Le choix d'un nom pour un *korongo* pouvait s'avérer source de tensions. Celui où ils travaillaient actuellement s'appelait le « Korongo Alice Jones », abrégé en KAJ, en l'honneur d'une primatologue spécialisée dans l'étude des bonobos au Congo. Son travail intéressait les Lawrence à cause de la proximité génétique entre grands singes et humains. À l'exception des orangs-outangs d'Indonésie et de Malaisie, cette catégorie de singes – si semblables aux hommes, notamment grâce à leur absence de queue – n'était présente qu'en Afrique, ce qui constituait un argument supplémentaire en faveur de la théorie selon laquelle le genre *Homo* était apparu sur ce continent. Alice Jones était venue à Magadi au démarrage des fouilles dans le *korongo*, près de dix ans avant l'arrivée d'Essie. William avait alors donné son nom au site – au grand déplaisir de Julia, qui jugeait Alice Jones indigne d'un tel honneur. Elle semblait s'être prise d'une véritable antipathie pour la primatologue. Essie l'avait entendue raconter comment celle-ci était arrivée un jour sans prévenir, au volant d'une Jeep pleine de bonobos arrachés aux griffes de braconniers.

Avec ses vêtements sales, sa queue-de-cheval désordonnée et sa cargaison – on aurait dit des enfants sauvages poilus –, elle avait l'air d'avoir passé bien trop de temps dans la jungle, aux dires de Julia. Le fait qu'elle ait rencontré William lors d'un séjour à Arusha ne lui donnait pas le droit de se présenter à Magadi sans y avoir été invitée. Alice Jones était encore plus mal élevée que les animaux qu'elle étudiait. Les Africains du campement se rangeaient à l'avis de Julia ; certains prenaient même cette femme pour une sorcière ayant donné naissance à des enfants mi-hommes, mi-bêtes, et la considéraient comme responsable du manque de succès des fouilles dans le KAJ.

« Diana apprécierait qu'on utilise son nom », fit remarquer Ian.

Essie ravala son amère déception. William, Ian et Julia avaient déjà chacun un site appelé comme eux. Logiquement, cela aurait dû être son tour. Mais il était vrai que rien de tout cela ne serait possible sans Diana.

« C'est une belle idée », dit-elle, le regard perdu dans son verre de champagne.

Par chance, elle ne buvait pas l'estomac vide. Le chasseur hadza avait ouvert une bourse de cuir pleine de petites baies jaunes qu'il avait partagées avec elle avant de lui rendre le bébé et de repartir, chargé de sa patte de zèbre. Les fruits, bien qu'un peu fripés, s'étaient révélés sucrés et tendres.

Essie leva son verre.

« À nous ! »

Peu importait comment serait baptisé le nouveau site de fouilles ; seuls les résultats comptaient. Ils avaient toute la saison sèche devant eux pour se consacrer ensemble à l'excavation, qui les accaparerait du matin au soir. Elle but une gorgée, savourant le picotement des bulles sur sa langue. À mesure que l'alcool passait dans son sang, elle sentit son corps se détendre et son humeur s'éclaircir.

Comme s'il n'attendait que cela, le bébé émit une faible plainte et étira son bras.

Essie reposa son champagne pour l'emmener hors de la tente avant qu'il se réveille complètement et commence à pleurer. Kefa, qui observait de loin l'étalage de cadeaux avec les autres, s'avança vers elle au pas de course.

« Vous voulez que je déballe tous ces paquets ? »

Il semblait avoir hâte de s'y mettre.

Essie acquiesça vaguement. Où pourraient-ils bien ranger tout cela ? Elle lança un regard à Ian. Lui aussi, comme Julia, semblait avoir accepté que le bébé resterait avec eux. Il n'était sans doute pas prêt à transformer sa chambre en pouponnière pour autant.

« Mets tout dans la tente d'invités que j'utilise en ce moment, dit-elle. Je viens avec toi. »

Elle fit quelques pas avant de se retourner vers Julia.

« Comment est-ce qu'on plie une couche ? Je crois que je m'y prends mal. »

Elle retint son souffle, inquiète à l'idée d'avoir poussé les choses trop loin, tout en espérant contre toute attente que Julia proposerait de l'accompagner pour lui donner un coup de main.

Celle-ci s'empara du message qu'Essie leur avait laissé plus tôt, déchira la feuille pour former une espèce de carré, puis la plia plusieurs fois.

« Il faut faire comme un cerf-volant, et retourner le bas. »

Tendant sa création à Essie, elle pivota vers Ian, son verre à la main.

« Ouvrons la deuxième bouteille avant qu'elle se réchauffe. »

La dernière caisse de thé était à moitié vide et il n'y avait toujours pas la moindre couche en vue. Essie faisait sautiller le bébé entre ses bras. Le *kitenge* dans lequel elle l'avait emmailloté après le départ du chasseur était trempé. Cela ne devait pas être confortable, parce que l'enfant ne cessait de se tortiller. Mais elle n'avait pas l'air trop contrariée. Au contraire, elle suivait des yeux Kefa qui s'activait dans la tente en compagnie de Simon, venu aider. La petite observait leurs efforts avec autant d'intérêt que s'ils avaient organisé un spectacle rien que pour elle.

La tente fut bientôt meublée et rangée, non sans débats. Essie laissa les deux hommes prendre la majeure partie des décisions. Tous trois parlaient swahili afin que Kefa puisse comprendre ; même après des décennies à travailler pour les Lawrence, son anglais se limitait encore aux champs lexicaux du ménage et des repas. Essie n'intervint que deux ou trois fois, lorsque Simon et Kefa ne comprenaient pas l'usage d'un objet en particulier. Finalement, il ne resta qu'une seule chose dont personne ne put deviner l'utilité : c'était une sorte de cône inversé au bout d'une barre, le tout fait d'acier trempé. Kefa le déposa près de la porte de la tente.

Une table à langer et une baignoire en plastique avec un canard assorti furent placés à côté de la commode. Le lit était recouvert de robes et de pyjamas minuscules, de couvertures doublées de satin, de culottes de plastique, de draps frais et de serviettes veloutées – le tout plié en piles bien nettes. Il y avait aussi des bottines tricotées attachées ensemble par leurs lacets, des maillots de corps, des collants et des chaussettes, tout en variations de rose et blanc. Essie savait que la différence entre les deux couleurs ne survivrait pas longtemps à la poussière omniprésente à Magadi.

L'imposant landau, ainsi qu'un couffin de même couleur, était installé près de l'entrée. Un berceau surmonté d'une élégante moustiquaire s'y trouvait également, prêt à être transporté dans la tente d'Essie et Ian. Kefa et Simon étaient partis du principe qu'Essie dormirait ici même avec le bébé, ce qui n'avait rien de surprenant. La plupart des mères africaines partageaient leur lit avec leurs enfants. Il arrivait que le mari ait sa propre hutte, parfois même avec une autre femme. Mais Essie était bien décidée à passer ses nuits aux côtés de Ian, ainsi qu'elle l'avait toujours fait. Elle allait imposer des limites claires à la présence de ce bébé. Il dormirait auprès d'elle, dans le berceau, mais serait emmené dans la tente d'invités dès qu'il se réveillerait afin d'y être nourri et changé. La tente était suffisamment proche pour qu'Essie puisse s'y rendre en pleine nuit avec une torche, escortée de Rudie ; elle était aussi suffisamment loin pour que le bruit ne risque pas de déranger Ian.

Essie balaya la pièce du regard. Un tapis rose à longues mèches avait été déroulé sur le sol de chanvre. Il était jonché de jouets : une poupée de chiffon, un éléphant en peluche gris, plusieurs hochets, et enfin l'ours en peluche au nœud de satin. Avec soulagement, Essie avait découvert, parmi plusieurs livres d'images, un ouvrage intitulé *Guide complet des soins pour bébés*. En le feuilletant, elle avait aperçu de nombreux schémas, des tableaux et de longs paragraphes denses. Le tout avait l'aspect rassurant d'un manuel pratique.

Comme l'avait espéré Julia, le marchand avait envoyé une grande quantité de lait en poudre. Tandis que Kefa empilait les boîtes à l'arrière de la tente, Simon lut l'une des étiquettes.

« Lactogène. Poids net : deux livres. Pasteurisé. Modifié. »

Dans sa bouche, les mots anglais sonnaient de manière plus impressionnante.

« Enrichi en protéines de lait, lactose, vitamines… »

Fronçant les sourcils, il repassa au swahili.

« Et fer ? Comme une flèche ? »

Essie secoua la tête, bien en mal d'expliquer la différence entre les deux types de fer – s'il y en avait une. Elle se tourna vers la table de chevet, qui débordait de biberons, tétines et petits pots. Kefa était en train d'examiner un objet avec curiosité : un cercle de plastique rose équipé d'un anneau et d'une tétine en caoutchouc. Il le montra à Essie.

« Ça s'appelle une sucette », dit-elle.

Elle utilisa le mot anglais ; il n'existait certainement aucune traduction.

« Comment ça marche ?

— Le bébé tète la sucette, et ça l'empêche de pleurer.

— Mais il n'y a pas de lait, fit remarquer Kefa d'un air contrarié. C'est un piège ?

— Euh… oui, avoua Essie, mal à l'aise. On peut le dire comme ça. »

Kefa et Simon échangèrent un regard. Puis Essie vit du coin de l'œil Kefa glisser subrepticement l'objet dans un sac vide, au sommet de la pile d'emballages.

Elle avait à peine répondu à une question qu'une autre lui était posée, comme si les deux hommes avaient décidé de se relayer. Après s'être débarrassé de la sucette, Kefa ouvrit une boîte et en tira un mobile. Essie lui expliqua qu'il fallait le suspendre au-dessus du bébé. Alors qu'il le levait à bout de bras, elle fit tourner les éléments pour lui montrer la manière dont ils étaient censés capter l'attention de l'enfant. Simon s'approcha.

« Un chien, une vache, une lune, énuméra-t-il.

— Un chat, une assiette, une cuillère, ajouta Kefa.

— Et une guitare ?

— C'est un violon, corrigea Essie.

— Pourquoi avoir choisi ces choses-là ? demanda Simon.

— Ça vient d'une comptine. Une chanson pour enfants, expliqua Essie en observant les pendeloques.

— Vous pouvez la chanter ?

— En anglais, oui. Je ne suis pas sûre de me rappeler toutes les paroles. »

Elle n'avait pas entendu cette comptine depuis son enfance mais, dès qu'elle se mit à chanter, les mots lui revinrent.

« *Hey diddle diddle, the cat and the fiddle, the cow jumped over the moon.* Roulons, roulons, le chat et le violon, la vache a sauté par-dessus la lune. »

Elle s'interrompit, consciente qu'elle était en train d'écouter la voix de sa mère. Mais les paroles n'avaient pas l'accent britannique que Lorna avait fini par imiter à la perfection ; les voyelles étaient étirées, certaines syllabes semblaient avoir fusionné. Cette voix datait de l'époque lointaine qu'Essie appelait « avant » – lorsque la famille vivait encore sur cette petite tache en dessous du globe terrestre posé sur le bureau du professeur Holland.

« Et le chien ? interrogea Simon.

— Ah oui. *The little dog laughed to see such fun, and the dish ran away with the spoon.* Le petit chien a ri devant tant de joie, et l'assiette s'est enfuie avec la cuillère. »

Simon était interloqué. Ses lèvres bougèrent silencieusement tandis qu'il se répétait les paroles, avant de les traduire à l'intention de Kefa.

L'autre homme haussa les sourcils, ce qui eut pour effet de plisser son front tout entier.

« Qu'est-ce que ça veut dire ?

— Je ne sais pas, dit Essie.

— Vous devez le savoir. Réfléchissez, la pressa Simon. Que vous a dit votre grand-mère ? »

Elle sourit. Son assistant lui rappelait soudain un anthropologue qu'elle avait vu questionner une femme massaï.

« Je n'ai aucune idée de ce que ça signifie. Personne ne le sait.

— Vous ne voulez pas partager vos histoires, affirma-t-il d'un air accusateur.

— Ce n'est pas ça… »

Elle passa le bébé sur son autre hanche. Son chemisier serait mouillé des deux côtés, à présent. Elle eut un regard pour la dernière caisse : il y aurait sûrement des couches à l'intérieur. Elle avait hâte de se retrouver avec un bébé propre et sec, vêtu d'une culotte de plastique. Mais Simon attendait toujours une explication.

« Ce n'est pas vraiment mon histoire. C'est anglais. Et c'est très ancien. Les gens qui chantent ça à leurs enfants n'en connaissent pas le sens.

— Ce n'est pas sage, commenta Kefa.

— Attendez… Vous dites que ce n'est pas votre histoire parce que vous n'êtes pas anglaise ? »

Simon paraissait choqué.

« Je le suis, maintenant, précisa Essie. Mais je suis née en Tasmanie. C'est une petite île au sud de l'Australie.

— Je ne connais que l'Australie, de nom. Je n'ai jamais entendu parler de cet endroit. Ils parlent quelle langue, là-bas ?

— Anglais.

— Non, je veux dire la langue des mères. »

Essie reconnut sa version du terme « langue maternelle » – le premier moyen de communication appris par un enfant. En Afrique, il était rare de n'apprendre aucune nouvelle langue par la suite.

« On ne parle que l'anglais. »

Il lui parut étrange de dire « on », même si elle était – théoriquement – tasmanienne. Elle s'était habituée à être une Lawrence et, même si Ian et son père étaient tous deux nés en Afrique, la famille n'était jamais considérée autrement que comme anglaise.

Simon restait perplexe.

« Ce pays n'a pas de langue à lui ? Pas une seule ? »

Essie ne répondit pas tout de suite. Elle n'était pas d'humeur à se lancer dans le récit complet de l'histoire de la Tasmanie. Ce serait trop compliqué, surtout s'il fallait tout raconter en swahili. Sans compter qu'elle avait un besoin urgent de trouver ces couches. D'un autre côté, elle avait toujours encouragé son assistant à se montrer curieux.

« Les Anglais ont fondé une colonie sur l'île, il y a presque deux cents ans. À leur arrivée, il y avait déjà des gens sur place. Ils parlaient plusieurs langues. »

Kefa s'approcha, intéressé.

« Il y avait beaucoup de tribus ? Vous pouvez nous dire leurs noms ? »

Essie revit en pensée les cartes manuscrites des publications de son père. Quand elle était petite, elle aimait lire à voix haute les noms mélodieux des différents territoires, en butant sur les syllabes. Ils avaient une aura si mystérieuse – comme s'ils venaient d'extrêmement loin.

« Il y a les Nuenonnes. Les Larmairenes. Les Melukerdees. Et bien d'autres. Mais la plupart des gens les appellent juste aborigènes.

— Aborigènes », répéta Kefa comme pour goûter le mot.

Il jeta un coup d'œil à Simon, puis revint à Essie.

« Est-ce qu'ils étaient d'accord pour que les Anglais s'installent ? Ou est-ce qu'il y a eu des conflits, même jusqu'à aujourd'hui ? »

Essie hésita. Elle était bien consciente – tout comme la veille au soir, quand Frank Marlow avait abordé l'histoire de la Tasmanie – du caractère problématique de ce sujet, surtout dans un pays nouvellement indépendant comme la Tanzanie. Mieux valait rester simple.

« Les aborigènes ne sont plus là, maintenant. Ils ont perdu leurs terres face aux Anglais. »

Elle savait que ce concept parlerait aux deux hommes : l'idée qu'un groupe chasse un autre peuple de son territoire ancestral afin de s'y installer. Les conséquences étaient souvent dramatiques pour les perdants. Les peuples africains s'infligeaient ce traitement les uns aux autres depuis l'apparition de l'humanité, bien avant que des puissances étrangères se mêlent de la partie.

Simon hocha lentement la tête.

« Alors, ces aborigènes… Ils sont partis ailleurs ? »

Essie réfléchit à nouveau. Quoi qu'elle dise, ce serait répété dans tout le campement, au risque d'abîmer l'image des Européens. Ian et Julia lui en voudraient s'ils l'apprenaient. Mais elle ne pouvait pas tout simplement refuser de répondre. Elle secoua la tête.

« Non. Ils ont été tués par les Anglais, ou ils ont attrapé des maladies auxquelles ils n'étaient pas habitués. À la fin, il n'y avait plus de purs Tasmaniens. »

Simon baissa les yeux au sol, digérant l'information. Quand il croisa de nouveau son regard, ses pupilles brillaient d'intérêt.

« Quel genre de peuple c'était ?

— Ils avaient la peau noire, comme vous. Et ils vivaient comme les *Hadza pori*, de la chasse et de la cueillette. Ils étaient nomades.

— Et ils ont disparu, dit-il d'une voix teintée de regret. Il n'y en a vraiment plus du tout ? Ou est-ce que certains ont épousé les nouveaux habitants et mêlé leur sang ?

— Oui, c'est arrivé », confirma Essie.

Ce scénario aussi leur semblerait familier. Les mariages intertribaux étaient courants en Afrique. Chez les Hadzas, il était plus courant qu'une femme s'en aille plutôt qu'un homme. Si elle n'était pas heureuse dans un village en tant qu'épouse de fermier, elle n'avait qu'à prendre ses enfants et retourner à son ancienne vie.

« Alors ils ont gardé leurs histoires et leurs chansons ? demanda Simon. Ils se souviennent de tout ce que faisaient leurs ancêtres ?

— Je suppose, oui. Du moins une partie. »

Elle fit mine de s'occuper du bébé tout en cherchant une meilleure réponse. Elle comprenait la curiosité de Simon. Mais la question de savoir quelle proportion de culture aborigène avait survécu à l'éradication menée par les Anglais n'était ni très courante, ni vraiment détaillée. En Australie, les anthropologues se concentraient sur le continent, où quelques aborigènes vivaient encore conformément à leurs traditions, dans des régions reculées. Il était facile de récolter des informations. En revanche, si des chercheurs tentaient d'interroger les Tasmaniens, ils n'apprendraient sans doute pas grand-chose. L'honnêteté se fondait sur la confiance, une denrée rare sur un territoire où le souvenir des massacres coloniaux ne remontait qu'à une poignée de générations.

D'un point de vue académique, le véritable attrait de la Tasmanie résidait dans le niveau de culture qui avait pu s'y développer avant l'arrivée des premiers Européens. Les chasseurs-cueilleurs avaient laissé peu d'indices pour les archéologues, qui devaient fonder leurs hypothèses sur les seuls outils en pierre et amas coquilliers éparpillés sur l'île – ces amoncellements de coquillages, d'ossements animaux, d'esquilles de silex et autres déchets ménagers retrouvés sur les sites d'occupation. La somme totale de ces connaissances n'avait rien d'impressionnant ; ce qui ne voulait pas dire qu'elles étaient sans valeur, comme le prouvait la renommée des travaux du père d'Essie. Seulement, la curiosité scientifique n'était pas réellement liée à l'histoire de cette île située aux confins de la planète. Les chercheurs espéraient, grâce aux informations glanées sur le mode de vie des aborigènes tasmaniens, pouvoir se faire une idée plus nette des peuples primitifs d'Europe – en affûtant leur compréhension des outils en pierre et autres objets découverts là-bas.

Levant les yeux, Essie vit Simon ouvrir la bouche pour parler. Elle secoua la tête.

« Assez de questions pour l'instant, dit-elle d'un ton ferme. On a encore beaucoup de travail. »

Elle rejoignit Kefa, penché au-dessus de la dernière caisse, dont il retirait encore d'autres vêtements ainsi qu'une seconde moustiquaire. Elle soupira de soulagement en le voyant s'emparer d'une pile de couches immaculées. Il les déposa sur le lit, en saisit une et se dirigea vers la table à langer.

« Tu peux la plier comme ça ? » demanda Essie en lui tendant le morceau de papier jaune de Julia.

Mais Kefa écarta la feuille d'un geste impatient. En quelques mouvements habiles, il avait préparé la couche. Il alla ensuite choisir une culotte de plastique, un pot de talc et deux épingles à nourrice.

Essie le dévisagea, surprise, tout en déposant le bébé sur la table à langer.

« Tu sais déjà comment faire.

— Quand Ian était bébé, la famille habitait à Arusha. Ils ne venaient ici que pour la saison des fouilles. Mme Lawrence avait une *ayah* pour l'aider. Mais le petit… »

Le visage de Kefa se fendit d'un sourire attendri. Son regard exprimait une profonde tristesse.

« Il était très jeune quand ils sont venus vivre à Magadi en permanence. Mme Lawrence avait décidé de ne pas emmener l'*ayah*, alors elle me demandait des choses régulièrement. Je pliais les serviettes, je lavais ses vêtements, je le poussais dans son landau. Mais elle voulait toujours être la seule à changer ses couches et à lui donner le biberon. Elle l'aimait trop. Elle n'avait pas envie de partager. »

Un silence épais se fit dans la tente. Essie n'arrivait pas à imaginer Julia dans ces termes. De plus, elle ignorait si Kefa avait voulu dire que son amour pour Robbie était trop extrême, ou simplement qu'elle l'aimait beaucoup. Les mots swahilis qu'il avait employés laissaient planer une incertitude.

Était-il possible de trop aimer un bébé ?

Ou de ne pas l'aimer assez ?

Essie dénoua le *kitenge* mouillé et le laissa tomber dans une corbeille en plastique rose. D'une main, elle s'empara des petits pieds afin de soulever le bas du corps du bébé, essuyant ses fesses rondes de l'autre main à l'aide d'un gant de toilette humide fourni par Kefa. Elle saupoudra un peu de talc blanc sur la peau noire et le fit glisser jusque dans les moindres replis. Ses doigts durent chatouiller le bébé, qui éclata de rire, dévoilant ses gencives nues et sa petite langue rebondie. Essie se mit à rire elle aussi, comme à une plaisanterie qu'elles seules pouvaient comprendre.

Miraculeusement, elle parvint à placer la couche pliée là où il fallait et reposa le derrière de la petite. Celle-ci se mit à battre des jambes aussitôt. Essie fit de son mieux pour éviter les coups de pied tout en lui nouant solidement le tissu autour des hanches, consciente des deux hommes qui l'observaient.

Simon prit le mobile et vint le tenir au-dessus de l'enfant qui se calma tout de suite, captivée.

Pendant ce temps, Essie peinait à fixer la première épingle à nourrice. Jusque-là, elle s'était contentée de rentrer les pans des couches de fortune autour de la taille du bébé : facile, mais pas très solide. Elle trouvait à présent l'épaisseur de tissu étonnamment difficile à transpercer avec l'épingle, et craignait de piquer la peau de l'enfant, tachant de rouge le linge blanc immaculé. Mais cette dernière continuait à remuer les jambes, souriante, apparemment indemne.

« Elle aime la lune, commenta Simon. Parce qu'elle est féminine, comme elle. »

C'était une croyance commune à de nombreuses sociétés traditionnelles, souvent à cause du cycle menstruel des femmes qui se trouvait être de la même longueur que le cycle lunaire.

« Pourquoi est-ce que la vache saute par-dessus la lune ? » se demanda-t-il à voix basse.

Essie haussa les épaules. Elle tenta d'imaginer comment Baraka, en tant que massaï, réagirait à cette histoire qu'on ne manquerait pas de lui répéter. Il serait sans doute entièrement d'accord avec le texte de la chanson, puisque les vaches étaient des animaux suprêmes, bien plus importants que les chats et les chiens, sans même parler d'objets inanimés tels qu'un violon ou une cuillère.

Kefa sélectionna une robe rose aux manches blanches smockées, qu'il montra à Simon pour quêter son approbation. Essie dissimula un sourire. Il n'était pas courant pour des hommes africains de témoigner autant d'intérêt à un bébé, elle le savait. Peut-être était-ce à cause de tous ces cadeaux luxueux envoyés par Diana. Mais, d'un autre côté, Kefa avait parlé du petit frère de Ian avec une grande tendresse, et Simon avait peut-être des jeunes frères et sœurs qui lui manquaient.

Au prix de nombreux efforts, la petite fut enfin propre, sèche et habillée. Essie lui enfila une paire de chaussons tricotés. Sa peau noire faisait ressortir l'éclat du blanc et la douceur du rose.

« Elle est magnifique, non ? » lança-t-elle.

Kefa l'examina d'un œil critique avant d'opiner.

« C'est un beau bébé. »

Simon ne dit rien, mais une lueur de fierté brillait dans son regard.

« Il lui faut un nom, déclara Essie. On ne peut pas continuer à l'appeler "le bébé".

— Elle est très jeune », objecta Kefa.

Il désigna d'un geste le contenu de la tente, s'attardant sur la réserve de lait en poudre.

« Mais, avec l'aide de Dieu, je pense qu'elle peut survivre. »

Essie ressentit un élan d'anxiété. À l'entendre, la situation semblait si précaire ! Et si quelque chose arrivait à l'enfant ? Elle songea à la boîte qu'elle avait ouverte un peu plus tôt et qui contenait du sirop de chloroquine contre le paludisme, ainsi que plusieurs autres médicaments pour très jeunes enfants. Et puis, il y avait le *Guide complet des soins pour bébés*. Du haut de ses vingt-huit ans, avec son diplôme universitaire, elle était tout de même capable de garder un enfant en bonne santé pendant quatre mois, non ?

« Vous pourriez l'appeler comme votre mère, suggéra Simon. Ou comme votre tantine.

— Je ne peux pas. Elle ne rejoint pas notre famille, je ne fais que m'occuper d'elle. »

Elle tut le fait que donner à un bébé innocent le prénom de sa mère – avec son poids de longues années de malheur – aurait sonné plutôt comme une malédiction. Pas plus qu'elle ne précisa que son père n'avait pas de sœur, qu'elle n'avait jamais appelé sa grand-mère autrement que « mamie », et qu'elle ne connaissait aucune autre femme issue de sa famille paternelle. Arthur parlait rarement de ses proches restés à Sidney. Ils ne communiquaient pas souvent ; Essie avait un jour surpris une conversation suggérant que sa famille n'avait pas approuvé son choix de compagne. Restaient toutes ses tantines tasmaniennes – du côté de sa mère, donc –, mais elle ne se rappelait pas davantage leurs noms que leurs traits. Elles n'étaient que des formes floues, perdues dans le passé. Tout ce qu'Essie avait retenu de ces femmes, c'était une impression d'activité constante et discrète. Elles semblaient toujours se trouver dehors, leur présence confondue avec le murmure des vagues sur le sable et les cris des oiseaux portés par le vent…

« Je connais beaucoup de bons noms, affirma Simon. Susan. Elizabeth. Mary. Jane. »

Il dévisagea Essie, pensif.

« Je n'ai jamais rencontré quelqu'un avec le même nom que vous.

— C'est un diminutif d'Esther », expliqua-t-elle.

Son père l'avait baptisée d'après une obscure archéologue juive qu'il admirait beaucoup. Lorsqu'elle avait épousé Ian et rejoint la famille Lawrence, Julia avait tenté de la convaincre d'utiliser son vrai prénom. Le refus qu'Essie lui avait opposé était, à ce jour, l'une de ses rares victoires sur sa belle-mère.

« Esther », répéta Simon en étirant les consonnes.

Il secoua la tête.

« Essie sonne mieux. »

Essie regarda autour d'elle, revenant à la question du nom à donner au bébé. Elle aurait voulu avoir cette discussion avec Ian. Mais c'étaient pour leurs propres enfants, ou pour un bébé qu'ils adoptaient, que les couples choisissaient un nom ensemble – pas dans le cas d'un prêt à court terme. Et puis, de toute manière, Essie avait accepté cette responsabilité seule. Puisque Ian n'avait pas été consulté à propos de sa promesse de prendre soin de l'enfant, pourquoi aurait-il son mot à dire sur le nom qu'elle porterait ?

Elle observa de nouveau la petite fille, qui agitait les mains devant son visage en suivant ses mouvements du regard. Essie se remémora le moment où elle l'avait aperçue pour la première fois, presque enfouie au fond de sa peau de babouin, nue à l'exception de son collier de perles.

« Il faudrait un nom hadza, dit-elle. Qui vienne de sa famille. Tu connaissais les gens de la caverne ? Tu les avais déjà rencontrés ?

— Jamais, répondit fermement Simon. Ce sont des Hadzas sauvages. Là d'où je viens, près du lac Eyasi, nos enfants vont à l'école. On fait pousser notre nourriture. On a une clinique et une église. »

Il regardait Kefa tout en parlant, et Essie saisit soudain toute la complexité de sa position. Son assistant s'enorgueillissait d'être plus instruit, plus moderne et plus sophistiqué que les autres employés du campement ; mais la présence du bébé hadza était maintenant un rappel constant des origines tribales dont il cherchait désespérément à se dissocier.

« Est-ce que Nandamara a dit comment s'appelait sa mère ?
— Il a juste dit qu'elle était sa fille.
— Alors il ne nous reste que son nom à lui. Nandamara.
— Mais c'est un nom d'homme, objecta Simon.
— Il n'y a qu'à l'abréger. C'est ce qu'on appelle un surnom. Nandamara pourra lui choisir un vrai nom quand il la récupérera. »

Essie essaya plusieurs diminutifs dans sa tête. *Nanda. Nandy. Mara.*

« Je vais l'appeler Mara. »

Le nom avait quelque chose de lyrique, une certaine musicalité. Dès qu'elle le prononça, elle sut que c'était ce qu'elle cherchait.

Les deux hommes répétèrent le surnom tout en observant le bébé. Ils hochèrent la tête.

Essie se pencha sur l'enfant et la prit dans ses bras.

« Coucou, Mara », murmura-t-elle au creux de son oreille minuscule, les lèvres effleurant ses contours veloutés.

Une vague d'émotion la submergea, en même temps qu'un profond soulagement. Elle avait tout ce dont elle pouvait rêver, ici, dans cette tente. Elle allait réussir à sauver cette magnifique petite fille sans pour autant bouleverser sa vie ni celle de sa famille. Cette délivrance s'accompagnait d'une immense gratitude envers Diana Marlow. Ce n'était pas tant pour ses précieux cadeaux ; l'argent n'est pas un problème pour une riche héritière. Mais Diana avait agi si vite, avec un tel esprit de décision, qu'elle avait dû faire d'Essie et du bébé sa priorité numéro un. Quant au financement qu'elle offrait… D'un simple coup de plume, elle avait métamorphosé l'univers de Magadi. Ian et Julia étaient si heureux qu'ils ne songeaient même plus à se fâcher contre Essie. Et, maintenant que Diana avait témoigné son soutien au bébé de manière aussi incontestable, plus personne n'oserait remettre en question sa présence. À croire que cette femme descendue du ciel pour un simple apéritif – parée comme une reine dans sa robe turquoise et ses bijoux scintillants – était en réalité un véritable ange gardien.

8

Essie étouffa un bâillement, penchée sur son plateau de travail. Les fragments de fossile étalés devant elle étaient pour la plupart minuscules, et elle était ravie de l'éclairage puissant fourni par les rayons du soleil matinal qui pénétraient dans la hutte. Elle saisit l'un des morceaux à l'aide d'une pince à épiler et l'épousseta du bout d'un pinceau, avec d'infinies précautions, afin d'en retirer les derniers grains de terre. Sur une petite table placée à côté d'elle, elle avait ouvert un livre à une double page occupée par une grande illustration de girafe préhistorique, nommée *Sivatherium giganteum*. L'image montrait les immenses cornes de l'animal, semblables à des bois d'élan, ainsi que les ossicônes secondaires distinctifs situés au-dessus de ses yeux. Les muscles des épaules étaient énormes – il ne pouvait pas en être autrement lorsqu'il s'agissait de soutenir une tête aussi lourde.

Le regard d'Essie s'attarda sur le cou de l'animal représenté, qui semblait relativement court comparé à celui des girafes actuelles. Elle repensa à l'une de ses premières leçons sur l'évolution : son père, qui méprisait les contes de fées, aimait lui raconter des histoires utiles avant de dormir. Sa voix spéciale de conteur lui revint en mémoire.

Il était une fois une girafe qui était née avec un cou plus long que les autres. Toutes ses amies girafes se moquaient d'elle à cause de sa différence.

Seulement, dans l'histoire, le pays était soudain accablé par une terrible sécheresse. Bientôt, la nourriture des girafes vint à manquer. Seule « Long-Cou » parvenait à atteindre les feuilles les plus hautes, qui se trouvaient hors de portée de tout le monde. Les autres girafes mouraient de faim tandis que Long-Cou se reproduisait avec d'autres survivants, qui partageaient le même avantage qu'elle. Ses enfants héritèrent de son long cou et le transmirent à leur tour à leur propre progéniture. Lors de la sécheresse suivante, les girafes capables d'atteindre les feuilles les plus hautes furent de nouveau les seules à survivre pour se reproduire. Au fil de millions de générations de girafes – alors que les mêmes conditions se répétaient –, leur cou s'allongea de plus en plus. Parallèlement, leur cœur se voyait obligé de grossir afin de pouvoir propulser le sang plus loin, jusqu'au cerveau. La transformation suivait le même processus évolutif, avec des mutations aléatoires qui s'avéraient utiles. Alors qu'elle n'était qu'une enfant, Essie avait vite compris que son père avait raison : le simple fonctionnement de l'évolution était bien plus passionnant que n'importe quelle œuvre de fiction.

La manière dont l'artiste avait représenté le *Sivatherium*, avec une foule de détails, correspondait à l'idée qu'elle s'en faisait dans son enfance. Il y avait beaucoup d'extrapolations – le dessinateur était allé jusqu'à ajouter une famille d'hominidés, des chasseurs tapis en arrière-plan. L'illustration n'était pas censée servir de référence scientifique et risquait même d'induire en erreur, mais elle aidait Essie à imaginer à quoi le giraffidé aurait pu ressembler de son vivant. En présence de Ian et Julia, jamais elle n'aurait apporté ce livre dans la hutte de travail, consciente qu'il lui aurait attiré des regards désapprobateurs et peut-être même des commentaires négatifs. Mais elle ne risquait rien aujourd'hui. À l'heure qu'il était, Ian et Julia se trouvaient à des centaines de kilomètres de Magadi.

Ils étaient partis au lever du jour. Julia avait décidé d'accompagner Ian lors de son escapade à Arusha ; elle ne s'était pas rendue en ville depuis une éternité. Essie n'en voulait pas à sa belle-mère de souhaiter revoir de vieux amis et participer à la visite triomphale à la banque, mais il lui avait été pénible de les regarder se parer pour le voyage. Les préparatifs avaient pris une semaine entière, tandis que tous deux discutaient avec ardeur de leurs projets et de la meilleure manière de dépenser l'argent du financement. Pendant ce temps, Essie s'était presque entièrement dévouée au bien-être de Mara afin qu'elle ne dérange personne – anticipant tous ses besoins de sorte qu'elle n'ait pas à pleurer. Elle avait eu l'impression de passer ses journées à préparer des biberons, changer des couches, agiter des jouets et pousser le landau, et ses nuits à décrire des allers-retours entre le lit qu'elle partageait avec Ian et celui de la tente d'invités, déterminée à épargner le sommeil de son mari. Avec l'épuisement qui la gagnait, il lui était difficile de penser à quoi que ce soit d'autre que le bébé. Dès que Mara dormait, elle mourait d'envie de s'allonger quelques instants pour se reposer à son tour ; mais elle refusait de céder à la tentation, se forçant à travailler sur son fossile dès qu'elle en avait l'occasion.

Ce matin, assise seule dans la hutte de travail, elle se sentait abandonnée. Mais elle ne pouvait en vouloir qu'à elle-même. Les employés du campement étaient largement capables de survivre quelques jours sans supervision. S'il n'y avait pas eu Mara, Essie aurait pu se joindre au safari, elle aussi. À présent, il ne lui restait qu'à profiter autant que possible de ces jours de tranquillité.

La sonnerie stridente d'un réveil brisa la quiétude de la tente. Essie se précipita pour l'éteindre, manquant de renverser un flacon d'encre, et observa le cadran avec stupéfaction en voyant qu'il s'était déjà écoulé deux heures. Elle n'avait même pas l'impression d'être là depuis une seule. Elle se retourna vers son ouvrage, frustrée ; elle avait été sur le point de nicher un fragment de crâne à l'emplacement qui lui revenait. C'était le moment qu'elle préférait dans ce genre de tâche, lorsque les pièces du puzzle s'assemblaient enfin. Cette satisfaction devrait attendre.

Elle tendit l'oreille en direction de la tente d'invités. Mara devait encore dormir paisiblement, bordée dans son landau. Essie aurait préféré la garder auprès d'elle dans la hutte de travail, puisque Nandamara avait dit qu'elle était habituée à rester constamment en présence de sa tribu. Mais le *Guide complet* affirmait qu'un bébé devait dormir dans sa chambre. Sinon, comment apprendrait-elle à se montrer indépendante ? L'isolement était le meilleur moyen de s'assurer que rien ne perturberait son sommeil. On pouvait alors établir une routine de réveil, de repas et de sieste à des horaires stricts, ce qui était le seul moyen pour une mère au foyer de prendre correctement soin de sa maison et de son mari. Le livre ne parlait pas de celles qui avaient un emploi, mais il était évident que les mêmes règles s'appliquaient dans les deux cas.

Sur le chemin de la tente, Essie fut prise d'une appréhension. Avait-elle bien refermé la fermeture Éclair de l'entrée ? Et si un serpent avait réussi à se faufiler à l'intérieur ? Elle avait posté Rudie devant la porte, d'abord tentée de le laisser dans la chambre, juste à côté du landau – elle vivait dans le bush africain, après tout, pas dans un cottage de la campagne anglaise. Mais le manuel stipulait de ne jamais laisser les chiens de la famille seuls avec le bébé, parce qu'on ne pouvait pas leur faire confiance.

Le dalmatien leva la tête en la voyant approcher, suivie par Tommy. Il n'affichait pas une expression coupable, pas plus qu'il n'avait la gueule tachée de sang ; la paroi de toile derrière lui semblait intacte. Essie sourit intérieurement.

C'était l'extrême fragilité du bébé qui lui inspirait ces craintes ridicules. Les jeunes humains étaient particulièrement vulnérables comparés aux autres mammifères, parce qu'ils naissaient bien avant d'être suffisamment matures pour prendre soin d'eux-mêmes. La raison directe en était la taille du cerveau humain : les enfants pouvaient rester dans l'utérus aussi longtemps que leur tête – énorme par rapport au reste de leur corps – n'était pas trop grosse pour franchir le pelvis de leur mère. Ce qui menait à une autre complication : le fait de marcher sur deux jambes avait provoqué des modifications du squelette rendant l'accouchement extrêmement douloureux et potentiellement mortel. Sans ces problèmes de structure, la gestation humaine durerait presque deux ans, comme celle des éléphants, au lieu de neuf mois.

Essie souleva la moustiquaire drapée sur l'auvent et se pencha sur le landau. Mara était allongée sur le dos, les bras levés de chaque côté de la tête. L'expression de son visage, associée au complet abandon de sa posture, avait quelque chose de profondément paisible. C'était comme si son esprit était parti ailleurs, laissant son corps derrière lui pour garder sa place dans le monde réel. Essie n'avait aucune envie de la forcer à écourter son voyage en la réveillant ; mais elle devait lui faire boire un biberon entier, lui tapoter le dos jusqu'à ce qu'elle rote, et changer sa couche avant que vienne l'heure du bain de mi-matinée.

« Bonjour, Mara. C'est l'heure de se réveiller », dit-elle d'un ton enjoué.

L'enfant tressaillit mais n'ouvrit pas les yeux. Essie lui secoua doucement l'épaule, sans résultat. Le livre recommandait de tapoter la joue du bout du doigt si nécessaire. Essie tendit la main, hésitant un moment près du petit visage. Derrière les paupières sombres, des mouvements discrets semblaient indiquer en langage codé qu'un rêve était en cours. Elle retira sa main et quitta la tente.

Il fallut encore une demi-heure – et deux fragments d'os collés à leur juste emplacement – avant que Mara se réveille d'elle-même. Un cri sonore déchira soudain la tranquillité du campement. Rudie aboya, surpris, et Essie se força à rester assise, le temps que Mara se rende compte qu'elle était seule et se fasse à cette idée. Les hurlements continuèrent, de plus en plus assourdissants. Essie observait l'horloge, comptant deux minutes, puis trois. Quatre. Cinq. Cela lui parut une éternité tandis que les pleurs flottaient au-dessus de Magadi comme le panache de fumée visible sur la cime d'Ol Doinyo Lengai. À bout de nerfs, elle finit par repousser sa chaise, faisant tomber la brosse à dents dont elle se servait pour nettoyer le fossile. Le réveil dégringola de la table et alla rouler un peu plus loin.

Baraka émergea de sa cuisine pour tendre un biberon à Essie sur son passage. Ses yeux exprimaient l'incompréhension, mais il ne dit pas un mot. Essie ralentit, s'efforçant d'avoir l'air de contrôler la situation. Si seulement elle en avait eu le temps, elle aurait expliqué au cuisinier qu'elle suivait les conseils d'un livre rédigé par des experts. C'était la meilleure façon de procéder ; elle avait juste encore quelques progrès à faire, et Mara aussi.

Lorsqu'elle la tira du landau, la petite fille était secouée de violents sanglots. Elle avait les poings serrés de fureur. Essie la plaça contre son épaule et fit les cent pas en lui tapotant le dos, mais Mara était prisonnière d'un tourbillon de panique et de faim. Même quand elle fut couchée sur la table à langer, en dessous du mobile, les tressautements de la vache et de la lune ne suffirent pas à la calmer. Essie sentit le désespoir l'envahir. Les hurlements semblaient bien trop forts pour une aussi petite créature. La terreur de Mara éveillait une émotion similaire en elle. L'air lui parut soudain trop épais, irrespirable.

Faute de mieux, elle avisa une boîte à musique posée sur la commode à côté d'elle ; la tente était si pleine d'objets qu'elle lui réservait encore des surprises. Elle tourna précipitamment la petite clef au dos de la boîte. Quand elle souleva le couvercle, une ballerine miniature au tutu rose apparut, tourbillonnant par à-coups sur la pointe d'un pied. Une petite musique mécanique s'éleva dans la chambre. Essie se figea, les yeux fixés sur la boîte. Les décorations extérieures lui étaient inconnues mais tout le reste lui donnait une profonde impression de déjà-vu : l'image de la danseuse reflétée par un petit miroir collé dans le couvercle, le tutu de tulle rose, la mélodie. Un parfum parvint à ses narines, qui n'émanait certainement pas de la boîte à musique flambant neuve. Elle se sentit emportée par les mouvements hypnotiques de la poupée, chaque tour la tirant un peu plus loin dans son passé.

Elle referma le couvercle avec un claquement, faisant disparaître d'un seul geste ballerine et mélodie. La situation était déjà suffisamment tendue sans y ajouter le poids de ses souvenirs d'enfance. Mais en se retournant vers Mara pour la reprendre dans ses bras, elle se rendit compte que l'enfant s'était calmée, mains tendues vers la source de la musique. À mesure que le silence s'étirait, le visage de Mara se plissa de nouveau ; elle ouvrit la bouche pour se remettre à pleurer. À contrecœur, Essie souleva le couvercle une nouvelle fois, le corps raidi afin d'affronter ses fantômes. Mais les souvenirs qui la submergèrent n'étaient pas ceux auxquels elle s'attendait. L'atmosphère n'était ni irritée, ni sombre, ni pesante. Essie ne ressentait que de la chaleur et de la joie.

Joyeux anniversaire, ma chérie.

Regarde, maman ! Elle tourne !

Il y eut un rire cristallin, suivi des quelques notes de la musique. Et d'un baiser déposé sur sa peau comme un rayon de soleil…

Essie fixait Mara sans la voir, tout entière tendue vers ce lointain souvenir qui s'effilochait. Mais le pouvoir d'évocation de la musique disparut comme un nuage de vapeur. Quel âge avait-elle quand on lui avait offert cette boîte à musique ? Elle n'en avait aucune idée. Vivaient-ils déjà en Angleterre, ou était-ce avant ? Il lui semblait crucial de détenir ces réponses – pas parce qu'elles avaient une quelconque importance en elles-mêmes, mais parce qu'elles venaient d'une époque où sa mère semblait plus heureuse, plus normale. Derrière cette question de temps s'en cachait une autre, plus profonde. Qu'était-il arrivé à Lorna pour la métamorphoser à ce point ? Essie se rappela comment, petite fille, elle s'était crue la source du malheur de sa mère. Elle avait dû faire ou échouer à faire quelque chose. À présent, elle se doutait que la raison était tout autre : une faiblesse préexistante, peut-être, qui avait empêché Lorna d'affronter les difficultés de la vie avec autant d'énergie que les autres gens. Ou encore une maladie mentale qui s'était insinuée en elle avant d'empirer sans cesse, tel un cancer implacable.

Essie regarda la boîte à musique posée devant elle. Il ne servait à rien de penser à la vie de sa mère. Cela ne ferait que soulever des questions qu'elle s'efforçait depuis longtemps de laisser derrière elle – loin, sur un autre continent. Elle préféra se concentrer sur Mara, dont les doigts minuscules tentaient de saisir l'air, comme si la musique était une chose tangible dont elle aurait pu s'emparer. Au bout d'un moment, le ressort au cœur de la boîte finit par se détendre et la mélodie se tut.

Essie brandit rapidement le biberon fourni par Baraka avant que Mara sombre à nouveau dans la mauvaise humeur. Sa stratégie fonctionna à merveille : bientôt, la petite tétait vigoureusement, installée sur ses genoux. Elle resta ensuite tranquille, occupée à sucer ses doigts, tandis qu'Essie la changeait. L'heure du bain approchait. Essie s'apprêtait à appeler Kefa pour lui demander de l'eau chaude quand elle entendit quelqu'un pénétrer dans la tente. Se retournant, elle aperçut Simon. Il regarda nerveusement par-dessus son épaule, les mains crispées l'une sur l'autre, avant de poser ses yeux sur le bébé.

« On a des visiteurs », annonça-t-il.

Essie attendit, inquiète. Nandamara et ses amis étaient-ils venus vérifier comment elle s'occupait de Mara ? Une fois de plus, elle eut l'impression distincte que les Hadzas étaient capables de tout voir et de tout apprendre – peut-être avaient-ils entendu Mara hurler de terreur lorsqu'elle s'était réveillée seule. Puis elle se rappela la fermeté avec laquelle Simon lui avait répondu lorsqu'elle avait demandé si les Hadzas risquaient de venir dire au revoir au bébé avant leur départ de la région. Ils ne viendraient pas, avait-il affirmé. La séparation avait déjà eu lieu. Quel intérêt auraient-ils à la subir une seconde fois ?

« Des femmes du *manyatta* viennent d'arriver », expliqua-t-il.

Essie regarda en direction de la cuisine. D'ordinaire, c'était au cuisinier d'acheter les œufs, le lait et le miel.

« Où est Baraka ?

— Ce n'est pas pour ça qu'elles sont ici, dit Simon en secouant la tête. Elles sont venues voir le bébé. »

Essie opina lentement. La nouvelle qu'une tribu hadza avait convaincu la femme du bwana de prendre soin de leur bébé s'était probablement répandue comme une traînée de poudre. Il ne se passait pas grand-chose à Magadi ; elle n'était pas étonnée que quelques curieux soient venus constater les faits par eux-mêmes. Elle pinça les lèvres en se rappelant ce qu'avait dit Baraka, que ce serait insultant pour une femme massaï de devoir nourrir un bébé hadza. Étaient-elles venues pour se moquer d'elle ? Elle baissa les yeux sur Mara qui souriait à Simon, en totale confiance. L'enfant ignorait encore que dans le monde, certains groupes de personnes en méprisaient d'autres, et qu'elle faisait partie de la mauvaise tribu.

« Dis-leur que j'arrive. Mais elles vont devoir attendre qu'on soit prêtes. Demande à Baraka de leur servir du thé.

— À toutes ? »

Essie sentit son estomac se nouer.

« Elles sont combien ?

— Elles n'arrêtent pas d'arriver. Pas seulement du *manyatta* tout proche, mais aussi d'Engare Sero. »

Essie frémit en imaginant des dizaines de femmes massaïs réunies dans la clairière en face de la hutte de travail et de la tente de repas. En tendant l'oreille au-dessus des chamailleries des tisserins et des bribes de chant en provenance du campement des ouvriers, elle distingua en effet une rumeur de conversations. Les femmes avaient dû emmener leurs enfants, malgré l'interdiction pour eux de pénétrer dans le campement ; aux yeux des mères massaïs, la présence de leur progéniture n'était pas une option. Essie s'estima heureuse que la visite ait lieu aujourd'hui, en l'absence de Julia et Ian. Avec un peu de chance, ils n'entendraient jamais parler de cette invasion.

Le landau, poussé par Essie, tressautait sur les pierres qui semblaient toujours encombrer le sentier malgré les balayages fréquents. Des plis de tissu bruissaient contre ses jambes à chaque pas. Sans même baisser les yeux, elle captait les couleurs vives de sa jupe – vert, rouge, avec des gerbes jaunes. Cela lui rappelait la robe de cocktail orange qu'elle avait dû porter pour la visite des Marlow. Difficile de croire que seulement une semaine s'était écoulée depuis. Il lui paraissait d'autant plus absurde de devoir se mettre sur son trente-et-un une nouvelle fois. D'une certaine manière, le premier événement semblait avoir provoqué celui-ci, comme une réaction en chaîne.

Arrivée près de la cuisine, elle fit une pause pour se pencher sur Mara. La petite lui décocha un sourire éclatant, à croire que les cahots du landau avaient eu pour seul but de la divertir. L'étoffe tape-à-l'œil du vêtement d'Essie était parfaitement assortie à la robe miniature de la petite. Essie les avait trouvées emballées dans le même sac, avec la mention « Ensemble mère-fille » sur l'étiquette. Tout d'abord, elle avait levé les yeux au ciel. Le marchand de Babyland était un sacré opportuniste, profitant du chèque en blanc de Diana Marlow pour se débarrasser d'articles difficiles à écouler, surtout que la population de riches colons anglais ne cessait de décliner depuis l'indépendance. Mais pour une occasion comme celle-ci – la présentation du bébé aux femmes massaïs –, l'ensemble était parfait. Mara était encore plus resplendissante dans ce tissu coloré aux motifs végétaux que vêtue de rose et blanc. Essie n'était pas certaine que ces teintes lui aillent aussi bien, mais ce n'était pas important. Son but était d'envoyer un message clair à propos du bébé hadza. Elle voulait montrer à tout le monde que Mara méritait les vêtements les plus fins ; qu'elle était acceptée ici, au sein de la famille Lawrence. Elle espérait également que cette déclaration muette jouerait à l'avantage de Simon, tout en se méfiant de toute manipulation sociale. Ian l'avait prévenue de ne pas tenter de changer la vision du monde des Africains pour servir ses propres intérêts – après tout, les Lawrence n'avaient rien de missionnaires. Tout ce qu'ils demandaient aux autochtones, c'était de se conformer aux exigences scientifiques. Mais, dans la situation présente, rien n'empêchait Essie de faire un petit geste de solidarité envers les Hadzas – ainsi qu'envers son assistant, qui s'était retrouvé embarqué dans cette affaire complexe sans que personne lui ait demandé son avis.

En arrivant en vue de la clairière, elle s'immobilisa. Il devait y avoir une cinquantaine de femmes, accompagnées d'au moins autant d'enfants, accroupies en un vague cercle autour de l'emplacement central réservé au feu de camp. Certaines portaient des *shukas*, formant des taches violettes, oranges, rouges et pourpres qui juraient entre elles mais formaient un ensemble étrangement harmonieux. La plupart des femmes étaient vêtues d'étoffes simples assorties aux teintes brunes de leur peau maquillée d'ocre. Il y avait des jeunes filles au cou de cygne et au dos droit, des mères de tous âges chargées de bébés et de jeunes enfants, et aussi des grands-mères décharnées, aux cheveux gris et aux yeux ternes. Toutes s'étaient parées pour l'occasion de bijoux élaborés – boucles d'oreilles en métal, en coquillages et en plumes, coiffes multicolores, ainsi que les disques emperlés caractéristiques des Massaïs, rappelant des assiettes par leur taille et leur forme, portés autour du cou et reposant sur les épaules. Le groupe répandait sur tout le campement une atmosphère vivante et chatoyante, comme si une nuée d'oiseaux exotiques avait inexplicablement choisi de se poser à Magadi afin de s'y installer.

À l'apparition d'Essie et du landau, un silence s'abattit sur la foule. Essie s'efforça d'avancer avec grâce et souplesse, à la manière de la ballerine dans la boîte à musique ; mais elle ne put s'empêcher de se tasser sur elle-même. Elle se sentait ridicule dans cette robe lourdement ornée qui traînait au sol, avec les manches ballon qui lui tombaient jusqu'aux coudes. Elle avait le même sentiment qu'en arrivant à une fête vêtue d'une tenue inhabituelle : dans le confort de sa chambre, le choix lui avait paru judicieux. Mais, aussitôt entrée dans la salle pleine de monde, elle se sentait si exposée qu'elle aurait aussi bien pu être nue.

Pourtant, sous le regard de toutes ces femmes, elle dut se rendre à l'évidence – elle avait fait le bon choix. La jupe longue mettait en valeur sa stature. Les couleurs vives lui conféraient de la force. Depuis son arrivée à Magadi, elle avait pris l'habitude des regards apitoyés que lui jetaient les Massaïs, à cause de sa peau blanche, de ses cheveux clairs et de ses vêtements mornes. Une fois, elle avait vu un ouvrier ramasser un asticot qui se tortillait dans sa pelletée de terre. La bête avait l'aspect blême et aveugle d'une chose qui a vécu toute sa vie dans le noir. L'homme avait discrètement pointé Essie du doigt. C'était au tout début. Plus tard, en bronzant un peu, elle avait eu meilleure mine. Mais personne ne la voyait jamais porter autre chose que ses tenues de travail kaki. À présent, au milieu de tous ces regards, elle eut l'impression de s'être enfin présentée sous un meilleur jour.

À son approche, adultes comme enfants s'écartèrent pour lui ménager un passage jusqu'au centre du cercle. Leurs yeux passaient tour à tour sur elle et sur le landau, et chacun se dévissait le cou pour tenter d'apercevoir ce qui se trouvait sous l'auvent à frange.

Essie arrêta le landau près du cercle de pierres. Elle était pieds nus – ses solides bottes de travail auraient paru ridicules avec cette robe. Un morceau de bois carbonisé effleura l'ourlet de sa jupe, laissant une traînée noire sur le tissu. Elle se pencha sur le landau, au creux duquel Mara agitait les mains avec ravissement, complètement réveillée et prête à jouer.

Le silence s'approfondit encore quand elle la prit dans ses bras. Tous les regards étaient fixés sur l'enfant. Essie lui avait enfilé des chaussons jaunes assortis à sa tenue et sa culotte de plastique était décorée de papillons de la même couleur. Elle lui avait même mis un bonnet fait de la même étoffe que leurs robes, maintenu par des rubans en dessous du menton. Le doute l'envahit de nouveau. Était-elle allée trop loin ? Avait-elle fait de Mara une poupée, un jouet ?

Il était de toute façon trop tard pour reculer. Elle leva l'enfant à bout de bras afin que chacun puisse la voir. Pendant quelques secondes, elle retint son souffle. Puis des exclamations admiratives retentirent. Le soulagement la gagna. Tout en observant les spectatrices souriantes, aux yeux écarquillés, Essie tenta d'imaginer la scène avec leurs yeux. Une nouvelle émotion se fit jour en elle – plus forte, plus profonde. C'était une bouffée de joie. Elle ne ressemblait plus à une chercheuse tenant entre ses bras un bébé étranger. Avec leurs tenues assorties, Mara et elle étaient comme deux faces d'une même pièce. Mère et fille.

Ce n'était pas réel – elle le savait. La place de Mara était aux côtés de Nandamara et de Giga. Et elle-même avait choisi une voie qui ne lui permettrait jamais d'être mère. Elle se berçait d'illusions irrationnelles, probablement déplacées. Mais peu lui importait. À cet instant, tout cela lui semblait juste et sincère.

Elle regarda autour d'elle à la recherche de Simon. Il s'était avancé de quelques pas, s'écartant de la tente. Un petit sourire apparaissait sur son visage. Il ne serait jamais de grande taille, surtout comparé aux Massaïs dont les membres élancés trahissaient la stature même quand ils étaient assis. Mais il paraissait fort, habile, bien dans sa peau. Malgré son uniforme bien repassé et ses chaussures cirées, Essie l'imaginait sans mal vêtu d'un pagne et d'un gilet en peau de babouin, un carquois rempli de flèches pendu à l'épaule.

L'une des vieilles femmes se leva. Elle se mit à chanter, et le reste du groupe fit chœur avec elle. Quelque part s'élevèrent des battements de tambour. Les femmes et les enfants se placèrent à nouveau en cercle et commencèrent à danser, courbant leur corps en avant, balançant les bras. Bientôt, tous les visiteurs étaient debout. Les pendants d'oreilles et les bracelets des femmes tintinnabulaient tandis que les colliers-disques s'agitaient en rythme. Un enfant qui semblait encore trop jeune pour marcher imitait les mouvements de sa mère à la perfection ; certaines des femmes faisaient penser à des dromadaires à cause des couvertures drapées autour de leurs bébés, qu'elles portaient sanglés sur leur dos.

Le cercle de danseuses se referma autour d'Essie et Mara. Une jeune femme pleine d'énergie lança un foulard au-dessus de la tête d'Essie et dansa à côté d'elle, épaule contre épaule, sous l'étoffe qui formait comme une tente. Son odeur de lait caillé, de sueur et de crottin contrastait avec celle de Mara, mélange de talc et du parfum amidonné de sa robe neuve. Il semblait surnaturel de pouvoir sentir toutes ces odeurs dans une même inspiration.

La vieille femme menait toujours la danse avec son chant. Quelques voix plus graves se mêlèrent à la sienne, et Essie remarqua que le groupe de Massaïs était à présent entouré d'employés du campement. Baraka se tenait non loin. À l'instar de Simon, il avait abandonné l'expression circonspecte qu'il avait affichée à l'apparition d'Essie et du landau.

Essie s'approcha de lui.

« De quoi parle la chanson ?

— C'est l'histoire d'une femme blanche avec un bébé noir, répondit-il. Elles vous ont donné un nom spécial. »

Il le prononça d'abord en maa avant de le traduire en swahili : *Mama Mzuri*. La Mère magnifique.

Souriante, Essie souleva Mara et embrassa sa joue veloutée tout en répétant les mots, comme pour les imprimer sur la peau noire et douce.

9

Le landau brinquebalait légèrement sur la plaine caillouteuse. Avec ses grandes roues et sa suspension sophistiquée, il semblait avoir été conçu pour cet environnement ; mais Essie se doutait bien que la plupart des propriétaires de landaus Silver Cross ne s'aventuraient jamais au-delà des trottoirs et des pelouses soignées.

Elle fit halte un instant pour vérifier si Mara dormait et poussa un soupir de soulagement devant les paupières fermées et le visage paisible. La petite avait été intenable toute la matinée, refusant le biberon à l'heure de la tétée, puis se mettant à pleurer au moment d'aller au lit. Il en était allé de même la veille, si bien qu'Essie avait abandonné tout espoir de travailler sur son fossile et avait accordé sa journée à Simon. Elle avait tenté d'écrire à son père pour le mettre au courant du financement obtenu pour les fouilles. Pourtant, même s'il était agréable de ne pas avoir à louvoyer entre les mauvaises nouvelles, pour une fois, elle n'avait pas pu rédiger plus d'une demi-page.

Aujourd'hui, elle n'avait pas même essayé de se mettre au travail. Simon, qui avait sans doute anticipé le déroulement de la journée, ne s'était pas présenté après le petit-déjeuner comme il en avait l'habitude. Il avait dû se joindre aux autres employés dispersés sur le campement, qui s'adonnaient à des travaux de maintenance sans grand enthousiasme ;

il n'y avait rien de motivant à poursuivre les fouilles au KAJ tant que les projets des Lawrence ne seraient pas arrêtés.

Pour ne rien arranger, les nouvelles instructions de Ian allaient encore devoir attendre. Un appel radio imprévu était parvenu au campement le matin même – par chance, à un moment où le bébé était suffisamment calme pour qu'Essie puisse se concentrer. Ian lui avait appris une nouvelle surprenante : Diana Marlow se trouvait à Arusha. Les vacances à Serengeti étaient terminées et Frank Marlow était rentré au Canada, mais Diana avait décidé de rester encore un peu en Tanzanie. Elle qui avait paru s'ennuyer à mourir pendant la visite de Magadi témoignait à présent un vif intérêt pour les projets des Lawrence. Ils avaient organisé plusieurs réunions pour discuter des options liées aux fouilles, si bien que Julia et Ian ne seraient pas de retour avant au moins deux jours de plus.

Cette annonce avait mis Essie légèrement mal à l'aise. Peut-être que le financement ne serait pas entièrement sans contraintes, contrairement à ce qui avait été annoncé. En tout cas, le soudain revirement de Diana était étrange. Mais Ian semblait si plein d'entrain qu'elle s'en était tenue à des commentaires positifs. Il l'avait agréablement surprise en demandant des nouvelles du bébé à la fin de l'appel. Sans réfléchir, elle avait répondu que tout se passait bien. Elle pouvait difficilement se plaindre de fatigue et de stress alors que c'était elle qui avait accepté de prendre soin de Mara.

Poursuivant sa route avec le landau, Essie tâcha de respirer profondément. Le soleil n'était pas encore brûlant ; une brise légère jouait dans ses cheveux. Elle regarda en direction du lac, où une masse de flamants roses formait une bande rose vif sur le blanc des cristaux de sel. C'était un panorama si spectaculaire qu'elle peinait chaque année à en croire ses yeux. Le volcan lui inspirait la même incrédulité – pas ce qu'elle en apercevait, mais le cratère dont elle devinait la présence à l'intérieur de la cime brisée. Ol Doinyo était un volcan unique : sa lave jaillissait à une température assez basse pour que la roche en fusion soit noire et argentée plutôt que rouge, et exceptionnellement liquide à cause de sa composition rare à base de sel, de calcium et de dioxyde de carbone. Lors des éruptions, elle coulait le long des pentes plus vite qu'une personne en train de courir, et blanchissait en se solidifiant, ce qui donnait l'impression que le sommet de la montagne sacrée était couronné de neige. Essie n'avait jamais trouvé le temps de gravir le volcan, mais tous ceux qui l'avaient fait – volcanologues et aventuriers – décrivaient le cratère comme un chaudron bouillonnant parsemé de geysers de lave. Il fallait faire preuve d'une extrême prudence quand on s'en approchait. Ol Doinyo Lengai était l'un des seuls volcans au monde à rester actif en permanence. Pendant ses premiers mois à Magadi, Essie avait redouté les grondements sporadiques, les nuages de fumée, les petits tremblements de terre. À présent, cette activité fluctuante faisait partie de son quotidien. Ainsi qu'aimait le souligner Ian, le fait de s'habituer à un environnement aussi spectaculaire faisait partie intégrante de la vie dans une région encore en pleine formation. Cette terre en constante évolution avait d'ailleurs guidé le choix des Lawrence : à Magadi, le sol regorgeait d'indices admirablement préservés concernant des périodes primordiales de l'histoire.

Dans la vallée du Grand Rift, où se rencontraient deux plaques tectoniques, le continent africain se séparait lentement. Les *korongos*, semblables à de profondes entailles à la surface de la planète, révélaient des couches de sédiments contenant des fossiles vieux de millions d'années. Durant des millénaires, la région avait été le théâtre d'une alternance incessante entre sécheresse et humidité, désert et forêt vierge. Ces transformations se produisaient sur des périodes relativement courtes. Dans la zone foulée par Essie, des lacs étaient apparus et s'étaient volatilisés en une centaine d'années à peine ; des grands-parents pouvaient décrire aux enfants assis à leurs pieds un monde aujourd'hui disparu, qu'ils avaient vu de leurs propres yeux. Dans un tel endroit, chaque forme de vie avait le choix entre s'adapter rapidement et disparaître. C'était ce qui expliquait, selon Ian, l'apparition des premiers hominidés dans ces lieux. Nos ancêtres s'étaient vus forcés de développer des cerveaux plus gros afin de comprendre comment s'ajuster aux variations du climat. À chaque nouvelle crise, seuls les individus les plus intelligents avaient réussi à survivre. Plus tard, en Europe, *Homo sapiens* subsisterait là où l'homme de Neandertal, plus grand et plus fort, finirait par s'éteindre après avoir évolué à ses côtés pendant des millénaires. La plupart des gens expliquaient également cela par une différence d'intellect. Mais pas tout le monde. Essie avait un jour entendu un étudiant américain proposer une autre théorie. Elle avait été marquée par son regard ardent et par l'intensité de sa voix.

« Oui, mais imaginons qu'une espèce regarde l'autre et décide qu'elle préfère encore disparaître plutôt que d'entrer en compétition avec elle. Et si tout le monde n'était pas prêt à se montrer compétitif, cupide et violent ? »

Il avait ensuite supposé que les Néandertaliens s'étaient peut-être retirés vers des marges de plus en plus lointaines, renonçant volontairement à leur position dans la course à l'évolution pour devenir davantage humains. Pour appuyer sa théorie, il avait rappelé que les Néandertaliens avaient été, autant que les connaissances permettaient de l'affirmer, les premiers artistes de la planète. Tout en acquiesçant au discours cinglant qu'avait fait Ian en réponse, Essie avait secrètement admiré la capacité de ce jeune homme à s'aventurer hors des sentiers battus de la réflexion – et à exprimer son opinion sans la moindre crainte.

Elle continua son chemin d'un pas régulier, comme si elle se dirigeait vers un *korongo* ou un site de fouilles en particulier. C'était étrange d'avancer sans autre but que de simplement marcher. Rien ne pressait, se rappela-t-elle, mais elle rechignait à ralentir le rythme. Tout en progressant, elle scrutait les alentours pour tenter de repérer Rudie et Meg. Tommy ne risquait pas de se perdre ; elle le sentait juste derrière elle, ses sabots raclant presque l'arrière de ses bottes. Les chiens couraient après quelque chose au loin, corps étirés et têtes baissées, se laissant guider par leur truffe. À l'instant où elle s'apprêtait à les appeler, ils s'immobilisèrent, soudain distraits. Une silhouette apparut au sommet d'un petit monticule. C'était surtout le mouvement qui avait attiré le regard d'Essie : le corps du nouveau venu, tout en teintes neutres et naturelles, se fondait dans le paysage.

À mesure que l'homme s'approchait, Essie distingua le contour d'un arc dépassant au-dessus de sa tête. Un chasseur. Elle eut tout juste le temps de spéculer sur l'identité de l'apparition avant de reconnaître Simon.

Il leva le bras pour la saluer. Essie le regarda s'avancer vers elle, surprise. Il était torse nu, sa chemise nouée par les manches autour de sa taille. Un animal – ou peut-être un morceau d'animal – jeté en travers des épaules, il avait une démarche légèrement orgueilleuse et affichait un large sourire.

Ils échangèrent leurs salutations habituelles, comme s'ils s'étaient tout simplement retrouvés dans la hutte de travail pour commencer leurs tâches quotidiennes. Alors que Simon se penchait pour saluer Mara, Essie remarqua son regard fatigué.

« Tu as passé la nuit dehors ? »

Voilà qui expliquait son absence ce matin-là. Pour toute réponse, Simon fit basculer son chargement au sol avec un bruit sourd.

C'était un imposant morceau d'une espèce de grande antilope – un oryx, peut-être. Essie doutait qu'il ait pu traquer, tuer et découper l'animal tout seul. Il s'était probablement joint à quelques Massaïs du *manyatta* : il arrivait que de jeunes guerriers emmènent des groupes d'ouvriers du campement chasser la nuit, ce qui agaçait toujours Ian au plus haut point. En effet, cela perturbait le rythme de travail, sans compter que ces chasses étaient parfois suivies de banquets de viande qui duraient plusieurs jours.

« Avec d'autres chasseurs ? » demanda-t-elle.

Simon hésita.

« Avec les Hadzas.

— Ils ne sont pas encore partis ?

— Non, ils campent toujours à la caverne. Ils ont pris du retard. Mais ils s'en iront très bientôt. »

Essie le dévisagea tandis que des questions se bousculaient dans sa tête. Comment avait-il retrouvé les chasseurs ? S'était-il rendu à la caverne ? Si oui, avait-il vu Nandamara et Giga ? Avaient-ils parlé de Mara ? Malgré sa curiosité, elle garda le silence. Simon n'avait sans doute pas envie de s'étendre sur son lien avec les Hadzas sauvages après avoir fait tant d'efforts pour se dissocier d'eux. Mieux valait lui laisser le choix d'en dire davantage quand il le désirerait.

À la place, Essie se concentra sur l'énorme quartier de viande déposé à ses pieds. La vision d'un délicieux ragoût lui vint à l'esprit. Ian et Julia rentreraient bientôt chargés de provisions mais, pour l'instant, la réserve était désespérément vide. Baraka s'était mis à servir du porridge au dîner. En fait, Mara était la seule habitante de Magadi à pouvoir manger ce qu'elle voulait.

« Il a fallu marcher longtemps pour trouver cet animal », précisa Simon en désignant du doigt les terres situées au-delà du site des Traces.

Cela n'avait rien de surprenant. La plupart des troupeaux avaient déjà commencé leur migration – il ne restait que les retardataires.

« Ça en valait la peine. Tu es revenu avec beaucoup de bonne viande, le félicita-t-elle. Baraka sera très content. »

Simon secoua la tête avec une pointe d'humour.

« Vous ne devriez pas dire ça, dit-il d'un ton léger.

— Pourquoi ?

— Ce n'est pas conforme aux traditions hadzas.

— Quelles traditions ? demanda-t-elle, intriguée.

— Vous vous rappelez quand ce chasseur vous a proposé sa viande de zèbre, et que vous avez refusé ?

— Ça n'a pas eu l'air de le déranger. Il trouvait ça très drôle. Plus je secouais la tête, et plus il riait.

— C'est parce qu'il a cru que vous faisiez semblant d'être hadza, mais que vous vous y preniez très mal. »

Essie fronça les sourcils, perplexe.

« Qu'est-ce que tu racontes ?

— Je vais vous montrer. »

Il désigna la viande d'un geste énergique.

« C'est toi qui as rapporté ça au campement ? »

Comprenant où il venait en venir, Essie décida de jouer le jeu.

« Oui, répondit-elle fièrement, c'est moi.

— Tu crois que je vais te remercier ? rétorqua-t-il en crachant au sol. Cette viande vient d'un animal maigre. Il est mort de vieillesse. Tu es un piètre chasseur.

— Mais elle a l'air très bonne, cette viande, protesta Essie.

— Elle est très bonne, confirma Simon en abandonnant son ton théâtral. Mais ça n'a pas d'importance. Le chasseur doit rester humble. S'il est trop fier, son cœur devient dur et il n'est plus capable de gentillesse. »

Une mouche vint se poser en bourdonnant sur le pelage brun clair. Simon la chassa d'un mouvement de son pied nu.

« Alors les Hadzas n'ont pas le droit d'être fiers ? demanda Essie.

— Si une personne cherche à être meilleure que les autres, elle ne privilégie pas le bien de la tribu. Ça ne doit pas être encouragé. »

Essie repensa aux conversations d'après le dîner, à l'époque où Magadi recevait souvent la visite d'anthropologues. Le sujet de la culture hadza était régulièrement abordé, et notamment le fait qu'ils aient créé l'une des seules sociétés véritablement égalitaires jamais étudiées. Les hommes et les femmes étaient égaux. Les enfants étaient respectés. Il n'y avait pas de chef religieux pour réclamer des offrandes, pas de roi ni de reine. Tout était partagé librement sans souci de mérite ni de productivité. En effet, les Hadzas puisaient leurs ressources directement dans la nature et n'avaient besoin de travailler que quelques heures par jour. Ils n'avaient aucun intérêt à faire du zèle, puisque leurs traditions n'incluaient pas la constitution de réserves de nourriture. Personne ne possédait de hutte, ni d'autres objets que les armes de chasse, les sacs de cueillette, les vêtements simples, les colliers de perles et les peaux de couchage. Ils vivaient de manière complètement indépendante.

Tout en sirotant leur café ou leur whisky, chercheurs et étudiants débattaient des avantages et inconvénients de ce mode de vie. Les Hadzas jouissaient d'énormément de temps libre. Ils traversaient parfois des saisons où il leur était plus difficile de se nourrir qu'à l'ordinaire, mais ce n'était rien comparé aux famines qui pouvaient accabler les cultivateurs ; si nécessaire, ils n'avaient qu'à se déplacer vers un nouveau lieu aux conditions plus clémentes. Cela dit, l'absence de possessions était pour le moins dissuasive. Pour quelqu'un qui avait grandi en Angleterre ou aux États-Unis, il était inimaginable d'avoir si peu de choses à soi. Et ce n'était pas le seul désagrément. Comme les Hadzas devaient se cantonner à des régions reculées, qui n'étaient revendiquées par aucune tribu sédentaire, ils n'avaient le plus souvent accès ni à des écoles, ni à des hôpitaux. La fille de Nandamara avait accouché dans le bush et elle n'avait pas survécu ; quant à Mara, elle avait eu de la chance d'échapper au même sort.

Le regard d'Essie se perdit au loin tandis qu'elle assimilait la portée de ce que Simon venait de lui expliquer. Ainsi, les Hadzas, qui ne pouvaient tirer fierté d'aucune possession, ne jouissaient non plus d'aucun statut spécial dû à leurs compétences et à leurs talents. Elle songea aux photographies encadrées dans la tente de repas et à l'image de William sur la couverture du *National Geographic.* Son propre père, lui aussi, possédait une collection de souvenirs de carrière incluant des catalogues de musée, des certificats et des articles découpés dans des journaux, ainsi que des invitations à des événements privés. Toute jeune, elle comprenait déjà leur utilité : ces objets servaient à montrer que le professeur Holland était quelqu'un d'important, quelqu'un dont le monde reconnaissait la valeur, qui avait du succès. La raison d'être de tels trésors relevait davantage de l'anxiété – du besoin de faire ses preuves – que du simple plaisir de se rappeler de bons souvenirs. Essie tenta d'imaginer un monde où le statut social n'existerait pas. D'une certaine manière, ce serait un soulagement immense. Mais, en même temps, qu'est-ce qui motiverait les gens à accomplir de grandes choses ? Plus elle en apprenait au sujet des Hadzas, plus elle distinguait de paradoxes. Il n'était pas étonnant que Simon se trouve dans une position si complexe.

Elle examina discrètement le visage de son assistant. Elle n'y distinguait aucun des traits caractéristiques permettant aux experts de reconnaître les Hadzas, mais c'était sans doute parce qu'elle le connaissait déjà trop bien. Quand elle parla, elle choisit avec soin une formulation qui pouvait être entendue aussi bien comme une question que comme une affirmation.

« Tu as rejeté les traditions hadzas.

— Je sais plus de choses qu'eux. Je suis allé à l'école. Je suis baptisé. Je suis un Tanzanien moderne. »

Essie se retint de sourire. Il ne paraissait pas très moderne à cet instant, avec sa peau empoussiérée et égratignée par endroits, ses bottes attachées par les lacets et nonchalamment jetées sur son épaule, et la longue estafilade ensanglantée sur son avant-bras.

« Tu t'es blessé », fit-elle remarquer.

Simon essuya le sang, qui laissa une traînée brillante presque invisible sur sa peau noire.

« C'était une petite lune. On ne voyait pas bien. Et je n'avais pas de gilet de peau pour me protéger. »

Tout en parlant, il entreprit de remettre sa chemise et ses bottes.

« Je n'avais pas envie de me joindre à la chasse. »

Essie ne répondit rien. Elle avait bien vu son expression de triomphe lorsqu'il était apparu. Essayait-il de lui mentir ou de se mentir à lui-même ? Peut-être les deux à la fois.

« Mais je devais être poli, ajouta-t-il. Pour pouvoir poser des questions sur la caverne. »

Elle l'observa, surprise. Elle lui avait parlé de son dialogue mimé avec le chasseur mais, par la suite, elle avait été trop occupée par Mara pour songer à l'envoyer questionner les Hadzas au sujet de la seconde caverne. Jamais elle n'aurait cru qu'il prendrait cette initiative.

« Qu'est-ce qu'ils ont dit ? »

Simon sourit, de toute évidence satisfait des résultats de son enquête.

« Il existe bien une caverne. Elle est pleine de peintures très anciennes, comme celles que vous avez étudiées. Ces Hadzas ne l'ont pas vue en personne : leurs ancêtres ont arrêté de s'y rendre, pour une raison que tout le monde a oubliée, dit-il avec un haussement d'épaules. Mais ils savent qu'elle existe. D'après eux, elle se trouve au pied d'Ol Doinyo Lengai. »

Essie retint son souffle, exaltée. La découverte d'ossements d'hominidés représentait peut-être le jackpot absolu aux yeux de Julia et Ian, mais une nouvelle caverne aux peintures préhistoriques n'en serait pas moins un très bon moyen de ramener le site de Magadi sur le devant de la scène archéologique.

« Au pied du volcan ? répéta-t-elle.

— C'est ce qu'ils ont dit. »

Elle repensa aux conclusions auxquelles elle en était venue quand le Hadza avait mimé l'acte de dessiner avant de pointer du doigt la direction du lac et du volcan. Une bonne partie de ces contreforts avaient été passés au peigne fin après la disparition de Robbie, mais la police et les volontaires avaient autre chose en tête que l'examen du relief naturel. Dans un paysage formé presque exclusivement de roche, une saillie ou l'entrée d'une grotte avait facilement pu leur échapper. La source d'information la plus fiable aurait été le missionnaire, Wolfgang Stein ; mais, une fois encore, ses cartes ne comportaient nulle mention d'une caverne particulière, encore moins d'une caverne ornée de peintures rupestres.

Tandis qu'elle réfléchissait à tout cela, Mara se mit à gigoter et à gémir. Essie saisit la barre du landau et entreprit de le secouer légèrement, imitant les tressautements des roues sur les graviers jusqu'à ce que l'enfant se calme à nouveau. Puis elle se tourna vers Simon.

« C'est grand, comme zone. Ils n'ont pas donné plus de précisions ?

— Juste une. Visiblement, la grotte se trouve près d'une grande pierre debout.

— Comme la Tour », supposa Essie.

Elle visualisa l'éperon d'érosion qui attirait tous les regards. À sa connaissance, il n'en existait pas de similaire dans les environs, mais cela ne voulait pas dire qu'il ne s'en trouvait pas un enfoui quelque part au milieu des contreforts.

« Tu crois qu'on pourrait la trouver ?

— Bien sûr. J'espère. »

Cette réponse typiquement africaine, qui se refusait poliment à écarter la moindre éventualité, ne permit pas à Essie d'évaluer le degré d'optimisme de son assistant. Mais elle lui était reconnaissante d'avoir mené ses recherches.

« Ian sera content de savoir ce que tu as appris. »

Simon secoua la tête.

« Je l'ai fait pour vous. »

Son ton grave, encore plus que ses paroles, la prit au dépourvu.

« Pour moi ?

— Vous aimez copier ces anciennes peintures. Ça vous rend heureuse. »

Essie le regarda, incertaine. Voulait-il dire qu'elle semblait malheureuse, ces derniers temps ?

« Quand vous travailliez à la Caverne aux peintures, ajouta-t-il, je vous entendais rire tous les jours. »

Elle détourna les yeux. C'était vrai. Mais, à l'époque, elle était jeune mariée et folle amoureuse de son époux. Elle vivait un rêve dépassant de loin tout ce qu'elle aurait pu imaginer : travailler avec les Lawrence en Afrique. Même son père aurait donné n'importe quoi pour être à sa place ! Seulement, beaucoup de choses avaient changé depuis lors. Les problèmes financiers et l'absence de découvertes majeures avaient beaucoup assombri sa vie au cours des années précédentes, de la même façon que pour Ian et Julia. Il était néanmoins gênant que son assistant ait remarqué tout cela. Elle aurait dû faire preuve de plus de professionnalisme. Elle se força à sourire.

« J'espère qu'on arrivera à la trouver.

— On va essayer », répondit-il comme si c'était tout ce qu'ils pouvaient attendre d'eux-mêmes.

Il se gratta la tête, les doigts enfouis dans ses épais cheveux frisés. Puis il se pencha sur sa proie et la hissa à nouveau sur ses épaules. Essie était touchée que Simon se soucie ainsi de son bonheur. Mais cela mettait également en lumière son attitude vis-à-vis du travail des Lawrence à Magadi. Il ne se sentait pas impliqué personnellement dans le succès des recherches. Pour lui, ce poste n'était rien d'autre qu'un échelon de plus vers la réussite professionnelle, une étape de ses projets ambitieux pour l'avenir. Essie avait un jour tenté de lui expliquer que les Lawrence cherchaient la preuve qu'*Homo erectus* avait autrefois vécu dans cette région. Combiné à l'existence de fossiles d'australopithèques, cela fournirait un argument solide en faveur de l'Afrique comme berceau de l'humanité tout entière.

« Et qu'est-ce que ça voudrait dire ? avait-il demandé à la fin de l'exposé.

— Que nous faisons tous partie du même peuple. »

Simon avait penché la tête, dubitatif.

« Et ça changerait la manière dont les gens se traitent entre eux ? Tout le monde deviendrait comme les *Hadza pori*, à partager leur nourriture ? Tout le monde serait égal ? »

Il avait ri à cette idée. Essie, au moment d'affirmer que ce savoir aurait, en effet, un impact majeur sur la société, s'était ravisée. Il était impossible de faire de telles extrapolations. Elle s'était contentée de soutenir qu'une telle certitude aurait de la valeur en elle-même – même si, de là où elle se trouvait, il était difficile de déterminer avec précision laquelle.

« Je rentre au campement, annonça Simon. Baraka sera content de me voir.

— Je vais continuer à marcher. Mara doit dormir un peu plus. »

Essie regarda sa montre. Si la petite ne se réveillait pas avant l'heure du déjeuner, alors elles avaient une chance de reprendre le fil de leur programme.

« Elle a encore pleuré, aujourd'hui. Je ne comprends pas. Je fais tout ce que dit le livre. »

Simon la regarda sans comprendre.

« Je chronomètre son sommeil, ses repas, j'évite son regard quand je la mets au lit. Mais ça ne fonctionne pas. »

Il fronça les sourcils comme si tout cela n'avait aucun sens. Puis il se pencha sur le landau, le morceau d'antilope sur son épaule jetant une ombre étrange sur l'auvent frangé de dentelle, et murmura quelque chose, si bas qu'Essie ne perçut que les cliquetis de sa langue. Son visage exprimait la compassion. De toute évidence, il avait de la peine pour Mara, laissée entre les mains d'une telle novice. Essie sentit sa gorge se nouer. Elle fit mine de s'affairer sur la capote du landau, gardant les yeux baissés jusqu'à ce que Simon se relève. Alors elle lui adressa un bref sourire forcé et prit congé d'un signe de tête.

La vieille mission était un bâtiment blanc et trapu, entouré des vestiges d'un jardin revenu à l'état sauvage. Des plantes exotiques importées d'autres pays y avaient poussé allègrement, irriguées par la source de cette oasis miniature. Essie se précipita dans cette direction en tentant d'ignorer les hurlements de Mara. L'enfant s'était réveillée un peu plus tôt mais elle avait choisi de ne pas la nourrir immédiatement, n'ayant aucune envie de s'arrêter au milieu de rien ni même à l'ombre d'un arbre solitaire. La maison abandonnée était condamnée par des planches ; à l'exception d'une équipe de volcanologues qui y avait passé un mois, personne n'y avait vécu depuis le départ de Stein, quarante ans plus tôt. Mais Essie savait qu'il existait une véranda le long de la façade.

Elle se maudit de s'être autant éloignée du campement. Pendant que Mara dormait, elle avait simplement continué à marcher en ligne droite, perdue dans ses pensées – son travail, Ian, Diana Marlow, et surtout la nouvelle caverne. Inconsciemment, elle avait pris la direction du lac, d'où elle pourrait examiner les contreforts du volcan à la recherche d'un éperon rocheux grâce aux jumelles qu'elle gardait toujours dans la poche de sa veste de safari. La distance s'était allongée sans qu'elle s'en rende compte ; il lui faudrait plus d'une heure de marche pour rentrer. En temps normal, elle se moquait bien d'arriver au campement épuisée et assoiffée. Mais, avec Mara qui hurlait à pleins poumons, elle se sentait subitement vulnérable.

Elle s'approcha de la maison par l'arrière, poussant le landau de toutes ses forces à travers les hautes herbes. Des bougainvilliers grimpaient le long du mur et dissimulaient presque entièrement la porte. Ce fut avec soulagement qu'elle atteignit le sentier, où un gros lézard en train de prendre le soleil sur les pierres plates lui tira la langue – jaune – avant de s'éclipser dans l'ombre.

Essie longea le bâtiment au pas de course, affolée par les cris maintenant frénétiques de Mara qui se répercutaient encore plus fort contre les murs de pierre. Elle n'avait qu'une hâte : atteindre la véranda.

Mais, passé le coin de la maison, elle se figea, mettant à rude épreuve les suspensions du landau. Une Jeep noire était garée là, manifestement flambant neuve : la peinture brillait même à travers l'épaisse couche de poussière et les pneus ne montraient pas le moindre signe d'usure. La portière s'ornait d'un petit motif – un flamant rose – ainsi que du logo du Frank Marlow Trust. Essie, pétrifiée par la surprise, se rappela soudain le commentaire maussade de Ian sur la visite du philanthrope canadien aux Traces.

Il n'arrêtait pas de parler des flamants roses.

En se retournant, elle vit que les planches qui obstruaient les fenêtres avaient été retirées. Une chaise pliante se trouvait sur la véranda, un livre ouvert sur l'assise. La porte d'entrée était entrebâillée. Le premier réflexe d'Essie fut de faire demi-tour. Elle n'avait vraiment aucune envie, à cet instant, de se retrouver face à un inconnu – surtout un inconnu financé par l'argent de Frank Marlow, que les Lawrence avaient espéré obtenir. Mais elle ne pouvait pas laisser Mara pleurer indéfiniment dans son landau.

Elle prit le bébé dans ses bras, lissant sa robe avant de la serrer contre sa poitrine. À travers la finesse du coton, elle sentit les petites côtes s'écarter tandis que Mara prenait une grande inspiration pour se remettre à crier. Dans le bref intervalle de silence, elle perçut un bruit de pas. Un homme apparut sur la véranda. Essie eut le temps de remarquer ses cheveux en bataille, ses yeux d'un brun profond et sa tenue débraillée.

Il fallut quelques secondes à l'homme pour évaluer la situation, son regard passant d'Essie à Mara avant de se poser brièvement sur le landau. D'un bond, il dévala les marches de la véranda et se précipita vers elles.

« Qu'est-ce qu'elle a ? »

Il devait s'attendre à une piqûre de scorpion, ou pire. Essie secoua la tête.

« Rien. Je ne sais pas », dit-elle d'une voix où perçait le désespoir.

L'inconnu regarda autour de lui avec désarroi, comme s'il espérait voir apparaître une solution miracle. Il passa une main nerveuse dans ses cheveux broussailleux, révélant le visage bronzé d'un homme habitué à travailler en extérieur.

« Venez, entrez », dit-il.

Essie désigna son sac, rangé dans un compartiment sous le châssis du landau. Il alla le prendre et le plaça sous son bras.

Tout en montant les marches menant à la véranda, Essie se pencha sur le visage de Mara. Ses cheveux crépus étaient humides à cause des larmes qui avaient imbibé l'oreiller de soie.

« Pardon, bébé. Pardon. »

Elle ne savait pas au juste de quoi elle s'excusait – d'avoir échoué à appliquer les stratégies éducatives du livre, ou au contraire de les lui avoir imposées ? Le vendeur de Babyland avait forcément inclus l'ouvrage parce qu'il en partageait la vision, et il était censé s'y connaître. Pourtant, Mara avait paru parfaitement heureuse, malgré son rythme imprévisible, jusqu'au début de ce régime draconien. Essie ne savait plus quoi faire.

Franchissant le seuil, elle découvrit avec délice que l'intérieur de la maison était plus frais qu'elle ne s'y attendait. Les murs, d'une épaisseur de presque trente centimètres, isolaient efficacement de la chaleur. La pièce dans laquelle elle se trouvait était toute en longueur et jonchée d'affaires et de bagages à demi défaits appartenant de toute évidence à l'homme qu'elle venait de voir. Deux fauteuils antédiluviens, dont le revêtement de velours déchiré laissait échapper des touffes de duvet, trônaient au centre.

Elle prit place sur l'un d'eux, faisant grincer les ressorts rouillés sous son poids, et tenta d'installer sur ses genoux le bébé qui se tortillait dans tous les sens. L'homme la rejoignit.

« Qu'est-ce qu'il vous faut ? » demanda-t-il en fourrageant dans le sac, éparpillant des épingles à nourrice sur le sol quand il tira sur une couche.

« Il y a une boîte en plastique rose. »

Après avoir lancé un regard anxieux en direction de Mara, il dénicha la boîte isotherme et en sortit un biberon dont il retira le couvercle.

Essie le présenta à Mara, qui l'écarta violemment de la main. Elle tenta de suivre les mouvements de la bouche avec la tétine, mais sans succès. L'homme observa la scène un moment, impuissant, puis se mit à arpenter nerveusement la pièce. Les cris de Mara redoublèrent. Si la même chose n'était pas déjà arrivée plusieurs fois, Essie aurait pu croire que la petite avait réellement un problème. D'habitude, lorsqu'elle avait du lait à boire, les choses se calmaient. Et si c'était différent, cette fois ? Une mère expérimentée aurait certainement su dire s'il s'agissait ou non d'une urgence.

Sentant la présence de l'homme debout à côté d'elle, Essie leva vers lui un regard désespéré.

Il observa Mara quelques secondes, puis s'assit dans le second fauteuil et tendit les bras.

« Je peux essayer ? »

Essie lui passa Mara. Il la prit avec précaution, une expression d'intense concentration sur le visage. En le voyant raffermir sa prise, Essie se demanda si le bébé se sentirait plus en sécurité entre ces grandes mains puissantes.

Il la cala sur ses cuisses, le dos posé sur ses jambes et la tête entre ses genoux. Mara se contorsionna pour lui frapper l'abdomen à coups de pied, mais il commença à lui parler. Sa voix grave était nettement différente du timbre aigu d'Essie. Mara se tut instantanément pour l'observer, les yeux écarquillés. Puis elle se remit à pleurer, repliant les genoux comme un cloporte retourné sur le dos pour essayer de se rouler en boule. D'une main, l'homme s'empara des deux petits pieds et les immobilisa. Puis, de l'autre, il entreprit de lui masser le ventre à gestes lents et délicats. Les hurlements continuèrent, mais il ne se laissa pas décourager. Peu à peu, les cris perdirent en intensité avant de s'éteindre tout à fait. Mara laissa tomber ses bras sur les côtés et desserra les poings.

Essie s'agenouilla alors à côté du fauteuil et glissa la tétine entre ses lèvres. Mara se mit immédiatement à téter. Essie croisa le regard de l'homme, et tous deux poussèrent un soupir de soulagement.

Sans interrompre la tétée, l'inconnu fit pivoter Mara jusqu'à la tenir entre ses bras. Essie lui passa le biberon et retourna s'asseoir dans l'autre fauteuil. Une petite voix accusatrice lui ordonnait de reprendre l'enfant – au fond, elle ignorait tout de cet homme. Mais c'était un tel réconfort de recevoir de l'aide.

« Comment avez-vous su quoi faire ? demanda-t-elle.

— J'ai vu une mère masser son bébé comme ça, une fois, en Thaïlande. La petite avait l'air tendue et mal à l'aise, dit-il avec un hochement de tête vers Mara, alors je me suis dit que ça valait le coup d'essayer. Ça a marché, on dirait. »

Essie plissa le front, pensive. Cela semblait si simple, dit comme ça, à croire qu'il suffisait d'essayer des choses, à l'aveuglette, pour voir ce qui fonctionnait.

Ils regardèrent Mara boire son lait en silence. On n'entendait que ses déglutitions régulières et un bruit de succion occasionnel lorsqu'elle lâchait un instant la tétine pour la laisser se remplir d'air. Essie observa subrepticement l'homme. Avec sa peau burinée, il était difficile d'évaluer son âge, mais il semblait plus jeune que Ian. Ses cheveux n'avaient pas été coupés récemment, à voir les longues mèches courbées autour de ses oreilles, et sa barbe naissante indiquait qu'il ne s'était pas rasé depuis plusieurs jours.

Au lieu de vêtements de travail garnis de nombreuses poches, il portait une tenue ordinaire, plus adaptée à un vacancier qu'à un ornithologue de terrain. Devant son short bleu ciel et sa chemise, autrefois ornée de motifs colorés mais délavée au point de paraître presque blanche, Essie imaginait sans peine ce que les Lawrence auraient pensé de lui. Une année, un étudiant était arrivé pour la saison des fouilles dans une tenue similaire, et Julia lui avait demandé s'il se croyait sur un terrain de golf. Il n'était pas resté longtemps.

Penser à Julia rappela à Essie que cet homme n'était pas le bienvenu dans la vallée. Les fonds qui avaient servi à financer sa Jeep neuve et quelques autres dépenses auraient pu revenir aux Lawrence. Sans l'intervention miraculeuse de Diana, ce défaut de financement aurait eu des retombées catastrophiques. Mais il s'était montré si attentif et prévenant…

Les yeux au sol, elle tenta de mettre de l'ordre dans ses émotions conflictuelles. Quelqu'un avait passé la serpillière sur le ciment, laissant un tourbillon de grains de poussière là où l'eau avait séché. Elle ne voyait aucune trace d'un domestique ou d'un assistant ; l'homme avait dû faire le ménage lui-même dans la maison. Combien de temps prévoyait-il de rester ici ?

Elle examina la pièce avec plus d'attention. Les murs de pierre, autrefois peints en blanc, avaient pris une teinte rosée à cause de la poussière et étaient striés de traces brunes laissées par les termites. Des lambeaux pourris de rideaux à carreaux vert et blanc pendaient aux fenêtres ; deux des ouvertures avaient été récemment pourvues de moustiquaires. Sur une petite table se trouvaient une paire de jumelles, une carte pliée et un tube de dentifrice, ainsi qu'un pot en verre obscurci par l'âge et contenant une rose du désert.

Derrière elle, il y avait deux malles d'acier telles qu'on en utilisait souvent pour l'équipement photographique. Couvertes d'autocollants de compagnies aériennes, elles portaient chacune la mention *NE PAS PASSER AUX RAYONS X*. Debout dans un coin, un ancien bagage militaire laissait dépasser en son sommet un morceau de couverture en tartan. Une petite partie de la toile avait été grossièrement peinte en blanc et portait une inscription à l'encre noire. On aurait dit un nom, suivi d'une ribambelle d'adresses barrées. Essie se dévissa le cou pour déchiffrer les lettres.

Carl Bergmann.

Un nom pareil laissait imaginer un Nordique, aux cheveux aussi blonds que les siens – pas cet homme brun. Elle se retourna pour lui faire face. Maintenant qu'elle connaissait son nom, la politesse élémentaire voulait qu'elle se présente.

« Je m'appelle Essie Lawrence. Je travaille au camp de recherches de Magadi.

— Carl Bergmann », répondit-il.

Dans l'incapacité de lui serrer la main, il se contenta d'un hochement de tête.

« Je connais votre famille, bien sûr.

— Je suis mariée à Ian », précisa-t-elle au cas où il la prendrait pour une vraie Lawrence.

Elle se sentit obligée d'ajouter, pour ne pas avoir l'air de n'être qu'une épouse :

« Je suis paléoanthropologue, moi aussi. »

Carl ne répondit pas, trop occupé à tenir le biberon tout en ajustant la position de Mara entre ses bras. Était-il marié lui aussi ? Père, peut-être ? Il avait semblé aussi désemparé qu'elle face aux hurlements de Mara, mais il paraissait parfaitement à l'aise, à présent. La mère thaïlandaise dont il avait parlé n'était sans doute pas son unique source d'informations sur la façon de s'occuper des bébés. S'il avait effectivement une famille, Essie plaignait celle-ci – abandonnée quelque part pendant qu'il partait travailler au bout du monde. C'était un scénario très courant dans ce corps de métier et précisément le genre de vie que Ian et elle refusaient de mener. Elle résolut de ne pas en dire davantage sur son rôle à Magadi, au cas où la conversation prendrait un tour embarrassant. C'était déjà arrivé. Certains visiteurs, ayant laissé leurs épouses à la maison, semblaient perturbés par le tandem de travail que formaient Ian et Essie, comme si cela remettait en question leurs choix personnels.

« Qu'est-ce que vous êtes venu faire par ici ? » demanda-t-elle à la place.

Ian serait curieux de l'apprendre quand il rentrerait, de même qu'il voudrait sûrement savoir si Carl Bergmann avait sollicité Frank Marlow, ou l'inverse. Dans tous les cas, le nouveau venu se trouvait sur le territoire des Lawrence.

« Vous êtes ornithologue, je suppose.

— Pas vraiment, non. Je suis photographe. J'ai fait un peu d'ethnographie, c'est pour ça que j'étais en Thaïlande à l'époque. Mais ma spécialité, ce sont les oiseaux. »

Essie tenta d'identifier son accent. On aurait dit un mélange de langues différentes ; elle ne parvenait pas à mettre le doigt dessus.

« Vous avez raté l'arrivée des flamants roses.

— Les fonds viennent tout juste de me parvenir, expliqua-t-il d'un air de regret. Je suis venu aussi vite que j'ai pu. L'objectif, c'est d'observer la reproduction. Le gouvernement envisage de bâtir une usine de soude au bord du lac, comme celle qui se trouve au Kenya. Ce serait un désastre pour les flamants roses. C'est pour ça que j'ai écrit à Frank Marlow. Quelqu'un doit prendre la nidation en photo. C'est difficile de protéger quelque chose que personne n'a jamais vu. »

Essie ne savait pas quoi répondre. Il devait déjà connaître la difficulté de la tâche qu'il entreprenait. Le lac Magadi était le seul endroit au monde où les flamants nains venaient se reproduire ; s'ils avaient choisi celui-là parmi les dizaines de lacs salés de la vallée du Grand Rift, c'était pour une bonne raison. En effet, durant la saison sèche, une grande partie de l'eau s'évaporait, laissant émerger un îlot de boue au centre du lac. Cet îlot était entouré d'une eau si concentrée en sel qu'elle agissait comme de l'acide, formant des sortes de douves naturelles autour de la forteresse de nids. Le reste du lac n'était alors plus qu'une immense plaine de sel durci. Grâce à la peau épaisse de leurs pattes, les flamants roses étaient capables de marcher dans l'eau, à la différence des hyènes, chacals et autres prédateurs. Le seul danger pour les poussins demeurait la présence de marabouts, vautours et autres charognards volants. À cause de l'étendue de sel infranchissable et de l'eau corrosive, jamais encore un humain n'avait pu observer les nids et les petits autrement que depuis un avion.

Les Massaïs ne croyaient même pas que les flamants naissaient dans des œufs. Chaque année, ils les voyaient émerger par centaines du lac nimbé d'une vapeur scintillante. Les oiseaux synchronisaient leur reproduction de manière à ce que les poussins aient tous le même âge et puissent être guidés en groupe à travers la plaine de sel comme une immense classe de maternelle encadrée de quelques adultes vigilants. Leur survie dépendait de leur nombre. La couleur gris-blanc du plumage des jeunes avait inspiré aux Massaïs la théorie selon laquelle Lengai façonnait ces oiseaux à partir de sel, et personne n'avait encore pu leur prouver qu'ils avaient tort. Le dernier ornithologue qui avait essayé s'était retrouvé dans un avion en partance pour l'hôpital le plus proche, les jambes gravement brûlées par l'eau qui avait débordé au-dessus de ses bottes en caoutchouc.

Essie baissa les yeux sur les pieds de Carl Bergmann. Là où elle s'attendait à la démarcation blanche créée par le port de hautes chaussettes, elle ne vit qu'un hâle uniforme indiquant que cet homme passait la majeure partie de son temps pieds nus. Même sans s'approcher du lac corrosif, il s'exposait à d'autres dangers. Elle lui lança un regard plein de doute.

« Vous vivez en Afrique ?

— De temps en temps. Ça dépend où je travaille. Je suis nomade, ajouta-t-il avec un sourire. Comme les flamants roses. »

Essie hocha la tête. Il n'avait donc pas de famille. C'était l'un de ces professionnels qui ne vivent que pour leur métier ; un statut qu'elle comprenait et respectait.

Carl souriait à présent à Mara, qui avait terminé son biberon et tentait d'enlever l'un de ses chaussons. De petites rides apparurent au coin de ses yeux, ainsi qu'une fossette sur chacune de ses joues. Il était mince, remarqua Essie, en plus d'être grand.

« Comment elle s'appelle ?

— Mara. Ça lui vient de son grand-père. »

Il pensait sûrement que c'était un bébé adopté – que les Lawrence s'étaient rendus dans un orphelinat et avaient choisi un enfant afin de combler le vide laissé par leur incapacité à concevoir.

« Je m'en occupe pour quelques mois, précisa-t-elle. Juste le temps de la saison sèche. Elle vient d'une tribu hadza, sa mère est morte pendant l'accouchement. »

Bergmann haussa les sourcils. Essie attendit qu'il pose les mêmes questions et exprime les mêmes doutes que tout le monde avant lui, mais il se contenta d'effleurer la main de Mara.

« Elle a quel âge ?

— Deux mois, je dirais.

— Elle est superbe », soupira-t-il en se carrant dans son fauteuil.

Et ces mots suffisaient, il n'y avait pas besoin de plus. L'ultime vérité était dite.

Essie se détendit à son tour. Un vacarme lointain leur parvenait depuis le lac – les cris, les pépiements et les chants des flamants nains. Le toit de zinc grinçait sous la chaleur au-dessus de leurs têtes. Cette situation dans son ensemble lui semblait irréelle : la maison, l'inconnu, le bébé hadza, le landau resté dehors… Et tout cela à la suite de l'incroyable revirement de fortune des Lawrence. Après des années d'une existence prévisible, c'était comme si chaque événement inattendu en attirait un autre, dans une succession ininterrompue semblable à une réaction en chaîne. Comme si le monde avait dévié de son axe et que tout pouvait arriver.

10

Une vingtaine de carrés blancs ornaient les touffes d'herbe autour du bassin de lavage. Essie les observa avec une satisfaction sans doute disproportionnée : des couches propres et presque sèches, en voie de stérilisation par les puissants rayons du soleil. Non loin, sur une ficelle tendue entre deux arbres noueux, s'alignait une rangée de petites robes, de bavoirs, de langes et de culottes de plastique. Essie visualisa la tente d'invités qu'elle avait réquisitionnée pour le bébé : tous les paniers de linge sale étaient vides ; les couches et les vêtements lavés précédemment étaient pliés et rangés dans les tiroirs de la commode ; le berceau de Mara avait été garni de draps frais. Tout était en ordre.

Elle adressa un sourire à Kefa. Bras croisés sur la poitrine, il surveillait lui aussi le linge en train de sécher. C'était grâce à lui qu'ils avaient trouvé un membre du personnel capable de leur expliquer l'usage de l'étrange instrument métallique envoyé par Babyland : un outil de lavage. Le mode d'emploi consistait à presser le cône sur un vêtement en train de tremper dans un seau afin d'en essorer l'eau, qui s'échappait par les trous percés dans l'acier. Après quelques pressions énergiques, toute la saleté était extraite du tissu sans que quiconque ait besoin de le manipuler à la main. Une fois que cela s'était su, les volontaires s'étaient bousculés pour se charger de la lessive du bébé : il était beaucoup plus agréable de travailler ici, près des sources, plutôt qu'au soleil dans les *korongos* poussiéreux et battus par les vents. Un jeune Chagga du nom de Tembo, qui faisait partie de l'une des équipes de tamiseurs, avait fini par être choisi, et on avait attribué à son usage exclusif un petit bassin alimenté par une source chaude. Une zone pierreuse située à quelques dizaines de mètres s'était révélée idéale pour se débarrasser des eaux usées. Tembo s'y trouvait à présent, en train de vider ses seaux.

« Je crois qu'il ne nous reste plus rien à faire », dit Essie.

Elle se repassa la liste des tâches accomplies, non seulement du côté de la tente d'invités mais également dans la hutte de travail, la tente de repas, les quartiers du personnel – en bref, le campement tout entier. À condition que Baraka ait pu trouver quelque chose à préparer pour le dîner, tout était fin prêt pour le retour imminent de Julia et Ian.

Leur séjour à Arusha avait été prolongé à deux reprises. Ils étaient partis depuis presque deux semaines, mais cela avait semblé encore plus long à Essie, qui n'avait pas réussi à s'habituer à leur absence. Elle ne cessait de penser à un mille-pattes en train d'agiter ses antennes à la recherche de frontières et d'obstacles inexistants. Alors qu'elle aurait dû se sentir libre et détendue, livrée à elle-même, elle avait au contraire le sentiment d'être à la dérive, dépouillée de ses repères. Jamais elle ne s'était rendu compte à quel point Julia et Ian dominaient l'univers de Magadi avec leurs attentes, leurs exigences, leur passé commun et même leurs sautes d'humeur. Sans eux, l'endroit semblait abandonné.

Ce qu'elle ressentait n'avait rien d'étonnant. Depuis cinq ans qu'elle habitait ici, elle n'avait presque jamais été séparée de Ian et Julia. Et ce n'était pas comme si elle avait mené une existence indépendante avant son arrivée ; même à l'université, où elle faisait la même chose que tous les autres étudiants – se rendre à des fêtes et des concerts, aller faire du shopping à Londres et, bien sûr, suivre ses cours –, elle était toujours restée consciente de sa responsabilité envers son père. Le professeur avait été souffrant pendant une longue période après la mort de Lorna, comme si toutes les maladies possibles et imaginables se relayaient pour le tourmenter. C'était à croire que l'esprit malin qui avait torturé Lorna pendant tant d'années avait bondi de son épaule au moment de sa mort pour prendre possession de son mari. Longtemps, le père d'Essie avait été incapable de se rendre sur des sites de fouilles et même d'enseigner. Il passait des heures assis à son bureau, sans lire ni écrire, à regarder simplement par la fenêtre le petit jardin situé devant la maison, avec l'étroit sentier qui serpentait en son milieu. Essie l'observait souvent tandis qu'il ratissait les graviers du regard, comme si la réponse à une question brûlante se trouvait quelque part au milieu de ces pierres. Comme elle n'aimait pas le voir passer ses journées ainsi, seul et malade, elle mettait un point d'honneur à bâtir son programme de la journée en fonction de lui. Au bout d'un moment, Arthur avait repris suffisamment de forces pour pouvoir retourner au travail mais sa santé était demeurée fragile, si bien qu'Essie n'avait jamais cessé de veiller sur lui. Les besoins de sa mère, durant toutes les années qui avaient précédé sa mort, puis ceux de son père avaient fait peser une lourde charge sur ses épaules. En réalité, elle n'avait jamais eu le loisir d'être indépendante.

Bien entendu, elle n'était pas seule à Magadi. Elle était entourée d'autres personnes – Simon, Baraka, Kefa, Daudi et tous les autres employés. Et puis, il y avait Mara. La présence du bébé remplissait chaque moment de ses journées et une bonne partie de ses nuits. Mais ce n'était pas la même chose que d'avoir Ian et Julia à ses côtés.

Essie reprit le chemin du campement, laissant Tembo sous la supervision de Kefa. Tommy la suivit le long du sentier en bêlant à tue-tête. Depuis l'arrivée de Mara, il se montrait de plus en plus plaintif et son regard se faisait souvent accusateur. D'après Simon, c'était une bonne chose qu'il se sente relégué au second plan : c'était le signe pour lui qu'il était temps de grandir afin d'aller retrouver ses semblables. Simon avait raison, Essie le savait, mais cela ne l'empêchait pas de se sentir coupable. Elle prenait soin d'avoir toujours quelques croûtes de pain dans sa poche afin de pouvoir donner des friandises au jeune animal.

Mara se balançait légèrement dans son écharpe de cuir au rythme des pas d'Essie, qui marchait légèrement inclinée sur le côté pour compenser ce poids supplémentaire. C'était devenu une seconde nature pour elle, à croire que ce bébé était un prolongement de son corps. En baissant les yeux, elle s'aperçut que Mara était éveillée et observait curieusement Rudie, qui trottinait à côté d'elles. Elle tirait du doigt sur sa lèvre inférieure, calme et décontractée. Au fil des jours précédents, Essie avait cessé de vouloir lui imposer une routine, la laissant dormir, se réveiller et se nourrir quand bon lui semblait. En fin d'après-midi, quand elle avait tendance à pleurer, Essie lui massait le ventre comme elle avait vu le photographe procéder, avant de lui donner le biberon ; elle s'assurait aussi de lui faire passer beaucoup de temps à l'extérieur, où Mara semblait plus heureuse qu'entre les parois d'une tente. En conséquence de tous ces changements, Mara n'avait pratiquement pas refait de crise.

Essie avait maintenant du mal à reconnaître en elle le bébé frénétique dont les hurlements l'avaient forcée à se réfugier dans la maison missionnaire. Elle repensait régulièrement au temps passé là-bas en compagnie de Carl Bergmann et à la tendresse avec laquelle il avait traité Mara. Ils étaient restés assis longtemps, tels deux fidèles dans un temple, à contempler ses traits minuscules, si fins, et la noirceur de sa peau qui semblait mettre en valeur le contour parfait de son nez, de son menton et de ses sourcils.

L'interlude avait paru durer une éternité. Mais l'angle du soleil entrant par les fenêtres empoussiérées avait rappelé à Essie que l'après-midi avançait. Une fois le biberon terminé et la couche changée, Carl avait proposé de les raccompagner au campement, ce qu'elle avait accepté avec reconnaissance. Elle avait pris place sur le siège passager de la Jeep, Mara sur les genoux, tandis que Carl hissait le landau sur la plateforme arrière. Au cours du trajet, elle s'était retournée plusieurs fois pour regarder les franges du pare-soleil s'agiter au vent, souriant intérieurement à l'idée de ce spectacle incongru aux yeux de quiconque les verrait passer.

En approchant du campement, elle s'était demandé avec angoisse comment elle pourrait se dispenser d'inviter Carl à prendre le thé avec elle. Les règles d'hospitalité locales exigeaient qu'elle le lui propose, mais les Africains n'apprécieraient peut-être pas de la voir avec un autre homme en l'absence de son mari. Ils pouvaient se montrer très vieux jeu dans certains domaines. Heureusement, Carl avait annoncé qu'il devait rentrer immédiatement à la mission. Il lui restait des choses à finir avant le coucher du soleil.

Alors qu'ils se serraient la main, debout près de la Jeep, Essie avait senti de nombreux regards posés sur eux. Baraka, Simon, Kefa et Daudi, ainsi que d'autres membres du personnel, étaient venus assister à l'arrivée du véhicule et les observaient à distance.

« Merci pour tout, avait-elle dit poliment.

— C'était un plaisir, avait-il répondu sur le même ton.

— Ian et Julia seront ravis de faire votre connaissance. Vous pourriez venir déjeuner un dimanche. »

Elle commençait à penser que les Lawrence changeraient probablement d'attitude vis-à-vis du Flamingo Project de Frank Marlow ; après tout, Carl Bergmann était parti pour devenir leur voisin pendant quelques mois. Il aurait été grossier de s'entêter à lui être hostiles, surtout à présent que leur avenir à Magadi était assuré.

« J'aimerais beaucoup venir, oui. Vous n'aurez qu'à envoyer quelqu'un me porter un message. »

Essie avait hoché la tête. Le Marlow Trust, en plus de lui donner accès à la maison, s'était occupé de lui fournir une grande partie de ce dont il aurait besoin sur place – mais n'avait pas pris en compte la nécessité d'une radio.

Avant de partir, il avait posé une main sur la tête de Mara. Elle avait réagi en soufflant des bulles, puis en se mettant à glousser comme si elle lui avait fait une blague. L'atmosphère formelle s'était dissipée en un instant. Essie et Carl avaient éclaté de rire à leur tour. Comment se retenir face à ce spectacle ?

Tandis que la Jeep prenait de la vitesse, le vent avait ébouriffé les cheveux de Carl et fait claquer sa chemise. Mara serrée contre sa poitrine, Essie avait regardé le véhicule s'éloigner jusqu'à n'être bientôt plus qu'une infime tache noire suivie d'un nuage de poussière, semblable à la vapeur au-dessus d'une vieille locomotive. Encore quelques secondes, et il avait disparu.

La table était mise pour trois, chaque place marquée par une serviette soigneusement roulée et rangée dans un rond de serviette. Ceux de Julia et Ian étaient en argent massif et gravés de leurs initiales respectives ; le troisième, celui d'Essie, était composé de fil de laiton et de perles colorées. Elle l'avait acheté à un vendeur de souvenirs massaï.

Assise sur sa chaise, Essie traçait machinalement des lignes sur la nappe blanche à l'aide de sa fourchette. Mara dormait dans son landau, placé non loin de manière à ce qu'on l'entende immédiatement si elle se réveillait. Pour l'instant, le seul bruit présent dans la tente était le battement d'ailes affolé d'un papillon de nuit piégé dans le tuyau d'une lampe. Le son illustrait à merveille la nervosité grandissante d'Essie. Elle laissa échapper un soupir dans l'espoir de se détendre. Elle avait hâte de revoir Ian et Julia, de retrouver enfin son mari après cette longue séparation et d'entendre tous les détails de leur séjour à Arusha ; mais, quelque part, elle se demandait comment elle allait pouvoir prendre soin de Mara quand les autres seraient de retour. Sans compter qu'elle n'avait presque rien accompli de concret depuis leur départ : le crâne de *Sivatherium* avait à peine avancé et même la lettre destinée à son père était encore inachevée. Certes, sa nouvelle stratégie semblait fonctionner beaucoup mieux avec Mara, mais elle avait toujours l'impression de lui consacrer ses journées entières. Même dans les moments tranquilles comme celui-ci, elle était trop lasse pour se concentrer sur quoi que ce soit. Comment ferait-elle pour se joindre aux projets sur le point de débuter, pour se plier aux exigences strictes du travail à Magadi ? Elle ne voulait même pas y penser. Parfois, quand elle se laissait tomber sur une chaise, trop épuisée pour bouger un seul muscle, elle se surprenait à penser que les choses seraient bien plus faciles si le bébé avait un père pour s'occuper de lui. Évidemment, Mara ne relevait pas de la responsabilité de Ian : Essie s'était engagée seule envers les Hadzas. Mais, même si Mara avait été leur enfant à tous les deux, elle savait que son mari ne se serait chargé d'aucune tâche laborieuse. En Europe, les hommes ne changeaient pas plus de couches qu'ils ne préparaient de biberons, ni ne se levaient la nuit pour bercer les bébés en pleurs. L'attitude de Carl à cet égard était, à la connaissance d'Essie, quelque chose d'extrêmement inhabituel.

Elle se rappela la manière dont Nandamara avait parlé de sa petite-fille et l'aisance avec laquelle le chasseur hadza – celui qui portait une patte de zèbre – l'avait prise entre ses bras. Les Hadzas dérogeaient à la norme des structures familiales africaines. Si Baraka et Kefa avaient aidé Essie à prendre soin de Mara, c'était sans doute parce qu'ils considéraient que cela faisait partie de leur travail. D'après ce qu'elle avait pu observer chez les Massaïs ainsi que dans d'autres tribus, les hommes ne s'occupaient pas vraiment des bébés, laissant cette tâche aux femmes et aux enfants. Bien sûr, élever un enfant dans ces sociétés traditionnelles n'avait rien à voir avec ce que cela impliquait en Europe. Un village fonctionnait comme une famille. Aucune femme n'affrontait seule la maternité. Et puis, elles avaient moins de travail : pas de couches, pas de bain quotidien, pas de piles de vêtements à laver. Même dans ces conditions, Essie se demanda si ces femmes regrettaient parfois que leurs maris ne s'impliquent pas davantage.

Les meilleurs exemples de paternité se trouvaient chez des espèces non humaines – en particulier chez les oiseaux. En effet, c'était une question de survie. Une mère en train de couver ses œufs mourait de faim sans partenaire pour lui apporter à manger ou prendre sa place pendant qu'elle allait se nourrir. Et les oisillons nécessitaient beaucoup d'attention : certains mâles leur donnaient eux-mêmes la becquée. Cette parentalité partagée était le résultat de millions d'années d'évolution mais, aux yeux d'Essie, elle avait quelque chose de très civilisé. Quelque chose, tout simplement, d'attentionné et de bienveillant.

Kefa entra dans la tente, perturbant sa rêverie.

« Ils sont arrivés, annonça-t-il.

— Tu veux dire qu'ils sont déjà là ? Maintenant ? »

Elle avait compté être avertie, d'une façon ou d'une autre. En général, des enfants du *manyatta* grimpaient dans un arbre afin de pouvoir signaler l'approche d'un véhicule.

Elle se leva dans un raclement de chaise.

« Reste avec Mara, s'il te plaît. »

Elle quitta la tente, Tommy sur ses talons, sans prêter attention à l'expression de Kefa. En tant que garçon de maison, il était censé attendre sur le parking que le bwana arrive. Mais il n'y avait pas d'autre choix.

Tout en se hâtant vers l'arrière du campement, Essie arrangea ses cheveux, lissa ses sourcils et pressa ses lèvres l'une contre l'autre avant de vérifier qu'elle n'avait pas de tache de lait sur les épaules.

Ian était déjà descendu du Land Rover lorsqu'elle atteignit le parking. Lorsqu'il se tourna vers elle, elle constata avec stupéfaction qu'il portait des lunettes de soleil. Il les avait toujours ouvertement méprisées, affirmant qu'elles obscurcissaient les détails indispensables pour l'œil d'un chercheur. Mais les élégantes montures noires et les verres teintés lui allaient à merveille. Avec ses vêtements flambant neufs et ses cheveux fraîchement coupés, il ressemblait davantage à une star de cinéma qu'à un archéologue.

Essie lui adressa un signe de main timide. D'un seul coup, elle avait l'impression de rencontrer Ian Lawrence pour la première fois. Il lui répondit d'un sourire hâtif, concentré sur l'autre passager du Land Rover, invisible derrière le pare-brise éclatant de soleil. Essie plissa les yeux. Pourquoi Julia mettait-elle tant de temps à descendre ? D'habitude, elle détestait perdre autant de temps sur la route et ne voulait jamais rester une seconde de plus coincée à l'intérieur du véhicule.

La passagère émergea et Essie se figea, effarée. Ses cheveux étaient noirs et épais plutôt que gris et clairsemés. Elle était trop grande. Son pantalon de travail était trop neuf.

Diana Marlow s'extirpa du véhicule, ses lèvres rouges étirées en un sourire. Elle était en sueur, le teint gris de poussière, et devait tomber de fatigue ; mais elle restait d'une beauté frappante. Cigarette entre les doigts, elle examina les environs en hochant gracieusement la tête comme si toutes les personnes présentes s'étaient réunies spécialement pour elle.

Avant qu'Essie ait le temps de réagir, un second Land Rover vint se garer à côté du premier. Malgré la saleté qui le couvrait, son aspect neuf rappelait celui de la Jeep de Carl. Essie vit Julia bloquer vigoureusement le frein à main puis chasser d'un geste impatient l'employé qui s'approchait pour ouvrir sa portière.

Essie lança un regard à Ian. Les lunettes de soleil masquaient ses yeux mais sa posture exprimait une forte tension, les épaules rigides et le menton levé un tout petit peu trop haut. Il lui adressa un autre sourire, tout aussi bref que le premier, avant de se tourner vers Diana puis vers sa mère.

Julia passa devant lui. Son visage était neutre et indéchiffrable. Essie ne comprenait pas ce qui se passait. Julia n'était sûrement pas en colère d'avoir été reléguée au second véhicule, de toute évidence neuf et confortable. Il n'y avait pas d'autre solution, de toute manière. Pour un trajet aussi long, Ian avait forcément insisté pour conduire le Land Rover avec lequel ils étaient partis, qui pouvait s'avérer capricieux – quoique moins que celui qui était resté sur place. Et il paraissait évident que Mme Marlow ait voulu voyager avec le directeur de recherches du site, puisque Magadi l'intéressait tant. Essie en conclut que leur bienfaitrice avait dû trop interférer dans les projets de Julia au cours de leurs réunions à Arusha.

À l'approche de sa belle-mère, elle sourit prudemment.

« Vous avez fait bon voyage, j'espère.

— Oui, merci », répliqua sèchement Julia.

Elle paraissait épuisée, marquée par le poids des ans.

Tandis qu'elle se dirigeait sans un mot de plus vers sa tente, Diana s'avança jusqu'à Essie et l'enveloppa d'un nuage de parfum et de fumée de cigarette.

« Je suis tellement heureuse d'être de retour ! »

Essie lui sourit d'un air accueillant, l'esprit en ébullition. Combien de temps comptait-elle rester ?

Où dormirait-elle ? Les conditions de vie au campement étaient extrêmement rudimentaires pour quelqu'un comme elle. Bien que ravie d'avoir l'occasion de la remercier en personne pour sa générosité envers Mara, Essie ne pouvait pas s'empêcher de penser que la vie à Magadi était déjà assez complexe avec tous les nouveaux chantiers à entreprendre et la présence d'un bébé. Il était logique que Diana souhaite revenir, à présent qu'elle finançait leurs recherches ; mais pourquoi Ian et Julia l'avaient-ils invitée maintenant ? À moins qu'elle ne leur ait pas demandé leur avis. Quelle que soit la manière dont la décision avait été prise, pourquoi Ian n'avait-il pas pris la peine de prévenir Essie par radio ?

Diana ne sembla pas remarquer son mutisme.

« Comment va le bébé ? demanda-t-elle avec empressement. Babyland vous a envoyé tout ce qu'il fallait ?

— Mara va très bien. Et merci infiniment pour tout ce que vous nous avez fait parvenir. Tout était parfait. J'ai hâte de vous montrer à quoi ressemble sa chambre.

— Tant mieux, tant mieux. »

Diana regarda autour d'elle d'un air distrait.

« Je vous admire vraiment de l'avoir recueillie. Ça doit être un vrai fardeau pour vous, ajouta-t-elle en soufflant un trait de fumée entre ses lèvres.

— Pas tant que ça », protesta Essie.

Incertaine de ce qu'elle pouvait dire, elle se pencha pour caresser Tommy. Une bardane piquante était prise dans sa fourrure rase. Elle la retira avec précaution et la fit rouler entre ses doigts avant de la laisser tomber au sol.

« Je suis sûre qu'elle est aussi très amusante », déclara Diana.

Elle toucha l'avant-bras d'Essie, puis retourna auprès de Ian, qui supervisait le déchargement des bagages. Une pile de malles se formait déjà à côté du Land Rover. Essie observa la scène, surprise et impressionnée. Pour quelqu'un d'habitué aux hautes sphères de la société, Diana Marlow semblait incroyablement à l'aise et sûre d'elle à Magadi.

Une petite photographie reposait contre la bouteille de sauce Worcestershire. Essie l'examina par-dessus son assiette intacte. Les tons noir et blanc du cliché correspondaient parfaitement à ce qu'il représentait : une femme noire en uniforme blanc, un bébé blanc dans un landau noir.

« Elle a beaucoup d'expérience, dit Julia. C'est la femme du commissaire régional qui l'a formée. »

Essie baissa les yeux vers la serviette tordue dans tous les sens sur ses genoux. Elle n'imaginait que trop bien le type de formation reçu par cette femme, à en juger par son uniforme.

« C'est l'idéal, ajouta Ian d'un ton encourageant. Elle ne vivra pas ici avec nous, mais dans les quartiers du personnel. Il n'y aura qu'à déplacer la chambre du bébé là-bas. »

Ian et Julia la dévisagèrent, attendant son approbation. Le silence s'étira. Essie remarqua le regard nerveux que Ian lança à Diana de l'autre côté de la table. La proposition n'aurait pas dû être faite maintenant, pendant ce premier dîner avec leur illustre invitée. La photo de la nourrice avait glissé hors d'un dossier tandis que Julia cherchait quelques notes prises à Arusha. Consciente d'un soudain vent de panique, Essie l'avait ramassée en demandant de qui il s'agissait. Elle ne leur avait pas laissé le choix.

« Je pense qu'on est tous d'accord pour dire que cette approche serait meilleure pour Mara, ajouta Julia. Elle va devoir retourner à sa vie tribale, après tout ça. Il vaut mieux qu'elle reste avec des Africains. »

Essie sentit le désarroi l'envahir. Elle avait cru que la présence de Mara au campement était un fait établi, même pour Ian et Julia ; ils avaient paru ravis de l'arrivée des marchandises de Babyland, puis s'étaient désintéressés de la question pour se pencher sur leurs projets. Mais voilà qu'ils remettaient le sujet sur la table. Où et comment étaient-ils parvenus à cette décision ?

« Merci pour tous ces efforts, hasarda-t-elle. Mais ce n'est pas ce que j'avais en tête. Je veux m'occuper de Mara moi-même. »

Elle regarda le landau stationné près de l'entrée, qu'elle n'aurait plus qu'à pousser hors de la tente si Mara se réveillait. Pour l'heure, la petite dormait profondément sous la moustiquaire, entièrement inconsciente de la bataille qui se jouait pour son proche avenir.

Tout en attendant la réponse de Julia et Ian, Essie observa discrètement Diana. La millionnaire avait fait tout son possible pour lui permettre de garder Mara au campement ; elle comprenait peut-être sa volonté de prendre soin du bébé elle-même. Dans ce cas, elle ne manquerait pas de la soutenir. Mais Diana semblait se désintéresser de la conversation, occupée à faire du tri dans son assiette pour séparer le riz et la sauce des morceaux de viande. Baraka avait cuisiné un curry avec une chèvre achetée aux Massaïs. Les épices suffisaient presque à masquer le goût puissant de l'animal, mais pas tout à fait. De toute évidence, ce n'était pas le genre de plats auxquels Diana était habituée. Elle devait sûrement penser à tout autre chose qu'à ce débat concernant la nourrice, et se demander surtout comment elle allait pouvoir survivre dans un tel endroit.

« Ce ne serait pas raisonnable de ta part de t'impliquer comme ça, Essie, dit fermement Julia. Tu risques de beaucoup trop t'attacher au bébé. Et puis, ne perds pas de vue ta profession. Tu as mérité ta place ici en travaillant dur pendant des années. Ce n'est pas le moment d'interrompre ta carrière.

— Ce n'est que l'affaire de quelques mois.

— Mais c'est en pleine saison des fouilles. Avec tous les nouveaux chantiers, on va avoir besoin de toi dans l'équipe. Tu pourrais perdre ta place, tu sais. »

Essie constata, étonnée, que Julia semblait sincèrement s'inquiéter pour elle, et pas seulement pour l'avenir de leurs recherches. Cela lui ressemblait si peu que c'en était inquiétant.

« Je me disais que je pourrais avoir quelqu'un pour m'aider, avança-t-elle. Comme ça, je pourrais faire ma part de travail tout en continuant à m'occuper de Mara. »

Ian secoua la tête.

« On en a discuté à Arusha, Julia et moi. Il faut une personne responsable du bébé à temps plein, sans autres tâches ni distractions.

— Je ne crois pas que ce soit nécessaire », contra Essie.

Julia prit une soudaine inspiration, gonflant la poitrine.

« Mais tu ne te rends pas compte ! lança-t-elle d'un ton cassant. Tu ne comprends pas que, quand on fait deux choses à la fois, on ne peut se concentrer sur aucune. Et c'est là que… »

Sa voix se brisa.

« C'est là que ça tourne mal. »

Après un silence de mort, elle se remit à manger, les mains crispées sur ses couverts, prenant le temps de mastiquer. Ian fronça les sourcils avec un infime mouvement de tête à l'intention d'Essie. Diana avait relevé le nez et les dévisageait tour à tour, intriguée, comme une enfant écouterait une conversation avec le souci de bien comprendre. Essie n'arrivait pas à croire que Ian laisse cette confrontation se dérouler en face d'elle. Mais, puisque le mal était fait, peut-être ressentait-il le besoin de montrer qu'il avait la situation en main.

« Essie, tu ne peux pas faire deux métiers en même temps, affirma-t-il. Et il est hors de question d'emmener Mara sur les sites de fouilles. Les femmes des ouvriers se croiraient en droit de venir avec leurs bébés. Ce serait un véritable cirque. »

Il reposa vivement son verre, tachant la nappe de vin rouge.

« On va faire venir cette nourrice et elle s'occupera du bébé pendant que tu travailleras. Un point, c'est tout. »

Il se renfonça dans son fauteuil, signe que le débat était clos.

Essie le regarda, muette. Il s'était changé pour le dîner, passant une chemise et une veste qu'elle ne lui avait jamais vues ; sa tenue avait cette apparence simple et élégante que seul l'argent est capable de dégager. Il semblait si sûr de lui, si inébranlable qu'elle se sentit vaincue. Il avait pris sa décision et rien de ce qu'elle pourrait dire ne le ferait changer d'avis.

« Mais Ian, intervint enfin Diana, il y a sûrement un moyen de trouver un compromis. »

Elle prit tranquillement une gorgée de vin, comme si elle venait juste de faire une remarque sur la météo.

« Après tout, c'est Essie qui a fait la promesse de s'occuper du bébé. Est-ce que ce n'est pas à elle de choisir comment ? »

Ian se raidit. Au lieu de répondre, il se remit à boire son vin. Essie lança à Diana un regard empli de reconnaissance, puis s'éclaircit la gorge.

« Je suis sûre que je peux trouver le moyen de travailler tout en m'occupant de Mara, avec un peu d'aide. »

Julia reposa ses couverts, retira la serviette de ses genoux et la déposa soigneusement près de son assiette. Elle déglutit, la gorge tendue à l'extrême. Un instant, elle sembla sur le point de parler, mais ses lèvres ne firent que trembler légèrement. Puis elle se leva et quitta la tente.

Ian tendit une main vers elle pour la retenir, mais elle était déjà hors de sa portée. Il se pencha vers Essie et lui parla à voix basse, comme s'il espérait que Diana ne l'entendrait pas.

« Tu ne vois pas à quel point c'est dur pour elle ? »

Essie ne répondit pas. Elle ignorait s'il faisait référence à l'intervention de leur invitée ou au fait que Mara demeure dans l'espace de vie des Lawrence. Il se tourna vers Diana.

« Toutes mes excuses. On ne devrait pas parler de ça maintenant.

— Ça ne me gêne pas, répondit-elle. C'est… »

Elle fronça les sourcils, cherchant le mot juste.

« … Intéressant. »

Ian se força à sourire. Son désir de changer de sujet ne faisait aucun doute.

« Pendant votre absence, commença Essie, je suis allée faire un tour près du lac. J'ai rencontré le photographe engagé par le Marlow Trust. Il a emménagé dans la vieille maison missionnaire. »

En plus de détourner la conversation, elle n'était pas mécontente de parler de Carl Bergmann avant que quelqu'un d'autre informe Ian ou Julia de sa venue au campement.

« Ah oui… Le type aux flamants roses de Frank », commenta Diana.

Essie hésita. Il lui avait semblé percevoir du dédain dans la manière dont Diana avait prononcé le nom de son mari, mais elle n'en était pas certaine.

« Il aimerait beaucoup venir ici pour faire la connaissance de tout le monde, poursuivit-elle.

— On l'invitera à déjeuner », déclara Ian avec un hochement de tête.

Elle ressentit une pointe de satisfaction : elle avait eu raison de penser que l'hostilité des Lawrence envers l'intrus ne durerait pas.

« Où est Frank ? demanda-t-elle à Diana. Est-ce qu'il va revenir à Magadi, lui aussi ?

— Oh non ! Il a déjà quitté Toronto. Pour aller à Londres, ou quelque chose comme ça. Il s'est fâché tout rouge en apprenant que je restais ici. »

Elle laissa échapper un rire bref, empli d'amertume.

« Mais ça lui fera les pieds. »

Ian parut choqué, puis gêné par le ton de leur invitée. Essie se demanda de quoi elle cherchait à punir son mari ;

d'une nouvelle infidélité, probablement. En tout cas, ces remarques décomplexées montraient que Diana n'était pas du genre à se formaliser de la dispute des Lawrence. Essie se rappela les confidences qu'elle lui avait faites à propos de son mariage alors qu'elles venaient tout juste de se rencontrer. C'était peut-être une habitude américaine, d'exprimer ainsi tout ce qui lui passait par la tête.

Ian changea à nouveau de sujet, se mettant à décrire le rôle de la photographie dans la recherche. Il expliqua comment les Leakey avaient réussi à attirer l'attention du monde entier sur leur découverte du premier squelette d'australopithèque en Afrique de l'Est, juste parce qu'un cameraman de la BBC se trouvait justement à Olduvai au moment de la trouvaille. Essie voyait bien qu'il se faisait du souci pour Julia – tout en parlant, il jetait de temps à autre un regard en direction de sa tente –, mais il jouait son rôle d'hôte du mieux qu'il pouvait. Essie aussi pensait à Julia. Il était perturbant de voir sa belle-mère, d'ordinaire si calme, ainsi débordée par ses émotions. Elle envisagea un instant d'aller vérifier comment elle allait ; mais c'était probablement la dernière chose dont Julia avait envie.

Peu à peu, Ian parut oublier son inquiétude envers sa mère tandis qu'il se passionnait pour son sujet. Diana buvait ses paroles, manifestement fascinée. En un sens, cela n'avait rien de surprenant : Essie elle-même se laissait encore enivrer par l'archéologie alors qu'elle y avait déjà consacré presque toute sa vie. Mais il était difficile de réconcilier l'attitude actuelle de Diana avec ses manières ennuyées et désinvoltes lors de sa première visite en compagnie de son mari. Essie savait qu'elle aurait dû se réjouir d'un tel regain d'intérêt, de bon augure pour la suite du financement. Mais quelque chose la mettait vaguement mal à l'aise. Diana lui avait confié à quel point elle l'enviait de travailler ainsi aux côtés de son mari ; et voilà qu'Essie s'apprêtait à modifier drastiquement cette dynamique – du moins pour un certain temps.

Détournant les yeux, elle se perdit dans la contemplation des cartes, tableaux de service, fiches de contact et autres mémos épinglés aux parois de la tente. L'un des tableaux de Mirella attira son attention : il représentait le sujet favori de l'artiste, Ol Doinyo Lengai. Sur cette illustration, le volcan semblait particulièrement imposant. Ses crêtes s'élevaient de manière abrupte, dominant le spectateur de toute leur taille. Essie en suivit des yeux le contour jusqu'à sa base. Si les Hadzas disaient vrai, alors à cet endroit, quelque part dans les contreforts, se trouvait une autre caverne aux peintures.

Alors qu'elle se penchait pour observer le tableau de plus près, une idée germa dans son esprit. Si elle parvenait à trouver cette caverne, elle pourrait se consacrer à l'étude des dessins anciens. Avec l'aide de Simon, il lui serait facile de prendre soin de Mara en même temps – c'était un travail paisible et lent, à l'opposé de la frénésie des excavations. Elle sentait déjà la fraîcheur du papier à esquisse sous ses doigts, le toucher cireux du pastel. C'était le scénario rêvé.

Elle se força à refréner ses espoirs. Sans autres indices, la recherche de la caverne ne serait pas une mince affaire. Mais la vision persista, séduisante. Malgré elle, elle imagina ce qui se produirait en cas de réussite. Elle mènerait Ian jusqu'à la grotte sans lui dire ce qu'elle avait trouvé. Elle lui ferait la surprise. Une collection complète de nouvelles peintures rupestres. Cela lui rappellerait quel genre de chercheuse elle était, ravivant par la même occasion le souvenir de ses premiers mois à Magadi – à l'époque où elle était aussi émerveillée et fascinée que Diana à présent.

Ian et Diana poursuivirent leur conversation tandis que Kefa servait fièrement un pudding cuit à la vapeur et généreusement garni de cassis. Il posa sur la table un pichet de lait évaporé – ce qui, à Magadi, tenait lieu de crème.

Baraka devait avoir improvisé ce dessert au dernier moment à l'aide des provisions rapportées d'Arusha. Le pudding était léger et goûteux. Diana eut l'air de l'apprécier – ou peut-être avait-elle tout simplement faim, après avoir à peine touché au plat principal. Quand Kefa vint leur servir du whisky, Essie décida qu'il était temps pour elle de ramener le landau jusqu'à la tente d'invités. Mieux valait qu'elle se trouve déjà sur place, biberon en main, quand Mara se réveillerait. La soirée avait été suffisamment mouvementée pour ne pas y ajouter une crise de larmes.

« Bonne nuit, lança-t-elle. J'espère que vous serez suffisamment à l'aise, Diana. »

Kefa avait préparé un lit pour elle dans une autre tente d'invités. C'était juste pour une nuit : d'après Ian, Diana avait acheté à Arusha ce qu'il décrivait comme « un palais en toile de tente ». Le monument serait érigé dès le lendemain matin. Essie ne savait qu'en penser. D'un côté, cela semblait indiquer que la visiteuse avait l'intention de rester longtemps, même si, à en croire Ian, rien n'avait encore été décidé. De l'autre, il était vrai qu'une femme comme Diana ne semblait pas être du genre à se satisfaire de conditions de vie trop simples, même pour une durée limitée.

« Je suis épuisée, répondit celle-ci. Je pourrais dormir n'importe où. »

Mais elle n'avait pas l'air épuisé, avec ses yeux brillants et son sourire vivace. De la photographie, Ian était passé à une description détaillée du fonctionnement du processus d'évolution. La paléoanthropologie tout entière reposait sur ce principe. Ian était bon professeur – Julia affirmait qu'il tenait cela de William, en plus d'avoir hérité de son légendaire charisme. D'un sifflement, Ian appela Meg à venir s'asseoir près de lui. Il aimait utiliser le dalmatien comme exemple.

« Comment les dalmatiens ont-ils eu leurs taches ? Aucun autre chien ne leur ressemble », déclara-t-il sur le ton d'un conteur de fables.

Essie pensa immédiatement à son père.

« C'est vrai, dit Diana. Je ne connais aucune autre race avec ce genre de taches.

— À l'origine, quelques taches ont dû apparaître à la suite d'une mutation : c'est ainsi qu'on appelle les petites variations génétiques d'une génération à l'autre. Elles se produisent sans cesse, chez tous les êtres vivants. Un éleveur a décidé de croiser les chiens tachetés avec d'autres porteurs de la même mutation. Avec le temps, chaque génération a eu de plus en plus de taches. Ce n'était que pour l'aspect esthétique : ces marques n'avaient aucune véritable utilité. Au contraire, le pelage tacheté est souvent accompagné de surdité, ce qui en ferait un handicap fatal dans la nature. Et je ne parle même pas du fait qu'il soit aussi voyant. »

Il gratta Meg derrière l'oreille.

« Pauvre bête. Les grands chiens de race ne vivent pas longtemps, par-dessus le marché. Une dizaine d'années, pas plus. Si vous voulez un animal plus résistant, mieux vaut choisir un petit chien de races croisées, conseilla-t-il avec un sourire. La bonne santé provient d'une grande diversité génétique.

— C'est une bonne nouvelle pour moi, fit remarquer Diana. Je suis un peu de tout. Les Sherman sont américains, de nos jours, mais nos ancêtres étaient gallois, anglais, allemands, flamands... Et ce ne sont que ceux que je connais. »

Elle sourit, dévoilant ses dents parfaites.

Ian la dévisagea, incapable de trouver quoi que ce soit à répondre. Avec sa formidable beauté, Diana ressemblait à la version humaine d'un chien de pure race ; mais elle était en réalité le résultat d'un pot-pourri de nationalités. Elle aurait pu, comme certains, être affligée de dents trop grandes pour son visage, ou d'une tête disproportionnée par rapport au torse. Au lieu de cela, elle avait gagné au jeu de la roulette génétique. Mais, bien sûr, ce n'était pas seulement une question de chance. Diana venait d'une famille riche ; son père possédait une grande chaîne hôtelière. Ce fait augmentait à lui seul ses chances d'être belle. Pour attirer un homme aussi riche et parvenir à l'épouser, sa mère avait vraisemblablement eu des caractéristiques physiques séduisantes, comme un visage bien symétrique ou d'épais cheveux brillants, qu'elle avait ensuite pu transmettre à sa fille.

« Dites-m'en plus, demanda Diana en allumant une nouvelle cigarette. Dites-moi tout. »

Ian sourit.

« On en aurait pour toute la nuit. »

Essie se leva pour quitter la tente avant que la conversation reprenne. Mais elle ressentait soudain de la réticence à l'idée de partir. Elle voulait connaître le sujet suivant. Cette situation lui donnait l'impression d'être un enfant forcé d'aller se coucher pendant que les adultes restaient à table : quoi qu'il arrive après son départ – la conversation, les rires, les boissons –, elle ne serait plus là pour en profiter. Elle dut se faire violence pour marcher jusqu'au landau, débloquer le frein et pousser le bébé à l'extérieur.

Essie était allongée sur le dos à côté de Ian, leurs deux corps si proches l'un de l'autre qu'elle percevait la chaleur émanant de sa peau. Ils avaient éteint la lampe et seuls les rayons de lune, filtrés par la gaze des fenêtres, éclairaient encore la chambre. La moustiquaire au-dessus d'elle se confondait avec le plafond de la tente en une simple masse grise. Mara murmura dans son sommeil, lui faisant tourner la tête vers la caisse à fossiles installée près d'elle ; ce lit de fortune s'était finalement avéré moins encombrant que le luxueux berceau.

Ian ne disait rien, mais Essie savait qu'il ne dormait pas. Il venait tout juste de se coucher après avoir aidé Diana à s'installer dans sa tente ; Essie avait entendu leurs voix au loin. À présent qu'ils étaient enfin seuls, elle voulait en revenir à la conversation inachevée sur le sort du bébé, consciente qu'elle ne pourrait pas s'endormir avant d'avoir réglé la question.

« Où est-ce qu'on en est restés, à propos de Mara ? demanda-t-elle.

— C'est à toi de prendre une décision. »

La voix de Ian semblait flotter au-dessus d'eux, désincarnée. Il avait l'air terriblement las. Le séjour à Arusha avait été stressant pour lui. Malgré tout l'enthousiasme témoigné par Diana, la présence d'une troisième personne avait énormément compliqué les choses. Puis le voyage de retour avait été très long. Essie se sentit brusquement coupable de l'avoir poussé au conflit pendant le dîner et de remettre à présent la question sur le tapis.

« Je sais ce que je veux, déclara-t-elle. Je veux prendre soin de Mara. »

Ian se tourna vers elle, son visage indéchiffrable dans la pénombre.

« Alors tu ne pourras pas faire partie de l'équipe de fouilles. »

Essie se mordit la lèvre. Elle connaissait le prix à payer. Julia l'avait clairement avertie : *Tu pourrais perdre ta place.* Elle lança un regard en direction de Mara.

« Je comprends.

— Mais qu'est-ce que tu vas faire de tes journées ? » demanda Ian en secouant la tête comme si cette décision n'avait aucun sens.

Elle sourit intérieurement. Elle se serait posé la même question plusieurs semaines plus tôt – mais c'était avant de commencer à s'occuper d'un bébé. La journée entière semblait filer en un battement de cils.

« J'ai bien l'intention de continuer à travailler. Rien de trop difficile, juste ce que je pourrai caser en plus de Mara. Je pourrais faire un peu de reconnaissance du terrain. »

À Magadi, la « reconnaissance » était le terme désignant l'exploration systématique mais relativement rapide d'une zone, dans le but de détecter en surface d'éventuels fossiles indiquant que l'endroit avait du potentiel pour les fouilles. En d'autres termes, c'était laisser au hasard la possibilité d'une découverte. Espérer un coup de chance. Mais ces mots n'étaient jamais utilisés tels quels. Si Ian évoquait parfois le concept de chance – de bonne fortune, d'heureux hasard, de coïncidence –, c'était lorsqu'il citait Louis Pasteur, le microbiologiste ayant offert au monde le miracle de l'immunisation.

La chance ne sourit qu'aux esprits bien préparés.

Quand on faisait de la reconnaissance, être préparé impliquait de posséder de solides notions d'anatomie, de géologie et d'histoire. Il fallait également être capable de rester entièrement concentré pendant de longues périodes, sans glisser dans la rêverie.

« Ça pourrait être utile, avec les nouveaux projets inscrits au programme », admit prudemment Ian.

Essie prit le risque de pousser la barre un peu plus loin.

« Je voudrais aussi garder Simon comme assistant.

— Bien sûr, ça va sans dire. Je ne veux pas passer mon temps à m'inquiéter de ce qui pourrait t'arriver dans la nature. »

Il sembla réfléchir un instant.

« Mais comment tu feras, avec le bébé ?

— Ça ira. Elle est si petite, je peux la porter sans problème, répondit Essie d'une voix qu'elle espérait plus assurée qu'elle l'était elle-même.

— Ça limitera quand même le nombre d'endroits où tu pourras aller. Il va falloir choisir avec soin. J'y réfléchirai. »

Elle sentit sa mâchoire se crisper tandis que l'occasion de faire ses propres choix lui échappait.

« Non, laisse-moi faire, dit-elle en s'efforçant de paraître détendue. J'irai voir quelques endroits histoire de décider ce qui marchera le mieux avec le bébé. »

Elle n'avait pas envie de parler directement des contreforts du volcan. Il y avait peu de chances que la caverne des Hadzas se trouve dans la même zone que celle où Robbie avait disparu – même si elle ignorait précisément où le drame s'était produit. Mais, dans tous les cas, mieux valait partir à la recherche de l'éperon d'érosion sans impliquer les autres Lawrence. Ils n'avaient vraiment pas besoin d'une contrariété de plus.

Et puis, si elle révélait ses intentions à Julia et Ian, les recherches deviendraient « leur projet ». Elle perdrait tout contrôle, en même temps que son rêve de surprendre son mari avec une incroyable découverte.

Le silence s'étira. Essie tendit l'oreille vers les bruits de l'extérieur ; ils étaient étonnamment forts une fois qu'on se concentrait sur eux.

Ian laissa échapper un profond soupir. Elle y décela de la tristesse, de la frustration – et même un peu de colère.

« Qu'est-ce qui ne va pas ? » demanda-t-elle, tout en se doutant qu'elle n'aimerait pas la réponse.

Quel que soit le problème, il y avait de grandes chances qu'elle en soit à l'origine.

« C'est juste que… Je crois que tu ne te rends pas compte. La présence de ce bébé fait remonter des souvenirs que Julia et moi avons mis longtemps à enterrer. C'est pour ça qu'on préférerait l'envoyer vivre avec le personnel. »

Essie acquiesça lentement. Au moins, il n'y avait plus de doute sur les raisons de l'emportement de Julia au cours du dîner. Ce n'était ni l'intervention de Diana, ni une quelconque inquiétude pour le bien-être et la carrière de sa belle-fille ; elle voulait simplement écarter Mara.

« Je vois à quel point ça l'affecte, poursuivit Ian. Chaque fois qu'elle l'entend pleurer, elle pense à… lui. »

Il n'aimait pas prononcer le nom de son frère. La douleur, quoique ancienne, était toujours aussi vive pour les deux Lawrence. Il y eut un bref silence, et elle l'entendit avaler sa salive.

« Tu ne peux pas imaginer ce que ç'a été pour nous, de perdre mon frère. Qu'il disparaisse, juste comme ça, et qu'on ne le retrouve jamais. On ne sait même pas comment il est mort… »

Essie fut prise d'un élan de compassion. Il était injuste pour lui et pour sa mère d'être forcés de revivre un tel traumatisme. Mais le passé ne devait pas prendre le pas sur le présent. Si la présence de Mara faisait ressurgir des souvenirs douloureux, la meilleure chose à faire était d'en parler.

Elle tendit la main et effleura le bras de son mari.

« Raconte-moi », dit-elle tout simplement.

Son cœur battit plus fort. Quelque part près de l'entrée, elle entendit Rudie rêver – un faible gémissement accompagné de quelques froissements de pattes sur le sol.

« D'accord. Je vais essayer. »

Ian inspira profondément, soulevant le drap sur sa poitrine.

« Ce jour-là… »

Sa voix se brisa aussitôt. Il reprit.

« Ce jour-là, Julia faisait de la reconnaissance au pied du volcan. On était avec elle, mon frère et moi, et il y avait aussi son assistant, Kisani. On devait être en fin d'après-midi quand elle a trouvé un fossile. Un fragment de mâchoire avec deux dents intactes. Elle a tout de suite su que c'était important. »

Une fois qu'il fut lancé, les mots semblèrent lui venir naturellement, comme s'il avait répété ce récit des dizaines de fois. Bien sûr, seule une partie de ce qu'il disait provenait directement de ses souvenirs ; le reste était composé de choses qu'il avait apprises plus tard.

« En temps normal, elle serait revenue le lendemain avec William, mais il y avait un journaliste au campement. Et pas n'importe lequel : il travaillait pour le *New York Times*, je crois. C'était peu de temps avant la guerre, à une époque où il était très difficile d'attirer l'attention du public sur ce qui se passait à Magadi. Et il repartait le lendemain matin. Alors, bien sûr, elle voulait lui montrer le fossile, mais il fallait d'abord qu'elle documente tout correctement avant de déranger le site.

« J'étais en train de jouer avec mon frère. Je me cachais, et j'attendais qu'il ait peur en ne me voyant plus. Puis je lui sautais dessus par surprise. Tu ne comprends probablement pas ce genre de jeu, tu es fille unique. Enfin, tu es surtout une fille… »

Il se tut quelques instants. Son corps tout entier était tendu, rigide.

« J'aimais bien le torturer comme ça. Je ne sais pas vraiment pourquoi. Peut-être que j'étais jaloux parce que c'était lui, le chouchou. »

Essie se tourna vers lui, surprise. Il avait dit cela comme si c'était un fait incontestable.

« Le chouchou de qui ?

— De William, des invités, des Africains… De tout le monde. Mais surtout de Julia.

— C'était son bébé », fit-elle remarquer.

Elle avait parfois entendu des mères décrire leur petit dernier comme « leur bébé », quand bien même l'enfant en question était déjà adulte.

« C'est pour ça qu'elle n'a pas pu le supporter, dit Ian. Si l'un de nous devait mourir, ç'aurait dû être moi. »

Essie aurait voulu le contredire, mais cela n'aurait servi à rien. Sa voix était emplie de certitude. Elle posa une main sur son épaule, traçant du bout des doigts de légers cercles sur sa peau.

« Julia m'avait chargé de veiller sur lui pendant qu'elle travaillait avec Kisani. On savait qu'il ne fallait jamais perdre les adultes de vue. Mais je l'ai entraîné de plus en plus loin. Ça faisait partie du jeu. Et quand j'ai décidé de faire marche arrière, j'ai dû partir dans la mauvaise direction. Je n'ai pas retrouvé les adultes, et j'ai paniqué. Je me suis mis à courir en tirant mon frère par la main. Je n'avais qu'une seule chose en tête : maman allait être furieuse contre moi. »

Il secoua la tête.

« On s'est complètement perdus.

— Vous n'aviez pas de chien avec vous ?

— Non. Cette règle est venue après. Mais, d'un seul coup, je n'ai plus vu Robbie. Je me suis retourné pour vérifier qu'il me suivait, et il n'était plus là. Je l'ai cherché partout en criant son nom. Ensuite, j'ai essayé de retrouver les adultes pour demander de l'aide. J'ai couru pendant des heures. Je voyais des rochers ou des arbres qui me semblaient familiers mais, quand je m'en approchais, je ne reconnaissais rien. J'avais peur des léopards, des serpents... De tout. Je me suis caché dans un trou entre un arbre et un tas de pierres. J'étais tellement épuisé que j'ai dû m'endormir. Quand je me suis réveillé, quelqu'un appelait nos deux noms. Julia était retournée au campement pour chercher de l'aide. C'est un Massaï qui m'a trouvé. Il faisait presque nuit. Il m'a porté sur son dos. Je me souviens encore de l'odeur d'ocre dans ses cheveux et de son épée qui tapait contre ma jambe.

« Quand on a retrouvé Julia, elle a couru vers nous. Elle était soulagée de me voir, mais elle cherchait quelqu'un d'autre du regard : un deuxième Massaï, avec un autre enfant sur le dos. Sauf qu'il n'y avait que moi. Elle pleurait, elle n'arrêtait pas de me secouer en criant : "Où est Robbie ?

Où est-ce qu'il est ?" Je ne savais pas, alors je ne faisais que répéter "Pardon". »

Il s'interrompit quelques secondes pour prendre une respiration hachée.

« J'étais terrorisé. Je voulais qu'elle me rassure. Mais elle m'a juste laissé là. Elle ne voulait rien avoir à faire avec moi, parce que c'était ma faute s'il s'était perdu. »

Essie percevait la logique enfantine derrière ces paroles.

« Tu n'étais qu'un petit garçon, dit-elle. Kisani et Julia étaient responsables de vous. »

Ian sembla lutter pour ramener ses pensées vers l'instant présent.

« Julia le sait bien. Elle ne se le pardonnera jamais. »

Il roula sur le flanc, appuyé sur un coude, pour la regarder. Ses yeux étaient deux abîmes dans l'obscurité.

« Tout ça parce qu'elle essayait de faire deux choses à la fois. »

Essie savait ce qu'il sous-entendait : qu'elle pouvait comprendre, à présent, pourquoi on lui demandait de choisir entre Mara et son travail. Mais le dénouement d'une seule histoire ne dictait pas celui de toutes les autres, si ? Mara était si petite qu'il n'y avait aucun danger de la laisser sans surveillance. Essie choisit de ne rien dire. À la place, elle caressa doucement le visage de Ian, qu'elle sentit se détendre petit à petit.

« Ça va me manquer, de travailler avec toi dans les *korongos* », avoua-t-il.

À ces mots, elle ressentit une impression de vide. Depuis cinq ans qu'ils étaient mariés, ils avaient toujours presque tout fait ensemble. Bien sûr qu'il ne voulait pas perdre cette intimité. Essie ne le voulait pas non plus. Une fibre de doute se noua insidieusement en elle.

« Je serai au campement tous les soirs quand tu rentreras, promit-elle. Et puis c'est seulement l'affaire de quelques mois. Jusqu'à l'arrivée des pluies. »

Aucun d'eux ne parla pendant un long moment. Une légère bourrasque fit ondoyer les parois de la tente. Quelque part au-dehors, un morceau de zinc mal attaché grinçait.

« Tu la rendras aux Hadzas, dit Ian. Ils s'en iront. Et tout reviendra à la normale. »

Soudain, le silence parut tendu. L'estomac d'Essie se contracta.

« Mais tu auras le cœur brisé, ajouta-t-il d'un ton légèrement accusateur.

— Non, parce que je sais que je dois la leur rendre. Je garde cette pensée en tête en permanence. »

Pourtant, elle était consciente que cela ne serait pas facile. Elle se surprenait déjà à penser constamment à Mara après moins de trois semaines à prendre soin d'elle. Il lui semblait impossible que si peu de temps se soit écoulé ; elle avait l'impression de la connaître depuis des lustres. Le temps semblait s'étirer au-delà de toute proportion. Essie pensa à la manière dont elle avait appris, pendant sa formation de paléoanthropologue, à mesurer le temps en centaines de milliers d'années. À présent, c'était comme si le processus s'inversait. Chaque heure, rythmée par les changements de couche et les biberons, paraissait durer une éternité. Quand viendrait la fin de la saison sèche, il lui serait extrêmement difficile de s'habituer à l'absence de Mara. Mais elle devait s'y préparer. Elle avait l'intention de maintenir une infime distance entre le bébé et elle, une barrière défensive semblable aux douves salées qui protégeaient l'île de reproduction des flamants nains au milieu du lac. Elle savait exactement comment s'y prendre ; à force de vivre avec sa mère, elle avait appris à endurcir son cœur pour sa propre protection.

« Je sais très bien ce qui va se passer, poursuivit Ian. Tu vas vouloir un bébé à ton tour. »

Essie le regarda, bouche bée.

« Quoi ? »

Il s'assit dans le lit, les genoux pressés contre la poitrine, et elle l'imita comme si leurs corps étaient reliés par des fils.

« Mais non, dit-elle.

— On s'est mis d'accord pour ne pas fonder de famille », rappela-t-il en faisant mine de ne pas l'avoir entendue.

Il avait abordé le sujet sitôt que leur relation était devenue sérieuse, expliquant qu'il voulait rester libre d'habiter et de travailler à Magadi, et qu'il comptait partager cette vie avec sa femme. Il n'était pas question qu'elle vive à Arusha avec leurs enfants, ni que ceux-ci soient obligés d'aller au pensionnat.

Ian ne s'était pas attendu à ce qu'elle lui réponde tout de suite, conscient de l'ampleur de la décision qu'il lui demandait de prendre – plus lourde encore qu'une demande en mariage. Mais Essie l'avait surpris en déclarant immédiatement qu'elle ne désirait pas être mère. Elle n'avait pas d'autre rêve que de demeurer à Magadi pour travailler aux côtés de l'homme qu'elle aimait. Et c'était toujours le cas – surtout maintenant, avec la perspective exaltante de nouvelles fouilles.

Elle passa un bras autour des épaules de Ian, se nichant contre son torse.

« Ne t'en fais pas. Mara ne changera rien. Je ne veux pas être mère. »

En prononçant ces mots, elle se sentit sûre d'elle. Ian tourna la tête pour l'embrasser, puis se positionna au-dessus d'elle. Leurs corps se retrouvèrent alignés, épaules contre épaules, hanches contre hanches, jusqu'aux orteils. Il poussa un nouveau long soupir, et Essie sut qu'il venait de se défaire d'une crainte qui devait le talonner depuis l'arrivée de Mara au campement. Elle se sentit forte, d'être capable de le rassurer ainsi. Mais, alors qu'il s'abandonnait, il se mit à peser sur elle de tout son poids. Les poumons d'Essie étaient comprimés dans sa poitrine. Elle devait lutter pour respirer.

11

La petite lune de plastique dansait au bout de son fil juste hors de portée des doigts de Mara. L'enfant était allongée sur la table à langer tandis qu'Essie ajustait sa couche : il restait encore une bordure de la serviette à rentrer dans la culotte de plastique. Essie avait rapidement appris que le moindre tissu qui dépassait pouvait agir comme une mèche, mouillant tout ce qu'il touchait – draps, couvertures et vêtements, y compris les siens.

Souriante, elle se pencha sur les grands yeux brillants.

« Prête pour le petit-déjeuner ? »

Il lui semblait étrange de parler à ce bébé hadza en anglais – une langue que Mara n'apprendrait jamais au cours de sa vie, à moins de suivre le même parcours que Simon. Mais il aurait été encore plus incongru de rester muette.

« Allez, on y va. »

Elle prit le temps de vérifier la tenue du bébé. C'était sa première occasion de montrer à Diana les somptueux vêtements qu'elle avait si généreusement financés. Essie avait donc sélectionné la robe la plus élégante, tout en broderie anglaise rose sur fond blanc. La culotte de plastique était couverte de la même étoffe et des chaussons blancs crochetés complétaient l'ensemble. Avec la peau et les yeux noirs de Mara, l'effet général était saisissant.

Le collier hadza reposait sur le col de la petite robe. Carl lui avait appris que les perles étaient faites de fragments d'œuf d'autruche, patiemment polis et assemblés en petites boules. Leur surface d'un blanc brillant rappelait à Essie la couleur de la crème épaisse. Mais elle les dissimula sous le tissu ; ce bijou tribal n'était pas à sa place aux côtés des vêtements de Babyland.

Hissant Mara sur sa hanche, biberon en main, Essie sortit de la chambre d'enfant pour se diriger vers la tente de repas. Au fond, elle aurait largement préféré obliquer en direction de la cuisine et prendre son petit-déjeuner avec Baraka au lieu de rejoindre les autres. Elle n'avait pas oublié sa conversation avec Ian la veille au soir – le fait que la présence de Mara affecte aussi profondément Julia, leur désir de la voir disparaître dans le campement des employés… Leurs sentiments avaient pour cause la tragédie qu'ils avaient traversée, elle le savait, mais tant de temps avait passé depuis. Mara ne méritait pas d'en subir les conséquences. De toute manière, Ian et Essie étaient parvenus à un compromis avant de s'endormir : elle pourrait continuer à s'occuper du bébé dans leur partie du campement, mais elle s'engageait à ne jamais l'emmener sur les sites de fouilles. Après avoir conclu un tel accord, ç'aurait été une erreur de commencer cette première journée en choisissant de s'isoler dans la cuisine.

Commence comme tu as l'intention de poursuivre.

Le proverbe lui vint sans prévenir. C'était l'un des rares conseils qu'elle avait retenus de sa mère, répété plus d'une fois. Les mots semblaient contenir une menace voilée, comme si faillir à les mettre en pratique risquait de provoquer quelque chose de sinistre. En général, il y avait une deuxième phrase. Essie fouilla ses souvenirs pendant quelques instants avant de mettre le doigt dessus.

Commence comme tu as l'intention de poursuivre…

Parce que tu n'auras pas de seconde chance.

Tout en avançant, elle se répéta ces paroles. Sa mère avait-elle rêvé d'une seconde chance dans la vie ? Quelle voie aurait-elle choisie, si elle l'avait obtenue ?

Un murmure de conversation interrompit le fil de ses pensées lorsqu'elle approcha de la tente de repas. Le rire de Ian retentit. Il avait dû se réveiller de bonne humeur. Essie ne l'avait pas encore vu, aujourd'hui : il avait quitté la tente pendant qu'elle dormait. Ils semblaient s'être mis d'accord, de manière tacite, pour fonctionner sur deux rythmes distincts.

En la voyant arriver, il se leva.

« Bonjour, Essie. »

Son regard se posa brièvement sur Mara avant de revenir à elle. Essie se raidit, créant une distance infime entre le bébé et elle.

« Bonjour », dit à son tour Julia.

Essie répéta le mot, elle aussi. Diana sourit, apparemment charmée par ces manières vieux jeu.

« Salut, dit-elle avant d'apercevoir Mara. Oh mon Dieu, regardez-moi ça. Elle est parfaite dans cette robe ! »

Essie lui adressa un sourire reconnaissant. C'était agréable d'avoir enfin une alliée.

« Elle est vraiment adorable ! ajouta Diana.

— Merci. »

Le sourire d'Essie s'élargit. Il lui semblait naturel d'accepter les compliments destinés à Mara. Après tout, c'était elle qui l'avait lavée, habillée, nourrie, et qui lui avait chanté des chansons pour l'endormir.

Kefa tira la chaise d'Essie et lui servit du thé. Elle but à petites gorgées, Mara au creux du bras. Elle pouvait presque sentir le liquide puissant se mêler à son sang, la réveillant peu à peu. Mara l'avait tirée du sommeil à deux reprises au cours de la nuit. Chaque fois, Essie s'était assise d'un bond à la première plainte, prête à se lever en courant pour l'emmener dehors. Elle n'avait pas besoin qu'on lui rappelle à quel point le sommeil de Ian était essentiel.

Ian, Julia et Diana mangeaient leurs toasts et leurs œufs pochés, accompagnés par le tintement des tasses contre les soucoupes et le cliquetis des couverts. Un nouveau pot de marmelade trônait au centre de la table, près d'un bol rempli à ras bord de sucre fin. Essie observa Diana à la dérobée en attendant que Kefa lui apporte son assiette. La nouvelle venue semblait pâle, les traits légèrement tirés.

« Vous avez assez dormi ? » lui demanda-t-elle.

Alors que les mots quittaient ses lèvres, elle se rendit compte que ce changement d'apparence chez Diana n'était dû qu'à l'absence de maquillage. Cela la prit au dépourvu. Jusque-là, elle avait imaginé Diana Marlow comme étant le genre de femme à apprécier l'idée d'explorer l'Afrique hors des sentiers battus, mais incapable de renoncer à son élégance. Parmi les étudiantes et les chercheuses en visite à Magadi, beaucoup avaient appartenu à cette catégorie. Peut-être Diana s'était-elle inspirée de l'apparence d'Essie, ce qui aurait été incroyablement flatteur ; mais elle se sentait juste étrangement prise au dépourvu, comme si la visiteuse avait volé une carte directement dans sa main.

« Les oiseaux étaient très bruyants, répondit Diana. Et la lune brillait fort. Heureusement, je ne voyage jamais sans mes bouchons d'oreilles et mon masque, mais j'avoue que le sommier était un peu dur.

— Vous serez plus à l'aise ce soir », assura Ian.

Il désigna d'un mouvement de tête une zone située un peu plus loin, à demi cachée par des buissons. Essie aperçut un amas de toile de tente orange étalé au sol près d'un véritable lit en bois et se demanda combien de temps, au juste, Diana avait prévu de rester. À en croire Ian, elle n'avait pas encore pris de décision. Essie avait le sentiment qu'il se montrait délibérément vague, mais elle n'avait pas insisté – leurs conversations avaient majoritairement tourné autour de Mara.

Alors qu'elle terminait sa tasse de thé, Kefa apparut avec son petit-déjeuner. Malgré les grondements de son estomac, elle se contenta d'observer l'assiette, impuissante. Elle ne pouvait pas manger d'une seule main. Diana avait terminé son repas mais ne montrait aucun signe de vouloir porter Mara ; son enthousiasme initial semblait avoir disparu. Essie se tourna vers Julia et croisa son regard, l'espace de quelques secondes. Puis sa belle-mère adressa un signe de tête impatient à Kefa, qui reprit l'assiette et l'emporta vers le buffet. Lorsqu'il la reposa devant Essie, les toasts et l'œuf avaient été découpés en petits morceaux.

Essie lui lança un sourire d'excuse, honteuse d'être ainsi traitée comme une enfant. Mais cela faisait partie des inconvénients liés à la responsabilité d'un bébé : une telle charge l'affligeait d'un handicap constant par rapport aux autres adultes.

Elle mangea maladroitement de sa main libre, maintenant Mara en équilibre de l'autre. Le bébé observait ses moindres faits et gestes, les grands yeux noirs suivant chaque trajet de la fourchette entre son assiette et ses lèvres comme s'il s'agissait d'un ballet fascinant. Mara avait déjà bu son lait dans la tente d'invités ; le biberon posé à présent à côté de son assiette n'était là qu'à titre de précaution. Essie voulait s'assurer qu'elle resterait calme et satisfaite. En plus de faire bonne impression avec sa tenue, l'enfant devait se montrer aussi peu intrusive que possible. En effet, le petit-déjeuner ne servait pas qu'à se restaurer : c'était aussi le moment où se décidait le programme de la journée.

Ian était déjà à l'œuvre. Tout en sirotant son thé, il détaillait les nouvelles stratégies de recherches, de toute évidence mises au point lors du séjour à Arusha. Diana semblait déjà au courant de beaucoup de détails. Essie, abasourdie, l'écouta prendre librement part à la discussion, donnant allègrement son avis sur des sujets dont elle ne savait rien. À mesure que l'organisation avançait, Essie attendit que Ian mentionne l'idée qu'elle avait eue de partir en reconnaissance. Mais il n'en dit pas un mot. Se pouvait-il qu'il ait déjà oublié leur conversation ? Elle décida de la lui rappeler en demandant où se trouvait Simon.

« Il aide à monter la tente, répondit Ian.

— Ce qui n'est pas une mince affaire », ajouta Julia.

Il y avait une certaine aigreur dans son intonation, si infime qu'Essie ne l'aurait sans doute pas remarquée si elle n'avait pas passé les cinq dernières années en compagnie quasi constante de sa belle-mère. Julia se tenait très droite sur sa chaise, les tendons de son cou extrêmement apparents. Il ne faisait aucun doute que l'ingérence de Diana mettait ses nerfs à rude épreuve. En temps normal, elle aurait promptement remis à sa place n'importe quel invité qui se serait permis un tel comportement – avec peut-être une légère tolérance pour un journaliste influent ou un éminent érudit. Mais elle ne pouvait pas agir de même avec Diana Marlow. Essie ressentit un plaisir coupable à la voir ainsi impuissante, pour une fois.

Ian tira un carnet de sa poche et remonta ses manches, signalant que les choses sérieuses étaient sur le point de commencer. Essie se pencha vers lui car elle avait aperçu son poignet gauche. Il portait une montre neuve. Elle n'arrivait pas à distinguer la marque – peut-être une Rolex comme celle de William –, mais l'objet faisait forte impression. Ce devait être un cadeau de Diana. Une pointe de jalousie se fit jour en elle, dont elle peinait à comprendre l'origine. Le fait que ce cadeau soit manifestement hors de prix n'avait aucune importance : Diana était si riche qu'elle ne devait même pas y avoir fait attention. Essie aurait dû être contente pour Ian, qui disposait enfin d'une montre facile à lire. Quel mal y avait-il à bénéficier des largesses de leur bienfaitrice ? Diana s'était montrée encore plus généreuse envers Mara – et, par extension, envers Essie – en lui offrant de quoi meubler une chambre tout entière.

« Superbe montre, n'est-ce pas ? demanda Diana, qui avait dû suivre son regard. C'est une Oyster Perpetual. Edmund Hillary en portait une quand il a gravi l'Everest. Je l'avais achetée pour Frank. Il aime ce genre de choses. »

Elle pinça les lèvres.

« Et puis j'ai décidé qu'il ne la méritait pas. »

Ian parut profondément gêné.

« Je l'ignorais. Vous n'auriez pas dû…

— La vôtre était cassée, répliqua Diana en haussant les épaules. Et puis, ç'aurait été du gâchis de la laisser dans sa boîte. »

En entendant cette explication, et le ton employé par Diana, Essie conclut qu'il y avait bien quelque chose de naïf, presque infantile, chez cette femme. Si elle avait envie de faire quelque chose, elle le faisait, voilà tout. Sans doute parce qu'elle avait grandi comme une héritière, puis avait épousé un homme encore plus riche. Cette femme n'avait jamais vécu dans le monde réel.

Comme pour détourner l'attention générale de la montre, Ian tapota le carnet du bout de son crayon. Il lança la conversation sur les nouvelles excavations. Le travail serait concentré dans le *korongo* où Essie avait découvert le fossile de giraffidé et l'outil de pierre prometteur. Ian le nommait déjà « le KDM ». Korongo Diana Marlow. Cette décision aussi avait dû être prise à Arusha. Essie devait ravaler son ressentiment chaque fois qu'il prononçait les initiales. Ce n'était ni une surprise ni une mauvaise décision ; mais Ian et Julia savaient pertinemment que c'était son tour…

Tout en écoutant parler son mari, elle dut se forcer à accepter la réalité : elle ne participerait pas à ces travaux. Elle était hors jeu pour la totalité de la saison. Même si c'était sa propre décision à l'origine, elle se sentit exclue. Elle changea Mara de côté et, ce faisant, perçut la chaleur de la couche humide à travers la culotte de plastique. Alors qu'elle s'apprêtait à se retirer discrètement, Diana se leva. Elle s'étira comme un chat, en arquant le dos, puis elle pointa du doigt le tableau représentant le volcan.

« Qui est Mirella ? »

Ian jeta un regard indifférent à l'œuvre.

« Une femme qui est venue ici il y a longtemps. Elle a accroché l'une de ses peintures ici. William l'aimait bien, alors elle y est restée.

— Ce style me dit quelque chose. Elle est connue ? »

Julia émit un petit rire rauque.

« Ça m'étonnerait. Je ne me souviens même pas de son autre nom.

— Moi non plus, avoua Ian.

— La toile est dans un sale état, fit remarquer Diana. Je connais quelqu'un à Londres qui pourrait la restaurer.

— Inutile, dit Julia. Ça fait beaucoup trop longtemps qu'elle est là. Comme tout le reste, d'ailleurs. On devrait tout décrocher. »

Ian lui lança un regard choqué. Julia avait parlé comme si l'héritage de son mari était quantité négligeable et non un précieux patrimoine amoureusement entretenu par le personnel et la famille au grand complet.

Diana déchiffra la date inscrite à côté de la signature.

« 1955… Ça fait quinze ans. J'ai dû déménager au moins cinq ou six fois, depuis ! dit-elle avec un sourire. Je trouve ça génial, la façon dont rien ne change, par ici.

— Jusqu'à maintenant », signala Julia d'un ton légèrement acerbe.

Elle regarda le carnet de Ian. Les projets en cours de discussion incluaient la construction d'une nouvelle hutte de travail – appelée « studio » – et de tout nouveaux quartiers d'habitation. Une fois de plus, Essie perçut le dilemme de Julia. Sa belle-mère voulait que le campement se développe, mais elle ne supportait pas de perdre le contrôle.

Diana continua à s'enthousiasmer tout en énumérant quelques problèmes qu'elle avait remarqués. Essie ne l'écoutait qu'à moitié, absorbée par le tableau. Cela faisait des années qu'elle prenait tous ses repas face à cette peinture sans jamais vraiment la regarder. À présent, l'image semblait lui parler. Tout en suivant des yeux les contours du volcan, elle pensa au fait que l'artiste, avec le soutien de William, avait pu arpenter Magadi comme bon lui semblait, sans se limiter aux sites de fouilles archéologiques. Mirella avait très bien pu tomber sur une formation rocheuse en forme de tour dans les contreforts. Peut-être même l'avait-elle dessinée.

« Je vous prie de m'excuser, annonça Essie en se levant. Bonne journée, tout le monde. À plus tard. »

Personne ne fit de commentaire sur son départ. C'était bien le seul avantage à devoir prendre soin d'un bébé – on a toujours une bonne raison de disparaître.

La réserve était sombre et fraîche comparée à l'extérieur. Seul un peu de soleil y pénétrait par les fenêtres grillagées. La tente de travail, qui n'avait pas de paroi à l'avant et encore moins de porte, contenait des dizaines de fossiles inestimables et de précieux livres de référence. Rien n'y avait jamais disparu, à l'exception parfois d'une brosse à dents, d'une bougie ou d'une boîte d'allumettes – ce qui était très rare. Mais la réserve avait toujours été tenue sous clef, même à l'époque où les provisions étaient presque à sec. À présent que les étagères croulaient sous les boîtes de conserve, les cartons et les bocaux déchargés des deux Land Rover, Baraka gardait sa clef plus jalousement que jamais. Tandis qu'il patientait à l'extérieur, près du landau,

Essie l'entendait murmurer gentiment à l'intention de Mara, pourtant profondément endormie.

En se hissant sur la pointe des pieds, Essie parvint tout juste à saisir le coin du carton à dessin sur la plus haute étagère. Un cadavre de mite tomba en tourbillonnant dans un nuage de poussière alors qu'elle le tirait à elle. Elle déposa l'objet au sol, à l'emplacement le plus lumineux qu'elle put trouver.

Des poissons d'argent avaient grignoté des lignes au motif irrégulier dans la couverture de tissu bleu marine du carton. Essie dénoua un ruban et l'étoffe de soie, raidie par le temps, garda la forme du nœud. L'intérieur sentait la mine de graphite et le crayon de cire, et un léger parfum de renfermé. Elle entreprit de feuilleter les dessins à la recherche d'images du volcan, particulièrement les pentes inférieures. Gardant en tête la forme de la Tour située près du campement, elle la superposait en pensée aux paysages étalés sous ses yeux, priant pour que la scène devienne réalité. Enfin, elle trouva un dessin d'aspect prometteur, un croquis formé de nombreux traits de fusain adroits et résolus. Plusieurs piles de rochers étaient représentées au premier plan. Mais, à première vue, rien qui ressemble de près ou de loin à la Tour.

Bientôt, Essie approcha du bas de la pile sans rien avoir trouvé de concluant. Tournant une nouvelle feuille, elle se figea. Quelqu'un avait utilisé un crayon rouge sombre pour barrer le croquis de longues lignes dentelées. Le dessin suivant était pareillement abîmé. Cette fois, le rouge avait servi à recouvrir la signature. Il en allait de même pour les quatre feuilles suivantes. Les lignes rouges ne ressemblaient pas aux gribouillages inconscients d'un enfant. Il y avait de la malveillance dans leur manière de rayer sauvagement le travail détaillé de l'artiste.

Essie contempla le désastre, bouche bée. Qui avait pu faire une chose pareille ? Cela datait de plusieurs années, comme en témoignait la poussière. Était-ce arrivé alors que le carton à dessin se trouvait déjà ici, sous clef ? Ou avant que les œuvres et les fournitures soient emballées et placées dans la réserve ? Aucun employé n'aurait osé ouvrir le carton s'il l'avait trouvé quelque part dans le campement, sans parler de détruire les croquis. Quelle qu'en soit la raison, ces dégradations devaient être le fait d'un autre visiteur présent à Magadi – quelqu'un qui avait un compte à régler avec Mirella.

À son arrivée, Essie avait remarqué la façon dont les personnes venues prêter main-forte aux Lawrence se disputaient leur attention. William était déjà décédé depuis plusieurs années, mais même son souvenir était source d'âpre compétition. C'était partiellement à cause de cette rivalité qu'Essie s'était sentie si privilégiée d'éveiller ainsi l'intérêt de Ian. Peut-être Mirella avait-elle monopolisé William et pris trop de place – au sens propre comme au sens figuré – avec ses tableaux. Quelqu'un avait alors passé sa jalousie sur ses œuvres. L'artiste n'était sans doute même pas au courant ; autrement, elle aurait jeté les dessins défigurés. Ce qui voulait dire qu'Essie devait être la seule personne, en dehors du ou de la coupable, à savoir ce qui était arrivé.

Mais ces réflexions ne menaient nulle part – ce n'était pas sa responsabilité. Et cela la distrayait de son objectif. Elle examina rapidement les quelques feuilles restantes. L'une semblait avoir été froissée, puis aplatie à nouveau. Sur une autre, le coin portant la signature avait été arraché. Les derniers dessins étaient intacts. Essie les scruta à la recherche d'un éperon rocheux, d'un pilier naturel, ou de n'importe quelle autre forme inhabituelle, même sous l'aspect de vestiges éboulés.

Il n'y avait rien.

Elle parvint à la fin de la collection et rassembla les œuvres. Tout en les glissant de nouveau dans le carton à dessin, elle revit en pensée les traits rouge vif, comme des cicatrices laissées sur le papier par des coups de fouet furieux. L'acte lui-même avait beau dater de plusieurs années au moins, elle sentait presque l'émotion encombrer l'atmosphère. Remettre le carton à sa place sur l'étagère fut un soulagement. Elle le plaça près d'une boîte pleine de pinceaux et de tubes de peinture et le poussa le plus loin possible, quasiment hors de vue.

Dehors, Baraka montait toujours la garde près du landau. Il mâchait un morceau de viande séchée qui faisait penser à un lambeau de vieux cuir taché de sueur salée.

« C'est toi qui as fait ce *biltong* ? » demanda Essie en swahili.

Elle se sentait obligée de discuter un peu avec lui pour se faire pardonner d'avoir interrompu son programme de la matinée. Baraka secoua la tête.

« Je suis allé au *manyatta.* »

Essie avait tellement l'habitude de le voir dans la cuisine ou au campement qu'elle en oubliait parfois qu'il avait sa propre vie. Une pensée lui vint.

« Tu connais l'endroit qu'on appelle la Tour, d'où on peut voir les Traces ?

— Bien sûr.

— Est-ce que tu en as déjà vu une autre, quelque chose qui y ressemble ? Dans les collines au pied du volcan ?

— La montagne appartient à Dieu, répliqua Baraka. Les Massaïs ne vont pas là-bas.

— Mme Lawrence a travaillé dans les environs, il y a longtemps. À l'époque où son enfant, le *mtoto wa siri*, s'est perdu. »

Baraka fronça les sourcils d'un air suspicieux.

« D'accord.

— Son assistant, Kisani, était massaï. Et l'homme qui a trouvé Ian était aussi massaï. Donc certains d'entre vous y sont déjà allés. »

Le cuisinier regarda autour de lui comme s'il craignait d'être surpris en pleine conversation interdite. Quand il répondit, ce fut à voix basse.

« Kisani n'aurait pas dû accepter ce travail. C'était mal. La montagne est sacrée. Ce n'est pas un endroit pour creuser la terre et enlever les pierres. Les seuls Massaïs qui se rendent là-bas sont les femmes qui veulent avoir un enfant mais n'y arrivent pas. Et elles ne se promènent pas au hasard. Elles grimpent jusqu'au sommet, où on peut voir le cœur de Lengai, et elles prient pour un miracle. »

Essie hocha la tête. Elle connaissait le caractère sacré du volcan aux yeux des Massaïs. Un expert avait expliqué un jour qu'ils ressentaient à son endroit la même révérence que les Anglais envers l'abbaye de Westminster ; mais, en réalité, leur sentiment était encore plus intense. Ils croyaient que Lengai lui-même habitait la montagne, alors que les Anglais imaginaient leur dieu trônant au paradis.

Baraka baissa encore la voix.

« Personne ne voulait participer aux recherches. Mais ils n'avaient pas le choix. Un enfant avait disparu. Les Massaïs sont d'excellents pisteurs. Les Lawrence avaient besoin d'eux. »

Il secoua la tête.

« Mais c'était très mal. »

Il ajouta un dernier mot, qu'il répéta. Du maa, probablement. Essie supposa qu'il trouvait le terme swahili pour « mal » – *mbaya* – inadapté à ce qu'il voulait dire.

« Ces pisteurs, ils venaient du *manyatta* près d'ici ?

— Certains, oui. Des gens sont venus de partout, même d'Arusha.

— Est-ce qu'ils habitent toujours là-bas ? »

Baraka parut réticent à l'idée de répondre.

« Pourquoi vous posez ces questions ? Les choses du passé doivent être laissées en paix. Vous n'avez pas un bébé pour vous occuper l'esprit ? Vous devriez vérifier si Tembo fait la lessive correctement.

— Tu as raison, dit Essie d'un ton léger, comme si l'intensité de la conversation était déjà oubliée. Je vais lui parler. »

Elle débloqua le frein du landau.

L'odeur de la bouse en train de sécher au soleil parvint à ses narines avant même que le *manyatta* apparaisse, accompagnée de bêlements de chèvres et parfois d'un meuglement de vache. Un coq chanta – très en retard pour son annonce matinale. Quelque part, un homme fredonnait.

Essie atteignit le sommet d'une petite colline et aperçut enfin le village. Une clôture extérieure avait été aménagée à l'aide de buissons épineux. Dans cette enceinte se trouvaient plusieurs enclos où les ânes et les chèvres étaient séparés du bétail sacré. Enfin, au centre, s'élevait un amas de huttes faites de joncs tressés et talochés d'argile grise. Le *manyatta* était entouré d'un large cercle de terrain veiné de pistes rouges là où les sabots du bétail avaient piétiné la végétation et dénudé la terre. Tout était rond : les huttes, les barrières, la clairière, même l'agencement du village. Essie observa distraitement ces multiples cercles imbriqués les uns dans les autres. Ils semblaient avoir été tracés pour être lus depuis les hauteurs – depuis un avion en vol, le sommet d'une montagne, ou les cieux.

Dans la catégorie des habitats massaïs, le *manyatta* était une très ancienne structure. Les trous d'eau répartis sur la plaine, qui ne s'asséchaient jamais, permettaient de faire paître le bétail toute l'année. Pendant la saison sèche – quand les zèbres, les gazelles, les gnous et autres troupeaux migraient –, le bétail perdait du poids, mais parvenait à survivre. Et personne n'était jamais mort à l'intérieur de sa hutte, ce qui aurait provoqué le déplacement du village tout entier. Essie connaissait une autre raison pour laquelle ce groupe de Massaïs avait peu ou prou abandonné le nomadisme traditionnel : la présence du camp de recherches. Les Européens représentaient un marché pour les produits vendus par les femmes, une source d'emploi pour les hommes et une occasion de vendre des souvenirs aux visiteurs. Les dynamiques qui avaient régi la vie de cette tribu depuis le commencement de leur histoire orale avaient perdu leur équilibre.

Poussant le landau devant elle, Essie avança vers le village. Il aurait été plus simple de porter Mara sur ce terrain, mais elle devait penser au sac de couches, à la boîte à biberon isotherme et à tous les autres accessoires. De plus, elle trouvait bénéfique pour Mara de passer autant de temps que possible dans le landau. Cela l'aiderait à devenir plus indépendante.

Les premières personnes qui les aperçurent firent rapidement courir le mot ; bientôt, une petite foule attendait leur arrivée. Le paysage délavé faisait ressortir les teintes vives des *shukas* rouges, noires et violettes.

En approchant, Essie se rendit compte que certaines femmes paraissaient déconfites, comme si elles s'étaient attendues à les voir, Mara et elle, vêtues de leurs robes d'apparat. Elles détaillaient sa tenue de travail avec une déception non dissimulée. Lorsqu'elles se penchèrent sur le landau, elles semblèrent à peine plus satisfaites de la robe rose de Mara.

Une vieille femme s'avança. Elle avait les cheveux blancs et frisés et son visage était couvert de fines rides formant des plis autour de ses cicatrices rituelles. Essie la reconnut : elle était venue au campement avec les autres.

« *Karibu, Mama Mzuri* », dit la femme. Bienvenue à la Mère magnifique.

Essie secoua la tête.

« Je ne suis pas la mère de ce bébé. »

Elle avait été claire sur ce point au campement et elle le savait. Mais elle s'était laissé emporter par l'allégresse de la danse, ce qui avait renforcé cette fausse identité. Si elle ne corrigeait pas cette erreur, ce ne serait qu'une question de temps avant que Julia ou Ian entende quelqu'un l'appeler ainsi.

« Je m'occupe d'elle pour la saison sèche, c'est tout, poursuivit-elle en détachant lentement les syllabes. Quand les Courtes Pluies viendront, elle retournera à sa famille. »

Ses paroles, traduites et transmises à travers la foule, déclenchèrent des murmures. Une femme plus jeune s'approcha d'elle, vêtue seulement d'une bande de tissu nouée autour de la taille. Elle avait dans les bras un bébé nu en train de téter à son sein. L'autre sein était plein et rond. Du lait coulait du mamelon, goutte à goutte, jusqu'au sol. Le bébé était une petite fille, comme Mara – mais plus grande et plus grasse. Essie fut prise d'une soudaine angoisse. Était-elle simplement plus âgée ? Peut-être était-elle en meilleure santé. Et plus heureuse…

La jeune mère se pencha sur le landau et dévisagea soigneusement Mara. Au bout d'un moment, son regard intense et curieux s'adoucit. Elle émit quelques claquements de langue joueurs, auxquels Mara répondit en tendant les deux mains vers elle. La femme se tourna vers Essie, et toutes deux échangèrent un sourire.

« Tu es sa mère en ce moment, dit la jeune Massaï dans un swahili fluide. Le futur est un autre temps. »

Essie acquiesça en silence, bien qu'elle ne soit pas certaine de ce que la femme avait voulu dire. À première vue, elle semblait lui conseiller de se préoccuper seulement du présent – cela dit, le concept de temps était bien plus complexe dans la culture africaine qu'on pouvait s'y attendre. Essie avait entendu des anthropologues peiner à comprendre la manière dont, dans de nombreuses sociétés traditionnelles, le temps était considéré non comme un continuum unidirectionnel mais comme quelque chose de presque organique, pareil à une toile d'araignée. Ainsi, des événements qui n'étaient pas encore survenus pouvaient tout de même affecter ce qui se passait dans le présent.

Lorsqu'on abordait le sujet, Essie perdait rapidement ses repères. Les gens citaient souvent la théorie de la relativité d'Einstein, qui semblait affirmer qu'il n'existe pas de simple présent, et que la distinction entre passé, présent et avenir n'est qu'une illusion. Ils mentionnaient le schéma lagrangien, une explication scientifique impossiblement complexe de ce que les membres de nombreuses tribus africaines semblaient capables – instinctivement sans doute – de comprendre sans mal. Essie n'avait jamais fait l'effort de s'intéresser à ces concepts. D'une part, ils discréditaient le principe même d'archéologie selon lequel le monde du présent était le résultat de tout ce qui s'était produit dans le passé. Chaque couche de sédiment, chaque étape du processus d'évolution avait entraîné l'étape suivante. Malgré tout cela, Essie regretta à cet instant de ne pas avoir la liberté de vivre uniquement dans le présent, comme la jeune Massaï semblait le recommander. Ainsi, elle n'aurait pas besoin d'osciller sur le fil du rasoir, prise entre le lien qu'elle créait avec Mara et la distance à maintenir afin de les préparer toutes les deux pour ce que leur réservait l'avenir. Elle se sentait parfois comme une fleur qui rêvait d'éclore mais devait se forcer à rester fermée.

Les gens l'observaient maintenant avec curiosité, se demandant sans doute la raison de sa présence. Jusque-là, elle ne s'était rendue au village qu'avec Ian. Leurs visites étaient rares et toujours tendues : Ian évoquait divers problèmes, par exemple les troupeaux de bétail amenés à l'intérieur de la réserve archéologique ou certains dégâts provoqués par les habitants. Une fois, les trois Lawrence étaient venus en compagnie d'un employé officiel du gouvernement pour porter plainte. De jeunes hommes avaient allumé un feu dans un foyer récemment exhumé et datant de la période néolithique. Personne n'avait pu déterminer s'ils avaient agi par ignorance – le foyer était là, et ils avaient trouvé tout naturel de s'en servir – ou si c'était un acte de vandalisme délibéré.

Essie ignorait quel protocole appliquer maintenant qu'elle était seule. L'arrivée de Ian provoquait toujours une réaction instantanée : le doyen du village se présentait. Essie se tourna vers un arbuste épineux en se demandant si elle ne ferait pas mieux d'aller s'asseoir à l'ombre.

Comme par enchantement, une adolescente apparut, chargée d'une chaise de safari défraîchie. Le siège devait venir de Magadi, à moins qu'il n'ait été échangé contre des objets tribaux auprès de touristes ou de chasseurs. Tandis qu'on l'installait sous l'arbre, Essie poussa le landau dans cette direction et actionna le frein à main. Cette simple manœuvre éveilla l'intérêt de la foule. Puis elle vérifia comment allait Mara. La petite observait les franges de l'auvent avec une expression réjouie tout en battant l'air de ses pieds chaussés de blanc.

Essie prit place sur la chaise avec précaution, au cas où la toile serait pourrie. Quelques badauds retournèrent à leurs tâches, mais la majeure partie des gens qui l'avaient accueillie entreprirent de s'installer au sol en face d'elle. Certains s'accroupirent ; d'autres s'assirent, jambes tendues devant eux. La vieille femme qui l'avait saluée resta debout. Elle dit quelque chose en maa. Tandis qu'Essie attendait une traduction, elle fit quelques pas jusqu'au landau et prit Mara dans ses bras. Essie se leva d'un bond, parcourue d'un courant de panique. Elle savait que la femme n'avait pas de mauvaises intentions, mais elle ne pouvait s'empêcher de réagir en voyant Mara dans les bras d'une inconnue.

La vieille Massaï sourit, ses gencives grises presque aussi dépourvues de dents que celles du bébé, et laissa tendrement reposer Mara contre sa poitrine, où ses seins flétris ne formaient plus qu'une légère bosse sous sa *shuka*. Ses mains rendues noueuses par les ans soutenaient la tête de l'enfant d'un geste de toute évidence naturel pour elle.

Essie se rassit. Mara était entre de bonnes mains. Cette femme avait probablement donné naissance à un bébé tous les deux ou trois ans depuis le moment de son mariage jusqu'à ce qu'elle devienne trop âgée pour concevoir. Ses enfants étaient à présent adultes, à moins qu'ils aient péri entre-temps. Aujourd'hui, elle devait passer l'essentiel de ses journées à prendre soin de la nouvelle génération. Les tâches plus physiques ne manquaient pas pour les autres membres de sa famille.

Cela rappela à Essie un article rédigé par l'amie primatologue de William – celle que Julia n'aimait pas et qui avait donné son nom à un *korongo*. L'article se trouvait dans l'une des vieilles revues exposées dans la tente de repas. Alice Jones y parlait de la fonction de la ménopause chez l'être humain. Étrangement, ce phénomène ne semblait exister chez aucun autre mammifère, à l'exception de deux espèces de baleines. Même parmi nos cousins les plus proches – chimpanzés, gibbons, et les bonobos bien-aimés d'Alice Jones –, les femelles restaient fertiles jusqu'à leur mort. Selon la théorie de Jones, la ménopause était apparue afin de créer dans la société un groupe de femmes qui ne soit assujetti ni aux grossesses ni à l'allaitement, afin de pouvoir aider les autres à s'occuper de leurs enfants. Lors de sa lecture, Essie n'avait pas été emballée par le sujet ; mais, après cette courte période passée à prendre soin de Mara, elle trouvait cela logique. Elle était consciente de ce fait, en théorie, depuis des années, mais il ne faisait à présent plus le moindre doute dans son esprit : les jeunes humains exigeaient de l'attention et des soins en quantités astronomiques. Ils restaient vulnérables pendant si longtemps.

La grand-mère se dirigea vers elle. Avant de lui tendre Mara, elle lança un regard désapprobateur en direction du landau. Il était clair que, pour elle, un bébé n'avait qu'une place, et c'était entre les bras de quelqu'un. Essie savait qu'il serait inutile de lui expliquer sa stratégie de promotion de l'indépendance. Elle installa Mara sur ses genoux et lissa la dentelle de sa robe du plat de la main. Discrètement, elle l'examina sous toutes les coutures, imaginant les bactéries grouillant sur sa peau délicate. Elle doutait que la vieille Massaï se soit lavé les mains récemment. Elle avait peut-être même des poux ou des puces. Essie brûlait d'aller chercher un mouchoir dans le landau afin d'essuyer les mains et le visage de Mara. Mais, en même temps qu'elle imaginait à quel point cela serait impoli, elle se fit la réflexion que cette rencontre était peut-être pour Mara l'occasion de renforcer ses défenses contre des bactéries naturellement présentes dans son environnement habituel. Dans ce cas, il serait peut-être bénéfique de la faire passer entre les mains de la foule… Comme pour un grand nombre de décisions à prendre depuis l'irruption de Mara dans sa vie, Essie n'avait aucune possibilité de déterminer la meilleure marche à suivre.

Exposée à ces dizaines de regards, elle avait l'impression d'être en vitrine – une étrange statue de Vierge à l'Enfant. Sa position, sur la chaise surélevée, ne faisait que renforcer ce sentiment. Esquissant un sourire timide, elle aperçut la jeune mère qui lui avait parlé, accroupie non loin de là. Son bébé tétait toujours, pressant le sein de sa petite main tout en aspirant goulûment. Les deux corps nus – ou presque – semblaient se fondre l'un dans l'autre, peau contre peau, comme s'ils ne formaient qu'une seule créature. Essie fut soudain désagréablement consciente de sa propre posture, raide sur sa chaise, les pieds joints, les genoux délicatement inclinés sur le côté. Sa chemise et son pantalon kaki – conçus pour la couvrir et la protéger des dangers du bush – paraissaient déplacés. Mara semblait trop habillée, elle aussi, avec sa grosse couche et sa jupe longue.

On lui apporta une petite gourde à demi pleine de lait. Elle la saisit de sa main libre, consciente qu'il lui fallait accepter l'hospitalité du village avant de commencer à poser des questions. De la peau de lait flottait à la surface. Au moins, cela indiquait que le liquide avait été bouilli, débarrassé des potentielles bactéries de brucellose. Elle aperçut également un poil court et droit – sans doute un poil de chien. Il tourbillonnait lentement. Elle porta la gourde à ses lèvres, but avec précaution et perçut un riche goût de crème mêlé de charbon de bois.

Elle examina la foule à la recherche de la personne la plus âgée. S'adresser à la mauvaise personne serait une erreur. Une silhouette d'aspect robuste se tenait non loin, les cheveux teints à l'ocre maintenus sur le crâne par une coiffe élaborée et ornée de perles. Une épée pendait à la ceinture de l'homme.

« Salutations, mon père, lança-t-elle quand elle eut attiré son attention. Je cherche une information. Comprends-tu le swahili ? »

L'homme inclina la tête, l'invitant à poursuivre. Lorsqu'elle parla, la foule se plongea dans une intense concentration. Des murmures de traductions fusèrent.

Essie résuma rapidement ce que Simon et elle avaient appris au contact des Hadzas au sujet d'une caverne située au pied du volcan. Les paroles de Baraka à l'extérieur de la réserve étaient très présentes dans sa mémoire, aussi précisa-t-elle qu'elle espérait trouver de très anciennes peintures et que, si elle y parvenait, celles-ci ne seraient pas abîmées. Elle ferait preuve de respect. Rien ne serait modifié. Elle décrivit avec quelles précautions elle avait reproduit les images de la Caverne aux peintures, et plusieurs personnes acquiescèrent d'un hochement de tête, à croire que ses faits et gestes vieux de plusieurs années avaient été observés, rapportés et retenus.

L'homme fit non de la tête.

« Nous ne connaissons pas cette histoire. C'est sans doute un mensonge. On ne peut pas faire confiance à un Hadza. »

Essie sentit ses mains se crisper autour de Mara. Elle s'efforça de conserver une expression polie.

« Je voudrais tout de même mener l'enquête. Sais-tu s'il y a une tour de pierre là-bas, comme celle qui se trouve près du camp de Magadi ? »

L'homme haussa les épaules.

« Nous ne pénétrons pas sur les terres de Lengai. Comment pourrions-nous le savoir ?

— Et les pisteurs qui ont aidé à chercher *mtoto wa siri* ? Peut-être qu'ils ont vu cette tour ? »

Un brusque silence tomba. Une mère calma hâtivement les pleurs de son enfant. Un grand oiseau passa au-dessus de la scène, brassant l'air de ses ailes. Essie se mordit la lèvre. Peut-être avait-elle dépassé les bornes en mentionnant l'enfant disparu. Les Africains, souvent superstitieux, considéraient que la simple évocation de quelque chose ou de quelqu'un pouvait avoir des conséquences. Alors qu'elle était sur le point de faire machine arrière et de trouver une nouvelle approche, un homme émergea de derrière une hutte voisine. La foule le suivit des yeux tandis qu'il s'avançait vers Essie.

Il était grand, comme la plupart des Massaïs, mais son dos était courbé. Au lieu d'une *shuka*, il portait un simple tissu noir noué sur une épaule. Là où l'étoffe bâillait sur le côté, Essie entraperçut des côtes saillantes et une hanche osseuse. Les cheveux de l'homme étaient émaillés de gris.

« Je suis Kisani. J'étais l'assistant de Mme Lawrence. »

Ses paroles, prononcées en anglais, sonnaient davantage comme une confession que comme une annonce.

Essie le dévisagea, stupéfaite. Baraka ne lui avait pas dit que l'homme vivait toujours sur place, peut-être à cause de la règle de silence autour de tout ce qui concernait Robbie. Kisani était-il resté ici depuis tout ce temps, ou bien était-il parti travailler ailleurs pour ne revenir qu'en raison de son grand âge ?

Elle se racla la gorge. Après s'être présentée, elle lui demanda s'il parlait couramment anglais.

« Bien sûr. Quand je travaillais pour les Lawrence, je servais d'interprète aux autres ouvriers massaïs. »

C'était une bonne nouvelle : Essie avait déjà suffisamment de préoccupations sans devoir s'inquiéter de faire des fautes en parlant swahili.

« J'espérais que tu pourrais me renseigner, dit-elle en s'efforçant de ne pas penser à l'indignation de Julia et Ian s'ils apprenaient à qui elle était en train de parler. Tu te souviens du grand rocher près du campement, celui qu'on appelle la Tour ?

— Évidemment.

— Est-ce qu'il y en a un autre au pied d'Ol Doinyo Lengai ?

— Il y en a un. »

Essie eut un frisson. La réponse était si brève, si certaine.

« Tu peux me dire où ? »

L'homme plissa les yeux comme pour se remémorer un lieu lointain.

« J'ai vu ce rocher à de nombreuses reprises pendant que nous cherchions *mtoto wa siri*. On lui avait donné un nom… »

Il s'interrompit un instant, fouillant ses souvenirs.

« Le Point de rencontre.

— Tu as vu une caverne ? demanda Essie, retenant son souffle.

— Non. Mais il y a beaucoup de gros rochers là-bas. Certains sont brisés, d'autres renversés. C'est l'œuvre de Lengai. »

Les yeux au sol, il agita les mains pour représenter un tremblement de terre.

« Est-ce qu'il y avait quelque chose qui pouvait ressembler à une grotte à l'entrée bloquée par des rochers ? »

Kisani releva la tête.

« Je ne cherchais qu'une seule chose. Un petit garçon. »

Sa lèvre inférieure se crispa. Il cligna plusieurs fois des yeux. De toute évidence, il luttait pour garder une expression neutre.

« Je suis désolée de te poser toutes ces questions.

— C'est juste que tu… me fais penser à elle. »

Elle le regarda sans comprendre.

« Tu es une jeune femme, ajouta-t-il. Tu es habillée comme elle. Tu parles anglais. »

Il désigna Mara.

« Tu es mère. »

Tout d'abord, elle ne saisit pas ce qu'il voulait dire. Puis l'évidence la frappa.

« Je te rappelle Julia ? »

Kisani ne répondit pas. Il fixait de nouveau le sol.

« Je n'oublierai jamais ses pleurs. C'était comme un animal blessé par un chasseur maladroit. Personne ne pouvait la calmer. L'enfant qu'elle aimait le plus avait disparu. Son petit garçon. »

Levant les yeux, il balaya la foule du regard. Tout le monde l'écoutait religieusement, bien que seuls certains aient compris l'anglais. La force de son émotion semblait transcender les barrières du langage – à moins qu'ils ne connaissent déjà l'histoire.

« J'ai voulu l'aider, poursuivit-il. Nous avons cherché ensemble longtemps, juste tous les deux, après que les autres avaient abandonné. Le bwana Lawrence, tous les autres à Magadi… Ils ont repris le travail. Mais nous avons marché dans la montagne du lever du soleil à la tombée du jour. On ne s'est arrêtés qu'à la saison des pluies.

— Et Ian, où était-il ? intervint Essie.

— On l'a envoyé à Arusha. Sa mère ne pouvait pas s'en occuper. Elle n'avait qu'une idée en tête : trouver son fils. Même quand nous savions qu'il ne pouvait plus être en vie, nous avons cherché son corps. Elle voulait l'enterrer. Elle voulait savoir comment il était mort. Mais nous n'avons rien trouvé. Pas un seul lambeau de chemise. Pas un os. Même pas un cheveu.

— Qu'est-ce qui s'est passé, à ton avis ? »

Essie n'avait pas envie de le heurter davantage, mais elle voulait connaître son opinion. Jamais elle ne pourrait poser cette question à Ian.

« Dans la montagne, il y a beaucoup d'endroits où un enfant pourrait tomber et disparaître. Mme Lawrence pensait qu'il était bloqué quelque part. Blessé, affamé, terrifié. Pendant nos recherches, elle voulait sans cesse s'arrêter pour écouter s'il l'appelait. »

Kisani se tut, portant une main à son oreille. Dans le silence, il était facile d'imaginer un faible cri apporté par la brise.

« Peut-être qu'un animal sauvage l'a attrapé, reprit-il. Un léopard ou un lion. Mais ils laissent toujours des restes. Et les chiens n'ont pas flairé de sang. C'est plus probable qu'un aigle l'ait emporté. Ça ne laisse pas de trace. »

Essie le regarda fixement. La vallée abritait des aigles martiaux. On les voyait parfois tournoyer au-dessus de Magadi, becs pointés vers le sol, leurs serres puissantes projetées en avant tandis qu'ils fondaient sur leur proie. Mais elle ne les avait jamais vus attraper autre chose qu'un lièvre ou ce genre de petit animal.

« Robbie était trop grand, objecta-t-elle.

— Un aigle peut emporter un chien ou une chèvre. »

Essie imagina les serres redoutables se refermer sur un petit enfant, le battement des ailes gigantesques. Ce qui surviendrait ensuite, après ce vol de terreur, était trop horrible pour qu'elle puisse y penser.

« Ce n'est pas le pire », affirma Kisani comme s'il lisait dans ses pensées.

Elle s'humecta les lèvres. Sa voix était à peine plus qu'un murmure.

« C'est quoi, le pire ?

— Tu as déjà vu les Africains qui naissent blancs ? demanda-t-il.

— Les albinos ?

— Oui, eux. »

Essie fronça les sourcils. Elle ne voyait pas le rapport. Elle avait déjà aperçu des albinos lors d'une visite à Arusha : au milieu du marché bondé, Ian avait pointé du doigt une famille dont le père et les enfants étaient blancs, mais la mère était noire. Les albinos africains ressemblaient à s'y méprendre à des Européens très pâles – des Norvégiens ou des Suédois, par exemple –, mais avec des cheveux crépus et des yeux délavés. Essie avait fixé du regard cette mère noire qui portait son petit enfant blanc dans les bras. Cela semblait si incongru. Le père était à moitié aveugle et sa peau était couverte de lésions. Les albinos souffraient beaucoup sous le soleil d'Afrique. Ils étaient pris en pitié, marginalisés. Mais ils n'avaient rien d'effrayant.

« Pour certains, ils auraient de grands pouvoirs, expliqua Kisani.

— L'albinisme n'est qu'une anomalie génétique, protesta Essie. Ce ne sont que des gens sans pigmentation de la peau et des cheveux. »

Elle se raccrochait désespérément aux faits, comme s'ils pouvaient la protéger de ce qu'elle allait entendre.

« Leurs corps sont utilisés pour faire de la magie, continua Kisani. Un doigt. Un bras. Les oreilles. La langue. Le *mchawi* en fait des remèdes. Le *dawa* peut aider un mineur à trouver de l'or ou un pêcheur à faire de bonnes prises. Il peut guérir des maladies. »

À mesure que ces paroles prenaient leur sens, Essie sentit la nausée l'envahir.

« Des gens tuent les albinos pour utiliser leurs organes ?

— Ça s'appelle le *muti*, confirma-t-il. Le meurtre médecine. Parfois, ils capturent simplement la personne et prennent ce qu'ils veulent. Puis ils la relâchent. »

Essie eut soudain du mal à respirer, envahie par l'horreur, alors que l'image d'un albinos au moignon ensanglanté s'imposait à son esprit. Elle était consciente que les traditions africaines tribales avaient une face cachée, mais les Européens prenaient généralement soin d'éviter tout ce qui touchait à ce sujet quand cela n'avait pas de rapport avec leur présence sur place. Les missionnaires prêchaient contre les croyances locales, les médecins et les infirmières luttaient contre les pratiques des guérisseurs ; mais, d'après Ian, ces deux groupes ne comprenaient pas grand-chose à la perspective des Africains. Les anthropologues avaient beau rivaliser d'inventivité pour décrire les rituels qu'ils observaient et leur prêter un sens, tout le monde savait que la vérité restait souvent incompréhensible aux yeux des étrangers. Un frisson parcourut l'échine d'Essie. Quelle que soit la signification de ce dont parlait Kisani, ces actes étaient profondément maléfiques.

Elle était contente que les quelques enfants présents dans la foule ne comprennent pas l'anglais. Posant la joue contre la tête de Mara, elle sentit la douceur de ses cheveux. Elle n'avait qu'une envie : la reposer dans le landau et quitter le *manyatta* aussi vite que possible pour retourner chez elle. Mais, d'abord, il lui faudrait suivre cette conversation jusqu'à son effroyable conclusion : l'idée qu'on puisse faire passer un Européen mort – ou, du moins, des morceaux de sa dépouille – pour un Africain à peau blanche.

« Tu penses vraiment que Robbie a pu être enlevé pour ça ? Mais il n'avait que quatre ans !

— Il est plus facile de capturer un enfant qu'un adulte.

— Qui ferait une chose pareille ? Ici, à Magadi ? »

Essie ne put s'empêcher de regarder autour d'elle au cas où elle pourrait déceler, parmi les visages qui l'observaient, des traces de malfaisance cachée.

« Ce n'est pas l'œuvre d'un Massaï, affirma Kisani. Notre médecine est différente. Les gens qui pratiquent cette sorcellerie vivent près des grands lacs : le lac Victoria, le lac Tanganyika. Mais il y a des marchands partout. »

Essie serra les paupières. Parmi toutes les choses qui avaient pu arriver à Robbie, beaucoup étaient pires que la mort. Et nul ne savait ce qui s'était réellement passé. Comment s'étonner que les Lawrence aient été traumatisés ? Essie n'avait jamais rencontré William et ignorait comment il avait vécu cette tragédie. D'après ce qu'elle avait entendu, il s'était plongé corps et âme dans son travail. Quant à Ian, il était encore petit : une grande partie de ce cauchemar avait dû lui être épargnée. Mais Julia... La mère... Les paroles de Kisani avaient donné un aperçu de ce qu'elle avait dû traverser : comme une plaie laissée par une attaque au couteau, sa souffrance semblait si profonde qu'elle ne guérirait sans doute jamais.

Comment avait-elle trouvé la force de survivre ? Un ou deux ans à peine après la disparition de Robbie, les répercussions de la guerre – de plus en plus visibles en Afrique de l'Est à mesure que les gouvernements coloniaux importaient les conflits de leurs nations respectives – avaient forcé les Lawrence à quitter Magadi. La distance avait pu mettre un peu de baume sur leurs plaies. Pourtant, avec la paix, ils étaient revenus. Ils avaient choisi, de leur propre chef, de se réinstaller en plein cœur de leur tourment. Peut-être leur avait-il paru impossible de rester au loin, où ils avaient l'impression d'abandonner le souvenir de Robbie.

Ou peut-être croyaient-ils que, s'ils parvenaient au moins à faire une découverte importante, leur décision de vivre et de travailler à Magadi – qui avait mené à la mort de leur enfant – serait justifiée. Robbie ne reviendrait jamais à la vie, mais quelque chose viendrait au moins contrebalancer sa perte…

Quelqu'un effleura l'épaule d'Essie, qui releva la tête. Kisani se tenait maintenant près d'elle.

« Comment va Mme Lawrence ? demanda-t-il. Je ne l'ai pas vue depuis tellement d'années.

— Elle va bien. Elle est heureuse. Ils ont beaucoup d'argent, maintenant. »

Tout en parlant, elle se demanda si Kisani percevrait la réalité cachée sous ces phrases toutes faites. Seule la dernière était vraie. D'un point de vue physique, Julia s'amaigrissait, rappelant de plus en plus un oiseau fragile. Ses mains maltraitées par des décennies de travail souffraient d'arthrite. Quant à l'aspect émotionnel, il n'était pas reluisant non plus. Elle semblait constamment sous pression, sur le point de céder. Quand elle riait, ce qui était rare, elle paraissait surprise par le son de sa propre joie. Pour Julia, ce qui se rapprochait le plus du bonheur était une dure et saine journée de travail, couronnée par la satisfaction de voir le campement fonctionner sans difficulté. Par ironie du sort, il avait fallu qu'au moment précis où un financement leur tombait du ciel, graissant enfin les rouages de son existence, sa belle-fille revienne au campement avec un bébé.

« Pourquoi ne pas lui rendre visite toi-même ? » proposa Essie.

Kisani secoua la tête.

« Elle préfère m'oublier. Quand ils sont revenus, après la guerre, je me suis rendu au campement. Il y avait du travail pour les ouvriers d'ici. Mais je n'ai pas été choisi. »

L'émotion suscitée par cette déception ne faisait aucun doute dans sa voix.

« Ce n'est pas juste, admit Essie.

— Mais je comprends pourquoi. Il fallait laisser le passé derrière soi pour que quelque chose de nouveau puisse commencer. »

Essie fut touchée par ses paroles gracieuses et l'empathie qu'elles démontraient. Kisani lui sembla soudain encore plus imposant, comme grandi par la noblesse de ses sentiments. Il demeura silencieux et immobile pendant un moment. Quand il reprit la parole, il semblait las, comme s'il revenait d'un long voyage.

« Envoie-moi quelqu'un qui connaît la région et je lui expliquerai comment trouver le Point de rencontre. Je te souhaite bonne chance pour ton travail. Au revoir. »

Essie le regarda s'éloigner. Il était redevenu un vieil homme, les épaules voûtées, reprenant le cours de sa vie ordinaire loin des anciennes souffrances du passé. Ses mains pendaient le long de ses flancs, vides et inutiles.

12

Un décor mouvant en rose sur fond rose s'étalait devant Essie. Des milliers de flamants, à perte de vue, au bord de l'eau bleue et paisible. Au loin, derrière eux, la surface blanche du lac salé scintillait au soleil. L'île de nidation se trouvait au centre, telle une étrange oasis grise. Et en toile de fond s'élevait le volcan, sa cime découpée contre le ciel et ses contreforts descendant jusqu'à la rive opposée.

Essie baissa les yeux sur Mara, calée contre sa hanche. L'enfant observait toutes ces couleurs et ces mouvements avec des yeux écarquillés. Le vacarme causé par les flamants roses – une cacophonie incessante de cris – ne semblait même pas la déranger, pas plus que la puanteur de soufre et de guano. Au contraire, elle tendait les deux mains vers les volatiles d'un air fasciné.

Il était encore tôt. Essie avait quitté le campement juste après le petit-déjeuner pour échapper à la planification de la journée. La veille au soir, Ian avait enfin accepté sa proposition de partir en reconnaissance avec Simon. Quand il lui avait demandé dans quelle zone, elle avait répondu qu'ils iraient sur les rives du lac : cela lui donnait une excuse pour se rapprocher des contreforts de la montagne. Bien sûr, elle n'avait pas mentionné ce détail, expliquant à la place que les changements saisonniers du niveau de l'eau laissaient toujours la possibilité de découvrir un très ancien fossile datant d'avant la formation du lac.

On l'avait autorisée à prendre le « bon » Land Rover de Magadi ; Ian et Julia n'en avaient plus besoin depuis l'arrivée de celui, flambant neuf, de Diana. Le véhicule était garé non loin, derrière des buissons, avec Tommy enfermé à l'arrière. Il aurait tout le temps de se promener plus tard et Essie aimait autant ne pas être obligée de le garder à l'œil. Rudie lui tenait compagnie, assis près de la portière conducteur, ainsi qu'elle le lui avait ordonné pour éviter qu'il aille courir dans l'eau acide ou effrayer les flamants roses. Toutes les affaires de Mara étaient également restées dans la voiture : ses biberons, ses couches, ses vêtements et même l'écharpe de portage. Essie aimait la tenir simplement dans ses bras. Elle se sentait plus libre et plus à l'aise. À l'est, le soleil s'élevait au-dessus de l'horizon. Malgré l'heure matinale, il faisait déjà chaud. Essie souleva un instant Mara, la détachant de sa peau pour laisser un peu d'air frais passer entre elles.

Son regard revint au lac et à ses berges roses. Les oiseaux étaient en mouvement constant, un fouillis d'ailes, de pattes, de cous et de plumes. À force de les observer, on se sentait comme prisonnier d'un kaléidoscope aux images floues, perpétuellement changeantes.

Essie en savait assez long sur les flamants roses. Les visiteurs de Magadi étaient toujours curieux à ce sujet, si bien que les Lawrence avaient mis au point une sorte de mini-exposé qu'ils se partageaient la plupart du temps. Ils expliquaient par exemple qu'une algue particulière poussait dans le lac de soude, en plus ou moins grande quantité selon les conditions. Cette algue contenait des caroténoïdes – les pigments responsables de la couleur des carottes, des œufs et des feuilles d'automne. Les échassiers se nourrissaient de l'algue et se teignaient littéralement en rose. Si on en disséquait un, on se rendait compte qu'il était entièrement rose à l'intérieur. Le jaune de leurs œufs était rose. Même le lait maternel qu'ils produisaient dans leur jabot l'était.

Essie se focalisa sur un oiseau en particulier tandis qu'il plongeait la tête dans l'eau et se mettait à avancer lentement, le bec à l'envers pour filtrer les algues, levant et fléchissant ses longues pattes roses à chaque pas. Au bout d'un moment, il cessa de se nourrir et étira l'une de ses ailes, puis l'autre, avant de les replier toutes les deux. Ses mouvements étaient si réfléchis, si élégants qu'il semblait se livrer à une danse plutôt qu'à une simple activité de tous les jours. Essie repensa à la ballerine de la boîte à musique, tourbillonnant dans son tutu rose sur l'air du *Lac des cygnes*.

Elle fit pivoter Mara pour lui permettre de mieux voir. Si seulement Simon avait été là pour prononcer le mot « oiseau » en hadza… Elle imaginait un son délicat formé autour d'un claquement de langue rauque. Mais son assistant avait encore été mis à contribution pour l'installation des nouveaux quartiers. À présent que le « palais » orange de Diana était érigé, il fallait encore mettre en place un système pour lui permettre de se laver. Simon était censé reprendre le travail avec Essie le lendemain.

« Tu vois leurs plumes roses ? » demanda-t-elle à Mara.

Lui parler, même en anglais, demeurait toujours préférable au silence. Elle désigna un flamant rose en train de courir le long de la rive, projetant des éclaboussures du bout de ses pattes palmées. Il s'éleva dans les airs, étirant tout son corps en une forme fuselée.

« Regarde, il vole ! »

Elle se demanda à quoi devait rimer ce spectacle aux yeux d'un bébé. Elle savait que, sans langage, la capacité de réflexion était limitée. Pourtant, elle trouvait parfois Mara étonnamment calme, à croire qu'elle se concentrait sur quelque chose ou écoutait attentivement. Essie avait l'impression, à ces occasions, que l'enfant était en contact avec une entité ancienne, malgré son très jeune âge. Ian aurait sûrement trouvé cette idée fantaisiste et ridicule. Mais lorsqu'elle était avec Mara, Essie ne se sentait pas seule avec un embryon d'humain pour toute compagnie. C'était comme si la personne que deviendrait un jour Mara était déjà là.

Après avoir vérifié une nouvelle fois la position du soleil, elle décida de se mettre au travail. Elle prévoyait de conduire le Land Rover en longeant les contreforts du volcan afin d'étudier le paysage à la jumelle. Il serait imprudent de sa part de s'y aventurer toute seule, surtout avec un bébé, mais elle pouvait au moins observer la zone de loin.

Elle contourna précautionneusement les buissons pour retourner à son véhicule. En émergeant des broussailles, elle se figea. Quelqu'un d'autre était arrivé entre-temps. Garé près du Land Rover se trouvait un étrange engin qui ressemblait à un petit bateau muni de roues, peint en gris clair tacheté de blanc afin de former un motif de camouflage. Elle devina immédiatement qu'il appartenait à Carl Bergmann. Qui d'autre était-elle susceptible de croiser ici, au lac ? En s'approchant, elle repéra le photographe accroupi à côté d'un pneu. Rudie se promenait près de lui, la queue frétillante.

Carl se leva à son approche. Il portait la chemise presque blanchie qu'elle lui avait déjà vue, ainsi qu'un short gris – peut-être pour être assorti au camouflage. Ses cheveux étaient encore plus en bataille que la fois précédente, comme si le sel du lac avait imprégné et rigidifié chaque mèche.

« Bonjour. »

À peine l'avait-elle prononcé qu'elle regretta ce salut. Il lui donnait l'air si formel, comme Ian et Julia. Sans croiser son regard, elle alla s'installer à l'ombre d'un arbuste épineux, tête baissée afin d'éviter une branche basse.

« Salut. »

Un sourire tranquille apparut sur le visage de Carl.

« Je savais que vous étiez dans le coin. J'ai vu toutes les affaires du bébé dans le Land Rover, expliqua-t-il en grattant Rudie derrière l'oreille. Vous êtes venue voir les flamants roses ?

— Juste un moment, puisque j'étais là. »

Elle ne voulait pas qu'il imagine qu'elle passait son temps à se promener au hasard.

« Je fais un peu de travail de terrain », ajouta-t-elle en agitant une main en direction des collines.

Carl la regarda un instant comme s'il hésitait à lui demander plus de détails. Puis il se pencha sur Mara, caressant doucement sa joue du bout du doigt. La petite lui adressa un sourire si radieux qu'Essie se demanda si elle le reconnaissait.

« Elle a l'air de bonne humeur, commenta Carl.

— Elle est beaucoup plus calme, maintenant. Elle mange, elle dort, elle regarde autour d'elle… Elle commence même à jouer. Hier, elle a essayé de mettre ses orteils dans sa bouche ! »

Carl se retourna vers Mara en feignant l'émerveillement.

« Drôlement futée ! »

Cette réaction fit plaisir à Essie. Simon était si occupé ces derniers jours qu'elle n'avait encore eu l'occasion de raconter cette histoire à personne.

« Elle est plus grande, non ? reprit Carl.

— Impossible. Ça fait à peine deux semaines que vous l'avez vue.

— Ça grandit vite, les bébés.

— Vous êtes expert, à ce que je vois, le taquina-t-elle.

— Oh, je m'y connais mieux en oiseaux et en appareils photo… »

Carl sourit de nouveau. Les petites rides autour de ses yeux s'accentuèrent, rehaussant la brillance de ses yeux noirs. Il pointa du doigt le bateau sur roues derrière lui.

« Qu'est-ce que vous pensez de mon bidule amphibie ? Je l'ai fait faire à Arusha. C'est ça qui m'a pris tout ce temps. Je l'ai baptisé *Gari la maji*. Voiture de l'eau. »

Essie remarqua l'apparence maladroite de l'embarcation. Les soudures reliant les panneaux métalliques étaient grossières ; certaines parties tenaient ensemble à l'aide de ficelles.

« Vous l'avez dessiné vous-même ?

— Il ne ressemble pas à grand-chose, je sais. Mais je l'ai déjà testé. Je peux conduire sur la croûte de sel et traverser l'eau. Il n'a même pas l'air de trop déranger les oiseaux.

— Tout se passe bien, alors ? » demanda-t-elle poliment.

Son travail solitaire lui pesait peut-être, parfois. Et elle prenait toujours soin de s'intéresser aux professions des autres.

« Pour l'instant, oui. Le niveau de l'eau est bas, comme vous le voyez : l'île est accessible. Les conditions sont idéales, je suis fin prêt. Je n'ai plus qu'à attendre que les flamants commencent à s'accoupler. »

Essie connaissait bien ce ton – c'était de la hâte, mêlée d'appréhension à l'idée que quelque chose tourne mal. Beaucoup de chercheurs s'aidaient de superstitions pour chasser ces émotions indésirables : porte-bonheur, rituels… Carl en faisait-il partie ? Essie observa l'île de nidation, dans le lointain. Les enjeux étaient élevés pour lui. S'il parvenait à accomplir sa mission, ce serait le couronnement de sa carrière. Un peu comme si elle-même arrivait à découvrir une seconde caverne aux peintures…

« Je cherche quelque chose, dit-elle sans réfléchir. Une grotte, avec des peintures rupestres.

— Dans le coin, vous voulez dire ? demanda-t-il, perplexe. Je ne connais que celle de l'autre côté de la vallée. Celle que Wolfgang Stein a découverte.

— Vous avez lu ses recherches ? »

C'était inattendu. Les publications des Lawrence à propos de la Caverne aux peintures avaient éclipsé celles du missionnaire – sans surprise, puisqu'il n'était qu'un amateur.

« Quand j'ai appris que j'allais vivre dans sa maison, j'ai décidé de me renseigner un peu. J'étais en Hollande à ce moment-là, alors j'ai fait un saut jusqu'à Berlin pour me rendre au siège de la mission. Ils ont des archives.

— Au campement, il y a des copies de tous les articles qu'il a publiés. Il ne parle que d'une seule caverne. »

Essie hésita un instant. Que risquait-elle en se confiant à Carl Bergmann ? Elle décida de sauter le pas. Après tout, il ne travaillait pas du tout dans le même domaine qu'elle.

« Les Hadzas parlent d'une grotte avec des peintures rupestres, quelque part vers la base du volcan. J'ai vérifié sur les cartes de Stein et je n'ai rien vu de tel, mais peut-être qu'il y avait autre chose dans les archives…

— Pas à ma connaissance, dit Carl avec un signe de tête négatif. Et j'ai pratiquement tout épluché.

— L'emplacement est repéré par une formation naturelle, ajouta Essie. Une espèce de tour de pierre, sans doute un éperon d'érosion.

— Ça ne me dit rien, désolé.

— J'ai trouvé un Massaï qui pense savoir où c'est. Ça me donne un point de départ. »

Elle fronça les sourcils.

« Je trouve juste bizarre que Stein n'en ait jamais fait mention.

— Son histoire est incomplète, vous savez. Il a brusquement arrêté de publier ses recherches.

— Oui, il est mort.

— Ce n'est pas ça. Il lui est arrivé quelque chose. Les responsables des archives n'ont pas voulu me parler de sa vie privée mais, apparemment, il n'a pas eu beaucoup de succès en tant que missionnaire. Il n'a converti presque personne. D'après eux, il a vécu ici trop longtemps et il s'est trop rapproché des Africains. Il a fini par perdre la tête. C'est ce qu'ils m'ont dit. »

Essie se mordit la lèvre. *Perdre la tête.* Trois petits mots qui en disaient tellement long. Un cauchemar déroulé en d'innombrables épisodes atroces, comme un enchaînement inéluctable.

« Et donc, ça ne prouve rien, acheva Carl. Le fait qu'il n'ait pas parlé d'une autre caverne. »

C'était encourageant. Mais l'histoire de Stein mettait Essie mal à l'aise. Elle laissa son regard errer en direction du volcan, qui semblait presque la défier derrière son mystérieux voile de fumée.

« Je fais juste de la reconnaissance, aujourd'hui. Pour voir à quoi ressemble le terrain. »

Elle désigna les jumelles pendues à son épaule.

« Il faut vraiment que je m'y mette, ajouta-t-elle.

— Moi aussi. »

Mais aucun des deux ne bougea. Ils restèrent là, debout, comme si chacun attendait que l'autre fasse le premier pas. Les rayons du soleil, se frayant un chemin parmi les branches maigres de l'abri d'Essie, lui chauffaient la peau par endroits.

« Qu'est-ce qui vous a donné cet intérêt pour les oiseaux ? » demanda-t-elle.

C'était une manœuvre évidente pour prolonger la conversation : la réponse avait toutes les chances d'être longue. Elle s'attendait à moitié à entendre une histoire d'enfance – la fois où il avait sauvé des oisillons tombés du nid, ou encore le souvenir d'avoir nourri des cygnes dans l'un de ces étangs bétonnés propres aux jardins publics. À moins que son père n'ait été un célèbre ornithologue.

« On m'a envoyé prendre des photos pour un article sur les puffins à bec grêle, répondit-il. C'est là que tout a commencé. Je les ai filmés dans les îles Aléoutiennes, en

Alaska. Ils y passent la moitié de l'année. Puis je les ai suivis jusqu'en Tasmanie pour documenter leur reproduction.

— C'est là-bas que je suis née. »

C'était une surprise d'entendre quelqu'un mentionner la Tasmanie pour autre chose que la collection de silex de son père ou la similarité du nom avec celui de Tanzanie.

« Vous n'avez pas l'accent australien, fit remarquer Carl.

— Je devais l'avoir, à une époque. Mais on a déménagé quand j'étais petite.

— Et vous connaissez les puffins ? Les aborigènes les appellent *moonbirds*, les oiseaux-lune. Ou *muttonbirds*. »

Muttonbirds.

Essie baissa les yeux. Elle se rappelait l'éclat rouge et or des flammes contre le sable blanc et froid. Le chatouillis de plumes duveteuses dans son nez, l'odeur de la graisse rôtie. Cette même graisse dégoulinant sur ses lèvres et ses doigts tandis qu'elle mastiquait une viande sombre et dense, à la vague saveur de poisson, et jetait des os fins autour de ses pieds nus.

« J'en ai entendu parler », éluda-t-elle en faisant mine de s'occuper de Mara.

Carl devait savoir que des gens mangeaient les oiseaux qui avaient inspiré sa carrière – après tout, le terme *muttonbird*, oiseau-mouton, était un indice. Mais elle ne voulait pas admettre l'avoir fait elle-même. Cela mènerait à des questions auxquelles elle ne saurait pas répondre. Les oiseaux n'étaient pas un mets ordinaire. Ils étaient associés aux visites à la famille de Lorna, sur la côte. Essie n'avait pas eu besoin qu'on lui dise de ne pas parler de ces repas aux filles de son école, à Hobart. Elles auraient froncé le nez, comme la fois où elle leur avait décrit le ragoût au lapin de sa grand-mère. Mais il n'y avait pas que cela. Elle savait que les *muttonbirds* en particulier avaient quelque chose de différent par rapport aux autres viandes. Ils étaient entourés d'une espèce de secret. Quant à la raison de ce secret, elle n'en avait pas la moindre idée.

Il y avait un motif supplémentaire à garder le silence. Depuis le temps qu'elle vivait au campement, elle avait assisté à plusieurs conversations tendues – et même à des disputes – entre des zoologues étudiant des animaux d'une même chaîne alimentaire. Le spécialiste des gnous n'avait aucune tendresse pour les lions ; l'expert en petits primates ne portait pas les chimpanzés dans son cœur. Quand il était question d'humains qui se nourrissaient de leur espèce bien-aimée, leur révulsion était encore plus flagrante.

« J'ai passé une année entière à suivre leur migration, reprit Carl. Ils font tout le trajet depuis l'océan Austral jusqu'en Alaska, aller-retour. Ils volent bas au-dessus des flots, en touchant l'eau du bout de leurs ailes. Et ils forment des couples pour toute la vie, se séparant uniquement s'ils n'arrivent pas à se reproduire. Tous les ans, ils retournent sur la même île, exactement au même endroit. Comme s'ils rentraient chez eux. Quand on voit ces roqueries truffées de tanières, c'est difficile de se figurer comment ils arrivent à retrouver la leur. »

Tandis qu'il parlait, la fascination dans son regard ne faisait aucun doute. Il n'avait rien perdu de son émerveillement pour ces créatures – sa manière d'évoquer les puffins était rêveuse, presque romantique. C'était probablement ce qui faisait de lui un si bon photographe. Essie repensa à la façon dont elle parlait de la Caverne aux peintures, à l'époque où elle y travaillait. Une fois, elle s'était entêtée à décrire les images rupestres pour un couple venu d'Arusha, détaillant leurs motifs les uns après les autres jusqu'à ce que Ian soit obligé de lui donner un léger coup sous la table.

Carl s'interrompit, souriant.

« Vous n'auriez pas dû poser la question. On est partis pour toute la journée. »

Elle lui rendit son sourire. Il y avait un petit accroc sur sa chemise – un accroc réparé à la main. Les points de couture étaient soigneux, mais le fil n'était pas de la bonne couleur. Elle détourna les yeux, agacée. On n'avait pas idée d'inspecter ainsi les gens comme des spécimens d'une espèce rare.

« Bon, eh bien... Je ferais mieux d'y aller. Bonne chance, dit-elle avec un geste en direction du lac.

— Merci. À vous aussi. N'hésitez pas à passer prendre le thé à la maison un de ces jours. Ou si vous avez besoin de quoi que ce soit. »

Leurs regards se croisèrent. L'invitation semblait lourde de sens, même si Essie savait pertinemment qu'il ne s'agissait que d'une formule de courtoisie. Replaçant Mara sur sa hanche, elle rappela Rudie d'un sifflement avant de tourner les talons et de s'éloigner.

Bientôt, elle était de retour au volant du Land Rover, Mara installée dans son couffin. Rudie et Tommy se partageaient l'arrière. Elle fit reculer le véhicule et pressa l'accélérateur, dispersant des gravillons dans son sillage.

Ses pensées erratiques tressautaient au rythme de la voiture sur la piste inégale. Elle se remémora ce qu'avait dit Carl au sujet de Wolfgang Stein. La seule image qu'elle ait jamais vue du missionnaire se trouvait dans une revue académique – une photo en noir et blanc, légèrement floue, d'un homme austère en redingote et chapeau haut de forme. Difficile d'imaginer qu'il ait pu « trop se rapprocher » des Africains – quoi que cela veuille dire. Elle l'imagina en train de perdre lentement l'esprit, ici, à Magadi, loin des autres Européens. Elle le visualisa en train d'arpenter la maison de pierre en se parlant à voix basse, passant fébrilement les mains sur les meubles, les murs, son propre corps, comme à la recherche d'une prise sur la réalité. La redingote remplacée par une chemise sale dépassant d'un pantalon en guenilles. Les yeux rougis et tourmentés. L'odeur de désinfectant. Des claquements de porte. Les cris épouvantés d'autres pensionnaires. Les bruits de pas fermes et décidés d'une infirmière cherchant à surmonter sa propre peur…

Essie déglutit. Rien n'indiquait que Stein avait été enfermé dans un asile psychiatrique, mais son esprit associait le destin de cet homme à celui de sa mère. Prise de nausée, elle se revit assise sur une chaise inconfortable dans une chambre de Fulbourn Hospital. Elle était venue entre un match de hockey et une séance de cinéma entre amis ; l'endroit lui faisait l'effet d'une intrusion violente depuis un autre monde. Devant elle gisait Lorna, les yeux clos, les bras étendus au-dessus du drap recouvrant son corps amaigri. Elle paraissait si petite, si frêle, plus semblable à un enfant qu'à une mère. À l'exception du léger mouvement de sa poitrine, elle aurait pu être morte.

« Maman ? »

Un simple tressaillement de paupière.

« C'est moi. »

Rien.

Essie avait senti la fureur habituelle s'emparer d'elle. Elle avait tendu une main vers le bras de sa mère, puis, saisissant un morceau de chair tendre entre le pouce et l'index, pincé de toutes ses forces. Les yeux s'étaient ouverts d'un coup pour la regarder fixement.

« Ah, alors tu es vivante ! »

Sa voix était lourde de sarcasme adolescent. À l'intérieur, d'autres mots se formaient.

S'il te plaît. Ne t'en va pas. Tu n'as pas besoin de guérir. Mais ne meurs pas.

Essie s'arracha au souvenir de la chambre d'hôpital pour se concentrer sur sa conduite ; sur Mara, endormie à côté d'elle ; sur les cris des flamants roses qui lui parvenaient encore depuis le lac. Elle pensa à Carl Bergmann, à son sourire tranquille, à ses manières chaleureuses. Petit à petit, de nouvelles images remplacèrent la désolation de Fulbourn Hospital. Elle se remémora le rire de Carl en réaction à l'histoire de Mara et de ses orteils. Et ce qu'il avait raconté sur les oiseaux, qui formaient des couples pour la vie et gardaient toujours le désir de rentrer chez eux. Lors de leur rencontre, Carl lui avait confié qu'il était nomade, comme les oiseaux qu'il photographiait. Ressentait-il lui aussi, quand il voyageait à travers le monde, l'appel d'un lieu qu'il nommait « chez lui » ? Était-ce l'endroit où il était né ? Était-ce ailleurs ?

Chez moi.

Essie examina l'expression sous toutes les coutures. Elle pensa à la maison de Cambridge où elle avait vécu depuis l'âge de sept ans jusqu'au moment de son départ pour l'Afrique. Elle se rappelait une foule de détails propres au 26 Edenvale Road – la façade de crépi dont un fragment manquait dans un coin, les bouquets de crocus mauves qui jaillissaient de terre chaque printemps, le cache-pot crocheté qu'elle avait fabriqué à l'école primaire et qui pendait près du poêle noirci par la fumée, le plancher du premier étage dont elle savait éviter la latte grinçante lorsqu'elle rentrait tard après une soirée. Le souvenir de nombreux événements était lié à ces murs – anniversaires, fêtes, retours –, ainsi que des scènes anodines du quotidien qui, combinées, formaient une tapisserie représentant la vie de famille. La maison avait été le théâtre d'épisodes auxquels personne ne voulait repenser. Mais il y avait eu des moments heureux. Quelle que soit la proportion de bons et de mauvais souvenirs, cependant, Essie ne se voyait pas retourner là-bas plus longtemps que pour des vacances. Ce n'était plus chez elle. Depuis qu'elle avait épousé Ian Lawrence, sa place était à Magadi.

Le Land Rover gravit une côte, la plaquant contre le dossier de son siège. Elle observa le sol rocailleux par-delà le capot empoussiéré. La composition géologique de tous les rochers présents dans son champ de vision lui était connue. Les touffes gris-vert de sisal parsemant la région étaient appelées *oldupai* par les Massaïs ; à la suite d'une erreur, le mot était devenu « olduvai » et avait donné son nom à la vallée où les Leakey menaient leurs fouilles. Rien qu'en balayant du regard les pentes autour d'elle, Essie savait estimer l'âge de chaque strate révélée par l'érosion – une trentaine de centimètres de profondeur représentait environ six mille ans. Ian aimait en faire la démonstration sur les sites de fouilles en descendant le long d'une gorge, franchissant plusieurs millénaires à chaque pas. Essie connaissait en sus la taxonomie de la plupart des plantes et bêtes locales, ce qui lui permettait de s'orienter sans guide dans les *korongos*.

Pourtant, malgré tout ce savoir, Magadi n'était pas vraiment chez elle. Pas autant que pour Ian et Julia. Essie ne pouvait pas concevoir qu'ils cherchent un jour à quitter la vallée. Julia serait enterrée aux côtés de son mari dans le cimetière tout simple situé près du campement, sa dépouille protégée des hyènes – et autres pilleurs de tombes – par une dalle de ciment. Alors Ian et Essie continueraient à vivre là, seuls, concentrés sur leur travail. Il était possible qu'ils se voient un jour obligés de partir si le gouvernement refusait de renouveler leur permis ou s'ils se retrouvaient à court d'argent, mais ces deux scénarios paraissaient improbables à présent que le financement de Diana faisait partie de l'équation. En fait, quand Essie atteindrait l'âge de Julia, il y avait toutes les chances pour que les Lawrence soient encore là.

Ses mains se crispèrent sur le volant. Il lui sembla soudain que l'air chargé de poussière lui comprimait les poumons. Comment, au juste, s'était-elle retrouvée dans cette situation ? Sans s'en rendre compte, elle avait renoncé à toute occasion de voyager et d'explorer le monde, comme le faisait Carl, alors que la Tanzanie aurait dû n'être que la première étape. Elle avait prévu de participer à des fouilles en Jordanie. Ou en Amérique du Sud. Elle avait rêvé de voir de nouveaux pays, de rencontrer de nouvelles personnes. Et voilà qu'elle ne ferait rien de tout cela. Elle n'avait pas saisi les conséquences à long terme de sa décision d'épouser Ian Lawrence. Même si elle avait su, cela n'aurait sans doute rien changé. Elle était tombée amoureuse, voilà tout.

Essie inspira lentement en se remémorant l'époque où elle désirait seulement, à chaque heure de la journée, se trouver auprès de son mari. Elle s'était sentie attirée par Ian dès le jour de leur rencontre, à Cambridge ; une fois à Magadi, cette attirance s'était rapidement muée en fascination. Il n'y avait rien d'étonnant à cela. Le directeur des recherches était célèbre, bel homme et un archéologue talentueux. Toutes les jeunes femmes présentes au campement rivalisaient pour attirer son attention. Que ce soit dans la tente de repas ou sur les sites de fouilles, Essie avait pris l'habitude d'observer son visage quand elle pensait qu'il ne la remarquerait pas – détaillant les lignes bien dessinées de son front, de son nez et de sa mâchoire. Lorsqu'elle trouvait une excuse pour se tenir près de lui, elle respirait son odeur – savon de rasage, vernis de bottes, cuir, poussière, mêlés d'une pointe de sueur – et s'imaginait en capturer l'essence dans sa poitrine.

Même après tout ce temps, elle se rappelait encore la surprise et le bonheur qu'elle avait ressentis en comprenant qu'elle plaisait à Ian Lawrence. Il aurait pu choisir une petite amie parmi toutes les candidates disponibles, mais il avait jeté son dévolu sur Essie Holland. C'était à croire qu'il avait décelé en elle quelque chose qu'il voulait, dont il avait besoin – et il avait décidé de la faire sienne. Il s'arrangeait toujours pour qu'elle soit placée à côté de lui pendant le dîner. Il l'affectait à son équipe dans les *korongos*. Malgré son emploi du temps chargé, il ménageait des moments pour lui en apprendre davantage sur leur travail, sur le site – et sur sa vie.

En comparaison des autres hommes qu'elle avait connus, Essie se sentait étonnamment à l'aise avec Ian. Peut-être parce qu'elle avait grandi en compagnie de son père et qu'elle reconnaissait beaucoup de ses qualités chez Ian : son attention au détail, sa curiosité, sa capacité à retenir absolument tout ce qu'il apprenait. Elle était frappée par l'autorité avec laquelle il habitait le campement, les sites de fouilles, la vallée tout entière. En sa présence, elle se sentait parfaitement en sécurité même dans ce pays étranger et sauvage.

Il n'existait aucune raison susceptible de les séparer. Leurs existences s'étaient rejointes avec une telle aisance que l'intervalle entre l'arrivée d'Essie à Magadi et leur mariage semblait se compter en semaines plutôt qu'en mois. La cérémonie avait eu lieu en pleine saison de fouilles, un repas spécial à la fin de la journée, avec tout le monde encore en tenue de travail et Essie tenant à la main un bouquet de fleurs cueillies à la va-vite. Un bref séjour à Arusha avait suivi afin de régler les détails administratifs, et Essie en avait profité pour téléphoner à son père. Sous le coup de la surprise, celui-ci n'avait pas su dissimuler sa peine – sa voix tremblait alors qu'il lui offrait ses vœux de bonheur. Il avait clairement exprimé son assentiment envers ce mariage, même si cela signifiait qu'Essie ne reviendrait pas vivre en Angleterre. Elle devait faire passer ses souhaits, sa carrière, en premier. Lui-même avait pris une décision similaire en quittant l'Australie, avait-il rappelé. Et, puisqu'il devait se voir ravir sa fille par un autre homme, Ian Lawrence était le meilleur choix possible.

De retour au campement, les jeunes mariés avaient passé toutes leurs journées ensemble sur le terrain avant de s'affairer côte à côte dans la hutte de travail. En tant que nouveau membre de la famille Lawrence, Essie aidait désormais Ian et Julia à accueillir les vagues successives de visiteurs. Chaque fois qu'elle donnait son nom complet à quelqu'un, elle ressentait une pointe d'orgueil. Ian s'épanouissait en compagnie de tous ces nouveaux venus mais, à chaque exposé, à chaque histoire qu'il racontait, il cherchait Essie dans l'assistance pour croiser son regard. Il lui donnait l'impression d'être la seule personne qui existait à ses yeux, d'être quelqu'un de nouveau. Elle se sentait précieuse ; elle se sentait belle.

Cloîtrés dans leur tente, le soir, ils se relayaient pour lire des romans à voix haute parmi la collection hétéroclite laissée par les visiteurs. Quand c'était au tour d'Essie d'écouter, elle se concentrait à peine sur les mots que prononçait Ian, vibrant au simple son de sa voix. Elle regardait ses yeux dans la lumière diffuse, bleus et brûlants comme le cœur d'une flamme. Parfois, la lecture s'achevait bien avant la fin du chapitre et le livre se perdait dans les draps tandis qu'ils faisaient l'amour. Chaque matin au réveil, lorsqu'elle apercevait Ian étendu près d'elle, Essie n'arrivait pas à croire qu'ils étaient mari et femme. Ils étaient amants, amis, collègues – tout à la fois. Cette vie semblait trop belle pour être vraie.

Puis, alors que la situation à Magadi se détériorait, les choses avaient commencé à changer. Sans le flux constant des visiteurs, l'énergie de Ian avait semblé se tarir. Il ne puisait plus aucune satisfaction dans son travail ; tout n'était qu'un fardeau. Ses recherches étaient devenues source d'angoisse plutôt que d'exaltation. Il n'y avait plus de joie dans son regard.

Cette transformation était venue petit à petit, si bien qu'Essie n'avait jamais été prise au dépourvu. Elle s'était simplement habituée au nouveau Ian. À présent, en repensant à ce qui s'était passé, elle se demanda quelle version de son mari était la vraie. Avait-il affiché une façade pendant les premiers temps ? Ou bien l'homme qui avait émergé ces dernières années était-il un imposteur ? Bien sûr, elle se rendait compte que la situation était plus complexe. Lorsque la vie leur impose des obstacles, les gens laissent voir d'autres parties d'eux-mêmes. Ils évoluent en quelqu'un de différent.

Ian était en train de changer à nouveau, songea-t-elle. Depuis que l'argent de Diana coulait à flots dans la vallée, il se montrait plus enjoué et de meilleure humeur – et ce malgré les complications qu'elle avait apportées au campement en même temps que le bébé. Il redevenait lui-même. Son énergie était revenue. Animé d'une inspiration nouvelle, il marchait d'un pas plus léger.

Seulement, cette fois, ce n'était pas son épouse qui se tenait à ses côtés.

Essie freina et repassa en première vitesse. Lorsqu'elle laissa échapper le levier, le grondement du moteur se fit plus grave. Le Land Rover gravit péniblement la pente tandis que lui revenaient les paroles de Diana, le soir de leur rencontre, debout entre la cuisine de Baraka et la tente de *cho*.

J'espère que vous êtes consciente de votre chance...

Elle laissa le véhicule s'immobiliser et contempla le paysage aride, déchirée par des émotions contradictoires. Pourtant, après quelques instants, elle se surprit à regarder le siège passager, où le couffin était calé entre la portière et le levier de vitesse. Les secousses du trajet avaient bercé Mara jusqu'à la plonger dans un profond sommeil. Sa tête était tournée sur le côté, son oreille délicatement formée comme un coquillage, la courbe parfaite de ses cils posée sur sa joue ronde. Essie avait beau la voir à longueur de journée, elle était toujours surprise de constater que presque chaque partie de son corps était d'un brun aussi sombre, presque noir. Sa peau sans défaut paraissait imprégnée de cette couleur. Elle était tellement belle.

Mara tressaillit dans son sommeil, remuant avidement les lèvres comme si elle rêvait de lait. Essie eut un pincement au cœur. Elle caressa les doux cheveux du bout d'un doigt, les yeux soudain brûlants de larmes.

On ne peut pas tout avoir.

Diana était confortablement installée sur sa chaise, ses longues jambes étirées devant elle. Ses bottes neuves étaient éraflées, le cuir taché de terre rouge. Elle les toisait avec satisfaction.

« Je suis épuisée », lâcha-t-elle avec un soupir de contentement avant d'avaler une gorgée de son gin tonic.

Le dîner serait servi bientôt ; pour l'heure, les Lawrence et leur invitée étaient assis à l'extérieur, autour de l'emplacement du feu de camp, qui ne contenait que des cendres froides et des débris de bûches à demi consumées. Les vents de la saison sèche étaient tombés pour la soirée, ne laissant derrière eux que le silence et la chaleur. Essie tenait Mara dans ses bras. La petite, qui avait mangé peu de temps auparavant, mâchouillait ses doigts avec bonne humeur en observant le ciel qui s'assombrissait.

Ian adressa un sourire à Diana.

« Tu as bien tenu le coup. La journée a été longue.

— Merci. C'était un programme chargé, en effet. »

Ian et Julia avaient passé la matinée à lui faire visiter le *korongo* où se trouverait le nouveau chantier. Après le déjeuner, ils s'étaient rendus sur un autre site afin de lui montrer le laborieux processus de fouilles – consistant à creuser, tamiser la terre et inventorier toute découverte. Tout cela sous les rayons impitoyables du soleil, avec de vieux parasols pour toute protection. Diana avait suggéré une amélioration à cet état de fait. Elle avait également fait plusieurs remarques judicieuses à propos de certains aspects de la tâche. En apprenant le déroulement de la journée, Essie avait ressenti une déception coupable. Pour être honnête, elle aurait largement préféré entendre que Diana s'était lassée au bout de cinq minutes ou n'avait pas supporté la rudesse des conditions de travail – et qu'elle avait battu en retraite vers sa tente.

Au lieu de cela, la visiteuse s'était rendue dans la hutte de travail pour s'emparer d'une grande feuille de papier. Du côté gauche, elle avait écrit *LEAKEY*, et de l'autre, *LAWRENCE*. Dans la première colonne, elle avait énuméré les découvertes faites par les Leakey : d'abord *Proconsul*, légendé *Ancêtre des primates (donc peut-être le nôtre)*. Puis *Australopithèque (homme-singe)* et *Habilis (faiseur d'outils)*. Dans la colonne Lawrence, elle avait inscrit : *Les Traces. Australopithèque. Habilis.*

« Trois chacun », avait-elle conclu comme si elle commentait un match de hockey.

Essie s'apprêtait à ajouter la Caverne aux peintures, mais les Leakey avaient eux-mêmes découvert des images néolithiques dans une autre région – si bien que le score serait resté le même.

Diana avait tiré un trait à partir de ces deux noms, qui partait vers un même point. Là, elle avait marqué *ERECTUS : OUTILS ET OSSEMENTS.*

« C'est bien ça, la situation ? avait-elle demandé à Ian. C'est une course. »

La description de leur rivalité en termes aussi crus avait visiblement mis Ian mal à l'aise.

« Eh bien, on veut tous prouver qu'il n'y avait qu'une seule source et qu'elle se trouve ici, en Afrique. On serait plutôt dans le même camp. »

Diana s'était contentée de sourire avant de tracer une flèche reliant la colonne Lawrence au mot *ERECTUS*. La ligne noire et épaisse ne laissait aucun doute sur l'identité du vainqueur.

À présent, depuis sa place près du foyer, Essie voyait la feuille épinglée au mur derrière la table de travail de Ian. Elle n'aurait jamais cru qu'il accepterait de l'accrocher là, où n'importe qui pouvait l'apercevoir. Comme s'il avait senti qu'elle pensait à lui, Ian la regarda.

« Comment s'est passée ta journée ? »

Il souriait, mais sa voix contenait une note circonspecte. Le projet de reconnaissance d'Essie avait été présenté aux autres, mais les préoccupations ne devaient pas dévier de la tâche principale, qui verrait l'argent de Diana Marlow utilisé à bon escient.

« Je n'ai presque rien fait, pour l'instant », répondit Essie.

Elle avait passé plusieurs heures à examiner les contreforts à la jumelle depuis une série de hauteurs sans découvrir la moindre tour rocheuse. Cela dit, les nombreux éboulis et amas de pierres brisées s'étaient avérés difficiles à scruter de loin.

« Ça ira mieux demain, quand j'aurai récupéré Simon.

— On n'a plus besoin de lui ? demanda Diana en se tournant vers Ian. Pour finir d'installer ma tente, je veux dire…

— Non, ça devrait être terminé. »

La tente en question se trouvait derrière Ian. Avec ses multiples pointes, elle ressemblait à une chaîne de montagnes faite de tissu orange. On avait installé une tente de bains non loin, et même un *cho* : la terre provenant de l'excavation formait un petit monticule à l'extérieur des parois de toile.

Essie se retourna vers le foyer et but une gorgée dans son verre, tout en stabilisant Mara de l'autre bras. Derrière les bulles du tonic, la brûlure du gin se faisait sentir. L'arôme puissant du citron, combiné au parfum floral du genièvre, parvint à ses narines tandis que le liquide glacé descendait le long de sa gorge, chassant poussière et chaleur.

En reposant son verre, elle remarqua que Diana la fixait avec une expression interrogatrice. Peut-être ne s'était-elle pas encore totalement habituée à la vision étrange d'une femme blanche portant un bébé noir. Il arrivait encore à Essie de ressentir un choc quand elle pensait au contraste entre Mara et elle.

Sans quitter Essie du regard, Diana repêcha une rondelle de citron vert dans son cocktail et la suçota.

« Tu savais que Frank était allé voir la collection de ton père ? »

Essie cligna des yeux, prise de court par ce sujet inattendu.

« Oui, il me l'a dit quand vous êtes venus ici. »

Elle se rappela qu'elle avait été tentée de demander à Marlow plus de détails sur sa rencontre avec son père.

« Quand on est rentrés au Lodge, après, il m'a raconté toute sa visite, poursuivit Diana. Il a rencontré des gens à Cambridge qui connaissaient tes parents. »

Elle s'interrompit, secouant la tête.

« C'est vraiment triste, cette histoire avec ta mère. »

Essie la dévisagea, bouche bée, tous les nerfs brusquement en alerte.

« Tu imagines ? Détruire la moitié de l'œuvre de toute une vie..., ajouta-t-elle avec un sifflement silencieux. Juste comme ça. »

Elle claqua des doigts.

Un silence tendu s'ensuivit. Essie regarda les cendres froides éparpillées à ses pieds. Une scène entière lui apparut – aussi claire et détaillée que si elle s'était produite la veille, mais télescopée en une poignée de secondes.

Elle rentrait d'une excursion avec son père, les joues parcourues de picotements après une journée passée en plein vent. Ses cheveux avaient gardé l'odeur du café où ils avaient déjeuné de *fish and chips*. Descendant de la voiture, elle se dirigea vers le jardin et poussa le portail dans un grincement de charnières rouillées.

Au bout de l'allée, elle hésita. Quelque part, elle aurait voulu repousser le moment de retrouver sa mère. Mais une autre partie d'elle voulait en finir au plus vite. Lorna serait peut-être couchée, les rideaux tirés, dans l'atmosphère alourdie par son souffle malade. Ou bien elle serait debout et aurait fait l'effort de s'habiller, de laver la vaisselle peut-être.

La semaine précédente, Essie et Arthur avaient découvert en rentrant un gâteau à la banane en train de refroidir sur une grille dans la cuisine et plusieurs bouquets de fleurs fraîches dans le salon. Ils ne savaient jamais à quoi s'attendre.

Essie fit deux pas dans les graviers. Puis elle sentit quelque chose sous la semelle de sa botte. Baissant les yeux, elle aperçut une pierre – bien trop grosse pour un gravillon, sans parler de sa forme et de sa couleur. Elle retint son souffle et regarda plus loin. Le sentier était parsemé de dizaines d'outils de pierre – haches, racloirs, esquilles, roches-mères, pierres de frappe… Certains ressortaient clairement de par leur texture, leur teinte ou leur forme. D'autres étaient à peine visibles parmi les pierres du chemin. Impossible de savoir combien d'autres outils se trouvaient là, invisibles, avalés par la terre ou la végétation.

Un hoquet de surprise retentit derrière elle. Elle se retourna vers son père, qui contemplait le spectacle d'un regard incrédule.

« On va tout ramasser », dit-elle d'une voix étrangement aiguë avant de se mettre à rassembler les pierres pour les fourrer dans ses poches.

Mais c'était inutile, elle le savait. Même s'ils parvenaient à retrouver tous les objets, ils étaient à présent mélangés. Arthur n'avait jamais voulu abîmer ses découvertes en écrivant directement dessus. Il étiquetait les plateaux, les sacs. Il pourrait sans doute reconnaître certaines pièces, mais pas toutes. Le reste, éparpillé ainsi, ne pourrait plus être associé à un lieu en particulier. Détachés de leur histoire, ces objets avaient perdu l'essentiel de leur sens.

Le visage d'Arthur Holland aurait pu être taillé dans du silex, à cet instant. Essie courut vers la maison, le bruit de ses pas résonnant dans l'entrée. Elle criait et pleurait en même temps.

« Je. Te. Hais. »

Toutes ces années plus tard, à l'autre bout du monde, elle entendait encore ces mots – sa voix de petite fille répercutée dans toute la maison. La scène qui suivait était limpide dans sa mémoire. Les flacons vides, les cachets renversés. La voix de son père au téléphone.

« Oui, elle respire… Inconsciente. »

Sa raideur tandis qu'il faisait les cent pas avec frénésie. L'attente qui avait paru durer une éternité. Enfin, des hommes en uniforme se hâtant le long de l'allée, inconscients de ce qu'ils piétinaient. Le curieux mélange de pitié et de jugement sur leur visage.

Puis le corps inerte d'une femme vêtue de la robe blanche à pois rouges de Lorna disparaissant dans l'ambulance…

Essie se passa une main sur le visage, comme si les souvenirs pouvaient être effacés aussi facilement qu'une trace de terre sur la peau. Elle leva les yeux vers Diana. Pourquoi avait-elle abordé le sujet ? Peut-être avait-elle simplement exprimé une pensée à voix haute, impulsivement, comme elle semblait en avoir l'habitude. Quoi qu'il en soit, il était important d'établir les faits.

« Ma mère souffrait de dépression. C'était une crise psychotique. Elle ne savait pas ce qu'elle faisait.

— Pour moi, c'est de la jalousie. Et je m'y connais, dit Diana avec un bref rire sans joie. Ton père était toujours ailleurs, je me trompe ? Elle devait trouver ça louche.

— Comment ça ?

— Peut-être qu'il se tapait une jeune et belle étudiante. Qu'il la trompait. »

Julia se raidit comme si on l'avait giflée. Ian ne dit rien, profondément choqué. Ce n'était pas la première fois que Diana faisait preuve d'une franchise dérangeante à ce sujet : elle avait confié à Essie les infidélités répétées de son mari alors qu'elle ne la connaissait que depuis quelques heures. Mais il n'était pas question de Frank Marlow : c'était du père d'Essie qu'elle parlait. Celle-ci ouvrit la bouche pour protester contre cette allégation absurde – mais Diana la prit de vitesse.

« Honnêtement, ça force le respect. Elle savait comment se venger ! »

Ian se racla la gorge, de toute évidence incapable de trouver quoi dire. Julia avait les yeux écarquillés.

« Non, déclara Essie. Ce n'est pas du tout ça. Mon père n'a jamais rien fait de mal. Et ma mère adorait sa collection. Elle avait trouvé certains outils elle-même, en plongeant sous la mer. Dans son état normal, elle ne les aurait jamais jetés comme ça. »

Elle faisait de son mieux pour employer un ton ferme, mais le doute s'insinuait en elle comme un serpent. L'image des croquis défigurés dans la réserve lui revint – la fureur qui perçait dans cette œuvre de destruction. C'était un acte de passion, aucun doute. L'éparpillement des pierres dans le jardin dégageait la même impression. Mais Diana n'avait pas mis le doigt sur la bonne cause pour autant.

Essie saisit son verre mais, plutôt que de boire une gorgée, elle se contenta de le tenir dans sa main. Cette accusation d'adultère était ridicule. Cependant, elle ne pouvait pas nier que sa mère avait été trahie, dans un sens. Le professeur Holland passait toute la semaine à l'université, à travailler tard, puis s'éclipsait sur le terrain tous les week-ends en emmenant sa fille. À certaines occasions, Lorna s'était jointe à eux, mais elle n'avait pas passé un bon moment. Elle n'arrivait pas à s'entendre avec les autres membres de l'excursion – des collègues d'Arthur, des étudiants, des bénévoles. Elle avait froid, elle se fatiguait. Il valait mieux pour tout le monde qu'elle reste à la maison. Essie se rappelait le soulagement palpable qu'elle ressentait chaque fois que son père et elle s'échappaient ensemble, le week-end. L'air lui semblait soudain plus léger, plus lumineux. Elle pouvait à nouveau respirer et sourire. Elle se sentait coupable, même à l'époque. Mais son père comptait sur elle. Il répétait sans cesse à quel point il était chanceux que sa fille partage sa passion.

Ian prit enfin la parole.

« Hum, en tout cas… cette histoire est une vraie tragédie. Une telle perte. Heureusement que la moitié de la collection a survécu. Elle était prêtée à l'université, je crois.

— Il y avait une exposition exceptionnelle », confirma Essie.

Elle se représenta les outils soigneusement alignés sur leurs plateaux tendus de velours, protégés par une vitre. Même en enlevant tous les objets perdus ou déréférencés, Arthur Holland possédait encore la plus grande collection d'outils tasmaniens au monde. Ses recherches demeuraient fondamentales.

« Mais ta mère a perdu la tête, insista Diana. Elle a fini à l'asile. »

Essie ne répondit pas immédiatement. Elle ne comprenait toujours pas pourquoi Diana tenait tant à parler de sa mère – à croire qu'elle ne se rendait pas compte à quel point c'était un sujet intime et douloureux. Mais il ne servait à rien de nier l'évidence. L'histoire de Lorna était bien connue dans le milieu archéologique, tout comme elle l'avait été à l'école, à l'université, partout…

« Elle s'est complètement effondrée mentalement, admit-elle.

— Ça ne m'étonne pas. Même si ton père était aussi fidèle que tu le dis. Tu imagines à quoi ressemblait sa vie ? Elle venait de Tasmanie ! Personne ne sait où c'est. »

Elle ouvrit un paquet de cigarettes et en retira une du bout des lèvres. Le grattement d'une allumette et le jaillissement de la flamme résonnèrent dans le silence.

« Et elle s'est retrouvée dans ce cauchemar qu'est Cambridge. J'ai rencontré certains de ces types de l'université. Un tel snobisme, je n'en revenais pas. Et leurs femmes sont encore pires », ajouta Diana en décochant un sourire à Ian pour montrer que ce n'était pas de lui qu'elle parlait.

Essie revit en pensée l'armoire pleine à craquer de vêtements neufs. L'obsession de Lorna pour les coiffeurs et les salons de beauté. Les fois où elle l'avait entendue imiter l'accent britannique en regardant la télévision.

« Elle a essayé de s'intégrer. Mais elle n'y arrivait pas. Elle… »

Elle n'acheva pas sa phrase. Julia lui lançait des regards lourds de sens. De toute évidence, elle voulait changer de sujet : même si la conversation s'était éloignée de ses débuts dérangeants, elle restait beaucoup trop personnelle au goût des Lawrence. Diana ne semblait pas avoir remarqué à quel point les autres étaient mal à l'aise. À moins qu'elle ne s'en moque complètement. Son regard brillait de curiosité.

« Comment ils se sont rencontrés, au juste ?

— Ma mère travaillait pour lui. »

Diana fronça les sourcils.

« Mais elle n'était pas archéologue, si ?

— Non, en effet. Mon père était venu de Sidney pour faire des fouilles sur un site aborigène en Tasmanie, dans le cadre de son doctorat. Le site était en partie submergé. Il a dû engager des plongeurs pour fouiller les fonds marins. »

Elle s'interrompit avec un regard prudent en direction de Julia. Mais l'expression désapprobatrice avait cédé la place à un hochement de tête encourageant. Cette partie de l'histoire familiale d'Essie était beaucoup plus présentable. Elle l'avait d'ailleurs souvent racontée aux visiteurs : tout le monde voulait connaître l'origine de la collection du professeur Holland – où et comment il avait trouvé tous ces objets. Les aborigènes tasmaniens suscitaient également un vif intérêt. Personne ne savait au juste si les habitants de l'île étaient originaires d'une autre région ou s'ils appartenaient au même peuple que les aborigènes du continent. La plupart des gens penchaient pour la seconde option, mais le fait était que les Tasmaniens s'étaient retrouvés coupés du monde à la fin de l'ère glaciaire, quand la langue de terre reliant les deux masses continentales avait été submergée. Ils avaient vécu isolés du reste des humains pendant environ dix mille ans. Les conséquences de cet isolement sur leur développement, notamment, avaient inspiré à Arthur Holland une vraie fascination envers leurs outils.

« Ma mère vivait avec sa famille près du site, expliqua Essie. Elle était encore au lycée. Pour elle, c'était un job d'été.

— Où est-ce qu'elle avait appris à plonger ?

— Presque tout le monde le faisait, dans le coin. Ils pêchaient au harpon, ramassaient des langoustines, des Saint-Jacques et des ormeaux… Ma mère était l'une des meilleures, apparemment. Elle pouvait retenir sa respiration très longtemps. D'après mon père, elle nageait comme une otarie. »

Une image lui revint : celle d'une jeune femme vêtue d'un maillot de bain qui collait à son corps comme une seconde peau. C'était une vieille photographie de Lorna, cornée et décolorée par le temps, qu'elle avait découverte en aidant son père à rassembler les affaires éparpillées dans la chambre d'amis quand il était devenu évident que Lorna ne reviendrait jamais de Fulbourn. À l'exception des dizaines de robes, laissées dans l'armoire, ils avaient jeté pratiquement tout le reste. C'était pendant les vacances de Noël, mais l'atmosphère de la maison n'avait rien de festif. Essie et Arthur s'affairaient dans la chambre en silence. Ils n'avaient qu'une envie : en finir au plus vite, comme quand on arrache un pansement. Attendre ne faisait qu'aggraver la douleur. Essie vidait un tiroir de la table de chevet lorsqu'elle avait délogé le carré de papier photo sous une pile d'ordonnances médicales. Essuyant d'un doigt la mince pellicule de talc qui la recouvrait, elle avait contemplé l'image avec fascination.

Lorna avançait dans l'océan, face à l'objectif, en direction de la berge. Elle avait de l'eau jusqu'aux cuisses et ses lunettes de plongée avaient été remontées sur son front. Elle souriait, brandissant dans une main ce qui ressemblait à une hache de pierre. Malgré la fixité de l'image, une impression de mouvement persistait : les gouttelettes d'eau salée suspendues en l'air, le bras levé triomphalement, doigts serrés autour du trophée. Le sourire de la jeune femme illuminait son visage comme les premiers rayons de l'aube sur une plaine.

Au dos de la photographie, les mots *Rocky Bay* avaient été tracés à l'encre bleue, ainsi qu'une date. Essie avait fait un rapide calcul. Arthur avait alors vingt-deux ans et Lorna, seize. Seulement deux ans de plus que sa fille à l'heure où celle-ci vidait sa chambre. Les doigts d'Essie s'étaient crispés sur le papier. Cette nouvelle vision de sa mère avait des allures de farce cruelle : un aperçu de ce qui aurait pu être, révélé et arraché d'un même geste. Elle n'avait pas montré sa trouvaille à son père, la jetant à la place dans une boîte à chaussures, au milieu de rouges à lèvres secs, de tickets de caisse et de boîtes d'aspirines à demi vides.

« Et donc, insista Diana, ils sont tombés amoureux ? »

Essie hocha la tête.

« Mon père a dû rentrer à Sidney. Mais dès qu'il a pu, il a demandé un poste à l'université de Tasmanie. Ça a pris trois ans, mais ma mère et lui ont attendu. Ils se sont mariés et installés à Hobart. C'est là que je suis née. Moi aussi, ils ont dû m'attendre. »

Avec un sourire en coin, elle se rendit compte qu'elle répétait les paroles de son père. C'était ainsi qu'il racontait cette période de sa vie : il avait dû attendre pour obtenir son travail, sa fiancée, puis sa fille.

« Mon père a été enrôlé de force dans l'armée pendant la guerre. À son retour, il a repris ses recherches. Je pense que mes parents étaient heureux, mais il travaillait beaucoup.

Ma mère devait se sentir seule, parfois. Pendant les vacances, elle m'emmenait sur la côte, dans sa famille. Ça ne plaisait pas à mon père, je ne sais pas pourquoi. Mais on y allait quand même…

— Le coup classique, commenta Diana d'un ton cynique. Son mari voulait qu'elle reste à la maison pour s'occuper de lui, lui faire à manger et réchauffer son lit. Elle aurait dû venir voir la suite : ça montrait clairement qui aurait toujours la priorité dans le couple. Mais bon, elle était déjà coincée. »

Diana agita une main en direction d'Essie, dispersant une volute de fumée.

« Elle t'avait eue. »

Essie se raidit, la main crispée sur son accoudoir.

« Un enfant, ça peut vous ruiner la vie, poursuivit Diana. Ça dérègle tout. »

Il y eut une brève pause, pendant laquelle elle renifla et s'essuya le nez d'un revers de main.

« Quand je suis tombée enceinte, j'ai préféré ne pas aller jusqu'au bout. Je ne voulais pas prendre ce risque. »

Elle avait parlé d'une voix calme, le visage impassible. Elle aurait aussi bien pu être en train de décrire la météo. Dans le silence de mort qui suivit, Essie ne put s'empêcher de baisser les yeux sur Mara, comme si le bébé endormi sur ses genoux avait un lien avec celui qui n'avait jamais vu le jour.

Un grincement de toile retentit lorsque Julia se leva. Son visage exprimait un choc mal dissimulé, et Essie se demanda si elle était davantage indignée par ce qu'avait fait Diana ou par le fait qu'elle en avait parlé si librement. Pour elle, les deux étaient sans doute inimaginables.

« Je crois que c'est l'heure de rentrer », déclara-t-elle avec un geste en direction de la tente de repas.

Ian se leva à son tour en reculant sa chaise, clairement soulagé de suivre l'exemple de sa mère et de mettre fin à la conversation. Il lança un regard vers la cuisine comme pour appeler Kefa par la pensée, puis se pencha afin de ramasser son verre.

Diana fit de même.

« Oh, super ! Je meurs de faim. J'ai l'impression que le déjeuner remonte à une éternité. »

Ian et Julia précédèrent leur invitée dans la tente. De loin, Essie entendit Diana engager la conversation sur un événement quelconque survenu pendant la journée, l'air parfaitement détendue, comme si les propos qu'elle venait de tenir et la discussion précédente étaient déjà oubliés. Elle se comportait vraiment comme une enfant, gouvernée par des émotions passagères capables d'aller et venir en un clin d'œil.

Essie maintint Mara contre son épaule tout en récupérant une écharpe en mousseline sur le dossier de sa chaise. Mais, au lieu de se lever, elle resta immobile, les yeux dans le vague. Les suppositions de Diana concernant ses parents avaient beau être erronées, elles n'en restaient pas moins troublantes. Essie ne pouvait chasser de ses pensées la transformation subie par la jeune femme superbe et heureuse qu'avait été sa mère. Elle avait perdu sa beauté et sa joie de vivre pour n'être plus qu'une ombre. Malgré cela, son mari lui était resté fidèle. Essie se rappela quelques bribes du serment prêté par Arthur lors de leur mariage, et qu'il lui avait répété :

« Dans la richesse et la pauvreté… Dans la santé et la maladie… »

Il semblait toujours si triste et plein de regrets.

Pourquoi ne pas l'avoir ramenée chez elle ?

La question vint à Essie si brusquement et si clairement qu'elle aurait pu être posée par Diana. Et la réponse était évidente. Arthur Holland aurait été fou de retourner en Tasmanie. Il avait un poste permanent à l'université de Cambridge. Il devait rester en Angleterre, près des sites archéologiques majeurs d'Europe et du Moyen-Orient. Et s'il avait sacrifié toute sa carrière pour ensuite se rendre compte que Lorna ne guérissait pas ? Personne ne connaissait la véritable cause de sa maladie. Peut-être était-ce génétique – inévitable, quelle que soit sa situation.

D'autres questions l'assaillirent. Lorna avait-elle essayé de rentrer pour des vacances ? Avait-elle menacé de quitter l'Angleterre pour de bon, toute seule ? Elle devait forcément avoir eu envie de retourner chez elle, là où elle avait autrefois été heureuse. De revoir sa mère, ses frères et sœurs, ses cousins, ses tantes…

Mais, comme l'avait fait remarquer Diana, elle était coincée. Elle ne pouvait pas arracher Essie à son père. Sa seule option aurait été d'abandonner sa petite fille à l'autre bout du monde.

Le regard d'Essie se perdit dans le foyer froid. Elle avait quinze ans quand sa mère était morte. À ce moment-là, elle était déjà habituée à vivre sans elle. Ç'avait été un soulagement de ne plus avoir à penser à Fulbourn, de ne plus se sentir coupable des longs intervalles entre deux visites. Le vide pesant qu'elle ressentait n'était pas vraiment du chagrin – ou alors, si c'en était, il n'avait pas pour sujet la mère qu'elle avait perdue, mais celle qu'elle aurait voulu avoir. Quand les gens la réconfortaient en disant que la mort était une délivrance, elle était d'accord avec eux. Rétrospectivement, Essie se rendit compte à quel point elle était jeune à cette époque. Elle avait été si sûre d'elle, si certaine de son opinion envers sa mère et envers elle-même. À présent, elle se demandait si elle n'avait pas tout compris de travers…

Serrant Mara contre sa poitrine, elle posa la joue sur sa petite tête. Ses pensées étaient pour Lorna, enterrée dans un cimetière de Cambridge. L'été, des oiseaux anglais se posaient sur sa tombe pour picorer les insectes cachés dans la mousse ; l'hiver, elle était recouverte de neige. Lorna était prisonnière pour toujours d'un pays étranger, perdue dans les terres, loin de l'océan. Le cœur d'Essie se serra de regret. Elle aurait voulu croire, comme tant d'Africains, à la présence vivante de l'esprit de ses ancêtres. Ainsi, elle aurait pu s'adresser à sa mère pour reconnaître tous les sacrifices qu'elle avait faits. Elle aurait pu imaginer que les événements du futur rejoignaient ceux du passé. Qu'elle pouvait se lier à Lorna, ici et maintenant ; pas à la femme brisée et malheureuse qu'elle était devenue, mais à la jeune plongeuse souriante sous le soleil. Elles seraient comme des amies qui viennent de se rencontrer – mais, en même temps, elles sauraient que Lorna deviendrait la mère d'Essie. Et qu'un jour, Essie tiendrait à son tour un bébé entre ses bras.

13

Essie se frayait un chemin parmi les rochers et les éboulis en tentant de conserver une trajectoire rectiligne sur le flanc de la colline. Tommy la suivait de près, ses sabots dérapant sur les pierres. Le soleil de midi lui brûlait la nuque et elle avait oublié son foulard ; elle détacha sa queue-de-cheval pour laisser ses cheveux lui couvrir les épaules. Son petit sac à dos tressautait à chacun de ses pas. Du coin de l'œil, elle apercevait par moments l'éclat du sifflet argenté accroché à l'une des poches. Ian le lui avait donné en préparation de son travail de reconnaissance : ainsi, si elle se perdait, elle pourrait attirer l'attention. Pour autant, elle n'était pas seule. Simon avançait parallèlement à elle, à quelques mètres de distance. S'il n'avait jamais mis les pieds dans cette zone, il semblait posséder une aptitude naturelle à lire le paysage et trouver ses marques.

Simon portait Mara en bandoulière et la stabilisait d'une main tout en sautant de rocher en rocher. Dans l'autre main, il tenait son arc et son carquois – une précaution contre d'éventuels prédateurs. Il avait pris l'habitude de laisser sa chemise dans le Land Rover. Torse nu, il ressemblait davantage à un membre de tribu nomade qu'à un chercheur du campement de Magadi.

Souvent, il parlait à Mara tout en marchant – il lui racontait des histoires ou nommait les choses qu'il voyait.

Essie et lui s'accordaient sur le fait qu'il était important pour l'enfant d'entendre parler hadza autant que possible. Pourtant, lorsqu'elle se trouvait assez près pour entendre la délicatesse des sonorités et les cliquetis constants qui lui semblaient encore profondément étrangers, Essie se sentait troublée, exclue du monde que partageaient Simon et Mara. Pour ne rien arranger, cela lui rappelait que, le jour où Mara prononcerait ses premiers mots, puis ses premières phrases, elle-même ne serait pas là pour les entendre. Elle se forçait à se concentrer sur son travail sans penser à l'avenir. La reconnaissance exigeait un esprit calme et stable.

La patience était également essentielle. Cela faisait déjà deux semaines qu'ils arpentaient les collines à la recherche de la caverne. Il ne leur avait pas fallu longtemps pour localiser le Point de rencontre grâce aux indications données à Simon par Kisani. L'éperon d'érosion n'avait pas été difficile à repérer, malgré l'absence du sommet, brisé, et son apparence de rectangle pierreux. Essie et Simon avaient attentivement examiné les environs mais n'avaient rien trouvé de spécial.

Depuis, ils exploraient les pentes alentour dans l'espoir de découvrir un ravin caché ou un quelconque recoin qui pourrait abriter l'entrée d'une caverne. Leur progression était lente sur ce terrain accidenté où la géologie sédimentaire des *korongos* rencontrait la roche volcanique des contreforts. Essie regardait soigneusement où elle posait les pieds : il serait facile de trébucher, ou encore de marcher sur un serpent en train de se réchauffer le sang au soleil.

À chaque pas, Essie se rappelait que Robbie avait disparu non loin d'ici, tant d'années auparavant. Elle s'attendait à moitié à tomber sur une trace de l'enfant perdu – un lambeau de tissu blanchi par le temps, une mèche de cheveux, un lacet de chaussure. Mais elle ne trouva qu'une capsule de bouteille et les restes d'une boîte d'allumettes, probablement oubliés par un membre de l'équipe de recherche.

Chaque jour, Essie et Simon choisissaient un nouveau secteur et suivaient la même routine. Ils marchaient, faisaient une pause, déjeunaient, puis se reposaient à nouveau, et ils portaient Mara dans son écharpe à tour de rôle pour s'épargner trop de fatigue. C'était aussi une bonne occasion de l'empêcher de devenir trop dépendante d'Essie.

Parfois, Essie remarquait une certaine appréhension dans son regard ou une expression angoissée sur son visage. Elles étaient généralement accompagnées d'une petite plainte. Les mains de Mara se tendaient vers l'objet le plus proche et l'agrippaient de toutes leurs forces. Que pouvait-il se passer dans son esprit à ces moments ? Était-il possible que, quelque part, elle se souvienne de tout ce qui lui était arrivé ? La perte de sa mère, dont elle avait entendu la voix depuis son ventre. Puis celle de Giga, qui l'avait allaitée pendant les premières semaines de sa vie. Ses mains, sa voix et son odeur avaient dû lui devenir familières. Qu'avait ressenti Mara en se retrouvant seule avec Essie ? Se rendait-elle compte que le visage qui se penchait sur elle n'était pas de la bonne couleur ? Que cette voix, cette odeur et ces longs cheveux raides – de la même teinte que la peau – étaient tous étrangers ?

À la saison des pluies, si le rythme habituel du cycle était respecté, Mara aurait environ six mois. Essie aurait alors pris soin d'elle plus longtemps que n'importe qui d'autre. Et elle disparaîtrait à son tour de sa vie. En passant du temps avec Simon chaque jour, Mara apprendrait au moins à se sentir en sécurité auprès de quelqu'un d'autre. Sans compter que la présence d'un homme l'aiderait à se réhabituer à son grand-père et aux autres hommes de la tribu. Simon avait confirmé que, dans la tradition hadza, tout le monde prenait soin des enfants, hommes comme femmes. Les femmes passaient plus de temps avec les plus jeunes puisqu'il était facile de les inclure dans les activités de cueillette, contrairement aux excursions de chasse des hommes. Mais, dans l'ensemble, les enfants étaient élevés par la communauté tout entière. Même s'il existait toujours un lien privilégié entre parent et enfant, on racontait que, une fois un nourrisson sevré, il était pratiquement impossible pour un étranger de déterminer qui étaient ses géniteurs.

Essie avait du mal à imaginer une telle société. Raison de plus pour que Mara puisse passer ce précieux temps avec Simon : il était un modèle pour la personne qu'elle deviendrait. Mara gagnerait aussi à être éloignée de l'activité du campement. Cela lui accordait un interlude de paix et de calme avant le bouleversement qui l'attendait.

Quoi qu'il en soit, elle appréciait manifestement ces journées à observer le paysage, plus détendue et réjouie lorsqu'elle se trouvait dans son écharpe de cuir que dans le landau ou même sur les genoux d'Essie. Elle s'endormait et se réveillait sans mal, comme bercée par le rythme des pas. Elle se trouvait à Magadi depuis un peu plus de six semaines à présent, mais Essie avait l'impression d'une période bien plus longue. La petite avait grandi et pris du poids. Essie n'avait pas besoin d'une balance ou d'une courbe de croissance pour s'en rendre compte – ses bras et ses jambes étaient plus ronds et elle ne rentrait plus dans certains de ses vêtements. Ces derniers jours, elle avait commencé à ronger ses poings, signe qu'elle faisait ses dents selon le *Guide complet des soins pour bébés*. À trois mois et demi, c'était parfaitement normal. Baraka lui avait donné un morceau de *biltong* à mastiquer, affirmant que le sel présent dans la viande séchée l'aiderait aussi à contrebalancer ce qu'elle perdait en transpirant sous la chaleur impitoyable de la saison sèche.

Dès que Mara montrait des signes d'agitation, la personne qui la portait s'arrêtait, la sortait de l'écharpe et la tenait en position assise pour la laisser uriner sur le sol. C'était Simon qui avait proposé de ne pas s'encombrer de couches pendant les excursions pour suivre plutôt l'exemple des mères africaines. Il y avait eu quelques accidents, mais ce n'était pas bien grave – comme la petite était nue à l'exception de son collier de perles d'œuf d'autruche, elle ne pouvait pas salir ses vêtements. Si la chemise d'Essie ou l'écharpe étaient mouillées, il était facile de trouver un petit bassin formé pendant la dernière saison des pluies, puis de tout laisser sécher rapidement au soleil. Sans les couches, Essie n'avait plus qu'à penser à ce que Mara devait boire – ses biberons et l'eau bouillie supplémentaire visant à l'empêcher de se déshydrater. C'était beaucoup plus simple qu'au campement.

Les premières heures de la journée, Essie surprenait toujours son esprit à vagabonder. En sautant de pierre en pierre, les bras tendus afin de conserver son équilibre, elle pensait soudain à Carl Bergmann et se demandait où il était : en train de prendre des photos sur les berges du lac, ou bien dans l'ancienne maison missionnaire, à vérifier son équipement ? Elle l'imaginait affairé sur le *Gari la maji* – ses outils répandus au sol et étincelants sous le soleil, le front trempé de sueur, une trace d'huile de moteur sur la joue. Se sentait-il isolé ? Il paraissait indépendant, mais il avait l'air d'apprécier la compagnie… Elle se prenait également à imaginer ce qui se passait au campement. L'endroit bourdonnait d'activité à présent. Des avions arrivaient tous les matins, chargés d'équipement, de personnel et de provisions. Ian et Diana couraient littéralement d'une tâche à l'autre, s'affairant à mettre leurs ambitieux projets à exécution. Des fouilles avaient déjà commencé sur quatre nouveaux sites – et ce n'était que le début. Des chefs d'équipe avaient été recrutés mais Ian aimait garder un œil sur tout ce qui se passait. Quant à Diana, elle avait clairement fait savoir qu'elle comptait participer à certains travaux de terrain. À la grande surprise d'Essie, elle ne paraissait pas vraiment indisposée par les contraintes physiques de ce genre de tâche. Chaque soir, elle rentrait au campement avec les vêtements tachés de poussière à force de s'allonger au sol pour creuser la terre à la truelle et à la brosse à dents. Julia ne chômait pas non plus, bien que son rythme soit plus lent. Elle s'occupait de former le nouveau personnel aux critères rigoureux exigés par la famille Lawrence.

Au fil des semaines, Essie se sentait de plus en plus détachée des autres. Quand elle rentrait le soir, elle avait l'impression d'être exclue. Les questions concernant sa journée ou Mara se faisaient rares. C'était compréhensible – tout le monde était concentré sur les projets du campement, auxquels elle ne prenait aucune part. Mais elle était constamment déchirée entre diverses émotions. D'un côté, elle se sentait plus déterminée que jamais à découvrir la nouvelle caverne : cela la remettrait au centre de l'activité du campement. Mais, au fond, elle n'avait pas vraiment hâte de devoir gérer en même temps les besoins de Mara et les exigences d'un nouveau chantier. Rien qu'à y penser, une boule se formait dans sa gorge.

Toutes ces réflexions et ces inquiétudes, entrecoupées de souvenirs et de rêveries, se disputaient la maîtrise de ses pensées tandis qu'elle arpentait les collines. Mais, alors que la journée avançait vers midi, leur emprise se faisait de moins en moins insistante, comme si le rythme régulier de ses pas les étouffait en même temps qu'il berçait Mara.

Le temps que le soleil commence à redescendre vers l'horizon, en milieu d'après-midi, l'esprit d'Essie était silencieux et paisible. Alors ses sens se tournaient vers le monde extérieur. Elle remarquait la réflexion iridescente du soleil sur les facettes de fragments de pierre, les essaims de papillons brun et jaune dont les ailes minuscules battaient comme des cœurs affolés. Elle passait près de roses du désert avec leurs courts troncs succulents et leurs branches sans feuilles, ornées de fleurs à cinq pétales du même rose vif que les flamants du lac.

Mais il n'y avait pas que ce qu'elle voyait. Ce champ visuel n'était qu'un fragment de ce qu'elle pouvait humer, entendre et sentir – le parfum végétal d'une plante écrasée, le crissement plaintif d'un criquet, la friction des bretelles du sac à dos contre ses épaules.

Parfois, elle avait l'impression qu'il n'existait plus la moindre frontière entre elle et le monde extérieur. Cette prise de conscience était teintée de peur – la crainte de se dissoudre dans ce monde et d'y disparaître. Mais, dans l'ensemble, cela lui inspirait un sentiment de paix et d'éternité. Elle oubliait ce qu'elle faisait là, dans l'ombre d'Ol Doinyo Lengai. La recherche de la caverne se perdait aux confins de son attention, comme si le but de sa mission importait moins que le long voyage qui y aboutirait.

À la fin de chaque journée, Essie et Simon avaient pris l'habitude de se rendre à la vieille maison missionnaire. La fraîcheur qui y régnait leur offrait un répit bienvenu après la chaleur écrasante et Carl était toujours content de les voir. Ses propres journées de travail étaient plus courtes qu'il l'avait espéré : il n'avait encore observé aucune parade nuptiale parmi les flamants roses qui, pour une raison ou une autre, tardaient à se lancer dans leurs rituels complexes. Il avait plusieurs fois utilisé le *Gari la maji* pour se rendre sur l'île de nidation et en photographier les occupants, mais l'objectif du Flamingo Project de Frank Marlow était de documenter la reproduction, depuis les parades nuptiales jusqu'à la naissance des poussins. Et, pour l'instant, Carl n'avait même pas pu commencer.

« Ils vont s'y mettre, c'est une question de jours », répétait-il.

Malgré son ton optimiste, Essie comprenait à quel point ce devait être frustrant pour lui d'être prêt à travailler mais obligé d'attendre.

Souvent, ils s'installaient dans la véranda pour siroter leur thé en regardant le lac par-delà les bosquets de roseaux. Derrière l'eau argentée, entourée par un croissant salin, s'élevait le volcan à la cime revêtue de lave blanche, un panache de fumée claire émergeant de son cratère. La scène paraissait surnaturelle – un monde dans lequel la neige et la glace avaient été changées en chaleur et en sel.

Carl plaçait l'un des fauteuils de Stein à l'extérieur pour Essie. Assise sur le siège au rembourrage inégal et au tissu déchiré, elle nourrissait Mara ou la berçait tout en écoutant les deux hommes discuter. Ils abordaient tous types de sujets – et Simon devait parfois demander de l'aide à Essie pour traduire un mot en anglais – mais finissaient toujours par en revenir aux animaux, oiseaux et plantes sauvages de la vallée du rift est-africain. La tribu de Simon venait du sud, au-delà de Serengeti, mais la faune et la flore y étaient pratiquement les mêmes qu'à Magadi.

Simon leur décrivit comment l'oiseau indicateur, *Tik'iliko*, aidait les chasseurs hadzas à trouver des ruches d'abeilles dans les arbres en échange d'un rayon de miel enrichi de larves. C'était un arrangement parfait pour les deux parties : les chasseurs ne pouvaient pas voir les ruches depuis le sol et l'oiseau ne pouvait pas les briser. Simon imita la manière dont l'oiseau et les chasseurs communiquaient par sifflements dans le bush, entre le ciel et la terre.

Il leur expliqua également les techniques de pistage et de traque, inchangées depuis l'époque de la révolution agricole, dix mille ans plus tôt, et invita Carl à mesurer la force qu'il fallait pour bander complètement l'arc qu'il portait. L'effort était visible : les muscles des bras et des épaules de Carl semblaient tendus à l'extrême. D'après Simon, une flèche seule ne suffisait pas à tuer un gros gibier. Les Hadzas faisaient bouillir la sève des roses du désert afin d'obtenir un poison sans antidote connu. Si on y trempait une pointe de flèche, il pouvait tuer une girafe, un élan ou un zèbre – mais pas un éléphant.

Il raconta comment les hommes quittaient leur tribu pour rejoindre les grandes expéditions de chasse. Ces événements étaient toujours programmés pendant la pleine lune, si bien que les chasseurs qui rentraient chargés de viande étaient récompensés par des faveurs sexuelles dans la période où les femmes étaient le plus fertiles. Les Hadzas saignaient toutes en même temps, affirmait Simon, pendant la « lune noire ».

Essie connaissait ce phénomène : la synchronisation menstruelle. Il était sujet à contentieux parmi les scientifiques. Certains théorisaient que les phéromones interagissaient de manière à ce que les cycles de femmes qui vivaient ensemble s'alignent. D'autres alléguaient que ce n'était qu'un mythe. Un jour, une étudiante suisse avait réalisé un sondage parmi les étudiantes et les bénévoles féminines du campement, prétendant que leurs menstruations seraient synchronisées à la fin de la saison de fouilles. Ian n'y croyait pas. Julia non plus. Essie n'avait pas voulu s'en mêler, mais la case qu'elle avait cochée sur le questionnaire avait fini par montrer qu'elle avait eu ses règles en même temps que les autres participantes. Ian en était conscient, bien sûr ; pour des raisons de contraception, ils suivaient tous deux son cycle menstruel. Mais il avait déclaré qu'il n'était pas convaincu par le sondage, avançant que les participantes avaient probablement discuté entre elles ; peut-être certaines avaient-elles laissé échapper où elles en étaient dans leur cycle. Peut-être y avait-il eu collusion afin de fausser le résultat – cela n'aurait pas été la première fois. Les collègues masculins de Ian partageaient son scepticisme, comme s'ils n'aimaient pas l'idée que les femmes puissent détenir un pouvoir caché. Pendant quelque temps, il y avait eu des tensions au campement alors que les femmes (à l'exception de Julia) se liguaient contre les hommes. Mais la controverse avait fini par s'essouffler lorsqu'un nouveau visiteur était arrivé, armé de nouvelles techniques pour la datation au carbone.

Carl écoutait avec attention tout ce que disait Simon. Il ne prenait pas de notes, contrairement à ce qu'auraient fait beaucoup de gens s'ils avaient eu l'occasion de discuter avec quelqu'un d'aussi expérimenté. Essie suivit son exemple, consciente pourtant que de précieux détails risquaient de se perdre quand elle tenterait de se remémorer ces conversations.

Une semaine plus tôt, Essie buvait son thé avec Mara sur les genoux, comme d'habitude, quand Simon avait commencé à décrire à Carl les différentes manières de dépecer certains oiseaux et animaux. Il avait expliqué comment chaque partie de la dépouille – peau, fourrure, os et chair – était utilisée comme aliment ou médicament. Essie avait été surprise de constater que Carl ne semblait pas troublé par cette conversation, alors que son travail consistait à photographier la beauté et la grâce de certaines de ces mêmes créatures et de leurs congénères. Elle aurait pu prendre le risque, comprit-elle, de lui raconter qu'elle avait mangé des *muttonbirds* – ou plutôt des puffins à bec grêle, comme il les appelait – autour d'un feu de camp, petite. Il avait mentionné un autre nom… *Moonbirds*, les oiseaux-lune.

Moonbirds…

Alors qu'elle formait le mot avec sa langue, des images lui étaient apparues. Ce n'était plus seulement le goût, l'odeur et la sensation de la graisse sur ses doigts. Elle s'était revue en train de marcher sur un terrain truffé de trous, ses petits pieds nus et gris de poussière…

Elle était agenouillée parmi les touffes d'herbe, à examiner l'un des petits terriers. Retenant son souffle, elle se forçait à y entrer la main – à se montrer courageuse comme les autres enfants. Ses doigts frôlaient la terre et son cœur se mettait à battre plus vite. Si le terrier était froid, l'avait-on avertie, elle devait tout de suite retirer sa main. Il y avait peut-être un serpent à l'intérieur plutôt qu'un poussin. Elle déglutissait, la gorge serrée. Elle n'arrivait pas à déterminer si le terrier était chaud ou froid. La terre était douce et friable. Elle ne sentait ni bec ni plumes duveteuses… Un sourire tremblant lui venait aux lèvres. Le terrier était vide. Pas de serpent – mais pas de poussin non plus. Le soulagement l'envahissait. Elle n'aurait pas à arracher l'oiseau à sa tanière puis à le secouer pour lui briser le cou. Mais les gens qui l'entouraient l'avaient vue faire de son mieux. Elle avait essayé. Elle avait prouvé qu'elle était assez courageuse pour cette tâche – juste assez…

Alors que le souvenir s'évaporait, elle avait expiré lentement. Le récit des expériences de Simon semblait avoir invoqué une partie de son passé qu'elle n'aurait pas cru se rappeler. Elle avait tenté d'imaginer ce que penserait Simon si elle racontait ce souvenir – comment il le concilierait avec l'image d'Européenne qu'il se faisait d'elle. Mais elle avait gardé le silence. Les Lawrence mettaient un point d'honneur à garder leurs distances avec les peuplades locales. En tant qu'épouse de Ian, il serait déraisonnable de sa part de mettre en danger ce statut soigneusement préservé. Elle avait laissé la conversation se poursuivre.

À mesure qu'ils apprenaient à se connaître, Carl entreprit de soutirer son histoire personnelle à Simon. Étant extérieur au campement et n'ayant aucune autorité sur lui, il était libre de lui poser davantage de questions. Essie apprit ainsi que le véritable nom de Simon était Onwas. Il en avait choisi un nouveau pour s'inscrire à l'école et utilisait celui-ci depuis lors. Bien qu'il ne puisse pas dissimuler ses origines aux autres Africains – qui identifiaient systématiquement de quelle tribu venait chacun –, le fait d'avoir un nom anglais montrait clairement qu'il se considérait comme faisant partie intégrante du monde moderne. Avant de venir à Magadi, il avait travaillé dans une ferme pendant plusieurs années. Son but avait toujours été de s'assurer un bon avenir.

Un jour que le soleil était particulièrement accablant, Essie décida de trouver refuge à la maison missionnaire plus tôt que d'habitude. Cela leur laisserait davantage de temps pour discuter. Pendant qu'ils buvaient leur thé dans la véranda, Simon décrivit la pression subie par les Hadzas. Il raconta comment l'administration britannique avait convaincu ses parents et de nombreux autres d'abandonner leur vie nomade. Un programme avait été mis en place pour apprendre aux Hadzas à se sédentariser et à cultiver le coton. Des maisons avaient été construites à leur intention, ainsi que des écoles et des hôpitaux. Mais ces programmes avaient échoué. Simon, qui désirait étudier, était resté. La plupart des gens avaient repris le chemin du bush.

« Ils ne voulaient pas payer d'impôts pour leur hutte, expliqua-t-il. Les Hadzas n'ont jamais eu aucune dette envers quiconque. Mais le plus gros problème était qu'ils n'aimaient pas cultiver le coton. Ça prenait trop de temps. Et ce n'était pas drôle. »

Tout en parlant, il lança un regard en direction de son arc et de ses flèches, appuyés contre la façade de la maison. Essie se rappela le matin où elle l'avait croisé, de retour de la chasse avec la tribu de Mara, lorsqu'il avait tenté de dissimuler à quel point il avait apprécié l'expérience. Le fait de travailler pour les Lawrence était-il une activité qu'il décrirait comme « drôle » ? À moins que ce critère ne s'applique qu'aux *Hadza pori* – les Hadzas sauvages.

« Il y a cinq ans, reprit Simon, plusieurs groupes de Hadzas ont été embarqués de force dans des camions et emmenés à Yaeda Chini. Il y avait des policiers armés avec eux.

— C'est le gouvernement tanzanien qui a organisé ça ? » s'enquit Carl.

Simon opina.

« Ils voulaient changer les Hadzas, eux aussi.

— Qu'est-ce qui s'est passé, à Yaeda Chini ? » demanda Essie d'un ton hésitant.

S'il y avait une escorte armée dans l'histoire, cela avait peu de chances de s'être bien fini.

« Les gens sont tombés malades. La nourriture était très mauvaise comparée à leurs habitudes. Ils ont attrapé des maladies qu'ils n'avaient jamais eues. Et ils s'ennuyaient. Ils buvaient trop d'alcool, ils fumaient de la marijuana à longueur de journée. Et ce n'est pas tout… »

Simon s'interrompit et sembla chercher ses mots.

« La tristesse les a saisis. Elle est entrée dans leurs cœurs et elle les a vidés. Ils ont arrêté de danser, de jouer, de parier. Ils ont abandonné leur envie de vivre. »

Les mots tombèrent dans la pièce comme des gouttes de plomb. Essie pensa à Lorna, transportée dans un monde sans océan scintillant dans lequel plonger, sans feux de camp familiaux sur la plage. Juste la cuisine, le ménage et les courses à faire, et l'obligation de bien s'habiller pour fréquenter des inconnus, tout en sachant qu'elle ne parviendrait jamais à s'intégrer parmi eux…

« Les Hadzas qui ont survécu se sont enfuis. Ils sont retournés dans le bush, acheva Simon. Et ils y sont toujours.

— C'est une bonne chose, alors ? » demanda Essie.

Simon garda les sourcils froncés, désignant d'une main Mara, endormie dans les bras d'Essie. Ses deux petits bras pendaient et l'un de ses poings était mouillé à force d'être porté à sa bouche.

« Sa mère aurait peut-être survécu dans un hôpital. Et les enfants hadzas devraient aller à l'école. Un jour, ils n'auront peut-être plus d'autre choix que de changer leur façon de vivre. Le pays transforme ses terres en fermes et en réserves de gibier. Nous n'avons pas le droit de chasser là-bas. »

Des plis soucieux marquaient son visage. Il secoua la tête.

« Nous devons trouver un moyen de nous adapter au présent sans perdre l'essentiel de notre passé. Je ne sais pas comment faire. »

Essie serra Mara contre elle, l'entourant de ses bras comme si elle avait le pouvoir de la protéger d'un monde aussi complexe. Toutes ces choses évoquées par Simon, qui menaçaient le mode de vie hadza, ne faisaient qu'ajouter à une vaste toile d'inquiétudes déjà présente au fond de son esprit. Mara devrait faire face à bien d'autres dangers ordinaires dans sa vie de tous les jours. Et toutes les décisions concernant son avenir étaient entre les mains de sa famille, de sa tribu. Essie n'aurait pas son mot à dire.

Elle se rassura en songeant qu'elle pouvait tout de même faire certaines choses. Envoyer de l'argent à Nandamara. Des médicaments. Des vêtements. Des livres d'école. Elle pourrait rendre visite aux Hadzas régulièrement, où qu'ils se trouvent. Affréter des avions pour les localiser, si nécessaire…

Mais ce n'étaient que des rêves sans fondement. Dans la société hadza, les gens n'avaient pas besoin d'argent. Ils ne possédaient rien. Ils ne constituaient même pas de réserves de nourriture. Il n'existait pas d'endroit qu'ils considèrent comme étant « chez eux ». Ils étaient partout chez eux. Cette façon de vivre était si radicalement différente qu'Essie peinait à l'imaginer. Tout ce qu'elle en comprenait, c'est qu'elle n'avait aucun moyen d'y contribuer. Elle n'avait pas d'autre choix que de faire confiance à Giga pour allaiter Mara jusqu'à ce que celle-ci atteigne l'âge d'être sevrée et nourrie de poudre de baobab, de miel liquide et de viande mâchée. Elle devait croire que Nandamara, avec l'aide du reste de sa famille, saurait assurer la sécurité et le bonheur de sa petite-fille.

Son rôle à elle ne consisterait qu'à lâcher prise, à laisser partir Mara. Sans cela, l'enfant n'aurait jamais sa place nulle part. Les Hadzas couraient déjà le danger de se retrouver pris entre deux mondes – mais la situation de Mara serait encore pire. Elle serait déchirée entre deux familles. Et Essie ne pouvait pas se laisser tenter par une vie où domineraient l'espoir et l'attente de la revoir. La tribu reviendrait à la Caverne aux peintures de temps à autre, ainsi qu'elle l'avait toujours fait. Peut-être serait-ce un événement annuel, mais Simon lui avait expliqué que les Hadzas ne fonctionnaient pas selon ce genre de programme. Lorsqu'ils seraient dans la région, néanmoins, Essie pourrait rendre visite à Mara. Ce serait rassurant de la voir en sécurité, en bonne santé et heureuse. Mais, d'un autre côté, voir la vie de la petite fille se dérouler sans elle serait un véritable calvaire. Quel genre d'existence cela laisserait-il à Essie ? Elle risquerait de perdre l'esprit à son tour. Les yeux de Lorna lui revinrent en tête, ce regard absent qu'elle avait observé pendant tant d'années. Elle avait toujours cru sa mère perdue dans sa maladie. Mais peut-être vivait-elle simplement ailleurs – abandonnant ceux qui l'entouraient dans la réalité.

Être consciente de tout cela était une chose, mais en accepter les conséquences en était une autre. Lorsqu'elle s'imagina rendre le bébé aux Hadzas, des visions déchirantes se bousculèrent dans son esprit. Elle visualisa le moment où il lui faudrait donner Mara à Nandamara ou à Giga, puis s'éloigner, les mains vides. Elle vit Mara se mettre à pleurer, les bras tendus vers elle – effrayée par ces gens qu'elle ne reconnaissait plus. Elle ne supportait pas l'idée de retourner au campement, de vider la chambre d'enfant et de se débarrasser de toutes les affaires du bébé…

Des idées folles firent leur apparition alors que la panique s'emparait d'elle. Elle envisagea de s'enfuir avec Mara – monter dans le Land Rover et conduire tout droit vers l'horizon. Elle se vit habiter quelque part dans une région reculée du pays, seule avec le bébé. Mais ce n'était pas possible, elle le savait. Quelle vie aurait Mara en devenant la fille volée d'une femme blanche ? Elles attireraient l'attention partout où elles iraient. Essie finirait par être arrêtée. Comment savoir ce qui arriverait à Mara, après cela ? Et puis, il y avait Ian. Son mariage. Son travail. L'enfant hadza avait déjà une famille aimante qui n'attendait que de la reprendre. Sa place était avec eux.

Ses pensées tournaient en circuit fermé, menant toujours au même point : le moment, dans le futur, où Mara ne ferait plus partie de sa vie. Les arguments rationnels ne lui étaient plus d'aucun secours. Les émotions s'amassèrent en elle, telle de la vapeur privée d'échappatoire. Son cœur se mit à battre la chamade, et sa gorge se serra comme si elle tentait d'avaler quelque chose de beaucoup trop gros.

Essie ferma les yeux. Julia l'avait prévenue, quelques jours plus tôt, qu'elle s'attachait beaucoup trop à Mara. Elles étaient assises à la table du petit-déjeuner en attendant que Ian et Diana les rejoignent, et Essie jouait à cache-cache avec le bébé.

« Tu ne te rends pas compte de ce que ça va être quand tu la perdras, avait déclaré Julia. Tu crois que tu le sais, mais tu n'en as pas idée. Perdre un enfant ne ressemble à rien de connu. »

À mesure qu'elle parlait, sa façade impassible avait commencé à se fissurer. Sa voix était devenue tendue. Elle avait rougi.

« Tu seras toujours en train de t'inquiéter, de te demander… Est-ce qu'elle va bien ? Et si elle était malade ou blessée ? Et si elle était en train de m'appeler ? Tu passeras des nuits blanches à essayer de faire taire tes pensées. Mais rien n'y fera. Rien… »

Sa voix s'était brisée et elle s'était levée d'un bond, renversant sa chaise. Avant même qu'Essie ait le temps de répondre, elle avait quitté la tente.

À présent installée dans son fauteuil dans la véranda, Essie posa la joue sur la tête de Mara, sentant la courbure du crâne sous les cheveux soyeux. Elle respira l'odeur de l'enfant. Lait, talc, le parfum discret du savon de bain et la note fumée qui semblait tout imprégner par ici, comme si le feu faisait partie de l'air que respiraient les Africains.

Les paroles de la femme massaï lui revinrent en mémoire.

« *Wewe ni mama yake katika wakati huu.* » Tu es sa mère en ce moment.

Ce moment est tout ce que tu as.

Elle prit délicatement la main de Mara, la retourna et embrassa sa paume humide. Elle la tint là, sur sa bouche, les petits doigts pressés contre ses lèvres. La conversation de Simon et Carl ne lui parvenait même plus. Elle respirait simplement l'odeur de Mara, l'imaginant remplir ses poumons, passer dans son sang et cheminer tout droit jusqu'à son cœur.

14

L'étang, circulaire et bordé de roseaux, s'était formé dans un lit de roche claire. Essie l'avait aperçu d'assez loin en contournant un éboulis. Elle ne s'attendait pas à le trouver là. Les trous d'eau qu'elle avait repérés dans les environs n'étaient rien de plus que de grandes flaques profondes ; celui-ci égalait presque en taille le Bassin, dans lequel elle allait nager près du campement.

Elle se hâta dans sa direction. Il devait être alimenté par une source – partie intégrante de l'anatomie souterraine du volcan. Ce qui voulait dire qu'il pouvait être aussi bien chaud que glacé, ou quelque part entre les deux. Avec un peu de chance, il serait assez froid pour qu'elle puisse se rafraîchir le visage. L'après-midi était étouffant. Derrière elle, Tommy poussa un bêlement. Rudie haletait, langue pendante.

Parvenue au bord du bassin, Essie s'immobilisa. Le long d'une des berges s'élevaient une demi-douzaine de pierres, à peu près de la taille d'un enfant. Elles ressemblaient à des statues sans traits – le matériau vierge d'un sculpteur. Leur alignement leur donnait l'air d'avoir été placées ici délibérément plutôt que déposées au hasard par un glissement de terrain durant une éruption ou décrochées de la montagne par un tremblement de terre.

Essie se remit en marche sans quitter les pierres des yeux. Ce devaient être des monolithes de lave. L'une d'elles était plus haute que les autres ; sa position, au-devant des collines, attirait l'œil vers la cime du volcan. Ce spectacle rappelait plusieurs sites néolithiques d'Europe, mais de moindre envergure que Stonehenge – plutôt quelque chose comme les Flèches du diable dans le Yorkshire. Ces sites avaient été créés pour des rituels liés au soleil, aux étoiles, à la lune, aux saisons changeantes de la vie et de la mort. Pourtant, ces pierres-ci, à Magadi, n'avaient pas pu être transportées et érigées par des humains. Il n'existait pas de précédent pour une activité de cette ampleur en Afrique de l'Est, encore moins dans une région aussi reculée. Cela n'empêcha pas Essie de songer que la présence de ces pierres si reconnaissables, couplée à l'existence étonnante de ce bassin, ne pouvait être simplement le fruit du hasard.

Regardant derrière elle, elle vit Simon en train de s'approcher, Mara sur la hanche. Carl le suivait à quelques mètres de distance. Il avait fait une pause dans son travail pour les accompagner ce jour-là. Essie ne savait même plus qui, au juste, avait suggéré cette idée. Mais elle s'était convaincue que Ian n'y aurait pas vu d'inconvénient. Après tout, quand elle l'avait informé de sa première visite à la maison missionnaire, il avait affirmé que faire connaissance avec « le type aux flamants roses » de Frank Marlow était une bonne chose. Les Lawrence pourraient ainsi faire appel à ses services s'ils avaient besoin d'un photographe. Il pourrait leur être très utile. Pour autant, Ian n'avait toujours pas rencontré Carl Bergmann. Affairé comme il l'était, il n'avait pas encore pris le temps de l'inviter à déjeuner. Quand l'occasion se présenterait, Essie espérait secrètement que Carl prendrait Mara dans ses bras, comme souvent, et la tiendrait tendrement contre son torse. Cela montrerait à Ian qu'il était possible pour un homme d'aimer et d'admirer ce bébé au lieu de le traiter comme un envahisseur indésirable.

Essie observa l'avancée de Simon et Carl et la réaction de chacun lorsqu'ils découvrirent le bassin. Elle ressentait une certaine fierté à avoir trouvé l'endroit la première. Une fois au bord de l'eau, elle examina les roseaux à la recherche d'un quelconque jaunissement, mais ils semblaient parfaitement sains, verts et souples. Une libellule volait tout près de la surface et de minuscules crustacés nageaient parmi de longs brins d'algues. Rien de tout cela n'indiquait la présence d'une fuite de dioxyde de carbone, *hewa mbaya*. Néanmoins, Essie ne voulait négliger aucune précaution en présence de Mara. Ôtant son sac à dos, elle fouilla dans une poche latérale jusqu'à trouver sa boîte d'allumettes et s'agenouilla entre les roseaux. La tête bleu sombre de l'allumette s'enflamma sans effort. Essie passa lentement sa main au-dessus de l'eau. La petite flamme ne faiblit pas, droite et brillante dans l'air immobile.

Juste comme Essie se relevait, Simon et Carl la rejoignirent au bord de l'eau. Tous trois contemplèrent le bassin sans rien dire. Les sons qui leur parvenaient – chants d'oiseaux, insectes, le bruit humide de leurs bottes écrasant les roseaux – semblaient intensifier le silence, que nul n'osait briser. Essie observa discrètement Simon. Considérait-il cet endroit comme un lieu sacré où mieux valait ne pas s'attarder ? S'il avait été massaï, sans doute. Mais, dans ce cas, il n'aurait jamais accepté de fouler la montagne.

Simon déposa Mara sur un tissu étalé à l'ombre d'une pierre saillante, juste au bord du bassin. Tandis que la petite s'activait joyeusement à tenter d'attraper une feuille d'un buisson voisin, il se déchaussa complètement. Puis, tournant le dos à Essie, il ôta son short et entra nu dans l'eau. En quelques pas, il fut immergé jusqu'aux cuisses.

Essie baissa le regard. Du coin de l'œil, elle vit Carl hésiter une poignée de secondes avant de suivre l'exemple de Simon. Sa peau était très blanche là où le soleil ne la touchait jamais. Des vaguelettes éclaboussèrent la rive pierreuse tandis qu'il s'élançait à son tour.

Elle regarda Mara, pesant le pour et le contre. Rien ne l'empêchait d'enlever ses bottes pour se tremper les pieds. Elle pouvait aussi retirer son pantalon. Cela dit, si elle se mettait en soutien-gorge et culotte, cela reviendrait à se baigner en bikini. Lorsqu'elle se retourna, les deux hommes avaient de l'eau jusqu'à la taille. Mais ils s'étaient déjà immergés complètement : ils avaient les cheveux trempés. Le soleil brillait sur leurs torses – argenté sur la peau noire et doré sur la blanche.

Essie ôta rapidement sa chemise et son pantalon, de peur de changer d'avis. L'air lui caressa la peau. Elle baissa les yeux sur son soutien-gorge : la dentelle était abîmée, les élastiques des bretelles avaient rendu l'âme et se chiffonnaient sur les bords. Sa culotte était trop grande. Elle lança un regard vers les deux autres. Ils ne lui prêtaient aucune attention – elle ignorait si c'était par pudeur ou parce qu'ils étaient déjà captivés par autre chose, peut-être la présence intimidante des pierres levées.

Grimaçant à cause de la peau sensible de ses pieds, Essie traversa les roseaux. De la boue remontait entre ses orteils. Juste au moment d'entrer dans l'eau, elle eut un doute. L'idée de dissimuler certaines parties de son corps lui apparut soudain comme de la fausse modestie – une manière d'attirer l'attention sur ce qu'elle cachait. Les femmes hadzas et massaïs n'attachaient aucune importance particulière à leurs seins. Lorsqu'elles les couvraient, c'était pour des raisons pratiques. Seules les parties génitales étaient considérées comme intimes. Et puis, même d'un point de vue britannique, la nudité n'était pas si terrible que cela. On était en 1970, après tout – pas dans les années 1950. Un été, au pays de Galles, Essie s'était baignée nue avec un groupe d'amis ; elle s'était rendue à un festival de musique où un certain nombre de femmes se promenaient seins nus. L'obsession des Lawrence pour le protocole n'avait plus cours ici, dans la montagne. Il n'y avait ni gardien de chèvres ni chasseur pour risquer de la surprendre. Simon et Carl étaient les deux seules personnes à des kilomètres à la ronde. Et ils étaient nus comme des vers.

D'une main, elle dégrafa son soutien-gorge puis retira sa culotte. Elle affecta un air nonchalant tout en lançant ses sous-vêtements sur une pierre. Ses cheveux étaient déjà détachés pour protéger sa nuque du soleil ; elle les ramena vers l'avant afin de masquer ses mamelons.

L'eau lui arrivait à peine aux chevilles quand Mara se mit à pleurer. Elle reconnut sans mal cette protestation bougonne : l'enfant voyait que Simon et elle se trouvaient à proximité, mais cela ne lui suffisait pas. Elle voulait qu'on la porte.

Revenant sur ses pas, Essie la prit dans ses bras. Mara parut immédiatement consciente, tout comme elle, que quelque chose était différent. Elle reposait sur sa poitrine, peau contre peau, sans vêtements pour limiter leur contact.

La petite enfouit le visage contre son sein, déplaçant ses mains ouvertes comme quelqu'un qui tâtonne dans le noir. Essie ferma les yeux. Un frisson lui parcourut l'échine. Le souffle de Mara la frôla à la manière d'un soupir. Simon et Carl n'étaient pas loin, elle le savait – peut-être même la regardaient-ils. Mais, à cet instant, elle eut l'impression d'être seule avec Mara dans un monde qui n'appartenait qu'à elles.

Elle traversa une nouvelle fois les roseaux en prenant garde de ne pas glisser. Bientôt, Mara et elle étaient à demi immergées dans le bassin. Les pieds fermement ancrés dans le gravier fin qui tapissait le fond de l'étang, Essie tenait la petite sous les bras. Les particules d'algue en suspension dans l'eau rendaient sa peau glissante ; elle eut une vision du petit corps lui échappant et disparaissant dans les profondeurs. Comme si elle lisait dans ses pensées, Mara se cabra sans prévenir, levant vers elle des yeux paniqués.

« Tout va bien, murmura Essie. Je te tiens. »

Elle répéta la phrase plusieurs fois, pour se convaincre elle-même autant que l'enfant de la sûreté de sa prise. Progressivement, la tension déserta le visage de Mara et ses membres se détendirent, muscle après muscle, jusqu'à ce qu'elle se laisse flotter, immobile, entre ses bras. L'enfant paraissait extraordinairement calme, comme si son attention était tournée vers l'intérieur. Puis, après quelques instants, elle se mit à battre des pieds et à frapper la surface avec ses mains pour créer des éclaboussures. Elle se fendit d'un grand sourire. Elle venait de décider, comprit Essie, que le bassin était juste une immense baignoire.

Carl et Simon pataugèrent dans leur direction, attirés par le spectacle, et les trois adultes se regroupèrent autour de Mara, souriant face à cette pure expression de joie. La liberté de mouvement offerte par l'eau la ravissait. Le contact de sa peau de bébé contre celle d'Essie était un vrai miracle. En regardant dans l'eau assombrie par les tannins, Essie s'aperçut que le contraste entre leurs deux couleurs de peau n'était plus aussi frappant. Le bassin semblait estomper comme par enchantement les frontières entre enfant et adulte, entre noir et blanc.

Simon tint Mara quelques minutes, le temps qu'Essie puisse se baigner. Elle plongea sous l'eau pour se rafraîchir, rinçant la transpiration qui lui poissait les cheveux. Elle compta les secondes passées à nager sous la surface. Peut-être était-elle capable, comme Lorna, de retenir sa respiration un long moment. Mais ses poumons lui parurent enfler sous l'effet de l'attente. Elle remonta précipitamment, aspirant l'air à grandes goulées, dégageant les cheveux qui lui tombaient sur le visage.

Carl croisa son regard, et elle vit qu'il l'admirait : ses cheveux emmêlés sur ses épaules et sur ses seins, l'eau dégoulinant sur son visage. Elle sourit et cligna des yeux pour chasser les gouttelettes suspendues à ses cils.

« C'est tellement beau. »

Il lui rendit son sourire. Elle sut qu'il comprenait le sens de ses paroles. Tout, à cet instant, était parfait. Et rien d'autre n'avait d'importance. L'avenir, avec toutes ses inquiétudes, semblait distant – à croire presque qu'il n'arriverait jamais.

Un jet d'eau teintée de rouille emplit l'évier, emportant une petite araignée. Essie rinça une tasse et la sécha à l'aide d'un torchon avant de l'ajouter à deux autres sur un plateau. Derrière la fenêtre poussiéreuse, Simon était assis dans un fauteuil et penché sur une collection de photographies. Carl tenait Mara, qui explorait de ses petits doigts fascinés la forme et la texture de sa montre. Essie eut un frisson. Elle n'arrivait pas à croire qu'elle venait de nager nue dans un étang – en présence non seulement d'un collègue chercheur, mais aussi d'un employé de son propre campement. Cela ne lui ressemblait pas de se montrer si impulsive. Pourtant, elle ne parvenait pas à regretter sa décision.

Des souvenirs de la scène jouaient en boucle dans sa mémoire, amenant un petit sourire sur ses lèvres. Elle observa Simon, Carl et Mara, consciente que leur baignade commune avait créé un lien nouveau entre eux quatre. Ils formaient une étrange petite famille, ainsi réunis dans la maison missionnaire.

Elle sortit leur apporter le plateau chargé de tasses. Simon était toujours absorbé par les photos. Lorsqu'elle était partie remplir la bouilloire, Carl lui expliquait avec précision comment le contenu d'un instant précis pouvait être enregistré par la pression d'un bouton, puis imprimé sur du papier. Alors qu'elle déposait le plateau sur la table, Carl leva son appareil photo.

« Ça te dirait que je prenne quelques photos de Mara ? demanda-t-il. Pas pour ma collection. Pour toi. Et peut-être pour elle, un jour », ajouta-t-il avec un signe de tête en direction de l'enfant.

Un jour… Essie le regarda fixement tandis que les mots résonnaient dans son crâne. Elle avait un mal fou à imaginer l'avenir dont il parlait : une Mara plus grande, qui parlerait hadza et porterait un nom tribal choisi par sa famille. Pourvu que Carl ait raison et qu'elle ait envie de voir ces photos ce jour-là. Cela voudrait dire que Nandamara et Giga lui auraient raconté les premiers mois de sa vie, passés en compagnie de sa mère de substitution – sa mère à la peau blanche.

« Merci, dit-elle. Ce serait vraiment super. »

Quoi que Mara pense un jour de ses photos de bébé, elle-même les chérirait tout au long de sa vie – quand il ne lui resterait plus rien d'autre.

« Je les développerai dès que j'aurai accès à une chambre noire et je te les enverrai par courrier. »

Tout en parlant, Carl retira le cache de son objectif et entreprit de vérifier l'obturateur. Les bruits infimes produits par ses réglages ponctuaient le silence. Positionnant l'appareil en face de Mara, il prit le premier cliché. Puis, après avoir fait défiler un peu la pellicule, il fit une nouvelle mise au point. Mara le suivit des yeux tandis qu'il l'immortalisait encore une fois, puis deux, puis trois. La séquence avait la fluidité d'une danse – un rituel lent et magique destiné à capturer le présent pour le maintenir immobile jusqu'à la fin des temps.

Carl était sur le point de reposer son appareil quand Essie tendit une main.

« À mon tour. »

Elle voulait prendre ses propres photos de Mara, mais aussi quelques-unes des deux hommes.

L'appareil de Carl était plus gros que ceux dont elle avait l'habitude, mais cela ne le rendait pas plus difficile à utiliser. Après une série de clichés, tandis que Carl versait le thé dans les tasses, elle le reposa pour prendre Mara dans ses bras et revit en pensée les scènes qu'elle avait saisies sur le film. La petite fixant solennellement l'objectif, le blanc de ses yeux ressortant contre la noirceur de sa peau et de ses iris. Ses mains potelées tendues vers le luxmètre de Carl. Le gros plan sur ses pieds et leurs orteils alignés comme des petits pois dans une cosse. Simon et Carl assis avec Mara entre eux.

Mais la photo qu'elle désirait le plus voir imprimée avait été prise par Carl. L'instant précis où avait retenti le déclic de l'appareil était clairement imprimé dans sa mémoire. Mara se trouvait dans ses bras, le visage levé vers elle, souriante. D'une main, elle lui touchait les lèvres ; de l'autre, elle avait saisi une épaisse mèche de cheveux blonds. À la voir ainsi serrée dans son poing, on aurait pu croire qu'elle ne lâcherait jamais prise.

Ils sirotèrent leur thé et Simon reporta son attention sur la collection de photographies étalée sur la table. Il feuilleta les images une à une.

« Mais lequel de ces endroits est chez toi ? » demanda-t-il à Carl.

Essie se douta qu'il reprenait le fil d'une conversation entamée en son absence.

« Tous, répondit simplement Carl avant de se tourner vers elle. Je racontais à Simon que mes parents vivent en France, mais mon père est moitié suédois, moitié allemand. Ma mère est américaine. Petit, je suis allé à l'école dans des établissements internationaux au Moyen-Orient ou à Vienne, parce que mon père travaillait dans l'industrie minière. J'ai des amis et de la famille partout dans le monde. Et tout un tas d'endroits que je peux appeler "chez moi". »

Il esquissa un sourire espiègle.

« Mais lequel est le plus précieux pour toi ? » insista Simon.

Essie attendit la réponse de Carl, curieuse. Celui-ci fouilla parmi les photos et en tira l'image d'une vaste chaîne de montagnes enneigées.

« Mon oncle habite là-bas, dans les Alpes autrichiennes. Je vais chez lui depuis que je suis tout gamin. C'est l'une des plus belles régions que je connaisse. »

Simon siffla entre ses dents, admiratif. Rien d'étonnant à ce qu'il soit impressionné par les dizaines de cimes aux silhouettes superposées : ce devait être un spectacle extraordinaire pour quelqu'un d'accoutumé à ne voir que des montagnes solitaires au milieu des plaines – le Kilimandjaro, le Meru ou les volcans de la vallée du Grand Rift, parmi lesquels Ol Doinyo Lengai.

« J'adore les déserts du Nouveau-Mexique, poursuivit Carl. Je vais voir mon cousin là-bas dès que j'en ai l'occasion. Mais j'ai aussi découvert certains de mes endroits préférés grâce à mon travail. »

Il ramassa une nouvelle photo.

« Celui-là, par exemple. En Tasmanie. »

Essie regarda l'image en noir et blanc, stupéfaite. Des touffes d'herbe poussaient parmi des rochers de granite ; la terre nue était constellée de petits trous sombres. Sans même s'en rendre compte, elle s'empara de la photo pour l'observer de plus près. En arrière-plan, sur la crête d'une colline herbeuse, se tenait un homme. Il semblait vêtu à première vue d'une immense cape de fourrure. Mais, en y regardant plus en détail, Essie aperçut le long bâton qui reposait sur ses épaules. De nombreux oiseaux – au moins une douzaine – y étaient suspendus par les pattes, identiques. Leurs corps étaient des boules de plumes duveteuses, leurs ailes et leurs becs pointés vers le sol. Un deuxième homme se trouvait derrière le premier, chargé d'un fardeau similaire.

Les deux groupes d'oiseaux, nettement alignés, formaient un motif insolite contre le ciel clair.

« J'ai déjà vu ça… »

Ce n'était qu'un murmure, comme adressé à elle-même. Si on le lui avait demandé, elle n'aurait pas pu se rappeler cette scène ; la photo devait faire écho à quelque chose de profondément enfoui dans sa mémoire.

« Tu as déjà vu des chasseurs de *muttonbirds* ? » demanda Carl.

Elle opina, incapable de trouver les mots justes. Simon se pencha à son tour sur l'image.

« Ces hommes sont de bons chasseurs. Ils ont des arcs et des flèches ?

— Non, répondit Carl. Ces oiseaux ne sont que des poussins. On les ramasse directement dans leur terrier.

— Ils sont très gros, fit remarquer Simon en fronçant les sourcils.

— Les parents les engraissent pour les préparer à voler sur une longue distance.

— Ils ont bon goût ?

— J'aime bien, dit Carl. Mais beaucoup de gens ne sont pas de mon avis. »

Simon examina la photo de près. Puis son expression s'éclaira comme s'il venait de résoudre une énigme.

« Ces chasseurs sont les descendants des premiers hommes noirs de Tasmanie !

— Oui, confirma Carl. Comme la plupart des gens que j'ai croisés à la roquerie.

— Mais ils ont la peau blanche.

— Ça varie beaucoup d'une personne à l'autre, intervint Essie. Certains ressemblent davantage à leurs ancêtres. »

Elle tenait ces connaissances d'Arthur. Pendant ses recherches d'outils en pierre, à l'époque où il avait rencontré Lorna, il avait sauté sur la moindre occasion de parler à des gens d'origine aborigène au cas où ceux-ci connaîtraient l'emplacement de potentiels sites de fouilles. Il arrivait parfois que des collègues ou des étudiants lui demandent de les décrire ; il racontait alors que, bien que la plupart d'entre eux soient très mats de peau, avec les cheveux frisés, d'autres avaient la même blondeur et les yeux aussi bleus que sa propre fille.

Carl regardait Essie avec intérêt.

« Qui t'a emmenée à la chasse au *muttonbird* ?

— Eh bien, c'était… avec la famille de ma mère.

— Elle était en partie aborigène, alors ? »

Essie lui avait déjà dit que sa mère était décédée, d'où son usage de l'imparfait. Mais elle n'avait fourni aucun détail. À présent, elle ne savait pas quoi lui répondre. Cette question, d'apparence simple et ordinaire, l'emplissait d'appréhension.

« Non, dit-elle d'un ton précipité. Je le sais parce que quelqu'un lui a déjà demandé. J'étais à l'école primaire, c'était à une garden-party et il y avait un homme qui venait de l'université. Je me souviens bien de lui – il portait une veste bleu marine avec des boutons dorés. Et il connaissait la collection d'outils de mon père. »

Elle leva les yeux vers Simon et Carl.

« Mon père est célèbre pour ça dans le milieu académique. Bref, cet homme a demandé si ma mère était tasmanienne. Et quand elle a dit oui, il a demandé si elle avait du sang noir dans les veines. C'était peut-être une blague, mais personne n'a ri. Ma mère n'a rien trouvé à dire. Elle est restée muette. C'est mon père qui a fini par répondre. Et il a dit non. Un non définitif. »

Tout en parlant, elle avait recommencé à contempler l'image. Elle ne parvenait pas à se dégager de son emprise.

« Et ta mère ne t'a jamais dit le contraire, quand vous étiez toutes les deux ? » demanda Carl.

De toute évidence, il avait choisi ses mots avec soin – pour ne pas sembler trop inquisiteur.

« Non. Ma mère ne parlait jamais de la Tasmanie, ni de sa famille. Elle disait que maintenant qu'on était en Angleterre, il valait toujours mieux vivre dans le présent… »

Essie se rendit compte qu'elle s'adressait à elle-même autant qu'aux deux autres.

« Mais s'il y avait du sang aborigène quelque part dans sa famille, je comprendrais qu'elle n'en ait parlé à personne, même pas à moi. Elle avait déjà assez de mal à s'intégrer comme ça. Les Anglais sont obsédés par le lignage, surtout dans un endroit comme Cambridge… Et je ne pense pas que mon père aurait voulu que ça se sache, ajouta-t-elle avec un sourire amer.

— C'était quelque chose de honteux ? demanda Simon d'un ton intrigué. Les Hadzas sont méprisés par les autres tribus. Les Massaïs, les Kikuyus, les Wagogos… Rien de ce que nous faisons n'a de valeur pour eux. C'est pareil pour d'autres peuples ? »

Il désigna les deux hommes présents sur la photo.

« C'est difficile à expliquer », dit Essie.

Son esprit était un fouillis de pensées contradictoires.

« Ton père connaît sans doute la vérité, affirma Carl, les yeux brillants. Tu pourrais l'interroger. À ta place, je voudrais savoir. Je voudrais retrouver ma famille, passer du temps avec eux. »

Il y eut un bref silence troublé seulement par le vacarme lointain des flamants nains au bord du lac. Essie secoua lentement la tête.

« Je n'ai pas envie de lui demander.

— Pourquoi pas ? » fit Simon.

Il paraissait indigné. Essie se figura qu'il ressentait une certaine solidarité avec ces étrangers de la roquerie tasmanienne ; autrement, jamais il ne se serait montré aussi téméraire.

« Je ne pense pas qu'il me dirait la vérité. »

Elle se mordit la lèvre, choquée par l'écho de réalité de ces mots. Puis elle rendit la photo à Carl.

« De toute façon, ma mère avait raison. Il vaut mieux vivre dans le présent. Ça ne sert à rien de regarder en arrière.

— Mais ton métier est de découvrir le passé ! » s'exclama Simon.

Essie le regarda en silence, incapable de répondre. Elle s'avança vers Carl et lui prit le bébé. Quand Mara se mit à gigoter avec un murmure de protestation, Essie la posa contre son épaule et lui tapota le dos tout en s'éloignant de quelques pas, le regard perdu au-delà des limites de ce qui avait été le jardin de Wolfgang Stein. Ses yeux se posèrent sur un immense pied de rose du désert, ses multiples branches piquetées de boutons roses. Alors qu'elle se concentrait sur cette touche de couleur vive au milieu de la roche et de la terre nue, une autre scène s'imposa à son esprit.

Il y avait des pierres claires couvertes de lichen orange – d'un orange si vif que ç'aurait pu être de la peinture. Les rochers bordaient une plage de sable blanc où venaient se briser des vagues turquoise. L'eau tourbillonnait autour de ses pieds. De l'écume blanche se déposait sur sa peau. Au-dessus d'elle retentissaient les cris d'oiseaux marins, suspendus dans le ciel d'un bleu cristallin comme des marionnettes agitées par le vent.

Le froid la faisait frissonner. Ses jambes de petite fille luttaient contre un courant puissant.

Quelqu'un se trouvait avec elle, une silhouette en suspens sur la crête des vagues – plongeant comme une otarie avant de remonter en crevant la surface. Une main écartant des cheveux d'un visage bronzé, lui faisant signe. Un sourire.

L'image, limpide pendant quelques secondes, s'estompa à mesure qu'Essie s'efforçait de la saisir, comme de l'eau fuyant entre les pierres. Puis elle disparut.

Essie se retourna vers la maison. Elle héla les autres, pointant le soleil du doigt.

« Il se fait tard. On devrait rentrer. »

Une colonne d'épaisse fumée s'élevait dans l'air. Elle semblait provenir de l'espace situé devant la tente de repas, estima Essie tout en s'éloignant du Land Rover avec le landau. Elle n'était pas inquiète ; Ian devait avoir demandé à Baraka de préparer un dîner à l'ancienne pour que Diana puisse en faire l'expérience. C'était une tradition au campement : les visiteurs adoraient se sentir comme dans un roman de Hemingway ou dans *La Ferme africaine* de Karen Blixen. Il était un peu tôt pour allumer le feu, cela dit – le soleil était encore haut au-dessus de l'horizon. Baraka avait sans doute voulu s'assurer qu'il y aurait assez de braises pour en recouvrir sa marmite. Tout à ces pensées, Essie se concentra sur l'odeur de la fumée, sur la vision de la colonne s'élevant jusqu'au ciel. Elle voulait à tout prix oublier la conversation dérangeante de la maison missionnaire – l'envelopper dans son esprit comme dans un cocon de soie qui en dissimulerait le contenu.

En approchant de la tente, elle se passa une main dans les cheveux. D'ordinaire, elle les attachait pour qu'ils sèchent raides et ordonnés ; mais, en sortant du bassin, elle les avait laissés libres et les pointes avaient bouclé. À tous les coups, personne n'y ferait attention, mais cela restait un indice certain que sa journée n'avait pas suivi le même cours que d'habitude. Elle se pencha sur le landau pour regarder Mara à travers la moustiquaire. Il arrivait que la petite soit de mauvaise humeur à cette heure de la journée – pas à cause de la faim ni de la fatigue, mais juste grincheuse. Dans ce cas, Essie faisait de son mieux pour l'éloigner de Ian, Julia et Diana, qui n'aimaient pas les perturbations ; Ian lui lançait des regards frustrés, comme si elle provoquait délibérément la conduite de Mara. Pour l'instant, toutefois, le bébé dormait profondément. La journée avait été longue. Essie observa son visage en se demandant si le souvenir des moments passés dans le bassin était toujours présent dans sa mémoire – et peut-être même dans ses rêves.

Lorsqu'elle contourna les buissons qui jouxtaient la tente de repas, elle trouva Julia assise près du foyer, un long bâton à la main. Quelque chose de grand et plat se laissait lentement dévorer par les flammes à ses pieds. Essie retint son souffle en reconnaissant les couleurs vives du coucher de soleil derrière Ol Doinyo Lengai, fondues sous l'effet de la chaleur. Et la signature au coin de la toile, sur le point d'être consumée : *Mirella*.

Il était trop tard pour changer de cap. Elle poussa le landau jusqu'à une chaise et prit place comme si de rien n'était. Julia ignora son salut hésitant, trop occupée à pousser le tableau dans les flammes. À la voir ainsi échevelée, on aurait presque cru qu'elle était allée nager, elle aussi. Des mèches grises, échappées de son chignon à moitié défait, pendaient devant son visage. Il y avait une traînée de cendre sur sa joue et une trace de brûlure sur la jambe de son pantalon. Elle fixait les flammes d'un air sinistre.

Essie chercha du regard Ian ou Diana. Ou même Kefa. Mais il n'y avait personne alentour. Sous ses yeux, Julia transperça la toile du bout de son bâton et une flamme bleue jaillit à travers la déchirure.

« Qu'est-ce que tu fais ? » demanda prudemment Essie.

C'était une question rhétorique ; la réponse se trouvait là, en face d'elle. Mais elle n'avait rien trouvé à dire d'autre. Elle remarqua un verre en cristal posé aux pieds de Julia, près d'une bouteille de whisky vide couchée sur le flanc.

Julia ne répondit rien et se contenta de pousser le tableau encore plus loin dans le brasier, révélant le coin d'une autre toile jusque-là cachée en dessous. Et encore autre chose. Essie reconnut la bordure jaune caractéristique des magazines *National Geographic*. Le souffle coupé, elle comprit que c'était le numéro portant la photo de William en couverture. Il ne restait que des fragments du visage – un œil, une joue, un sourcil épais. De la fameuse Rolex ne subsistait que le bracelet.

Était-il possible que Julia ait emporté le magazine par erreur et qu'il se soit retrouvé dans le feu sans qu'elle s'en rende compte ?

« Qu'est-ce que tu fais ? » répéta-t-elle.

L'atmosphère était emplie de craquements de toile en flammes et de la puissante odeur de la peinture à l'huile en train de brûler. Julia hochait la tête comme en réponse à une voix intérieure. Enfin, elle leva les yeux vers Essie.

« La monogamie n'est pas la norme chez les mammifères, tu sais. C'est un énorme désavantage en matière d'évolution. »

Elle parlait d'un ton parfaitement égal, à croire qu'elle se livrait à une conférence improvisée pour se mettre en appétit – sauf que ce sujet ne relevait pas vraiment de son domaine de compétences.

« Le changement fréquent de partenaire enrichit le patrimoine génétique. Argument numéro un : une diversité accrue augmente les chances de mutations utiles, soit le propre de l'évolution. Numéro deux, poursuivit-elle en comptant sur ses doigts, elle améliore le taux de survie de la progéniture. La transmission des gènes est, comme nous le savons tous, le but de la vie. C'est pourquoi tant de sociétés traditionnelles permettent à leurs membres de multiplier les partenaires. »

Julia afficha un sourire radieux.

« Tout comme nous, bien sûr. »

Essie se mordit la lèvre. Cette situation ne lui était que trop familière : devoir ménager une personne dont le comportement n'avait aucun sens.

« Où est Ian ?

— En réunion », répondit Julia avec un signe de tête en direction du Palais.

Essie regarda la tente orange. Deux silhouettes étaient visibles derrière l'une des fenêtres plastifiées. Ian et Diana se tenaient tout proches ; leurs hanches se touchaient presque. Essie lança un regard vers Julia, qui avait les sourcils haussés et la tête inclinée sur le côté de manière évocatrice. Elle n'en croyait pas ses oreilles. Sa belle-mère insinuait-elle qu'il se passait quelque chose d'indécent entre Ian et Diana ?

Son doigt se prit dans un nœud alors qu'elle écartait une mèche de ses yeux. Un instant, elle fut tentée d'y croire – puis elle secoua la tête. Elle était mieux placée que quiconque pour comprendre que son mari et Diana travaillaient en équipe et que toute jalousie à leur égard serait déplacée. Elle-même rendait très régulièrement visite à Carl Bergmann... (Elle ne l'avait dit ni à Julia ni à Ian, mais ils seraient sûrement d'accord. Après tout, Ian semblait voir d'un bon œil la possibilité de rapports cordiaux avec le photographe.) Par ailleurs, elle passait également ses journées seule avec Simon.

Elle se tourna à nouveau vers la tente. Ian s'y trouvait peut-être justement pour éviter que Diana ne voie sa mère se donner en spectacle. Il n'avait pas été habitué, comme Essie, à ce genre d'excentricité de la part d'un parent. Pourtant, elle avait un mauvais pressentiment. Dès le départ – quand Frank avait organisé l'apéritif aux Traces –, Diana Marlow avait paru attirée par Ian. Elle avait même souligné qu'Essie avait de la chance d'être mariée à un homme comme lui. Mais il n'y avait rien d'inhabituel à ce qu'une femme tombe sous le charme de Ian Lawrence. Et Julia avait probablement dû faire face au même phénomène avec William. Ian avait hérité de son père cette tendance à occuper le centre de l'attention. Apparemment, il avait également adopté l'une des techniques les plus efficaces de William à cet égard – celle consistant à regarder le sol ou la table lorsqu'il parlait, puis, au moment clef de son discours, à lever soudain les yeux pour fixer son public avec intensité. L'effet était quasi hypnotique ; chaque membre de l'assistance se sentait privilégié d'être présent. Non seulement les hommes de la famille Lawrence savaient se comporter en hôtes irréprochables, mais ils faisaient d'excellents professeurs. Le mari de Julia avait sûrement dû repousser les avances de nombreuses admiratrices, tout comme Ian à l'époque où le campement regorgeait encore de visiteurs. Ian et William étaient les patriarches de Magadi. Et les chercheurs, les étudiants, les bénévoles – qu'ils soient hommes ou femmes – étaient en quelque sorte leurs enfants. Rien de plus.

À ceci près que Julia brûlait en ce moment même les tableaux de Mirella. Essie repensa aux croquis abîmés dans la réserve – à la rage qu'exprimaient les traits défigurant le papier. Et puis il y avait la primatologue, Alice Jones. Il était évident que Julia ne l'aimait pas, mais peut-être ce ressentiment n'avait-il rien à voir avec le *korongo* qui portait son nom, la saleté des bonobos orphelins et ses manières discutables. Ces deux femmes avaient-elles pu avoir une aventure avec William ?

Le regard d'Essie se perdit dans les flammes. Julia avait toujours parlé de son mari avec une telle admiration… Lorsqu'elle époussetait la plaque commémorative érigée près des Traces, son visage exprimait une immense tendresse. Elle avait dû aimer William. Et sans doute l'avait-il aimée, lui aussi. Ils avaient pu passer une sorte d'accord – mais, dans ce cas, Julia n'avait jamais réussi à s'y faire complètement. Essie mit fin à ses spéculations. Elle ne faisait que tâtonner dans l'ombre.

À la place, elle dirigea à nouveau ses pensées vers son mari et Diana. Là-bas, sous la tente orange, les deux silhouettes venaient de s'éloigner de la fenêtre jusqu'à disparaître dans l'ombre.

« Ils devraient nous rejoindre bientôt, dit-elle. Il faut bien qu'ils mangent. »

Julia ne la quittait pas du regard.

« Les hommes ont des besoins. Quelqu'un doit les satisfaire. Tu le sais aussi bien que moi. »

Elle émit un bref rire sans joie et secoua la tête.

« C'était différent, avant. Avant ce qui est arrivé à Robbie. Je sais que c'était ma faute. Mais je n'ai rien pu faire. Je n'avais plus rien à offrir à personne, dit-elle d'une voix étranglée. J'étais à peine vivante. »

Un gémissement lui échappa.

« Je n'ai pas survécu. Ils ont dit que je survivrais, mais c'était faux. »

Essie jetait des regards désespérés autour d'elle. Quelle que soit la part du whisky dans l'état de Julia, ce n'était pas à elle de gérer toute cette détresse. Cela dit, elle ne se voyait pas faire irruption dans le Palais et interrompre Ian et Diana. À la place, elle se tourna vers la cuisine. Le cuisinier connaissait les Lawrence depuis des décennies ; il saurait peut-être comment réagir.

« Je vais chercher Baraka », annonça-t-elle d'une voix calme et mesurée qui lui fit penser aux infirmières de Fulbourn ou aux nounous compétentes décrites dans le *Guide complet des soins pour bébés*.

Elle vérifia que Mara dormait toujours et que la moustiquaire était correctement drapée sur le landau, puis se dirigea vers la cuisine d'un pas rapide. La vapeur s'élevant de deux casseroles en train de bouillonner sur le feu embrumait la pièce. Un couteau gisait en travers d'une planche à découper, couvert de traînées blanches là où de l'amidon de pomme de terre commençait à sécher. Baraka avait dû se trouver ici peu de temps auparavant, à couper des légumes ; mais la cuisine était déserte.

Essie se précipita vers le campement des ouvriers et interrompit une dispute entre deux employés pour leur demander où se trouvait le cuisinier. Elle attendit une réponse, impatiente. Quelqu'un fut envoyé poser des questions ailleurs. Enfin, on lui apprit que Baraka était parti « chercher des remèdes de brousse » – une expression signifiant qu'il était aux toilettes.

De retour dans la cuisine, elle examina rapidement le contenu des étagères. Faute de mieux, apporter à Julia un peu de nourriture afin d'éponger l'alcool semblait une bonne idée. Elle s'empara d'une boîte de biscuits apéritif et d'une conserve de moules fumées – sans doute un ingrédient du hors-d'œuvre prévu par Baraka. Enfin, elle décrocha une banane d'un régime pendu au mur par un crochet.

Ayant disposé cette collation improvisée sur une assiette, Essie reprit la direction du foyer. Le panache de fumée s'était épaissi ; le grand tableau devait être entièrement en flammes. En brûlant, la peinture teintait la fumée de rose, de vert, de jaune. Des nuages de couleur s'élevaient avant de se disperser comme si l'âme de l'œuvre était relâchée dans l'atmosphère.

La chaise de Julia était vide. Soulagée, Essie posa la nourriture, s'approcha du landau et souleva la moustiquaire – puis se figea. Mara n'y était plus.

Elle pivota sur ses talons. Julia devait l'avoir prise. Pourtant, elle n'avait jamais fait l'effort de la porter ni même de s'en approcher. Essie entra dans la tente de repas et, la trouvant déserte, traversa la clairière dans l'autre sens pour gagner la hutte de travail, le cœur battant. Elle s'exhorta au calme. Julia avait trop bu et l'alcool avait libéré des émotions contenues depuis longtemps, mais cela ne la rendait pas dangereuse pour autant. Malgré ces pensées rassurantes, une myriade de scénarios plus terrifiants les uns que les autres lui traversa l'esprit en l'espace de quelques secondes.

C'est alors qu'elle aperçut une haute silhouette immobile à l'orée du campement. Julia faisait face au soleil, le visage à demi détourné de son éclat. Elle tenait Mara contre elle.

Essie s'avança à pas prudents, comme on approche un animal sauvage. Une fois près d'elle, elle se pencha en avant pour voir son visage. Julia regardait l'enfant, caressant sa joue rebondie d'un doigt déformé par l'arthrite. Mara remua, puis émit une plainte. Julia la remonta sur sa poitrine en la berçant gentiment. Mais Mara semblait se rendre compte que les bras qui la tenaient appartenaient à une inconnue. Elle commença à pleurer comme quand elle avait peur – des cris pareils à ceux d'un oiseau.

« Chut, chut. Tout va bien. Ne pleure pas. »

L'intonation de Julia était presque suppliante.

« Ne pleure pas. Ne pleure pas. Ne pleure pas », répéta-t-elle à la manière d'une formule magique.

Mara finit par se calmer – mais, lorsque Julia se tourna vers Essie, ses yeux brillaient de larmes. Elle semblait triste comme un prisonnier ayant abandonné depuis longtemps tout espoir de libération.

« Elle s'est réveillée », dit-elle simplement.

Elle lui rendit l'enfant, soutenant la tête d'une main experte tout en rassemblant les bras et les jambes. Ses gestes avaient quelque chose d'automatique, comme si son corps ne les avait jamais oubliés. Quand Mara fut de retour entre les bras d'Essie, Julia tourna les talons et s'éloigna.

Essie nourrissait Mara au biberon, le regard perdu dans le feu. Le tableau du coucher de soleil n'était quasiment plus que cendres. Baraka avait emporté le verre et la bouteille vide. Il en avait profité pour tirer des flammes une reliure carbonisée – tout ce qui restait du précieux magazine. Tout du long, son visage était demeuré impassible, au point qu'Essie le soupçonnait d'en savoir davantage qu'elle sur la signification de ce qui venait de se produire.

À présent, il était de retour dans la cuisine et Essie hésitait entre aller voir si Julia avait regagné sa tente et aller chercher Ian au Palais afin qu'il s'en charge. Quoi qu'elle décide, elle devrait d'abord laisser Mara finir son biberon ; les cris d'un bébé affamé ne feraient qu'ajouter à la tension de l'atmosphère.

Le biberon était presque vide quand elle vit Ian sortir de la tente orange, lissant ses cheveux du plat de la main tout en s'avançant vers elle. Parvenu près du feu, il se figea, les yeux écarquillés, remarquant les lambeaux de toile mêlés à la cendre, l'odeur inhabituelle et les fragments du *National Geographic*. Puis il lança un regard par-dessus son épaule et Essie comprit qu'il se demandait comment cacher à Diana l'étrangeté de la situation. Mais c'était trop tard. La visiteuse le suivait de près. Une fois à sa hauteur, elle poussa les cendres du bout de sa botte. Ian regarda Essie.

« Qu'est-ce qui s'est passé ? » demanda-t-il, autoritaire.

Ses yeux allaient et venaient entre Mara et elle, comme si cet événement inexplicable avait forcément un rapport avec le bébé hadza.

« Julia a brûlé les tableaux de Mirella. Et le magazine avec William en couverture. »

Essie observa attentivement l'expression de Ian. La date figurant sur les tableaux était 1955, il avait donc vingt-quatre ans quand Mirella était venue à Magadi. Il était déjà revenu d'Angleterre, son diplôme en main. Il était tout à fait possible qu'il ait été conscient d'une liaison entre la peintre et son père ; pourtant, il aimait décrire ses parents comme le couple parfait. C'était ainsi que les voyait le public : William et Julia Lawrence, couple doré de l'archéologie, qui avaient traversé ensemble une affreuse tragédie et s'étaient soutenus mutuellement afin de poursuivre leur travail essentiel à la science. Si Ian savait, depuis tout ce temps, que son père était infidèle et à quel point cela avait blessé sa mère, il avait remarquablement bien gardé le secret.

Mais Essie ne vit que de la confusion sur son visage – puis, alors qu'il réfléchissait à toute vitesse, un profond choc. Il grimaça comme s'il venait d'avaler quelque chose d'amer, et elle le vit rejeter brusquement l'idée de la trahison de son père comme on recracherait un fruit pourri.

« Julia avait déjà parlé de décrocher les tableaux. Elle les trouvait lassants, déclara-t-il à Diana. Tu te rappelles ? C'est ce qu'elle a dit l'autre soir… »

Diana alluma une cigarette et souffla un nuage de fumée, les yeux étrécis.

« Elle ne portait pas l'artiste dans son cœur non plus. »

Un silence épais s'abattit, accentué par un rire lointain en provenance du campement des ouvriers.

« Je crois que tu ferais mieux d'aller voir ta mère, dit Essie avec un regard lourd de sens. Elle n'a… pas l'air très bien. »

L'espace d'une seconde, une étincelle qui ressemblait à de la peur s'alluma dans ses yeux. Puis il tira une chaise à l'intention de Diana.

« Elle travaille trop dur. C'est fatigant, à son âge. Elle a juste besoin de repos, j'en suis sûr. Je vais demander à Baraka de lui apporter son dîner. »

Tous les trois mangèrent rapidement, presque sans parler. L'odeur de la peinture brûlée flottait autour d'eux comme un voile. Cette atmosphère pesante devait affecter Mara, qui, même installée sur sa peau de babouin avec plusieurs jouets, émettait régulièrement de petites plaintes. Ian lançait des regards courroucés dans sa direction, au point qu'Essie finit par préférer quitter la table.

Ce n'est que plus tard, quand son mari la rejoignit dans leur tente, qu'elle comprit quelles conclusions il avait tirées de cet épisode. Tout d'abord, il ne dit rien, occupé à défaire ses lacets assis au pied du lit. Puis il poussa un profond soupir.

« Je suis allé voir Julia mais elle dormait, dit-il avant de se retourner pour faire face à Essie. C'est ta faute, tu sais, si elle est dans cet état. »

À ces mots, Essie sentit l'indignation l'envahir. Elle l'avait attendu en chemise de nuit, assise dans le lit, pour avoir des nouvelles de Julia. Ses mains se crispèrent sur ses genoux.

« Cette histoire concerne ta famille, répliqua-t-elle. Tes parents. Ça n'a rien à voir avec moi. »

Elle déglutit, choquée par la virulence de sa réaction – mais il était trop tard pour s'arrêter. Toutes ces paroles, qu'elle avait refrénées depuis son arrivée à Magadi, débordaient enfin d'elle comme de la lave en fusion.

« Et ce n'est pas seulement Mirella, je te signale. Il y a aussi Robbie. Vous faites tous les deux comme s'il n'avait jamais existé. Personne ne prononce jamais son nom. La présence de Mara fait remonter des souvenirs, je le comprends. Mais ça fait longtemps que Robbie a disparu. Il est temps d'accepter ce qui s'est passé. »

Ian s'était figé au moment d'ôter sa chaussure. Ses mains agrippaient le cuir, immobiles.

« On a tous fait le deuil de mon frère. Peut-être pas de façon conventionnelle, mais ça nous a suffi. »

Essie le dévisagea. Quoi qu'elle dise, parler serait une grave erreur, elle en était certaine ; mais elle ne pouvait plus se taire.

« Non, ça n'a pas suffi. Pas à Julia, en tout cas. C'est en train de la rattraper, tu ne vois pas ?

— Tout allait bien, rétorqua Ian, la mâchoire serrée. On a eu quelques problèmes financiers, mais à part ça, on s'en sortait parfaitement. Jusqu'à ce que tu ramènes ce bébé. »

Il pointait un doigt vers Mara, endormie dans son berceau, et son geste soulignait la froideur de ses paroles. Dans sa bouche, le mot « bébé » sonnait comme une malédiction. Essie suivit son regard. Le profil de Mara était éclairé par une lampe-tempête suspendue au plafond : la rondeur de ses joues, la courbe de son front lui donnaient l'air si innocent, si confiant.

Sans réfléchir, Essie se leva d'un bond et la prit dans ses bras. Elle sortit de la tente sans ajouter un mot et emprunta le chemin de la chambre d'enfant, Rudie sur ses talons. La lune n'était pas encore levée ; elle devait prendre garde de ne pas trébucher dans le noir. Tout en avançant, elle s'attendit à entendre des pas sur le sentier derrière elle. Ian allait sûrement se rendre compte de l'injustice de ses paroles et venir la chercher. Mais elle ne perçut aucun bruit sinon la faible rumeur nocturne, accompagnée par le grésillement lointain d'un transistor en provenance du Palais.

Dans la chambre d'enfant, elle installa Mara dans son couffin, plaça près d'elle un nounours, une poupée de chiffon et un éléphant en peluche afin qu'elle les voie veiller sur elle quand elle se réveillerait. Après l'avoir bercée à nouveau jusqu'au sommeil, elle-même s'allongea dans le lit double, l'oreille tendue. Ian la rejoindrait peut-être. S'il venait, décida-t-elle, elle refuserait de retourner dans leur tente ; il n'aurait qu'à dormir ici, avec elle, dans cette chambre qui symbolisait la place de Mara dans sa vie.

Une heure passa, puis deux. Le lit lui semblait trop grand, trop vide. Essie pensa à Mara, si proche, à la chaleur qui se dégageait d'elle. N'y tenant plus, elle se leva et la coucha dans le lit à côté d'elle, pas trop près au cas où elle-même se retournerait dans son sommeil. La petite ne se réveilla même pas.

Allongée de nouveau, Essie caressa la petite main posée entre elles. Du bout du pouce, elle traça des cercles sur la paume fripée, encore et encore. Peu à peu, elle sombra dans le sommeil.

15

Essie ouvrit les yeux dans l'obscurité. Il faisait encore nuit. D'un mouvement automatique, elle se tourna sur le côté afin de s'occuper de Mara avant que Ian se réveille. Pendant une poignée de secondes, elle fut perplexe de n'apercevoir, à la faible lueur de la lune, que le tapis de chanvre là où aurait dû se trouver la caisse rembourrée de coussins. Puis elle se rappela qu'elle n'était pas dans sa tente. Elle roula de l'autre côté. Mara était allongée près d'elle, petite forme sombre sur les draps blancs. Elle dormait profondément, les bras levés au-dessus de la tête, avec de très légers ronflements. Ce n'était pas elle qui avait tiré Essie du sommeil.

Une légère brise, entrée par la fenêtre, agita le mobile au-dessus de la table à langer. Essie distinguait tout juste les silhouettes de la vache et de la lune. Alors qu'elle les regardait tournoyer lentement au bout de leur ficelle, les événements de la veille au soir lui revinrent. Elle se sentit soudain complètement réveillée tandis que les braises de la colère qui l'avait poussée à quitter la tente se ravivaient ; mais il ne leur fallut pas longtemps pour céder la place au regret. Rejouant la scène dans son esprit, elle s'en voulut de ne pas avoir laissé filer les propos de Ian. Maintenant, elle allait devoir réparer les pots cassés – s'excuser de sa réaction quand elle reverrait son mari au petit-déjeuner. Ian ferait preuve de politesse mais aussi d'une froideur délibérée. Essie céderait à la pulsion de se montrer joyeuse et volubile pour meubler le silence, et resterait sous tension dès la seconde où elle aurait pénétré dans la tente de repas jusqu'au moment de s'échapper enfin dans les collines.

Elle savait déjà comment se dérouleraient les choses ; ce n'était pas une première. Il était rare pour elle de tenir tête à Ian, quel que soit le sujet. Quand elle le faisait, c'était parce qu'elle était certaine d'avoir raison, et elle préparait son discours très tôt pour mettre toutes les chances de son côté. Mais, dès lors qu'une de ses remarques pouvait être interprétée comme une critique, le conflit était inévitable – et elle finissait toujours par se sentir coupable et par s'en vouloir d'avoir été injuste, déraisonnable, insensible… Peu importait le problème d'origine : le bouleversement causé par la dispute lui semblait immanquablement bien pire.

Elle tenta de se rendormir, attentive à détendre ses muscles et à chasser toute pensée. Mais, allongée dans le noir, elle perçut un étrange sifflement. Il était à peine audible – quand elle tendait l'oreille vers lui, il se fondait dans le bourdonnement des insectes et les coassements des grenouilles assemblées autour des trous d'eau. Elle leva la tête, focalisant toute son attention.

Le son se fit plus fort. Puis quelque chose s'y ajouta : un battement rythmique. Repoussant le drap, Essie écarta la moustiquaire et traversa la chambre sur la pointe des pieds pour aller ouvrir la fermeture Éclair de la tente – le tout en silence afin de ne pas perturber Mara. Rudie la suivit à l'extérieur, la truffe levée, flairant l'air nocturne.

Éclairés avec douceur par la demi-lune, des milliers de flamants roses battaient des ailes dans le ciel. Ils formaient un large ruban, en formation serrée comme s'ils suivaient le tracé d'une autoroute partant du lac et surplombant Magadi avant de se prolonger vers le nord.

Bien qu'Essie ait déjà assisté à cette migration massive, le spectacle semblait trop extraordinaire pour être vrai.

Les échassiers volaient bas, presque posés sur l'horizon. Leurs silhouettes noires filaient sur fond de ciel gris ardoise strié de filets de nuages, rectilignes de la tête au bout des pattes. Le battement de leurs ailes était lent et régulier. Dans la pénombre, leur plumage rose paraissait gris et les parties d'un rouge plus sombre, presque noires.

À l'exception des bruits inhabituels qui avaient réveillé Essie – chuchotant dans son subconscient –, les oiseaux volaient dans un silence presque inquiétant. Mais il en était toujours ainsi. Souvent, la nuit de leur arrivée à Magadi, personne dans le campement ne s'apercevait de leur passage et la rumeur ne se propageait que le lendemain matin. *Ndege wamekuja !* Les oiseaux sont là ! Il en allait de même lorsqu'ils repartaient. Tout en tendant l'oreille dans la nuit, Essie se rappela ce que lui avait dit Carl à propos des faibles sifflements qui lui parvenaient. Il les nommait « appels de nuit ». Transmis d'un volatile à l'autre, ils avaient pour but de garder le troupeau soudé et de prévenir d'un quelconque danger. En dépit de ces connaissances, Essie ne pouvait s'empêcher de songer que les flamants roses fuyaient Magadi en secret. Ils n'avaient pas même attendu, comme à l'ordinaire, de pouvoir voyager à la lueur de la pleine lune.

Elle se demanda si Carl était debout, lui aussi, à les regarder s'éloigner. Elle imaginait sans mal la déception qui devait se déverser sur lui comme un épais brouillard. Peu importait la raison de cet exode massif, ses conséquences pour Carl étaient claires : le Flamingo Project venait de prendre fin avant même d'avoir commencé.

Quelque chose de minuscule tomba lentement vers Essie, porté par la brise. Elle suivit des yeux la plume duveteuse descendant en spirale, qui atterrit non loin de l'endroit où elle se trouvait – petite boucle rose sur le sol pierreux.

La lumière des phares étendait ses longs doigts jaunes sur le terrain inégal. Essie se pencha en avant, scrutant la piste. À côté d'elle, couchée dans son couffin sur le siège passager, Mara contemplait le ciel avec de grands yeux vifs – même à son âge, elle semblait reconnaître la saveur d'une aventure inattendue. Rudie était à l'arrière, sa tête reposant sur le dossier d'Essie. Tommy lui tenait compagnie. Il s'était réveillé au moment où elle passait devant son enclos et avait fait un tel tapage en donnant des coups de tête dans la clôture qu'elle avait dû revenir précipitamment sur ses pas pour le libérer. Au loin, vers l'horizon, elle aperçut une touche de clarté qui ne venait pas de la lune. Tommy lui avait fait perdre du temps, en plus de celui passé à préparer les biberons de Mara ; l'aurore n'était plus très loin.

Bientôt, les résidents du campement commenceraient à émerger. Elle se représenta Diana en nuisette de soie, allongée dans son immense lit protégé par des moustiquaires à bordure de dentelle ; Julia sur son matelas étroit, raide et immobile, les yeux clos pour repousser le souvenir de la veille au soir. Dans le campement des ouvriers, les Africains quitteraient leurs lits de camp et se dirigeraient vers les bassins pour se débarbouiller. Enfin, elle pensa à Ian, qui se réveillerait seul dans leur lit. Son premier souci serait de savoir comment expliquer aux autres que sa femme avait passé la nuit dans une autre tente : il était impossible de garder un secret au campement. Il pourrait utiliser le bébé comme excuse. Cela dit, il ne faudrait pas longtemps avant que quelqu'un l'informe qu'Essie, Mara, le chien et la gazelle avaient tous disparu, ainsi qu'un des Land Rover.

Puis on lui apporterait le papier qu'Essie avait laissé à son intention dans la chambre d'enfant.

Je suis allée conduire un peu.

Elle n'avait pas trouvé mieux à écrire, dans la précipitation. Cela n'avait aucun sens, elle le savait : à Magadi, personne n'allait conduire – et consommer du carburant – juste pour le plaisir. Ian en conclurait qu'elle était toujours en colère contre lui et avait décidé de le punir en disparaissant. Il serait surpris, et surtout agacé. Il lui serait impossible d'expliquer nonchalamment l'absence d'Essie au petit-déjeuner, à présent. Et il avait déjà Julia à gérer, sans parler de leur invitée.

Essie manœuvra pour se garer devant la maison missionnaire et coupa le moteur. Elle attendit, les doigts crispés sur la clef de contact. La tension bouillonnait en elle. Elle ne pouvait pas se figurer comment elle justifierait, plus tard, le fait d'être venue ici ; cela reviendrait à admettre que sa relation avec le photographe dépassait de très loin ce qu'elle aurait dû être. Elle devrait avouer que Carl Bergmann et elle étaient devenus amis. Et elle craignait, ce faisant, de laisser à Ian la possibilité de lire en elle. De voir qu'ils avaient nagé dans l'étang. De savoir que, en présence de Carl, elle se surprenait à observer chaque minuscule détail de son visage, de son corps, de sa façon de parler. Mais il ne verrait sans doute pas comment Carl l'aidait avec Mara et partageait son affection pour le bébé. Comment leurs conversations, même au-delà du domaine professionnel, éveillaient son intérêt. Elle aurait beau dire, en toute honnêteté, que c'était la première fois qu'elle rendait délibérément visite à Carl sans que Simon soit présent, Ian n'en serait pas moins blessé, jaloux et furieux.

Chassant la pensée de son mari, elle descendit de voiture et fit une pause pour respirer l'odeur marécageuse du lac. Des flamants roses volaient encore au-dessus d'elle, mais en plus petits groupes, comme une écharpe de dentelle d'un rose poussiéreux. Après avoir récupéré Mara, elle ouvrit la portière pour permettre à Rudie et Tommy de sauter à terre. Puis elle s'engagea sur le chemin longeant le flanc de la maison.

Bientôt, ses pas crissèrent sur les graviers tandis qu'elle avançait prudemment dans l'obscurité, concentrée sur ce qu'elle allait dire à Carl. Elle n'était pas venue simplement pour être sûre qu'il avait vu le départ des oiseaux – après tout, il ne pouvait rien faire pour les retenir. Non, elle voulait le réconforter et le soutenir compte tenu de ce que cela signifiait pour son projet. Debout au milieu du campement, à contempler le passage des échassiers dans le ciel, il lui avait semblé évident, urgent, de se rendre à la maison missionnaire. Mais à présent le doute l'envahissait. Carl et elle ne se connaissaient pas depuis si longtemps ; pourtant, elle s'était précipitée à ses côtés comme une amie de longue date.

Levant les yeux vers une fenêtre, elle aperçut la lueur d'une lanterne : Carl avait donc été réveillé par les oiseaux, lui aussi. Elle contourna l'angle du bâtiment, puis s'immobilisa. La Jeep était garée non loin de la porte, le coffre rempli de matériel. Le véhicule avait été chargé à la hâte, avec des boîtes et des malles jetées pêle-mêle, et quelques objets en vrac. Au sommet du monticule gisaient quelques vêtements visiblement tout juste décrochés de la corde à linge. Essie regarda vers la véranda. La porte arrière béante laissait échapper un flot de lumière. Les étuis argentés des appareils photo étaient visibles, alignés dans le couloir.

Elle observa la scène, muette, comprenant lentement ce que tout cela signifiait. La disparition des oiseaux marquait la fin du projet de Carl, elle s'en était doutée dès le premier instant ; mais elle avait pensé qu'il prendrait le temps de préparer ses bagages et de faire place nette. Le *Gari la maji* se trouvait encore au bord du lac, ainsi que plusieurs cachettes de photographe disséminées le long de la rive. Carl aurait dû rester encore un mois, voire plus. En un instant, Essie revit certains des moments qu'ils avaient partagés. Puis elle songea à toutes les choses qu'ils avaient encore prévu de faire. Simon devait les guider jusqu'à un lieu appelé les « Sables mouvants », connu des chasseurs hadzas. Les étranges dunes, qui se déplaçaient d'elles-mêmes, étaient formées d'un sable noir contenant des particules magnétiques. Lorsqu'on en jetait une poignée dans les airs, les grains s'aggloméraient en petits amas avant de retomber…

Carl sortit de la maison, pieds nus et vêtu de ses habituels short et chemise délavés. Pour une fois, sa tenue n'exprimait pas la détente, mais faisait simplement écho à la fatigue sur son visage. Debout au sommet des marches de la véranda, il leva les yeux vers le ciel, bouche bée, comme s'il n'arrivait toujours pas à y croire. Essie s'approcha en prenant soin de faire crisser le gravier sous ses bottes pour annoncer sa présence.

Carl se tourna vers elle, manifestement surpris. Puis il sourit.

« Essie ! Tu es venue ! »

Il fit un pas vers elle. Tout en lui rendant son sourire, elle regarda une fois de plus les oiseaux en vol au-dessus d'eux. Normalement, elle aurait dû faire un commentaire sur leur départ inattendu – mais cela ne lui semblait plus si important. À la place, elle désigna la Jeep, puis les étuis alignés dans l'entrée.

« Tu t'en vas. »

Sa gorge se serra, étranglant légèrement les mots.

« Il faut que je les suive, dit Carl. Ils vont peut-être se reproduire quand même, ailleurs. »

Elle hocha la tête en silence. Bien sûr. Il y avait encore une chance de sauver le Flamingo Project.

« Et tu pars maintenant, tout de suite ?

— Je dois passer à Serengeti pour utiliser leur radio. La transmission sera meilleure. Il faut que je parle à quelqu'un au nord, de l'autre côté de la frontière. Quand je saurai où les oiseaux se sont installés, je conduirai tout droit jusque là-bas. Je n'aurai pas le temps de revenir. »

Le regret était perceptible, autant dans son intonation que dans la position de ses bras, qui pendaient impuissants le long de son corps.

Ils échangèrent un regard qui se prolongea, enflant dans l'atmosphère comme la poussière magnétique des Sables mouvants. Essie pouvait à peine respirer. À cet instant, elle s'imagina en train de montrer dans la Jeep de Carl et de s'installer sur le siège. Elle entendit le rugissement du moteur tandis qu'ils traversaient les plaines. Elle ne pensa ni à Ian, ni à Julia, ni au campement. Pas même à Mara ni au retour de Nandamara. C'était une vision libérée du carcan de la réalité. Tout était possible.

Puis elle sentit le contact familier de la tête de Tommy contre son genou, et cette interruption suffit à rompre le charme. Elle se remit en mouvement, gravissant les marches qui menaient à la véranda.

« Merci d'être venue, dit Carl. Je serais passé au campement pour dire au revoir. »

Un instant, il parut presque timide.

« J'ai pensé à toi, cette nuit. Je voulais que tu sois réveillée aussi, que tu saches ce qui se passait… »

Il eut un sourire désabusé. Quelle différence, qu'elle le sache ou non ? Mais Essie comprenait. Ainsi, il se sentait moins seul.

Carl esquissa un geste vers l'horizon, qui n'exhibait encore qu'une maigre lueur annonciatrice de l'aube.

« On a le temps pour une tasse de thé.

— Merci, répondit Essie. Ça me ferait très plaisir. »

Cet échange, si ordinaire, brisa la tension. Carl tendit les bras pour prendre Mara et Essie le regarda plonger affectueusement son regard dans celui de l'enfant, tête penchée, le menton rentré dans le cou.

« Et toi, ma petite ? Tu viens prendre le thé avec nous ? »

Elle lui emboîta le pas dans le couloir encombré de l'équipement en attente d'être chargé dans la Jeep. Dans le salon, un pot de confiture rempli de fleurs fraîches était posé sur le rebord de la fenêtre. Elles faneraient et se dessécheraient sans personne pour les voir, songea Essie.

Une fois dans la cuisine, elle reprit Mara tandis que Carl farfouillait dans un carton pour en tirer la théière et les tasses. Essie regarda autour d'elle. Là, dans un coin, se trouvait le réfrigérateur à kérosène dans lequel elle avait parfois rangé les biberons de Mara, juste à côté du réchaud à gaz sur lequel, quelques jours à peine auparavant, Carl avait préparé des pancakes à l'écossaise d'après la recette secrète de sa grand-mère. Il y avait les deux fauteuils, la petite table…

« Et tout ça ? demanda-t-elle comme si quelques meubles auraient pu l'empêcher de partir.

— Le Marlow Trust enverra quelqu'un s'en occuper et récupérer le *Gari*. Je n'ai pas le temps.

— Que dira Frank ? »

Essie avait presque oublié qui finançait le travail de Carl. Au campement, le mari de Diana n'était jamais mentionné ; on aurait dit qu'elle avait tout oublié de son ancienne vie.

« Il s'est lancé dans un nouveau projet en Amazonie. Ça m'étonnerait qu'il passe des nuits blanches à s'inquiéter pour moi. »

Carl se tut quelques instants.

« Désolé que tout aille si vite… Les adieux…

— Je comprends… »

Sa voix mourut. Elle savait qu'il n'avait pas d'autre choix. Mais elle aurait voulu hurler de colère.

Tu es mon ami. J'ai besoin de toi.

On a besoin de toi…

Elle inspira, reprenant le contrôle de ses émotions.

« Qu'est-ce qui s'est passé ? demanda-t-elle avec un signe de tête en direction du lac. Pourquoi sont-ils partis comme ça ?

— Je ne sais pas. J'ai entendu dire qu'une année, ils sont venus et repartis aussitôt. Les pluies avaient pris fin plus tard que d'habitude, le niveau du lac était trop haut. L'île était inondée. Ils ont niché sur la berge d'un autre lac de soude, au Kenya, juste cette fois-là. Mais ce qui se passe aujourd'hui n'a rien à voir. Les oiseaux étaient déjà installés, tu as bien vu… Les conditions étaient idéales. »

Derrière la frustration, sa voix trahissait une certaine fascination pour un phénomène aussi inexplicable.

« Quand je suis allé à Berlin, reprit-il, j'ai lu quelque chose dans le journal de Stein. Il récoltait des informations ethnographiques auprès des Massaïs, qui lui ont dit que les flamants roses savent toujours quand le volcan est sur le point d'entrer en éruption. Lengai leur donne un avertissement. Et ils s'en vont.

— C'est vrai, tu penses ? »

Essie savait qu'il n'était pas inhabituel que des croyances traditionnelles se fondent sur un fait réel, confirmé par la science. Un peuple illettré interprétait les phénomènes naturels comme il le pouvait : les conclusions impliquaient peut-être un raisonnement magique, mais elles découlaient d'observations indéniables, soit la matière première des scientifiques. La recherche de savoirs traditionnels tels que ceux consignés par Stein – qui pouvaient servir de base à des études modernes – participait de l'intérêt des Européens envers les Hadzas. Ils étaient peut-être considérés comme primitifs, mais leur compréhension de la nature était unique.

« C'est un phénomène connu, confirma Carl. On en a la preuve grâce à des gardiens de zoo, des paysans, des ornithologues amateurs… Et aussi tout un tas de chercheurs. C'est lié à la capacité des animaux, des oiseaux et même des insectes à capter les signaux soniques. Et aussi les changements de pression atmosphérique et de champ magnétique. Ils sont en mesure de détecter les ondes P qui précèdent ce genre d'événement, aussi bien les éruptions que les tremblements de terre. Tout ça grâce aux mêmes sens qui leur permettent de se repérer. C'est pour ça que, quand une perturbation survient, les oiseaux peuvent soudain se comporter de manière totalement erratique, par exemple en s'écrasant contre des arbres. Quand une zone est menacée, les animaux prennent la fuite. Même les animaux domestiques s'échappent des jardins et disparaissent. Les serpents désertent leurs nids et remontent à la surface. Les fourmis abandonnent leurs fourmilières. »

Essie pensa aux multiples visages du volcan – les panaches de fumée qui allaient et venaient, les nuages de vapeur s'élevant de divers endroits. Elle s'était tellement habituée à ces signes d'activité qu'il était difficile d'imaginer qu'une véritable éruption pouvait avoir lieu un jour. De toute façon, Ian et Julia lui avaient assuré que, s'il s'en produisait une, elle ne menacerait ni les Lawrence, ni leurs employés, ni les habitants du *manyatta*. De mémoire d'homme, il n'y avait eu que huit éruptions, dont la dernière seize ans auparavant. Ian venait tout juste de rentrer après avoir terminé ses études en Angleterre. Les Lawrence n'avaient même pas fait évacuer le campement. Ol Doinyo semblait proche quand on voyait sa forme pyramidale dominer l'horizon, mais il se trouvait en réalité à bonne distance de la réserve archéologique. La zone ne serait menacée qu'en cas de fortes pluies et d'éruption simultanées : un déluge de cendres et de débris risquait alors de dévaler les pentes. Mais, même dans cette éventualité, le lieu le plus susceptible d'être englouti était les Traces. Par précaution, des moulages en plâtre de chaque empreinte avaient été effectués et transportés au musée de Dar es-Salaam. Heureusement, en 1954, il n'y avait pas eu besoin de s'inquiéter. L'éruption s'était produite en pleine saison sèche – à la même période de l'année qu'en ce moment.

Essie tourna ses pensées vers le lac. Comment risquait-il d'être affecté par le volcan ? La lave aurait un long chemin à parcourir pour dépasser les collines et atteindre les berges.

« En quoi est-ce qu'une éruption menacerait les flamants roses ? demanda-t-elle.

— Il pourrait y avoir des fluctuations de température qui réduiraient la quantité d'algues. Pendant une certaine période, les petits sont vraiment vulnérables : quand ils quittent l'île pour se nourrir eux-mêmes, mais qu'ils ne peuvent pas encore voler. Ils doivent absolument se développer le plus vite possible. »

Carl se frotta le menton d'un air absent avant de poursuivre.

« Il y a peut-être d'autres raisons. Des conséquences dont on n'a pas la moindre idée. »

Le silence retomba. Carl regarda la bouilloire qui fumait sur le réchaud. Au bout d'un moment, il se retourna vers Essie.

« Ce type de comportement prédictif… quand ça arrive, c'est une question d'heures, ou de jours, tout au plus. Mais là, j'ai l'impression que ces flamants roses ont décidé de ne pas se reproduire il y a déjà des semaines, puisqu'ils n'ont pas commencé les parades nuptiales. S'ils s'en allaient à cause d'une éruption imminente, l'activité volcanique aurait déjà dû commencer, observa-t-il en s'ébouriffant les cheveux. Il doit y avoir une autre explication. Sauf que je ne sais pas du tout laquelle. »

Il semblait toujours frustré et déçu, mais aussi intrigué. Tout en l'écoutant parler, Essie sentit Mara se tortiller entre ses bras ; elle se rendit compte qu'elle la serrait trop fort et se força à se détendre. Prenant place dans l'un des fauteuils, elle regarda Carl disposer les tasses, éteindre le réchaud et ouvrir la boîte en métal contenant le thé.

« Pas de lait, aujourd'hui. J'ai déjà emballé toutes mes provisions pour les déposer au *manyatta.* Les enfants devraient bien s'amuser, dit-il avec un sourire espiègle. De la nourriture bizarre d'homme blanc. »

Essie sourit à son tour. Elle imaginait sans mal la manière dont les adultes feindraient l'indifférence et le dédain face aux objets insolites – conserves de poisson, légumes séchés, lait en poudre, moutarde –, sans pouvoir tout à fait cacher leur curiosité.

« Je leur demanderai ce qu'ils pensent des flamants roses, au passage, ajouta Carl. Ils auront peut-être des idées. »

Le cœur d'Essie se serra brusquement : s'il apprenait quoi que ce soit au contact des Massaïs, elle n'aurait aucun moyen de le savoir à moins d'aller leur poser la question elle-même. À compter de ce jour, sa vie et celle de Carl prendraient des directions différentes. Comment savoir où les mèneraient leurs chemins respectifs – et s'ils se reverraient un jour ?

Carl tira le second fauteuil et s'assit. Pendant un long moment, ils gardèrent le silence. Puis il remua le contenu de la théière et entreprit de servir le thé.

« Et après le *manyatta*, alors ? Comment est-ce que tu sauras où aller ?

— J'écouterai les bulletins radio. Il y aura bien des gens pour signaler les oiseaux. Des dizaines de milliers de flamants roses, ça ne passe pas inaperçu ! Je ne devrais pas avoir trop de mal à les trouver. Ensuite, je n'aurai plus qu'à attendre de voir s'ils décident que ça vaut encore la peine de se reproduire.

— Et s'ils décident que non ? »

Il se mordit les lèvres, confronté à ce qu'il risquait de perdre – puis sembla chercher un moyen de rebondir.

« Je devrai trouver une autre commande, admit-il avant de se fendre d'un grand sourire. Ou alors, je partirai en vacances. Quelque part où je ne suis encore jamais allé.

— Où ça, par exemple ? Si tu pouvais choisir.

— J'ai toujours voulu aller au Cachemire pour voir la floraison du safran et loger dans un house-boat sur le lac. »

Essie se sentit gagnée par l'enthousiasme, comme si le voyage qu'il décrivait l'incluait, elle.

« Quoi d'autre ?

— Je veux voir les glaciers en Islande.

— Et pourquoi ne pas voguer sur le Nil en *dhow* ? » proposa-t-elle.

C'était comme un jeu, et tous deux se laissèrent prendre avec ivresse.

« Ou la côte swahilie ? C'est plus près. Quelque part vers Mombasa, par exemple. »

L'échange de destinations et d'expériences se poursuivit librement. Puis, soudain, Essie se retrouva à court d'idées. La réalité de ce qui l'attendait dans les mois à venir s'abattit sur elle comme une vague glacée. Elle resterait à Magadi. Elle travaillerait avec Simon et s'occuperait de Mara. La saison sèche suivrait son cours... mais beaucoup trop vite. Bien trop tôt, il serait temps de se préparer au retour de Nandamara. La première étape serait de supprimer peu à peu certains luxes auxquels la petite avait pu s'accoutumer. Simon avait fait remarquer qu'elle devrait s'habituer à dormir à même la terre, avec d'autres membres de sa famille. Elle ne pouvait pas s'attendre à posséder toute une panoplie de jouets, ni à ce qu'on l'enveloppe dans des couvertures douces et fraîchement lavées. Essie redoutait de voir l'inconfort, la confusion et peut-être la peur que ces changements infligeraient au bébé. Elle devrait se montrer cruelle pour lui rendre le meilleur service qui soit, mais Mara ne serait pas en mesure de le comprendre.

Les yeux rivés au sol, elle parla d'une voix aussi faible qu'un murmure.

« J'aurais voulu que tu sois encore là. Quand ils viendront la prendre. »

Ce n'étaient pas les bons termes, elle le savait. Les Hadzas n'allaient pas lui prendre Mara. Ce serait à elle de la leur rendre, librement et volontiers. La rendre à sa famille, là où était sa place. Mais, même à présent, après moins de deux mois passés ensemble, cette perspective semblait si insoutenable qu'Essie était certaine que quelque chose dans cette équation devait être faux.

En regardant Carl, elle vit ses yeux légèrement plissés, comme s'il partageait sa douleur. Elle s'attendait à ce qu'il promette qu'elle trouverait un moyen de survivre à cette séparation – ou qu'il lui conseille de se concentrer sur les bienfaits pour Mara de se retrouver au sein de sa tribu. Mais il ne dit rien. À la place, il se leva et franchit la distance qui les séparait pour s'agenouiller auprès d'elle. Il passa les bras autour de ses épaules, les attirant, Mara et elle, dans une longue étreinte.

Des larmes vinrent aux yeux d'Essie, puis débordèrent. Carl les essuya doucement avec son pouce.

Quand ils finirent par s'écarter, il posa une main sur la tête de Mara.

« Regarde-la, Essie. Tu l'as sauvée. Quoi qu'il arrive dans ta vie, tu auras accompli cette chose bien réelle. »

Essie se cramponna à ses mots comme à une bouée de sauvetage.

Quelque chose de réel…

Lorsqu'elle trouva enfin la force de parler, sa voix lui sembla fragile, telle de la porcelaine trop facile à briser.

« Tu pourras m'envoyer les photos ?

— Je les développerai dès que possible. Et je les enverrai par avion. C'est promis. »

Carl se leva et se dirigea vers l'endroit où son appareil photo reposait encore sur sa sacoche de voyage.

« Attends, j'en prends une dernière. »

Il siffla Rudie, puis claqua des doigts pour attirer l'attention de Tommy. Essie se mit debout, Mara dans les bras. Lorsqu'ils furent tous regroupés, Carl plaça l'appareil sur le rebord de la fenêtre, enclencha le retardateur et se hâta de les rejoindre. Il passa un bras autour de l'épaule d'Essie. Les visages des deux adultes étaient côte à côte, la tête de Mara entre leurs mentons. Tommy avait fourré son museau au milieu de tout cela, Rudie lui léchait l'oreille. La petite gloussait, fascinée par le bruit étrange produit par l'appareil. Essie et Carl se mirent à rire, eux aussi. Le grincement du retardateur se tut ; l'obturateur claqua, les figeant tous ensemble dans le temps.

Carl remit l'appareil à sa place. Déchirant une boîte Kodak, il inscrivit quelque chose sur le morceau de carton aplati avant de le tendre à Essie. Elle eut un bref aperçu du nom et de l'adresse de son agent.

« Tu sauras toujours où me trouver », dit-il.

Il glissa le carton dans la poche de son chemisier et boutonna le rabat. Derrière lui, elle voyait le carré de ciel délimité par la fenêtre. Une lueur orangée envahissait la grisaille. L'horizon était devenu une ligne noire bordée de lumière incandescente ; l'instant qui précède tout juste l'aube. Lorsqu'elle croisa le regard de Carl, il hocha la tête. Ils le savaient aussi bien l'un que l'autre : il était temps de se dire au revoir.

Dehors, ils se tinrent un instant près du Land Rover. Un silence épais s'était refermé sur eux, comme chargé de tous les mots formant des conversations qui n'auraient jamais lieu. Ils ne s'attardèrent pas. Un enchantement se tissait lentement autour d'eux ; ils devaient le rompre tant qu'ils le pouvaient encore.

Tandis qu'ils se regardaient sans un mot, Essie vit les premiers rayons toucher le visage de Carl de leurs doigts dorés. L'astre les éclaira aussi, Mara et elle. À cet instant, tous trois ne firent plus qu'un – enveloppés dans la chaleur d'un soleil nouveau.

16

Le Land Rover s'éloigna de la maison missionnaire en direction des plaines. Essie connaissait bien le trajet, à présent. Elle savait où ralentir et où accélérer pour maintenir la traction des pneus sur la terre meuble. Elle reconnaissait l'endroit où la piste louvoyait entre deux hautes fourmilières et celui où elle longeait une pile de rochers. Il ne lui fallut pas longtemps pour atteindre la chaîne de trous d'eau, balayant du regard le Bassin où elle avait nagé avec Ian pour la dernière fois la veille de la visite anticipée des Marlow – la veille de l'arrivée de Mara dans sa vie. Elle remarqua à peine la manière dont le soleil levant changeait l'eau en cercles d'or, ou celle dont les oiseaux tisserands jaunes voletaient et plongeaient dans les arbres environnants, animés par l'énergie d'un jour neuf. Le lieu qu'elle venait de quitter occupait encore son esprit. Ses pensées s'étiraient en une longue ligne derrière elle, refusant de lâcher prise.

Elle imagina Carl en train de se préparer à partir, le bruit sourd de ses bottes sur le plancher tandis qu'il faisait un dernier inventaire de la maison et récupérait encore quelques affaires. Dans peu de temps, il s'engagerait sur cette même piste ; mais, au lieu d'obliquer en direction du campement, il continuerait tout droit jusqu'à Serengeti. L'idée de le voir disparaître dans un nuage de poussière, laissant

Magadi derrière lui, lui fit mal au cœur. Elle n'arrivait pas à imaginer comment elle – et Simon et Mara – s'en sortirait sans lui. Pourtant, quelques semaines auparavant, ils ne se connaissaient même pas. La proximité d'Ol Doinyo Lengai, sujet de tant de mythes et de croyances, semblait distordre toute perspective. Sous l'œil attentif du volcan, le temps s'étirait sur une échelle qui ne se comptait plus en jours ni en semaines, encore moins en mois et en années. C'était la seule explication possible au fait qu'Essie ait l'impression de connaître Carl Bergmann depuis toujours.

La douleur de leur séparation était voilée par le choc. Essie s'efforçait encore d'assimiler la réalité : il s'en allait et ne prévoyait pas de revenir. Tout en conduisant le Land Rover sur la piste, elle sentait la présence du morceau de carton dans sa poche comme si son message était quelque chose de vivant, dégageant sa propre chaleur.

Tu sauras toujours où me trouver.

Les paroles de Carl se répercutaient sans fin en elle, aussi réconfortantes qu'amères, comme leur rêve commun de voyager aux quatre coins du monde. En réalité, le nom et l'adresse d'un agent de photographie ne lui étaient d'aucune utilité. Le mode de vie des Lawrence n'impliquait pas de faire le tour du monde en rendant visite à de vieux amis. Et il n'y avait que peu d'intérêt à écrire à quelqu'un qu'on ne reverrait probablement jamais. Restait la possibilité que le Flamingo Project renaisse de ses cendres, donnant à Carl l'occasion de revenir à Magadi l'année suivante ou quelque part dans le futur. Mais Essie n'avait aucune envie de vivre dans l'attente de retrouvailles qui risquaient de ne jamais se produire. Elle devait laisser partir Carl, accepter que leurs chemins s'étaient croisés quelque temps et se séparaient de nouveau. Secouée par les cahots, elle se parla d'une voix ferme, étouffant l'espoir tenace d'un avenir différent. Quand vint le moment de prendre le virage menant au campement, elle se força à en reconnaître le symbolisme :

devant elle se trouvait la croisée des chemins, avec ses deux routes aux directions distinctes. Tout ce qu'elle avait à faire, c'était s'en tenir à son itinéraire – ne pas faiblir. Et, bientôt, elle serait de retour à sa place.

Le temps qu'elle atteigne le parking, Mara s'était réveillée. Essie savait qu'il ne lui restait qu'un court répit avant que la petite se rende compte qu'elle avait faim. Alors recommencerait le cycle de biberons, de couches, de bains et de jeux. Mais, d'abord, elle devrait affronter Ian. Non seulement pour combler la brèche causée par son départ de la veille au soir, mais aussi pour expliquer son absence du matin. En se demandant comment aborder la conversation, elle sentit l'angoisse lui tordre le ventre. Au lieu de passer le trajet de retour à penser à Carl, elle aurait bien mieux fait de chercher quoi dire à son mari.

Kefa se tenait à l'emplacement où elle se garait d'habitude. Une tache bleue au niveau de ses pieds attira le regard d'Essie tandis qu'elle arrêtait le Land Rover. Elle reconnut les chaussures pointues chères au cœur de Simon. Le garçon de maison avait dû les gagner au jeu – c'était généralement ainsi que les possessions changeaient de mains parmi les ouvriers.

Kefa lui adressa un signe de tête poli lorsqu'elle sortit du véhicule.

« Tu m'attendais ?

— Je vous ai vue approcher », dit-il avec un haussement d'épaules équivoque.

Ils échangèrent les salutations matinales. Essie ne parvenait pas à détacher le regard des chaussures bleu vif. Simon devait regretter amèrement de les avoir pariées. Peut-être était-il ivre à ce moment-là.

Kefa sembla lire dans ses pensées.

« Simon m'a fait un cadeau, expliqua-t-il.

— C'est très gentil de sa part.

— Il a dit qu'il n'en avait plus besoin », poursuivit-il avec perplexité.

Sans laisser à Essie le temps de réfléchir à ses paroles, il désigna la tente de repas.

« Le bwana vous attend.

— Oui, j'y vais. »

Elle regarda Mara, qui s'agitait dans son couffin.

« Où est Simon ?

— Il attend de commencer le travail. »

Kefa lança un regard en direction du soleil pour lui rappeler l'heure. Essie se ressaisit.

« Amène-lui Mara, s'il te plaît. Dis-lui de lui donner à manger et un bain. »

Elle ignora l'expression sceptique de l'employé – les tâches qu'elle assignait à son assistant ne le regardaient pas. Simon était tout aussi capable qu'elle de s'occuper de Mara, et elle n'avait aucune envie de devoir gérer un bébé affamé en même temps que la colère de Ian.

Mais, lorsqu'elle la lui passa, elle sentit la petite se raidir. Même si Kefa n'était pas un inconnu, Mara préférait rester avec Essie. Sa bouche se tordit et elle tendit les mains, empoignant l'air.

« Tout va bien, dit Essie d'un ton apaisant. Je reviens. »

Depuis peu, Mara avait pris l'habitude de protester quand on la donnait à n'importe qui d'autre que Simon. Parfois, il suffisait d'un jouet ou d'une comptine pour la distraire ; mais, d'autres fois, elle se mettait à hurler comme si elle craignait pour sa vie. Essie faisait de son mieux pour ne pas intervenir, résistant à la tentation de la reprendre. Une telle réaction n'aurait fait qu'aggraver le malaise de Mara en confirmant l'idée qu'elle avait été placée entre des mains dangereuses. Mais, souvent, Essie finissait par céder, saisie par un brusque besoin de sentir le poids de l'enfant entre ses bras, de la serrer contre elle. Ses propres émotions entraient davantage en ligne de compte que celles de Mara, elle en était consciente. Chaque séparation – même le fait d'abandonner le bébé au sommeil – lui semblait une répétition pour les ultimes adieux, et elle ne désirait rien plus que de repousser cette échéance aussi loin que possible.

Kefa la regarda d'un air incertain tandis que Mara gigotait entre ses bras avec de petits cris plaintifs.

« Donne-la-moi, se ravisa Essie. Va chercher Simon. Fais vite. »

Tout en le regardant s'éloigner à grands pas, elle caressa les cheveux de l'enfant et sentit le petit corps se détendre contre le sien. Une larme à présent obsolète perlait à la courbe noire de ses cils. En la voyant rouler le long de la joue veloutée, un profond sentiment de gratification envahit Essie. Pour elle, c'était la preuve que Mara lui faisait confiance – qu'elle l'aimait, peut-être. Elle s'était longtemps torturé l'esprit pour décider s'il valait mieux ou non encourager la petite à se lier à elle. Julia avait raison : cela ne rendrait la séparation que plus déchirante. Mais elle avait fini par conclure que l'amour était un langage essentiel à apprendre. Se familiariser avec cette émotion, et tous les moyens subtils de donner de l'amour et d'en recevoir, compterait bien plus sur le long terme qu'entendre parler hadza ou acquérir d'autres savoir-faire. Lorsque Mara aurait retrouvé Nandamara, Giga et le reste de sa famille, tout ce qu'elle aurait appris à ressentir envers Essie pourrait être transféré vers eux. Le *Guide complet des soins pour bébés* ne mentionnait rien de tout cela, mais Essie n'avait pas besoin des conseils d'un expert. C'était une vérité soufflée par son instinct : elle en entendait le murmure dans son esprit, tout comme un oisillon sait tapoter le bec de ses parents jusqu'à ce qu'ils régurgitent de la nourriture, tout comme un chien sait enterrer de la nourriture pour créer une réserve secrète en cas de faim.

Essie entra dans la tente de repas avec circonspection. Le petit-déjeuner avait été servi et débarrassé ; la table était couverte d'une nappe propre. Ian lisait une revue, crayon à la main, seul. Essie n'aurait su dire si l'absence de sa belle-mère et de leur invitée était une bonne chose ou non. Ian et elle seraient en mesure de s'exprimer librement ; mais elle ignorait où leur conversation risquait de les mener.

« Bonjour », dit-elle timidement.

Au moment de prendre place, elle aperçut son message sur la table. À la lumière du jour, les mots avaient un caractère désinvolte. *Je suis allée conduire un peu.*

« Je suis désolée », dit-elle sans réfléchir.

Ian leva les yeux, avançant son menton rasé de frais.

« Où tu étais passée, bon Dieu ?

— C'est à cause des flamants roses. Je me suis réveillée et…

— Les flamants roses ? la coupa-t-il avec un froncement de sourcils incrédule.

— Ils sont partis pendant la nuit. Je savais que ce serait un coup dur pour Carl. Il ne va pas pouvoir terminer son travail. »

Un instant, Ian parut perplexe. Puis il plissa les yeux.

« Tu es allée voir Carl Bergmann, toute seule, en pleine nuit ? »

Essie se mordit la lèvre. Brusquement, elle prit conscience de la folie que ç'avait été de se lier à Carl – de se rendre aussi souvent à la maison missionnaire avec Simon, de rester pour le thé, d'avoir ces longues conversations. Et puis, il y avait le jour où Carl s'était joint à eux et où ils avaient nagé tous ensemble. Comment avait-elle pu croire que Ian serait d'accord ?

« Tu es allée là-bas pour le consoler ? »

Le visage de Ian exprimait l'indignation et la fureur.

« Qu'est-ce qui se passe entre vous deux ?

— Rien, assura Essie. On est amis.

— Et qu'est-ce que ça veut dire ?

— Tu passes tout ton temps avec Diana, rétorqua-t-elle, soudain en colère. Je ne te pose pas toutes ces questions. »

Il y eut un bref silence.

« Ça n'a rien à voir. Je dois m'occuper d'elle. Elle est notre bienfaitrice. »

Essie désigna la Rolex flambant neuve à son poignet.

« Elle te fait des cadeaux. Tu portes des lunettes de soleil, maintenant, comme elle. »

Ce n'est qu'en les prononçant qu'elle se rendit compte à quel point ses paroles semblaient capricieuses et infantiles. En même temps, elle était certaine que Ian n'aurait pas vu d'un bon œil qu'un membre du sexe opposé la couvre de présents.

« Elle est généreuse, c'est tout, dit Ian. Regarde tout ce qu'elle t'a donné pour le bébé. »

Essie n'eut pas d'autre choix que d'acquiescer. Diana s'était montrée incroyablement bonne. Grâce à elle, Mara ne manquait de rien – même si beaucoup de ces objets luxueux ne s'étaient pas avérés nécessaires. Pourtant, alors qu'elle dévisageait son mari sans un mot, une nouvelle pensée s'imposa à elle. Peut-être y avait-il eu un but caché derrière la générosité de Diana. Peut-être celle-ci s'était-elle arrangée pour qu'elle se préoccupe du bébé afin de pouvoir prendre sa place. En réalité, Essie ne savait quoi penser de la visiteuse – était-elle vraiment intéressée par le travail des Lawrence ou sa présence à Magadi avait-elle une raison plus personnelle ? Punir Frank de ses infidélités, peut-être, en choisissant une nouvelle famille. Ou peut-être le battre à son propre jeu en ayant elle-même une liaison. Par le passé, Essie aurait été certaine que le professionnalisme de Ian le protégerait d'un tel plan. Mais, depuis les révélations concernant William et Mirella, elle s'était mise à douter. Parfois, il lui semblait percevoir quelque chose de sinistre derrière les actions de Diana. Elle avait l'impression que Ian,

Julia et elle – et même Mara – n'étaient qu'une collection de poupées vouées à l'amuser. Et qu'un jour, la millionnaire se lasserait et s'en irait sans autre forme de procès, laissant derrière elle un chaos de vêtements dépareillés, de chaussures et d'accessoires en plastique.

Ian referma sa revue et la posa sur le côté.

« Au moins, Diana est intéressée par ce qu'on fait. Tu n'en as plus rien à faire. Rien ne compte plus pour toi, ces jours-ci, à part ce bébé. »

Essie inspira profondément, frappée par l'évidence.

« Tu es jaloux de Mara !

— Bien sûr que non, dit-il en la dévisageant comme s'il ne la reconnaissait plus. Essie, tu n'es pas obligée de faire tout ça. »

Son regard se fit insistant, et elle se sentit brusquement comme une enfant insolente qui a dépassé les bornes. Mais ce sentiment ne fit que raviver sa colère.

« Faire quoi ? De quoi est-ce que tu parles ?

— Tu aggraves la situation. Tu sais ce qui m'inquiète ? La présence de ce bébé t'a changée. Je ne t'accuse de rien, mais c'est un fait. Et, puisque tu n'as de temps pour personne à part elle, il faut bien que je me tourne vers quelqu'un d'autre pour… avoir de la compagnie. »

Il baissa d'un ton, les yeux rivés sur la nappe.

« On ne s'est pas touchés depuis des mois. Tu es toujours fatiguée. Et, hier soir, tu m'as laissé seul.

— À cause de ce que tu as dit sur Mara. Ça m'a mise hors de moi. »

Ian ne réagit pas immédiatement. Puis il écarquilla les yeux comme s'il venait de comprendre quelque chose.

« Ce photographe. Il aime le bébé, je suppose ?

— Oui. Il adore Mara. »

Ian laissa échapper un ricanement.

« Oh oui, j'en suis sûr.

— Qu'est-ce que tu veux dire ?

— Il voulait juste t'impressionner. Un homme comme ça ne s'intéresse pas aux bébés.

— Tu ne connais pas Carl.

— Non. Je n'ai pas besoin de le connaître. »

Dans le silence qui suivit, Essie le vit décider que Carl ne représentait aucune menace. Elle aurait dû être soulagée, mais l'arrogance de cette conclusion l'écœurait.

« Ce qui m'inquiète, poursuivit Ian, c'est qu'en ce moment j'ai le sentiment de ne pas te connaître toi non plus, ma propre femme. Tu ne te serais jamais comportée comme ça avant. »

Essie ne répondit pas. Il avait raison. Elle avait effectivement changé. Mais n'était-ce pas aussi cela, être en vie ? Une citation du philosophe grec Héraclite lui vint en tête ; Ian aimait particulièrement l'utiliser quand il parlait d'évolution. *Le changement est la seule constante.* Comment avaient-ils pu penser que la réalité propre à leur travail ne s'appliquerait jamais à eux ?

« Je sais comment ça va finir, dit Ian. Tu voudras une autre vie. Une famille. Une maison. Tu me demanderas de trouver un travail à Cambridge. Toutes ces choses banales. »

Elle secoua la tête. Elle aurait adoré avoir l'occasion de retourner à Cambridge pour rendre visite à son père. En plus de son désir de le voir, elle avait de nouvelles questions à lui poser. Il serait sans doute inutile de l'interroger sur la famille de Lorna, comme l'avait suggéré Carl, mais Arthur accepterait peut-être de lui parler de la maladie de sa mère, de leur mariage, de ce qui l'avait rendue si malheureuse. L'idée de rentrer vivre en Angleterre, toutefois, ne la tentait pas le moins du monde. Mais, pour être honnête, elle ignorait comment reprendre le cours de son ancienne vie à Magadi quand Mara ne serait plus là. À cet instant, tout ce qu'elle désirait était de quitter le campement pour retourner à la beauté austère et à la profonde tranquillité des contreforts du volcan.

« Dis-moi la vérité, insista Ian en se penchant en avant, le regard pénétrant. Est-ce que tu as commencé à te demander ce que ça ferait d'avoir un bébé à toi ? »

Essie hésita. Cette question, elle osait à peine se la poser à elle-même.

Bien sûr que oui.

Des milliers de fois…

Tandis qu'elle essayait de trouver quoi répondre, Kefa entra avec un plateau à thé. Ian le chassa d'un geste impatient.

« Ce n'est pas ce qu'on avait décidé, poursuivit-il. Quand on s'est mariés, tu savais dans quoi tu te lançais. Mon travail. Mon engagement envers ma mère, envers Magadi.

— Mais un mariage n'est pas un accord commercial. Ça ne peut pas se poursuivre à l'identique pour toujours. Une relation doit évoluer avec le temps. »

Elle s'écouta parler, stupéfaite. Ian et elle n'avaient jamais discuté aussi ouvertement. Ils n'en avaient jamais eu besoin.

« Mes parents sont toujours restés les mêmes. Ils faisaient ce qu'ils avaient à faire, c'est tout.

— Ne prenons pas tes parents comme exemple, tu veux ? Ton père était infidèle. »

Elle retint son souffle. Dits tout haut, ces mots avaient des allures de sacrilège. Ian pinça les lèvres comme s'il voulait réfuter l'accusation – mais elle avait été portée par sa propre mère.

« Et alors ? C'était peut-être la faute de Julia s'il l'a trompée. Une femme peut pousser son mari dans les bras de quelqu'un d'autre. »

Essie se rappela le discours frénétique de Julia auprès du feu. *Les hommes ont des besoins. Quelqu'un doit les satisfaire.* Elle déglutit, la gorge serrée. Le sens des paroles de Ian était clair : en se dévouant à Mara, elle était en train de le pousser dans les bras de Diana.

« Alors elle te plaît ? »

Les mots la firent grimacer. Ils étaient trop clichés, comme si elle réutilisait un fragment de dialogue déjà éculé par des milliers d'autres. Ian changea de position sur sa chaise.

« Elle est très belle. C'est indéniable.

— Tu es… ? »

Aller au bout de la question était au-dessus de ses forces. *Tu es amoureux d'elle ?*

« Elle n'est pas mon genre », déclara Ian.

Essie baissa les yeux. N'aurait-il pas dû la rassurer, lui dire qu'elle était ridicule d'imaginer qu'il puisse désirer une autre femme ? Au moins, il n'avait pas menti. Diana n'était pas du tout le genre de Ian. Essie voyait bien à quel point ses manières imprévisibles le déconcertaient – cet étrange infantilisme. Son extravagance et son refus de se plier aux conventions l'embarrassaient. Malgré cela, il admirait la détermination de la visiteuse : la rapidité avec laquelle elle s'était adaptée aux conditions de vie à Magadi, l'intérêt qu'elle montrait pour son travail. Il devait se sentir déstabilisé. C'était peut-être même là que résidait tout le danger. Essie regarda à l'extérieur, vers la tente orange érigée comme un avertissement.

« Elle repart quand ? »

Ian hésita quelques secondes.

« Ce n'est pas prévu pour l'instant. Elle veut se construire une nouvelle vie. Travailler dur. Accomplir quelque chose. »

Elle le regarda fixement. Il venait d'admettre que Diana lui plaisait ; et maintenant, qu'elle allait faire partie de leur univers pour une durée indéterminée.

« Dis-lui de s'en aller. Qu'on ne veut plus d'elle ici.

— Ne sois pas ridicule. Tu sais très bien que je ne peux pas faire ça. »

Il désigna le tableau d'affichage derrière lui. Parmi les listes de tâches à accomplir se trouvait un nouveau plan budgétaire avec une somme comprenant beaucoup de chiffres sur la ligne du bas. Diana pouvait leur retirer son aide financière à n'importe quel moment ; ce serait la fin de Magadi.

« Mais si tu le pouvais, insista Essie, est-ce que tu la ferais partir ? »

Pendant un long moment, Ian ne répondit pas. Il semblait en plein débat intérieur. Il s'était toujours montré franc envers Essie, mais elle ne savait pas si la découverte de l'infidélité de son père le conforterait dans son honnêteté ou le tirerait dans la direction opposée. La nouvelle image du père qu'il admirait tant pouvait avoir n'importe quel effet.

Enfin, il secoua la tête.

« Non. J'ai besoin d'elle ici. »

Essie fut prise de nausée. Les cinq années qu'ils avaient vécues ensemble lui parurent aussi insignifiantes qu'une seule journée, et l'édifice de leur mariage aussi frêle qu'une façade de décor. Ils avaient travaillé côte à côte et partagé tout ce qu'ils avaient – mais se connaissaient-ils vraiment l'un l'autre ? Et se connaissaient-ils eux-mêmes ? Les questions et les incertitudes déferlèrent jusqu'à ce qu'elle ait l'impression de se noyer. Elle voulut saisir la main de Ian, se raccrocher à sa présence. Mais, lorsqu'elle se pencha vers lui, il se leva soudain, tirant ses lunettes de soleil de sa poche et dépliant les branches. Tandis qu'il les enfilait, Essie surprit son reflet dans les verres étincelants – ses traits tirés, ses cernes. Puis l'image s'effaça. Il était parti.

Le vent balayait le flanc brûlant de la colline, soulevant des nuages de poussière sous la chaleur écrasante. Rudie bondissait de pierre en pierre, langue pendante. Essie s'empara d'un foulard de mousseline pour couvrir la tête de Mara et le maintint en place malgré les efforts de la brise pour l'emporter. Elle ne craignait pas vraiment que Mara prenne un coup de soleil – les Hadzas avaient la peau si noire, même pour des Africains. C'était le résultat direct de tout le temps qu'ils passaient à l'extérieur : au fil des générations, ils avaient développé une production de mélanine accrue afin de se protéger contre les puissants rayons du soleil tropical. Pour autant, Mara n'était pas immunisée contre les coups de chaleur. Quand il faisait une telle température, les Hadzas s'abritaient généralement à l'ombre d'un arbre ou d'une saillie rocheuse. Essie leva les yeux vers le ciel. Bientôt, il serait temps pour Simon et elle de faire de même.

Ce dernier avançait à grands pas devant elle, un sac à dos sur les épaules, tournant la tête de droite à gauche à mesure qu'il examinait le sol. Essie appréciait sa diligence, même si le résultat de leur gros travail de reconnaissance se résumait à une poignée de pierres taillées et un potentiel site d'habitation datant du paléolithique supérieur. Pas la moindre trace d'une caverne. Mais Simon ne semblait pas préoccupé par le fait d'atteindre ou non leur objectif. Il était tout aussi heureux de jouer à l'ombre avec Mara ou de tresser des cordelettes de sisal sauvage que d'explorer les contreforts. Il n'avait plus grand-chose en commun avec le jeune homme ambitieux qui s'était fait engager comme assistant d'Essie Lawrence. Essie se demanda quelle était son opinion sur le fonctionnement de Magadi – les emplois du temps, les planifications, les processus complexes. Et ce qu'il pensait de Ian et de ses méthodes strictes et sans compromis. Simon devait être conscient des tensions entre elle et son mari ; il était entré dans la tente de repas quelques instants à peine après la fin de leur altercation ce matin-là. Mais il n'avait fait aucun commentaire, et elle non plus. Tous deux étaient davantage amis que collègues à présent, après toutes ces semaines à travailler ensemble, à s'occuper de Mara et à passer du temps avec Carl. Leur relation existait dans une bulle, ici, loin du campement, et aucun d'eux ne semblait désireux de laisser le monde extérieur s'interposer.

Essie se concentra sur le son de ses propres pas et leur rythme lent. Elle avait du mal à s'intéresser aux détails de ce qui l'entourait ; après sa confrontation avec Ian, elle se sentait perdue et vide. Quelque part, elle espérait presque ne rien découvrir d'intéressant aujourd'hui, que ce soit un morceau de silex ou un fragment d'os fossilisé. La perspective de devoir noter l'emplacement sur sa carte, emballer l'objet et prendre des notes de terrain ne l'enchantait pas. Difficile, quand le présent semblait si incertain, de se motiver à étudier le passé.

Ce n'est que peu à peu, en suivant Simon de loin, qu'elle s'aperçut que quelque chose manquait : le bruit des sabots de Tommy sur la roche ou crissant sur les graviers derrière elle. Elle observa les environs, mais il n'était nulle part.

« Simon, lança-t-elle, est-ce que tu vois Tommy ?

— Je croyais qu'il était avec toi. »

Essie fronça les sourcils. Cela ne ressemblait pas au faon de s'éloigner ainsi. Quand il fatiguait, il se mettait généralement à bêler jusqu'à ce qu'elle ralentisse. Elle regarda de nouveau autour d'elle à la recherche de son pelage brun clair ou de sa queue frétillante. Rien.

« Tommy ! Tommy ! »

Sa voix ne parut pas porter très loin, avalée par le vent, les buissons et les crevasses entre les pierres.

Faisant signe à Simon de la suivre, elle revint sur ses pas. Son assistant ne tarda pas à la rattraper. Elle le dévisagea, profondément inquiète. L'un des sabots de Tommy s'était-il coincé entre deux rochers ? Avait-il été emporté par un prédateur sans que ni elle, ni Simon, ni même Rudie s'en rendent compte ? Un léopard, un oiseau de proie… Ses yeux allaient et venaient entre le ciel et les arbres. Son cœur battait la chamade.

« Tommy ! cria-t-elle. Tommy, ici. Sois gentil, reviens. »

Des images lui venaient à toute vitesse : l'animal quand il était encore bébé, tétant avidement son biberon ou titubant sur ses pattes maladroites. Ses yeux, si grands et si noirs, rivés sur elle. Elle s'exhorta au calme. Tommy n'avait disparu que depuis peu de temps – mais elle ressentit soudain une peur irrationnelle de ne plus jamais le revoir.

« Chut ! »

Simon leva une main et tourna la tête, les sens en éveil. Essie ne perçut rien de spécial, mais il repartit soudain à grandes enjambées dans la direction d'où ils venaient.

« Il est là. Je l'entends.

— Où ça ? Où est-il ? »

Elle lui emboîta le pas, jalouse de son ouïe si fine. Un peu plus loin, elle le vit se mettre à genoux avant de se retourner pour lui crier :

« Il est tombé. Il est bloqué, maintenant. »

Elle le rejoignit en toute hâte, inquiète de ne pas apercevoir la robe brun clair de la gazelle. Mais Simon se tenait au bord d'une crevasse ; les plaintes de Tommy lui parvenaient à présent, rauques et faibles. Seules les pattes arrière, la croupe et la queue de l'animal étaient visibles. Ce n'était pas seulement à cause du vent qu'elle ne l'avait pas entendu – la terre étouffait ses bêlements.

Tandis que Simon s'affairait à retirer des pierres de la crevasse pour les lancer derrière lui, Rudie se positionna près de son coude, comme s'il se demandait comment faire pour l'aider.

« Il est blessé ?

— Je n'ai pas l'impression. »

Essie s'accroupit, tenant Mara dans son écharpe. Il ne fallut pas longtemps à Simon pour délivrer Tommy et le hisser hors de la cavité. Dès qu'il les aperçut, l'animal se mit à bêler de plus belle, visiblement plus énervé que souffrant. Essie lui sourit, soulagée.

« Espèce de bêta. Regarde où tu marches, d'accord ? »

Elle lui caressa la tête, passant ses doigts sur les poils bouclés de son front et sur ses cornes naissantes. Tommy s'étira le dos, puis secoua ses pattes une à une comme pour vérifier qu'elles fonctionnaient encore, après quoi il entreprit de lécher la poussière déposée sur son pelage.

Essie plongea son regard dans la crevasse, formée de deux gros rochers proches l'un de l'autre – la gazelle avait eu de la chance de ne pas se briser un os en glissant entre les deux. Un peu déséquilibrée par le poids de Mara, elle se remit debout. Un gravillon délogé par sa botte roula dans l'anfractuosité, et une fraction de seconde plus tard retentit un cliquetis à peine audible : la petite pierre heurta une paroi, rebondit sur une autre, puis… plus rien.

Simon se raidit. Échangeant un regard avec Essie, il se remit à genoux afin de retirer davantage de pierres de la crevasse.

« Attention, dit-elle. Ne tombe pas dedans. »

Il parvint à dégager un gros morceau de grès et se pencha encore davantage, plongeant son bras dans l'ouverture jusqu'à l'épaule.

« L'air est frais. »

Un frisson d'excitation parcourut Essie. Pour pouvoir maintenir une température aussi différente de la surface, l'espace situé en dessous d'eux devait être imposant. Ils se trouvaient peut-être sur le plafond d'une caverne.

Simon retira de la crevasse son bras à présent crayeux et se remit debout pour observer les environs. Il pointa du doigt une saillie sédimentaire un peu plus loin, dont les tons ocre ressortaient sur la texture dentelée d'une ancienne coulée de lave. D'elle-même, la structure n'aurait pas suffi à attirer leur attention ; mais Essie se rendait compte, à présent, qu'il pouvait très bien s'agir des vestiges d'un éperon d'érosion autrefois aussi imposant que la Tour de Magadi. La présence d'une formation rocheuse similaire près du Point de rencontre n'aurait alors été qu'une coïncidence.

Essie baissa les yeux sur Mara. Quand elle les releva, Simon était déjà en train de bondir de rocher en rocher. Rudie le suivait de près, truffe au sol. Ils dévalaient la pente ; s'il existait un accès à la caverne, ce ne pouvait être que dans cette direction.

Tirant une ficelle de sa poche, Essie l'attacha au collier de Tommy afin de ne pas le perdre une deuxième fois. Elle se mit en marche parmi les éboulis, aussi prudente que possible – la conscience de sa responsabilité envers Mara la poussait à vérifier la stabilité du terrain à chaque pas. Écrasée de chaleur, elle songea avec envie à la fraîcheur évoquée par Simon. Elle se passa une main sur le front, sentant la poussière mêlée à sa sueur, puis repoussa une mèche de cheveux collée à ses lèvres par le vent. Lorsqu'elle leva brièvement la tête pour regarder où elle allait, quelque chose attira son attention. C'était un très vieil arbre mort, au tronc rabougri et décoloré par le soleil jusqu'à un gris presque argenté. Il avait dû être sacrément robuste pour subsister aussi longtemps dans ce désert pierreux. Essie se demanda ce qui avait pu avoir finalement raison de lui – un changement climatique, peut-être, ou bien une maladie, un tremblement de terre… Puis elle revit en pensée les plantes fanées et jaunies autour d'un trou d'eau, victimes de *hewa mbaya* : le miasme fatal de dioxyde de carbone exhalé par les entrailles de la terre.

Essie s'approcha du tronc, gardant une distance respectable. Les feuilles et les branches fines étaient tombées en poussière depuis longtemps, ne laissant plus que le squelette ; un buisson, aujourd'hui desséché, avait autrefois poussé à l'ombre de l'arbre. Mais Essie remarqua également quelques touches de verdure à proximité – des plantes bien vivantes pointaient entre les pierres. S'il y avait eu des émissions de gaz carbonique, ce n'était pas le cas en ce moment.

À droite de l'arbre s'élevait un monticule de terre et de gravats. Elle n'eut qu'à lever les yeux pour en identifier la source : une corniche de grès s'était effondrée, rongée par l'érosion. Contournant la base de l'amoncellement, elle dépassa un gros rocher – et s'immobilisa. Il lui fallut quelques secondes pour reconnaître ce qu'elle voyait : un trou béant aux contours accidentés, telle une gigantesque tache d'encre noire sur le flanc de la colline.

L'ouverture était large à la base et s'étrécissait jusqu'à un point situé juste au-dessus de sa tête – elle avait la forme d'une pyramide biscornue. Même de si loin, on devinait l'intérieur obscur. Essie en avait des papillons dans le ventre. C'était bel et bien l'entrée d'une caverne ou d'un tunnel, mais elle n'avait aucune idée de sa taille ou de sa profondeur.

Elle appela Simon à grands cris jusqu'à ce qu'une réponse lui parvienne, portée par le vent. Mais elle ne fit pas mine de s'approcher davantage. Même sans la présence du bébé, elle aurait su se montrer prudente. La caverne pouvait abriter le repaire d'un léopard ou tout autre animal sauvage ; aucun moyen de le savoir tant qu'elle n'aurait pas Rudie pour en flairer l'odeur.

En attendant, elle s'assit sur l'un des rochers. Elle attira Mara sur ses genoux, sans pour autant la sortir de son écharpe au cas où elle aurait besoin de partir en vitesse. Ainsi seule avec le bébé, elle se sentait mal à l'aise. D'habitude, Simon et elle prenaient garde de toujours maintenir une liaison visuelle et Rudie faisait la navette entre eux. L'espoir de découvrir quelque chose leur avait fait abandonner toute précaution. Malgré elle, elle pensa à Julia, toutes ces années auparavant – captivée elle aussi par l'attrait d'une nouvelle trouvaille, elle avait payé très cher son manque d'attention.

En dépit de ces pensées, elle ne pouvait détacher son regard de l'ouverture. Elle brûlait de marcher tout droit vers elle afin de découvrir ce qu'elle cachait. En toute logique, ce ne serait probablement qu'un espace sombre et réduit, sans rien d'intéressant. Infesté de rats et d'araignées. Mais la perspective de dénicher une caverne décorée de peintures préhistoriques flottait devant ses yeux, séduisante. Détachant sa lampe torche de sa ceinture, elle l'alluma et l'éteignit plusieurs fois – clic, clic, clic. Le bruit nerveux reflétait son impatience. Elle parvenait presque à se représenter les dessins qu'elle était sur le point de trouver : tout aussi détaillés que ceux de la Caverne aux peintures, mais encore plus beaux, peut-être. Et renfermant une signification que personne n'aurait jamais pu imaginer. Elle serait certainement la première Européenne à les contempler. Après tout, l'ouverture de la grotte était dissimulée derrière les débris de la corniche ; et, si l'arbre qui avait attiré son attention était déjà mort à l'époque, il avait sans doute incité Stein et les membres de l'équipe de recherches à passer leur chemin le plus vite possible pour ne pas s'exposer au gaz mortel.

Un papillon voleta près d'elle, sembla hésiter, puis se posa sur sa main. Mara observa, fascinée, les teintes de brun, de vert et de rouge de ses ailes qui s'ouvraient et se fermaient avec lenteur. Avec un gargouillis de ravissement, elle leva les yeux vers Essie afin de partager son expérience. Une bonne heure avait passé depuis son dernier biberon, mais elle n'avait ni faim ni soif. Il suffisait à Essie de la regarder pour le savoir. Le lien intime qu'elle avait tissé avec l'enfant lui rappelait celui unissant Simon à sa terre natale – comme si des paroles tacites s'échangeaient constamment de l'une à l'autre.

Après ce qui lui sembla une éternité, son assistant arriva en courant, essoufflé, Rudie sur ses talons. Il repéra immédiatement l'ouverture pyramidale.

« Ce n'est peut-être rien. Je n'ai pas encore vérifié. »

Elle le vit froncer les sourcils en remarquant l'arbre et le buisson morts.

« Il y a aussi des plantes en bonne santé, ajouta-t-elle. Mais on ferait mieux de vérifier quand même. »

Simon eut un regard pour Mara et hocha la tête. Déposant son sac à dos sur le sol, il en sortit la boîte d'allumettes. Puis il tira son couteau de chasse de sa gaine.

Depuis le rocher où elle était assise, Essie le regarda s'approcher de l'entrée et gratter une allumette. La flamme s'éleva ; il se pencha à l'intérieur. Tous deux attendirent, tendus. Puis Simon se retourna vers elle avec un sourire. Derrière lui, la petite flamme brûlait vivement dans les ténèbres.

Essie et Simon ralentirent pour laisser Rudie prendre la tête. Ils se trouvaient dans un tunnel plutôt qu'une caverne – le prolongement direct de l'ouverture triangulaire. Tous deux pointaient leurs lampes sur le dalmatien, attentifs à ses réactions. Avec son pelage court, il serait facile de voir s'il se hérissait. Mais, pour l'instant, rien ne semblait l'inquiéter.

Mara, le blanc des yeux encore accentué par la pénombre, regardait partout autour d'elle, silencieuse. Au moment de lui murmurer des paroles rassurantes, Essie se rendit compte qu'elle était davantage curieuse qu'effrayée ; pour elle, ce n'était qu'un nouveau lieu à découvrir en compagnie de Simon et Essie. Tant que l'un d'eux la portait, elle se sentait en sécurité.

Le sol était jonché de gravillons et de débris de pierre. Essie aperçut plusieurs fossiles incrustés dans les parois du tunnel – formes sombres au milieu des sédiments – mais décida de laisser leur examen à plus tard. Tommy avançait juste derrière elle, poussant sa jambe du museau, et sa présence lui rappela à quel point ses méthodes de travail étaient devenues bizarres : elle se trouvait en quête d'un site archéologique très important avec un bébé en écharpe et une gazelle juvénile au bout d'une laisse.

Soudain, elle ne vit plus Simon et la panique l'envahit. Mais il avait juste pris un virage ; une poignée de secondes plus tard, elle avançait de nouveau derrière lui. Le tunnel s'élargit.

Elle s'arrêta. La température venait de chuter de plusieurs degrés. Elle sentait le vaste espace ouvert autour d'elle, comme avertie par un sixième sens, au-delà de la vue et de l'ouïe. Elle décrivit un arc de cercle avec sa torche, révélant une multitude de couleurs – traînées rouges et jaunes, taches blanches, lignes noires, touches brunes.

Retenant son souffle, elle reconnut la forme d'une antilope munie de cornes et de sabots, près d'un chasseur brandissant une lance.

Puis un oiseau au long cou.

Une haute silhouette aux seins figurés par des cercles…

Le style était très similaire à celui des dessins qu'elle avait étudiés dans la Caverne aux peintures. À coup sûr, ils dataient de la même époque.

Simon se tourna vers elle, l'aveuglant momentanément. Lorsqu'il pointa sa lampe ailleurs, elle put distinguer son visage. Ils se regardèrent.

« On l'a trouvée », murmura-t-elle, réticente à l'idée de troubler la quiétude du lieu.

Simon sourit, dévoilant des dents blanches.

« Les Hadzas n'ont pas menti. »

Pendant un long moment, ils n'ajoutèrent pas un mot. Les faisceaux de leurs torches balayaient les parois en longs arcs de lumière, se croisaient et se séparaient, révélant une à une les peintures plongées depuis si longtemps dans le noir. Essie se pencha sur le dessin d'un porc-épic. Elle sentait presque les pointes acérées de ses épines, la douceur de son museau courbé. C'était une œuvre superbe.

Elle se tourna vers l'entrée de la caverne. Pratiquement aucune lumière ne filtrait depuis le tunnel. Avant l'effondrement de la corniche, il y en avait peut-être eu davantage – mais cela n'aurait pas changé grand-chose à l'obscurité de la grotte. Les peintures avaient dû être effectuées et contemplées à la lueur de branches enflammées – à l'ère néolithique, les hommes avaient maîtrisé le feu depuis longtemps. La visibilité devait être réduite, cela dit. Elle regarda Simon.

« Pourquoi se donner tant de mal pour peindre tout ça dans une grotte aussi sombre ?

— Ils avaient leurs propres torches, avec du feu, répondit Simon, qui avait visiblement suivi le même raisonnement qu'elle. Les Hadzas en utilisent encore.

— Mais on ne voit pas très bien.

— Si, bien sûr. Il faut juste regarder lentement. C'est encore mieux. »

Essie observa le porc-épic. Le faisceau de la torche agissait tel un projecteur, mettant en lumière différentes parties de l'animal. Simon avait raison : les images, jalousement gardées par les ténèbres, paraissaient plus puissantes.

« C'est dans ce moment, quand on voit, mais qu'on ne voit pas, qu'on comprend de nouvelles choses, poursuivit-il. Voilà pourquoi l'obscurité est importante pour nous. »

Essie réfléchit au sens de ses paroles. Au campement de Magadi, combattre la noirceur de la nuit était une préoccupation constante : tout le monde était hanté par des souvenirs de lumières électriques illuminant d'autres lieux. Quel que soit le nombre de lampes allumées, ce n'était jamais suffisant. Mais Simon avait passé son enfance dans une tribu hadza, où seules la lune et les étoiles, et parfois un feu de camp, éclairaient la nuit. Il n'était pas étonnant que cette grotte perpétuellement obscure lui apparaisse de manière différente.

« C'est comme l'*epeme*, dit-il.

— Les danses nocturnes… »

Essie avait entendu parler de cette cérémonie hadza : un rituel important, organisé au moins deux ou trois fois par mois, et seulement lors des nuits sans lune. Sa signification demeurait un mystère pour les anthropologues. Elle semblait à mille lieues des préoccupations des autres peuples traditionnels. Les Hadzas ne croyaient ni à une vie après la mort ni à un dieu qu'il fallait apaiser. Leur statut de nomades les dispensait de dépendre d'un seul endroit – la menace d'inondations ou de sécheresse n'avait pas de prise sur eux. Ils n'avaient pas autant de craintes. Le but de l'*epeme* devait être tout autre, mais personne ne savait de quoi il pouvait s'agir.

« Pendant l'*epeme*, on ne voit qu'à la lueur des étoiles, continua Simon. Même la lumière d'une pipe allumée est trop vive. Nous sommes divisés en deux : les femmes et les petits enfants d'un côté, les garçons plus grands et les hommes initiés de l'autre. Il doit y avoir des rochers ou des buissons épais entre nous, pour nous séparer. Il y a un danseur ; juste un homme, au début. Il porte des clochettes autour de sa cheville droite et une cape pour cacher son corps, au cas où quelqu'un pourrait le voir. Il appelle des noms. Il parle, il chante, il siffle dans le noir. Les femmes répondent. »

Il secoua la tête.

« C'est trop difficile à décrire... »

Le silence s'étira. Dans la caverne sèche, il n'y avait pas même un bruit d'eau ou un crissement d'insecte. Lorsque Simon reprit la parole, son ton était léger, presque désinvolte.

« Quand Mara retournera dans sa famille, elle participera à l'*epeme*. »

Essie se prépara au choc des émotions qui lui venaient chaque fois qu'elle imaginait le futur – la déferlante de jalousie, la terreur d'abandonner Mara aux soins d'inconnus, la souffrance de la séparation. Et la certitude irrationnelle que, lorsqu'elle ne pourrait plus la voir, Mara cesserait d'exister…

Mais, cette fois, la douleur ne vint pas. À la place, Essie ne ressentit qu'une impression de justice à l'idée de Mara vivant avec son peuple et prenant part à ses traditions.

« Tu peux m'expliquer le sens de l'*epeme* ? demanda-t-elle. Je voudrais savoir ce qu'elle apprendra. »

Elle avait le sentiment diffus que ce serait sa seule chance de l'entendre. Ici, dans le secret de la caverne, Simon semblait capable de s'exprimer avec une liberté qu'il ne retrouverait sans doute nulle part.

« L'*epeme* rassemble tout le monde. On répare tous les problèmes qui ont eu lieu depuis la danse précédente. Entre les enfants, les anciens, les amants, les chasseurs. Tout est remis à sa juste place. »

Essie sourit. Elle avait imaginé un but grave et solennel, mais ce que décrivait Simon semblait franc et simple – aussi pratique qu'une tâche ménagère.

Elle s'avança le long d'une paroi, laissant glisser sa lampe sur de nouveaux dessins. Tout en marchant, elle prenait mentalement des notes.

Silhouette accroupie, homme, avec pénis en érection.

Étrange forme prostrée, ou motif formé de bâtons. Ossements ?

Pyramide avec des traits partant du sommet. Ol Doinyo Lengai – en train de cracher du feu.

Elle imagina les difficultés qu'elle aurait à retracer les dessins à la lueur d'une lampe. L'ampleur de la tâche. Cela lui demanderait des mois et des mois de travail.

« Tu vas être heureuse, maintenant. »

La voix de Simon lui parvint de loin, comme s'il avait lu dans ses pensées.

Son regard se perdit dans le vague tandis que les mots se répercutaient en elle, visiblement incapables de se poser où que ce soit. La joie qu'elle aurait dû ressentir lui semblait étrangement hors d'atteinte. Elle ne pensait pas à la surprise et au contentement de Ian lorsqu'elle lui annoncerait sa découverte. Ni à la manière dont ce nouveau projet pourrait resserrer les liens entre eux. En fait, quand elle imaginait avec qui elle souhaitait le plus partager cette nouvelle, ce n'était pas le visage de son mari qui lui venait en tête.

Du faisceau de sa torche, elle éclaira Mara, puis Tommy, et finit par trouver Rudie – truffe au sol, il trottinait en direction du fond de la caverne. Il devait y avoir une niche ou un autre tunnel, parce qu'elle le perdit de vue. Elle siffla pour le rappeler. Comme il n'obéissait pas, elle se lança à sa suite. Un chien pouvait-il se perdre dans un labyrinthe souterrain ou serait-il toujours capable de suivre sa propre piste pour retrouver son chemin ?

Elle se retrouva dans un second tunnel. Plus loin, elle reconnaissait les bruits que faisait Rudie lorsqu'il vérifiait une odeur : des exhalaisons répétées, comme s'il avait besoin de dégager son nez avant de flairer quelque chose de nouveau. Soudain, il poussa un jappement, plus surpris qu'agressif ou apeuré.

« Simon… »

La voix d'Essie était faible, comme étouffée par les ténèbres. Resserrant sa prise sur Mara, elle attendit que son assistant la rejoigne pour reprendre son avancée. Ce tunnel-là était beaucoup plus court et s'apparentait davantage à une embrasure de porte pratiquée dans un mur très épais.

Bientôt, ils émergèrent dans une deuxième caverne. Une faible lumière provenait de la voûte, traçant un vague cercle blanc sur le sol. Rudie, occupé à fouiller une pile de débris, leva la tête. Il tenait un objet dans sa gueule.

Essie s'approcha, sa torche pointée devant elle. Une décharge électrique la parcourut tout entière. Rudie tenait entre ses crocs une petite chaussure en toile. Des lacets jaunes pendaient sur le côté, humides de salive.

« Oh, mon Dieu… »

Rudie laissa tomber son trophée et disparut à nouveau dans le noir. Simon parvint à la hauteur d'Essie au moment où elle se baissait pour ramasser la chaussure, avant de l'examiner à la lumière de sa lampe. La semelle de caoutchouc était râpée, principalement sur les bords, et son cœur se serra à la pensée des milliers de petits pas qui l'avaient usée de la sorte. Repliant la languette bleue, elle aperçut une inscription faite au marqueur : trois lettres, presque effacées, mais encore lisibles.

IAN.

Une boule se forma dans sa gorge. C'étaient des chaussures de seconde main, qui avaient appartenu à un grand frère.

La lampe de Simon fouilla l'obscurité derrière Rudie, révélant une touche de couleur – non pas les teintes sobres et naturelles de l'ocre ou du kaolin, mais un amalgame de turquoise et de rouge vif. Les restes d'une chemise à carreaux. Plus bas, un pantalon bleu ciel. Essie se couvrit la bouche d'une main. Ses jambes menaçaient de se dérober sous elle.

« *Mtoto wa siri* », souffla Simon dans le silence.

L'enfant caché.

La peau du petit garçon, momifiée par l'atmosphère aride de la caverne, était tendue sur son crâne comme le cuir de veau sur un tam-tam. Ses cheveux blonds et fins encadraient son visage. Dans la semi-obscurité, Robbie aurait presque pu sembler vivant – simplement endormi.

Essie peinait à respirer. L'air dont elle emplissait frénétiquement ses poumons lui semblait trop rare. Elle se força à faire quelques pas en avant : il fallait qu'elle voie chaque détail. Glissant la chaussure dans sa poche, elle lâcha la laisse de Tommy et maintint Mara contre sa hanche. Puis elle se pencha sur le petit cadavre.

Quelques fragments de peau manquaient, constata-t-elle, ou bien s'étaient rétractés, dévoilant l'os. Une rangée de dents de lait lui apparut à travers une déchirure dans la joue, aussi brillantes que des perles. Elle avait l'impression de regarder une image tour à tour nette et floue. Une seconde, elle voyait un corps décomposé, un squelette ; la suivante, elle voyait un petit garçon. Elle n'aurait su dire quelle vision était la plus réelle.

Les mains de Robbie reposaient à ses côtés. Elles s'étaient crispées lors de la mort, les tendons contractés. Il avait encore des ongles. Des cils. Ses paupières collées dissimulaient des orbites vides. Ses lèvres avaient gardé leur courbure enfantine, mais paraissaient figées, dures. La deuxième chaussure était restée en place, sur une chaussette grise couvrant une cheville décharnée.

« Il est tombé », observa Simon, levant sa torche vers la source du faible rayon de lumière.

C'était une crevasse – peut-être celle-là même où s'était coincé Tommy.

Essie retourna à son examen de Robbie. Sa posture avait quelque chose de détendu, comme s'il venait tout juste d'atterrir, aussi souple qu'une poupée de chiffon. Un profond sentiment de consolation l'envahit. Le garçon n'avait pas souffert longuement après sa chute, pas plus qu'il n'avait tenté de ramper pour quitter la caverne. La raison en était évidente. Sa tête formait un angle anormal par rapport à son corps. Il s'était brisé la nuque en tombant.

Elle ferma les yeux. Tout le temps passé par l'équipe de recherche à écumer les environs, il était déjà mort. Il n'y avait pas eu de cris dans le vide, pas de souffrance inutile. Tout au plus quelques secondes de panique – et puis plus rien. C'était un soulagement, en quelque sorte.

« Il y a quelqu'un d'autre. »

L'espace d'un instant, Essie crut que Simon s'était trompé de terme. Il avait voulu dire *quelque chose*, sûrement…

Puis elle ouvrit les yeux. Son assistant, accroupi auprès de Robbie, examinait le sol. Alors qu'elle avançait pour le rejoindre, des motifs familiers lui apparurent : une chaîne de vertèbres, une rangée de côtes, de longs os de bras et de jambes, l'angle de coudes et de genoux. Étendu près de l'enfant – et partiellement sous lui, d'ailleurs – se trouvait ce qui ressemblait à un squelette entier. Il était présent dans cette grotte depuis bien plus longtemps : pas un seul fragment de peau, de cheveu ou de chair ne subsistait. Seulement les os, à demi enfouis dans le sol.

Des possibilités se succédèrent à toute vitesse dans l'esprit d'Essie. Un membre de tribu avait-il fait une chute mortelle en arpentant les collines, tout comme Robbie ? Ou bien cet endroit était-il une chambre funéraire ? Peut-être même y avait-il un lien avec les peintures. Essie se sentit gagner par l'effervescence. En archéologie, le contexte était la clef de tout. Si elle parvenait à tracer un lien entre ces restes humains et les œuvres… Il y aurait peut-être des outils en pierre, des objets funéraires à exhumer.

Elle se dirigea vers l'emplacement où devait reposer le crâne. Il était dissimulé par le bras de Robbie. Essie hésita quelques secondes – le corps de l'enfant gisait là depuis si longtemps qu'elle rechignait à le déranger. Elle finit par se pencher pour saisir la manche et soulever délicatement le membre, malgré la résistance des muscles desséchés. Le tissu usé jusqu'à la corde se déchira et le bras retomba, mais pas avant qu'elle ait eu un aperçu du crâne – l'image de l'orbe jauni imprimée sur sa rétine.

Ce crâne, bulbeux, avait contenu un cerveau de bonne taille ; mais la forme générale était trop ovale pour appartenir à un humain moderne. Le front était aplati, comme celui d'un australopithèque, mais pas autant. Ces indications suffisaient à Essie, après toutes ces années d'études et de recherches, pour comprendre ce que cela signifiait : ce squelette n'avait aucun lien avec la tribu du néolithique qui avait peint les parois de la caverne. Il datait d'une ère complètement différente.

Impossible de s'en tenir là. Cette fois, elle s'empara du bras lui-même et le décala sur le côté avant de braquer sa lampe directement sur le crâne. Les arcades sourcilières étaient clairement visibles, mais pas trop prononcées. Le menton ne fuyait pas, mais n'avançait pas non plus autant que celui d'un humain moderne. Et les dents étaient proéminentes, comme celles de toutes les espèces humaines depuis le singe et l'australopithèque.

Essie avait l'impression de rêver. Ses yeux devaient lui jouer des tours. Elle cligna des paupières, puis vérifia une nouvelle fois. La créature humaine étendue devant elle n'était ni simiesque ni moderne. Elle – ou il – se situait quelque part entre les deux.

« C'est un *erectus*, souffla-t-elle. Je ne vois que ça. »

Simon la dévisagea. Il comprenait aussi bien qu'elle les répercussions d'une telle trouvaille. C'était la preuve que les Lawrence et les Leakey rêvaient de découvrir depuis si longtemps : celle que notre ancêtre le plus proche, *Homo erectus*, avait vécu en Afrique. Essie imagina les implications, familières mais extraordinaires, qui l'attendaient. La nouvelle produirait une véritable onde de choc dans les couloirs poussiéreux de toutes les universités, de Cambridge à Berlin. Personne ne pourrait plus prétendre que l'Europe et l'Asie étaient les berceaux de l'humanité. Ce squelette, ajouté à tous les vestiges d'australopithèques retrouvés en Afrique – et nulle part ailleurs –, faisait pencher démesurément la balance en faveur de ce continent. Au commencement, nous étions tous africains.

Essie contempla l'entièreté du squelette. La qualité de préservation était époustouflante – possible uniquement grâce à l'absence d'humidité et à l'isolement de la caverne, dissimulée au cœur de cette colline aride, au pied du volcan sacré. De nombreux archéologues avaient fondé une carrière entière sur un simple fragment d'os ou de dent. Essie avait devant elle un spécimen complet. L'usure des dents fournirait des indications sur le régime alimentaire de l'individu ; l'état des os et les potentielles traces de blessures représenteraient de précieux indices concernant son mode de vie. Et ce n'était que le début – ce squelette regorgeait d'informations qui n'attendaient que d'être exploitées, menant à la formation d'un aperçu incroyablement détaillé de cette espèce révolutionnaire, présente sur Terre plus d'un million d'années auparavant.

Essie regarda Simon, toujours accroupi. Changeant de point d'appui, il tendit une main.

« Ne touche à rien », dit-elle précipitamment.

Elle se pencha davantage pour examiner la matrice dans laquelle se trouvait le squelette, effleurant la terre du bout de sa botte. La semelle laissa une ligne à la surface. Ainsi, la poussière de grès n'était que partiellement fossilisée ; cela faciliterait grandement l'excavation mais, en attendant, les os restaient vulnérables.

Simon ne sembla pas l'entendre.

« Celui-là est trop vieux, dit-il en désignant le squelette. Et on ne sait pas qui c'est. Ce n'est pas notre responsabilité. Mais lui, il est proche de nous. »

Il s'était tourné vers Robbie. Sans laisser à Essie le temps de réagir, il saisit à deux mains la tête de l'enfant et la redressa d'un geste attentif. Puis il l'inclina, très légèrement, dans la direction opposée.

« Qu'est-ce que tu fais ? » demanda Essie, confuse.

C'était comme s'il espérait réparer la fracture fatale du garçon. Mais Simon regarda la paroi de la grotte, dans la même direction que Robbie à présent.

« Sa tête doit être tournée par là, vers la montagne. Sinon, son esprit ne peut pas revenir dans son corps pour prendre l'ombre.

— L'ombre ? répéta Essie, la bouche sèche.

— L'ombre est la nourriture de l'esprit. Quand on meurt, notre esprit s'en va. Il va creuser dans la terre, puis il revient pour reprendre des forces. Il doit entrer par la tête mais, si elle n'est pas dans la bonne position, il n'y arrive pas. Dans ma région, il y a trois montagnes sacrées. Pour quelqu'un d'ici, il n'y en a qu'une : Ol Doinyo Lengai. »

Il se releva et hocha lentement la tête, le regard fixé sur Robbie. Soudain, elle fut frappée par le fait que ce lieu n'avait rien d'inquiétant ; la pénombre semblait envelopper avec douceur les deux corps étendus côte à côte.

« Il vaut mieux partir, maintenant, déclara Simon. Cet endroit n'est pas pour nous. »

L'intonation de sa voix rappela à Essie la simplicité avec laquelle il lui avait expliqué le sens de l'obscurité et de l'*epeme* : un ton empli de certitude et de respect, mais sans nulle trace de peur. Elle lança un dernier regard à Robbie, examina brièvement le squelette, puis détourna sa lampe de la scène, laissant les ténèbres l'engloutir.

Mara paraissait sur le point de s'endormir. Essie siffla Rudie, s'assura que Tommy la suivait et quitta la caverne à la suite de Simon. L'image du corps momifié de Robbie ne la quittait pas ; elle ne cessait de penser à ce que cela signifierait pour Julia. Puis, revoyant les ossements à demi cachés par le petit garçon, elle s'imagina dans la tente de repas en train d'annoncer sa découverte d'un squelette d'*Homo erectus*. Les paroles de Simon résonnèrent dans son esprit. *Cet endroit n'est pas pour nous.* Kisani avait dit quelque chose de similaire quand elle lui avait parlé de pénétrer dans le royaume de Lengai. Chaque image, chaque pensée qui s'imposait à elle semblait la tirer dans une direction différente. L'énormité de ce qui venait de se produire était impossible à digérer. Elle se força à regarder où elle mettait les pieds pour ne pas trébucher sur le sol inégal.

Elle était à mi-chemin du tunnel menant aux peintures quand un éclat métallique, accroché par le faisceau de sa lampe, attira son regard. Un petit objet brillant. Il lui fallut quelques secondes pour le retrouver et, quand ce fut le cas, elle se figea, interdite. Un porte-mine à l'ancienne gisait au sol, l'argent terni scintillant dans la lumière.

Elle entendit Simon revenir sur ses pas tandis qu'elle se penchait pour le ramasser. Faisant tourner l'objet, froid et pesant, entre ses doigts, elle découvrit un nom gravé en lettres cursives dans le métal et approcha l'objet de son visage afin de le déchiffrer.

W. G. Stein.

« Le missionnaire, dit Simon. Il est venu ici. »

Essie détailla le porte-mine du regard. Il avait dû tomber de la poche de l'homme. Celui-ci avait quitté Magadi dix ans avant la mort de Robbie ; il avait forcément dû voir le squelette et comprendre l'ampleur de sa découverte. Il avait aussi dû remarquer les extraordinaires peintures rupestres. Pourtant, il avait fait le choix de ne pas en souffler mot à quiconque.

Simon croisa le regard d'Essie. Ses yeux brillaient dans l'obscurité. Soudain, comme dérangée par la tension de l'atmosphère, Mara se tortilla dans son écharpe. Essie rangea le porte-mine dans sa poche et tapota le dos de l'enfant du plat de la main. Simon s'était retourné, marchant dans la direction du tunnel. Les mouvements saccadés de sa lampe trahissaient sa hâte de quitter cet endroit.

17

Lunettes de lecture sur le nez, Julia raclait une pierre à l'aide d'un cure-dent. Une cigarette à demi consumée était posée sur un cendrier à côté d'elle. Meg, affalée à ses pieds, se grattait paresseusement l'oreille du bout d'une patte arrière. Un peu plus loin dans la hutte de travail, Ian et Diana s'occupaient de trier un plateau de spécimens. Le soir approchait ; les tasses et les soucoupes vides mêlées aux galets et aux fragments osseux sur la table indiquaient que les Lawrence et leur invitée venaient de boire leur dernier thé de la journée.

Essie les observa de loin tandis qu'ils s'absorbaient dans leurs tâches respectives. Elle ressentit une pointe de désarroi à voir la proximité entre Ian et Diana – la façon dont leurs épaules s'appuyaient confortablement l'une contre l'autre. Mais ce n'était pas le moment pour ce genre de considération. Elle devait décider comment leur annoncer ses découvertes. L'impact de la nouvelle sur Julia, en particulier, serait immense. Les révélations du squelette et du mensonge de Stein feraient beaucoup d'effet, elles aussi, mais dans un tout autre registre. Il semblait presque impossible d'aborder tout cela en une seule conversation.

Elle se tordit les mains, angoissée. Heureusement, Simon avait emmené Mara dans la chambre d'enfant ; la petite était affamée et épuisée après cette journée interminable. Même si cela n'avait pas été le cas, Essie aurait tout de même laissé Simon s'occuper d'elle et de Tommy. La scène qui allait suivre serait suffisamment compliquée à gérer sans y ajouter la présence d'un bébé. Essie avait l'impression de se tenir au bord d'une mare tranquille au centre de laquelle elle s'apprêtait à jeter un pavé.

Mais il ne servait à rien de repousser l'échéance. Prenant une profonde inspiration, elle se força à avancer vers la hutte – un pas après l'autre. Dès qu'on remarquerait sa présence, elle n'aurait plus d'autre choix que parler. Alors les mots seraient bien forcés de lui venir.

Rudie se précipita au-devant d'elle pour rejoindre Meg, heurtant la table de Julia de sa queue frétillante. Une tasse bascula dans sa soucoupe.

« Fiche le camp », lança Julia avec mauvaise humeur.

Levant les yeux, elle croisa le regard d'Essie. Ses mains s'immobilisèrent. On aurait dit que les pensées d'Essie la précédaient ; le regard échangé par les deux femmes était d'une force indescriptible.

« Qu'est-ce qu'il y a ? demanda Julia, posant sa pierre et son outil avec un petit bruit sec. Qu'est-ce qui s'est passé ? »

Essie s'approcha lentement, comme pour ne pas effrayer un animal sauvage, et s'arrêta devant la table.

« On a trouvé le corps de Robbie. »

Julia écarquilla les yeux.

« Quoi ? » hoqueta-t-elle.

La chaise de Ian grinça alors qu'il se levait d'un bond, et Essie arracha son regard à celui de sa belle-mère pour le poser sur son mari. L'expression de celui-ci était un mélange d'incompréhension et de choc.

« Il est dans une caverne, expliqua-t-elle. Il est tombé dans une crevasse. C'était une longue chute. Il… »

La gravité de ce qu'elle était en train de dire menaça soudain de lui couper la parole ; elle dut se forcer à poursuivre.

« Il s'est brisé la nuque. Ça se voit. »

Julia bougea les lèvres, répétant muettement les paroles d'Essie comme pour mieux les comprendre. Ian semblait paralysé, les bras le long du corps ; Diana l'observait avec effarement. Même au cœur d'une scène aussi intense, Essie savoura un bref moment de satisfaction à voir qu'elle n'avait manifestement jamais entendu parler de Robbie.

« Où est cette caverne ? demanda finalement Julia.

— Dans les collines au pied du volcan. On faisait de la reconnaissance. On avait fini les berges du lac », ajouta prudemment Essie avec un regard en direction de Ian.

Celui-ci secoua la tête, les sourcils froncés.

« Mais comment peux-tu savoir que c'est lui ? C'est sans doute un gamin de la région... »

Essie ouvrit la bouche, blessée. La croyait-il sérieusement capable d'annoncer une telle nouvelle de but en blanc sans en avoir la certitude ?

« La caverne est très sèche. Il ressemble aux momies qu'on a retrouvées au Pérou. On voit encore ses cheveux blonds, ses vêtements... Il a une chemise à carreaux, dit-elle en regardant Julia. Rouge et turquoise. »

La vieille femme se couvrit la bouche de ses mains tremblantes. Un gémissement rauque s'échappa d'entre ses doigts. Sur son visage, le choc se mua en douleur tandis qu'une blessure depuis longtemps cicatrisée se rouvrait violemment. Meg se redressa, les oreilles levées, et tenta de flairer les joues de sa maîtresse d'un air inquiet.

« Oh, mon Dieu. »

Ian ferma les yeux et inclina la tête en arrière. Essie se mordit la lèvre, presque jusqu'au sang. Elle aurait tant voulu le serrer dans ses bras, de toutes ses forces, et l'arracher au cauchemar d'enfance qui menaçait de le happer une nouvelle fois... Mais son récit ne s'arrêtait pas là et attendait d'être raconté, telle une présence palpable dans l'air autour d'elle. La grotte contenait deux corps, leurs ossements entremêlés.

Leurs deux histoires étaient liées l'une à l'autre. Le regard d'Essie passa plusieurs fois de Julia à Ian.

« Il y avait autre chose dans la caverne, dit-elle en cherchant désespérément ses mots. D'autres vestiges humains.

— Tu veux dire… que mon frère était avec quelqu'un quand il est mort ? »

Julia releva brusquement la tête.

« Qui ?

— Non. Ce sont des ossements fossilisés. Très anciens. D'après le crâne, je suis sûre à quatre-vingt-dix pour cent… »

Essie s'interrompit. La phrase paraissait trop absurde pour être achevée.

« Sûre de quoi ? demanda Ian, et elle avala sa salive.

— C'est un *Homo erectus*. »

Il la fixa, incrédule. Difficile de lui en vouloir : cela semblait si improbable.

« Tu as trouvé un crâne ? demanda-t-il. Intact ?

— Plus qu'un crâne. Un squelette complet. »

Ian émit un son étranglé qui ressemblait à un rire.

« Impossible.

— Je sais ce que j'ai vu », insista-t-elle.

D'une voix étrangement calme, même à ses propres oreilles, elle expliqua comment le corps de Robbie reposait au-dessus du squelette, mais que cela ne l'avait pas empêchée d'examiner le crâne, ainsi que certaines parties de la colonne vertébrale, du pelvis et des os des membres. Alors qu'elle décrivait l'anatomie de sa trouvaille à coups de termes latins, elle fut frappée par l'incongruité d'un tel discours quelques instants à peine après la révélation concernant Robbie. C'était comme le jour de l'enterrement de sa mère. Une minute, les gens lui présentaient leurs condoléances ; la suivante, ils discutaient de la météo, de leur déjeuner, de vêtements, de voitures – comme si la réalité était tissée de fils distincts, capables de suivre le même trajet sans se toucher.

Vers la fin de son explication, Ian se mit à hocher la tête de manière presque imperceptible. Il devait accepter, au moins, le fait qu'elle ait découvert quelque chose d'important. Après tout, elle n'avait rien d'une amatrice ni d'une bénévole formée à la va-vite ; son expérience du terrain avait été acquise en majeure partie aux côtés de son mari.

« Et il y a des peintures ?

— Une dizaine au moins. Semblables à celles de l'autre caverne. Peut-être l'œuvre des mêmes personnes. »

Essie hésita quelques secondes avant de poursuivre. Elle se sentait comme ces gens qui vont se confesser à l'église : elle voulait vider son sac, aller jusqu'au bout, d'une traite. Elle tira de sa poche le porte-mine en argent.

« Sur place, j'ai aussi trouvé ça. »

Ian observa l'objet, stupéfait. Puis il chuchota :

« W. G. Stein…

— C'est quoi ? » demanda Diana.

On aurait dit une spectatrice dans un théâtre de boulevard, regardant constamment d'un personnage à l'autre pour ne rien manquer de l'intrigue.

Ian ne lui répondit pas. Essie l'ignora également. Ce n'était pas le moment de se préoccuper d'une étrangère. À la place, elle alla rejoindre Julia. Celle-ci fixait le vide ; elle n'avait réagi ni à la mention du squelette, ni à celle des peintures et du porte-mine. Rien d'étonnant à cela. Quelle mère aurait pu penser à quoi que ce soit d'autre, dans un tel moment, qu'à son enfant disparu ?

Essie se pencha pour la regarder droit dans les yeux, derrière les verres sales de ses lunettes.

« Robbie n'a pas souffert. Il était encore là où il est tombé. Il a dû mourir sur le coup. »

Elle dévisagea sa belle-mère, en attente d'une réaction. Les pires craintes des Lawrence se révélaient infondées ; Robbie n'avait été ni enlevé ni dévoré par un prédateur. Il avait été victime d'un accident terrible, mais simple.

Ce devait être un immense soulagement, non ? Mais, si Julia était de cet avis, elle n'en montrait pas le moindre signe. Peut-être avait-elle du mal, après sa réaction initiale, à appréhender l'énormité de ce qu'elle venait d'entendre. Essie repensa soudain à quelque chose. Plongeant la main dans la poche de son pantalon, elle en extirpa la petite chaussure et la lui tendit.

Julia ne fit pas un mouvement, les doigts crispés sur le rebord de la table. En regardant à l'intérieur du soulier, Essie apercevait tout juste le nom de Ian inscrit sous la languette. Elle retourna l'objet, si petit qu'il semblait ne rien peser du tout, puis, au bout d'un moment, le posa sur la table. Malgré les lacets jaunes et la toile bleue, il semblait étrangement à sa place parmi les fragments d'ocre, de silex, d'ossements et de fossiles. C'était une relique, après tout, exactement comme le reste. Il était facile de l'imaginer étiqueté et placé dans un sachet.

Vêtement : chaussure.

Homo sapiens juvénile.

Époque moderne.

Ian s'avança pour le ramasser, les yeux plissés.

« On ne l'a pas prise sur lui, expliqua Essie. Rudie l'avait dans la gueule. C'est ce qui nous a poussés à fouiller la caverne. Il faisait un noir d'encre, là-dedans. »

Ian serrait la chaussure tellement fort qu'elle craignit qu'il ne l'écrase entre ses doigts. Un muscle tiquait au niveau de sa joue, près de sa mâchoire crispée. Les mots, murmurés d'une voix brisée, lui échappèrent.

« Pourquoi je ne l'ai pas entendu ? Pourquoi je ne l'ai pas retrouvé ? »

La table trembla alors que Julia prenait appui sur ses deux mains pour se lever. Elle fit quelques pas titubants vers Ian, et Essie s'écarta pour leur laisser de l'espace – mais Julia dépassa son fils et sortit de la hutte.

Elle traversa la clairière et se posta face à l'horizon. Dans la lumière tombante, le volcan était un cône mauve coiffé de nuages. Julia leva les bras en direction des collines, comme si ce geste pouvait la rapprocher de l'endroit où gisait Robbie, et Essie eut l'impression de voir une marionnette ; si quelqu'un coupait les fils qui la contrôlaient, Julia s'effondrerait au sol telle une poupée de chiffon.

Les bruits du campement emplirent le silence. Un vacarme de casseroles en provenance de la cuisine de Baraka ; le caquètement étranglé d'une poule ; les coups de tête distants de Tommy contre la barrière de son enclos.

Essie se tourna vers Ian. Il regardait sa mère, immobile et impuissant. Elle se demanda un instant si elle ne ferait pas mieux de la suivre. Mais, l'instant suivant, Julia revenait à grands pas vers la hutte.

« Je veux le voir.

— Bien sûr. Je vous emmènerai demain matin. On a construit un cairn, Simon et moi, et dessiné une carte pour retrouver l'endroit facilement.

— Non, il faut qu'on y aille maintenant. »

Julia pivota en direction de la réserve, dont les étagères regorgeaient à présent de lampes torches, de piles et de lanternes neuves.

« Allez, vite, ordonna-t-elle.

— C'est trop loin, protesta Essie. On n'y sera jamais avant la nuit. Le terrain est très accidenté. Ce serait impossible, même avec des lampes.

— Essie a raison, dit fermement Ian. Il faut attendre demain. On n'aura qu'à partir avant l'aube pour atteindre la montagne dès les premiers rayons de soleil. »

Julia dévisagea son fils, puis Essie, avec une expression torturée. Mais la raison finit par avoir le dessus ; les épaules voûtées, elle retourna s'asseoir à sa place.

Ian l'imita. Après avoir posé la chaussure, il se laissa tomber sur sa chaise et se couvrit les yeux.

Diana se pencha pour examiner l'objet, et Essie la vit assembler une à une les pièces du puzzle. Puis elle se détourna délibérément avant que la visiteuse puisse la questionner. Ce n'était pas à elle de raconter l'histoire de Robbie.

Un silence pesant s'installa, troublé par de petits mouvements sans importance. Diana alluma une cigarette – le craquement de l'allumette et le souffle de la flamme en train de jaillir. Ian changea de position sur sa chaise, faisant grincer le tissu. Julia tapotait nerveusement du pied contre la table.

Essie sortit prendre l'air devant la hutte, une main posée sur l'une des poutres. Elle observa, au loin, les mouvements de la poussière agitée par le vent. Par surprise, elle revit en pensée la première image qu'elle avait eue du corps de Robbie, et la nausée l'envahit à l'idée des lèvres enfantines, des yeux clos, de la joue partiellement dissoute révélant une rangée de dents. Le mélange entre préservation et décomposition était trop brutal. Elle imagina cette vision cauchemardesque en train de s'échapper de sa tête et de voler à travers la hutte comme un oiseau, pour se poser sur l'épaule de Julia et envahir ses pensées.

La chassant à grand-peine, Essie se concentra sur sa respiration, la façon dont ses poumons s'emplissaient d'air. Lentement, l'image de Robbie disparut et celle de Mara surgit à sa place. Un frisson de panique la parcourut. Elle savait où se trouvait l'enfant – avec Simon, en sécurité. Pourtant, elle prit à peine le temps de murmurer quelques excuses avant de s'éclipser. Elle avait besoin d'enfouir son visage contre la peau si douce, d'entendre les gazouillements rieurs – de presser son oreille contre la poitrine chaude de Mara pour écouter les battements, puissants et réguliers, de son cœur.

Ian faisait les cent pas dans la tente, entre le lit et la table de nuit improvisée d'Essie.

« Pourquoi est-ce que Stein n'a parlé à personne de sa découverte ? Ça n'a aucun sens. »

Il ne cessait de regarder sa montre, comme si cela pouvait faire passer la nuit plus vite. Essie le suivait des yeux, assise au bord du lit avec Mara endormie sur ses genoux. Son énergie nerveuse se dégageait de lui tel un nuage de vapeur, saturant l'air. Il réfléchissait à voix haute afin de conserver son calme. Avait-il choisi de se focaliser sur Stein pour éviter de devoir penser à Robbie et à sa mère ? Julia se trouvait dans sa tente. Diana avait sorti un somnifère de son sac et lui en avait administré une double dose.

« Il devait être dans le même camp que Kohl-Larsen, je suppose, poursuivit Ian. Il n'aurait pas voulu qu'on apprenne la présence d'un *erectus* en Afrique. »

Essie ne répondit pas tout de suite. Jusqu'à récemment, elle aurait probablement tiré la même conclusion. Kohl-Larsen était un anthropologue qui avait mené des recherches dans la vallée d'Olduvai pendant les années 1930, à peu près à la même période que l'arrivée des Leakey. Très lié au parti nazi, il partageait sa conception de l'existence d'une race supérieure aryenne ; l'idée que tout le monde descendait d'un même ancêtre – et un ancêtre africain, par-dessus le marché – ne correspondait pas vraiment à la vision du monde d'Hitler. Comme Stein et Kohl-Larsen étaient allemands tous les deux, les gens partaient souvent du principe qu'ils avaient les mêmes opinions à ce sujet. La fascination de Stein pour les Massaïs n'était en aucun cas une preuve du contraire : les nazis avaient financé des études sur les peuples qu'ils considéraient comme « primitifs » afin de montrer ce qui les différenciait d'eux. Mais, après avoir entendu Carl lui parler de leur ancien voisin missionnaire, Essie commençait à se rendre compte à quel point il était ridicule de mettre les gens dans un même sac en fonction de leur nationalité.

« Je ne suis pas sûre que ce soit à cause de ça », avança-t-elle prudemment.

Ian cessa de marcher.

« Qu'est-ce que tu veux dire ?

— Carl Bergmann en savait plus long que nous sur Stein. »

À la mention du photographe, Ian fronça le nez. Mais il ne changea pas de sujet pour autant.

« Ah oui, et pourquoi ?

— Il est allé faire des recherches aux archives de la mission à Berlin quand il a appris qu'il vivrait dans la maison. D'après lui, Stein a arrêté de publier ses recherches longtemps avant de mourir. Les missionnaires ont dit qu'il était devenu fou. Ils pensaient que c'était à force de vivre seul au milieu des Africains.

— Quel rapport avec le fait de garder sa découverte secrète ?

— La caverne se trouve au pied d'Ol Doinyo Lengai, expliqua Essie. Stein a peut-être voulu protéger les Massaïs : il s'était beaucoup rapproché d'eux, visiblement. Si ça se trouve, il avait même adopté certaines de leurs croyances. Pour eux, c'est un sacrilège de gravir la montagne. »

Ian fit une grimace d'impatience, mais Essie poursuivit avant qu'il lui coupe la parole :

« Simon était très mal à l'aise dans cette grotte. Il n'avait qu'une envie, ressortir. Il m'a dit que ces deux corps, si proches de la demeure de Lengai, ne devaient pas être dérangés.

— C'est un Hadza. Ils ne croient pas en Lengai. Ils ne croient en aucun dieu.

— Ce n'est pas si simple, à mon avis. »

Essie se demanda ce qu'il aurait pensé en voyant Simon ajuster la position de la tête de Robbie et en l'entendant parler des trois montagnes sacrées aux yeux de son peuple.

« Simon croit en quelque chose, c'est certain. Mais il respecte aussi leur croyance. Celle des Massaïs, je veux dire. »

Ian lui jeta un regard plein de frustration.

« Quoi, il ne comprend pas à quel point tout ça est crucial pour la science ?

— Si, bien sûr. Il s'inquiète juste de ce qu'on va faire là-bas. De savoir si le lieu sera respecté. »

Après avoir quitté la grotte, Simon et elle avaient eu une longue discussion à propos des problèmes que pourrait poser leur découverte ; elle avait duré tout au long de leur descente, jusqu'à l'endroit où était garé le Land Rover.

Ian agita la main avec agacement.

« On ne peut pas s'embarrasser de ce genre d'idée. Ce serait ridicule. Si Simon ne veut pas participer, il n'a qu'à trouver un travail ailleurs.

— Sans lui, on n'aurait rien découvert, contra Essie, prise d'une bouffée de colère. Il se sent responsable.

— Eh bien, tant pis pour lui. Il s'y fera. »

Essie le dévisagea, incrédule. Ian était né dans ce pays, comme son père avant lui. D'habitude, il témoignait beaucoup de respect envers les cultures traditionnelles – même s'il parvenait généralement à obtenir ce qu'il voulait –, et exprimait ouvertement sa désapprobation aux Européens irrespectueux… Mais, se rappela-t-elle, il n'était sans doute pas dans son état normal après ce qu'il venait d'entendre.

« Écoute, on n'a pas besoin de parler de ça maintenant, dit-elle. Tu viens juste d'apprendre ce qui est arrivé à Robbie… »

Il se retourna d'un bloc.

« Je me fiche de Robbie, siffla-t-il sur un ton qui fit dresser les oreilles de Rudie. Je suis content qu'on sache ce qui s'est passé. On va enfin pouvoir l'oublier, maintenant.

— Tu n'es pas sérieux.

— Oh que si ! Tu ne crois pas que j'en ai assez bavé comme ça ? Il m'a poursuivi toute ma vie, bon sang. C'est comme s'il n'avait jamais grandi. Il ne m'a pas lâché d'une semelle depuis toutes ces années. Bien sûr : il est mort, alors il est parfait. »

Ian se tut et baissa la tête. Essie laissa passer quelques instants avant de se risquer à parler.

« Qu'est-ce qu'on va faire de son corps ?

— On va l'enlever, évidemment, répondit-il sans la moindre hésitation. Mais d'abord, il va falloir documenter la situation de l'*erectus*. On va devoir faire venir un observateur indépendant d'Angleterre, pour être sûrs que personne ne mettra notre parole en doute. Ça va prendre du temps, j'en ai peur.

— Ça risque d'être difficile pour Julia de le laisser là. Maintenant qu'il a été retrouvé. »

Ian poussa un soupir frustré.

« Écoute, la question n'est pas de faire plaisir à Julia, à Simon ou aux Massaïs – ni même à ce foutu Lengai, d'ailleurs. »

Essie coula un regard en direction de la cuisine pour s'assurer que Baraka n'avait pas entendu ce blasphème. Elle dut lutter pour conserver son calme.

« Il faut réfléchir à la meilleure approche à adopter pour l'*erectus*. On pourrait faire une étude *in situ*, suggéra-t-elle.

— Hors de question. Tu as dit toi-même que la caverne est au pied du volcan. Le squelette doit être sorti de là aussitôt que possible. Je n'arrive pas à croire que cet endroit n'ait jamais été détruit par un tremblement de terre ou une coulée de lave.

— Mais justement ! À quand remonte *erectus*, pour ce qu'on en sait ? Cinq cent mille ans ? Ça voudrait dire que les ossements s'y trouvent depuis au moins tout ce temps, sans doute même depuis un million ou un million et demi d'années. Tu penses vraiment que les choses vont changer juste parce qu'on sait qu'ils sont là ? »

Ian garda le silence, incapable de réfuter une telle logique.

« À mon avis, poursuivit Essie, on ne peut pas se permettre de contrarier les Massaïs. Ni les Hadzas, d'ailleurs.

— Ah, Essie Lawrence, défenseuse des Hadzas... »

Ian eut un sourire amer.

« Tu as peut-être passé trop de temps avec les autochtones, toi aussi. Vous auriez fait la paire, toi et Stein. Il n'aurait probablement vu aucun problème à... ça. »

Il esquissa un geste en direction de Mara. Essie se raidit. Elle aurait voulu protester, mais cela n'aurait servi à rien. Baissant les yeux sur l'enfant endormie sur ses genoux, elle vit ses petites lèvres bouger comme si elle tétait du lait dans ses rêves. Ian n'aurait jamais remarqué ce genre de détail. Lorsqu'il regardait Mara, il ne voyait qu'une source de problèmes – et non une personne miniature, unique et précieuse. Une nouvelle émotion se fit jour en elle, remplaçant la colère qu'elle ressentait envers son mari, et il lui fallut quelques secondes pour en trouver le nom. De la pitié. Elle avait pitié de Ian, incapable de regarder Mara et de réellement voir qui elle était...

« Mais tu n'as pas complètement tort, reprit-il. Si on entre en conflit avec les populations locales, le gouvernement s'en mêlera à coup sûr. »

Sous les yeux d'Essie, une nouvelle réflexion se faisait jour en lui. Ian était très conscient du fait que, depuis l'indépendance, le soutien des autorités locales – le National Museum, l'université de Dar es-Salaam, le département des Antiquités, les hommes politiques – n'était plus aussi systématique. Certes, la découverte d'un *Homo erectus* serait d'une importance capitale pour tous ces groupes, ce qui les convaincrait peut-être de ne pas prendre le parti des Massaïs ; mais le contraire était toujours envisageable. Vu l'instabilité de la scène politique, il était impossible de prédire l'émergence d'un nouveau courant nationaliste.

« Il va falloir y aller avec des pincettes, décréta Ian. Limiter le nombre de personnes concernées, consulter les anciens du *manyatta*, ce genre de choses… »

Il fronça les sourcils.

« En fait, on pourrait même en faire la marque de fabrique de notre nouveau fonctionnement. Magadi montrerait l'exemple en matière de recherches sur un terrain culturellement sensible. »

Essie s'autorisa à souffler. Ian avait adopté sa suggestion comme s'il s'était agi de sa propre idée. Dès le lendemain matin, elle pourrait assurer à Simon que ses inquiétudes seraient prises en compte. Tout en se détendant légèrement, elle mesura sa lassitude. Les événements de la journée défilèrent dans son esprit – les flamants roses traversant le ciel en un large fleuve coloré ; les adieux de Carl ; la découverte de la caverne ; le retour au campement et l'annonce des nouvelles. Le grand lit derrière elle était tentant. Ian et elle n'avaient plus qu'à s'y coucher. Avec un vague sentiment de regret, elle songea à quel point cet acte leur aurait autrefois semblé facile et naturel. Tant de choses les séparaient à présent. Il y avait ses commentaires blessants à propos de Stein et elle, et la manière dont il avait regardé Mara. Il était sous pression, elle le savait, agité par des émotions conflictuelles. Mais elle aussi. Peut-être était-il encore temps de renverser la vapeur et de combler le fossé apparu entre eux ; après tout, quelque chose d'incroyable venait d'arriver à Magadi, quelque chose qui les concernait tous les deux. Maintenant qu'ils s'étaient enfin mis d'accord sur la manière de mener les recherches, plus rien ne les empêchait de partager leur joie et leur excitation.

Essie regarda le lit par-dessus son épaule. Tout au long de leur mariage, l'arrivée de bonnes comme de mauvaises nouvelles avait toujours été marquée par le contact entre leurs deux corps...

Elle se leva afin de déposer Mara dans son berceau.

« Bonne nuit, alors », lâcha Ian.

Elle le dévisagea, confuse.

« J'ai pensé que tu irais encore dormir dans la chambre d'enfant, dit-il. On a une grosse journée, demain. »

Essie demeura interdite. Une étrange torpeur s'empara de ses membres alors qu'elle prenait conscience de la réalité. Aucune émotion ne circulait plus entre eux. Il n'y avait plus rien.

Ian s'approcha d'elle, se pencha et l'embrassa brièvement. Sur ses lèvres sèches et rigides, elle perçut l'odeur du tabac et une infime trace de parfum.

« Bonne nuit, répéta-t-il.

— Bonne nuit. »

Il s'assit sur le lit. Tandis qu'elle récupérait le biberon et la couverture de Mara, il ne fit pas mine de délacer ses chaussures ou d'ôter sa chemise. Lorsque Essie quitta la tente, il n'avait toujours pas bougé, tout habillé – comme si la journée n'était pas encore finie.

18

Le sifflement de la lanterne à pression couvrait le bruit des pas d'Essie tandis qu'elle se frayait un chemin le long du tunnel. Des vapeurs de kérosène empuantissaient l'air déjà étouffant. Levant la lampe afin d'élargir le halo blanc bleuté, elle aperçut une grande araignée tapie sur l'une des parois, auréolée de ses longues pattes pareilles à d'étranges pétales noirs. Mais elle la regarda à peine, préoccupée par ce qui l'attendait. Un mélange complexe d'appréhension et d'effervescence bouillonnait en elle et s'intensifiait à chaque enjambée.

Elle entendait les pas de Ian juste derrière elle et les sons étouffés des autres un peu plus loin. Diana marchait à côté de Julia. Une discussion avait eu lieu la veille au soir afin de déterminer si la visiteuse devait faire partie de l'expédition ; après tout, la révélation du corps de Robbie serait un moment extrêmement intime. Mais, ainsi que l'avait fait remarquer Ian, l'*erectus* se trouvait également dans la caverne, et Diana n'avait pas caché son enthousiasme à l'idée d'être parmi les premières à l'apercevoir. Il avait donc été décidé qu'elle les accompagnerait.

En plus de Diana, deux membres de l'équipe de fouilles avaient également été conviés – des Massaïs, employés de longue date, et soigneusement sélectionnés par Ian qui les avait jugés capables de considérer la grotte et son contenu d'un point de vue scientifique. Au cours du petit-déjeuner avalé à la hâte juste avant l'aube, il avait expliqué sa stratégie à Julia, Diana et Essie : en emmenant des Massaïs d'emblée et en les briefant à chaque étape, il espérait pouvoir contrôler la façon dont le *manyatta* aurait vent de la découverte. Le plus âgé des deux hommes s'appelait Koinet, « Celui qui est grand », et devait avancer courbé pour ne pas se cogner la tête contre la voûte du tunnel. L'origine du nom de Legishon – « Celui qui est poli » – était tout aussi évidente : il parlait doucement, avec un sourire timide. Pour l'instant, ils savaient seulement qu'une trouvaille prometteuse avait été faite près de la base du volcan. Ils étaient chargés de torches et de lampes de rechange, ainsi que du matériel photographique de Ian, de son trépied et du long bâton marqué de blanc et de noir servant à mesurer les objets.

Simon attendait à l'extérieur, avec Mara. Après avoir guidé le groupe jusqu'à l'entrée de la caverne, il avait préféré ne pas aller plus loin et s'asseoir près du cairn érigé devant la grotte. Il avait déroulé la peau de babouin pour y installer l'enfant ; quand Essie les avait quittés, celle-ci agitait les jambes avec bonne humeur, mains tendues vers le ciel. Rudie la surveillait, assis non loin. C'était un spectacle paisible, baigné dans la lumière douce du petit matin.

Tout en marchant, Essie laissa ses pensées s'aventurer jusqu'à eux. Elle imagina Simon en train de tendre à Mara un morceau de pain sec à mâcher pour aider ses dents à pousser. Il serait très attentif à ce qu'elle ne s'étouffe pas… Essie secoua la tête, incrédule. Comment pouvait-elle penser à ce genre de chose alors qu'elle participait à un événement si crucial ? Elle ralentit brusquement. Au-devant se profilait la fin du tunnel – l'entrée de la caverne. Elle se retourna vers Ian dont le visage, éclairé par en dessous, paraissait celui d'un spectre.

« On y est presque. »

Ils échangèrent un regard. Bientôt, les premières peintures s'offriraient à leur vue – mais ils s'étaient mis d'accord pour ne pas s'y arrêter. Le plus important, pour l'instant, était de mener Julia tout droit jusqu'au lieu où reposait Robbie. La vieille femme parvenait à peine à contenir son impatience. Lorsqu'ils avaient aperçu le cairn, ce matin-là, elle s'était mise à grimper vers lui avec frénésie, écorchant ses mains et ses genoux sur les rochers. C'était à croire qu'elle pensait faire partie de l'équipe de recherche constituée plusieurs décennies auparavant pour retrouver Robbie et le ramener vivant au campement. Pendant qu'ils préparaient les lampes devant la caverne, elle avait tourné en rond, incapable de rester immobile, repoussant sans cesse les mèches folles que, contrairement à son habitude, elle n'avait pas pris le soin d'attacher en arrière. Son apparence échevelée lui donnait l'air d'une déséquilibrée. Il était impossible de prévoir sa réaction à la vue du cadavre. Bien sûr, elle saurait à quoi s'attendre : ayant autrefois accompagné William lors d'un voyage en Égypte, elle devait avoir vu quantité de momies – extirpées de leur sarcophage et débarrassées de leurs bandelettes – au musée du Caire. Même si ce qu'elle s'apprêtait à voir relevait davantage des momies péruviennes mentionnées la veille par Essie, elle en avait déjà vu dans des articles de *National Geographic*. Mais rien ne pouvait préparer une mère au moment où elle poserait les yeux sur son enfant mort.

Essie entra dans la caverne. Avec six lanternes pour l'éclairer, elle eut un meilleur aperçu de la hauteur de sa voûte et de la superficie de ses parois. Elle pressa le pas en dépassant la première peinture. C'était l'oiseau au long cou – presque certainement un flamant nain. Le visage de Carl s'imposa à elle. Si seulement il avait pu voir tout cela… Elle aurait voulu lui raconter ce que Simon et elle avaient trouvé. Elle l'imagina en train d'examiner le porte-mine de Stein, en se creusant la tête sur ce qu'il signifiait. Mais, tout en se jouant la scène en esprit, elle se rendit compte – comme chaque fois – que dans sa vision, elle était seule dans la grotte avec Carl, ou peut-être en compagnie de Simon et Mara. Son imagination n'incluait ni Diana ni Julia. Ni Ian.

Essie observa rapidement les autres œuvres. À la lumière plus diffuse des lanternes, elles semblaient fugaces et éthérées – presque irréelles. Elle avait l'impression que, si on essayait de les examiner plus en détail, elles risquaient de disparaître. Parvenue au tunnel menant à la seconde grotte, elle baissa la tête et s'y engouffra.

Loin devant elle, elle distinguait la silhouette prostrée de Robbie, et même une touche de couleur provenant de la chemise à carreaux. Elle s'effaça sur le côté pour laisser passer Ian et Julia. Leurs pas résonnèrent dans le silence. Diana resta à la hauteur d'Essie, imprégnant l'atmosphère de son parfum. Koinet et Legishon l'imitèrent. Leur peau noire se fondait dans l'ombre, créant l'impression que leurs vêtements flottaient dans les airs. Essie voyait le blanc de leurs yeux bouger tandis qu'ils regardaient autour d'eux.

Un papillon de nuit voleta devant son visage. Attiré par la lumière, il plongea vers la lanterne qu'elle tenait et se posa sur le couvercle brûlant, fondant instantanément contre le métal. Ses ailes brûlèrent avec un faible crépitement.

Julia s'immobilisa près du corps de Robbie et posa sa lanterne, éclairant les traits de son visage. Sa poitrine se soulevait péniblement, comme si elle peinait à respirer. Après quelques instants, elle se pencha un peu plus. Essie craignit qu'elle ne demande comment ils avaient su que la nuque était brisée ; elle n'avait dit à personne que Simon avait redressé sa tête. Mais Julia ne parut pas le remarquer. Elle se tint immobile, pensive et silencieuse. Puis, sans prévenir, elle tomba à genoux.

Ian s'accroupit près d'elle et lui passa un bras autour des épaules. Il semblait sur le qui-vive, serrant fermement le bras de sa mère, ses doigts imprimés dans la chair. Essie n'aurait su dire s'il tentait de la réconforter ou de l'empêcher de déranger le site.

L'expression de Julia se tordit comme sous le coup d'une vive douleur physique. Elle tendit une main vers le visage de Robbie puis, effleurant la peau dure et sèche, se figea et eut un mouvement de recul. Essie songea à la douceur et à la chaleur du visage d'un enfant – le contraste devait paraître insupportable. Pourtant, après quelques secondes, Julia avança de nouveau la main. Avec le dos d'une phalange, elle caressa la joue de Robbie et traça le contour de ses lèvres. Elle se pencha pour chasser quelques grains de terre sur son front. Enfin, elle rajusta le col de sa chemise. Essie pensa à une mère en train de préparer son fils pour l'école et sa gorge se serra. Les gestes de Julia étaient si aimants, l'expression de son visage si tendre… À côté d'elle, Ian avait les sourcils froncés et le regard fiévreux, mais Essie n'arrivait pas à déterminer s'il fixait Robbie ou les vestiges fossilisés visibles en dessous.

Julia laissa échapper un long gémissement grave et Essie s'attendit à ce qu'elle s'effondre enfin, évacuant le chagrin contenu pendant toutes ces années de deuil. Mais elle se contenta de fermer les yeux quelques instants, les lèvres pressées l'une contre l'autre, avant de s'approcher encore, luttant contre la prise de Ian sur son épaule. Elle passa les doigts dans les cheveux du petit garçon. Une mèche lui resta dans la main et elle la lâcha avec un hoquet de surprise, comme si elle lui avait brûlé la peau.

La mèche blonde tomba au sol juste devant elle, telle une plume à demi formée déposée par un oisillon. Julia la contempla pendant un long moment. Puis elle la ramassa et la serra dans son poing. De l'autre main, elle prit appui sur l'épaule de Ian afin de se remettre debout.

Ian se releva également. Ses yeux allaient et venaient de sa mère à son frère comme s'il essayait désespérément de savoir comment réagir. Essie eut un élan de compassion.

Cette situation, il ne la connaissait que trop bien : il avait passé presque toute sa vie à tenter de combler les attentes de sa mère, de son père, de ses collègues et de tous ceux qu'il rencontrait – tout cela à cause du jour où il s'était éloigné en jouant avec son petit frère et où il était revenu seul.

Le silence se prolongea. Diana gratta la terre avec son pied. Koinet se racla la gorge. Le volcan grondait au loin. Ici, dans la caverne, il ne semblait plus si distant. Au contraire, Essie aurait pu croire que le grondement provenait des tréfonds de son propre corps.

« Je veux partir d'ici », annonça brusquement Julia.

Sa voix, bien qu'enrouée, était ferme. Elle commença à s'éloigner.

« Attends », plaida Ian.

Il fit un pas dans sa direction. Son dilemme ne faisait aucun doute : il ne pouvait pas laisser sa mère partir seule, mais il brûlait d'examiner le squelette. Son regard passa sur les deux Africains, puis sur Diana, pour se poser enfin sur Essie.

Elle le dévisagea, silencieuse. Elle aussi voulait rester et partager avec lui le moment où il découvrirait les détails stupéfiants des ossements et du crâne. Elle méritait d'être ici. Mais elle était son épouse, et la belle-fille de Julia.

« Je vais avec elle. »

Elle fut la première surprise par ses propres paroles. On aurait dit que quelqu'un d'autre les avait prononcées à sa place. Ian la gratifia d'un regard reconnaissant.

« Merci. »

Essie courba la tête pour qu'il ne voie pas son visage et fit mine de régler sa lanterne. Tout en triturant le bouton, elle entendit Ian ordonner à ses assistants de lui apporter son matériel. Diana l'avait déjà rejoint, munie de sa lampe frontale – une possession personnelle, unique en son genre à Magadi. Grâce à cet outil, Diana allait être très utile à Ian : tout ce qu'elle avait à faire était de suivre les mouvements de sa tête pour que le puissant faisceau éclaire exactement ce qu'il regardait. De plus, elle aurait les mains libres pour tenir l'appareil photo ou prendre des notes. Ils formaient l'équipe idéale.

Essie se redressa et suivit Julia. Au moment de laisser Ian et Diana derrière elle, elle s'attendit à une bouffée de jalousie ; mais elle ne ressentit qu'un sentiment grandissant de claustrophobie, qui semblait émaner de l'intérieur de son être et non des parois sombres de la caverne. D'un seul coup, toutes les émotions contradictoires qui l'envahissaient en présence de Diana et Ian l'étouffèrent. Sans parler de la pression qu'elle subissait, constamment déchirée entre le monde qu'elle partageait avec les Lawrence et celui qu'elle s'était créé en compagnie de Mara, Simon et Carl. Elle ne voulait plus qu'une chose : s'échapper.

Elle courut presque jusqu'à la sortie, dépassant Julia, tenant sa lampe à bout de bras afin de pouvoir marcher plus vite. Ce fut tout juste si elle remarqua les peintures qui défilaient autour d'elle. Sa seule hâte était de ressortir et de respirer l'air frais sous le vaste ciel bleu.

Lorsqu'elle émergea enfin dans la lumière aveuglante de l'extérieur, ses yeux se posèrent immédiatement à l'endroit où elle avait laissé Simon et Mara, à côté du cairn. Ils n'y étaient plus. Même la peau de babouin avait disparu. Son cœur manqua un battement. Le temps qu'elle les repère enfin – installés un peu plus loin, à l'ombre d'un fourré –, elle avait déjà imaginé une multitude de catastrophes. Pourtant, elle aurait dû savoir que Mara serait en sécurité ; elle faisait tout autant confiance à Simon pour s'occuper de l'enfant qu'à elle-même, voire encore davantage. Après tout, le Hadza était aussi à l'aise dans ce pays sauvage qu'un Anglais le serait dans son propre salon. Elle attribua sa brève panique au fait d'avoir tout juste revu Robbie. Mais elle savait que pour ce qui touchait à Mara, elle était complètement incapable de penser rationnellement. La petite semblait s'être frayé un chemin directement jusqu'à son cœur, court-circuitant des régions entières de son cerveau.

Elle se tenait toujours au même endroit, occupée à regarder Simon et Mara, quand Julia la dépassa d'un pas mal assuré pour aller s'asseoir seule sur un bloc de roche. Meg s'approcha d'elle avec précaution, l'expression soucieuse et les oreilles dressées pour tenter de comprendre l'émotion intense qu'elle percevait. Lorsqu'elle fut assez proche, Julia l'attira à elle et enfouit le visage dans la fourrure de son cou.

Essie s'avança à son tour, tout en se creusant la tête afin de trouver les mots justes. Mais sa belle-mère la toisa d'un regard farouche avant de la chasser d'un geste. Essie hésita. Elle s'en voudrait de la laisser seule, sans tenter de la réconforter ; d'un autre côté, le message était on ne peut plus clair.

Elle se retourna donc vers les deux autres. Simon s'était levé, Mara dans les bras. Lorsqu'elle les eut rejoints, il lança un coup d'œil interrogateur en direction de Julia.

« Elle veut qu'on la laisse tranquille », expliqua Essie.

Il hocha la tête, plein de compassion, avant de diriger son regard vers la caverne. Essie devina à quoi il pensait.

« Elle ne supportait pas de rester là-bas.

— Et maintenant ? demanda-t-il.

— Ian prend des photos. »

Simon ne fit aucun commentaire.

Essie lui prit délicatement Mara, dont elle embrassa le sommet du crâne, posant ses lèvres sur les boucles souples. Les yeux clos, elle huma le parfum familier de l'huile de coco et du savon. Cette sensation l'ancra dans l'instant présent, chassant la grotte de ses pensées.

« Tu m'as manqué », murmura-t-elle à l'enfant.

Cela paraissait ridicule, après si peu de temps. Mais c'était vrai.

Bientôt, Mara commença à se tortiller avec impatience. Elle avait peut-être envie de s'en aller, à moins qu'elle ait besoin de sommeil. Les coins de sa bouche se tordirent vers le bas, signe qu'elle était sur le point de pleurer. Essie lança un regard anxieux vers Julia. S'il y avait une chose que la pauvre femme ne voulait pas entendre, c'étaient bien des cris de bébé. En toute hâte, elle commença un jeu – l'un des préférés de Mara. Un à un, elle lui toucha les orteils.

« *This little piggy went to market. This little piggy stayed at home*... Ce petit cochon-ci est allé au marché. Ce petit cochon-là est resté chez lui... »

Alors qu'elle chantait les paroles remontant à sa petite enfance, Simon se retourna pour l'observer et laissa tomber la pierre qu'il faisait jusque-là rouler entre ses mains. On aurait dit qu'il cherchait n'importe quel prétexte pour se distraire de ses propres réflexions.

« *This little piggy had roast beef*, Ce petit cochon-ci a mangé du rosbif, poursuivit Essie. *And this little piggy had none.* Et ce petit cochon-là n'en a pas eu. »

Simon haussa les sourcils, perplexe.

« C'est bizarre, comme histoire. »

Il n'avait pas tort, songea Essie. Quels propos étranges à tenir à un enfant, surtout Mara... L'idée que certaines personnes puissent avoir à manger tandis que d'autres mouraient de faim ne correspondait en rien à la philosophie hadza. Il restait à espérer que Simon ne lui demanderait pas le sens profond de cette comptine, comme il l'avait fait avec le mobile inspiré de *Hey Diddle Diddle*. Elle devrait alors avouer, encore une fois, qu'elle n'en avait pas la moindre idée, si ce n'est qu'il existait quelque part un lien avec l'histoire politique de l'Angleterre.

À nouveau, elle pressa gentiment les orteils de Mara – mais sans ajouter un mot. Ce silence n'était pas un signe de paix et de contentement, il reflétait plutôt le vide de quelqu'un qui n'a rien à dire. Elle enviait la richesse des chants et des histoires tribales que Simon partageait si librement avec Mara. Ils lui venaient de la culture de ses ancêtres, sans doute présents sur ces terres depuis des dizaines de milliers d'années. En comparaison, elle se sentait aussi pauvre qu'un va-nu-pieds en guenilles. Si peu de choses lui appartenaient réellement.

L'absence de la comptine ne parut pas gêner Mara, qui souriait déjà en prévision de ce qui allait suivre. Essie fit courir ses doigts le long de sa jambe, puis de son ventre, pour enfin la chatouiller sous le menton. Alors que la petite éclatait de rire, elle coula un nouveau regard en direction de Julia ; l'hilarité d'un bébé pouvait s'avérer aussi insupportable pour elle que des pleurs. Mais celle-ci n'eut pas l'air de remarquer quoi que ce soit. L'expression de son visage était lointaine, à croire que son esprit était complètement ailleurs.

Après avoir joué encore quelques minutes, Essie entreprit de bercer Mara pour l'endormir. Elle s'apprêtait à ramasser la peau de babouin lorsqu'elle vit Simon se raidir.

Koinet et Legishon se tenaient à l'entrée de la caverne. Essie fronça les sourcils : elle ne s'était pas attendue à ce que les autres reviennent si vite. Puis, prenant conscience que les Massaïs étaient seuls, elle se tourna vers Julia afin de voir sa réaction. Mais sa belle-mère ne semblait même pas les avoir remarqués.

Les deux hommes dépassèrent Julia à grandes enjambées, presque sans la regarder. Même Legishon ne fit pas l'effort de la saluer. Ils ignorèrent également Essie et Mara, concentrés uniquement sur Simon. Koinet se mit à lui parler dans un mélange véhément de swahili et de maa qu'Essie eut énormément de mal à comprendre.

D'après Koinet, le bwana avait déplacé le corps de *mtoto wa siri* parce qu'il voulait regarder les ossements qui se trouvaient dessous. Les yeux de l'homme brillaient d'indignation.

« *Hapukewa heshima* », dit-il.

Il lui a manqué de respect.

Essie regarda Simon, mal à l'aise. Elle-même avait touché le corps en soulevant le bras du garçon, et Simon avait corrigé l'angle du cou. Bien que curieuse de savoir ce qu'avait fait Ian, au juste, elle n'osait pas poser de question qui puisse aggraver la situation. De toute façon, elle était certaine qu'il n'était pas allé jusqu'à déplacer complètement le corps. Il avait semblé nerveux rien qu'à voir Julia le toucher. Même en ayant examiné les sédiments alentour pour s'assurer que le squelette d'*erectus* ne serait pas endommagé, jamais il n'enfreindrait ainsi la procédure. Toutefois, en même temps que défilaient ces pensées, Essie fut prise d'un léger doute. La tentation serait si forte… Sans Julia ni elle-même pour s'interposer, et avec – peut-être – les encouragements de Diana, il était possible que Ian n'ait pas su y résister.

Koinet décrivait à présent le moment où le bwana avait commencé à prendre des photos. Il mima Ian en train de brandir son appareil – et de presser un bouton, provoquant un soudain éclair de lumière. À ce souvenir, Legishon frémit. Essie se rendit compte qu'aucun de ces hommes n'avait vu de flash auparavant ; à Magadi, tous les travaux avaient lieu à l'extérieur, sous le radieux soleil d'Afrique. Ç'avait dû être un choc violent pour eux que cette lumière aveuglante, d'un blanc bleuté, déclenchée juste à côté d'eux au lieu de tomber d'un ciel d'orage. Pendant une fraction de seconde, ils avaient pu voir clairement l'enfant à demi décomposé et les ossements émergeant du sol au-dessous de lui, révélés dans les moindres détails par la lumière froide de l'appareil photo. La scène avait sans doute tout d'une vision d'horreur.

Koinet se tut quelques instants, comme si la puissance du souvenir le prenait à la gorge. Puis il s'approcha encore de Simon, tournant le dos à Essie, et parla d'une voix presque inaudible. Bien qu'elle ne comprenne pas exactement ce qu'il disait, le ton ne faisait aucun doute – la peur, la crainte, la colère. Captant quelques mots, elle reconnut l'expression swahilie servant à décrire un animal en train de s'enfuir.

Mnyama anayeishi kwa hofu.

Puis le nom du volcan. *Ol Doinyo Lengai.* La demeure de Dieu.

Lengai. Lengai. Lengai...

Simon écoutait, tête baissée, honteux de sa part de responsabilité dans la suite d'événements qui les avait tous amenés ici. Il n'avait jamais eu l'intention de pénétrer dans une caverne située sur le flanc de la montagne, ni de déranger deux corps. Il n'aurait jamais pu se douter qu'Essie et lui découvriraient l'*erectus*. Mais c'était arrivé. Essie fut tentée d'assurer aux deux Massaïs que les projets de Ian étaient soigneusement réfléchis, mais ce n'était pas à elle de le faire. Si elle s'exprimait mal ou disait ce qu'il ne fallait pas, cela ne ferait que compliquer la situation. Elle lança un nouveau regard vers Julia, espérant l'inciter à s'impliquer – mais celle-ci fixait toujours le sol en caressant la tête de Meg d'un geste mécanique. Malgré ses oreilles tirées en arrière et ses yeux exorbités, le dalmatien demeurait parfaitement stoïque.

Tandis que les hommes continuaient de parler, Essie battit lentement en retraite. Elle craignait que leur peur, leur colère et leur méfiance, qui imprégnaient l'air comme un gaz néfaste, ne se faufilent jusque dans les poumons de Mara. Elle prit la boîte isotherme dans son sac à dos et en tira un biberon ; Mara l'agrippa immédiatement des deux mains, désormais experte en la matière, et se mit à téter goulûment. Essie observa la lente baisse du niveau du lait. Bientôt, des bruits de succion montèrent du biberon presque vide. Mais, avant d'avoir pu tout terminer, Mara tourna la tête en direction de la caverne, laissant les dernières gouttes tomber sur sa joue. Essie suivit son regard : Ian se tenait à l'entrée du tunnel, accompagné de Diana.

Il suffisait de voir son expression pour comprendre que la conclusion d'Essie à propos du squelette était juste. L'exaltation l'envahit. Mais alors qu'il s'avançait dans sa direction, elle détecta de l'anxiété dans sa démarche. Au lieu de la regarder, elle – et de partager sa satisfaction –, il n'avait d'yeux que pour les deux Massaïs.

Il descendit vers eux d'un pas désinvolte. De toute évidence, il espérait minimiser la gravité de la situation ; mais la soudaine désertion de ses deux assistants l'inquiétait. En le voyant dissimuler soigneusement ses émotions, Essie pensa à Rudie quand elle lui donnait un os à moelle – tout d'abord, il feignait le désintérêt afin qu'aucune créature alentour ne remarque qu'il possédait quelque chose de valeur. Tout en s'éloignant, Essie aimait se retourner à diverses reprises, guettant le moment où le chien jugerait sans risque de montrer son enthousiasme et de saisir son trophée entre ses crocs.

Mais le stratagème de Ian fut un échec. L'atmosphère ne perdit rien de sa tension. Les deux hommes restèrent de marbre tandis qu'il leur décrivait les caractéristiques géologiques de la caverne et, lorsqu'il fit passer un paquet de biscuits à la ronde, même Legishon refusa sèchement. Essie regarda son mari mâcher son biscuit, solitaire, et remarqua qu'il vérifiait d'une main la poche de sa chemise, bombée par plusieurs rouleaux de film. À coup sûr, il pensait aux photos qu'il venait de prendre. Elle les voyait presque défiler dans son esprit, comme une rangée de joyaux entre les mains d'un roi pirate.

Le Land Rover roulait à vive allure sur la plaine, s'éloignant des collines. Essie tenait Mara entre ses bras. D'une main, elle protégeait la tête de l'enfant pour l'empêcher de se cogner contre la vitre. En plus des odeurs habituelles de poussière et de transpiration, le véhicule exhalait un relent chimique de vinyle neuf : marqué des deux côtés de l'inscription *Diana Marlow Expeditions*, il était le dernier ajout au parc automobile de Magadi. Diana était installée à l'avant avec Ian – c'était sa voiture, après tout. Koinet et Legishon partageaient la banquette arrière avec Essie et Mara. Simon se trouvait dans le vieux Land Rover, avec Julia au volant. C'était Ian qui avait ordonné cette répartition lorsque le petit groupe était redescendu de la caverne, visiblement décidé à séparer Simon des deux Massaïs... et aussi, semblait-il, d'Essie. Il avait accepté sans discuter l'affirmation de Julia selon laquelle elle était en état de conduire, ignorant les remarques inquiètes qu'Essie lui chuchotait, et avait fait en sorte que la première voiture se mette en chemin au plus vite. Son objectif ne faisait aucun doute : limiter au maximum les possibilités de conversation. Mais il était déjà bien trop tard pour cela.

À l'intérieur du Land Rover, l'atmosphère semblait encore plus tendue qu'elle ne l'avait été sur la montagne. Les deux Massaïs se tenaient raides sur leur siège, les mains autour des genoux, le regard fixé droit devant eux. Personne ne parlait. Essie observait le paysage : les touffes d'herbe jaunies par le soleil, les touches de couleur formées par les roses du désert, les ellipses bleues des bassins. Elle aurait voulu absorber cette beauté et cette quiétude, mais rien ne suffisait à faire taire l'appréhension qui grandissait en elle. Ses pensées revenaient sans cesse à la discussion qu'elle avait eue avec Simon, la veille au soir, sur le chemin du retour au campement. Il y avait tant de questions à considérer – et elle ne s'était attendue à aucune.

Depuis le début, elle partait du principe que les peintures décrites par le chasseur hadza se trouveraient dans un lieu ouvert, comme celles qu'elle avait déjà étudiées. Grâce à Simon, l'obscurité avait pris un sens nouveau pour elle ; elle comprenait maintenant pourquoi les œuvres étaient dissimulées dans les entrailles de la terre. Il faudrait les éclairer pendant qu'elle travaillerait. La paix presque palpable de l'endroit serait troublée. Sans parler du fait que la grotte voisine abritait deux dépouilles. La proximité du volcan revêtait également de nouvelles implications à présent qu'elle allait conduire ses recherches à l'intérieur même de la montagne. Peu importait qu'elle croie ou non à l'existence de Lengai. Pour les Massaïs, ce lieu était révéré.

De plus, quoi qu'elle fasse dans le cadre de ses travaux, ce ne serait rien en comparaison de l'invasion provoquée par la présence du squelette d'*erectus*. Dès l'instant où la nouvelle serait annoncée, l'attention du monde entier serait braquée sur cette caverne. Des archéologues arriveraient par avions entiers, accompagnés de journalistes et de photographes. Même si mener les recherches *in situ* était la meilleure solution, les perturbations seraient aussi intenses que durables. Le silence millénaire serait brisé par des éclats de voix ; une lumière aveuglante chasserait les ténèbres sacrées et brillerait sans discontinuer pendant les années à venir.

S'ils n'avaient pas trouvé le corps de Robbie, songea Essie, Simon et elle auraient sans doute mieux fait de passer leur découverte sous silence. Mais jamais elle n'aurait pu cacher à Julia et Ian l'endroit où se trouvait leur proche disparu, ainsi que la manière dont il était mort. Et puis, elle ne se pensait pas assez courageuse pour prendre la même décision que Stein. La responsabilité était trop importante. Elle avait tenté de se convaincre qu'une autre occasion se présenterait de démontrer la présence d'*Homo erectus* sur le continent africain mais, en réalité, de nombreux archéologues en cherchaient la preuve depuis plus d'un demi-siècle – sans succès. En plus des Lawrence et des Leakey en Tanzanie, il y avait les Wilfred-Smith au Kenya, Broom et Clarke en Afrique du Sud, et bien d'autres ailleurs. Tout ce temps et tous ces efforts n'avaient pas suffi à mettre au jour le moindre fragment de crâne ni la moindre dent. Même les outils de pierre attribués à *Homo erectus*, tels que ceux exhumés en Indonésie, en Europe et en Chine, demeuraient introuvables. Et voilà qu'ils étaient tombés par hasard sur un squelette d'*erectus* complet. Le contenu de cette caverne était – et resterait toujours – unique au monde.

Malgré tout cela, elle se demandait sans cesse si Simon et elle auraient dû ne rien dire en rentrant au campement la veille au soir. Il était bénéfique pour les Lawrence de savoir ce qui était arrivé à Robbie, et pour le monde scientifique d'en apprendre davantage sur l'histoire de l'humanité – mais tout cela n'était peut-être pas le plus important. Ce n'était peut-être pas pour rien que ce continent gardait aussi jalousement ses secrets. Et si ce mystère de toujours, qui captivait l'imagination de tant de gens depuis des temps immémoriaux, n'avait pour but que de rappeler aux hommes qu'il existe autre chose que les faits et les chiffres, la pensée rationnelle et la théorie scientifique ?

Soudain, Essie fut effarée par ses propres réflexions. Elle avait consacré sa vie tout entière à l'archéologie et de nombreuses années au domaine plus spécifique de la paléoanthropologie. Elle était la fille du professeur Arthur Holland, la femme de Ian Lawrence, la belle-fille de Julia Lawrence. Il était inexplicable qu'elle puisse envisager, ne serait-ce qu'un instant, de suivre l'exemple de Stein. Si Ian avait lu dans ses pensées à cet instant, il l'aurait crue folle. Comme sa mère. Et comme Stein. Elle se rappela comme il l'avait accusée, la veille, d'être pareille au vieux missionnaire – disant qu'ils faisaient la paire, tous les deux. Il avait peut-être raison. Essie s'était ouverte à des influences qui l'avaient changée sans qu'elle comprenne exactement comment. Si c'était vrai, tout avait commencé le jour où son chemin avait croisé celui de Nandamara à la Fabrique de silex – et où elle était rentrée au campement avec un bébé dans les bras.

Elle baissa les yeux sur Mara, endormie sur ses genoux. Elle contempla les contours du petit visage, les subtiles teintes de noir sur noir. Puis le reste du corps, nu à l'exception du collier de perles et de la couche qu'elle lui avait mise en prévision du retour au campement. Le linge blanc contrastait avec la noirceur de son teint. Essie repensa à toutes les fois où elle avait lavé, séché, huilé et poudré chaque centimètre carré de cette peau veloutée. Tous les biberons qu'elle avait préparés pour que l'enfant soit rassasiée et bien nourrie. Les larmes qu'elle avait essuyées. Les hoquets qu'elle avait chassés. Il lui était impossible, à présent, d'imaginer qu'elle aurait pu vivre sans jamais rencontrer Mara. Si le destin ne l'avait pas placée sur la route de Nandamara, l'enfant serait peut-être morte à l'heure qu'il était.

Essie lui caressa le front, sentant la chaleur qui émanait d'elle, observant les mouvements réguliers de sa poitrine. Mara était profondément endormie, tous les membres relâchés. Elle paraissait toujours plus lourde ainsi qu'en éveil. Essie avait cessé depuis longtemps de la peser sur la balance de la chambre d'enfant ; la sensation de son petit corps contre le sien lui suffisait pour savoir qu'elle s'était épaissie, les os molletonnés de chair ferme mais douce. Elle avait environ quatre mois. Sa fragilité de nouveau-né n'était plus qu'un lointain souvenir, désormais. Elle avait pris sa place dans le monde.

Une boule se forma dans la gorge d'Essie. Elle se tourna de nouveau vers le paysage, à la recherche de preuves rassurantes que la terre – malgré les taches de verdure autour des sources et des bassins – se trouvait encore sous le joug implacable de la saison sèche. Si elle marchait sur l'herbe, les brindilles sèches craqueraient sous ses semelles. Les feuilles des buissons étaient rigides et desséchées. Il n'y avait pas le moindre grand herbivore – les seules empreintes visibles sur le sable étaient celles de petites créatures furtives : les longues traces des lézards, les ondulations paresseuses des serpents ivres de soleil. Le ciel était bleu et dégagé, sans la moindre menace de nuage. Les Courtes Pluies ne reviendraient pas avant environ deux mois.

Pas besoin de penser à l'avenir. Pas encore.

« Presque arrivés », annonça Ian d'un ton exagérément jovial par-dessus le bruit du moteur.

Essie regarda le campement approcher, avec ses rangées de tentes et de huttes à toit de chaume, ses bosquets d'arbres et la bande de terre dénudée du parking. Un filet de fumée s'élevait du feu de cuisine de Baraka. D'ordinaire, elle avait l'impression de rentrer chez elle quand elle apercevait tout cela après une longue journée dans le bush ; mais, aujourd'hui, sa perception lui semblait distordue. Le camp n'avait plus sa place au milieu de la plaine. Avec les *korongos* en arrière-plan, l'emprise qu'il exerçait sur l'environnement paraissait soudain extrêmement frêle. Il était si facile de l'imaginer disparaître sans laisser de trace, tel un grain de poussière balayé d'un revers de main. Essie eut une vision de la terre comme une créature bien vivante, pour qui la présence des humains habitant et travaillant ici n'était rien de plus qu'une infestation de parasites. Elle la visualisa en train de frémir, de soulever son grand corps et de s'ébrouer violemment, tel un gros chien mouillé chassant l'eau de son pelage.

19

La lune en plastique jaune se balançait dans les airs sous les assauts répétés de Mara. Quelques jours plus tôt, Essie avait rallongé la ficelle d'où pendait le mobile afin que les petites figurines se retrouvent à portée de la table à langer. Cela l'obligeait à faire attention pour ne pas se cogner la tête, mais cette distraction évitait que Mara se débatte trop quand elle l'habillait. L'enfant ne comprenait pas pourquoi on lui laissait parfois la liberté de rester nue tandis qu'à d'autres occasions – comme celle-ci – on lui enfilait de force une couche, une culotte de plastique et une robe.

Essie réunit deux coins du tissu plié et les attacha solidement sur les hanches du bébé. Elle s'efforçait d'imprimer de la souplesse et de l'aisance à ses gestes pour ne rien laisser paraître de la tension qui l'habitait. Mara percevait si bien ses émotions que c'était à croire qu'un lien presque physique s'était établi entre elles. Et, ce matin, Essie ne voulait en aucun cas la rendre nerveuse.

Lorsqu'elle quitterait la chambre d'enfant, ce serait pour se rendre dans la hutte de travail, où Ian l'attendait pour lui parler. Le rendez-vous avait été fixé pendant le petit-déjeuner, d'une façon aussi formelle que si Ian et elle étaient de simples collègues et non mari et femme. Une fois de plus, ils n'avaient pas passé la nuit ensemble. Essie s'était retirée directement dans la chambre d'enfant à la fin du dîner. Après les événements de la journée, elle n'avait pas eu l'énergie d'attendre de voir si son mari voudrait partager son lit, ni de risquer une dispute à propos de l'endroit où il aurait préféré dormir. Lorsqu'elle pensait à Ian et Diana – et à ce qui se passait peut-être réellement entre eux –, elle se sentait comme un papillon de nuit volant autour d'une lanterne. Si elle s'approchait trop, elle se brûlerait. Des émotions insupportables s'empareraient d'elle et elle ignorait comment elle réagirait. De plus, elle n'avait pas que sa propre survie à prendre en compte. Il y avait aussi Mara. Avec un bébé sous sa responsabilité, elle ne pouvait pas se permettre de bouleverser la vie au campement.

Ian avait-il été fâché ou soulagé par son choix de dormir dans la chambre d'enfant ? Elle n'en avait aucune idée. Il avait peut-être été ravi de se retrouver seul dans leur tente. À moins qu'il n'y ait pas dormi du tout. Il n'avait fait aucun commentaire pendant le petit-déjeuner, trop occupé à noircir les pages de son carnet tout en mastiquant du pain grillé. Il ne faisait plus aucun effort pour dissimuler ce que lui inspirait le contenu de la caverne : un enthousiasme intense et presque irrépressible.

La veille, lorsqu'ils étaient rentrés au campement, son attitude avait été tout autre. Koinet, Legishon et Simon avaient pris la direction du campement des ouvriers et Julia, qui désirait rester seule, celle de sa tente ; Ian les avait suivis des yeux sans un mot. Cela n'avait pas changé pendant le dîner. Essie savait qu'il ne ressentait pas le moindre chagrin à cause de Robbie – il avait été clair sur ce point –, mais le fait de voir le corps en personne et d'assister à la réaction déchirante de sa mère l'avait forcément affecté. Et puis il y avait le conflit avec les travailleurs massaïs. Le récit des événements survenus dans la caverne avait rapidement fait le tour du campement voisin ; il n'y avait eu ni chants ni musique ce soir-là, juste un silence pesant. Kefa avait servi le dîner comme d'habitude, mais sans s'attarder dans la tente de repas. Le thé digestif avait mis longtemps à arriver.

Diana, déterminée à remonter le moral de Ian, s'était mise à parler de l'*erectus* et de ce que signifierait sa découverte. Puis elle avait fait apporter une bouteille qu'elle avait débouchée elle-même, faisant sauter le bouchon à l'extérieur de la tente. La détonation familière avait créé une atmosphère festive, mais celle-ci n'avait pas duré, s'étiolant alors que le vin pétillait encore dans les verres. Le toast porté par Ian à l'avenir de Magadi avait sonné creux. Au cours de la soirée, il s'était parfois emballé, comme une bulle de sève cachée au cœur d'une bûche éclate dans la chaleur d'un feu de camp. Encouragé par Diana, il spéculait alors sur la position du squelette, la manière dont l'*erectus* était arrivé là et la raison de sa préservation parfaite. Puis son ardeur retombait subitement, bien qu'Essie puisse encore discerner le flot de pensées défilant dans son regard. Diana avait fumé sans s'arrêter, allumant chaque cigarette au mégot de la précédente. Elle n'avait pas beaucoup parlé, à part pour aiguillonner Ian. Elle se rendait peut-être compte que les émotions en jeu étaient trop complexes pour qu'elle puisse les comprendre ; ou alors, comme Ian, elle réfléchissait et planifiait la suite des événements en silence.

Essie enfila une culotte de plastique rose par-dessus la couche de Mara et lissa sa petite robe rose et blanc. Puis elle resta immobile, les yeux baissés, souhaitant presque que l'enfant se mette à pleurer et l'oblige à repousser encore un peu le moment de partir. Mais celle-ci battait des jambes avec bonne humeur, son aversion pour les vêtements déjà oubliée. Essie sourit, momentanément distraite de ses tracas, et saisit les petits pieds avec malice. Malgré leur taille, ils étaient fermes et puissants entre ses mains. Si les bébés hadzas ressemblaient aux Massaïs, Mara serait probablement capable de se mettre debout d'ici quelques mois. Essie se représenta ses pieds solidement posés au sol, leurs plantes roses pressées contre la terre rougeâtre. Leur peau grise de cendre. La poussière sombre sous les ongles. Son imagination reculait, tel un objectif d'appareil photo, dévoilant de plus en plus largement la scène. Une touffe d'herbe jaune. Un buisson épineux. Une branche brûlée, à l'extrémité décorée de motifs carrés. Une corbeille tressée et tachée de rouge par du jus de baies. Des sons accompagnaient la vision – des femmes lancées dans une conversation ponctuée des claquements de langue constants qu'Essie avait autrefois trouvés si étranges. Leurs voix désincarnées retentissaient dans le vide. Il y avait un rire soudain, le crépitement d'un feu. Puis l'une des voix s'élevait au-dessus des autres. Elle appelait Mara – mais sans utiliser son nom.

Essie tenta de compléter la vision en invoquant le visage de Giga, sa façon de parler, le collier de perles qu'elle portait ce jour-là, à la Caverne aux peintures. Mais rien de tout cela ne lui vint. La Hadza n'était plus que le spectre d'un rêve, l'essence du mot « mère ». Celle qui prendrait un jour sa place.

Courbant la tête, Essie attira les petits pieds jusqu'à son visage. Elle embrassa les deux rangées d'orteils à la peau chaude et salée. Des larmes lui brûlaient les yeux. Mara se mit à glousser, tendant les mains comme pour se les faire chatouiller aussi. Mais, au bout de quelques secondes, elle se tut, ayant senti qu'il ne s'agissait pas simplement d'un jeu. Essie pressa les pieds contre ses lèvres comme pour contenir la profonde souffrance qui affluait en elle, pareille au sang s'écoulant d'une veine tranchée.

Un froissement de toile la fit pivoter sur elle-même. Dans l'encadrement de la porte, Ian n'était qu'une silhouette noire auréolée par la lumière du soleil matinal.

« Te voilà, dit-il. Je t'attends depuis une éternité.

— Désolée. »

Essie prit Mara et la posa contre son épaule, détournant les yeux le temps de se ressaisir. Lorsqu'elle regarda à nouveau Ian, il examinait la pièce avec ébahissement, comme s'il n'en revenait pas que l'ancienne tente d'invités ait pu subir une telle transformation. Depuis tout ce temps, il n'y avait jamais mis les pieds.

« On va s'asseoir dans la tente de repas ? » proposa Essie.

Mais il ne sembla pas l'entendre. Il se passa une main dans les cheveux.

« J'ai envoyé des messages par radio. Parlé à des gens de Dar es-Salaam. Je leur ai dit ce qu'on avait trouvé. »

Essie se raidit.

« "On" ? »

Ian la regarda quelques secondes.

« Enfin, toi. Mais tu sais comment c'est. »

Elle hocha lentement la tête, prenant conscience que Simon et elle ne seraient pas crédités personnellement pour leur travail. Par le passé, cela l'aurait mise en colère. Elle aurait eu beau prétendre le contraire, elle en aurait voulu à Ian de s'attribuer tout le mérite en tant que directeur des recherches. Et maintenant, il y avait aussi Diana, la mécène, à prendre en compte. Mais ces derniers mois avaient changé Essie. L'admiration d'autres personnes aurait été agréable, certes, mais elle s'en passerait. Elle savait ce qu'elle avait accompli en compagnie de Simon. Elle connaissait la valeur de ce qu'ils avaient trouvé. C'était suffisant.

« Personne ne veut y croire, poursuivit Ian. Comment leur en vouloir, d'ailleurs ? Je leur ai juste dit d'attendre de voir les photos. L'objectif ne ment jamais », ajouta-t-il avec un sourire triomphant.

Il se mit à faire les cent pas entre la porte et le lit.

« Je vais faire développer les négatifs à Dar es-Salaam, en grand format. Comme ça, je pourrai aller les montrer au musée et à l'université. Puis j'irai au département des Antiquités. Le ministre sera sur place mardi.

— Tu pars à Dar es-Salaam ? Aujourd'hui ?

— Tout est déjà prévu. J'ai affrété un avion. Je veux des réunions au sommet, en personne, le plus vite possible. Mais il y a une chose très importante, dit-il, brusquement sérieux. L'emplacement doit rester secret jusqu'à ce que toutes les formalités soient réglées. »

Essie acquiesça. C'était sans doute le meilleur moyen de garder le contrôle du site afin que les fouilles puissent se dérouler sans interférence.

« Il va aussi falloir gérer la publicité. J'ai rendez-vous par radio avec la BBC cet après-midi. Ils veulent un briefing détaillé. »

Tout en parlant, Ian ramassait divers objets et les reposait aussitôt – une brosse à cheveux rose, l'éléphant en peluche, un hochet en plastique. Un instant d'attention, puis il les écartait, comme des pierres sur un plateau de spécimens qui ne présentaient aucun intérêt. Essie reconnut là son habitude de canaliser son énergie nerveuse en restant constamment en mouvement.

« On prendra un avion direct de Dar es-Salaam à Londres, poursuivit-il. Là-bas, on fera une conférence de presse. »

Essie n'eut pas besoin de demander où aurait lieu l'événement. En 1948, Mary Leakey avait donné une conférence de presse à l'aéroport de Heathrow pour la meute de journalistes et de photographes qui l'attendaient à sa descente d'avion. Elle leur avait montré le crâne du primate *Proconsul*, supposé être l'ancêtre commun des grands singes et des humains – avant que le tronc de notre arbre généalogique se scinde en deux branches. Le crâne, avec ses caractéristiques presque humaines, avait été péniblement reconstitué à partir de trente fragments osseux et placé dans une boîte à biscuits métallique. Mary l'avait ensuite – comme chacun le savait – gardée précieusement sur ses genoux pendant tout le trajet. La compagnie aérienne avait offert un billet gratuit aux Leakey, un seul. Puisque c'était Mary qui avait découvert *Proconsul*, elle avait fait le voyage, troquant pour l'occasion ses vêtements de travail contre un élégant tailleur en laine. Essie avait vu quelques photos de la conférence de presse dans des cadres au campement d'Olduvai. Mary était au centre d'une attention frénétique, entourée d'hommes brandissant des micros et des caméras. Malgré l'immense bonheur qu'elle avait dû ressentir à partager sa découverte avec le monde, elle paraissait sidérée et sur la défensive – complètement hors de son élément. Resté en Afrique, Louis Leakey s'était affairé à gérer la médiatisation de la découverte. Cette conférence avait été le premier pas de la famille vers la célébrité.

« Donc, la prochaine étape… »

Ian lança une petite balle de velours, qui fit un bruit de grelot en rebondissant sur le lit.

« … c'est de baptiser notre *erectus* », acheva-t-il.

Les Leakey avaient procédé ainsi à plusieurs reprises au fil des années. Les surnoms étaient plus intéressants et plus faciles à retenir pour les gens que des combinaisons de chiffres et de lettres. Olduvai Hominid 7, un *Homo habilis*, avait été baptisé « Johnny's Child » car c'était le fossile d'un spécimen juvénile exhumé par le fils des Leakey, Jonathan. Olduvai Hominid 5, ou OH5, portait le nom de « Dear Boy ». Il y avait même un « Twiggy » et une « Cinderella », même s'ils étaient moins connus.

« Tu as des idées ? » demanda Essie.

Elle se demanda si Diana voudrait choisir – et ainsi immortaliser un membre de sa famille, un ex-petit ami ou même un animal de compagnie.

« Je n'ai pas vraiment eu le temps d'y réfléchir. Il y a tellement de choses à organiser ! Les billets d'avion, les hôtels, les réunions… On va devoir emmener deux Tanzaniens, des membres du gouvernement sans doute.

Ils nous rejoindront à Dar es-Salaam. Du coup, ça fera six personnes. Au moins, on ne manque pas de fonds pour financer tout ça.

— Attends, qu'est-ce que tu veux dire ? Qui t'accompagne ?

— Julia, toi, Diana… »

Essie le dévisagea, stupéfaite.

« Mais je ne peux pas.

— Qu'est-ce que tu racontes ?

— Je ne peux pas emmener Mara aussi loin.

— Non, bien sûr que non, dit-il d'une voix lente, comme s'il s'adressait à une enfant simple d'esprit. Le bébé reste ici, avec Simon. »

Essie secoua la tête.

« Non.

— Mais pourquoi pas ? Tu lui fais confiance, n'est-ce pas ? Il s'en occupe souvent à ta place.

— Évidemment que je lui fais confiance. Mais je ne veux pas la laisser. »

Instinctivement, elle serra la petite contre elle.

« Ce n'est pas grave, ajouta-t-elle. Allez-y sans moi. Je préfère rester ici. »

Tout en prononçant ces mots, elle fut frappée de constater qu'elle ne ressentait pas la moindre indécision. L'idée de laisser Mara à Magadi pour s'envoler vers un autre pays lui paraissait tout bonnement inconcevable.

« Essie, dit Ian d'un ton ferme. Cette découverte concerne la famille Lawrence. Quand on nous verra tous ensemble à Heathrow, les gens ne penseront pas seulement à nous. Ce sera comme si mon père était là aussi. C'est… On est connus pour ça. Julia et William, le premier couple. Puis toi et moi. Ça ne marchera pas du tout sans toi.

— Tu auras Diana, répliqua-t-elle d'un ton légèrement venimeux.

— Elle ne fait pas partie de la famille. »

Un lourd silence s'abattit dans la tente. C'était le moment idéal pour demander à Ian quelle place, au juste, occupait Diana dans sa vie – pour exiger de savoir s'il l'avait trompée. Mais, comme plus tôt, les pensées d'Essie étaient seulement tournées vers Mara. Elle pressa les lèvres sur la tête de l'enfant.

« Je veux que tu réfléchisses bien, reprit Ian. Dans moins de deux mois, tu devras rendre ce bébé à sa vraie famille. Alors tu seras libre de te remettre au travail et tu regretteras de n'avoir pas joué ton rôle dans cette aventure. Après tout, c'est toi qui as fait la découverte. Tu mérites de faire partie de l'équipe. »

Elle secoua la tête.

« Ce que je regretterais, ce serait d'avoir renoncé à un seul jour du temps qui me reste avec elle.

— Mais ta famille passe d'abord ! »

Les poings serrés, il semblait au bord de l'explosion. Mais, au lieu de cela, il baissa la tête. Après un long moment, il leva les yeux vers elle. Dans la douce lumière de la tente, ses iris brûlaient du bleu intense d'un bec de gaz.

« À Cambridge, je rendrai visite à Arthur.

— Papa ? »

Essie retint son souffle. En pensée, elle se vit courir vers son père pour se jeter dans ses bras, retrouver la sensation rêche de sa veste en tweed et l'odeur de son tabac à pipe. Assis à la table de la cuisine, ils boiraient du thé préparé dans la théière bleue et blanche au bec fêlé, puis feraient le tour du jardin, examinant les recoins moussus pour déterminer quelles plantes avaient poussé et lesquelles étaient mortes. Il y avait tant de choses dont elle voulait lui parler autrement que par lettre. Les sujets pratiques, comme sa santé, n'étaient que le début. Elle brûlait d'apprendre tous les petits détails de sa vie et de lui raconter la sienne. Et, même si une partie d'elle n'avait pas envie d'y penser, il y avait aussi les questions sérieuses qu'elle désirait lui poser. Ce serait l'occasion d'apprendre la vérité à propos de Lorna. Face à face, peut-être parviendrait-il à lui dire honnêtement si la famille de sa mère avait ou non des racines aborigènes – si l'existence d'un lien ancestral avec son île pouvait expliquer pourquoi Lorna n'avait littéralement pas pu survivre en Angleterre. Dans ce cas, Essie pourrait alors lui demander pourquoi, en la voyant si désespérée et malheureuse, il n'avait jamais ramené sa femme chez elle, dans sa famille. Peut-être, comme l'avait insinué Diana, y avait-il eu autre chose en jeu dans leur mariage. Arthur n'était pas si vieux, mais nul ne savait ce que lui réservait l'avenir. Si Essie n'accompagnait pas Ian en Angleterre maintenant, elle ne saurait possiblement jamais ce qui était réellement arrivé à Lorna. Elle faillirait à la mémoire de sa mère.

Ian attendait en silence, un petit sourire forcé aux lèvres.

Essie tenta de se représenter le visage de Lorna, comme si cela pouvait l'aider à prendre une décision. Mais, au lieu de cela, elle eut une image d'elle-même, comme si elle ne faisait plus qu'une avec sa mère et que Mara était en quelque sorte une version d'elle bébé. Elle se concentra sur la chaleur de l'enfant qui somnolait contre son épaule. Lorna avait autrefois tenu sa propre fille dans ses bras, exactement ainsi. Lorna aurait compris ce qu'elle ressentait. Elle aurait voulu que sa fille reste ici, là où était sa place.

« Je ne viens pas avec vous. »

Ian pinça les lèvres. Il garda le silence quelques instants, en quête d'un ultime argument.

« Tu me pousses vers Diana. J'espère que tu t'en rends compte. »

Essie le regarda en silence, imperturbable. Elle le vit prendre péniblement conscience que son épouse, son assistante – celle qui avait toujours suivi ses instructions à la lettre – ne se laisserait pas convaincre, quoi qu'il dise. Son visage exprimait la colère, la confusion, la douleur

– mais, par-dessus tout, la défaite. Il avait joué toutes ses cartes. Il ne lui en restait plus une seule.

Mara sur la hanche, Essie suivit le chemin pierreux qui traversait le campement des ouvriers. Les Lawrence ne s'y rendaient pas très souvent – c'était, à leurs yeux, une intrusion superflue dans l'intimité de leurs employés – mais, lorsqu'ils le faisaient, ils recevaient toujours un accueil chaleureux. Ce n'était pas le cas aujourd'hui. Alors qu'elle avançait parmi les tentes, louvoyant entre les filins et les sardines plantées en terre, Essie se sentait observée. Lorsqu'on la saluait, c'était avec réticence.

Elle s'immobilisa à une distance respectable de la tente de Simon, dont la fermeture Éclair était ouverte.

« *Hodi !* » lança-t-elle.

Pas de réponse – pourtant, elle percevait sa présence. Avec un pincement au cœur, elle se rendit compte qu'il essayait peut-être de l'éviter. À leur retour, la veille, ils n'avaient pas eu l'occasion de discuter en privé ; mais elle savait que Simon regrettait amèrement sa participation à la découverte de la caverne. Il lui serait difficile de croire aux promesses de Ian concernant la manière dont on entreprendrait les recherches. Et, après ce qu'Essie venait d'entendre sur les projets de médiatisation de son mari, elle-même ne se sentait pas très à l'aise. Elle ne pouvait pas en vouloir à Simon s'il la jugeait responsable de son dilemme et avait besoin d'un peu de temps pour accepter la situation avant de la voir à nouveau. Elle était son amie ; mais elle était aussi une Lawrence.

La solution la plus polie aurait été de ne pas insister, mais elle n'avait pas le courage de repartir. De toutes les personnes présentes au campement, Simon était le seul avec lequel elle ait envie de passer du temps.

« Simon ? Tu es là ? »

Après un court instant, il apparut dans l'entrée de la tente, vêtu d'un treillis propre et repassé, mais pieds nus. Sa posture était rigide et droite, son visage impassible. Essie aurait aussi bien pu être une parfaite inconnue. Mais son expression s'adoucit devant Mara qui tendait vers lui ses petits bras potelés. Il hésita, puis la prit, et elle nicha sa tête sous le repli de son menton.

Il y eut un bref silence. Essie se racla la gorge.

« Les autres s'en vont. À Dar es-Salaam, puis en Angleterre. Ian a plusieurs réunions prévues. Mais je reste ici. »

Simon inclina la tête pour montrer qu'il avait entendu ; mais son regard était fixé derrière Essie, vers la partie du campement réservée aux Européens.

« Je ne peux plus travailler à Magadi. Je dois partir. »

Essie sentit le désarroi l'envahir. Voilà qui confirmait ses pires craintes.

« Tout le monde t'en veut d'avoir trouvé la caverne, c'est ça ?

— Pas tout le monde. Certains m'ont félicité. Ils savent que ça va créer plus de travail, plus d'emplois. Ils pensent aux membres de leur famille. Mais les Massaïs sont en colère. Pas seulement Koinet et Legishon. Tous les Massaïs.

— Je suis vraiment désolée. »

La peine de Simon perçait dans sa voix. Depuis l'arrivée de Mara, qui l'avait poussé à renouer avec ses origines hadzas, il était passé du statut de paria à celui d'homme respectable pour les Massaïs. Pas seulement grâce à ses talents de chasseur et à la viande qu'il rapportait ; la fierté qu'il ressentait envers lui-même le rendait plus imposant aux yeux des autres. Et maintenant, tout cela menaçait de partir en fumée.

« Ian pourrait aller au *manyatta* pour parler aux anciens, proposa Essie. Tu travaillais avec moi. C'est notre responsabilité. »

Mais Simon secoua la tête.

« Je pars pour des raisons qui me sont propres. Je ne veux plus travailler pour le bwana Lawrence. »

Lorsque Essie ouvrit la bouche pour lui demander d'y réfléchir encore un peu, il leva une main.

« Ma décision est prise. »

Découragée, elle jeta un coup d'œil à l'intérieur de la tente, et sa gorge se serra quand elle vit tous les vêtements étalés sur le lit : deux chemises, deux pantalons et de longues chaussettes roulées en boule.

« Tu fais déjà tes bagages ?

— Non. Je recouds des boutons et je remets tout à neuf. Pour trouver un nouvel emploi, je devrai être présentable. »

Ses paroles semblaient pesantes, comme s'il devait les hisser depuis le plus profond de lui-même.

« Je devrais partir tout de suite. Mais j'attendrai le retour des pluies, ajouta-t-il en s'adoucissant à nouveau. Tu auras besoin de moi. »

Essie eut l'impression qu'un poids très lourd lui comprimait la poitrine. Elle hocha simplement la tête, incapable de répondre. Il avait raison. Elle aurait besoin de lui, ce jour-là. Il était le seul du campement à savoir parler et traduire le hadza. Quelqu'un devrait dire à Nandamara et Giga tout ce qu'il y avait à savoir sur Mara. Qu'elle préférait dormir sous un drap léger. Qu'elle aimait bien être portée autrement que dans son écharpe et que, quand Essie la sanglait sur son dos, il fallait absolument laisser dépasser ses bras et ses jambes pour qu'elle puisse jouer avec ses orteils. Quelqu'un devrait leur expliquer qu'elle était fascinée par les araignées mais que les chauves-souris en vol lui faisaient peur. Et que, si elle agitait les deux bras, c'était parce qu'elle avait envie de lait. Lorsque les Hadzas viendraient la chercher, elle consommerait déjà des aliments solides, et Giga recommencerait à l'allaiter. Mais son biberon allait lui manquer, c'était certain.

Je lui manquerai.

Essie regarda Simon, muette.

Tu lui manqueras.

Dans les yeux de l'homme luisait la même souffrance anticipée qu'elle ressentait à l'idée d'être séparée de Mara. Et maintenant, en plus de ce déchirement qu'elle avait tant de fois imaginé, il en venait un second. Elle devrait aussi dire au revoir à Simon. Des mots se formèrent sur ses lèvres, puis s'évaporèrent, laissant un simple courant d'émotion s'établir entre eux.

Enfin, elle parvint à parler.

« Où iras-tu ?

— On m'a dit qu'ils recrutaient souvent des guides hadzas dans les parcs nationaux. Pour raconter des histoires sur toutes les plantes et tous les animaux.

— Tu y arriverais très bien », dit-elle de son ton le plus encourageant.

Mais, même si elle comprenait son désir de quitter Magadi, elle détestait la perspective de le voir partager son savoir avec des touristes uniquement intéressés par les cinq animaux vedettes du pays – l'éléphant, le lion, le buffle, le léopard et le rhinocéros – et regrettant probablement que la chasse soit interdite.

« Tu pourras m'écrire une de ces lettres ? demanda-t-il. Pour dire que je travaillerai dur. Que je ne serai pas en retard. Que j'aurai des vêtements propres. Que j'obéirai…

— Arrête. »

Essie leva une main pour l'interrompre. Elle ne supportait pas de l'entendre se décrire en ces termes. Depuis son arrivée à Magadi, beaucoup de candidats avaient présenté des recommandations similaires, pleines de ce genre d'appréciations – mais les mots sonnaient différemment à ses oreilles, à présent. L'idée de les voir appliqués à Simon lui paraissait ridicule. Bien sûr, s'il voulait trouver un nouvel emploi, il aurait besoin d'excellentes références.

« Bien sûr que je t'écrirai une lettre. Je dirai que tu es le meilleur assistant qu'on puisse avoir. Que tu connais tout, que tu sais tout faire. Que tu es quelqu'un de bien... »

Sa voix se brisa soudain. Elle regarda les pieds de Simon, endurcis à force de marcher nus sur la pierre volcanique rugueuse. Peu de temps auparavant, il portait fièrement ses chaussures pointues bleu vif partout où il le pouvait ; aujourd'hui, elle peinait à l'imaginer avec les bottes robustes fournies aux guides de chasse et aux gardes forestiers. Elle ne pouvait pas lui en vouloir de quitter Magadi, et il semblait logique qu'il cherche à décrocher un emploi dans un parc national – mais ce n'était pas le futur qu'elle avait envisagé pour lui, maintenant qu'elle le connaissait. Cela dit, comment savoir ce que l'avenir réservait à quiconque, de gré ou de force ?

Essie pensa aux années qui l'attendaient, se forçant à regarder au-delà du gouffre béant laissé par Mara, sans visualiser la chambre d'enfant débarrassée de tout son attirail pour bébé et rendue à son état initial de tente d'invités. La question de la place occupée par Diana Marlow dans la vie de Ian – dans sa vie à elle – fut mise de côté, avec l'idée que la mécène disparaîtrait comme par enchantement. Essie s'imagina en train de travailler sur les peintures rupestres, zigzaguant entre les chercheurs venus étudier l'*erectus*. Elle devrait engager un assistant qualifié pour l'aider à reproduire les dessins afin de passer le moins de temps possible sur place. Le soir, elle jouerait l'hôtesse pour de longues tablées de professeurs et de journalistes. Avec tous ces visiteurs au campement, il faudrait trouver une solution à propos de Tommy : ses cornes en plein développement représenteraient bientôt un danger pour ceux qui ne s'en méfieraient pas assez. L'option la plus logique serait de l'envoyer dans une réserve naturelle afin qu'il retourne à l'état sauvage, là où était sa place...

Tous ces événements lui apparaissaient clairement, même la séparation d'avec Tommy et toutes les inquiétudes qu'elle aurait concernant sa survie. Mais, lorsqu'elle essayait de penser à Ian, elle se sentait immédiatement perdue. Elle tentait de s'imaginer travailler de nouveau à son côté, en équipe, ainsi qu'ils l'avaient toujours fait ; ou encore bavardant au lit après une longue journée sur le terrain. Mais cette vision demeurait obstinément vague, aussi insondable que la cime lointaine du volcan, voilée d'épais nuages.

20

Mara entre les bras, Essie se tenait sur l'aire de parking à côté du Land Rover. Daudi était installé au volant, prêt à conduire les passagers jusqu'à la piste d'atterrissage où un charter les attendait. Ian et Diana, debout près de la portière, rayaient un à un les éléments d'une liste inscrite dans un carnet.

Essie lança un regard sur la banquette arrière flambant neuve où avaient été déposées deux grandes malles Louis Vuitton portant le monogramme de Diana. L'une d'entre elles devait contenir les affaires de Ian, puisqu'elle ne voyait nulle part sa vieille valise en carton. Il n'y avait pas d'autre bagage dans le véhicule – mais cela n'avait rien de surprenant. Un changement de programme avait eu lieu : Ian et Diana seraient les seuls à faire le voyage.

Essie était encore en train de digérer la nouvelle. Quand l'avion avait atterri, une demi-heure plus tôt, elle pensait encore que sa belle-mère les accompagnerait. Kefa lui avait préparé sa valise et avait même pris le temps d'aérer la robe de soirée en dentelle en l'accrochant à une branche d'arbre. Mais, au moment de transporter tous les bagages jusqu'au Land Rover, ceux de Julia étaient restés dans la tente de repas. Julia elle-même demeurait introuvable.

Essie ignorait qui avait pris cette décision. Ian avait peut-être estimé que sa mère n'était pas en état de voyager, et encore moins d'assister à des réunions au sommet et à des conférences de presse. Depuis leur visite à la caverne, elle mangeait à peine. Les rares fois où elle émergeait de sa tente, c'était pour s'asseoir à sa place dans la hutte de travail où elle restait immobile pendant des heures, comme en transe. Elle avait repoussé tous ses outils sur les côtés. Dans l'espace ainsi ménagé trônaient à présent la chaussure et la mèche de cheveux blonds de Robbie. De temps à autre, Julia touchait l'un des objets ou le retournait ; mais, dans l'ensemble, elle ne faisait guère que les contempler, les bras serrés autour de la poitrine, tout en se balançant légèrement sur sa chaise. Ian, Essie, Diana, et même Baraka et Kefa avaient essayé de la tirer de sa torpeur – en lui parlant, en lui proposant à manger ou à boire, en improvisant des distractions… Ian avait même abordé le sujet de l'organisation des obsèques de Robbie, mais sans succès. Personne n'était parvenu à l'atteindre.

Toutefois, Essie soupçonnait qu'il y avait eu autre chose que ce comportement inquiétant pour motiver la décision. Dans la tente de repas, elle avait vu Ian observer à la dérobée l'endroit où étaient accrochés, jusqu'à récemment, les tableaux de Mirella. Il ne devait pas être sûr de pouvoir compter sur sa mère pour célébrer l'héritage des Lawrence comme il l'espérait. Mais tout cela n'était que conjectures. Pour ce qu'elle en savait, Julia avait bien pu choisir elle-même de rester. Essie n'avait pas voulu poser de questions : son propre refus de participer au voyage avait déjà causé assez de soucis.

« C'est bon, on est prêts », annonça Diana.

Elle referma le carnet avec un petit claquement et le glissa dans sa poche avant de s'avancer vers Essie, tout sourire.

« C'est dommage que tu ne viennes pas. Tu vas nous manquer.

— Je suis sûre que vous arriverez à vous passer de moi. »

Diana ne sembla pas relever le léger sarcasme de la réponse. Elle fit un pas en avant. Essie se força à sourire et fit mine de se pencher sur Mara ; la perspective de devoir embrasser cette femme lui donnait des frissons de dégoût, mais elle ne voulait pas provoquer un esclandre en la repoussant. Au fond, elle ne pouvait s'empêcher de penser que, si elle se comportait en femme jalouse, cela ne ferait que précipiter la trahison de Ian. Sa stratégie fonctionna. Du coin de l'œil, elle vit Diana faire demi-tour et monter dans le Land Rover, s'installant au milieu de la banquette avant pour laisser à Ian le siège à côté d'elle.

L'instant suivant, une main se posa sur l'épaule d'Essie. Ian se tenait à côté d'elle. Le parfum familier de son savon de rasage fit naître en elle une douleur sourde.

« Au revoir, Essie. Je te donnerai des nouvelles. »

Elle hocha la tête. Ils avaient déjà planifié des appels radio réguliers pendant la durée de son absence. Personne ne savait combien de semaines s'écouleraient avant son retour : cela dépendrait de tous les rendez-vous et rencontres qu'il parviendrait à organiser.

Ils partagèrent une brève étreinte, gênée par la présence du bébé. Ian posa rapidement ses lèvres dures et sèches sur celles d'Essie, puis tourna les talons.

Elle le regarda s'éloigner, déchirée par des émotions contradictoires. C'était son choix de rester au campement – pourtant, elle se sentait abandonnée, une fois de plus. À l'idée que Ian s'apprêtait à embarquer dans un avion avec Diana et qu'ils s'envoleraient tous les deux, son estomac se nouait. Il n'avait pas menti : Essie les avait bel et bien poussés l'un vers l'autre. Mais, si elle avait pu revenir en arrière, elle n'aurait rien changé à ses décisions.

Ian s'assit à côté de Diana et se retourna une dernière fois pour lui adresser un signe. Essie fit un pas en avant, brusquement désireuse de sentir le lien qui les unissait avant que son mari s'en aille. Elle faillit courir vers lui pour lui demander un autre baiser. Mais elle vit dans son regard qu'il était déjà passé à autre chose, oubliant Magadi – l'oubliant, elle. Mentalement, il était déjà dans le ciel, fusant à toute vitesse vers un tout autre lieu.

Essie attendit que Daudi ait démarré le Land Rover et quitté le parking pour prendre le chemin du retour. Julia se trouvait peut-être dans la tente de repas à l'heure qu'il était. En l'imaginant là-bas, assise devant une tasse de thé froid, Essie poussa un profond soupir. Elle avait espéré pouvoir profiter d'un peu de solitude, une fois les autres partis. Son pas ralentit. Hantée par l'idée de Ian et Diana ensemble, elle ne pouvait tout simplement pas faire face à la détresse de Julia.

Quittant le sentier qui menait à la tente de repas, elle se dirigea tout droit vers la chambre d'enfant. Dans la pénombre de l'intérieur, l'air sentait le lait, le talc et la crème hydratante. Essie choisit quelques jouets et une couverture, qu'elle emporta jusqu'à l'orée du campement, sous un acacia. Assise en tailleur, elle voyait les plaines, mais pas la piste de décollage. Elle se contenta d'imaginer la scène : Kefa déchargeant les valises, le pilote les déposant dans la soute, les passagers étirant leurs jambes une dernière fois en regardant le campement au loin…

Puis elle ramena ses pensées vers Mara, qui venait de s'emparer de son jouet favori – l'éléphant en peluche – pour lui mordiller la trompe. Peut-être qu'une autre dent était en train de pousser. La petite se consacra entièrement à cette tâche pendant plusieurs minutes, puis décida qu'il était temps de changer et entreprit de jouer avec les lacets d'Essie. Ensuite, son attention fut attirée par un jeu d'ombres sur la couverture. Ses yeux brillaient de curiosité. Essie ne se lassait jamais de la voir absorber chaque détail du monde qui l'entourait, enregistrant la moindre petite chose.

Tout du long, elle avait guetté le bruit de l'avion. Cela prit plus longtemps que prévu, mais elle finit enfin par entendre le démarrage des hélices. Puis vint le ronronnement du moteur, qui se mua vite en rugissement. Quelques instants plus tard, l'appareil surgit, s'élevant en un lent arc de cercle contre le ciel. Essie le suivit des yeux tandis qu'il rapetissait, encore et encore, jusqu'à disparaître complètement.

L'odeur d'oignon cru emplissait la cuisine. Essie jeta un regard à la planche à découper où gisait le légume détaillé en tranches, à côté d'une montagne d'épluchures de patates douces. Où pouvait se trouver Baraka ? Il n'avait pas pour habitude de quitter son poste au milieu de la préparation d'un repas. Quand elle eut pris un biberon dans le réfrigérateur, Essie se dirigea vers le campement des ouvriers, où elle comptait rendre une nouvelle visite à Simon. Elle avait une excuse – lui parler un peu plus du nouvel emploi qu'il allait devoir chercher – mais, en toute franchise, elle avait surtout besoin de sa compagnie.

Alors qu'elle marchait, quelque chose attira son regard vers les *korongos* qui s'élevaient au-delà des tentes. D'étranges taches de couleurs vives apparaissaient sur les pentes, parmi le gris et l'ocre de la roche. Elle les remarqua distraitement, du coin de l'œil. Rouges. Orange. Violettes. Une vingtaine au moins. Il lui fallut quelques instants pour se rendre compte de ce qu'elle voyait : des Massaïs, drapés dans leur *shuka*, en train de s'éloigner lentement de Magadi. Essie pressa le pas, les sourcils froncés.

Dans le campement des ouvriers, l'atmosphère était au malaise. L'endroit semblait trop calme, dépeuplé. Simon, debout devant sa tente, observait lui aussi les taches de couleur.

« Qu'est-ce qui se passe ? » lui lança Essie.

Il répondit sans tourner la tête.

« Ils s'en vont. »

Essie s'arrêta près de lui, sans comprendre.

« Une rumeur a fait le tour du campement, ajouta-t-il. Quelqu'un a entendu le bwana Lawrence dire que tous les ossements allaient être enlevés de la caverne. Qu'il allait les mettre dans des caisses et les envoyer dans un autre pays. Les Massaïs sont très en colère. Ils refusent de rester un jour de plus.

— Mais ce n'est pas vrai, s'exclama Essie. Il faut qu'ils reviennent ! »

Simon lui emboîta le pas tandis qu'elle partait à grandes enjambées vers les *korongos*. Bientôt, elle aperçut clairement les Massaïs au pied de la colline la plus proche et passa Mara à son assistant afin de pouvoir les rattraper.

Mais, au bout de quelques pas, elle s'arrêta, repassant dans son esprit tout ce que Ian avait dit et fait depuis la découverte de l'*erectus* – et le fait qu'il semblait avoir oublié leur conversation à propos d'une procédure *in situ* soigneusement contrôlée. Les paroles de Simon sonnaient juste, quelque part.

Impuissante, elle regarda les hommes qui s'éloignaient.

« Tous les Massaïs s'en vont ?

— Ils n'ont pas le choix. »

Cela représenterait environ un tiers de leurs effectifs. Mentalement, elle tenta de déterminer quand cet exode avait commencé.

« Ils ont attendu le départ de Ian ?

— Non. Ils ne pensent pas à lui, répliqua Simon. Les premiers sont partis à l'aube.

— Pourquoi ils n'ont rien dit ? » murmura-t-elle.

Mais une seconde question lui vint : à quoi bon ? Rien de ce qu'aurait pu leur répondre Ian ne les aurait fait changer d'avis. Il avait perdu leur confiance.

Une autre pensée la frappa.

« Baraka…

— Il est parti, lui aussi, confirma Simon. Mais il va retourner vivre au *manyatta*. On pourra le revoir.

— Est-ce qu'il a dit au revoir à Mme Lawrence ? »

Simon secoua la tête.

« J'ai promis de tout expliquer à sa place.

— Baraka a travaillé presque toute sa vie pour les Lawrence !

— Le choix n'a pas été facile pour lui. »

Essie repensa aux tâches en suspens dans la cuisine. Le vieil homme avait peut-être su que, s'il ne partait pas immédiatement, il n'aurait sans doute pas le courage de faire ce qui lui semblait juste. Elle regarda la colline, silencieuse, essayant d'imaginer la force des émotions nécessaire pour pousser chacun de ces hommes à altérer aussi profondément son existence. Leur décision n'impacterait pas seulement eux-mêmes, mais également les familles qui dépendaient de leur revenu. Pourtant, si certains avaient des regrets, ils n'en montraient rien. Magadi était leur foyer depuis de nombreuses années. Mais aucun ne prit le temps de regarder en arrière.

« Ils ne veulent pas faire face au volcan, expliqua Simon comme s'il pensait à la même chose. Ils ont trop honte. »

Sous leurs yeux, les hautes silhouettes vêtues de couvertures rouges et violettes atteignirent une à une le sommet de la pente. Parvenues sur un terrain plat, elles accélérèrent – adoptant le rythme rapide et régulier qui les porterait sans effort sur de grandes distances, même en prenant peu de repos.

21

Deux semaines plus tard

Une minuscule bulle de colle perla entre deux fragments d'os fossilisés. Essie la retira à l'aide d'un cure-dent avant d'en effacer toute trace d'un coup de coton-tige. Puis, munie de sa pince à épiler, elle se prépara à sélectionner un nouveau morceau du crâne de *Sivatherium*. Seulement, à peine avait-elle posé les yeux sur le plateau que son attention fut irrésistiblement attirée par Mara, allongée plus loin sur le sol. La blancheur de sa robe contrastait avec les couleurs vives du petit tapis persan sur lequel on l'avait installée. Elle était sur le ventre ; Essie lui avait ôté sa couche de façon à ce qu'elle puisse bouger librement les jambes. Ignorant le canard à roulettes en bois trouvé dans la chambre d'enfant, la petite s'affairait à arracher des touffes cramoisies au tapis du bout du pouce et de l'index. La manœuvre, délicate et précise, émerveillait Essie – c'était le signe d'un grand progrès.

Retournant à sa tâche, Essie dénicha le morceau qu'elle cherchait et commença à gratter les résidus de grès. En plus du raclement régulier de son outil, elle entendait le bruit de cartes qu'on distribuait avant de les retourner une à une. Julia jouait au solitaire, assise à une petite table placée dans l'entrée de la hutte de travail de manière à profiter de la brise rafraîchissante sans pour autant se retrouver couverte de poussière. Elle avait tiré sa valise – sans la défaire – depuis la tente de repas pour la poser à côté d'elle et s'en servait comme d'une tablette pour son cendrier, ses tasses et ses verres. Cela faisait plusieurs jours qu'elle semblait obsédée par les jeux de cartes – à croire qu'il s'agissait d'un travail crucial et non d'une perte de temps.

Le changement était intervenu sans le moindre signe avant-coureur. Au début, Essie tentait simplement de raviver l'intérêt de Julia pour son travail en lui montrant l'exemple grâce à la lente reconstitution du crâne de *Sivatherium*. À ses yeux, c'était le meilleur moyen de la distraire de ses tourments. Mais cela n'avait eu aucun effet. Puis, un matin, Julia avait subitement retiré de sa table de travail la chaussure et la mèche de cheveux de Robbie pour les ajouter à un plateau rangé sur une étagère. Essie l'avait regardée faire avec l'espoir que sa stratégie commençait à porter ses fruits – mais, au lieu de ressortir ses outils et ses carnets, Julia avait retrouvé un vieux paquet de cartes. C'est alors qu'avaient commencé les incessantes parties de solitaire, entrecoupées d'autres jeux auxquels elle forçait Kefa et Daudi à participer. Elle semblait s'y adonner de façon mécanique plus que pour le plaisir, n'exprimant ni satisfaction en cas de victoire, ni déception en cas de défaite. C'était comme si cette activité sans but lui servait à combler le vide laissé par son incapacité à trouver un sens à quoi que ce soit. Essie avait espéré une tout autre évolution ; cela dit, c'était toujours mieux que de rester assise à regarder dans le vide. De plus, le simple fait de jouer aux cartes avait poussé Julia à se remettre à parler. Elle ne se livrait pas à de véritables conversations, mais émettait régulièrement de brefs commentaires ou des questions. C'était un début.

Simon aussi passait ses journées dans la hutte de travail. Toutefois, au lieu de servir d'assistant à Essie, il étudiait le *Guide de terrain des animaux et des oiseaux d'Afrique de l'Est*, profondément concentré, remuant les lèvres à mesure qu'il déchiffrait le texte dense. De temps à autre, il secouait la tête, sourcils froncés. Le livre contenait des erreurs, affirmait-il, ainsi que des lacunes. Certaines illustrations n'étaient pas fidèles. Il notait toutes ces inexactitudes à l'aide d'un crayon mais s'acharnait à les apprendre tout de même, de façon à pouvoir passer n'importe quel examen lorsqu'il chercherait un nouvel emploi. Essie aurait voulu lui dire que ce n'était pas nécessaire – le savoir des Hadzas, affiné au fil des millénaires, avait forcément plus de poids que les observations d'un ornithologue étranger. Mais, compte tenu des probables idées préconçues de ses futurs employeurs potentiels, elle craignait fort de se tromper.

Chaque fois qu'elle levait les yeux pour découvrir Simon penché sur son livre, elle était de nouveau frappée par l'idée qu'il s'apprêtait à partir vers une nouvelle vie. Bientôt, il s'en irait, comme les Massaïs. Elle ne le reverrait peut-être jamais. Ce fait lui paraissait irréel, comme beaucoup d'autres aspects du campement. Le petit monde de Magadi avait connu tant de bouleversements en si peu de temps...

Au cours de la période suivant l'exode massif d'un tiers des employés, l'atmosphère chagrine s'était peu à peu allégée, vaincue par l'optimisme de ceux qui restaient – souvent peu préoccupés par les croyances des Massaïs. Ils parlaient sans cesse des nouvelles perspectives d'emploi qui s'offriraient à leurs proches. Malgré le grand nombre de tentes vides dans les quartiers des ouvriers, la vie quotidienne semblait avoir repris son cours. Essie avait consulté le contremaître de Ian à propos des travaux à effectuer dans les *korongos* ; mais, en l'absence du bwana et avec tous les changements majeurs qui guettaient la réserve archéologique, ce dernier ne voyait pas l'intérêt de poursuivre les tâches habituelles. C'était comme si le campement était en pause, comme si tout le monde se retrouvait soudain en vacances. Le vacarme des tambours et des danses retentissait tous les soirs et, pendant la journée, de multiples transistors jouaient de la musique à plein volume. Essie écoutait tout cela depuis la partie du campement réservée aux Lawrence en se répétant que les Africains avaient raison de profiter de l'occasion pour se détendre. Mais quelque chose, dans cette célébration constante, lui donnait l'impression que les ouvriers tentaient de combler un vide à l'aide de sons et de mouvements – une communauté tout entière s'obstinant à siffler dans le noir.

Le crâne de *Sivatherium* lui permettait de se distraire de ce malaise. À présent, tout en ôtant les débris de grès, elle tenta de s'absorber complètement dans son travail. Mais il ne lui fallut pas longtemps avant de détourner une nouvelle fois les yeux de ce qu'elle faisait. Un peu plus loin, il y avait les carnets de Ian soigneusement empilés sur sa table, sa veste suspendue au dossier de la chaise. Partout, des détails lui faisaient penser à son mari. Malgré elle, elle se demanda où il se trouvait à présent, ce qu'il faisait – et avec qui. Elle l'imagina dans des cloîtres d'université, des studios de télévision, des taxis, des chambres d'hôtel... Ses doigts se crispèrent sur l'outil de grattage et elle racla le fossile si fort qu'un fragment s'en détacha.

« Zut », marmonna-t-elle.

Le claquement des cartes contre le bois cessa brusquement.

« Tu n'en as pas marre de ce bruit ? demanda Julia.

— Quel bruit ?

— Crac, crac, crac... »

Julia désigna l'outil qu'Essie tenait toujours à la main.

« Bon sang, on dirait que ça ne s'arrête jamais. »

Essie la dévisagea, perplexe. Les Lawrence passaient énormément de temps à gratter des sédiments de la sorte, que ce soit sur le terrain – allongés sur la terre sèche, en plein soleil, pour découvrir un fossile millimètre par millimètre – ou ici même, dans la hutte, pour nettoyer ce qu'ils avaient récolté.

« J'ai toujours détesté ce son, poursuivit Julia. Il me met les nerfs à vif. C'est comme faire crisser ses ongles sur une ardoise. »

Essie baissa les yeux sur son outil. Maintenant qu'elle y pensait, elle comprenait le sentiment de sa belle-mère. Il suffisait de prêter attention au bruit pour le trouver agaçant et désagréable.

« De toute façon, j'en ai fini avec tout ça », déclara Julia d'une voix ferme.

Stupéfaite, Essie tenta de comprendre ce qu'elle avait voulu dire. Mais Julia se contenta de retourner une nouvelle carte.

« Reine rouge. »

Après l'avoir placée sur la table, elle s'étira le dos et fit rouler ses épaules.

« Je prendrais bien une tasse de thé. Où est passé Kefa ? Il n'a pas disparu, lui aussi ? »

Elle regarda à l'extérieur, soudain inquiète. Essie secoua la tête.

« Il est allé chercher quelque chose dans la réserve. Je m'occupe du thé », proposa-t-elle en posant ce qu'elle avait à la main.

Julia n'avait pas besoin qu'on lui rappelle que, même si Kefa était toujours là pour servir le thé, le cuisinier était parti. Chaque fois qu'elle pensait à Baraka, Essie elle-même se sentait désemparée. Mais ce sentiment de perte était certainement encore plus poignant pour Julia, qui connaissait l'homme depuis si longtemps.

Elle repoussa sa chaise afin de prendre Mara et de la confier à Simon. Mais, en se levant, elle vit que Tommy s'approchait de l'enfant, tête baissée, une étrange expression dans le regard. Il ne s'était jamais montré agressif envers Mara, même si le fait de la voir boire au biberon avait parfois semblé l'indigner – comme s'il se rappelait que, fut un temps, ç'avait été sa prérogative. Mais, maintenant que ses cornes commençaient à pousser, il expérimentait diverses techniques pour affirmer sa présence. Peu de temps auparavant, il avait provoqué une scène dans la tente de repas en mâchouillant un coin de la nappe ; on avait voulu le chasser, mais il n'avait pas lâché prise avant de faire tomber derrière lui plusieurs pièces de vaisselle.

Mara tendait déjà un bras enthousiaste vers la jeune gazelle. Essie hésita, méfiante. Les séparer maintenant indiquerait à Mara que l'animal représentait désormais un danger – ce qui n'aurait aucun sens à ses yeux. Mieux valait laisser l'interaction suivre son cours du moment que la petite ne risquait rien.

Lorsque Tommy se tint suffisamment près d'elle, Mara abandonna sa collection de fibres de tapis et lui saisit la patte avant. Il se figea en renâclant doucement. Alors qu'Essie tentait encore de comprendre l'humeur de l'animal pour déterminer si elle devait intervenir, Julia se posta soudain près de lui. Elle s'accroupit, une main sur son collier, pour lui caresser le cou. Surprise, Essie se demanda ce qui lui prenait de s'intéresser à Tommy ; elle n'avait jamais approuvé sa présence à Magadi. Puis elle se rappela que c'était grâce à la jeune gazelle qu'ils avaient retrouvé le corps de Robbie. Julia avait sans doute établi un lien entre les deux.

« Fais bien attention, murmura la vieille femme. Voilà, comme ça. »

Essie n'en croyait pas ses oreilles. Ces manières, cette voix étaient bien trop douces pour appartenir à sa belle-mère. Tommy s'assit auprès de Mara, repliant ses pattes sous lui, et lui toucha le visage du bout du museau. La petite gloussa de ravissement. Puis elle se plongea dans la contemplation d'un des sabots qui dépassaient de sous ses côtes. Essie la regarda explorer l'objet du bout des doigts, tâtant la moindre aspérité comme une aveugle. Tommy resta parfaitement immobile. Quand l'enfant eut terminé son auscultation, Essie la prit dans ses bras.

Mais, lorsqu'elle se tourna vers Simon pour la lui confier, il était profondément absorbé par son livre. Elle tourna les talons pour s'en aller ; depuis le temps, elle avait pris l'habitude de tout faire d'une main tout en tenant Mara de l'autre.

« Je peux la porter, moi », lança une voix derrière elle.

Essie se retourna vers Julia, qui tendait les bras. Elle vacilla, repensant au jour où sa belle-mère avait brûlé les tableaux dans le feu de camp. Quand elle était revenue de la cuisine pour la trouver en train de serrer Mara contre sa poitrine, son instinct lui avait crié de reprendre l'enfant pour la mettre en sécurité. À présent, Julia n'était pas en pleine crise de démence ; au contraire, elle semblait très raisonnable et détendue. Mais elle avait subi un puissant choc émotionnel peu de temps auparavant. Essie ne voulait pas lui confier Mara. En même temps, elle n'avait pas le cœur de lui tourner le dos. Cette proposition n'était pas une simple gentillesse de la part de Julia ; c'était le signe que quelque chose en elle était en train de changer.

Après quelques secondes d'hésitation, Essie revint sur ses pas. Le parfum familier d'eau de Cologne lui parvint aux narines, une mèche de cheveux gris et rêches lui effleura la joue – l'instant suivant, Mara se trouvait dans les bras de Julia. Le mouvement avait été fluide, naturel. Julia cala la petite sur sa hanche d'un geste expert. La nudité de l'enfant sous sa fine robe de coton ne semblait pas la gêner le moins du monde. Elle baissa la tête, rentrant le menton dans son cou ridé, afin de dévisager Mara, une étincelle dans ses yeux bleu pâle, l'ombre d'un sourire sur ses lèvres.

Les notes d'une chanson populaire lui parvenaient depuis les quartiers des ouvriers. Un morceau des Beatles, peut-être, mais elle n'était pas sûre. Essie entra dans la cuisine et fronça le nez. Quelque chose avait dû pourrir – il ne fallait pas longtemps, avec cette chaleur. L'un des employés avait été chargé de prendre la relève de Baraka, mais il ne passait que très peu de temps dans la cuisine et servait des repas simplistes à base de riz et de haricots, comme avant l'arrivée de Diana Marlow avec tout son luxueux approvisionnement.

Essie observa les casseroles noircies, les spatules pendues à des crochets, la lampe au manchon brisé, le cafard mort sur la table. Son regard se posa sur le clou auquel Baraka accrochait sa *shuka* et elle se rappela le jour où elle y avait emmailloté Mara afin de la calmer suffisamment pour lui faire boire son premier biberon de lait en poudre. Baraka s'était montré si encourageant alors qu'elle ignorait comment s'occuper d'un bébé. Et voilà que, poussé par la colère, la peur et la honte, il avait dû quitter son foyer.

Elle traversa la pièce jusqu'à la petite fenêtre, grillagée afin de barrer l'accès aux souris et aux rats, et contempla le volcan découpé en minuscules carrés. Peut-être Baraka faisait-il de même, essayant de décrypter l'humeur de Lengai. Aujourd'hui, le panache de fumée qui s'élevait de sa cime semblait plus large, plus noir. Les doigts d'Essie se resserrèrent sur le cadre de la fenêtre tandis qu'elle imaginait le grondement incessant de la montagne monter d'un ton – l'activité constante s'intensifier, encore et encore, jusqu'à se transformer en éruption.

Elle baissa les yeux vers le lac, situé juste avant les collines, et ses rives désertes. En cette saison, elles auraient dû être recouvertes d'un tapis de flamants roses. Les échassiers avaient-ils compris ce qui s'apprêtait à se produire à Magadi – pas seulement la découverte de la caverne et de son contenu extraordinaire, mais les plans élaborés par Ian ? Avaient-ils pressenti la menace d'une invasion d'étrangers ? Et la fureur de Lengai ? Essie repensa à l'image du temps – un cercle sans début ni fin – que Simon avait tenté de lui décrire. Il faut imaginer le point de vue d'un oiseau dans le ciel, avait-il dit. L'histoire du monde est étalée en bas. On peut regarder en avant, en arrière, et tout voir en même temps. Il ne semblait exister aucune autre explication au départ subit des flamants roses ; sinon, pourquoi quitter cet endroit, avec l'île de nidation protégée où ils avaient toujours pondu leurs œufs ?

Le garde-chasse de Serengeti ne savait toujours pas où était partie la nuée d'échassiers. Ils n'étaient pas retournés sur le lac de soude proche de la frontière kényane qu'ils avaient occupé l'année où celui de Magadi avait débordé. On supposait qu'ils avaient trouvé refuge ailleurs – dans un lieu plus reculé et moins connu. Le garde-chasse attendait des nouvelles d'un jour à l'autre. Essie pensa à Carl en train de survoler le pays à bord d'un petit avion et d'observer la terre, pareil à un oiseau lui-même. À moins qu'il ne se tienne déjà sur la berge d'un lac lointain, observant la parade nuptiale des flamants roses sur le miroir scintillant du sel – becs levés, cous entrelacés, ailes déployées et repliées en rythme tandis que chaque individu jouait son rôle dans la danse éternelle de l'attirance et du désir.

Les tasses tremblaient dans leurs soucoupes lorsque Essie rapporta le plateau à la hutte de travail, tête baissée pour se protéger du vent sec qui se levait toujours en fin de journée. Les fines particules de poussière collaient à sa peau en sueur et se prenaient dans ses cheveux. Elle devrait essuyer les tasses avant de servir le thé.

Le sentier était marqué de pierres peintes en blanc. Tout en les dépassant une à une, le regard au sol, Essie reconnaissait la forme de chacune et la distance qui la séparait de la suivante. Bientôt, elle parvint à destination et pénétra dans l'abri de la hutte, secouant la tête pour se débarrasser d'une mèche de cheveux collée à ses lèvres.

Julia se tenait là où elle l'avait laissée, Mara entre les bras. Simon l'avait rejointe et son livre pendait mollement dans sa main. Leurs postures exprimaient une certaine tension et Essie se raidit instinctivement, avant même d'en connaître la cause. Ils regardaient tous les deux à l'extérieur. Le bras de Julia était posé sur Mara comme pour la protéger ; un frisson parcourut l'échine d'Essie tandis qu'elle se retournait lentement pour suivre leur regard.

Debout de l'autre côté du foyer, à l'orée de la clairière, se tenait la silhouette sombre et élancée d'une femme. Vêtue seulement d'un tablier de cuir autour des hanches et d'un collier de baies rouges et jaunes, elle semblait se fondre dans le décor de broussailles et de terre rougeâtre. Dans une main, elle tenait un petit panier décoré de plumes. Si elle avait remarqué Essie, elle n'en montra pas le moindre signe. Ses yeux étaient rivés sur Mara avec une intensité presque féroce – comme si rien d'autre au monde n'existait pour elle.

22

Essie tenait toujours son plateau, les mains crispées. La silhouette ressemblait à une apparition surgie de ses rêves – Giga, droite et inébranlable malgré la force du vent. Mais, dans un éclair de lucidité, elle s'aperçut que cette femme était beaucoup plus grande que la mère adoptive de Mara.

Sans la quitter des yeux, elle s'avança plus loin dans la hutte. Des questions se bousculaient dans son esprit. Que pouvait bien faire une Hadza dans la région, à cette époque de l'année ? Et pourquoi venir au campement des Lawrence ? Essie balaya du regard les buissons, les touffes de sisal et les roses du désert poussant autour de la clairière, mais il semblait n'y avoir personne d'autre qu'elle – ce qui, en soi, était également étrange. Les Hadzas vivaient en communauté et voyageaient rarement seuls. D'un autre côté, il semblait improbable que ces chasseurs-cueilleurs experts puissent se perdre. Cette femme avait-elle été bannie par sa tribu ? Simon lui avait expliqué que c'était le pire des châtiments pour un Hadza, réservé aux crimes les plus graves. L'inconnue ne paraissait ni affamée ni malade. Mais son silence et son attitude tendue semblaient indiquer que quelque chose n'allait pas.

Du thé s'échappa de la théière alors qu'Essie déposait le plateau de travers sur la table. Puis elle s'avança vers Julia et lui reprit Mara. Les deux femmes échangèrent un regard inquiet. Elle serra le bébé contre elle, gênée par la manière dont l'inconnue le fixait. La présence d'un enfant africain au sein d'une famille blanche attirait toujours l'attention, mais cette observation semblait excessive. Elle se tourna vers Simon en haussant les sourcils.

« Qu'est-ce qu'elle veut ?

— Je vais lui demander. »

Son livre sous le bras, il avança de quelques pas en direction de la femme et lui fit signe d'approcher. Après quelques secondes d'hésitation, elle s'exécuta. Son regard n'avait presque pas quitté Mara. Lorsqu'elle pénétra prudemment dans l'abri de la hutte, Meg se précipita pour lui flairer la main ; mais la femme ne baissa pas même les yeux.

De près, Essie remarqua que non seulement elle était plus grande que Giga, mais elle avait les traits plus fins. Ses pommettes proéminentes étaient marquées de fines scarifications ornementales.

Simon commença les salutations ; mais à peine avait-il prononcé quelques mots qu'une seconde silhouette émergea de derrière un sisal. Un vieil homme aux cheveux grisonnants, visiblement essoufflé. Parvenu à l'emplacement du feu de camp, il s'arrêta, les mains sur les genoux, pour reprendre sa respiration. Il portait une peau de babouin dont pendaient deux bandes de fourrure agitées par le vent – les vestiges des jambes de l'animal. Essie sentit son ventre se tordre.

« Nandamara », souffla-t-elle.

Le vieillard s'approcha à son tour de la hutte, les yeux rivés sur Mara avec la même intensité que la femme. Essie regarda Simon, le cœur battant.

« Qu'est-ce qu'ils font ici ? demanda-t-elle d'un ton où affleurait la panique. C'est trop tôt. »

Simon leva une main vers elle – un signal de chasseur, intimant le calme et le silence. Il poursuivit ses salutations, à présent adressées aux deux visiteurs. Malgré son attitude tranquille, Essie sentait que lui aussi était troublé par l'arrivée inattendue du vieil homme.

La femme ne lui répondit pas, mais Nandamara se mit à parler rapidement en désignant Mara du doigt, un grand sourire aux lèvres. Simon traduisit sans regarder Essie.

« Il est très content. Il est ébahi de voir sa petite-fille. Elle est très grande, maintenant. Aussi grosse qu'un zèbre. »

À cette comparaison, Essie ne put s'empêcher de sourire.

« Et elle est très belle, continua Simon. Comme sa mère. »

Mère. Le mot sembla flotter dans l'air de la hutte. Essie mit quelques instants à comprendre que Nandamara parlait de sa fille morte. Un voile de tristesse passa sur le visage ridé.

« Qu'est-ce qu'ils font ici ? » répéta-t-elle.

Il y eut un nouvel échange. Puis un bref silence. L'atmosphère sembla s'épaissir, tout à coup.

« Ils sont venus. »

La voix de Simon était grave et sans timbre. Il n'avait pas besoin d'en dire davantage. Essie resserra ses bras autour de Mara.

« Mais il nous reste au moins six semaines. Dis-lui… que nous ne sommes pas prêts. »

Tandis que Simon parlait, Nandamara dévisagea Essie. Il se gratta la tête, perplexe.

« Il pensait que tu serais soulagée. Tu ne voulais pas t'occuper d'un bébé. »

Essie le regarda sans comprendre. Comment imaginer qu'elle avait autrefois rechigné à accepter qu'on lui confie Mara – et que son grand-père avait plus ou moins dû lui forcer la main ?

« Dis-lui… que mes sentiments ont changé. Je suis heureuse de prendre soin d'elle, dit-elle d'une voix légèrement étranglée. C'est la meilleure chose que j'aie faite. »

Nandamara hocha lentement la tête en écoutant la traduction. Il soutint le regard d'Essie, et elle sentit qu'il comprenait tout ce qui s'était passé – comment cette histoire avait pu commencer d'une manière et parvenir à quelque chose de complètement différent. Avec un froncement de sourcils indécis, il observa Essie, puis Mara, puis la jeune femme. Enfin, il répondit en s'interrompant de temps à autre pour laisser du temps à Simon.

« Tu as protégé ma petite-fille, tu lui as donné à manger et tu l'as gardée en bonne santé. Et tu lui as offert ton amour. Pour ça, je te serai toujours reconnaissant. »

Ses yeux, cerclés de rides, exprimaient une profonde compassion.

« Mais le moment est venu pour nous de la reprendre.

— Pourquoi ? C'est encore la saison sèche. »

Essie regarda le ciel comme pour prendre à témoin l'absence de nuages.

Les deux hommes conversèrent une nouvelle fois entre eux. Le ton de Simon était ferme, presque interrogateur, et Essie tenta de deviner ce qu'il disait.

Tu ne peux pas tout simplement venir ici et changer le programme. Ce n'est pas juste envers le bébé. Ni envers cette femme blanche qui a accepté de s'en occuper.

Nandamara lui répondit en agitant les mains afin de prêter davantage de poids à ses paroles. Progressivement, l'expression de Simon s'adoucit. Essie fixait les lèvres du vieil homme comme si elles pouvaient lui fournir un indice sur ce qu'il disait. Derrière elle, elle sentit Julia s'approcher pour faire de même.

Au bout d'un moment, l'homme se tut et Simon se retourna vers Essie.

« Cette femme s'appelle Milena. Elle vient d'une autre tribu. Les deux familles se sont rencontrées sur les terres de chasse, au nord, et se sont mises à partager leur feu de camp. Milena a eu un bébé du même âge que Mara, un garçon. »

Essie lança un regard en coin à la jeune femme. Son ventre semblait trop ferme pour qu'elle ait été enceinte aussi récemment ; mais, en y prêtant attention, elle remarqua quelques vergetures pâles sur la peau noire.

« Il y a quelques semaines, son bébé est tombé malade. »

Même si Milena ne pouvait pas comprendre ce qu'il disait, Simon baissa la voix.

« Il n'a pas pu être guéri. Elle l'a enterré. »

La gorge d'Essie se serra. Elle comprenait à présent pourquoi cette femme ne pouvait pas détacher son regard de Mara. L'enfant lui rappelait celui qu'elle avait perdu.

« *Pole sana* », murmura-t-elle.

Je suis vraiment désolée.

Elle ignorait si Milena comprenait le swahili ; elle voulait juste s'adresser directement à elle. Mais, tout en parlant, elle secoua la tête. Aucun mot ne suffirait à décrire la profondeur de sa compassion. Elle sentait le poids des bras vides de la femme, pendant mollement à ses côtés.

« Ils sont venus à pied de très loin, dit Simon. Ils ne dormaient que pendant les heures chaudes de la journée. Le voyage a duré de nombreux jours, au moins un cycle de la lune. Tout ce temps, Milena a tiré le lait de ses seins pour qu'il ne se tarisse pas. »

Essie sentit ses membres se glacer. Elle savait où menait ce récit. C'était évident depuis le début, depuis l'instant où cette femme hadza était apparue – mais elle avait refusé de voir la vérité en face.

Nandamara parlait toujours. Sa voix ralentit comme s'il touchait à la fin de son récit, et Simon l'imita.

« Maintenant, deux choses se rejoignent. La tristesse de Milena va être consolée. Et Mara va avoir une mère. »

Essie secoua la tête, une fois de plus. L'espace d'un long moment, elle ne trouva pas ses mots. Puis ils jaillirent, soudains et désespérés.

« Mais elle est si heureuse avec nous. Elle m'aime. Elle aime Simon. Et beaucoup d'autres gens ici… »

Le vieil homme hocha sagement la tête.

« Elle apprendra à aimer Milena. Et moi, aussi. Nous sommes son peuple. »

Une petite voix dans sa tête lui souffla qu'elle avait toujours su que ce moment arriverait. Mais Essie refusa de se taire, suppliante – incontrôlable.

« Non. Je ne peux pas les laisser l'emmener. Je ne peux pas. »

Milena la dévisagea avec de grands yeux affolés. Elle croisa les bras sur sa poitrine, les doigts imprimés dans la chair de ses biceps.

Simon vint se planter juste devant Essie. Lorsqu'il parla, son anglais parut soudain hésitant – comme si, en ce bref laps de temps, le hadza était redevenu sa langue de prédilection.

« Nandamara dit qu'il sait tout sur Milena. Elle est gentille et douce. Elle rit beaucoup. Elle est douée pour trouver de la nourriture et tresser des paniers. Sa mère est morte, mais elle a beaucoup de sœurs et de tantes pour l'aider. Et elle n'a pas d'autre enfant. Elle sera entièrement dévouée à Mara. Elle l'aimera de tout son cœur. »

Simon s'interrompit et regarda Essie droit dans les yeux.

« Devenir la fille de Milena est le meilleur avenir possible pour Mara », dit-il.

Essie se pencha sur l'enfant. Tout ce qu'il venait de dire était vrai. Elle s'était toujours inquiétée à l'idée que Mara soit confiée à Giga, qui lui préférerait toujours son propre enfant. Pendant les périodes difficiles, Mara serait vulnérable. Mais cette mère, Milena, avait perdu son fils. Elle en aurait probablement un autre un jour – elle était encore jeune – mais, d'ici là, elle aurait développé un lien profond avec Mara. Et la petite serait sevrée. Si l'on oubliait la tragédie subie par Milena, c'était le scénario idéal.

« Il a raison, Essie. Tu dois la leur rendre. »

C'était la voix de Julia, étonnamment douce malgré la dureté de ses paroles.

« Laisse-la partir avec eux. »

Essie fixait le vide devant elle, incapable de penser ou de parler. Une tempête d'émotions la ravageait intérieurement. Elle prit une longue inspiration afin de s'éclaircir les esprits.

« Ils campent à la Caverne aux peintures ? demanda-t-elle à Simon. Dis-leur que je leur amènerai Mara dans quelques jours. Une semaine, peut-être. »

Elle s'attendait à ce que Nandamara accepte. Peut-être proposerait-il de rester dans les environs pendant quelques semaines, le temps que la transition s'accomplisse. Les Hadzas n'étaient pas un peuple pressé. Mais, lorsque Simon finit de traduire, le vieil homme secoua la tête.

« Il est désolé, mais ils ne peuvent pas rester. D'autres Hadzas les ont accompagnés jusqu'ici. Nandamara et Milena doivent les retrouver quelque part avant de rejoindre le reste de la tribu. »

Il y eut un bref silence pendant lequel le vieil homme fit signe à Milena. La jeune femme s'avança vers Essie, comme en transe, les yeux fixés sur le bébé. Son pied se prit dans le rebord du tapis et elle faillit trébucher, mais parut à peine s'en rendre compte.

Parvenue devant Essie, elle s'arrêta. Ses joues étaient sillonnées de larmes. Elle se mit à sangloter en silence, la poitrine secouée de spasmes. Rudie vint se placer à côté d'elle et la considéra d'un air soucieux. Le chagrin de cette jeune mère émanait d'elle en ondes puissantes – mais soudain, sous les yeux d'Essie, quelque chose d'autre émergea : un émerveillement presque fervent, mêlé de joie pure.

Souriant à travers ses pleurs, Milena se tourna vers Simon et laissa échapper un flot de paroles.

« Elle te remercie, traduisit-il, les larmes aux yeux. Elle dit qu'elle aimera Mara et qu'elle prendra bien soin d'elle. Et elle ne t'oubliera jamais. Tu es sa grande sœur. À l'heure de l'*epeme*, quand résonneront les voix dans le noir, elle imaginera que tu leur parles, à elle et à cette enfant. »

Milena ouvrit les bras, prête à recevoir le bébé. Le corps d'Essie était entièrement rigide. C'était comme si elle s'observait elle-même de l'extérieur, essayant de refouler toutes ses émotions pour ne pas que Mara les perçoive. Son unique devoir était de montrer à Mara qu'elle ne risquait rien. Elle devait se montrer chaleureuse, sûre d'elle, confiante. Un frisson la secoua. Impossible. Elle n'y arriverait pas. Malgré toutes les fois où elle avait répété ce moment dans sa tête, elle se sentait complètement prise au dépourvu maintenant que la réalité la rattrapait. Mais elle devait réussir, pour le bien de Mara.

Secouant la tête, elle fit un pas en arrière.

« Attends. Juste une minute. »

Milena se raidit mais Simon entreprit aussitôt de la rassurer.

Essie oublia tout ce qui l'entourait à l'exception de l'enfant. Elle la berça entre ses bras, la dévorant des yeux pour retenir chaque détail : la rondeur de ses joues, la courbure de ses lèvres rose foncé, le bout de sa langue pointant entre ses gencives. Une larme avait séché au coin de sa paupière, laissant derrière elle une fine croûte de sel…

L'image se brouilla tandis que ses yeux s'emplissaient de larmes. Elle se pencha sur le bébé, le serra contre elle. Leurs deux corps s'épousaient à la perfection. Lorsqu'elle trouva enfin la force de parler, sa voix n'était qu'un chuchotis ; elle imagina que ses paroles plongeaient à l'intérieur de Mara et se nichaient dans son cœur.

« Je t'aime, ma chérie. Je t'aimerai toujours, souffla-t-elle en ravalant un sanglot. Sois prudente. Sois sage. Sois heureuse. »

Simon s'approcha. Caressant la tête de l'enfant, il lui parla d'une voix douce et calme, presque enjouée. Mais Essie savait que, comme elle, il se montrait courageux pour ne pas lui faire peur.

Elle revint vers Milena. Chaque pas lui meurtrissait l'âme. La jeune femme, bien qu'assez grande pour une Hadza, était plus petite qu'elle ; Essie dut se pencher pour placer Mara dans ses bras. Les épaules des deux femmes se touchèrent, leurs têtes reposèrent un instant l'une contre l'autre. Essie huma l'odeur musquée et fumée de sa compagne.

« Mara, je te présente Milena. »

Il lui fallut un effort surhumain pour conserver un ton neutre.

« C'est elle qui va s'occuper de toi, maintenant. »

Mara gratifia Milena d'un sourire radieux, débordant de confiance en elle comme tout enfant habitué à être aimé et admiré. Milena le lui rendit. Une étincelle brillait dans ses yeux sombres. Pendant ce qui parut une éternité, elle ne fit que la regarder. Essie prit conscience de la présence discrète de Kefa et Daudi, accompagnés d'autres curieux du campement des ouvriers. Plusieurs conversations se tenaient à voix basse.

Milena positionna Mara au creux de son bras et entreprit de lui ôter sa robe blanche.

« Elle peut la garder, dit Essie à Simon. Et dis-lui qu'elle peut prendre tout ce qu'elle voudra dans la chambre d'enfant.

— Un bébé hadza n'a besoin de rien.

— Je sais, mais… »

Soudain, il lui sembla crucial que Mara emporte au moins une de ses possessions ; ainsi, ce serait comme si elle partait avec un morceau de sa vie à Magadi.

« Milena va nouer une corde d'herbes tressées autour de sa taille, expliqua Simon avec douceur avant de désigner la peau de babouin et l'écharpe de portage posées sur une chaise. Il ne lui faudra rien d'autre. »

Essie regarda Milena, qui se débattait avec une série de fermoirs. Instinctivement, elle tendit les bras pour reprendre Mara et l'aider à enlever le vêtement. Mais, si elle tenait la petite contre elle une fois de plus, elle doutait de pouvoir la lâcher à nouveau. Elle hésita, mains en avant, torturée par l'indécision. Alors Julia s'avança pour défaire les attaches et faire passer la robe par-dessus la tête de Mara. Le tissu délicat s'accrochait à ses mains calleuses. Elle plia le vêtement et le rangea dans une poche de son pantalon.

Dans les bras de Milena, l'enfant était maintenant nue, à l'exception de son collier de coquille d'œuf. Elle sourit avec ravissement et tendit une main vers l'oreille de la jeune femme ; son autre main reposait sur la rondeur d'un sein. Essie esquissa un faible sourire. À n'en pas douter, Mara était à sa place avec cette femme qui semblait être une version plus âgée d'elle-même. Elles avaient la même peau, les mêmes cheveux. Elles appartenaient au même monde.

Nandamara s'approcha d'Essie et saisit l'une de ses mains dans la sienne, sa peau aussi rugueuse que du cuir. En croisant son regard aux paupières tombantes et aux blancs jaunis par l'âge, Essie fut envahie de pensées frénétiques – propositions, conseils, promesses. Elle aurait voulu lui demander si sa tribu reviendrait à la Caverne aux peintures pendant la saison des pluies. S'il pensait pouvoir y rester quelque temps. Mais les Hadzas ne planifiaient pas leur vie ainsi. Et elle s'était toujours fait le serment, ainsi qu'à Mara, de lâcher prise complètement et librement quand viendrait le jour de la séparation – afin que chacune puisse poursuivre son existence sans entrave.

Elle ravala toutes ces idées et tous ces mots, fermant son cœur à double tour. Il lui semblait dangereux d'ajouter quoi que ce soit à ce qui avait déjà été dit. Elle baissa la tête.

Regarder Mara lui était presque insupportable. Si elle voulait garder la face, ces adieux ne pouvaient pas durer.

« Dis-leur..., souffla-t-elle péniblement à Simon. Dis-leur de partir. »

Alors qu'il traduisait, Milena toucha le bras d'Essie. Le contact fut léger et bref. Puis elle retira sa main.

Nandamara ressortit de la hutte de travail, tête courbée contre le vent. Milena ramassa la peau de babouin et l'écharpe. Au moment où elle fit demi-tour, Mara tourna la tête à la recherche d'Essie – refermant ses petites mains tendues dans le vide.

Quand elle vit qu'Essie ne réagissait pas, elle écarquilla les yeux, anxieuse, et commença à se débattre. Sans savoir comment, Essie parvint à lui sourire.

« Tout va bien. Milena va prendre bien soin de toi. »

Intérieurement, son cœur était en train de voler en éclats. Chaque fibre de son corps brûlait de reprendre son bébé.

Ce n'est pas ton bébé.

Simon murmura quelque chose à Milena, qui emboîta lentement le pas à Nandamara.

Mara se mit à pleurer. Ce qui commença comme un geignement plaintif se fit plus strident et plus affolé à chaque enjambée de Milena. Ce n'étaient pas les cris de protestation qu'elle émettait quand elle n'obtenait pas ce qu'elle voulait ; l'enfant avait peur.

Essie se tourna vers Simon pour découvrir, reflétées sur son visage, toutes les émotions qu'elle ressentait. Alors que les cris se poursuivaient, Rudie s'élança à la poursuite des deux silhouettes avant de s'arrêter brusquement et de se retourner vers ses maîtres, décontenancé.

Essie regardait partout autour d'elle, en proie à une espèce de panique. Les hurlements de Mara étaient insoutenables – mais elle ne pouvait pas intervenir.

« Je ne peux pas... », dit-elle à Simon, mais elle ne put achever sa phrase.

Il lui tendait quelque chose : le livre qu'il étudiait depuis des jours. Elle s'en saisit d'un geste automatique. Simon entreprit alors de déboutonner sa chemise, l'air aussi étonné que si ses mains agissaient sans son accord. Bientôt, il ne portait plus que son short. Son couteau de chasse pendait à sa ceinture dans un étui. Ainsi torse nu et sans chaussures, il ressemblait bien davantage aux deux autres Hadzas qu'à un employé du camp de recherches de Magadi.

Il héla Nandamara. Le vieil homme pivota sur ses talons pour l'écouter, imité par Milena. Ils n'étaient pas encore trop loin pour qu'Essie distingue leurs visages indécis ; ils ne voulaient pas renoncer à Mara – mais, pour eux aussi, la détresse de l'enfant était intolérable. Simon cria quelque chose à Nandamara. Ils échangèrent quelques phrases. Au son de ces deux voix – l'une quasi inconnue, mais l'autre profondément familière –, Mara se calma un peu. Ensuite, une discussion eut lieu entre le vieil homme et Milena. Simon, debout à côté d'Essie, retenait son souffle, comme en attente d'un verdict.

Enfin, Nandamara lui fit signe de les rejoindre. Simon regarda Essie. Ils n'échangèrent pas une étreinte, ni même une poignée de main. Un silence les enveloppa, chargé des souvenirs de tout ce qu'ils avaient vécu ensemble. Mais l'instant fut bref ; les yeux de Simon se posèrent de nouveau sur les Hadzas. Tandis qu'il lui disait au revoir, Essie sentit qu'il était déjà ailleurs – laissant derrière lui son ancienne vie pour accompagner Mara dans la nouvelle.

Bientôt, il marchait entre Nandamara et Milena, dépassant la tente orange en direction des *korongos*. Il tenait l'une des mains de Mara, le petit bras replet formant un lien entre lui et la femme à son côté. L'enfant s'était tue. Tout était silencieux. Les trois silhouettes semblaient évoluer dans un film au ralenti, presque suspendues dans le temps. Essie s'avança à l'extérieur pour ne pas les perdre de vue trop tôt.

Mais, au bout d'un moment, ils se fondirent dans le paysage et disparurent.

Essie fixait l'horizon, ébranlée. Tout s'était passé si vite, sans le moindre avertissement. Elle avait l'impression d'une aberration qui serait corrigée incessamment : alors tout reviendrait à la normale. Mais la dure réalité la frappa. Sa petite fille était partie. Elle ne pourrait peut-être plus jamais la revoir, la toucher, l'entendre.

Elle tomba à genoux comme si toutes ses forces l'avaient quittée en même temps que Mara. Courbée, le visage caché par ses cheveux, les mains pressées contre le sol, elle avait l'impression de se désintégrer, de se dissoudre dans le néant, sans la moindre frontière entre elle et la terre sur laquelle elle se tenait. Les particules de son être allaient se mêler au sable et se perdre à tout jamais.

Mais, alors qu'elle s'abandonnait à cette sensation de chute, elle sentit deux bras minces l'envelopper et la ramener de force à la réalité.

Julia s'agenouilla auprès d'elle et la berça doucement en lui caressant les cheveux. Elle la serra contre elle sans prononcer un mot, comme si elle comprenait qu'il ne pouvait y avoir aucune parole, aucun conseil, aucun réconfort. Tout ce qu'elle avait à lui offrir, et tout ce dont Essie avait besoin à cet instant, était sa présence.

Essie enfouit son visage contre la poitrine de la vieille femme et sanglota. Elle s'agrippa à elle tandis que Julia resserrait son étreinte autour de ses épaules. Puis celle-ci se mit à pleurer à son tour – un son aigu et déchirant, tel le cri d'un oiseau en vol. Leur chagrin se déversa entre elles, amalgame de peines anciennes et de souffrance neuve ; leurs corps se lamentèrent ensemble, leurs visages pressés l'un contre l'autre, leurs larmes mêlées.

23

Essie se déplaçait à pas lents dans la chambre. Chaque mouvement lui coûtait un effort, comme si elle était enlisée, mais elle s'obligeait à continuer. À rassembler les jouets, les vêtements, les biberons, les boîtes de lait en poudre inutilisées – tout ce qui avait trait à Mara. La présence de tous ces objets lui semblait intenable maintenant que l'enfant n'était plus là. Même avec la tente fermée et toutes les fenêtres bâchées, elle percevait leur existence depuis chaque recoin du campement. Pour l'instant, elle avait déjà rempli deux grands paniers qui se trouvaient à présent près de l'entrée. Un troisième, placé à côté du lit, était à moitié plein. Une fois la tente vidée, Essie espérait se sentir mieux et pouvoir se concentrer davantage sur son travail. Il y avait beaucoup à faire avant le retour de Ian et Diana, accompagnés de la première vague de visiteurs. Leur voyage avait déjà été prolongé deux fois – mais il était certain qu'ils rentreraient au cours de la semaine.

Elle ignorait combien de temps au juste s'était écoulé depuis le départ de Simon et Mara. Les premiers jours n'étaient qu'une masse confuse dans son esprit. Julia et elle avaient passé de longues heures ensemble, incapables l'une comme l'autre de supporter la solitude de leurs tentes respectives. Elles avaient parlé de Mara et de Robbie, mais leurs conversations étaient désarticulées et entrecoupées de silences douloureux. Le temps avançait avec lenteur, comme si la vie elle-même se distendait. Essie se sentait vide et insensible ; le jour où elle s'était cogné le coude contre le coin de la table, la douleur l'avait presque surprise. Elle avait l'impression d'être enveloppée d'un épais cocon, mi-prison, mi-refuge.

Les nuits étaient les plus difficiles. Essie cherchait le sommeil en vain, attentive à la respiration légère de Mara ou au moindre gémissement provoqué par un rêve ; mais elle n'entendait que les cris solitaires des oiseaux nocturnes. Des larmes brûlantes coulaient le long de ses tempes pour se perdre dans ses cheveux. Lorsqu'elle finissait par sombrer, il n'y avait pas de pleurs pour la réveiller en sursaut et l'envoyer chercher une lampe et un biberon. Et quand l'aube daignait enfin pointer à l'horizon, venait avec elle la certitude atroce que ce qu'elle avait pris pour un cauchemar était bel et bien réel.

Mais, chaque jour, la sensation de vide diminuait imperceptiblement. Essie décelait une faible lueur au-delà des nuages noirs qui emplissaient sa conscience. Et Julia semblait progresser dans la même direction. Toutes deux s'étaient remises à manger et à parler de plus en plus longuement, telles deux danseuses évoluant sur la même mélodie et menant chacune à leur tour. Deux pas en avant, un pas en arrière.

En ce moment, pendant qu'Essie vidait la chambre d'enfant, Julia se trouvait derrière l'aire de parking, occupée à labourer la terre pour créer un potager. Elle avait annoncé ce projet le matin même, au petit-déjeuner. Au lieu de donner des ordres aux employés du campement, elle avait préféré manier la pioche elle-même. Essie l'avait observée un petit moment, remarquant sa prise ferme sur l'outil et les muscles saillants de ses bras. Absorbée par cette lourde tâche, sa belle-mère lui avait étrangement semblé plus jeune, comme si son corps prenait plaisir à un nouveau défi. Peut-être le fait de retourner la terre avait-il pour elle un lien avec Robbie. Julia avait refusé de l'enterrer à Magadi aux côtés de son père, affirmant que, si l'*erectus* ne s'était pas trouvé dans la même caverne – qui deviendrait bientôt le centre d'attention et d'activité de la vallée –, elle l'aurait volontiers laissé à l'endroit où il reposait en paix depuis si longtemps. Essie avait vite compris que la dépouille physique de Robbie ne l'intéressait pas. Ce qui comptait, pour elle, était de savoir enfin ce qui était arrivé. Pour l'instant, elle n'avait pas fait mine de trouver un nouveau lieu de sépulture. Ce potager était-il le monument qu'elle avait choisi, inconsciemment sans doute, pour rappeler le souvenir de son fils ? Pas de tombe – mais un endroit où planter des graines et cultiver la vie…

Debout dans un coin du vaste rectangle délimité par des ficelles, Julia lui avait expliqué ce qu'elle comptait faire pousser. L'irrigation se ferait grâce à des tuyaux pompant l'eau d'un bassin proche. Cela paraissait si simple qu'il était étonnant que personne, à Magadi, n'ait jamais pris la peine de planter quoi que ce soit ; cela dit, les habitants du campement n'avaient eu jusqu'ici ni temps ni énergie à consacrer à ce genre d'activité non essentielle. Tant qu'il était possible de vivre de conserves, de nourriture séchée et d'ingrédients fournis par les Massaïs, tout le monde n'avait plus qu'à passer ses journées à fouiller les *korongos* à la recherche de fossiles.

Essie s'empara d'une pile de couches en s'efforçant de ne pas penser au soin avec lequel elle les avait pliées pour obtenir un losange parfait, un geste devenu comme une seconde nature pour elle. Alors qu'elle les portait jusqu'au panier, elles lui semblèrent plus lourdes qu'à l'habitude. L'épuisement la gagnait. Quelque part, pourtant, elle était entièrement alerte, certaine d'avoir oublié plusieurs choses importantes. Mais quoi ? Puis cela lui revint. Il n'y avait rien d'urgent, rien de vital ; elle n'avait rien oublié. Les responsabilités qui rythmaient ses journées depuis plusieurs mois n'avaient plus cours. Seul restait le vide béant laissé par leur absence.

Une vague de panique s'empara d'elle et elle se força à s'arrêter, à respirer.

« Elle va bien. Simon est avec elle. Elle n'a rien à craindre. »

Elle répéta ces mots à la manière d'un mantra, esquissant une image mentale de Simon avec Mara dans les bras. Elle se concentra sur les détails : la tête de l'enfant posée contre le torse de Simon, son pas sûr et régulier, l'arc du petit bras qui pendait. Elle repensa à l'expression dans les yeux de Milena tandis qu'elle contemplait Mara – l'envie dévorante qui avait laissé place au soulagement et à l'espoir. Essie imagina la petite tétant le sein de sa nouvelle mère. Elle refusa de se demander si la transition avait été simple ou ardue. Après tout, Mara s'était toujours montrée accommodante et facile à satisfaire. Quand elle avait faim, elle voulait boire, peu importait comment. Nandamara et les autres avaient probablement rejoint leurs compagnons de voyage à présent. Simon avait dû leur être présenté sous son véritable nom, Onwas. Elle visualisa une file de silhouettes avançant à flanc de colline, en pleine conversation, pointant du doigt quelques éléments du paysage, choisissant peut-être un endroit où passer la nuit. Une scène de la vie de Mara telle qu'elle aurait toujours dû être.

Après avoir empilé un ensemble de cubes imbriqués les uns dans les autres, elle les déposa dans le panier. Puis elle tomba sur l'éléphant en peluche gris. Sa douleur se raviva tandis qu'elle l'examinait, imaginant que la trompe déformée était toujours humide, touchant l'endroit où un œil manquait. Elle se rappela la terreur qu'elle avait ressentie en remarquant l'absence du bouton. En désespoir de cause, elle s'était résolue à demander à Julia ce qui arriverait si Mara l'avait avalé.

« Rien, avait répondu celle-ci. Les bébés sont plus solides qu'on le croit. »

La remarque aurait pu paraître rude ou négligente, mais Essie s'était sentie rassurée. Cet échange lui avait donné un aperçu fugace de ce qu'était censée être la vie avec un bébé : une jeune femme faisant appel à sa mère, puisant dans le savoir et l'expérience constitués lorsqu'elle-même venait de naître. Elle s'était laissée aller à rêver que Lorna se trouvait avec elle à Magadi. Ce n'était pas la femme malade et triste de ses souvenirs, celle qui vivait en Angleterre ; non, cette version de sa mère était heureuse et vive, pareille à la jeune fille en costume de bain qui avait un jour émergé de l'océan.

Essie déposa l'éléphant dans le panier avec d'infinies précautions, ajustant sa position comme s'il s'agissait d'un être vivant. L'objet qu'elle ramassa ensuite était la trousse de premiers secours, dans laquelle se trouvait la boîte de pansements ouverte en toute hâte le matin où elle avait découvert une coupure sur la jambe de Mara – sans doute laissée par un buisson épineux. Là encore, Essie avait été saisie de panique. Prendre soin d'un bébé semblait impliquer autant d'angoisse et de terreur que de jeux, de sourires et de chatouilles. Elle avait lavé la blessure encore et encore et appliqué tant de teinture d'iode qu'elle en avait fait couler au sol. À ses yeux, la plaie avait paru bien plus grande et plus profonde qu'elle ne l'était en réalité. Elle s'était sentie coupable, se maudissant de sa négligence – on lui avait confié un bébé parfait et précieux, et elle l'avait laissé se blesser. Une fois la coupure délicatement essuyée, elle y avait collé le pansement. La bande rose sautait aux yeux sur le noir de la peau, ce que n'avaient pas manqué de remarquer les femmes massaïs venues vendre leurs œufs. Tout d'abord, elles avaient cru à une sorte de talisman – la femme blanche marquant son bébé noir à l'aide d'un morceau de sa propre peau. L'explication de l'utilité du pansement les avait laissées sceptiques. Comment la peau pourra-t-elle guérir, avaient-elles demandé, si elle ne voit pas le soleil ? En l'occurrence, elles n'auraient pas dû s'inquiéter : le pansement n'était pas resté en place longtemps. Avec la poussière qui se collait sur les bords, il avait bientôt eu l'air si corné et sale qu'Essie s'était résolue à l'enlever. Baraka, qui l'observait, lui avait immédiatement pris la relique pour la jeter dans le feu. Ce genre d'accident ne se serait probablement jamais reproduit, songea-t-elle. Elle avait développé comme un sixième sens concernant l'espace occupé par l'enfant, à croire que le corps de Mara était devenu une extension du sien. Ce qui expliquait pourquoi elle avait l'impression qu'une partie d'elle-même lui avait été arrachée.

La trousse de secours rejoignit l'éléphant en peluche dans le panier. Essie fit une petite pause, balayant la chambre du regard. Elle n'avançait pas vite du tout. Chaque objet semblait avoir une histoire à lui raconter. Elle allait devoir se reprendre en main – ce n'était pas la seule tâche sur sa liste pour aujourd'hui. En effet, elle avait prévu de se rendre dans l'autre partie du campement afin de mobiliser les ouvriers. Tout d'abord, elle devrait faire en sorte qu'on éteigne la radio, puis demander aux hommes d'émerger de leurs tentes.

« Le bwana revient bientôt, annoncerait-elle. Il faut que vous soyez prêts à vous remettre au travail. »

Elle ne resterait pas longtemps afin que personne n'ait l'occasion de lui demander quel genre de travail, au juste, on attendrait d'eux.

Tout en rassemblant les draps et les taies d'oreiller réservées au berceau, elle repensa à l'appel radio de la veille au soir. Le vent était tombé, assurant des conditions optimales pour la clarté de la transmission ; un heureux hasard, car Ian avait eu de nombreuses nouvelles à annoncer. Son contact à la BBC venait enfin de lui confirmer qu'une équipe de tournage voyagerait avec eux jusqu'à Magadi. Les négociations, notamment, expliquaient qu'il ait prolongé son séjour. L'équipe prévoyait de filmer l'excavation de l'*erectus* de bout en bout, comme lorsque les Leakey avaient découvert le crâne de Johnny's Child : les téléspectateurs, confortablement assis dans leur salon, auraient l'impression de participer personnellement à l'événement.

Essie ne s'était pas fatiguée à lui rappeler qu'il avait promis une approche différente pour fouiller la caverne. Pour elle, rien de tout cela n'avait plus d'importance en regard de la perte de Mara. Lorsqu'elle en avait eu l'occasion, elle avait raconté à Ian ce qui s'était passé. Les faits, résumés en quelques phrases, avaient paru aussi rudes et cruels que dans son souvenir.

« Les Hadzas sont revenus plus tôt que prévu. Ils ont emmené Mara. »

Un bref silence avait suivi, ponctué de grésillements. Essie avait senti Ian faire un effort pour se concentrer sur ce qu'il venait d'entendre.

« Je suis vraiment désolé, Essie. Ça a dû te faire un sacré choc. »

Il avait semblé plein de compassion et de compréhension, désolé de ne pas être là en personne pour la consoler. Mais, derrière ses paroles, Essie percevait une pointe de soulagement. Un bébé – qu'il soit blanc ou noir – ne cadrait pas dans l'image du campement que Ian souhaitait présenter au monde. Il ne s'était pas attardé sur le sujet, affirmant qu'Essie non plus ne devait pas trop y penser, et avait enchaîné sur le récit de sa visite à Cambridge.

« Ton père va bien.

— Tant mieux.

— Bien sûr, il était déçu que tu ne sois pas venue avec nous. »

Ç'avait été au tour d'Essie de garder le silence. Elle s'était mordu la lèvre en écoutant Ian ajouter :

« Je lui ai dit que tu serais là, la prochaine fois. Et c'est vrai, maintenant que tu es de nouveau libre. »

Saisie, elle avait fixé le combiné comme si ces derniers mots étaient inscrits dessus.

« Diana se débrouille admirablement, avait enchaîné Ian sans transition. Elle est complètement à l'aise avec les universitaires, la presse… tout le monde. »

Elle n'en croyait pas ses oreilles. Cette femme était la compagne constante de son mari – et probablement sa maîtresse, par-dessus le marché. Que se passerait-il quand ils seraient de retour ? S'attendait-il à ce qu'Essie maintienne cette façade de couple heureux et dynamique face aux visiteurs, le tout sous l'œil de Diana ? C'était inimaginable. Elle n'avait aucunement l'intention de devenir comme Julia, acceptant que son mari ait ses propres aventures de son côté. Pourtant, c'était ce qu'elle avait fait jusque-là. Elle avait envisagé de lui dire ce qu'elle ressentait, mais ces conversations n'avaient rien de privé – il se pouvait très bien que le garde-chasse de Serengeti ou l'opérateur radio de la mission Saint-Joseph les écoute.

« On arrive mardi, donc, avait continué Ian. Assure-toi que tout est prêt. Prépare les ouvriers.

— Oui, oui. Bien sûr. »

Ç'aurait été le bon moment pour lui apprendre qu'au moins un tiers du personnel avait quitté le campement et que ceux qui restaient ne travaillaient pas du tout. Mais elle n'avait pas l'énergie d'écouter sa réaction. Elle avait décidé de remettre ça à l'appel suivant, quand elle se sentirait en meilleure forme.

Heureusement, Ian était vite passé à autre chose, posant plusieurs questions à propos de Julia. Est-ce qu'elle prenait soin d'elle ? Est-ce qu'elle mangeait ? Est-ce qu'elle travaillait ? Est-ce qu'elle s'habillait correctement ? Essie ne pouvait s'empêcher de penser que sa principale préoccupation n'était pas le bien-être de sa mère mais l'image qu'elle présenterait à l'équipe de la BBC. Tout en l'écoutant parler, elle s'était demandé si Ian avait changé au cours des derniers mois, sous l'influence de Diana peut-être. Ou avait-il toujours été aussi obnubilé par ses propres objectifs et sentiments ? À force de vivre si près de lui et de tout partager – enchevêtrant chaque fibre de leurs êtres –, c'était comme si les pensées et les actes de son mari avaient été les siens. Elle n'avait jamais eu suffisamment de recul pour voir ce qui se trouvait vraiment en face d'elle.

Elle traversa la chambre et s'arrêta devant la table à langer, les yeux posés sur le mobile. Les figurines semblaient si tristes sans les mains de Mara pour les agiter. Essie poussa du doigt le petit chat en plastique, l'envoyant percuter le violon. Baraka avait aimé ce mobile tout autant que Mara. À plusieurs reprises, Essie l'avait surpris dans la tente en train de le regarder. Ce n'était pas vraiment la comptine qui l'intéressait ; il trouvait simplement fascinant que la vache bondisse par-dessus la lune. C'était pour lui un symbole puissant. Lengai avait rendu les Massaïs maîtres de tout le bétail du monde. Quelques années plus tôt, un propriétaire de ranch texan avait séjourné à Magadi dans le cadre d'un safari de chasse, et Baraka l'avait entendu se vanter du nombre de bœufs et de génisses qu'il possédait. Le cuisinier lui avait alors déclaré qu'il se trompait : en réalité, les troupeaux qui vivaient sur ses terres appartenaient aux Massaïs. À ce souvenir, Essie sourit. Elle comprenait pourquoi Baraka appréciait autant ce mobile. Le fait qu'une vache puisse dominer la lune – source de vie, au même titre que le soleil – prêtait un immense pouvoir au bien le plus précieux de sa tribu.

Décrochant l'objet, elle le posa sur le lit. Il n'irait pas rejoindre le reste dans le panier, décida-t-elle : elle en ferait cadeau à Baraka. Julia et elle prévoyaient de se rendre au *manyatta* bientôt. En plus de revoir le vieux cuisinier, Julia souhaitait parler avec Kisani. Ils auraient de nombreux sujets à aborder après toutes ces années : non seulement la découverte du corps de Robbie, mais aussi leurs souvenirs du petit garçon lui-même.

Essie retourna une corbeille sur la table à langer et en étala le contenu : une panoplie de robes, de culottes et de maillots de corps. Parmi les teintes pastel, une touche de couleur vive attira son attention. C'était la petite robe de l'ensemble mère-fille, assortie à celle qui se trouvait dans son armoire. Elle la souleva, envahie par le souvenir de la visite des femmes massaïs, curieuses de ce bébé hadza adopté par la femme du bwana. Elle vécut à nouveau l'instant où elles lui avaient donné un nouveau nom, traduit du maa au swahili afin qu'elle en comprenne le sens.

Mama Mzuri.

La Mère magnifique.

Essie pressa la robe miniature contre son visage, savourant la douceur du tissu sur sa joue. Il ne portait pas l'odeur de Mara, seulement celle du savon de lessive utilisé par Tembo – mais semblait tout de même avoir conservé un peu de l'essence du bébé. Il n'était pas question de s'en séparer.

Le vêtement à la main, elle quitta la chambre d'enfant et emprunta le sentier menant à la tente qu'elle partageait avec Ian. Rudie la suivit de près. Depuis le départ de Simon et Mara, il paraissait mal à l'aise. Essie aurait voulu pouvoir lui expliquer que les deux disparus n'étaient pas perdus quelque part, à attendre de l'aide ; que les choses étaient comme elles devaient être. Mais il est difficile de cacher quoi que ce soit à un chien. Même si elle parvenait à se montrer convaincante, Rudie percevrait son trouble. Quoi qu'il en soit, elle ne pouvait rien faire d'autre que lui caresser la tête pour lisser les plis de son front.

Ouvrant la fermeture Éclair, Essie huma l'odeur familière de la tente – toile et vernis à chaussures, avec un soupçon de savon Imperial Leather. Elle n'y avait pas mis les pieds depuis le soir suivant la découverte de la caverne, quand elle avait emporté quelques vêtements et autres articles de toilette dans la chambre d'enfant afin de ne pas être obligée de revenir. À présent, elle remarqua les signes du départ précipité de Ian. Kefa n'avait pas eu le temps de ranger, trop occupé à remplacer Baraka en plus de ses tâches quotidiennes. Une chaussure orpheline gisait au milieu de la tente ; une paire de chaussettes roulée en boule avait été oubliée sur le lit, à côté d'une large cravate à motifs cachemire aux teintes criardes. Cette dernière avait été offerte à Ian par une visiteuse, se rappela Essie : une historienne, selon laquelle ce style était à la dernière mode sur Carnaby Street. Ian avait immédiatement fourré la cravate au fond d'un tiroir ; jamais il n'aurait porté une chose pareille. Essie fut surprise de voir qu'il l'avait ressortie. Il avait visiblement hésité à l'emporter à Londres.

Son regard se posa sur une chemise au col amidonné, puis sur une veste de chasse qu'elle n'avait encore jamais vue – à la coupe trop nette, et faite de coton fin au lieu de serge robuste. Un amas de bric-à-brac était étalé sur l'édredon, probablement le contenu des poches de Ian : un crayon brisé, un morceau de papier, un bout de ficelle et les lunettes de soleil que Diana lui avait achetées à Arusha. Essie se surprit à détailler l'ensemble avec les yeux d'une inconnue : tout cela ne semblait pas appartenir à la même personne. Elle pensa à la garde-robe de sa mère, à l'absence de cohésion entre tous ses vêtements. Peut-être Ian n'avait-il aucune idée, lui non plus, de qui il était.

Essie s'avança jusqu'à l'armoire au-dessus de laquelle était rangée sa valise. Bandant ses muscles sous le poids du bagage, elle le porta jusqu'au coffre situé au pied du lit. Il lui fallut lutter un peu avec les fermoirs rouillés avant de réussir à soulever le couvercle. Une odeur de laine et de lavande séchée envahit la pièce. Elle observa son vieux pull gris avec sa bande de motif Fair Isle coloré ; caressa du bout des doigts une jolie robe sans manches, apportée d'Angleterre et jamais mise, puis une étole de soie bleue ayant appartenu à Lorna. L'étole était trop grande pour servir de simple foulard mais elle n'avait jamais eu le courage de la découper. Le tissu semblait si cher. Sa main se posa sur la robe orange qu'elle avait portée lors de la venue des Marlow. Elle se visualisa en tenue de soirée, sirotant son champagne et discutant avec les invités – faisant de son mieux pour avoir l'air calme alors qu'elle ne pensait qu'au bébé resté dans la cuisine. Par la suite, elle avait enfilé son tablier de cuir et s'était installée sur un tabouret près du foyer pour sa démonstration de taille de silex. Elle avait fabriqué une réplique d'un outil *erectus* – une tête de hache en forme de poire et à double tranchant. Ian avait expliqué aux Marlow qu'aucun outil de style acheuléen n'avait jamais été découvert en Afrique. Mais, avec davantage de moyens, avait-il finement ajouté, ce ne serait qu'une question de temps avant que ce manque soit corrigé. S'ils avaient su, ce soir-là, qu'au lieu d'exhumer des outils d'*Homo erectus*, les Lawrence mettraient au jour un squelette complet, parfaitement préservé... Cette découverte dépassait leurs rêves les plus fous. Et pourtant, elle n'avait apporté à Magadi que des conflits et de la discorde.

Essie retourna vers l'armoire, l'ouvrit et repéra son propre exemplaire de la robe trouvée dans la chambre d'enfant. De retour près du lit, elle poussa les vêtements de Ian sur le côté et étendit les deux robes côte à côte. L'une, grande. L'autre, si minuscule. À les voir étalées ainsi, reliées par le contact entre deux manches, elle fut submergée par une vague de chagrin. Elle se frotta les yeux pour chasser ses larmes.

Puis elle déposa la robe de Mara sur la sienne et les plia ensemble de façon à ce qu'elles ne forment plus qu'un seul vêtement, couture contre couture, taillé dans le même tissu. Elle les rangea entre le pull et la robe orange. Ce faisant, elle remarqua son portefeuille de cuir clair niché dans un coin de la valise. À l'intérieur, tout contre son passeport et son permis de travail tanzanien, se trouvait le morceau de carton sur lequel Carl avait inscrit l'adresse de son agent.

Tu sauras toujours où me trouver.

Elle l'imagina debout sur la rive d'un lac, son trépied posé près de lui, environné par le fouillis de couleurs et de sons d'une immense congrégation de flamants roses. Son désir de le rejoindre était si puissant qu'il lui faisait presque mal. Elle voulait lui parler de Mara, de Milena, de Simon. Et l'entendre dire que, malgré son immense douleur, ce qui avait eu lieu était le meilleur dénouement possible pour cette histoire.

Même si elle avait pu apprendre où se trouvait Carl, elle n'aurait sans doute aucun moyen de communiquer avec lui. Il ne rentrerait pas en terre civilisée avant d'avoir terminé ou abandonné sa mission, et nul ne pouvait prédire quand ce serait le cas. Pas plus qu'on ne pouvait deviner où il irait ensuite. Une seule chose était certaine. Dès qu'il en aurait l'occasion, il développerait les portraits photographiés par Essie et lui à la maison missionnaire, et il les lui enverrait. À cette pensée, le soulagement la gagna. Elle aurait une image de Mara, alors – chaque détail de son visage reproduit sur le papier en nuances de gris. Quelque chose de tangible, qu'elle pourrait tenir dans sa main.

Sur le point de refermer la valise, elle suspendit son geste, inventoriant le contenu. En plus de quelques vêtements supplémentaires, il y avait une petite pile de livres, une paire de chaussures à talons enveloppées de papier kraft, des médicaments qui n'avaient jamais servi, du papier à lettres. La valise était presque pleine – et pourtant ces possessions étaient celles qu'Essie n'utilisait pratiquement jamais. Tant d'autres choses lui appartenaient, disséminées dans tout le campement. Simon, lui, avait été capable de simplement s'en aller. Il n'y avait rien, dans sa tente, dont il ait réellement eu besoin. Quant à ce qui comptait pour lui – son arc et ses flèches –, il pourrait en trouver ou en fabriquer d'autres.

Essie songea aux ouvriers massaïs : eux aussi avaient quitté le campement du jour au lendemain. Ils avaient davantage de possessions que les chasseurs-cueilleurs, mais ce n'était toujours pas beaucoup – juste quelques objets emballés dans une couverture. Leur lance posée sur l'épaule, leur couteau à la ceinture, ils étaient libres, comme Simon, de s'en aller aussitôt qu'ils le désiraient.

Ils s'étaient dirigés vers les *korongos* d'un pas résolu. Chacun de ces hommes savait exactement où il allait. Ils retournaient dans leur tribu. Les Massaïs locaux connaissaient l'emplacement du *manyatta*, qui n'avait pas changé depuis des années ; les autres se rendraient tout simplement dans la région où leurs proches avaient été vus pour la dernière fois et poseraient des questions jusqu'à découvrir où se trouvait maintenant leur village. Parvenus au *manyatta* familial, ils seraient accueillis par des chants et des danses. Une chèvre serait peut-être égorgée pour le festin. Tout en saluant chacun de ses proches, le nouveau venu risquait de s'apercevoir que certains visages manquaient. Des gens seraient partis travailler ailleurs ; peut-être même quelqu'un serait-il mort, sans que la nouvelle ait eu le temps d'atteindre Magadi. Mais sa famille étendue, la tribu, serait toujours là. Et ce sentiment d'appartenance ne le quitterait jamais, où qu'il aille.

Essie ne voyait plus ni les parois de la tente, ni l'extérieur entre les pans ouverts, mais des images de sa vie. C'était comme rembobiner un film : l'histoire commençait ici, à Magadi, puis retournait à Cambridge – les murs de l'université, un camping boueux près d'un site de fouilles, la cuisine douillette de la maison, Arthur penché sur le fourneau. Une chambre vide. Les taches sur le carrelage jaune de l'hôpital. Une pierre tombale piquetée de mousse…

Les visions étaient nettes, limpides – mais ce n'était pas ce qu'elle cherchait. Elle était à la poursuite d'un autre lieu, dans un passé encore plus ancien. Elle avait l'impression de vouloir saisir les images d'un rêve en passe de s'évanouir. Il y avait le souvenir détaillé de la chasse au *muttonbird* évoqué par la photo de Carl… mais le reste n'était que brouillard. Chaque fois qu'elle pensait se rapprocher d'une réminiscence, celle-ci lui échappait. Et il y en avait si peu. Chaque fragment lui était déjà familier : le crépitement d'un feu, un éclat de rire, le murmure des vagues, la cadence des voix dans la nuit. Ce qu'elle parvenait à toucher lui semblait chaleureux, intime. Réconfortant. Elle fit défiler ces vagues images dans son esprit, s'efforçant de distinguer les détails.

Il ne pouvait pas y avoir que ça…

Elle baissa les yeux sur le contenu de la valise. Soudainement, presque sans y penser, elle s'empara de l'étole de Lorna et l'étala sur le lit, puis entreprit de former une petite pile d'objets en son centre. Tout d'abord, les deux robes mère-fille. Ensuite, le portefeuille. Le pull, chaud et confortable. Un roman qu'elle n'avait pas trouvé le temps de lire. Elle s'éloigna le temps de rassembler quelques vêtements de travail pliés dans ses tiroirs, une chemise de nuit, des sous-vêtements, et de choisir une deuxième paire de chaussures parmi celles qui se trouvaient près du lit.

Lorsqu'elle eut terminé, elle saisit les quatre coins de l'étole et en fit un nœud. Le balluchon tiendrait dans son sac à dos de terrain. Elle le plaça sous son bras, jeta un dernier regard dans la tente, puis sortit.

En émergeant dans la chaleur du milieu de matinée, elle ressentit un immense soulagement. Elle ne serait plus là quand Ian et Diana reviendraient avec leur cortège.

Elle n'aurait pas à regarder l'équipe de tournage envahir la caverne, ni à se sentir partagée entre les Africains et les visiteurs – à se sentir, inexplicablement, responsable des actes de Ian. Elle n'aurait plus à observer les lueurs orange du Palais pendant la nuit en s'interrogeant sur les ombres qu'elle discernait. Et elle n'aurait pas besoin de trouver un moyen de continuer à vivre au campement en l'absence de Mara. On pouvait bien l'accuser de prendre la fuite, cela lui était égal. Sa préoccupation n'était pas ce qu'elle laissait derrière elle, mais où elle voulait aller.

Julia fumait une cigarette dans la hutte de travail, le chemisier trempé de sueur, une traînée de terre rouge sur la joue. Elle leva les yeux à l'arrivée d'Essie, remarqua le balluchon bleu et haussa les sourcils.

« Qu'est-ce que c'est que ça ?

— Mes affaires. Je m'en vais.

— À Londres, rejoindre Ian ? » demanda-t-elle, abasourdie.

Visiblement peu convaincue par sa propre idée, elle poursuivit sans attendre de réponse.

« Où, alors ? »

Essie rassembla son courage.

« J'ai décidé de retourner là où est née ma mère. À Rocky Bay. Je veux retrouver sa famille pour qu'ils me parlent d'elle. Comprendre qui elle était vraiment. Qui je suis… »

Il y eut un bref silence. Elle s'attendait à ce que Julia tente de la décourager. Après tout, un voyage depuis Magadi jusqu'en Tasmanie ne serait pas une mince affaire ; mais ce n'était pas tout. Julia exprimerait sans doute à voix haute tous les doutes qui bouillonnaient à présent dans l'esprit d'Essie. Elle savait qu'Essie n'avait pas remis les pieds sur l'île depuis son enfance, et que la maladie puis la mort de sa mère avaient jeté une ombre sur son passé. En admettant qu'elle parvienne à retrouver des membres de sa famille, ceux-ci seraient de parfaits inconnus pour elle. Peut-être n'auraient-ils rien en commun. Et comment être certaine que ces gens accepteraient de l'accueillir parmi eux ? Si les choses tournaient mal, Essie se retrouverait complètement seule, loin de tous ceux qu'elle connaissait...

Pourtant, au lieu de soulever la moindre objection, Julia hocha lentement la tête. Puis elle écrasa sa cigarette et posa les mains sur ses genoux, prête à se lever pour passer à l'action.

« J'ai de l'argent, déclara-t-elle. Diana m'en a laissé un peu pour faire tourner le campement pendant leur absence. On pourra en retirer davantage à la banque.

— On ? répéta Essie, prise de court.

— Je vais te déposer à Nairobi. C'est plus logique que d'aller jusqu'à Arusha et de prendre le train pour Dar es-Salaam. Par ce raccourci, la frontière n'est qu'à trois heures de route. Et puis j'ai besoin d'aller au Kenya de toute façon. »

D'un geste, Julia désigna Tommy, occupé à mâchouiller les franges du tapis. Le soleil faisait étinceler les pointes lisses de ses cornes.

« Je me suis demandé quoi faire de lui. On m'a parlé d'une réserve naturelle, et je pense que le mieux serait de l'y emmener avant que cet endroit se remplisse de visiteurs. »

Essie avait du mal à suivre. Quand elle posa les yeux sur la jeune gazelle, une boule se forma dans sa gorge. Le plan de Julia était la meilleure chose à faire pour lui, elle le savait, mais c'était douloureux à imaginer. Elle aurait trouvé réconfortant de se dire que, même si elle quittait Magadi, Tommy serait toujours là. Et voilà qu'il devait s'en aller, lui aussi.

« Les chiens viendront avec moi », poursuivit Julia.

Elle s'était tournée vers le nord-est – la direction dans laquelle elles partiraient. Ses yeux brillaient.

« Je resterai peut-être là-bas un moment. Le potager peut attendre. Il y a des gens à qui je pourrais rendre visite, s'ils se souviennent encore de moi. »

Elle se leva, débordant d'une énergie subite.

« On prendra le nouveau Land Rover. Kefa et Daudi peuvent gérer le campement. À eux deux, ils savent quoi faire. »

Un frisson d'exaltation parcourut Essie tandis que le projet prenait corps sous ses yeux. Mais, rapidement, l'anxiété la tirailla. Si elle ne partait pas tout de suite, elle se découragerait facilement. Il ne lui faudrait sans doute pas plus qu'un nouvel appel radio de la part de Ian pour changer d'avis.

« Je ne peux pas attendre, avoua-t-elle.

— Il n'y a pas grand-chose à organiser. »

Julia se penchait déjà sur sa valise, qui lui servait toujours de table de fortune. Elle retira du dessus un verre à whisky vide ainsi qu'une soucoupe parsemée de miettes, qu'elle déposa au milieu d'une partie de cartes interrompue. Puis, saisissant la poignée du bagage, elle le souleva.

« J'ai tout ce qu'il me faut là-dedans. »

Pendant qu'elle le soupesait, Essie repensa à ce qu'elle lui avait dit quelques jours plus tôt, alors qu'elle-même travaillait sur le crâne de *Sivatherium* : « J'en ai fini avec tout ça. » C'était comme si la valise était restée là, parée au départ, en attendant ce moment. Et si l'idée de quitter Magadi était apparue dans l'esprit de Julia avant de contaminer Essie ? Elle visualisa cette pensée se posant sur son épaule tel un oiseau pour lui chuchoter à l'oreille. Cela n'avait rien d'impossible – si le temps était circulaire, comment savoir où naissaient les idées ?

Elle s'avança vers sa table de travail et vers le crâne, auquel manquaient encore de nombreux fragments. Sa reconstitution ne figurerait pas en bonne place sur la liste des priorités de Ian : seule la caverne comptait. Un étudiant bénévole serait peut-être chargé de finir le travail. Étrangement, au lieu de la pointe de jalousie à laquelle elle s'était attendue, Essie ne ressentit presque rien. Elle jeta un dernier regard à sa tâche inachevée, ramassa quelques outils et les rangea. D'un geste, elle fit tomber une mouche morte au sol.

Ensuite, elle alla vers Tommy et lui caressa la tête, laissant quelques instants sa main sur la chaleur de son pelage. Dépassant Julia, elle sortit de la hutte, contourna le foyer et gagna l'autre extrémité de la clairière – à l'endroit précis où était apparue Milena. Elle regarda les *korongos* dans lesquels s'étaient évanouis Simon, Mara et les autres. Au loin, elle distinguait tout juste le plateau abritant la Fabrique de silex. Elle repensa à l'après-midi, tout juste quelques mois plus tôt, où elle avait croisé le chemin des deux chasseurs hadzas qui l'avaient menée jusqu'à la Caverne aux peintures.

La première fois qu'elle avait vu Mara, celle-ci n'était qu'une petite forme roulée en boule sur une peau de babouin. Le souvenir était vague – Essie ignorait alors l'importance que revêtirait un jour cet instant. En revanche, elle connaissait le décor de la scène dans les moindres détails, ayant étudié chaque coup de pinceau et chaque pigment des dessins ornant les parois rocheuses.

À présent, tout en se représentant l'aspect de la grotte, Essie imagina comment sa propre histoire pourrait y figurer. La silhouette d'une femme tracée à l'argile blanche. Un bébé formé de pigments noirs. La tribu rassemblée autour d'elles, tout en corps minces et armés d'arcs – des hommes, des femmes, des enfants capturés dans un style simple mais frappant de précision. Essie se demanda ce que penserait un archéologue d'une telle image : l'histoire d'une femme à qui l'on faisait don d'un bébé et qui – l'espace d'une saison – allait devenir mère.

Tournée vers l'est, elle contempla la silhouette triangulaire de la montagne contre le ciel de cristal. Il n'y avait pas de vent ; la fumée et la vapeur formaient une colonne toute droite au-dessus du cratère. Il régnait un silence étrange, tendu, comme si le temps s'était arrêté. Comme si quelque chose retenait son souffle. Imitant les Massaïs qui avaient détourné le regard d'Ol Doinyo Lengai en quittant la vallée, Essie baissa les yeux.

À la place, elle observa les reflets argentés sur le lac aux rives blanches et courbes. Le toit de la maison missionnaire était à peine visible, niché parmi les arbres. Enfin, son regard se posa sur les plaines. La vaste étendue rocailleuse, depuis les Traces jusqu'aux multiples bassins bordés d'herbe, se transforma dans son esprit. Devant elle s'étalait un océan immense – bleu acier, strié d'écume blanche, aux crêtes soulevées par le vent. Des milliers d'oiseaux formaient un motif noir mouvant dans l'azur pastel, volant si bas que la pointe de leurs plumes effleurait les vagues. Le ciel retentissait de leurs cris et du chuchotis rythmique de leurs ailes tandis qu'ils flottaient sur les courants aériens. Ils revenaient de l'autre bout du monde – ils rentraient chez eux.

Épilogue

Les fourmis abandonnent leur forteresse de boue séchée, envahissant le sol rocheux. Les serpents émergent de leur tanière et rampent sous le soleil, les yeux brillants comme des perles. La terre se met en mouvement – un frisson minuscule d'abord, qui se mue en secousses grondantes. Dans les contreforts d'Ol Doinyo Lengai, des rochers s'ébranlent et des blocs de pierre se renversent.

Au cœur du volcan, la roche en fusion bouillonne. Une énergie féroce s'accumule jusqu'au summum. Dans un rugissement de tonnerre, la lave jaillit – non du cratère de la cime, mais d'une faille qui s'ouvre soudain à mi-hauteur de la montagne.

La foudre danse contre le ciel. Un torrent de lave dévale la pente, emplissant les vallons, comblant chaque espace entre les pierres brisées. Il parvient à l'étang et submerge les monolithes dressés sur sa rive. L'entrée de la caverne est scellée, le tunnel obstrué par les décombres.

Dans le nouveau monde qui se forme, aucune carte n'a de sens. Il n'y a plus de repères. Nul ne retrouvera jamais ce que la terre a avalé.

Les rivières de lave atteignent le lac au pied de la montagne. Elles se déversent sur les berges désertées, touchant l'eau grasse de sel dans un vacarme de feulements. Des nuages de vapeur s'élèvent vers le ciel, telles des prières.

Notes de l'auteure

À l'époque où se déroule ce roman, les enfants tasmaniens apprenaient à l'école que les peuplades aborigènes de l'île s'étaient progressivement « éteintes ». En réalité, la culture et l'identité propres aux premiers Tasmaniens se transmettaient toujours de génération en génération, comme elles le font depuis des dizaines de milliers d'années. Plusieurs décennies ont passé avant que cette réalité soit enfin reconnue et comprise. De nos jours, au sein des florissantes communautés indigènes de l'île, les langues aborigènes renaissent et les localités retrouvent officiellement leur nom d'origine. De nombreux événements, publics ou privés, commencent par une reconnaissance du peuple aborigène comme propriétaire traditionnel et dépositaire actuel du territoire.

L'archéologie représentée dans ce récit reflète les connaissances de 1970. Des découvertes ultérieures de fossiles et d'outils en pierre ont cimenté peu à peu la certitude des Lawrence et des Leakey : celle que l'Afrique était le berceau de l'humanité. Enfin, des tests ADN ont démontré cette théorie. *Homo erectus* a émigré depuis l'Afrique pour gagner l'Europe et les autres continents. Avec le temps, l'espèce a poursuivi son évolution. Le déroulement de celle-ci est encore le sujet de nombreuses recherches et semble se complexifier à chaque nouvelle découverte. Ce qu'on appelait autrefois l'arbre généalogique de l'être humain ressemble désormais davantage à un taillis broussailleux. On sait qu'au moins trois espèces humaines distinctes ont cohabité sur la planète à un moment donné : les Néandertaliens, les Dénisoviens et nous-mêmes, *Homo sapiens*. Ces espèces se sont reproduites entre elles, si bien que nous possédons presque tous aujourd'hui un faible pourcentage d'ADN d'hommes de Neandertal et de Denisova.

Les Hadzas sont le dernier peuple de chasseurs-cueilleurs d'Afrique de l'Est. Seuls quelques centaines d'entre eux mènent encore un style de vie entièrement traditionnel. La cartographie génétique a pu confirmer ce que les chercheurs supposaient depuis longtemps : les Hadzas sont l'une des lignées humaines les plus anciennes au monde. Ils ne sont les proches parents d'aucun autre peuple. Leurs ancêtres occupaient vraisemblablement déjà leur territoire actuel il y a plusieurs dizaines de milliers d'années. La tradition orale hadza ne comporte aucune histoire de migration. Ce n'est qu'il y a environ dix mille ans qu'*Homo sapiens* a commencé à se sédentariser afin de cultiver la terre. L'apparition du genre humain étant estimée dater de deux millions d'années, cela signifie que nous avons vécu quatre-vingt-dix-neuf pour cent de notre histoire en tant que chasseurs-cueilleurs. La plupart de nos caractéristiques ont évolué dans ce cadre de vie.

Les Lawrence de la vallée de Magadi n'existent qu'entre ces pages ; la famille Leakey, en revanche, est bien réelle. Louis et Mary Leakey ont entrepris des fouilles à Olduvai Gorge dans les années 1930 et ont continué à y travailler pendant la majeure partie de leur vie. Leurs fils ont passé beaucoup de temps dans la vallée en grandissant, ce qui a fait d'eux d'excellents chasseurs de fossiles. Pour l'instant, la passion de l'archéologique a traversé trois générations de Leakey.

Olduvai reste aujourd'hui encore un centre de recherches, dirigé à présent par des Tanzaniens.

Wolfgang Stein n'a pas vraiment existé, mais est inspiré de mes lectures à propos de missionnaires et autres colons ayant vécu en Afrique et bousculé les conventions de leur époque. Certains d'entre eux ont fini par se reconnaître davantage dans les cultures traditionnelles qu'ils étudiaient que dans la leur.

Ludwig Kohl-Larsen était explorateur et anthropologue amateur. Après avoir rejoint le parti nazi en 1931, il a entrepris des expéditions financées par le gouvernement dans ce qui était à l'époque les territoires allemands d'Afrique de l'Est, à la recherche de « l'homme primitif ». En plus de mener des fouilles dans la région d'Olduvai à la recherche de fossiles humains, il a également récolté des informations sur leur culture auprès des Hadzas. En raison de ses croyances et opinions politiques, ainsi que de son érudition douteuse, les chercheurs modernes n'accordent que peu de crédit à ses travaux.

La Caverne aux peintures est imaginaire, mais inspirée des grottes de Kondoa situées au centre de la Tanzanie et soigneusement étudiées par Mary Leakey dans les années 1950. Ces lieux ont une grande importance spirituelle pour les communautés locales, y compris les Hadzas. Je me souviens avoir visité ces cavernes avec ma famille quand j'étais enfant.

Le site des Traces est également fictionnel mais inspiré lui aussi d'une découverte faite en 1978 par Mary Leakey à Laetoli, environ quarante-cinq kilomètres au sud d'Olduvai. Les traces de Laetoli sont une série d'empreintes fossilisées datant de 3,6 millions d'années et vraisemblablement laissées par nos premiers ancêtres bipèdes, les australopithèques. D'autres empreintes fossilisées datant d'entre cinq mille et dix-neuf mille ans ont été mises au jour à Engare Sero, près du lac Natron. Une certaine partie du site en compte tellement qu'on la surnomme « le salon de danse ».

Le lac situé au pied d'Ol Doinyo Lengai se nomme en réalité lac Natron. Dans le roman, le terme swahili désignant les lacs de soude – *magadi* – est utilisé à la fois pour le lac et pour la vallée voisine. Il existe un lac de soude appelé Magadi dans le cratère du Ngorongoro en Tanzanie, ainsi qu'un autre au Kenya.

Ma fascination pour la région entourant Ol Doinyo Lengai et le lac Natron a débuté lors du voyage que j'ai effectué là-bas il y a dix ans en compagnie de mes parents et de mon frère. Bien que le paysage soit très différent des plaines de l'Ugogo où je suis née, j'ai immédiatement ressenti un lien puissant avec ce lieu, et sa présence imposante a continué à me hanter longtemps après notre départ. J'en ai fait le cadre de mon livre *La Lionne* et j'y ai de nouveau été attirée en cherchant l'inspiration pour cette histoire.

Le fait que *Le Berceau du monde* se déroule dans un campement de paléoanthropologues est dû à l'intérêt familial pour cette discipline inspiré à l'origine par mon mari, Roger Scholes. Il y a vingt ans, il a réalisé une série télévisée intitulée *The Human Journey* sur les origines de notre espèce. Le tournage l'a emmené aux quatre coins du monde – dans des musées, des cavernes et des sites de fouilles. Des reconstitutions ont été mises en scène à l'étranger ainsi qu'ici, en Tasmanie, où la flore ancienne rappelle celle des ères passées en Europe. J'ai eu la chance de jouer une chasseuse-cueilleuse du néolithique dans l'une des scènes, accompagnée par mon fils, alors tout jeune. De nombreux accessoires de ce tournage – parmi lesquels des répliques de crânes d'hominidés, d'outils en pierre et d'œuvres datant de cette époque – sont exposés chez nous depuis. Entourée de tous ces objets, avec l'idée que la Tanzanie était en même temps le berceau de l'humanité et mon propre lieu de naissance, j'avais toutes les raisons d'explorer cet univers dans un roman.

La façon dont l'histoire d'Essie relie la Tanzanie et la Tasmanie m'est venue au cours de mes recherches. Depuis mon bureau, j'aperçois – sur la falaise à l'extrémité de la plage – une tour à plomb en grès. En étudiant la préhistoire européenne, j'ai appris que le bâtiment qui y est rattaché avait appartenu au début du siècle dernier à un certain Joseph Moir, collectionneur d'outils en pierre tasmaniens. C'est de là que m'est venue l'idée de la célèbre collection d'Arthur Holland. Tout en poursuivant mes recherches, j'ai appris la place privilégiée qu'occupaient aussi bien la Tasmanie que la Tanzanie dans l'imagination des paléoanthropologues du monde entier. Alors que le lien entre mes deux pays s'approfondissait de façon inattendue, je me suis posé la question de l'héritage personnel d'Essie. Ce thème a beaucoup d'importance pour moi, en tant qu'autrice née dans un pays très éloigné de là où je vis aujourd'hui. Cette histoire m'a donné l'occasion d'explorer des questionnements présents en chacun de nous. Qui suis-je ? D'où viens-je ? Qui est mon peuple ? Dans le cas d'Essie, la poursuite de ces réponses la mène au-delà des frontières de ce roman – vers une nouvelle aventure.

Parmi la longue liste de sources dans lesquelles j'ai puisé pour l'écriture du *Berceau du monde*, je tiens tout particulièrement à remercier :

– le livre fascinant de Rebe Taylor, *Into the Heart of Tasmania : A Search for Human Antiquity* ;

– l'autobiographie détaillée de Mary Leakey, *Disclosing the Past* ;

– ainsi que *Ancestral Passions : The Leakey Family and the Quest for Humankind's Beginnings* par Virginia Morell.

Remerciements

En m'attaquant aux recherches pour ce livre, j'ai énormément compté sur les vastes connaissances paléoanthropologiques de Roger Scholes. C'est un sujet très complexe, si bien qu'il a dû m'expliquer beaucoup de choses, encore et encore ; mais il n'est jamais tombé à court de patience. Il m'a aidée à dessiner les grandes lignes du roman et a lu tout ce que j'écrivais au fur et à mesure. De plus, il m'a conseillée sur l'histoire de la Tasmanie. Je lui suis immensément reconnaissante pour sa contribution professionnelle et pour son soutien inépuisable.

J'ai la chance d'avoir un éditeur exceptionnel et talentueux en la personne d'Ali Watts, de Penguin Random House. Ce livre est le cinquième sur lequel nous travaillons ensemble, et chacun d'entre eux a été un vrai plaisir. Je remercie chaleureusement toutes les personnes impliquées dans la publication du *Berceau du monde*, en particulier Julie Burland, Justin Ratcliffe, Lou Ryan, Amanda Martin, Deb McGowan, Madison Garratt, Louisa Maggio, Saskia Adams et Sonja Heijn.

Comme toujours, je dois beaucoup à mes agentes de Curtis Brown, Fiona Inglis et Kate Cooper, qui savent trouver un foyer sur mesure à chacun de mes travaux. Merci également à mes agents, éditeurs et traducteurs à l'étranger.

Nombreuses sont les personnes qui m'ont soutenue durant l'écriture de ce livre. Tout mon amour et ma reconnaissance à Jonathan Scholes, Freya Sonderegger (à qui ce roman est dédié), Linden Scholes, Charlotte de Jong et l'entièreté de ma fabuleuse tribu, en particulier mes parents, Robin et Elizabeth Smith. Hilary Smith, Clare Smith et Freya Sonderegger ont toutes lu le récit au fur et à mesure, et leurs retours ont été très appréciés. Merci spécialement à Hilary pour avoir accepté la tâche délicate de lecture des premiers jets, et s'en être chargée avec tant d'amour et d'enthousiasme. Andrew, Vanessa et Lachlan Smith, ainsi que Martin Kennedy, Jordan et Gemma Smith, Tim et Kate Bendall, Olivia et Nick Hitchens et Hamish Maxwell-Stewart ont tous mis la main à la pâte.

Merci également à mes chers amis et collègues : vous êtes toujours là pour moi en cas de besoin, armés d'encouragements, de conseils et de distractions. Vous me laissez disparaître dans mon antre pendant des mois, puis vous m'accueillez de nouveau comme si de rien n'était. Je suis particulièrement reconnaissante à Melanie Sandford, Julian Northmore, Anna et Tim Jones, Joce Nettlefold, Claire Konkes, Stephenie Cahalan, Libby Lester, Stefan Visagie, Heather Rose, Brian et Elizabeth McKenzie, Jane Ormonde, Bill Pheasant, Lynda House et Tony Mahood pour leur soutien.

Enfin, un immense merci à tous mes lecteurs, où que vous soyez, surtout ceux d'entre vous qui dévorent mes livres dès leur publication et me font parvenir leur avis. Les voyages que nous partageons ensemble sont très précieux à mes yeux.

BOOK CLUB

Poursuivez votre plongée dans l'univers du roman avec ces pistes de discussion. Une occasion d'échanger entre amis !

1. Que vous inspire le personnage d'Essie au début du roman ? Quel genre de femme est-elle ? Quelles autres décisions aurait-elle pu prendre lorsque Nandamara lui a confié le bébé ? Comment auriez-vous réagi à la place de la jeune chercheuse ?

2. Ian est frustré par le comportement inhabituel de sa femme ; pourtant, dans le cadre de son métier, il sait que « le changement est la seule constante ». Que pensez-vous de ce personnage ? De quelle manière le changement finit-il par affecter son couple ? De quoi a-t-il peur ?

3. Comprenez-vous la décision de Julia de passer le reste de sa vie à Magadi ? Partagez-vous sa vision du bonheur, celle d'une dure journée de travail, couronnée par la satisfaction de voir le campement fonctionner sans difficulté ? Que veut-elle prouver, à elle et aux autres, en restant sur ces terres ?

4. Simon se voit comme un « Tanzanien moderne » et non plus comme un Hadza. Quelle image de sa culture tente-t-il de rejeter ? Et que finit-il par reconquérir ?

5. Carl voyage dans le monde entier pour son travail de photographe, mais se sent toujours attaché à un endroit spécifique qu'il nomme « chez lui ». Comment la notion du « chez-soi » est-elle explorée dans le roman ? Quelle serait votre propre définition de ce terme ?

6. Dans un monde où notre famille, au sens large, peut se trouver éloignée de nous, aussi bien émotionnellement que physiquement, comment trouver et construire « notre tribu » ? Est-ce un enjeu pour vous ?

7. Comment la maternité est-elle abordée dans le récit ? En vous appuyant sur votre lecture, décrivez quels éléments font de quelqu'un une *mère*.

8. La relation entre Essie et Mara est un élément fort du récit. D'après vous, en quoi le temps passé auprès de la fillette a-t-il transformé la jeune Britannique ? Quelles conséquences l'arrivée de Mara a-t-elle eues sur le destin d'Essie ?

9. Quelle place nos biens matériels occupent-ils dans notre vie ? Y a-t-il un enseignement à tirer des Hadzas, dans un monde au seuil d'une vaste crise climatique et économique ?

10. Êtes-vous d'accord avec l'affirmation de Kisani : « Il fallait laisser le passé derrière soi pour que quelque chose de nouveau puisse commencer » ? En quoi ce message s'applique-t-il aux personnages du récit ?

11. Une jeune Massaï dit à Essie : « Tu es sa mère en ce moment. Le futur est un autre temps. » Que signifie cette phrase, d'après vous ? Vivre au présent est-il si évident, a fortiori dans une situation comme celle-ci ?

12. À la fin du roman, Essie pense que « malgré son immense douleur, ce qui avait eu lieu était le meilleur dénouement possible pour cette histoire ». Partagez-vous cette opinion ? Est-il possible d'aimer, puis de lâcher prise ?

Collection « Le Cercle Belfond »

ABBOTT Rachel
Une famille trop parfaite
La Disparue de Noël

DAVE Laura
Dernières vendanges
Hello, Sunshine

EHSANI Alì
Ce soir, on regardera les étoiles

ELGAR Emily
Une présence dans la nuit
Quelques battements de cœur

FALVEY Patricia
Les Filles d'Ennismore

FLEMING Leah
La Carte postale

JASWAL Balli Kaur
Le Club des veuves qui aimaient la littérature érotique
Les Incroyables Aventures des sœurs Shergill

KIBLER Julie
La Maison des égarées

KOOMSON Dorothy
Signé A

LAFAYE Vanessa
Dans la chaleur de l'été
Les Brumes de Key West

MESSINEO Teresa
Deux femmes dans la tourmente

MIZUSHIMA Margaret
Les Sentiers de l'oubli
Ne te perds pas en chemin

MOSCARDELLI Chiara
Ma vie, en plus sexy

PLAIN Belva
La Tentation de l'oubli
À l'aube l'espoir se lève aussi
Promesse
Les Saisons du bonheur

PEARCE AJ
Chère Mrs Bird

QUINDLEN Anna
Nature morte aux miettes de pain
La Ferme des Miller

RICHELL Hannah
Les Secrets de Cloudesley
Le Chant de la rivière

ROSEN Renée
Park Avenue Summer

SCHOLES Katherine
La Reine des pluies
Leopard Hall

STRATFORD Sarah-Jane
Héroïnes

VERNA Harmony
Les Orphelins du bout du monde

WAXMAN Abbi
Les cœurs brisés ont la main verte

WILLIAMS Beatriz
La Vie secrète de Violet Grant
Les Lumières de Cape Cod
Une maison sur l'océan

YOUNG Heather
Un été près du lac

Composition : Facompo, Rouen

MIXTE
Papier issu de
sources responsables
FSC® C003309

L'éditeur de cet ouvrage s'engage dans une démarche
de certification FSC® qui contribue à la préservation
des forêts pour les générations futures.

Pour en savoir plus :
www.editis.com/engagement-rse/

Imprimé en France en avril 2021 par CPI

N° d'impression : 163378
B49455/01